SULLE CANDIDE IMPRONTE DEL DESTINO

Non temere la morte, senza di essa non saresti mai nato.
Non avresti potuto essere ciò che sei.
Ne potresti essere ciò che sarai!

Tony Vero

SULLE CANDIDE IMPRONTE DEL DESTINO

ISBN - 10: 8890067845
ISBN - 13: 9788890067846

Collana: La Saga di Tony Vero - L'Immortalità è la memoria

Volume 2°

Dedica

Dedico questo libro di memorie all'Africa, a tutto ciò che di magnifico, terribile, incredibile e profondo, ha significato nella mia vita, rendendola degna di essere vissuta e ricordata.
Lo dedico alla negritudine, alla profondità dell'anima delle sue genti; alla primordiale nobiltà e all'umile grandezza delle donne africane, amate così tanto da lasciare in me, per sempre, lo struggente ricordo di quei giorni e quelle notti di disperata passione.

Indice

Riconoscimenti

A Robert Kivu, della tribù dei Kivu, l'uomo che mi ha aperto il cuore dell'Africa più vera, guadagnandosi un posto, dentro di me, dove resterà in eterno:

La "negritudine" era ed è innanzitutto una parola, come precisava Senghor: "Un mot de passe", vuol dire un segno di riconoscimento, una formula che apre una via libera ai "negri nuovi", una parola dalla quale si rivendica l'appartenenza a una comunità in lutto:

"Souffre, pauvre Négre ... la sferza fischia.
Fischia sulla tua schiena di sudore e di sangue...
Souffre pauvre Négre!
Negro ... nero come la miseria!
Peggio: rassegnati a questa condizione ineluttabile" - concluse Robert, appoggiandosi allo schienale della poltrona a gustarsi il suo sigaro ed il suo momento ... per poi continuare, tra quelle volute di fumo aromatico.
"Maschera negra ... - riprese Robert declamando quei versi -
Lei dorme, riposa sul candore della sabbia.
Kumba Tam dorme.
Una palma verde vela la febbre dei capelli, color rame la fronte curva.
Le palpebre chiuse, coppa duplice e sorgenti sigillate.
Questa falce sottile di luna, questo labbro più nero e appena tumido. Dov'è il sorriso della donna complice?
Le patène delle gote, il disegno del mento, cantano l'accordo muto.
Viso di maschera chiuso all'effimero, senz'occhi, senza materia.
Testa di bronzo perfetta, con la patina del tempo.
Che non imbrattano belletti, né rossetto, né rughe, né tracce di lacrime o di baci.
O viso amato, tale come Dio t'ha creato prima della memoria stessa delle età.
Viso dell'alba del mondo, non ti aprire come una gola tenera per commuovere la mia carne.
Io ti adoro, o Bellezza, col mio occhio monocorde!" - concluse, attaccandosi di nuovo al suo Cohiba.

Capitolo I
Katanga

La notte era delle più tenebrose e umide che aveva conosciuto in quella parte dell'Africa equatoriale.
Una coperta oscura e zuppa di sudore e sangue avviluppava tutta la valle del Katanga e si potevano sentire quelle gocce colare sulla pelle e mischiarsi all'evaporazione dello Zambesi, che scorreva, con un rombo sordo, proprio sotto di loro ... c'erano le sue rapide ad appena mezzo miglio.
Era la fine della stagione delle piogge nell'africa australe e i fiumi erano tutti gonfi d'acqua. Acqua che non poteva offrire alcun ristoro a ciò che restava della Colonna Libertad, ormai ridotta a un pugno di straccioni quasi morti per la sete, febbricitanti per le ferite infette e ormai preda dei deliri.
In Portogallo era primavera, la Primavera dei Garofani di Lisbona del 24 aprile 1974 e la brezza dell'oceano rinfrescava le calli della città vecchia al suono delle note del Fado ... l'eterna nostalgia di ciò che poteva essere e non era.
Certo non lì, a Luanda, dove tutto era perduto, anche l'onore.
Come sempre, quando la sconfitta ha il sapore di un tradimento!
Erano gli striduli richiami delle scimmie e degli uccelli, svegliati dai ruggiti di leoni lontani, echi dispersi nella boscaglia che interrompeva la savana, immersa nel buio che li circondava, a fare da sottofondo ai lamenti dei feriti. Accompagnavano tutte quelle ultime notti e non c'era niente che si potesse fare per loro, se non augurargli di morire presto.
I più fortunati moriranno stanotte!
Fissò le tenebre davanti a lui, avrebbe voluto vedere il nemico, ma la notte senza luna non gli permetteva di vedere nemmeno i suoi piedi.
Avevano deciso di farla finita ... All'alba attaccheranno e quell'avventura terribile e meravigliosa sarà conclusa... PUXA VIDA!
Tony era febbricitante, tremava e la testa sembrava esplodergli, ma era la gamba il centro dei suoi pensieri, pulsava e la ferita sulla coscia era ormai purulenta senza che potesse far nulla per evitare la cancrena.
"Ma che ci faccio qui e, sopratutto ... come ci sono finito?

La Marijuana calma i dolori e fa sognare, ma è quasi finita anche lei, come me ... come tutti noi" – pensò a voce alta, nel delirio di cui era ormai prigioniero.
Aspirò con forza e avidità le ultime boccate della gandja e si sdraiò tra le radici del grande albero ... tra le radici dell'ultima trincea.
Aspettava l'alba, la fine ... o il principio?
Rideva e, guardandosi intorno, urlò: "... PUXA VIDA!
La Jerba-Buena non gli permetteva di incazzarsi come avrebbe voluto, lo faceva sognare invece ... e ridere anche di sé, di quel soldato di ventura, puzzolente e perduto lì, nella valle del Katanga, Angola orientale, circondato da ventimila Barbudos cubani armati fino ai denti, in attesa di un alba che vedrà i Caccia bombardieri Mig-21 e i Carri T-52 della Divisione corazzata Ernesto Guevara detto "el Che", guidata dal "Glorioso" General Castrista Manuel Ochoa, macellare quella banda di straccioni che credeva di costruire, con la Primavera dei garofani, la prima Repubblica veramente libera e democratica della nuova Africa ... e continuava a crederci!
Rideva, gridando ancora verso il buio:
"E nessuna intenzione di arrenderci ... PUXA VIDA!"
Gli girava la testa, guardava le stelle roteare su nel cielo, la croce del Sud sembrava piegarsi verso l'orizzonte:
"Ma no, non è la Marijuana ... è quella strana sensazione che si ripete. La sensazione di avere già vissuto tutto questo, di aver già provato questa disperazione, questo dolore ... questa confusione, questa sete, non solo d'acqua, ma di capire ... ma capire cosa?!
La gamba, dannazione, pulsa ... sarà lei a farmi stare così? ... No, non è la prima volta che provo questa sensazione, ma è la prima volta che sono ferito alla coscia. Ho la febbre ... è questa che mi permette di non sentire questo caldo afoso. C'è l'infezione, lo so, ma non ci posso fare nulla. Non abbiamo niente per curarle. Molti feriti sono già morti per questo ... forse morirò anch'io, forse questa notte, forse domani ... Che sia!
La vita ... Infine non ne perderò che il tormento e finalmente saprò, avrò la risposta a tutte le domande e finiranno le visioni ... queste sensazioni indecifrabili.
Ma come ci sono finito in questa merda ...?!?" – si chiedeva Tony, avvolto dalle tenebre. Immagini gli venivano incontro dal buio, scrutava le tenebre per distinguere quelle ombre:
"...è mia madre ...Mà! è proprio lei ... e c'è anche mio padre... ehi! sono qui! ... qui ... ma è vero?

Allora è tutto un sogno!   ... solo un sogno?" – ripeteva a se stesso, cercando una risposta che non poteva darsi. Non adesso, non lì.
Tony vedeva nitidamente la madre, la chiamava:
"Mamma ... com'è bella, giovane ..." - pensava, vedendola.
Gli sorrideva, s'inchinava verso di lui mostrandogli qualcosa ... le chiamava "peppè".
Il padre dietro di lei s'inchinò per infilargliele nei piedi. Tony li guardava, notava com'erano piccoli tra le mani del padre e, quelle scarpe ... erano blu, come poteva ricordarle così nitidamente? Era nell'età dei suoi primi passi e quelle furono le sue prime ... peppè e: "...come sono piccoli i miei piedi! - esclamò sorpreso, mentre nel buio assisteva a tutta quella scena tratta dall'album della memoria, i ricordi della sua infanzia.
Piangeva, la madre lo carezzava ... aveva mani belle, morbide, con lunghe unghie rosse. Non sentiva più dolore, non aveva più sete... di nuovo nel buio ... ma era l'oscurità della sua casa, quella dov'era nato. Quella casa era buia, una stanza col lettone, un bidone per gabinetto, una fioca lampadina che scendeva giù dal soffitto, appesa ad un umile filo.
La cucina era un angolo cottura, ricavato nello stanzino dove, in origine, c'era il cesso. Giusto un tavolino, con sopra i fornelli di metallo smaltato di bianco e, sotto, la bombola del gas. La madre spezzò il pane secco e lo mise nelle due tazze di latte e miscela Leone, un imitazione di caffè. Guardava lui e il fratellino mangiare. Tony pensò e disse:
"Ha fame ... mamma ha fame".
"No ... Volevo assaggiare com'era di zucchero" - rispose lei.
Ma Tony non le credette, aveva circa tre anni, ma capiva e sapeva cosa fare: "Non ho più fame mamma, mangialo tu".
Un vortice lo riportò sotto quell'albero ... erano immagini della sua prima infanzia, eppure così nitide, così reali ...
"Hiaia... Hiaia..." - cosi chiamava una vicina di casa che gli voleva bene. Era una donna senza figli. Tony correva a casa sua ogni volta che poteva, batteva sulla porta finchè non lo apriva. Hiaia non aveva avuto figli, ma sarebbe stata un'ottima madre, gli raccontava belle storie, giocava con lui.
Ora eccola a letto... pallida, smunta... i capelli corvini sparsi sul cuscino, lo chiamava:
"Tonì... vieni, dammi un bacio ...Hiaia va via!" – diceva a Tony che si chiedeva perché fosse ridotta così. Aveva gli occhi cerchiati di nero e la pelle di quello strano colore, diverso ... e le sue labbra non erano più rosse come le ricordava ... non sembrava lei.
Lo baciò ... una carezza e la riconobbe subito:

“Hiaia...” - disse con sorpresa tra le lacrime. Lo baciò ancora, poi disse alla madre: "Portalo via Tina, s’impressiona!"
Lo strinse a se, lo baciò un ultima volta, poi con un sospiro:
"Ciao Tonì ... ti guarderò sempre da lassù!"
Tony piangeva disperato mentre lo portavano via, pensava:
“... da lassù dove?” - voleva che la sua amica Hiaia restasse con lui, perché voleva andare lassù? Di lì a poco gli dissero che Hiaia era volata in cielo. Ricordò quel pianto ... piangeva, non capiva, perché non lo aveva portato? Non la vide più. Sentì altri bambini dire che era morta ... ma cosa significava morta?
“Già, cosa significa morta?" - questo pensiero lo riportò sotto quell’albero, in quella notte oscura ...
“Già – gridò al buio - cosa significa morta?”
In risposta solo le urla della notte e i richiami dei leoni ...
“Presto, forse già domani ... lo saprò!” - si rispose.
Si lasciò andare all’indietro, una radice gli faceva da cuscino. Penetrò le tenebre con gli occhi della mente e rivide la madre. La vide mentre friggeva frittelle, le chiamava "frati fritti". Fra tante ciambelle ne faceva sempre alcune a forma di fraticello e lui se la portava in giro mordendolo ogni tanto. Trovava conforto nei ricordi dell'infanzia e lasciava che la sua mente ci andasse ... tutto era meglio di quella realtà.
Ora vedeva il camion di plastica, regalo del babbo. Il suo fratellino lo ruppe per vedere cosa c'era dentro. Non c’era niente dentro e non c’era più nemmeno il camion. Il babbo era appassionato di film western, ricordò il primo che vide. Lo schermo gigante, che impressione ... era enorme ... un puledrino azzoppato che nitriva, un uomo lo sparava in testa cinicamente, chiese al padre: "Perchè?"
"Per non farlo soffrire inutilmente" - gli disse.
Non capì, era troppo piccolo e non capì nemmeno perchè un uomo, ferito ad una gamba, veniva tenuto fermo da altri, mentre un altro versava la polvere che era in un tubetto sulla ferita e, poi, col fuoco, tra le urla, una fiammata. Seduto in quel cinema, spaventato, chiese al babbo:
"Perchè?"
“Perché non avendo altro, è un buon modo di disinfettare e cauterizzare le ferite, ferma il sangue ed evita le infezioni".
All’epoca non capì, non poteva, ma ora sì, ora capiva ... Ora sapeva come evitare la cancrena, come uccidere le larve che gli avrebbero divorato la gamba e poi tutto il resto. Aveva polvere da sparo a volontà e poteva cauterizzare tutto.

Non era ancora detta l'ultima parola per lui ... Il padre si era affacciato alla sua mente per dirglielo.
"Grazie bà!" – gridò a quella figura luminosa che spariva nuovamente nelle tenebre, sorridendogli.
Tony si voltò, alle sue spalle aveva la luce di un fuoco, alcuni soldati gli erano sdraiati intorno. Doveva raggiungerli, doveva riuscire a raggiungere quel fuoco, non era in grado di accenderne uno lui, al buio non avrebbe potuto far nulla e gli occorreva quella fiamma. Si mise in piedi puntando quelle fiamme per evitare di perdere l'orientamento in quel buio assoluto, riuscì a ingollare qualche sorso di cachassa, l'avrebbe aiutato a sopportare le fitte e muovere la gamba fino al bivacco.
Lo raggiunse e scoprì che i soldati erano morti ... tutti morti.
"Fortunati voi che siete già lontani da tutto questo! Vorrei lasciarmi andare accanto a voi e raggiungervi, ma io sento che non è ancora venuto il momento di partire per il grande viaggio ... devo realizzare un altro destino, il mio! ... No, non so quale sia ... ma so che non è questo ... ora lo so" - disse, sempre più preda dei deliri della febbre, sedendosi tra loro accanto al fuoco.
Una bella luce per occhi abituati alle tenebre e la vide, tumefatta, arrossata e, al centro, un verminaio bianco che assorbiva il pus dell'infezione che si espandeva sulla ferita aperta. Larve di mosche carnivore che, appena sentono l'odore del sangue, corrono da ogni dove della savana e della jungla a depositarci le loro uova, in poche ore divengono larve e iniziano a divorare la carne, provocando una morte certa e per niente facile. Molti tra i feriti chiedevano di essere uccisi per non soffrire un'agonia inutile. I fortunati trovavano chi lo facesse ... gli altri si spegnevano lentamente tra deliri e dolori lancinanti, o si toglievano la vita da soli.
Lui, invece, ripeté tutte le fasi ripescate dalla memoria di quel vecchio western, così vivo nella sua memoria e, estratte le bacchette di cordite da due cartucce alle quali aveva tolto il bossolo, le sistemò in mezzo alla ferita che ospitava quel verminaio in fibrillazione, si procurò un tizzone acceso che avesse anche una bella fiamma e si aggrappò alla bottiglia di cachassa, il rum ricavato dalla canna da zucchero che già aveva accompagnato il viaggio di quei soldati. Sembrava l'avessero lasciata lì per lui. Qualche profonda sorsata che, unita agli effetti della gandja ancora in circolo, lo stordì abbastanza da fargli commettere quell'azione in suo danno ... estremo, ma solo quella poteva salvargli la vita!
Guardò per l'ultima volta quegli ospiti non invitati, mentre avvicinava la fiamma alla cordite. Alla luce del fuoco li poteva vedere distintamente,

anche se tutto girava vorticosamente, persino loro. Continuò ad avvicinare il fuoco alla sua coscia. Ora la sua pelle scottava, sentiva il puzzo dei peli che già bruciavano e vedeva le larve che iniziavano ad agitarsi di più, come se sapessero che stavano per morire ... loro e non lui!

La fiammata scoppiò improvvisa, il calore aveva fatto accendere la cordite e le bacchette si erano trasmesse l'impulso l'un l'altra. Sfrigolavano dentro la ferita aperta ...Tony guardava ipnotizzato e quasi non sentiva nemmeno dolore, solo l'odore della carne bruciata, la sua carne, ma adesso aveva l'odore della vita, non più della morte. Il lampo di luce durò un attimo, come il dolore più intenso, ora bruciava ma era quasi sopportabile per lui che voleva fare le cose per bene.

Con la baionetta tagliò a strisce la gamba della tuta mimetica di un guerrigliero morto al suo fianco. Era polverosa e non certo sterilizzata, ma ci pensò lui a farlo.

Forse in maniera rudimentale, ma era certo che sarebbe stata efficace e, comunque, di più non poteva fare, ma quel poco voleva farlo bene, altrimenti sarebbe stato inutile prolungare le sue sofferenze.

Ora la ferita era nera, non più rossa. Il fumo della carica detonante che ci aveva messo dentro era anch'esso sterilizzante. Nessuna larva o batterio era sopravissuto a quel trattamento, ora doveva impedire che s'infettasse di nuovo. Le mosche carnivore volavano per tutto il campo e se anche solo una di esse fosse riuscita ad avvicinarsi alla sua ferita, tutto quel dolore sarebbe stato inutile.

Si riempì la bocca di rum, poi lo soffiò con forza, spruzzandolo su tutta la coscia e in particolare sopra la ferita, nello stesso modo che aveva visto usare ai mangiafuoco nelle feste paesane. Questo avrebbe fermato altre mosche, mentre preparava la fasciatura per proteggere la lesione. Riempì una gavetta di cachassa e ci infilò dentro le strisce di tela che aveva preparato, tanto da inzupparle di alcool, sia pure da liquore. Poi ne spruzzò di nuovo sulla coscia e infine cominciò ad avvolgerla con cura proprio sopra la ferita. Bastò per tre passaggi, in ultimo tagliò la benda in due tronconi e ci fece un nodo, poi un capo passò indietro da sinistra e l'altro da destra per ricongiungersi sul davanti dove, con un buon fiocco, fissò il tutto. Gli sembrava proprio di aver fatto un buon lavoro, poteva lasciarsi andare al sonno, proprio lì e adesso.

Sognò, ma forse era sveglio, si ritrovò in quel cinema, da bambino, in compagnia di suo padre. Ne stavano uscendo e pioveva molto, la strada di casa era fangosa, il padre portava in braccio il suo fratellino. Era buio pesto e lui restò con un piede intrappolato nel fango, vedeva il padre che continuava a camminare, non si era accorto di lui, ma non lo chiamò.

Strattonò il piede con forza, si liberò, ma perse la scarpa, non era più quella bella peppè, la prima, quella blu. Questo era uno scarponcino marrone, lui aveva quasi quattro anni in quei giorni. Raggiunse il padre col piede scalzo e arrivarono insieme alla porta di casa. Ricordava la madre che gridava, voleva che il padre ritrovasse la sua scarpa, gli chiese dov'era successo:
"...Chi lo sa? ... La fuori, nel buio, nel fango!" – rispose mentre usciva per tentare un improbabile recupero. Sentiva nitidamente la madre cantare una canzone, mentre finiva di asciugare i due gemellini, Tony e Steno, quando il padre tornò con la scarpa. Come fu felice di rivederla! Una felicità che lo pervadeva fino a giungere da oltre il tempo ... fin là, sulle rive dello Zambesi.
Quant'acqua ... Ci fu la piena del fiume quell'anno al suo paese.
Il padre aveva costruito una zattera con travi di legno per raggiungere il gabinetto dall'altro lato del cortile e della strada. In quella nuova casa il gabinetto era lì ... era molto divertente!
Ripensò spesso, da bambino, alla ferita sulla coscia "cauterizzata" in quel modo dai cowboy dei film del padre. Si chiedeva sempre se facesse male.
Un giorno, in quel tempo, in una siepe dietro la casa, con una canna adattata, il padre di Tony raccoglieva "fichi d'India". Lo guardava, pensò di nuovo a quel film. Il padre si girò di scatto e lo strisciò con la punta della canna sulla coscia destra, proprio nel punto "cauterizzato" dagli uomini del film. Una ferita profonda si aprì nella sua carne, la prima. La guardò con curiosità, non c'era sangue, non ancora. Vide un solco rosso e profondo, in fondo era bianco ... non sentiva male. Il padre, gridando, lo spaventò e pianse, ma per paura, non per il dolore. Di dolore avrebbe pianto dopo, nell'ambulatorio dell'uomo che gli "cauterizzò" la ferita, senza polvere da sparo, con disinfettante e polvere cicatrizzante, ma gli fece molto male! Tony, da allora, scacciava quei pensieri, si era convinto che quando si poneva degli interrogativi in quel modo, poi accadessero delle cose che gli fornivano la risposta. Come se qualcosa lo spingesse, suo malgrado, a subire delle situazioni simili, per rispondere alle sue domande.
Una volta pescò un pesce nel fiume, tirandolo a riva dovette togliergli l'amo che gli aveva trafitto la bocca. Era talmente ben piantato che dovette tagliarlo col temperino per liberarlo. Mentre guardava negli occhi quel pesce si chiese:
"Chissà se gli fa male e quanto, quest'amo piantato nella sua carne".
Poco dopo, rimessa l'esca sull'amo, lo rimise nel fiume con un bel lancio, poi riprese a girare il mulinello per vedere se aveva abboccato qualcosa.

Gli sembrò offrire una certa resistenza e riavvolse la lenza più velocemente, fino a che non scoprì che aveva preso se stesso. L'amo, passando dietro le sue spalle, a causa del forte vento, si era piantato nel suo fianco sinistro. Tirava e non provava dolore ... seppe così che il pesce non soffriva per l'amo. Diverso fu, però, quando dovette tentare di levarlo. L'unico modo era farlo penetrare ancora di più fino a che la punta uncinata non fosse uscita dalla carne. A quel punto si doveva tagliarla via con una tenaglia e solo allora sarebbe stato possibile estrarlo. Per questa sua convinzione tentava di evitare di porsi quelle domande, sapeva per certo che avrebbe provato sulla sua pelle la risposta, come per la ferita alla coscia.

"Puxa Vida ... è successo adesso! Ed era un dolore pulsante, insopportabile, che nemmeno la Marijuana riusciva a calmare. Sotto la fasciatura, infatti, il dolore diventava intollerabile, costringendolo a bere fino allo stordimento.

"Meglio tornare al passato, trovare ricordi che mi aiutino in qualche modo a far passare questa nottata. Ma non ho bisogno di cercarli, mi trovano loro, non richiesti, improvvisi..." – si disse a voce alta, improvvisamente nuovamente sveglio.

Rivide una bambina, non ricordava il nome, ricordava lei. Si nascondevano dietro il camion del Padre, com'era grande. Giocavano ai dottori, era piacevole: lei si sdraiava sui sacchi, dietro il camion e Tony con una cannetta, prima le abbassava le mutandine, poi le faceva il massaggino e la pungeva sul culetto ... e lo stesso faceva lei ... Fu quello il primo amore di Tony, quello che non si scorda mai. Gli dispiacque molto lasciarla, ma dovevano trasferirsi a Neapolis: Le bambine lo salutarono, gli dicevano che dimostrava di più dei suoi "quasi" quattro anni. Non capiva cosa intendessero, ma gli piaceva quando lo frugavano e ancora di più quando si spogliavano per farsi frugare da lui, il "dottore".

La casa in quella strada di periferia era sottosopra. Il Babbo e la Mamma di Tony erano impegnatissimi a segare tavole di legno e a inchiodarle intorno ai mobili. Il pavimento della casa era pieno di paglia ed anche in cortile ce n'era un grosso mucchio ... uno spasso tuffarsi lì in mezzo.

Il grande armadio di finta radica con il grande specchio centrale, il tavolo di cucina verde pisello, la credenza, le testiere del "lettone", in finta radica come l'armadio e il comò, smontati, non sembravano più loro.

Anche la casa era diversa, svuotata sembrava più grande e, nel pollaio, non c'erano più le galline. Con i bambini del vicinato s'infilavano sotto i mucchi di paglia che il Babbo aveva raccolto per imballare i mobili e giocavano a nascondersi per farsi ritrovare.

Uno di quei bambini gli mostrava un nuovo gioco: si copriva la faccia con la maglietta, chiedeva a tutti di coprirgliela con la sabbia, qualcuno diceva: "è morto e sepolto". Dopo un po', invece, si rialzava ridendo e convincendoli a provare.
Provarono tutti, ma Tony non lo trovò divertente, chiedeva che significasse morto e sepolto e nessuno sapeva rispondere.
Ricordava quel treno, lungo, con la locomotiva nera e fumante, sbuffava e puzzava, mentre aspettava nella Stazione, con quelle strane colonne di ferro scolpito e nero come la locomotiva. Tutto quel fumo bianco che la circondava ... forse era un Drago, ma nessuno aveva paura e nemmeno lui, forse perché non era la prima volta che lo vedeva così da vicino.
Quel Drago li portò correndo tra boschi e campagne fino alla grande nave bianca, anche lei in loro attesa.
Aveva già viaggiato con la madre sulla nave, quella prima volta stava morendo zia Lucia. Era giovane, moriva di parto. Lo sentì dire sottovoce e si chiedeva cosa significasse morire di parto. La madre voleva vedere la sorella per l'ultima volta. Quel giorno il mare era talmente agitato che i vaporetti per l'isola di Tempesta non salpavano. La mamma, però, per timore di non arrivare in tempo, chiese ad una barca di pescatori dell'isola, che avevano deciso di salpare comunque, di portarli con loro.
Il mare in tempesta era spaventoso visto da quella piccola barca. La mamma era sottocoperta, appoggiata al tavolo, soffriva il mal di mare. Uno dei pescatori, per lasciarla tranquilla, lo prese in braccio e lo portò in coperta. Tony restò a bocca aperta a quello spettacolo. Uscivano in quel momento dal porto, vedeva la lanterna a strisce bianche e rosse mentre ci passavano davanti, la terra ferma che si allontanava, le onde spumeggianti che sormontavano la barca e quell'odore forte di mare che non dimenticò mai più, perchè gli entrò dentro, nell'anima.
All'isola arrivarono in tempo. Vide di nuovo capelli neri sparsi sul cuscino e occhi cerchiati di nero.
Di nuovo sentì dire, con voce flebile: "Ciao Tonì".
Zia Lucia gli fece una carezza dicendo: "Come sei bello, fatti vedere..." e non la vide più. Sentì dire, mentre guardava lo zio, pescatore, cuocere in pentola delle aragostine che diffondevano un buon odore, che era morta facendo nascere la bambina che vedeva lì, in una piccola culla. La sua sfortunata cuginetta che non aveva più la mamma e gli zii discutevano tra loro per trovare una soluzione. Fu deciso che una delle sorelle, la zia Vincenzina, l'avrebbe portata a casa con lei per allevarla con i suoi figli.
Il padre, rimasto vedovo, doveva andare a pescare e non poteva accudirla, non fino a che non avesse trovato un'altra moglie. Erano storie tristi e

solite della gente di mare che, senza una donna che li accudisse, non potevano badare ai figli.
Tony si chiese anche in quell'occasione: "Ma che significava che era morta? E perché dopo non si vedono più ... dove vanno?"
Quella grande nave bianca aveva strani pavimenti rossi e un buon odore di mare. Voleva essere portato spesso a vedere le onde scure della notte e la schiuma bianca che circondava la nave, specie a poppa, dove l'elica la faceva spumeggiare. Gli piaceva tutto del mare e quell'odore gli era divenuto familiare e inconfondibile.
A Neapolis andarono a casa di uno zio. Fino a che non fossero arrivati i loro mobili sarebbero stati loro ospiti. Ricordò che dormiva nel letto di una cugina più grande e questo gli piaceva: era calda, morbida, aveva un buon odore e ad "Arco felice" faceva freddo! Ricordò i tanti Colombi bianchi che volavano sui tetti e lo zio mettere qualcosa di rotondo per terra, in cortile, legato a una lenza.
Lo zio gli spiegò che era una trappola per piccioni. Il piccione avrebbe ingoiato la fava e sarebbe rimasto preso dalla lenza. Vide una colomba bianca ingoiare la fava e sbattere le ali per fuggire. Lo zio corse a prenderla e sembrava molto soddisfatto ... Lei no, si agitava e beccava le mani dello zio, cercando di fuggire! Lui rideva e glielo mostrava contento, dicendo: "Lo mettiamo in padella con gli altri".
Tony si chiese anche in quell'occasione cosa provassero i Piccioni a ingoiare le fave dello zio.
Una di quelle mattine si ritrovò con una birilla di vetro in gola, non capì chi e cosa gli suggerisse di non tentare di ingoiarla per liberarsi la gola, di non deglutire, di non fare lo sforzo di sputare. Sapeva, però, di dover mantenere la gola immobile, riempire i polmoni col naso e, molto lentamente, inchinarsi verso il basso e sputare fuori l'aria di colpo, con forza, attraverso la gola. Si ritrovò la birilla in mano e quel senso di panico e di soffocamento cessò di colpo. Guardò i colombi bianchi i piccioni colorati volare in cortile, gli sembrò che anche loro lo guardassero, era brutto ingoiare fave con il laccio, avrebbe potuto morirne ... ora lo sapeva e ne avrebbe fatto tesoro!
La loro casa di Arco felice era brutta, il tetto era rotto e ci faceva molto freddo.
Dal cortile si poteva salire su per una pineta, sino a quello che il babbo chiamava il Vulcano. Li portava spesso lassù.
Ricordava un grande fosso, il babbo lo chiamava cratere, faceva paura, era la caldera del Vulcano! In quella pineta raccoglievano pigne per il fuoco e ne mangiavano i pinoli. A Tony, però, non piaceva vivere lì, gli mancavano

le cose che aveva imparato ad apprezzare al suo paese. Il babbo non trovava lavoro e Babbo Natale diceva che facevano da cattivi e gli portava solo carbonella. Era una buona cosa, mamma la metteva nel braciere sotto il tavolo e si scaldavano i piedi, ma i bambini "buoni" mostravano i loro regali di Babbo Natale (molti fucili!) e loro due, Tony e Steno, il fratellino, pensavano che era il Babbo Natale di Arco Felice a non essere buono! Per molto tempo non vide più suo padre poi, un giorno tornò. Lui ed il fratellino furono molto contenti di vederlo, la mamma no!
"Sei tornato?" - disse la madre con la zuppiera della pastasciutta in mano. "Vattenne arò si stato fin'a mò!"
"Ero a cercare lavoro" - rispose lui.
"Vattenne o ti scass'a capa!" - sembrava volergli buttare la zuppiera fumante addosso. Erano spaventati entrambi, ma Tony disse: "Mà, fallo restare a babbo".
Finì che si sedettero a mangiare tutti assieme. Dopo, come sempre, il Babbo raccontava le sue avventure della guerra d'Africa: Etiopia, Eritrea, Somalia, Mogadiscio, Massaua, Addis Abeba, Chisimaio, Merca, la campagna d'Africa e poi la prigionia in Kenia: Tororo, sul Lago Vittoria, Mombasa, i Mao Mao, Ippopotami, Coccodrilli, Elefanti, gli Ascari, il Duca degli Abruzzi e "gli odiati inglesi", come li chiamava il padre, anche con sincera ammirazione però! Il babbo non dimenticava mai di sottolineare che, sotto il comando inglese, tutto funzionava alla perfezione.
Raccontava della fame dei prigionieri talliani e i mille modi di "arrangiarsi" che escogitava per procurarsi qualche scellino, con cui comprare un uovo, un po' di pane in più.
L'impressionò molto il racconto di quel ragazzo impazzito per la fame e per le durissime condizioni di vita del campo di prigionia: "Impastava frittelle con i suoi escrementi e la terra, con molta cura – raccontava il babbo - poi ci spruzzava sopra un po' di polvere come fosse zucchero e girava per il campo offrendone a tutti. Dovevano fermarlo per impedirgli di mangiarsele. Lo trovarono un giorno, morto, affogato dentro il pozzo nero del campo."
Ricordò i nomi delle malattie tropicali che decimavano il campo di prigionia talliano e che il babbo descriveva con dovizia di particolari, le aveva passate e superate tutte!
Avevano nomi paurosi: "Malaria perniciosa, Apicite, Colera, Beri-Beri, Ameba, Black Water o vomito nero. Ricordò le descrizioni del Giuba e dello Uebi-Scebebi, le cacce ai Coccodrilli di otto e nove metri che, nascosti a pelo d'acqua, si avvicinavano a riva ad azzannare le donne che riempivano gli otri d'acqua o gli animali all'abbeverata.

"Mettevamo un ancorotto dentro una testa di bue o di cavallo, ben legata ad un albero sulla riva con una fune robusta e, la mattina, trovavamo sempre uno di quei bestioni che strattonava sbattendo la coda".
A queste parole, il babbo, faceva seguire gesti e grugniti che incutevano timore, era così coinvolgente da farli sentire proprio lì. Non sempre i racconti africani di suo padre erano paurosi! Anzi, il più delle volte finivano a gran risate, sopratutto grazie all'intervento della madre che sfotteva il marito.
La frase che ricordava di più era: "... e volevamo pure vincere la guerra!"
Il racconto più divertente era quello del primo turno di sentinella del padre, Cesare, sulle mura di Mogadiscio, appena sbarcato in Africa, diciottenne.
"Ero stanco, mi avevano messo di sentinella sulla garitta rivolta verso l'interno, verso la boscaglia. C'era la luna piena. Avevo paura, sulla nave che mi portava in Somalia mi avevano raccontato storie di predoni, di sentinelle uccise, sgozzate. Ero puntato, occhi e orecchi, verso le ombre scure della boscaglia quando ho sentito chiaramente sbuffare. Ho subito imbracciato il moschetto, ma non volevo commettere errori, ho aspettato, scrutando il buio, qualche segnale rassicurante. Di nuovo rumori, qualche cespuglio che si muoveva sempre più vicino a me. Ombre in movimento e venivano avanti!
Gridai, come da regolamento, alle altre sentinelle: ALL'ERTA STO'!
Se erano mal'intenzionati - raccontava Cesare - avrebbero capito che non dormivo e si sarebbero allontanati. Invece, ancora movimenti nel buio, non c'era dubbio si avvicinavano e sono sempre di più. Ne contai almeno una ventina. Urlai nuovamente: ALTOLA' CHI VA LA'? Urlarono anche loro e avanzarono ancora.
ALTOLA' O SPARO! ... ALTOLA' O SPARO! Venirono avanti dal buio! Mi attaccavano! Urlai con quanto fiato avevo in gola: "ALL'ARMI - ALL'ARMI ... CI ATTACCANO!" Continuai a urlare mentre sparavo sul nemico, verso il buio, un intero caricatore! Sentii le urla disumane degli attaccanti, mi erano addosso! Estrassi la pistola e feci fuoco con quella. Arrivarono i rinforzi per fortuna! Vidi i fari delle torrette illuminare la zona e diverse pattuglie correre verso di me. Mi raggiunsero. Non riuscivo a parlare per l'emozione, avevo scaricato anche la pistola. Indicai al tenente, che mi chiedeva cosa fosse successo, la boscaglia da cui le ombre continuavano ad urlare ed avanzare verso di noi. Illuminarono a giorno con i fari e le torce e dissero ridendo: "... ma sono Babbuini!" A quella luce li vidi anch'io, era vero ... erano proprio scimmioni!

Albeggiava mentre le pattuglie cercavano i "caduti". Rientrarono e, ridacchiando, riferirono al tenente: "nessun caduto, né ferito".
Avevo svegliato tutta Mogadiscio e, quella notte, mi provocò un attacco d'itterizia dovuta allo spavento. Fu quella a salvarmi da qualche giorno di cella di rigore! Era stata la mia prima notte in Africa … e chi se la sarebbe dimenticata?"
Al termine dei racconti delle imprese belliche africane, la madre chiosava sempre: "… E il Duce voleva pure vincere la guerra …" e di solito finiva per inseguirlo con la scopa … finiva sempre a gran risate, prima che, dopo pranzo, ritornassero al lavoro.
Tony sorrise al muro buio che gli si parava di fronte, dimentico, a quei ricordi, del dolore e della situazione drammatica e senza speranza in cui si trovava e riprese ad inseguire i ricordi. Quello che, in seguito, dei racconti del padre gli diede più da pensare fu la caccia spietata che riservò, durante la prigionia in Kenia, ai serpenti. Rettili di tutti i tipi ma sempre velenosissimi, per estrargli il veleno che vendeva all'ospedale inglese. Oppure pitoni da scuoiare per venderne la pelle al mercato. Anche i suoi continui tentativi di fuga dalla prigionia sul lago Vittoria gli davano da pensare, eppure sapeva di essere troppo lontano da Tallia e da qualsiasi altro territorio non inglese in cui cercare rifugio. Sapeva anche che gli indigeni ricevevano un premio dagli inglesi per ogni prigioniero evaso che riportavano, ed ogni volta pagava con la cella le evasioni fallite … per ben nove volte! Quando fu più grande, gli chiese perché continuasse a provarci lo stesso e la sua risposta lo colpì e gli rimase impressa nella memoria:
"…Per non arrendermi!"
E questo fu in realtà il padre di Tony, uno che non si arrese mai!
La mamma trovò chi le acquistò quella brutta casa e tornarono indietro "a casa", quella vera. Di nuovo in mare, sulla grande nave bianca. Poi il viaggio in treno fino al paese natio, tra i canneti della laguna dov'era nato.
Ricordò la grande Madonna di marmo bianco che schiacciava un serpente sotto il piede; stava all'ingresso di un albergo del centro storico dove alloggiarono in attesa che arrivassero i mobili e di trovare una casa da affittare.
Tony aveva compiuto cinque anni, come il fratellino, era nato appena due minuti prima e di quei primi cinque anni aveva ricordi nitidissimi! Poteva riandare indietro a quei momenti, rivedere il padre, la madre, il suo fratellino, Steno, ritrovarsi lì, in mezzo a loro, come se il tempo non fosse passato. Ritrovarsi seduto in quella trattoria, davanti al babbo, guardare quella tovaglia a quadri rossi, sentire quell'odore di salsiccia fritta; sua

madre, sempre preoccupata per qualcosa, suo padre sempre allegro. Ricordare quella famiglia sempre in viaggio, sempre in cerca di qualcosa, chissà di cosa ... forse del suo destino?
In pochi giorni trovarono una casa in un paese vicino, Tretorri. Era un paese di contadini e di pescatori di laguna e palude. Il ricordo più forte che aveva di quel periodo era il profumo dei covoni di grano. Il vicino lo accumulava nel cortile e la "trebbiatura" diffondeva un profumo intenso come nient'altro mai, o forse intenso come quello del mare, ma già allora, quell`odore, risvegliava in lui "ricordi e immagini di tempi lontani".
Ricordava la casa vicino al fiume, il cocchiere che staccava il cavallo dalla carrozza e lo metteva a correre in tondo, legato ad una fune, con tutta quella paglia che volava diffondendo quell'odore cosi buono e zio "soldo di cacio", soprannome datogli perché era piccolissimo e buono come il formaggio, oltre che simpaticissimo, che rideva guardandolo e schioccando la frusta, apposta per lui, che non si perdeva una mossa di quel che faceva con il suo cavallo rosso, dalla criniera nera. Tony chiedeva cos'era, qualcuno rispondeva: "la trebbiatura".
Guardava i vecchi pescatori, seduti davanti alle case, riparare le reti, scalzi, usavano le dita dei piedi per tendere le reti, mentre con le mani le cucivano velocissimi e col sigaro in bocca guardavano i passanti ... così fino al tramonto, quando i grandi buoi rossi, con i campanacci al collo, rientravano dai campi con gli enormi carri carichi, o quelli che rientravano dal pascolo, in mandria, alle stalle dietro la loro casa.
Avevano odore di vino e di tabacco e ridevano sempre, spesso sdentati, ma sempre felici.
Ricordava i campi coltivati, le erbe alte ... il babbo li portava in campagna ogni volta che poteva. In primavera piaceva anche a lui rotolarsi nell'erba alta e raccontare della "Savana", di Ippopotami e Leoni, del "N'goro-n'goro" e parlargli in "Swahili", la lingua dei "Mao-mao"!
Anche il suo fratellino cresceva. Aveva poco più di tre anni la volta che prese dalla tasca dei pantaloni del babbo, poggiati su una sedia mentre dormiva per la siesta pomeridiana, il suo portafoglio. Lo scambiò con delle birille che, dei ragazzi che lo videro giocare con la "pensione" del babbo davanti alla porta di casa, gli offrirono in cambio. Di certo un buon affare per loro!
Fortuna volle che il padre se ne accorgesse subito, riuscendo a recuperare tutto e finì con qualche sculaccione a Steno. Fu in quell'estate che notò una cattiva azione, che non capì, da parte del fratellino. Era solo in casa, bussarono alla porta, andò ad aprire, fu colpito da un pugno allo stomaco.

Era stato un ragazzino di dieci anni che abitava di fronte a colpirlo. Guardava Steno, che era con lui, e rideva dicendogli: "Hai visto?"
Non capì, ma non diede a vedere di aver provato dolore e in verità non ne provò. La sua espressione era solo di sorpresa, non se l'aspettava e non sapeva come comportarsi, reagire violentemente oppure ridere anche lui a quello che gli era prospettato come uno scherzo. Istintivamente commentò: "non mi hai fatto niente".
Quando, subito dopo, capì che non era stato uno scherzo, ma una mal'azione indotta dal fratello e stava per reagire, sparirono di corsa. Perchè suo fratello aveva chiesto a quel ragazzino di colpirlo?
Non lo sapeva e non se lo chiese più, non al momento almeno. Non desiderò nemmeno vendicarsi dell'amico di Steno, semplicemente non lo considerò un amico suo.
Qualche mese dopo, però, fu sinceramente dispiaciuto di ciò che gli successe. Dissero alla madre che in paese c'era stato un caso di tifo, qualcuno era già stato portato all'ospedale e, di fronte, un ragazzino aveva la febbre altissima da giorni e stavano arrivando a prenderlo.
La Madre andò a vedere, la seguì, era proprio quella casa.
Entrò, raggiunse la camera in fondo al corridoio e lo vide.
Era in mutande, sbatteva la testa sul cuscino di qua e di là, in un bagno di sudore, delirava farfugliando cose incomprensibili. Provò molta pena per lui. Guardò gli infermieri che lo mettevano in barella portandolo via.
Lo salutò, anche se non poteva sentirlo ne capirlo e pensò: "Ti perdono!"
Qualche giorno dopo dissero che era morto, Tony non capì bene per cosa, febbre alta da tifo, meningite o qualcos'altro. Vennero a disinfettare la casa, sentiva dire che era un male "contagioso".
Fu contento di non aver cercato di vendicarsi, di non aver desiderato il suo male ... di averlo perdonato!
Babbo Cesare aveva messo a frutto la sua "arte di arrangiarsi", di cui andava tanto fiero. Era sempre stato molto bravo in disegno, nonostante le tante traversie della sua vita, era riuscito a conservare alcuni disegni fatti al Ginnasio e di cui era giustamente orgoglioso. Tutte scene di sale da banchetto medioevali e rinascimentali, dame che ridono, menestrelli, danzatori, giullari, grandi cani accucciati accanto a camini enormi, tutti su fogli ingrigiti dal tempo e disegnati a matita carboncino. Come tecnica di conservazione protettiva aveva usato del latte, spalmato sopra con un batuffolo di cotone, ed era evidentissimo che fosse stato un sistema efficace. Erano disegni bellissimi, i personaggi ritratti sembravano vivi. Cesare era davvero molto bravo con una matita in mano. Aveva anche una grande passione per la scrittura in caratteri gotici. Raccontava di

quando alle prove d'esame per entrare nei Gendarmi a cavallo, altra cosa di cui andava fiero, presentò la prova scritta per primo e tutta scritta in gotico. Persino il suo foglio di congedo, chiese e ottenne di scriverselo lui, anche quello in gotico! Chissà perché questa passione per le scene medievali e la scrittura Gotica, nata proprio in quel tempo ... col senno di poi se lo poté spiegare fin troppo chiaramente, ma a quel tempo non ne aveva ancora gli strumenti cognitivi.

Cesare, guardatosi intorno, comprese che c'era spazio per dedicarsi alla cartellonistica pubblicitaria e decise di cominciare a disegnare insegne per i negozianti della città, una vera novità per quegli anni.

Ogni commerciante, vedendo quello del vicino, cercava Cesare per ordinargliene uno più grande e più bello! In breve la casa si trasformò in un'officina-falegnameria.

Cesare faceva tutto da sé. Portava a casa il legname da segare e si faceva i telai per le insegne. Su quello inchiodava i fogli di masonite, ne dipingeva lo sfondo e li disegnava a mano libera, con il solo ausilio di un righello. Poi, con pennello e colori sintetici li completava.

Quando il lavoro si accumulava anche la moglie, Tina, si cimentava con i pennelli, si limitava a riempire di colore le sagome delle scritte fatte a matita dal marito.

Tony si abituò presto a quell'odore di vernici e solventi, lo avrebbe sentito a lungo! Lavoravano fino a tardi. Sapeva che avevano problemi economici perchè qualche volta scopriva la madre in camera sua che piangeva. La ricordava sdraiata in terra, sui grandi cartelloni stradali, mentre era intenta col pennello a riempire di colore le scritte. Anni duri per la loro famiglia, ma era così per tutti nel Regno. C'era stata una guerra e una grave sconfitta e la ricostruzione, anche dei valori morali smarriti, costava impegno e sacrifici. Dopo tutto questo lavoro, la mamma trovava anche il tempo di preparare cose buone da mangiare; con la macchina da cucire gli faceva i pantaloni e con la lana e i ferri i maglioni per l'inverno. Forse era a causa di tutto questo lavoro che diventò cattiva. Li picchiava spesso, con il mestolo o il tubo di gomma, comunque gli faceva paura, bastava un suo sguardo a paralizzarli. Litigava spesso anche con il marito, anche lui ne aveva paura quando si arrabbiava! Di positivo c'era che quell'anno Babbo Natale smise di portare carbonella, ma un sacco di bei giocattoli. Passava lungo le vie un uomo che gridava: "carbonella ... carbonella" e la mamma la prendeva da lui, lasciando libero Babbo Natale di portargli i giocattoli. Quella volta gli portò una colt-western, con fodero e stella da sceriffo "Tom Mix" per uno, ed una lavagna da disegno con i gessetti colorati.

Il primo disegno che Tony ci fece sopra fu una testa d'aquila, ricevendo i complimenti di Cesare. Aveva dimostrato che anche lui era molto bravo in disegno, mentre il fratello, nonostante fossero gemelli, no ... decisamente non sapeva disegnare. Su richiesta del maestro faceva, sulla lavagna di scuola, delle piccole opere d'arte sui temi della lezione. Andava a scuola in prima elementare, era l'anno scolastico 1960-61. La mamma fece i grembiulini neri col colletto bianco, per entrambi. La classe di Tony aveva il fiocchetto azzurro e a lui sembrava il migliore di tutti! Gli piaceva andare a scuola, ricordava ogni avvenimento di quel primo anno. Ciò che ricordava più volentieri, però, era quel Maestro - poeta con quello strano nome, "Eustachio", nome d'altri tempi, com'era lui del resto: capelli rossi, volto pieno di lentiggini e gli occhi del colore del cielo.
Li teneva poco in classe, se appena c'era il sole li portava a far lezione in campagna, sotto gli alberi, seduti sull'erba. Durante la marcia, in colonna, pretendeva il silenzio per recitare poesie che parlavano di primavera, gli indicava i fiori di campo, gli uccelli, gli alberi. Non usava mai il cappotto, solo giacche e grandi sciarpe avvolte intorno al collo. Dicevano che non era sposato e non aveva figli. Guardandolo camminare davanti a loro, tra le siepi, intento a insegnargli a raccogliere le more più gustose o tenendo tra le labbra uno stelo di fiorellino dal succo agrodolce e spingendoli a fare altrettanto, ispirava simpatia ma, quando occorreva, sapeva essere anche molto severo. Anche a Tony piaceva quel gusto aspro e lo imitava volentieri, rifletteva su quello strano nome, "Eustachio, per il quale molti di nascosto lo schernivano e pensava che, invece, era proprio perfetto per lui.
Quale altro nome avrebbe potuto calzargli cosi a pennello? Proprio nessuno ed era rimasto di lui, quel suo primo Maestro e le sue poesie, un ricordo cosi piacevole ... Gli insegnava la bella grafia, facendogli ripetere le lettere dell'alfabeto, finchè non riuscivano perfette.
Le fitte dolorose lo riportavano alla dura realtà di quella notte africana, ma Tony si forzava a tornare al passato, lontano di lì o non avrebbe superato quella notte da incubo.
Quell'anno trascorse piacevolmente. Quando aveva tempo, il babbo non rinunciava a portarli in esplorazione nella campagna e tra i canneti della laguna. Era affascinato sopratutto da quelle esplorazioni nella natura selvaggia e dai sentieri che costeggiavano la palude. A volte salivano sulle barche a fondo piatto legate alla riva e raccoglievano erbe palustri per le ochette che, insieme a galline e conigli, allevavano. Era sempre dispiaciuto quando la mamma decideva di ucciderle ... ma le cucinava cosi bene!

C'era, tra i canneti, una vecchia darsena della Regia Marina. Il babbo diceva che la usavano in tempo di guerra i sommergibili talliani per non essere visti dagli aerei quando facevano rifornimento. Cerano strani macchinari e tubi di ferro. Babbo gli raccontava cos'è un sommergibile e le avventure di zio Attilio, il fratello, che arruolatosi volontario in Marina, fece la guerra nei sommergibili. Catturato nell'Oceano Indiano, restò in India, in un campo di prigionia, per molti anni. Alla fine di questi racconti, chiedeva sempre al padre chi fosse, adesso, il nemico di Tallia. Gli inglesi? E lui rispondeva di no! Ma non sapeva rispondere esattamente alla sua domanda, Tony insisteva chiedendo: "... c'è Tallia e chi è l'altra?" - Cesare rispondeva paziente: "...non c'è un'altra "Tallia", ce ne sono molte, c'è la Francia, la Spagna, la Germania, l'Inghilterra ...
Insisteva standogli intorno mentre dipingeva i suoi cartelli: "...sì, ma chi è l'altra Tallia?" - Cesare concludeva deludendolo e Tony era certo che non avesse capito la sua domanda.
"Sei troppo piccolo per capire, capirai quando sarai più grande".
Era di profilo davanti a lui, quando, sorridendo, pronunciò queste parole. S'inchinò, col pennello in mano, sul cartellone che stava dipingendo.
Il piccolo Tonì, con il pastello colorato, riprese a riempire le figure sul quaderno che aveva davanti e a meditare sui suoi grandi perchè!
Li lasciò così, in silenzio, in punta di piedi, non voleva disturbarli.
Tornò all'incubo, al dolore, alla disperazione. Dovette versare altra cachassa sulla ferita. Le bende si erano asciugate e dovevano restare zuppe d'alcool, se non voleva ritrovarsi anche la cicatrizzazione della cauterizzazione piena di larve. Lo fece, stringendo i denti per sopportare il bruciore e masticando dell'altra gandja. La mandava giù insieme a sorsate d'alcool, lo stordiva ... ma era proprio ciò che voleva.
Si lasciò andare all'indietro, appoggiandosi al tronco del grande albero e quel tanfo di morte e cordite bruciata in cui era avvolto, pian piano divenne un profumo lontano, diverso, che si avvicinava sempre più.
Nell'aria il profumo del ragù, era domenica, mamma stava per chiamare "a tavola!" Si rifugiò proprio lì, per un pranzo sereno, lontano...
I grandi buoi rossi, al tramonto, anche di domenica attraversavano il paese per raggiungere le stalle. I ragazzini, al suono dei campanacci, erano soliti accompagnarli, passavano proprio davanti alle porte delle case. Come tutte le sere Tony uscì a seguire la mandria, tra gli schiamazzi, lungo le vie del paese.
Al rientro, babbo Cesare, gli mostrò i trampoli di legno che gli aveva fatto. Era dai tempi di Arco felice che glieli aveva chiesti. Erano fatti bene e ne era molto contento. Li provò subito, riusciva a stare in equilibrio, ma

cadeva spesso. Una di queste cadute, all'indietro, gli procurò un dolore fortissimo all'avambraccio sinistro. Il dottore disse che era rotto, non era grave, si poteva aspettare l'indomani mattina per andare all'Ospedale a mettere il gesso.
Passò la notte sul suo lettino, col braccio dolente, immobile, poggiato sullo stomaco. Il padre fece sparire i trampoli, promise che non avrebbe detto alla madre di esserselo rotto cadendo da quelli. Lei aveva proibito a Cesare di farglieli, diceva che era pericoloso, poteva farsi male! Proprio com'era accaduto. Guai se avesse saputo...
L'Ospedale era un posto buio e pauroso. Uomini in camice bianco lo portarono in una stanza con strani attrezzi appesi alle pareti. Erano appesi in alto, poteva riconoscere segacci di vario genere, martelli, chiodi, sembrava l'officina del maniscalco vicino a casa loro ... era davvero terrorizzato!
Il dottore prese il suo braccio, lo tirò forte, gli fece male, ma poi lo avvolse con garza e gesso. Non usò tutti quegli attrezzi spaventosi, si rilassò seguendo tutte le fasi dell'ingessatura. Lo riconsegnò al padre, dandogli appuntamento per la rimozione del gesso, trascorsi i quaranta giorni di gesso. Ciò che ricordava con più fastidio di quel periodo era il prurito dentro all'ingessatura, la continua ricerca di posizioni strategiche per far arrivare il ferro da maglia a grattare sul punto preciso e il dolore provato quando, levato il gesso, la suora costrinse le sue dita atrofizzate ad aprirsi e chiudersi, fregandosene delle sue urla!
Che impressione gli fece vedere tutte quelle croste sul suo braccio ridottosi, oltretutto, la metà dell'altro, davvero scioccante. La madre trovò una casa da acquistare in Città, a Pamplona. Era vecchia, con il tetto di canne, legno e tegole, ma era grande, aveva quattro camere, un grande corridoio, una veranda coperta verso l'interno, un grande cortile con alberi da frutta, persino un mandorlo e una stanza incompiuta, con il pavimento di terra battuta, dove misero i conigli. Il gabinetto era in fondo al cortile, com'era uso del tempo. Era fatto in mattoni di terra cruda, col tetto di canne e tegole, da dove sbucavano fuori i Geki, a caccia di mosche e di zanzare, ci stavano proprio bene e, quell'anno, sarebbe andato in terza elementare, era il 1962.
La prima cosa che fece nel nuovo cortile fu di salire su di una bombola di gas vuota per farla rotolare sotto i suoi piedi. Steno lo guardava, a lui non riusciva, come non gli riusciva di camminare con i trampoli! In una di quelle corse sopra la bombola cadde all'indietro, sbattendo con forza il braccio sinistro su un blocchetto di cemento. Lo ruppe per la seconda volta, di nuovo con il gesso, ma questa volta fino all'ascella, più fastidioso

ancora! Andò in terza elementare, nella nuova scuola, con il braccio ingessato. Era una scuola di Città, grandi aule con banchi di legno nero. Alle finestre dei tendoni a strisce bianche e grigie. Ricordava quella Maestra che, quando qualcuno si comportava male, piangeva!
Lo accompagnava a casa per evitare che potesse farsi male al braccio ingessato. Forte dell'esperienza precedente, muoveva le dita tutti i giorni e controllava sempre di poterle muovere, non voleva farsi torturare di nuovo dalla suora e, così facendo, lo evitò. Tony aveva cominciato molto presto a far tesoro delle esperienze passate. Levò il gesso in ottobre, di nuovo quella puzza, quelle croste, quel senso di debolezza e l'impressione di vedere il suo braccio sinistro più sottile e fragile dell'altro.
Dimenticò presto anche questo trauma. L'anno scolastico 62/63 trascorreva senza imprevisti. Era bravo a scuola, senza doversi impegnare troppo, cosa che non gli piaceva fare, preferiva fantasticare, sognare ad occhi aperti.
E questo scrivevano nelle sue note caratteristiche: "Individuo svagato e assente" ma senza poter criticare altro del suo comportamento o del suo profitto. Aveva la media dell'otto in tutte le materie e in condotta ovviamente nove, a volte dieci. Aveva imparato a mettere l'automatico, così chiamava il sistema, ideato da lui stesso, che gli permetteva di memorizzare tutto quello che dicevano gli insegnanti mentre, invece, era immerso in uno dei suoi viaggi mentali che gli davano quell'atteggiamento svagato e assente. I problemi venivano da eventuali domande rivoltegli per saggiare l'attenzione in corso di lezione. Gli occorreva qualche minuto per ritornare a scuola, in aula, a quella lezione, a quella domanda, fare un replay degli ultimi minuti e ... elaborare la risposta. Difficile, è vero, ma a lui riusciva benissimo.
In Primavera andava a rotolarsi sull'erba dei prati e amava guardare il cielo nitido e azzurro. Che piacere ricordare quei momenti, persino guardare la striscia bianca dei rari aerei a reazione che in quegli anni iniziavano a solcare i cieli, era piacevole! Con gli altri ragazzini cercavano di indovinare l'altezza e la velocità e il perché non facessero rumore. In quella primavera del '63 andava spesso a correre e a giocare in una casa in costruzione, aveva i muri eretti, con le finestre e le porte già sagomate, ma priva di solaio. Una di quelle volte, mentre correva in cima ai muri, saltando da un muro all'altro, mettendo ancora una volta alla prova la sua abilita nell'equilibrio, cadde dalla cima del muro su un mucchio di blocchi, non sapeva come accadde che il suo braccio si ruppe di nuovo. L'avambraccio sinistro, come le altre volte, nello stesso punto ma anche in altri due diversi. Questa volta, però, era molto più spaventato!

L'avambraccio veniva su, piegato in due tra il polso e il gomito, come se ce ne fosse un secondo. Lo guardava, reggendolo con l'altra mano, mentre lo portavano all'ospedale, suo padre non c'era, lo accompagnava un vicino di casa, paesano di sua madre.
Questa volta aveva proprio paura di veder usare quei segacci! Provava a tirare giù la mano, ma tornava a piegarsi in su.
Era davvero impressionante vedere il proprio braccio assumere quella forma ... diversa. Di nuovo in quella sala, davanti a tutti quegli attrezzi di tortura! Lo fecero sdraiare sul lettino, lo legarono addirittura.
Era bloccato dal terrore ma lasciava fare, non cercò di fuggire. Guardava attentamente mentre gli fissavano con cinghie il braccio sul lettino, all'altezza dell'ascella. Infilavano le sue dita, tutte e cinque, in ditali di rete di gomma fissati a un attrezzo con una ruota. Girandola il suo braccio si allungava, si tendeva. Non sapeva se era più la paura o il dolore ma, quando vide apparire tra le mani del dottore la "solita" bacinella con il gesso liquido, capì che era tutto finito o almeno che il peggio era passato. Questa volta, però, non lo rimandarono a casa, restò a dormire in reparto. Il Dottore voleva fare una lastra di controllo per vedere se l'osso era andato a posto. Che bel volto quel dottore, grandi occhi azzurri e un pizzo sul mento con dei baffi che ricordavano i ritratti sui libri di scuola, dove si raccontavano le gesta del Risorgimento del Regno, dava fiducia vederlo. Nel lettino dell'ospedale, incastonato in una lunga fila di letti, da entrambi i lati della corsia, ripensò a tutto quello che era successo quella sera. Come alla moviola si rivide sul muro, la corsa sul ciglio, i salti, il suo fratellino che, dal basso, lo guardava correre, l'improvvisa perdita d'equilibrio, la caduta, il dolore intenso che ormai ben conosceva, la sala di tortura, il gesso. Sentiva il braccio che pulsava sotto l'ingessatura, non poteva muovere le dita ma, memore delle esperienze passate, tenne le dita aperte con l'altra mano... poi, dopo un po', le richiuse e, poi, le riaprì. Il ricordo del dolore che gli fece la Suora nel fare quel movimento per sbloccare i tendini era ancora vivido. Era certo che questo gli avrebbe evitato di doverlo ripetere.
Giusto, dover ripetere ... era ancora una volta questo che doveva capire e non l'aveva fatto! Per questo continuava a rompersi il braccio, nello stesso modo e nello stesso punto ... sempre più gravemente, fino a che non avesse compreso come evitarlo oppure, avrebbe finito col perderlo. Adesso l'ammonimento gli era chiaro. A non essergli ancora ben chiaro era il come e il perché, qualcuno si sentisse in dovere di impartirgli quelle dure lezioni. Tuttavia, questa l'aveva ben capita e non l'avrebbe dovuta ripetere di sicuro.

Così trascorse quella notte, i lamenti che sentiva in quella corsia gli ricordavano che c'era chi stava peggio di lui. Il dolore pulsante non lo lasciava dormire e ogni movimento lo accresceva. Finchè la Suora non accese la luce grande e iniziò le preghiere dal fondo del corridoio: "Ave Maria piena di grazia, il Signore è con te e col frutto del seno tuo, Gesù ..."
Di nuovo buio, lamenti in fondo al corridoio, chi urla cosi? ... e questa puzza di zolfo ... dov'é finita la suora? ... sentivo già il profumo del caffelatte ...!?
- PUXA VIDA ...
Il dolore era quello della schiena mal poggiata sulle radici, della gamba ferita, dello stomaco che si contorceva per i morsi della fame e ... della canna spenta!
Cercò l'accendino, si coprì col cappello, non voleva fare "l'orsacchiotto" da cecchino. Aspirò con forza, coprendo con le mani giunte a coppa il cannone. Gli vennero in mente quelle canzoni, "Mettete dei fiori nei vostri cannoni ..."
"Ho messo solo fiorellini qui dentro Signore! - gridò a se stesso - Fate l'Amore non la Guerra ... Ben detto Signore! Giuro che se "maniana" mi passerà per le mani uno di quei "Barbudos" là fuori, prima di morire o di ucciderlo ... me lo fotterò ... Signore!" – disse in pieno delirio, mentre aspirava la hierba buena.
I feriti si ostinavano a non morire e ... anche lui.
"Che ci posso fare io? ... non sono mica una suora e ... io? ... non sono anch'io ... tra i feriti? – borbottò tra le boccate di fumo - Abbiano ancora un po' di pazienza, domani sarà tutto finito ... todo reglado. Oppure vengano con me ... nel passato. All'ospedale stavano per passare col carrello del caffèlatte, col pane appena sfornato e ... non me lo voglio perdere!" – sospirò, lasciandosi andare all'indietro nel tempo, lontano da quell'inferno.
"... Ave Maria, piena di Grazia, il Signore è con te ... - più che la preghiera lo svegliò il rumore del carrello del caffèlatte - Sta per arrivare, ho proprio fame. Ieri, con tutto quel macello, non ho cenato e, poi ... quello strano sogno ... tutti quei morti e feriti, un vero incubo".
Si alzò per mangiare, non voleva farlo sul letto. C'era un tavolo in fondo alla corsia, per arrivarci passò davanti ai feriti. Aveva anche un dolore alla gamba destra, forse dovuta alla caduta sul mucchio di mattoni.
"Tutto sommato sono messo meglio degli altri, ce ne sono che non si possono muovere ma, per loro c'è una suora o una crocerossina che li imbocca. Mi vengono in mente i racconti di babbo sulla guerra d'Africa e com'erano abbandonati i feriti. Molti morivano per le infezioni e non per

la gravità delle ferite. Babbo, guardandoli, avrebbe detto: ...e chi sta, meglio di loro?" – pensava dirigendosi verso il tavolo in fondo alla corsia.
Girò un po' tra i letti, andò verso una culla, c'era un bambino molto piccolo coperto di garze umide di crema. Donne intorno a lui lo vegliavano, gli dissero che era stato ustionato dall'acqua bollente, ma era quasi guarito. A un altro è stata amputata una gamba all'altezza del ginocchio, la sinistra. Gliela mostrò, compresa la carne, nel punto in cui era stata tagliata con uno di quei segacci.
Immaginò di nuovo tutti quei segacci, in sala gessi, mentre segavano la gamba di quel ragazzo. Scacciò il pensiero, non gli piaceva e si ripromise ancora più risolutamente che non sarebbe tornato in quella sala gessi.
"Ti ha fatto molto male?" – chiese.
"No, dormivo, non mi sono accorto di niente, mi ha fatto più male il trattore quando mi ha preso la gamba!" - rispose.
"E adesso?"
"E adesso non mi fa niente, solo che a volte sento prurito al piede e non me lo posso grattare!"- rispose, ridendo e facendo ridere anche lui e i vicini di letto.
Pensò che, in fondo, quello che aveva lui era niente, passerà, e questa volta starà davvero ben'attento che non ricapiti.
Di nuovo puzza, croste, debolezza e braccio sinistro più fino, come al solito! Ma non voleva proprio ripetere quell'esperienza, anche perchè guardando i due avambracci, ora, quello sinistro gli sembrava anche un po' storto rispetto all'altro.
Quell'estate del 1963 gli affari a Cesare andarono un po' meglio. Comprarono un ombrellone da spiaggia e iniziarono, ogni domenica, ad andare in pullman al mare. Belle giornate sotto il sole, in acqua, quei bei panini fatti dalla mamma: pane, pomodoro, origano, olio e sale; pane e frittata; pane e cotoletta; insalata di mare; sapori che non sentì mai più! Forse perchè era cambiato lui.
Di quelle estati ricordava volentieri anche le risate che facevano riuniti a tavola, sotto la veranda; canzonavano bonariamente il babbo e le sue avventure Africane.
Oppure la mamma che diceva: "Che bello quando ti vedrò entrare da quella porta con la divisa bianca da Ufficiale di Marina, tu devi andare all'Accademia Navale, capito?"
E il suo fratellino: "Anch'io ...anch'io".
"Sì tutti e due - rispondeva Tina - Tutti e due Ufficiali di Marina vi voglio!"

"Come Nonno - concludeva Cesare - Nonno Antonino, Capitano di Vascello con l'Ammiraglio Millo e con la X -M.A.S nell'impresa Dalmata di Dannunzio, esattamente quarant'anni fa!"
Di nuovo Cesare raccontava: "Si arruolò giovanissimo nella Regia Marina Talliana, all'epoca in cui si andava ancora a vela, tranne in qualche mista eccezione di vela e caldaie. Conobbe giovanissimo, a Venezia, una patrizia veneziana, nonna Teresita. Giovane rampolla di una famiglia che annoverava anche qualche Doge della Serenissima. Diceva Cesare che nonna Teresita perse la testa al punto di fregarsene delle scomuniche della famiglia che non la voleva legata a quel giovane marinaio, di origini ateniesi e senza famiglia! Nonna Teresita, diseredata e scacciata, mise a frutto il diploma magistrale conseguito nel collegio per signorine di buona famiglia dove era sempre stata e, insegnando per guadagnarsi la vita, prese a seguire nonno Antonino e a far figli in giro per la Dalmazia e il Regno di Tallia. Lo seguì, infatti, anche nell'impresa Dalmata, dove nonno Antonino poté vantarsi di essere l'unico di quel gruppo di "pazzi" degli anni ruggenti, a trovare a Zara, allo sbarco in banchina, moglie e figli festanti in attesa. Già che c'erano ne fecero un altro proprio lì, a Zara, anzi, per la precisione nell'isola di Lussinpiccolo, dov'era nata zia Giorgina!"
Cesare descriveva la casa che finalmente riuscirono ad avere:
"Era in una pineta che scendeva verso il mare, era grande, bella, c'era il caminetto per l'inverno e d'estate si stava bene, vicino al mare e, Zara, era una città molto bella, anche se non quanto Venezia!"
Mostrandogli una delle rarissime foto della sua infanzia, già ingiallita dal tempo, Cesare gli raccontava di Zara. Nella foto si vedevano due ragazzini, il più grande, con dei ridicoli capelli alla "mascagna", in voga all'epoca, e una barca a vela in mano, era lui. C'era anche una bimbetta con un grosso fiocco in testa che stringeva qualcosa tra le mani, un giocattolo ma non era chiaro cosa fosse. Con quel musetto da furbetta poteva essere solo zia Giorgina. L'altro, un po' in disparte, dietro Cesare, era lo zio Attilio; in una foto più recente lo si vede con la divisa da marinaio e sul berretto il nastrino nero e oro dell'Ettore Fieramosca, il Sommergibile su cui fece la guerra.
"Che fine ha fatto quella casa babbo?" – chiedeva Tony.
"Persa! come tutta la Dalmazia e l'Istria, un governo calabraghe l'ha regalata a Tito!" - rispondeva lui. Tony non capiva, ma non importava, tra una fetta di anguria e l'altra, che Cesare continuava ad affettare, tornava a Venezia. Amava quella città, lo si capiva da come ne parlava! A volte si commuoveva a ricordare le corse per le calli, i salti da una gondola

all'altra ... sembrava incredibile, vista la fobia da gatto che nutriva per l'acqua!
"E' perchè ho rischiato di annegare da piccolo, in Dalmazia a Lussino, sono stato salvato in extremis che credevo di essere già morto ... da allora niente più acqua!" - rivelava.
"E perciò puzzi di cane morto!" - ribatteva Tina, tra le risate.
Tony era affascinato dai racconti di Cesare su Venezia, più che d'altri, da quello su Dario, detto il siriano. Mercante abilissimo, non era veneziano, o forse lo era di madre, ma di padre "levantino". Cosi i veneziani definivano tutti coloro che venivano da levante, come nonno Antonino. Venezia ebbe forti legami commerciali con Bisanzio, la capitale dell'Impero Romano d'oriente, talmente forti che in ultimo, prima della caduta sotto i Turchi, era Venezia a governare davvero l'Impero. Dario era uno dei veneziani dell'Impero, nato a Damasco, commerciando spezie e broccati tra Bisanzio e la Siria, divenne molto ricco e costruì il Palazzo sul Canal Grande che prese il suo nome, "Ca' Dario". Durante una delle tante guerre commerciali che Venezia combatteva con i Mori, molti mercanti perdevano navi e denari, ma non Dario, che fu accusato di trafficare con il nemico. Calunniato per invidia, costretto a lasciare Venezia per salvare la vita, perse Ca' Dario e tutto ciò che non poteva portare con sé, in una delle sue Galee. Nessuno seppe più nulla di lui. Le sorelle Dal Fabbro, zie di Cesare e lontane discendenti di Dario il Siriano, così lo ricordavano nei loro racconti. Dicevano che, prima di abbandonare Venezia e di lasciare Ca' Dario nelle mani dei suoi calunniatori, fece fare un incantesimo sul Palazzo, da un Mago Ottomano che lo seguiva sempre: "chiunque di questi si fosse impadronito di Ca' Dario, lì vivendo senza alcun diritto di consanguineità, avrebbe ereditato la sua maledizione e sarebbe morto suicida o assassinato, comunque in maniera tragica!"
Le sorelle Dal Fabbro, raccontava babbo, avevano un qualche rapporto di discendenza con l'antico fondatore del Palazzo, perciò ci vivevano benissimo ... e fu per questo che ne emularono il destino.
"Da bambino, nonna Teresita, mi portava spesso dalle tre zie Dal Fabbro. Erano tre sorelle, zitelle e molto buone, le ricordo minute e vestite di nero nel grande salone di Ca' Dario. Solitamente prendevano assieme il tè, con buonissimi biscotti fatti da loro. Io ricordo di essere stato sempre attratto da un grande tavolo di legno scuro coperto da una tovaglia di broccato rosso, m'infilavo sempre la sotto, o inseguivo il gatto su per le scale. Le zie, non potendo mantenere il palazzo, ne avevano fatto una pensione. Assunsero un amministratore molto scaltro e abile di parola, del quale si fidarono ciecamente. Tanto si fidarono che, per anni, firmarono sempre

ogni documento che l'amministratore sottoponeva loro, senza mai preoccuparsi di controllarne i contenuti. Fatto sta che, un brutto giorno, scoprirono di avere contratto un bel mucchio di debiti e, purtroppo, per farvi fronte, avrebbero venduto Ca' Dario alla figlia del loro amministratore. Tutte cose false, ovviamente, ma le firme su quegli atti erano autentiche! Le avevano fatte loro in mezzo a tutti quei conti che firmarono senza leggere. Si ritrovarono così, di colpo, senza più nulla, nemmeno un tetto sulla testa! Dovettero lasciare Ca' Dario, senza poter prendere niente di più di ciò che poteva stare in una valigia, come qualcun altro prima di loro! Babbo raccontava che quell'unica figlia dell'Amministratore, di lì a poco, si innamorò perdutamente di un giovane aviatore, un cadetto di una famiglia patrizia, il quale, durante un carnevale di Venezia si mise a fare evoluzioni sul suo biplano. La figlia dell'amministratore assistette, così, "in diretta", alla morte dell'aviatore, precipitato nelle gelide acque della laguna veneziana, dove morì! Disperata si tolse la vita pochi giorni dopo, lasciando solo, in Ca` Dario, il vecchio padre che, di sicuro, era tra quelli che non credevano alle maledizioni ma, a quella di Dario il Siriano avrebbe fatto meglio a crederci!"

Finito il racconto, quale che fosse, e finita l'anguria, Cesare tornava a fare cartelloni pubblicitari, Tina i piatti e loro in cortile, a giocare.

Tony rammentava che, guardando la strada dove vivevano, provava spesso la sensazione fortissima di esserci già stato! Non in quel momento, ma in un altro tempo ... però, non gli era chiaro quale. Si sforzava di ricordare, ma non riusciva a individuare meglio quando era successo e ci rinunciava.

Cosi passò anche quel 1963. Ricordò il trasloco che fecero in fondo alla stessa via, in aperta campagna, vicino a un ovile. Tina aveva venduto la casa vecchia e, col ricavato, aveva acquistato il terreno dove aveva fatto costruire la casa in cui si trasferirono. Aveva tre stanze, la cucina e il bagno dentro, non in fondo al cortile come tutte quelle conosciute fino a quel momento. Aveva anche un garage dove Cesare poteva lavorare comodamente e ... tanta campagna intorno.

Ciò che ricordava di più di quella casa, erano le sinfonie dei grilli nelle notti d'estate e il buon sapore delle zuppone di latte di pecora appena munto, con pane ancora caldo di forno. Ricordava un pomeriggio, era solo in casa, sdraiato sul divano guardava in televisione lo sceneggiato "Belfagor, il fantasma del Louvre". Si stava carezzando il pisello, come faceva spesso quando era solo, come a tutti i ragazzini di quell'età, senza nemmeno capire bene perché ... gli piaceva. Si scoprì in quel

momento che, questo fantasma del Louvre, in realtà, era una donna bellissima! Prese a sbattersi sul divano con i fianchi chiamando Belfagor. Scherzava, ma il suo sesso strofinava sul divano procurandogli piacere, perciò continuò quella cosa senza senso. Fino a che non sentì una forte sensazione di piacere, fortissima, quasi un dolore, anzi ... un dolore che dava piacere o un piacere che dava dolore. Non sapeva spiegarselo meglio. Andò in bagno a vedere cos'era quella sensazione di bagnato. Trovò una macchia vischiosa sulle mutande, ne fu sorpreso ma, dopo un po' capì di che si trattava. Ne aveva sentito parlare dai ragazzi più grandi, era "sborro". Cosi lo chiamavano, o il "dolce che viene dopo una sega".
"Io, però, non mi sono fatto nessuna sega – pensò - Io ho scopato Belfagor!"
Con questo pensiero in mente andò in bagno a far sparire le tracce.
Era la prima di una lunga serie! Passò il resto dell'estate del 1964 escogitando nuove e sempre più sofisticate tecniche per provare di nuovo quel piacere. Una delle più piacevoli era quella di spalmarci sopra la crema "Venus" di Tina. Le sfuriate della mamma che si chiedeva che fine facesse tutta la sua crema, lo convinsero presto a non insistere con le "cremose". Si appassionò a un tipo di caccia molto di moda tra i ragazzini del tempo, la caccia ai cardellini testa rossa con il vischio.
Convinse il babbo a comprargli un cardellino da usare come richiamo e una gabbietta con un vasetto di vischio. Si procurò allo scopo un "Testarossa", cioè un maschio adulto che, chiuso nella gabbia, avrebbe richiamato gli altri cardellini, i quali, attirati dal suo canto, si sarebbero poggiati sul rametto predisposto e ricoperto di vischio, restandoci attaccati. Così andò, per il resto dell'estate, in giro per le campagne, nascondendosi tra canneti e cespugli con la sola compagnia di un cardellino Testarossa e dei novellini dalla testa beige, come il resto del corpo, erano i cardellini nati nell'ultima primavera che, insieme a qualche verdone, riusciva a catturare.
Aveva compiuto dieci anni e, quell'estate, finì per avere, nei suoi ricordi, l'odore delle seghe al vischio. Questo perché, in attesa che qualche cardellino si poggiasse sul suo vischio, passava il tempo masturbandosi con le mani sporche del vischio che sistemava sui rametti dell'esca. Quando il sole e il caldo si facevano più forti, si buttava nei grandi canali d'irrigazione che attraversavano la campagna, dedicandosi a mettere in pratica le tecniche del babbo sulla cattura dei rettili e prendendone molti, ma erano solo innocue bisce d'acqua variopinte. Tony agiva con quelle come il babbo, nei suoi racconti, descriveva le sue cacce ai Mamba, i Naja, i Cobra o i Mocassini d'acqua: dopo essere riusciti a prenderli dietro la

testa, bisognava stringere per costringerli ad aprire la bocca e fargli sputare il veleno nel vasetto. Tony non aveva vasetti e neanche le bisce il veleno da sputare, si limitava perciò a guardarle, con la bocca aperta, nella sua mano.
Con l'altra, spesso, si divertiva ad avvolgerli tra indice e pollice ed allungarli con forza e dolcezza, senza fargli male. Quando li vedeva abbandonati in tutta la loro lunghezza li carezzava sotto la pancia, come raccontava Cesare, per vederli abbandonarsi ipnotizzati. Funzionava anche con le lucertole. I più belli nei colori, li portava a casa, li scuoiava e metteva la pelle a seccare al sole dopo averla tesa inchiodandola a una tavola e averla ben raschiata e cosparsa con l'allume di rocca. Proprio come Cesare faceva con la pelle dei pitoni in Africa. Quando divenne così rapido nell'afferrare i rettili al collo, da non trovarlo più divertente, presero a fargli pena e smise di cacciarli, lasciandoli tranquilli nel loro regno, i canali e gli acquitrini. Non poteva fare a meno però, al suo passaggio, sentendo fruscii improvvisi, di inseguirli con lo sguardo per individuare il loro rifugio e pensare: posso prenderlo!
Cerano molti cani randagi intorno alla casa nel campo, Tony e il fratello li consideravano di loro proprietà, sopratutto lui, che amava mettergli davanti il pisello per farselo leccare, provò a farlo anche Tony, ma non gli diede nessun piacere, sopratutto a causa della paura che, improvvisamente, lo mordessero!
Assurdità che potevano venire in mente solo a dei maschietti selvatici com'erano loro. L'educazione sessuale, per la loro generazione, era questa ... praticamente inesistente. Ogni tanto ne trovavano uno, con la testa rotta, dentro ad un canale. Steno si disperava, sapevano che era il pastore a ucciderli, diceva sempre che gli disturbavano il gregge o si azzuffavano con i cani pastore e li sistemava così. Povere bestie, che destino infame.
In una discarica in campagna trovò una bicicletta abbandonata, era mal ridotta ma, rimediate le parti più rovinate recuperandole da altri rottami, riuscì ad avere la sua prima bicicletta! Le sue esplorazioni si facevano cosi molto più ampie, grazie a quella bici riusciva a spingersi fino ai monti alle spalle della laguna. Solo una volta, a causa di una ruota che proprio non ne voleva sapere di farcela ancora tardò, rientrando a notte fonda e buscandole di santa ragione. Quell'anno non era uno dei migliori per la sua famiglia. Il lavoro non rendeva abbastanza e la mamma diceva che c'erano i muratori che avevano costruito la casa ancora da saldare. Parlavano spesso di separazione e di mettere in collegio i gemelli. Con suo fratellino s'infilavano nei tubi del pozzo di una casa in costruzione e non si facevamo trovare. Steno diceva che, se si fossero separati, lui voleva

restare con il babbo, perchè mamma era cattiva. Tony, invece, decise che sarebbe rimasto con la mamma, perchè altrimenti sarebbe rimasta sola. Tutto questo, però, come altre volte si risolse bene.
Cesare si decise a chiedere a nonna Teresita un prestito per finire di pagare i muratori, come quota di parte sua dell'eredità di una villa di Liccione che una zia lasciò in quegli anni a nonna Teresita e alle sorelle e, ottenutala, la crisi familiare rientrò. Forse era iniziata proprio per costringere Cesare, che era restio, a farsi avanti e far valere i suoi diritti nei confronti della sorella che accudiva nonna Teresita ma, non per questo, aveva il diritto di spogliare i fratelli di ogni diritto ereditario.
Fu infatti quell'anno che conobbe zio Attilio. Era venuto anche lui per sapere dell'eredità di Liccione e avere la sua parte che, pare, non ci fosse già più! Era molto simpatico, raccontava barzellette nel dialetto della città dove abitava da decenni e somigliava ad Alberto Sordi, un grande attore comico di quegli anni. Forse perchè si sentiva in colpa per tutto quello che ci aveva tolto, prendendolo a nonna Teresita, che aveva letteralmente spogliato, la sorella di Cesare, la zia Giorgina, offrì a Cesare e Tina di portare i suoi nipoti, Tony e Steno a fare i bagni nella sua villa al mare, costruita con i beni di cui non vi era più traccia! Zia Giorgina era la ricca di famiglia, al contrario dei due fratelli, bloccati in ogni loro prospettiva di successo dalla guerra, che li aveva visti entrambi prigionieri per lunghi anni in campi di prigionia dai quali uscire vivi era stato difficilissimo, si era data al commercio con un buon profitto, aveva diversi appartamenti, un albergo ed un ristorante e viveva agiatamente. La sua villa era in un posto molto bello, immersa in una pineta a poche decine di metri dal mare e fu un mese che Tony ricordava sempre volentieri.
Solo per la natura che lo circondava, però, in verità i suoi cugini lo trattavano come il parente povero! ... Cosa peraltro vera, ma lui non aveva l'abitudine di sentirsi inferiore a nessuno e, comunque, perchè farglielo pesare? Tony aveva imparato presto a farsi rispettare anche da ragazzi più grandi, al punto che, quando entrava in un nuovo gruppo, la prima cosa che teneva a precisare era che il capo era lui.
Questo significava dimostrare di essere il più forte e, se qualcuno lo riteneva necessario, era pronto alla lotta per vincere. In ogni caso, non era mai lui il primo a cominciare!
Tony amava stare da solo, andare in esplorazione di nuovi territori, se qualcuno voleva seguirlo poteva farlo, ma erano loro a seguire lui, non viceversa.
Gli amici del cugino Giorgio erano tutti viziati, nella lotta la sola cosa che doveva temere davvero era che si facessero male e corressero a piangere

dalle loro mamme. Giorgio era forte, aveva tre anni in più e nella lotta lo batteva, ma era piagnone e il capo restava ugualmente Tony.
Fu in quel periodo che scoprii che c'erano dei maschietti che non volevano battersi. Preferivano farli contenti carezzando il pisello a tutti, succhiandoglielo come se fosse un gelato ghiacciolo, fino a che non sborravano. Era difficile capire come questo potesse piacergli, ma così era. Nessuno li obbligava, dunque? Perché avrebbero dovuto farlo se non per il loro piacere?
Ce n'erano due cosi tra gli amici del villaggio-vacanze. Tony preferiva che solo uno dei due lo seguisse nelle esplorazioni, non ricordava più il suo nome, ma era più bravo a succhiarlo e aveva una mano che non si stancava a sbatterglielo.
Non capiva perchè Giorgio, che era pure più grande di lui, non approfittasse di quella cuccagna ma Tony ne approfittò eccome!
Anzi, presto si smaliziò e tentò di mettergli il pisello nel buco che aveva tra le natiche, come aveva sentito dire che si faceva con le donne per avere i figli (...!?!) Ma il tentativo non riusciva gradevole. Faceva male a entrambi e rinunciarono di comune accordo proseguendo ad andare in esplorazione assieme, nelle pinete dei dintorni, anche più di una volta al giorno!
Questo fino a che non dovette lasciare il villaggio per tornare a casa. Anche lì, però, scoprì che c'erano coetanei servizievoli e ne fece ampia conoscenza! Era scoppiata la moda o era lui che lo scopriva solo adesso? ... Boh! Non erano domande che potesse fare ai compagni di strada, non voleva sembrare un gaggio che non sa nulla.
Fatto sta che non gli piaceva partecipare alle sedute di gruppo, durante le quali i ragazzini lo strofinavano tra le chiappe dei "gentili", oltretutto canzonandoli con disprezzo! Una cosa, questa, che proprio non capiva, a lui piacevano cosi tanto! A quanto pareva, però, anche a loro piacevano, dunque ... perché disprezzarli?
In certe occasioni ... dopo l'uso! vide addirittura dei ragazzi prenderli a calci tra le risate. Quando chiese perché lo facessero, la risposta sorpresa fu: "... Non vedi? ... sono maschi-femmine!"
Si sforzò più volte, nel corso del tempo, di capire da cosa nascesse il disprezzo che sentiva nell'ovvietà di quella replica.
L'unica spiegazione che seppi darsi fu che, i suoi coetanei, in realtà, disprezzassero nei maschi-femmine la loro sessualità e, quindi, se stessi.
Questo, però, lo capì solo molti anni dopo. A quel tempo gli bastò capire che a lui piaceva sborrare ed era grato a chiunque collaborasse con lui a quel risultato, altro che disprezzo! Continuò, quindi, le sue esplorazioni delle campagne tutt'intorno. Se chi lo seguiva non era maschio-femmina,

una volta appurato chi era il capo, diventava sempre più difficile per loro riuscire a seguirlo: bisognava essere capaci di lanciare pietroni lontano quanto lui; arrampicarsi velocemente sugli alberi più alti; entrare nei recinti dei buoi e sfidarli senza paura delle loro corna ... il massimo era tirargli la coda e poi fuggire inseguiti dai grossi cani e, a volte, dai vaccari; penetrare nelle siepi e riuscire a percorrerle dall'interno, tra le spine; stanare i grossi ratti di palude e costringerli ad uscire dalle loro tane, tentando poi di prenderli a mani nude evitando i morsi; entrare nei frutteti a rubare pere, uva, angurie, meglio se con l'ortolano presente, in modo da sfidarlo in lunghe corse a perdifiato.
Non aveva molti amici disposti a seguirlo a lungo. Per questo passava la maggior parte del tempo da solo, in giro con il cardellino testarossa a farsi seghe al vischio tra i canneti o, quando capitava, con un maschio-femmina accucciato vicino a lui che glielo ciucciava con calma.
Perchè diavolo dovrebbe disprezzarli? Ricordava, invece, che li ricambiava con giornalini di capitan Micky o Black Macigno, con le figurine dei calciatori che vinceva al gioco o con qualche bel tirellastico fatto da lui, con strisce di camere d'aria e pelle di qualche vecchio scarpone abbandonato.
Questi, però, non erano regali troppo graditi dai maschi-femmine, non sapevano che farsene, erano ... strani.

Capitolo II
Crudeltà

Di quel periodo gli rimase per sempre impresso ciò che vide durante una di queste esplorazioni, entrando in una casa diroccata, sperduta nella campagna, si trovò davanti ad un cane che lo fissava stando proprio di fronte a lui, all'altezza del suo viso. Era appeso per le zampe anteriori, legate con filo di ferro e, all'altro capo, inchiodato alle due pareti opposte. Era stato sventrato e l'addome, così aperto, mostrava il vuoto, a terra una pozza di sangue rappreso! Lui e i suoi compagni restarono ammutoliti di fronte a quella scena. Pensò: "Sembra Cristo in croce".
Proprio così, sembrava davvero un Cristo in croce!
Immaginò che, quello che era stato un bastardino marrone chiaro, era sicuramente andato incontro scodinzolando a chi gli aveva fatto questo.
Pensò con orrore che forse lo avevano fatto per divertimento.
Sentì con sollievo i suoi compagni dire: "Meschino".
Non avrebbero mai fatto una cosa simile ... e lui non avrebbe sopportato di sentire un commento diverso. Uscirono a capo chino. Tony restò solo a fissare quella povera bestia, la sua bocca spalancata, proprio di fronte a lui, sembrava lo guardasse, sembrava un messaggio per lui!
Si chiedeva chi e perchè avesse potuto fare questo.
Si chiese anche chi e perchè, poteva prendere cavallette e metterle a friggere vive, insieme a lucertole e rane, nell'olio bollente ...
Poté rispondere a se stesso: “Io! ma era per darle da mangiare ai gatti!”
Si chiese ancora: “...E chi poteva catturare innocue bisce d'acqua, tormentarle, ucciderle e scuoiarle, a volte ancora vive?”
Poté rispondere di nuovo: “Io! ma, volevo farmi una cinta con la loro pelle colorata”.
Una voce dal profondo aggiunse infine: “No! Crudeltà, solo stupida, inutile, crudeltà!”
“Ma erano insetti! cavallette, lucertole, bisce ... questo è un cane!” - si difese.
“Qual'è la differenza?" - gli veniva chiesto.
Fu tremendo non trovare una risposta!
Guardò ancora una volta il cane, i suoi denti bianchi nella bocca spalancata, i suoi occhi vitrei ... era stato lui a parlargli?

No, non era stato il cane ... Quella fu la prima volta che la voce dentro di lui si faceva sentire in maniera così chiara, con il rombo sordo di un tuono lontano, che veniva dal profondo ... per educarlo, fargli capire e mostrargli la via. Ma quale via? Verso cosa, verso dove e ... perché?
Con un brivido uscì. Nessuno ebbe il coraggio di levarlo di lì, nemmeno lui. Andarono via, i suoi compagni congetturavano su chi poteva essere stato: "Forse il pastore, o forse una banda del paese vicino."
"Che importanza ha? sono stato io, siamo stati noi, con tutte le nostre crudeltà verso gli animali – pensò, in risposta a quella voce - Forse per capire e conoscere la crudeltà e il senso della vita! Come quando, da piccoli, rompevamo i giocattoli per vedere cosa c'era dentro, per capire cosa li facesse muovere".
Cercava una spiegazione, forse una giustificazione, non la trovò. Nemmeno a quella strana sensazione di non essere solo, di avere già visto, già vissuto tutto questo. Non capì, all'epoca non ne aveva gli strumenti, ma con le crudeltà verso gli animali, tutti gli animali, aveva chiuso per sempre. Quella lezione fu davvero efficace!
Costruì un'ascia intagliando una delle tante lamiere che Babbo usava per i cartelloni e, con le sue vernici sintetiche, la dipinse dei colori di guerra Sioux. Il manico, ricavato da un ramo di quercia e sagomato con cura, lo aveva avvolto, per decoro, con le pelli colorate delle bisce che non uccideva più, ma quelle che ormai aveva conciato le usò per le armi, sopratutto per l'arco di legno, anche quello dipinto nello stesso modo, intercalandoli con la pelle delle bisce d'acqua di cui aveva fatto strage.
Le frecce le ricavò dai raggi di vecchie ruote di bicicletta abbandonate per le campagne. Erano davvero efficaci e micidiali, ma non le usava più per uccidere animali. Cani, gatti, ratti, rettili o uccelli che fossero potevano stare tranquilli, si esercitava con bersagli inanimati, sopratutto le pale di fichi d'india delle siepi, ce n'erano in abbondanza. Lo appassionava colpirle con l'ascia e riuscire a staccarle di netto con un colpo solo! Presto divenne abilissimo. Diventò difficile trovare siepi scampate ai suoi assalti. Le aggrediva con furia, colpiva senza tregua ... nè per il "nemico" nè per se stesso, fino a che lui non aveva più forze ... o, la siepe, pale da abbattere.
Sdraiandosi a terra a riprendere fiato si chiedeva di continuo: "Cos'è questa sensazione di non essere solo, di aver già visto, già vissuto? Non ero mai stato qui prima d'ora ... eppure ricordo il contrario!"
La sua fantasia non gli faceva vedere pale di fico d'india, ma guerrieri con strane uniformi ... coperti di metallo, armati di lance, spade ed asce, come lui! Guardandosi intorno, solo, tra tutti quei "guerrieri abbattuti", si sentiva il vincitore.

"Ho vinto!" - si diceva, al tramonto, avviandosi soddisfatto verso casa.
Suo fratello Steno lo aveva seguito alcune volte, ma fu catturato da un ortolano mentre sradicava i finocchi del suo campo e finì preso a calci!
Un'altra volta fu inseguito dal mandriano, al quale non andava che agitassimo il suo bestiame e ... fu nuovamente preso a calci. Inoltre, quasi sempre, si stracciava i pantaloni o le magliette saltando siepi o fili spinati e le buscava anche dalla mamma al rientro a casa, così non succedeva spesso che Steno lo seguisse.
Quell'anno fu promosso alla prima media e, su consiglio degli insegnanti, Cesare lo iscrisse a una scuola d'arte, viste le sue indubbie capacità nel disegno. Aveva riempito i suoi quaderni di vascelli e galeoni a vele spiegate in mezzo all'oceano e ... di donne nude, fatte con una precisione insolita in un ragazzino di dieci anni.
La scuola gli piaceva, le materie artistiche pure, ma alle lezioni continuava ad assentarsi con la mente. Non lo interessavano la maggior parte degli argomenti, sopratutto matematica, geometria, grammatica. Probabilmente perchè, con tutte quelle regole, lo costringevano ad una attenzione che preferiva dedicare alle sue fantasie. Oppure si perdeva a sbirciare tra le gambe della professoressa di Italiano e storia che gli piaceva molto, o tra quelle delle sue compagne che, essendo una classe mista, abbondavano e qualcuna era proprio "bona", come i suoi compagni gli insegnarono a dire. Con alcuni di questi a volte si faceva "vela" ossia, anziché andare a scuola si andava lungo il fiume a fare il bagno o a dire fesserie sul sesso delle donne, che nessuno conosceva, ma di cui tutti parlavano da intenditori, sopratutto i ripetenti.
A volte si facevano lotte sull'erba e Tony non perdeva mai.
Altre si facevano gare collettive di "sega" e non vinceva mai!
Consistevano nel sedersi in cerchio, tirarlo fuori e cominciare tutti assieme a smenarselo, a vincere era quello che sborrava per primo!
Qualcuno non riusciva a farselo diventare duro davanti allo sguardo di tutti ma, volendo partecipare con impegno, si voltava di spalle.
Non si battevamo per il primo posto, quello era prenotato da un ripetente che appena se lo toccava sborrava ... Una cosa incredibile!
Perciò, escluso "l'imbattibile", c'era da aggiudicarsi il secondo posto.
Tony non ricordava chi fossero i più "vincenti", solitamente sempre gli stessi.
Lui non aveva mai vinto e nemmeno era mai "arrivato" tra i piazzati.
Ce la metteva tutta a sborrare in fretta, ma niente da fare. Diede la responsabilità alle cattive abitudini che il suo pisello si era preso durante la caccia e le seghe al vischio, placidamente sdraiati all'ombra di qualche

albero. Era cosi piacevole smenarselo che, senza fretta, per far durare di più quel piacere, imparò a interrompere un attimo prima di godere per il gusto di ricominciare da capo, un vero ingordo! Ci si può immaginare se un pisello cosi viziato avrebbe rinunciato a qualche smaneggiamento in più per farlo vincere, o almeno piazzare, in una gara di sega, o forse era semplicemente una conseguenza del fatto che se ne faceva troppe!?
Fatto sta che non ne vinse mai nemmeno una e finirono per annoiarlo, così non vi partecipò più ... Già da allora non gli piaceva perdere!
Perciò smise di smenarselo in gruppo e tornò ai suoi "solitari!"
Quell'anno Cesare venne a sapere che, nonna Teresita, era stata abbandonata dalla figlia, la zia Giorgina, in una camera dell'Hotel che aveva acquistato con l'ultima eredità ricevuta da nonna Teresita dalle sue zie veneziane, Cavallini Dal Fabbro. Nonna ne riceveva spesso, da tante zie veneziane ... ne aveva molte! che morivano senza altri eredi che lei e le sue sorelle. Evidentemente le zie erano finite, altrimenti una persona avida come la zia Giorgina non l'avrebbe sicuramente mollata così! Cesare disse a Tina che era andato a trovarla e ne aveva avuto pena, abbandonata da sola, senza nessuno che la accudisse, propose perciò alla moglie di ospitarla loro. La cosa era tutt'altro che gradita a Tina che ricordò a Cesare di quando, da ragazza, presentatasi presso la suocera, incinta della prima figlia, la piccola Rita, la primogenita, che mori neonata appena sette mesi dopo la nascita, sentì le parole sprezzanti di nonna che le rimproverava di essere una "figlia di pescatori", senza contare i dubbi che mostrava di avere sulla reale paternità della bambina. Ricordava anche di quando le chiese un prestito, di appena 200 Franchi dell'epoca, il 1951, per seppellire la bambina, sua nipote, in una tomba di proprietà. Mamma voleva essere sicura che non finisse mai nell'ossario e si vide rifiutare quel prestito, nonostante nonna Teresita avesse appena ritirato lo stipendio da Maestra. Cesare, però, gli ricordò anche la sua generosità, i suoi regali che, non appena si trovava dei soldi, non mancava di fargli. Generosità, forse eccessiva, cui nonna Teresita si lasciava andare fin troppo spesso e a volte, purtroppo, verso chi non la meritava e che rendeva credibile il fatto di non avere 200 Franchi da prestargli, pochi giorni dopo avere ritirato lo stipendio. Ricordò a Tina che il primo televisore del paese fu il loro, un regalo di nonna Teresita e anche il primo frigorifero. Tony ricordava Arco felice di Lucrino, l'anno che Babbo Natale portava solo carbonella, arrivò un pacco pieno di caramelle mù ... che buone! e l'aveva mandato nonna Teresita. Cesare ricordò ancora una volta di quando, a Venezia, nonna ricevette da nonno Antonino il ricavato della vendita, al museo della capitale del Regno, di tutta la sua collezione

di reperti archeologici sulla battaglia di Canne che, appassionato di archeologia, aveva raccolto.
Una somma sufficiente ad acquistare un appartamento a Venezia, arredarlo con cura e sarebbe avanzato anche un bel po' di soldi. Invece, li vestì alla marinaretta tutti e tre, come andava di moda nelle migliori famiglie dell'epoca, gli anni 20, poi andarono a vivere in un appartamento Reale al "Grand Hotel del Lido di Venezia" e, per tre mesi, fecero vita da principini! Passavano le giornate in giro a far compere, lo shopping dell'epoca, nei migliori e più esclusivi negozi di Venezia. Nonna Teresita comprava di tutto, uscivano dai negozi seguiti da stuoli di commessi, carichi di pacchi, messi a loro disposizione dai negozianti, in estasi per le somme follemente spese da nonna Teresita. Una volta - continuava Cesare - spaventato da quel modo di spendere e spandere senza senso, tentò di fermarla tirandola per la giacca: "basta mamma, andiamo via" - le diceva. In quei momenti sembrava invasata! Per tutta risposta, comprò l'ultimo modello di grammofono senza tromba, tutto in ottone e radica, e intere collezioni di dischi "la voce del padrone".
A questi ricordi finivano per ridere a crepapelle tutti, era davvero divertente immaginare un vero e noto "mani-bucate" come Cesare, addirittura spaventato dalle mani bucate della nonna.
"Però che periodo, che vita da nababbi!" - diceva Cesare ma, concludeva sempre Tina: "E poi ve ne siete dovuti scappare dalla finestra la notte, i nobili!" Quella volta, dopo le solite risate, Tina invitò Cesare ad andare a prendere la "vecchia insallanuta ... ci arrangeremo!"
Andò anche Tony col Babbo. Durante il tragitto Cesare taceva, pensava che, forse, essere così strampalata era un motivo sufficiente per essere lasciata da nonno Antonino che, infatti, dopo lo scherzo del "Grand Hotel Lido di Venezia", si separò da nonna Teresita. Aveva sperperato una fortuna e nemmeno se la poterono godere perché dovettero fuggire dalla suite reale, lasciando tutti gli acquisti lì.
Arrivarono all'Hotel e raggiunsero nonna Teresita in camera, era seduta accanto alla finestra, evidentemente in attesa, fiduciosa che non l'avrebbero abbandonata lì. Puzzava d'urina, un odore molto forte, insopportabile. Cesare chiamò un taxi, come bagaglio solo una borsa e qualche capo di biancheria sporca dentro. Proprio il caso di dire: "spogliata e gettata via"... e nonna Teresita lo disse spesso con rancore rivolto alla figlia.
La prima cosa che fece Mamma nel rivedere nonna Teresita fu di salutarla ma, subito dopo, sparirono in bagno e nonna smise di puzzare in quel modo.

Il periodo che l'anziana nonna passò nella loro famiglia fu breve. Tony ricordava che, quando litigava con la mamma, le rammentava di essere solo una figlia di pescatori, facendo il gesto di sputare per terra, ma solo il gesto e facendo attenzione a non essere sentita. Gli leggeva la mano, un passatempo dedicato ai ricordi di quando era una giovane patrizia veneziana e gli diceva cose che gli piacevano: Viaggerai molto, avrai fortuna e una vita davvero interessante, sarai fortunato in amore ... tante donne nella tua vita e almeno due figli ... Diceva che questo lo vedeva dalla forma dei polpastrelli delle dita di Tony, aperte a spatolina ed erano così quelle del marito, nonno Tonino, che era ufficiale della Regia Marina e da altri segni sul palmo della mano sinistra che lei sapeva leggere.
Nella sua borsa c'era il libro "Ventimila leghe sotto i mari", che gli piacque molto, come "Sandokan" e un libro sui Dinosauri che aveva regalato a Giorgio, figlio di zia Giorgina ma, inspiegabilmente, lo aveva portato con se. Forse perché voleva fargli un regalo, ma non aveva più niente. Nonna morì quella stessa primavera. Aveva nevicato, lei aveva ricevuto la visita di un rappresentante di enciclopedie, erano stati a lungo a parlare. Tina stava sempre attenta alla "voglia di compere" di nonna Teresita, ma quella mattina non c'era e la nonna, manco a dirlo! acquistò un'intera "Enciclopedia Universale" a rate! Quando, firmato il contratto, il rappresentante se ne andò, nonna Teresita aprì la finestra e, agitando un fazzoletto con molto charme, lo salutava partire. Tony era presente e guardava quella scena affascinato!
Non intervenne, guardava nonna Teresita, aveva un sorriso estatico, beato e Tony sentiva la netta sensazione di essere spettatore del compiersi di un destino, quello di Teresita, Patrizia Veneziana, che doveva morire di bronco-polmonite, dovuta all'ennesimo ed ultimo incauto acquisto! Nonostante la veneranda età di quasi ottant'anni, Teresita non aveva smesso di apprezzare il fascino maschile e, di quel rappresentante, infatti, disse ... Che bell'uomo!
E così fu! Nonna Teresita fu ricoverata il giorno dopo, peggiorò rapidamente e in dieci giorni se ne andò. Tony fu testimone della sua partenza.
Andò a trovarla, lo riconobbe e con un cenno della mano disse: "Ciao Tonì".
Avrebbe voluto sorridergli meglio, ma non ce la faceva. Respirava a fatica, si rivolse a un giovane prete appena arrivato che lo fece uscire.
Nel corridoio c'era la figlia, zia Giorgina, che diceva: "Ma perche non vuole vedermi'?" - lo chiedeva a Cesare che non le rispondeva.

Il prete uscì confermando che nonna Teresita non voleva perdonare la figlia.
“Le ho fatto presente che se non la perdona non posso dargli l’estrema unzione, ma non vuole perdonarla lo stesso!" – disse a zia Giorgina, molto triste per questo. Voleva il perdono della mamma ... Bella faccia tosta!
Mentre loro parlavano Tony entrò dalla nonna, era sempre più scura di colore, (era il fegato dicevano), lo vide e cercò di parlare, non capiva cosa dicesse.
Capii solo quando gridò il nome della mamma: "...Tina, Tina".
Lo gridò fino a che Tina non entrò a prenderle la mano, allora si calmò subito. Ansimava e il suo respiro faceva un rumore rantolante.
Tina insisteva perché la nonna perdonasse zia Giorgina e prendesse i sacramenti Cristiani andandosene in pace, fino a che nonna Teresita cedette, ma era evidente a tutti, anche alla figlia Giorgina che, in realtà, non perdonava affatto, semplicemente voleva i sacramenti che quel prete non le avrebbe dato senza il perdono alla figlia. Subito dopo, infatti, volle restare sola con Tina e uscirono tutti. Nonna Teresita se ne andò quella notte, verso l'alba, assistita fino all’ultimo respiro da chi aveva voluto vicino. Quella figlia di pescatori che aveva sempre disprezzato e trattato con sufficienza, diciassettesima figlia di un pescatore e della sua seconda moglie, una vedova che aveva avuto altri figli prima di sposarsi e di nome e di fatto si chiamava "Maria Libera", delle isole Greche.
Erano cosi diverse sua madre e sua nonna che si chiedeva come fosse possibile che, alla fine, si volessero bene. Una "scugnizza figlia di pescatori" e una "Patrizia veneziana" che, per quanto decaduta, non smise mai di avere la puzza sotto il naso, non solo verso la "figlia di pescatori", ma verso la "plebaglia" in genere che, come gli diceva sempre lei: "Non possono capire che generosità e grandezza vanno di pari passo, sono troppo piccini!"
Eppure, Tony, proprio da quegli ultimi giorni della vita di nonna Teresita non ebbe più dubbi che si volessero bene. Bastava vedere come Teresita stringeva la mano di Tina e come lei, con pazienza, bagnava la punta del fazzoletto nell’acqua di un bicchiere per poi inumidirle le labbra che lei stringeva, in quegli ultimi istanti, intorno a quel lembo e succhiandolo avidamente ... tutta la notte cosi!
La mamma glielo raccontò più volte in seguito.
"Le bagnavo con la punta del fazzoletto le labbra e lei lo succhiava. Aveva sete, ma dev’essere che, in quei momenti, non si ha più la forza di bere e se non hai nessuno che ti bagna le labbra fai una brutta morte ..."
Glielo ripeté talmente tante volte che pensò:

“Non ti preoccupare mà, a te lo farò io!” - eppoi, quale maggiore manifestazione d’affetto poteva dare sua madre alla nonna, più di quella che le diede alle elezioni politiche che si tennero di lì a poco. Lei che, sfollata a Neapolis appena quattordicenne, durante le famose quattro giornate di Neapolis portava le bombe a mano e le munizioni, nascoste nelle ceste della biancheria, agli uomini sulle barricate che cacciavano dalla città i nazisti, gli andò a dire di avere votato M.S.I Destra Nazionale, in omaggio a nonna Teresita, rimasta sempre Fascista e nostalgica!
"Per questa volta non gli ho fatto mancare il suo voto" - le disse Tina che, di sicuro, non era Fascista nostalgica e né Missina. Escluso ogni motivo d’interesse, visto che nonna Teresita, quando è andata a stare da loro, era bisognosa di tutto. Esclusa anche la riconoscenza, visto che da loro ha più avuto che dato. Che altro restava se non prendere atto che, in fondo, in fondo, si volevano bene? ... però, chi l’avrebbe mai detto!
Nonna Teresita era di quelle talliane che aderirono entusiasticamente al Fascismo fin dalla prima ora e non cambiarono mai idea. Teneva sempre fieramente al dito la fede di ferro, avuta in cambio di quella d'oro, quando la sua Patria lo richiese.
Tony continuava ad andare a scuola con un buon profitto, stava per terminare la prima media e sicuramente sarebbe stato promosso. Mamma Tina non si rendeva conto che i suoi figli crescevano e continuava a fargli i calzoncini corti.
Non sentiva freddo alle gambe d’inverno, nemmeno con la neve, ma gli dava fastidio che tutti gli chiedessero, rabbrividendo:
"Ma non senti freddo?"
No! non sentiva freddo, ma fu contento quando la madre gli comprò un paio di pantaloni lunghi. Non lo fece per il freddo ma, piuttosto, per nascondere i lunghi peli che cominciavano a ricoprirgli le gambe. Sembrava più grande con i pantaloni lunghi, lo sembrava già e da sempre a causa della sua alta statura, di almeno un palmo superiore ai più alti dei suoi compagnetti di scuola, anche dei ripetenti. Continuò a trascorrere la vita come sempre, ma cominciava a provare, sempre più prepotente, il desiderio di andarsene lontano, partire. Esplorare i dintorni evidentemente non gli bastava più. La notte si addormentava sognando di essere un marinaio che, sempre in giro per il mondo, viveva mille avventure in terre lontane. Fantasticando di viaggi per mare e nuove terre da esplorare, si addormentava felice in quella casetta nel campo, con il concerto dei grilli che, insieme a qualche ranocchia, cullavano i suoi sogni.
O era il parlottare sottovoce del babbo e della mamma che, con la candela in mano, cercavano sui muri qualche zanzara fastidiosa. Vedere le loro

ombre allungate sulle pareti, tra le palpebre che non volevano stare su, gli dava un senso di pace e sicurezza che non dimenticò mai!
Trascorse quell'estate del 1966, aveva già dodici anni, andando solitario con il suo cardellino "Testarossa" in luoghi sempre più irraggiungibili della palude. Aveva scoperto una specie di isola nascosta dai canneti. Era in realtà una grande e vecchia quercia che, con le sue enormi radici, aveva trattenuto tutto intorno a se detriti e terra alluvionale.
La naturale propensione delle canne a crescere dappertutto aveva fatto il resto, nascondendo alla vista "la sua isola".
Decise, infatti, che era sua e guai a chi l'avesse profanata, andandoci senza il suo permesso.
Imparò, andandoci per la caccia e le seghe al vischio, a non aver paura di quelle strane creature, per la verità abbastanza schifose, che si attaccavano alle sue gambe quando attraversava le acque stagnanti per raggiungere l'isola. Doveva toglierle raschiando la sua pelle con l'ascia o il coltello. Con le mani non gli riusciva di staccarle per quanto erano viscide, tant'è che le chiamò viscidose.
Ne portò qualcuna a Cesare che gli svelò il mistero del loro strano comportamento.
"Sono Sanguisughe - disse il babbo vedendole - si appiccicano addosso e succhiano il sangue, si nutrono cosi. Sul lago Vittoria era pieno, durante una delle mie fughe dal campo di prigionia di Tororo, inseguito da vicino, mi nascosi tra i canneti della riva e mi ritrovai ricoperto di queste bestiacce! La perdita di sangue fu talmente tanta che mi fece svenire, per fortuna ero già giunto sulla strada per Tororo e la pattuglia inglese, che mi cercava con i cani, mi salvò la vita portandomi all'ospedale. Quelle bestiacce erano più grosse di queste e, forse, mi trasmisero loro il "Black-Water" che mi portò quasi all'altro mondo - aggiunse, ridendo alla mia sorpresa - guardati le gambe, vedi tutti quei puntini rossi? ti stavano già succhiando il sangue, se non te ne fossi accorto potevi svenire, lì da solo, ti avrebbero potuto dissanguare!"
"Ma vai babbo — rispose Tony — non sono mica Africane! non vedi come sono sottili, fragili, cosa vuoi che dissanguino?"
Schiacciando sotto i piedi la sanguisuga, continuò a tranquillizzare il babbo circa la non pericolosità delle sanguisughe locali, non voleva che si preoccupasse al punto da impedirgli di andare ancora nelle paludi. Pensava, però, che le viscidose meritassero una maggiore attenzione e, in cuor suo, si riprometteva di studiarne meglio la pericolosità, dedicandosi a qualche esperimento in proposito. Così, i giorni seguenti, studiò le sanguisughe. Appurò che arrivavano attirate dal calore, si muovevano

nell'acqua come serpi, con un ondeggiamento strano e la sagoma di una fettuccina che bolle in pentola; si adagiavano sulla pelle delle gambe in maniera tanto morbida che solo l'occhio le poteva vedere, la pelle non le sentiva. Cominciavano a succhiare da subito e, per staccarle, era meglio usare il fuoco, un carbone ardente appoggiato sul loro dorso le faceva rattrappire e cadere in un attimo! Viceversa, a raschiarle dalla pelle con il coltello, doveva succedere qualcosa che provocava una leggera infezione che dava fastidio per qualche ora, come un'irritazione, forse qualche ventosa da risucchio che restava dentro la pelle infettandola, mah!

Di quell'estate mantenne ricordi profondi. Uno dei momenti più belli fu quando, dopo lunghi appostamenti e sopportando le sanguisughe appiccicate alle sue gambe immerse nell'acqua, riuscì a prendere di sorpresa e a mani nude un grosso pesce che, attirato dal suo calore, ingenuamente, si era avvicinato a nuotare intorno a lui che, immobile, lo attendeva con le mani già immerse nell'acqua. Più che prenderlo, vista la difficoltà di afferrare quelle creature viscide tra le mani, riuscì, affondando ancor più le mani di taglio nell'acqua e proprio su quel grosso pesce, a estrarlo dall'acqua e a lanciarlo sulla riva, dove lo guardò sbattere la coda, tentando una fuga impossibile. Pesava almeno due chili! Non lo portò a casa, Tina non si fidava a mangiare le "bestie", come le chiamava lei, che ogni tanto portava, tutte catturate a mani nude: Carpe, conigli, tinche, bisce e grossi ratti di palude. Per l'occasione organizzò un fuoco e, fatta la brace, infilò il grosso pesce argentato su un rametto aguzzo a mo' di spiedo. Lo infilzò dalla bocca e lo fece uscire dal foro che aveva vicino alla coda. Riuscì a cucinarlo a dovere, ma non aveva un buon sapore, anzi, a dire la verità, aveva sapore di niente! Dovuto, come gli spiegò poi Cesare, al fatto che non ci mise sale!

Come folgorato da tale rivelazione, pensò a tutte le volte che, nei campi di pomodori, mordeva voluttuosamente i pomi più invitanti per sputare tutto subito dopo, disgustato e sorpreso che non avessero lo stesso sapore di quelli che la mamma portava a tavola, eppure sembravano uguali!

Si era convinto che prima di venderli nei negozi gli facessero un trattamento particolare per renderli cosi buoni. Mai avrebbe pensato che il cattivo gusto dipendesse dalla mancanza di sale. Senza sale = insipido! Ovvio, come aveva fatto a non arrivarci prima? Il babbo sentita la sua descrizione del pesce, tentava di arrivare all'identificazione della specie. Stava nel garage, inchinato, con il pennello in mano, su un grosso cartellone giallo tenuto orizzontale dai cavalletti che avevano costruito assieme e diceva: "Si trovava nella palude, nel canale che porta al mare,

dunque poteva essere una spigola ... anche un luccio però, visto il colore credo proprio fosse un luccio, ma anche la spigola, ora che ci penso..." Cesare continuava, come al solito non si accorgeva che Tony non lo ascoltava più. Aveva tirato fuori la scatola con i soldatini, gli indiani, le giacche blu e stava organizzando sotto il tavolo e il cartellone una battaglia, il suo gioco preferito. Pensava al sale, l'indomani sarebbe andato in campagna con una bustina di sale in tasca, avrebbe assaggiato quei bei pomodori sui campi, salati al punto giusto, per vedere se, finalmente, avrebbero avuto lo stesso sapore di quelli della mamma.
Ogni tanto, di domenica, nei periodi più caldi, Tina riempiva le borse di panini e, di buon mattino, s'incamminavano verso la fermata della corriera che dalla stazione ferroviaria conduceva al mare. Era un grosso mezzo di colore blu, ogni tanto suonava le trombe, avevano un suono caratteristico "BU—BAA BU-BAA BU-BAA ..." Era sempre stipato di gente. Ragazzi e ragazze, delle quali ammirava i grandi seni, poco nascosti dai costumi da bagno gli facevano capire che non erano più bambine come le sue compagne di scuola. Stavano riuniti in gruppi, sia sulla corriera che, poi, sulla spiaggia, intorno a dei mangiadischi portatili che suonavano le canzoni dell'epoca, quasi tutte d'amore e da estate al mare.
Da quante volte sentiva un pezzo in uno stesso giorno, poteva capire il successo che aveva presso i giovani. Strano che a lui non piacesse nessuna delle canzoni più suonate, tranne quelle di Rita Pavone, o la pavoncella, come la chiamava la mamma, alla quale piaceva molto. Tifava sempre per lei, anche per la grande somiglianza fisica.
Cesare diceva di Tina: "Ha palle da Brigadiere dei Granatieri d'assalto, ma è un tappo da Corazzieri alla Renato Rascel."
"Buon per te, altrimenti sai che ti facessi a te e a tutte le canne al vento come te!"
Tina finiva queste frasi in difesa dei tappi, mordendosi la mano tesa e inviando una ringhiata alla volta dello "spilungone". A Tina piacevano molto le canzoni classiche del suo paese che cantava con una bella voce intonata ogni giorno, da sempre.
A Tony piacevano molto i Beatles. In quegli anni si usava poco la televisione per le musiche straniere, specie per le canzoni cosiddette di protesta, ma, in quelle rare volte che capitava, era pronto a vere e proprie guerre per non andare a letto con Carosello. La rassegna di gag pubblicitarie che segnava l'ora di mettere a letto i bambini. Vinceva quasi sempre, presumeva, però, che ciò era dovuto al fatto che, la televisione, aveva ancora un solo canale. Altrimenti dubitava che la mamma e il babbo avrebbero tollerato le "zazzere chiassose" di Beatles & Co. e gli

sculettamenti di Celentano. Un Celentano che, con la sua canzone "Azzurro", gli faceva cantare lungo il percorso per tornare a casa dalla scuola:
"... Il treno dei desideri nei miei pensieri all'incontrario và ...pò po-po-po ... po-ro-pò"
La cantava, ricordava, mentre cercava di nascondere uno strappo nei suoi primi pantaloni lunghi, tenendo la mano destra in tasca a sorreggere il nastrino di scotch che, dall'interno, doveva sorreggere la stoffa ormai esausta.
Lo faceva perchè la mamma gli comprava pantaloni di almeno due taglie più grandi! Aveva la 46 e gli comprava la 50. Quelli, infatti, quando li comprò, due anni prima, erano 48, ma gli stavano bene in quel momento che erano consumati e non reggevano più, eppure ci era stato attento! Una volta che doveva lottare con uno di una banda si era persino beccato un pugno sul mento perchè, prima di attaccarlo, si era attardato a levarsi i pantaloni... Ma ogni cosa ha una fine e per quei pantaloni era giunta la loro! Credeva che una delle cose che lo complessava di più nei confronti delle ragazze, in quel tempo, erano i pantaloni da "vecchio" che la mamma lo costringeva ad indossare. Un paio di Blue-Jeans erano la sua massima aspirazione. Il suo treno dei desideri che, però, continuava ad andare all'incontrario! Le altre canzoni legate a quel tempo, a proposito che tempo? ...infanzia? adolescenza? ..o che? erano: Fatti mandare dalla mamma a prendere il latte, di Gianni Morandi e I ragazzi della via Gluk, sempre di Celentano. Gliela suonava con la chitarra un maschio-femmina del nord venuto in vacanza: era carino come una bambina.

Capitolo III
L'Isola dei Testarossa

Quel giorno era con una banda, oltre l'abitato, tra quei boschetti di eucalipto che Tony attraversava per raggiungere il suo "territorio di caccia".
Sentì gridare... - "Aria di zuffa!" - si disse. Un invito irresistibile per lui.
Si avvicinò e dietro i primi cespugli del boschetto vide un gruppo di ragazzi che deridevano e spintonavano un maschio femmina.
"Siamo alle solite - pensò - dopo l'uso ... si divertono cosi!"
Non cercava nemmeno più di dare spiegazioni a questo comportamento.
"Vigliaccheria! - aveva concluso - voglia di provare la propria forza con chi è sicuramente più debole. Paura di provarla davvero con chi gli è pari e scoprire di essere deboli!"
L'unica cosa che gli interessava in quel momento, però, era che si trovava davanti a Romeo, il capo di quella banda ... lo cercava da giorni.
Napoleone, un cucciolo di spinone, o quasi, che gli avevano regalato da poco, era stato preso a bastonate da qualcuno, era ferito sulla testa e sul muso e aveva zoppicato per un bel po'. Cercò per giorni chi era stato e, proprio due della sua banda, gli confessarono, per non buscarle in sua vece, che l'autore era stato Romeo.
Il motivo? ... vendicarsi per avere perso nella lotta! Tony L'aveva fatto vergognare di fronte ai suoi. Ricordava la volta che s'incontrarono lungo un canale. Era immerso fino alla vita nell'acqua, andava ancora a caccia di bisce e, davanti a lui, ce n'era una. Era sdraiata a pelo d'acqua su un fondo di erbe e muschi verdi, si godeva il calore del sole e Tony, lentamente, era riuscito ad avvicinarsi con pazienza fino alla distanza giusta per scattare ed afferrarla al collo ... salvo errori! ... non sempre gli riusciva.
Un colpo secco nell'acqua, uno schizzo improvviso e addio serpente lucente! L'eco delle risate sull'argine in alto gli fece alzare lo sguardo. Una banda di ragazzini rideva. Se lo avesse valutato uno scherzo, avrebbe riso anche lui, ma quelle non erano risate da scherzo e, se avesse avuto dei dubbi, la pisciata del capo banda che, tiratoselo fuori, mirava a pisciargli addosso, lo fece scattare in avanti verso di lui che, dall'alto della sua posizione, forse, non aveva valutato bene la differenza fisica tra loro!

Veramente non l'aveva fatto nemmeno lui ma, aggredito, non stava mai a chiedersi chi fosse il più forte o chi vincerà, semmai si lanciava all'attacco senza nemmeno contare in quanti fossero. Forse per sfogare la rabbia che aveva dentro? ... boh! Fatto sta che così agiva sempre e cosi aveva agito anche quella volta! Risalito con due salti l'argine, fu su di lui e lo afferrò al collo stringendoglielo tra braccio e avambraccio e, nello stesso tempo, torcendo il suo busto da sinistra verso destra, nell'intento di atterrarlo.
Lo fece cadere di sotto, avvinghiato a lui, a fargli da "materasso" nello spianare canne, cespugli e rovi spinosi ... giù fino all'acquitrino, dove lo lasciò, per vederlo riemergere con una "parrucca" di erbe e muschi verdi che, unitamente alla sua espressione di paura e sgomento trovandosi di fronte a Tony, almeno un palmo più alto di lui ed evidentemente più forte, fece ridere a crepapelle tutti, anche i suoi compagni di banda.
Lo lasciò risalire mogio-mogio e a capo chino. Se ne andò deriso dai suoi che, invece, si spogliarono e si gettarono nel canale a fare il bagno. Non lo vide più da allora e, certo, non poteva immaginare che si era fatto un nemico così subdolo e vile, capace di fare del male a un cagnolino indifeso, un cucciolo di pochi mesi ... per colpire lui! Evidentemente quel codardo era era fatto così e, adesso, ce l'aveva davanti, con la stessa espressione spaventata di quel giorno!
Quello fu uno dei primi episodi utili a insegnargli a non lasciarsi mai dei nemici dietro le spalle e ... niente conti in sospeso!
Era impallidito vedendolo, deglutiva spesso e si leccava le labbra.
Non aveva certo bisogno di chiedergli se fosse vero che aveva bastonato Napoleone. Aveva scritto in faccia ciò che aveva sulla coscienza ma, non lo afferrò al collo, preferiva spingerlo all'indietro dandogli colpi sul collo con la mano aperta. La sua paura era sempre più evidente e soddisfaceva sempre di più il desiderio di vendetta di Tony.
"Gente così era capace anche di squartare un cane e di appenderlo a dei chiodi ... Gente così è capace di qualsiasi cosa ..." - pensò.
Una luce improvvisa un rumore ... come un rombo lontano. Quegli occhi quelle labbra ... quel degluttire a fatica ... Quella sensazione di avere già visto tutto questo, di averlo già vissuto. Un mancamento subito ricacciato.
"Certo che lo avevo già vissuto! - pensò - nel canale..."
"No! ... prima, molto prima ... o dopo?" - qualcuno rispose, dentro la sua testa! Ricacciò quei pensieri, quella carogna era ancora davanti a lui, si era accorto di quella sua ... assenza!? Forse sì, aveva un espressione di sorpresa in quella da vile, ma Tony fu subito da lui e, un attimo dopo, prese a colpirlo in testa con il pugno a martello. Si piegò in due sotto i suoi colpi, si copriva la testa con le mani e Tony passò a colpirlo sulla schiena,

poi di nuovo sulla testa, fino a che non gli sgusciò da sotto prendendo a correre cosi velocemente che non sarebbe mai riuscito a raggiungerlo. Non ci provò nemmeno ... lo guardò, invece, con soddisfazione, attraversare a grandi salti il boschetto di eucalipti passando in mezzo ai cespugli senza voltarsi, sicuro di essere inseguito e ... lo era, ma dalla sua coscienza sporca ... Tony dubitò che potesse riuscire a seminarla!
Si voltò verso i suoi compagni ... erano addirittura solidali con lui. Dissero che non volevano che Romeo pestasse il suo cucciolo ma, in realtà, Tony se ne fregava se mentissero oppure no. Credeva di essersi messo nei guai aggredendo Romeo mentre era con i suoi “amici", anziché aspettare di beccarlo da solo. Erano in sette, un po' di tutte le taglie. Pensava che, anche se li poteva vincere tutti prendendoli uno ad uno, tutti insieme lo avrebbero fatto a "beffa" e si preparava ad usare anche l’ascia per difendersi.
Tutti ragionamenti inutili, sembravano aver deciso di eleggerlo a loro capo. Uno di loro, ridendo, gli indicava l' oggetto delle loro risate.
"E’un maschio-femmina - dicevano tutti - vuoi vedere?” - disse un altro, tirandogli giù i calzoncini corti. Il ragazzino tentò di ritirarseli su piagnucolando, ma senza riuscirci, c'era pronto un altro che glieli calava nuovamente, spingendolo e facendolo cadere più volte. La scena di sempre e che, come sempre, gli piaceva poco e niente. Fu più forte di lui dire: "Lascialo!”
Si fermarono immediatamente tutti a guardarlo, sorpresi.
"Devo essere completamente scemo - pensò - ora mi salteranno tutti addosso". Lo aveva detto tenendo la sua ascia stretta nel pugno fino a ficcarsi le unghie nel palmo e deciso a usarla. Se avesse fatto finta di credere che, con il pestaggio di Napoleone, loro non c'entrassero, si sarebbe sentito un vigliacco ... un loro pari!
Gli stavano dando una dimostrazione, proprio in quel momento di come agivano. Esattamente col comportamento che tenevano con quel ragazzino spaventato, che aveva creduto di uscire con “amici".
Improvvisamente sperò che reagissero, voleva colpirli, vendicare il suo cane, Napoleone, ma anche Fido e Nicolino, gli altri suoi cani uccisi a bastonate dal “pastore?” ... o per gioco da vigliacchi come questi?
Li guardava fisso negli occhi, ci vedeva montare la paura.
“Paura?! ... Ma, paura di chi? ... Di me? Ma se sono un intera banda! – pensava. Eppure non c’era dubbio, avevano proprio paura. Con la coda dell'occhio vedeva quelli più distanti da lui defilarsi dietro i cespugli e allontanarsi ... li avevano notati anche quelli più vicini ... poteva "sentire" le loro lingue seccarsi e schioccare in cerca di saliva per deglutire.

Più aumentava la loro paura, più aumentava il suo coraggio.
Stavano per girarsi e fuggire come il loro degno capo.
Decise di colpire quello più vicino con l'ascia, solo di piatto, in testa, in fondo non voleva fare troppo male a nessuno, ma gli sembrava giusto fargli provare almeno quello che avevano fatto provare al suo cucciolo.
Non fece nemmeno a tempo ad alzare il braccio che scattarono tutti a correre in tutte le direzioni, facendo una gran cagnara con le frasche e i cespugli che urtavano ... in un attimo non c'era più nessuno!
In fondo, anche per Tony fu un sollievo, restava convinto che, se fosse stato costretto ad attaccarli, avrebbero ritrovato il coraggio, se non altro per difendersi e gliele avrebbero suonate di santa ragione ... o no?
"Un vigliacco è un vigliacco. Un milione di vigliacchi non diventano una poderosa armata, ma solo una marea immonda di vigliacchi! - disse una voce, la solita, dentro di lui - Boh! comunque è andata bene e questo è quello che conta!" – gli rispose.
Ripresa la gabbietta con il suo Testarossa, che aveva lasciato dietro i primi cespugli di quel boschetto, s'incamminò nuovamente verso le paludi.
Era soddisfatto dell'accaduto e sicuro che la giornata sarebbe finita ancora meglio e cioè con una buona caccia, un bel Testarossa da rivendere ad almeno 50 franchi al negozio degli animali, oppure scoprendo un po' di rottami, magari del rame, meglio se in cavi elettrici da ripulire della gomma col fuoco, era ben valutato dai ferro-vecchi ma, il colpaccio sarebbe stato trovare ottone. Quello sì che era ben pagato, anche se, il poco recuperabile, si trovava nelle valvole di vecchie bombole del gas abbandonate e bisognava darci dentro con segaccio da ferro e scalpello per staccarlo da lì, altrimenti non lo volevano. Ne valeva la pena però: 80 franchi il chilo. L'ultima volta trovò cinque bombole, ci mise parecchio a estrarlo e si pestò pure un dito col martello ma, col ricavato, andò al cinema ed in pasticceria, comprò scagliola e vischio e gli avanzò abbastanza per ritornarci.
"Ehi!" - una voce lo chiamava distogliendolo dai suoi pensieri d'affari. Era il maschio-femmina, lo stava seguendo, voleva tornare a casa e aveva paura di incontrare di nuovo la banda.
"Ho capito - gli disse — ma, se torno indietro per accompagnare te, si farà troppo tardi per andare a caccia".
"A che ora tornerai? ... allora, posso venire con te?" - chiese lui.
Era veramente preoccupato di restare lì da solo. Tony riteneva che in quel momento, in realtà, nessuno stesse pensando a lui anzi, secondo Tony, nel boschetto non c'era rimasto proprio nessuno a parte loro due.

Lui, invece, era convinto che lo aspettassero nascosti tra gli alberi per riprendere a sfotterlo calandogli i calzoni e non c'era verso di convincerlo del contrario. Rispondere diversamente alla sua domanda gli sarebbe sembrata una cattiveria e poi ... perchè no? Se ci fosse scappata una sega fatta da lui, anziché dalla solita "zampa" sarebbe stato chiudere ancora più in bellezza la giornata no?
"Ma solo se lo proponeva lui! – si ripromise - dopo tutti gli spaventi di oggi, non mi sembra giusto farmi fare pure una sega, anche se mi deve qualcosa ... già, ma anche io gli devo qualcosa! In fondo devo a lui se ho potuto dare quella bella lezione a Romeo e ai suoi, il mio cane potrà stare tranquillo adesso. D'accordo siamo pari. Allora ... solo se vuole, se no, niente!" – pensò e, dopo quella discussione con se stesso, rispose:
"Va bene, vieni pure ma, patti chiari amicizia lunga, primo: io torno prima che faccia buio. Secondo, vado in un isolotto, bisogna entrare nell'acqua per arrivarci e una volta lì bisogna stare in silenzio o i cardellini scappano. A queste condizioni puoi venire!"
Tony riteneva che quel ragazzino con un aspetto femminile avrebbe accettato qualunque condizione pur di non restare da solo nel boschetto, in ogni caso accettò e si avviarono verso la palude. Parlava di lui durante la marcia, gli disse di essere di Mediolano, una grande città del Nord e di essere venuto in vacanza ospite degli zii. Tony notò che si comportava bene per essere un maschio-femmina. Lui, anziché passare dai sentieri, attraversava a bella posta i terreni recintati dove tenevano i buoi, per vedere come si comportava. Solo la voce ... parlava in continuazione, tradiva l'emozione di trovarsi cosi vicino a quei bestioni, sicuramente per la prima volta in vita sua. Con la coda dell'occhio lo guardava camminare quasi appiccicato a lui e di traverso ai tori, pronto a scappare via al primo movimento di uno di quei giganti. A Tony scappava da ridere, ma si girò solo dopo aver scavalcato la siepe dall'altro lato, per vedere se ce la faceva. Era rosso come un pomodoro, ma aveva continuato a parlare di Mediolano e di sua sorella e del parco non so cosa ... aveva cercato di nascondere la "fifa", era giusto, perciò, che Tony facesse finta che ci era riuscito.
Arrivarono alla zona dei canneti e, infilatisi là in mezzo, furono subito all'acqua. Non ci furono problemi per attraversare, stava dietro di lui e non si sprofondava mai oltre il ginocchio. Di sanguisughe non parlò e per fortuna non si fecero vive. Giunti sull'altro lato e attraversato il canneto sulla riva, un grido lo fece voltare di scatto, ma non era altro che il maschio-femmina.

Era entusiasta dell'isola e lo esprimeva gridando e dicendo cazzate: ...guarda qui... guarda la...
“Come se non l’avessi mai vista prima, mi ero fatto seghe in ogni angolo dell’isolotto, appostato in attesa di prede! Stavamo camminando sul mio sborro e ancora dovrei "guardare qui... guardare la".
Aveva proprio ragione, però, era davvero bella l'isola. La grande quercia con quel folto ombrello di rami scuri e quelle radici fuori terra, tra le quali mi sdraiavo per nascondermi alla vista dei cardellini, attirati dal richiamo del testarossa, sistemato con gabbietta e rametti "invischiati" dall’altro lato, tra erbe alte e giuncaglie fiorite. Se facesse un po' di silenzio, potrebbe sentire anche quanti uccelli ci sono sulla vecchia quercia - pensò, ma subito glielo disse:
"Ricorda i patti, bisogna fare silenzio, altrimenti non prendo niente".
Rispose mettendosi il dito indice davanti alla bocca e facendo ssst...!
Ecco cosa aveva di strano nel parlare: aveva uno strano modo di fare la esse, non so come, ma diverso. Comunque fece silenzio, si nascose tra le radici della quercia come gli disse, mentre lui andò al lato opposto a sistemare il testarossa. Scelse il rametto che gli sembrava più idoneo e, aperta la scatoletta del vischio, lo spalmò bene su tutta la parte, dove dovevano poggiare le zampette gli uccelli, restandoci invischiati e, dato un ultimo sguardo d’incoraggiamento al richiamo, raggiunse di corsa la quercia appostandosi in silenzio. Non fu facile però, il maschio-femmina voleva sapere tutto della caccia e a condizione che parlasse sottovoce lo accontentai, raccontandogli tutte le fasi della preparazione che, solitamente, ripetevo uguale ogni volta...
"E poi vengo qua sotto, mi nascondo e mi faccio una sega... al vischio, perché non mi riesce mai di ripulirmi bene le mani e mi invischio pure l'uccello! ...se lo metto lì, vicino al richiamo, ci resta attaccato pure qualcosa!" - concluse ridendo il suo racconto.
Non lo fece ridere, anzi, alla parola sega era arrossito. Tony non voleva di sicuro alludere a niente, ma solo scherzarci un po' su.
In quel momento notò un cardellino che stava planando, in quel loro caratteristico modo, verso la gabbia, attirato dal richiamo. Smise di parlare e si preparò a scattare. Non si era posato direttamente sul vischio, ma su un cespuglio vicino e cantava rispondendo al richiamo. Era prudente, buon segno, non era un novellino, forse era già un Testarossa o quasi. Da quella distanza non era possibile vedere i colori della testa.
Disse queste parole sottovoce al maschio-femmina, per evitare che facesse qualche domanda improvvisa a un tono troppo alto, facendo così fuggire la preda. Cantava bene, ora toccava al richiamo fare bene il suo

lavoro, doveva far notare quanta scagliola e semi di miglio aveva a disposizione, invogliarlo ad avvicinarsi, ingolosirlo. Non si muoveva, era davvero prudente. Il richiamo prese a sbattere le ali sulla vaschetta dell'acqua per rinfrescarsi dalla calura, faceva un sacco di chiasso. "Bravo!" – pensava Tony - era una scena talmente tranquillizzante che la preda con un saltello si posò sul vischio. Fu come lo sparo del via a una gara di corsa. Tony scattò in avanti, doveva prenderlo prima che, tentando di liberarsi le zampette, si avvolgesse completamente col piumaggio nel vischio, in quel caso si sarebbe rovinato. Infatti, alcuni, quando scattava troppo presto, riuscivano a liberarsi e a volare via ma lui preferiva perderli piuttosto che ritrovarseli tra le mani completamente invischiati e spennati, con tutte quelle piume attaccate al rametto di vischio, gli sembrava uno sfregio inutile!

Alcuni cacciatori raccontavano che molti cardellini erano addirittura morti pochi giorni dopo, perché l'unico modo per ripulirli dal vischio impiumato era usare petrolio o benzina e questo spesso li uccideva. Non era questo il caso, però ... gli era sopra, era preso bene, il tentativo fatto di spiccare il volo al suo scatto, lo aveva fatto capovolgere a testa in giu. Era questo il modo migliore di essere presi, solo le zampette e le punte delle ali toccavano il vischio.

Ora bastava l'abilità del cacciatore a evitargli ogni danno: con la mano sinistra lo prese in modo da avere le zampe e la punta delle ali tra l'indice e il pollice e la testa in basso verso il suo polso; con il becco lo colpiva rabbiosamente sul mignolo, si difendeva con coraggio mentre Tony, con l'altra mano, lo staccava dal vischio senza danneggiarlo. Completò l'opera infilandosi la punta delle sue penne in bocca e, bagnandole con la sua saliva, lo liberò dagli ultimi residui di vischio.

"Ecco fatto, il signorino e pronto per la gabbia" - disse, rivolto al maschio-femmina che, accorso dietro di lui, non si era perso niente delle fasi della cattura. Voleva guardarlo bene ed anche Tony.

Era un bellissimo testarossa e doveva esserlo da tempo!

Le piume rosse della testa avevano un tono scuro che nemmeno il suo richiamo aveva ancora raggiunto, i giovani novellini, infatti, cominciavano a mettere piume rosso-arancio sulla parte alta del capo, poi le bianche all'altezza degli occhi e le nere giù verso il becco. Sembrava anche più grande dei soliti cardellini.

Continuava a beccargli le dita nel tentativo di liberarsi, mentre lo osservava.

"E' un vero lottatore!" - disse con ammirazione.

Il maschio-femmina voleva toccarlo, ma aveva paura dei pizzichi.

"Fa male?" - disse rivolto a lui.
"Ma va, che male vuoi che faccia, così piccolo! Male faceva il pizzico di un falchetto ferito a un'ala che mio padre portò a casa quando ero piccolo. Ma era grande quanto la tua testa ed io avevo tre anni, strappava pezzi di carne a colpi di becco e non era certo questo becco, dai prova" - rispose, mettendogli il testa rossa davanti al viso. Provò a toccarlo e non fece a tempo a ritrarre la mano prima di prendersi una beccata, cosi si accorse che non aveva abbastanza forza da far male e smise di avere paura ad accarezzarlo.
Il cardellino aveva il cuore che batteva all'impazzata, doveva essere terrorizzato!
"Ora basta, vedi come gli batte il cuore? bisogna metterlo in gabbia e lasciarlo tranquillo, oltretutto è ancora presto e se ne può prendere qualche altro" - dissi, infilando il Testarossa in gabbia. Sapeva, però, che la nuova preda avrebbe passato il tempo a infilare il becco tra le sbarre della gabbia cercando una via di fuga che non c'era, non era certo il modo migliore di richiamarne altri.
A volte, però, capitava, quindi, ritornati alla quercia, contento di quella cattura non certo solita, gli dispiacque non potersi dedicare alla sega al vischio che precedeva il bagno nell'acquitrino. Ridendo, lo fece notare al maschio-femmina che arrossì di nuovo.
Ma perché arrossiva? Gli venne il dubbio che non fosse maschio-femmina.
A volte i ragazzini, riuniti in bande, cercavano tra le nuove compagnie, qualcuno che si assoggettasse a fare il maschio-femmina, di solito erano i più piccoli, ma non sempre.
Era capitato anche a Tony molto tempo prima. Aveva circa tre o quattro anni, dei ragazzini più grandi li avvicinarono per proporgli di toccargli l'uccello, era bello dicevano, ma solo due tra loro ci cascarono diventando i maschio-femmina di quella banda.
A Tony non gli passò mai per la testa, anche se non capiva cosa significasse, era comunque un modo di sottoporsi alla volontà altrui e lui non era certo un succube, anzi, per sua natura era portato ad essere incubo! Perciò pensava che chi lo facesse lo era, indifferentemente dall'età, giacché a lui gliel'hanno toccato e ciucciato maschi-femmina molto più grandi di lui ... era pieno!
Tony, comunque, non aveva proprio niente contro i maschi-femmina, anzi! Inoltre, non capiva perchè fosse e tassativamente, proibito, non sapeva da chi e nessuno lo sapeva, giocare con le bambine.
Quando era più piccolo lo chiese alla mamma e ricordava la sua risposta.

“Perché ti chiamano maschio-femmina, perciò tu non farlo, gioca con i compagnetti tuoi!"
Anche allora non sapeva cosa significasse maschio-femmina, ma era qualcosa di poco onorevole, visto il disprezzo che si usava nel dirlo a tutti quelli che venivano visti, anche solo a parlare, con le bambine, figuriamoci a giocare a "campana”, quello strano gioco a saltelli, disegnato a terra, di cui andavano pazze!
Tony, comunque, non correva pericoli, i suoi giochi preferiti erano considerati poco praticabili anche dai maschietti più duri, a parte le lotte in cui peraltro eccelleva. Forse li consideravano maschi-femmine per quello strano modo di vestirsi che avevano tutti: pantaloni sempre lunghi fino al ginocchio e magliette o camicette, non so come, che gli conferivano quell‘aria da femminucce.
Ma perche si vestivano cosi? Loro avevano sempre e tutti, pantaloncini corti di tela blu fatti in casa e magliette a righe orizzontali prese nelle bancarelle dei mercatini, talmente simili da sembrare uniformi militari! Sarà per questo?
"Non credo che un pantaloncino e una maglietta diversa possano spingere qualcuno a fare le seghe agli altri" – rifletté, mentre puntava la gabbietta. Gli venne da ridere a quel pensiero e notò che non c'era nessun movimento di uccelli. Era il primo pomeriggio e se ne stavano all’ombra della quercia, al riparo dal sole e da quel gran caldo.
Seduto di nuovo tra le radici, Tony si appoggiò al tronco, quasi di fronte a lui e lo osservò attentamente. Se ne accorse e smise di giocherellare con la terra, guardandolo a sua volta interrogativamente. Tony aveva quella sua espressione assente che assumeva ogni qualvolta voleva approfondire le sue conoscenze e capire qualcosa che gli sfuggiva.
Guardava i capelli rossi come il rame di quel ragazzino, la sua pelle chiarissima con le lentiggini sul volto e quegli occhi troppo chiari, quasi come quelli di certi gatti, celesti come il cielo. All’improvviso chiese:
“Senti, non mi hai detto come ti chiami, io sono Tony".
"Mi chiamo Danilo" - disse lui.
"Senti Danilo, io ho sempre cercato di capire una cosa, ma non ci sono mai riuscito. Forse tu puoi aiutarmi. Vorrei farti alcune domande ... se risponderai sinceramente io, finalmente capirò, ci stai?”
Danilo sorrise a quelle parole assumendo un’espressione sorpresa davanti al tono gentile e amichevole che aveva usato Tony, finora sempre brusco e canzonatorio, tanto da fargli quasi paura.
Dopo quell’attimo di sorpresa, però, rispose sì e Tony iniziò con le sue domande.

"Vorrei capire come mai esistono i maschi-femmina. Ne ho conosciuti molti, fin da quando ero molto piccolo, all'improvviso si scopriva che un ragazzino, un maschietto, si comportava come una femmina e allora tutti ne approfittavano ... anche io. Io, però, non ho mai disprezzato chi si dimostrava un maschio-femmina. Questo lo hai visto anche tu, no? Però, nessuno di quelli che ho conosciuto ha saputo darmi una risposta ... forse tu, che vieni dal Nord e sei anche istruito, puoi farlo".
"Cosa? ... Cosa posso fare? ... Non capisco cosa vuoi capire, cosa intendi dire, spiegati" - replicò.
"Non hai capito? ... Vorrei capire perché sei maschio-femmina, solo per capirlo io, una curiosità ... perché sei maschio nell'aspetto, ma ti comporti come una femmina? ... da quando sei così? ... da cosa è dipeso?" – insistette Tony.
"Ah ... ho capito. Beh ... non è facile rispondere, in realtà non lo so nemmeno io. Ero molto piccolo ... ricordo che mi rimproveravano perché volevo le bambole e le portavo via a mia sorella.
Mi compravano giocattoli che non mi piacevano ed io, invece, volevo bambole, trucchi da bambine e anche i vestiti ... volevo essere vestito come una bambina, non come un maschietto. Mi beccavano sempre con i vestiti di mia sorellina. Me li infilavo per guardarmi allo specchio e mi piaceva. A volte mettevo anche il rossetto di mamma. Mi hanno portato anche da un medico che mi faceva strane domande e insistevano a costringermi a rinunciare a quel che mi piaceva. Poi, un giorno, un vicino di casa ... mentre ero nel corridoio del condominio dove abitiamo mi invitò ad entrare in casa sua.
Era un insegnante di musica e viveva solo. Dava lezioni di pianoforte, ma anche di chitarra. Mi fece vedere gli strumenti e intanto mi carezzava e a me piaceva ... Convinse mia madre a iscrivermi alle sue lezioni perché c'ero portato e ... ci vedevamo quasi tutti i giorni. Era come me ... capisci?"
"Un maschio-femmina?" – chiese Tony.
"Non so, ma nemmeno lui era interessato alle femmine, a lui piacevo io ... Mi avvertì di non dire niente a nessuno e anche a nascondere la mia natura, perché la gente non approva quelli come noi e di questo avevo già avuto prova. Così, per i miei genitori la musica mi aveva guarito ... e mi spinsero a continuare" – concluse ridendo e facendo ridere anche Tony.
"Ma allora si nasce maschi-femmina!?" – esclamò con sorpresa Tony, convinto da sempre che si diventasse così a giocare con le bambine, come del resto era risaputo nel suo ambiente e avvalorato anche dagli adulti.
"Perché ci chiamate maschi-femmina? ... non l'avevo mai sentito prima di venire qua in vacanza".

“Beh … un maschio-femmina è un maschio che si comporta come una femmina. A volte si dice di chi, anche se non si mette a fare seghe agli altri, è poco maschio nel parlare, nel modo di muoversi. Non gioca con gli altri maschi a guerra o alla lotta. Insomma, si comporta come una femmina, anche se è maschio!” – precisò Tony.
“Io, allora non lo sono …”
“Cosa non lo sei?”
“Maschio … a me non piacciono le bambine, non in quel senso.
Mi piace parlare con loro, giocare con loro ai loro giochi … mi piacerebbe anche vestire come loro. Quando sarò grande lo farò. Andrò a vivere per conto mio e finalmente mi vestirò come una donna”.
Tony aveva parecchio da riflettere su questa conversazione.
Da Danilo aveva avuto informazioni che nessuno gli aveva mai dato. Difficile per lui capire che un maschio possa essere interessato alle cose delle femmine.
Ma questa spiegazione era chiarificatrice di tutto … Non erano maschi!
“Ho capito … mi torna. Non siete maschi, solo nell’aspetto lo siete un po’. E' vero che avete il pisello ma per tutto il resto somigliate di più alle bambine. Si potrebbe dire che siete bambine col pisello” – concluse con una risata che contagiò anche Danilo.
"Bene, io mi butto in acqua … " - disse, spogliandosi velocemente.
"Si può fare il bagno qui?" - disse, con sorpresa, il maschio-femmina.
"E perché non si potrebbe!?" - risposi io.
"Ma … non so… non c'é la spiaggia, il mare è sporco" - chiese lui mentre Tony, rimasto in pantaloncini, portava la gabbietta in un altro punto all’ombra, sotto un alberello di mimose dall’altro lato dell’isola.
"L’acqua e pulitissima – replicò - ci faccio il bagno ogni volta che ci vengo, da questo lato è bassa, ma di là, dietro la quercia, é alta e ci si può anche tuffare! La spiaggia non c’e solo al mare, qui non c’e, ma lungo il fiume ci sono un sacco di spiaggette sabbiose e non c'e il mare! Certo che il mare é meglio, ma qui non c‘è e a me piace lo stesso … tu fa come vuoi!" — concluse, levandosi i calzoncini e le mutande che mise sotto la quercia. Anche lui si era deciso per il bagno, ma si era tenuto le mutande, un altro dei motivi per essere definiti maschi-femmine dalle bande.
Le femmine non fanno il bagno nude … chi lo disse? … boh! forse lo sentì dire da qualcuno al fiume, rivolto ad un ragazzino che si vergognava a toglierle” – pensò in proposito.
Lo canzonarono fino a che non fu costretto a levarle, o sarebbe stato bollato da maschio-femmina, dopo lo canzonarono lo stesso perche ce

l'aveva piccolo ma, evidentemente, era preferibile questo al "maschio-femmina".
Tony non partecipava mai a queste beffe, provava pena per le vittime e poi, sinceramente, non gliene importava nulla di come ce l'avevano gli altri.
Ce n'erano di tutte le forme, colori e dimensioni, più pelosi e meno pelosi ma, per lui, erano sempre tutti "cazzi loro!" e il suo, comunque, era a prova di critiche. E' vero, nelle gare di sega non sborrava mai per primo anzi era ultimo ma, nelle gare di pisciata, nessuno la lanciava più lontano di lui! E, comunque, erano tutte cazzate che si ritrovava a fare quando era in gruppo. Non c'era limite al peggio di ciò che si finiva per fare quando si formava una banda. Persino veri e propri atti di vandalismo che mai avrebbe pensato di commettere ... in gruppo, invece, erano soliti ... per questo preferiva starsene da solo, non si piaceva quando era con gli altri.
Si lanciò nell'acqua facendo un bel po' di casino, due bracciate, un immersione e poi si voltò per vedere se il maschio-femmina era entrato.
Stava ancora sulla riva che si districava, a passettini, per riuscire a entrare in acqua senza raschiarsi sui giunchi e le canne e, guardandolo, Tony pensò.
"Per forza che lo chiamano maschio-femmina, guardalo lì come si muove! secondo me a uno che si veste cosi, che si muove cosi e che parla come parla lui, non si può non chiamarlo maschio-femmina, anche se non lo é!"
" ...Ma cosa fai, buttati!" – gridò.
"Qualcosa mi ha toccato le gambe ... ho paura ... cos'era?! - chiese.
"Ma niente ... cosa vuoi che sia forse canne sommerse, sul fondo ci sono erbe e rami sommersi. Invece di camminare nuota!"
"Forse erano sanguisughe, bisce d'acqua, un pesce o qualche grosso ratto di palude" – pensò ... ma non lo disse.
Gli venne da ridere al pensiero dei salti che avrebbe fatto per uscire se gli avesse detto cosa poteva averlo toccato.
"Non so nuotare - disse lui - cioè non bene ... al mare so nuotare un po' ma lì vedo il fondo, qui non si vede niente, mi fa paura!"
Tony era immerso fino alla testa poco distante da lui.
"Allora cammina pure tranquillo - gli disse alzandosi in piedi davanti a lui e mostrando l'uccello - Qua l'acqua non arriva mai a superare l'altezza delle palle!"
Lo fece per ridere ... secondo Tony, infatti, c'era da ridere! ... perchè diavolo arrossiva? ... ah già, era maschio-femmina, si vergognava!
"Figurati allora se lo afferro per lottare un po'" - pensò, e gli venne ancora da ridere all'idea.

Tony, comunque, non si vergognava e continuò a stare in piedi, anche se questo significava tenere il suo testarossa in mostra, visto che l'acqua non arrivava che a lambirgli le palle, a volte, poco di più.
"Facciamo il giro dell'isola? ... ti và?" - chiese incamminandosi.
Il fondo della laguna era morbidissimo di fanghiglia e camminarci era piacevole. Rispose di sì, o qualcosa del genere.
Lo stava prendendo alle palle! Forse se ne accorse, perciò cercava di rendersi più simpatico, riprendendo a parlargli di Mediolano e di sua sorella ... che palle...!
Smise di ascoltarlo e guardò tra i canneti in cerca di qualcosa da cacciare, pesci o bisce, tanto per passare il tempo.
Niente di niente ma, con tutto il casino che stavano facendo, anche se avesse incontrato qualcosa, di certo li avrebbe sentiti per prima. Rinunciò, quindi, a quell'idea, per quella volta ne avrebbe fatto a meno.
"Perche ti stavano trattando così?" — decise di chiedere.
Stava dicendo qualcosa, non era chiaro cosa, ma s'interruppe di colpo. Non gli rispose, era arrossito e teneva la testa bassa.
"Non ti vergognare - riprese subito - è per curiosità, ma ti comporti stranamente e vorrei capire come comportarmi, se no mi annoi! lo capisci no? - nessun commento - Allora? ..." - insistette di nuovo.
Erano arrivati al varco tra i canneti che solitamente usava per uscire dall'acqua, si diresse là, seguito in silenzio da Danilo che sembrava volesse mettersi a piangere. Ci mancava solo questa!
"Guarda che non devi rispondere per forza, ti ho già detto che vorrei sapere com'è andata e basta, se non vuoi dirmelo basta cosi" - concluse, mentre si aggrappava al ramo di un albero per issarsi a riva. Si voltò per vedere se aveva bisogno di aiuto, dovette dargli la mano, sbagliava continuamente la presa e ricadeva nell'acqua. Gli venne da ridere a tutti e due e ancora di più quando lo canzonò dicendogli:
"E adesso come farai ad asciugarti le mutande? ... ti nascondi? ... e dove?"
Raggiunse la gabbietta e rimise a posto il testarossa, non si sa mai, avrebbe potuto attirare altri cardellini, il sole era un po' meno forte. Tornò alla quercia.
"Dammi retta, stendi le mutande su quel cespuglio, con questo sole, da qui a quando andremo via, saranno belle asciutte e tua zia non si accorgerà di niente ... Non ti guardo sta tranquillo. Ti siedi lì e non ti vede nessuno".
Doveva essere stato molto convincente, perché eseguì senza discutere, forse aveva paura che la zia gli chiedesse perche era bagnato. Si accucciò

dov'era prima e Tony si sdraiò al solito posto, gli permetteva di stare comodo e tenere sempre sott'occhio la gabbietta.
"Avevo accettato di andare a fare un giro con due amici fino a quel boschetto - prese improvvisamente a raccontare – All'improvviso si sono fermati e mi hanno chiesto di carezzarglielo e l'ho fatto. Avevano uno sguardo cattivo e ho avuto paura. Dopo, però, hanno voluto provare a mettermelo di dietro, nel sedere, ma mi faceva male ... non volevo, allora si limitarono a strofinarmelo sulle natiche. Ero sdraiato a pancia sotto, mentre uno mi stava sopra, quando sono arrivati gli altri. Parlavano tra loro e dicevano: ... Come non gli entra? ... gli entra, gli entra ... bisogna mettere sputo e spingere forte ... Gli fa un po' male all'inizio, ma poi gli passa e vedrai come gli piace. Agli altri e piaciuto sempre! ... perchè a lui non gli entra? ... Levati, facci provare! ... gridavano, poi si misero a litigare per chi doveva farlo per primo ed io sotto ad Andrea non riuscivo a muovermi ... Dicevano tutte queste cose tra di loro, mentre quello mi stava sopra e continuava a strofinarmelo incurante dei miei lamenti e del fatto che gli chiedevo di smetterla, che volevo andare via. Avevano raccolto un mucchio di foglie di eucalipto vicino a me e, quando Andrea si decise ad alzarsi, io cercai di tirarmi su i pantaloncini, ma mi spinsero sulle foglie e ripresero a tentare di farlo entrare facendomi male, anche perché spingendomi così le foglie si erano tolte ed io stavo raschiando la pancia sul terreno. Pungeva, faceva molto male, volevo scappare e sentivo che volevano fare quelle cose tutti quanti! Mi fecero paura, gridavano sempre più forte. Riuscii ad alzarmi in piedi un'altra volta e tentai di tirarmi su i calzoncini, ma me li calavano giù ridendo. Mi spingevano e mi buttavano a terra, dicendo tra le risate che volevano farmi il culo ... ed io avevo sempre più paura, cercavo di scappare. Poi sei arrivato tu e ci ho provato di nuovo mentre picchiavi Romeo, ma gli altri mi hanno fermato".
"Ho capito, le solite storie. Non fanno cosi solo con te, si comportano sempre cosi con i maschi-femmina ... ma me la togli una curiosita?"
"Sì" - disse lui.
"Perche fate le seghe, lo succhiate e tutte queste cose agli altri?
A me piace farmi la sega, ma mi fa sborrare! A te ti fa sborrare fare la sega ad un altro?"
"No!" - rispose.
"E allora perche lo fai? ... perchè ti obbligano?" – insistette Tony.
"No, quando mi obbligano non mi piace, ho paura!"
"Ma, allora, perché ti piace ...!?".
"... Non lo so ... però mi piace!" - concluse lui.

Era possibile fare cose come quelle senza sapere perche? Evidentemente sì, sembrava sincero e non era più timido con lui, se lo avesse saputo glielo avrebbe certamente detto. Doveva tenersi il mistero dei maschi-femmina, se nemmeno uno di loro sapeva perche facevano i maschi-femmina, come poteva capirlo lui?
Gli era proprio venuta voglia di farsi la sega e lo disse ridendo:
"...Beh! ... io di solito a quest'ora me me sono già fatte un paio, vuoi favorire?" - concluse, afferrandosi il membro già duro.
Aveva già dato un paio di colpi ed era contento di avere "rotto il ghiaccio", potendosi così fare la solita "zampa" senza che questo potesse sembrare al maschio-femmina una provocazione, una richiesta, o che so io ... il vuoi favorire, per Tony, era proprio una battuta. Del resto, farsi le seghe in compagnia era un abitudine consolidata fin da quando aveva imparato a farsele. Riguardo a questo non c'erano problemi di nessun genere.
Evidentemente non era lo stesso per lui, dal momento che sentì chiaramente rispondere, con appena un filo di voce: "sì!", mentre un altra mano si mise a stringergli la verga poco sotto la sua!
La sorpresa, sincera, non gli impedì di lasciare posto a quella nuova mano sul suo membro e, a lui, per accucciarsi più comodamente vicino a Tony.
Dopo un po' di quel maneggiare lo sentì addirittura chiedere:
"Ti piace?" - e Tony avrebbe giurato che stava trattenendosi dal ridere, ma non ne era sicuro, solo un'impressione.
"E adesso? – pensò - devo rispondere ... ma cosa gli dico? Volevo dirgli di sì, ma ... mi vergognavo!"
"Sì mi piace, ma mi piace di più farmelo succhiare, la sega me la posso fare anche da solo ..." – decise di rispondere francamente, come aveva preso a fare lui. Aveva appena finito di rispondere cosi, che lo vide calare la testa verso il suo uccello. Lo prese in bocca e comincio a succhiarlo come se fosse un ciucciotto.
"Ecco così mi piace molto ... più della sega e anche più delle strofinate sul culo!"
Danilo non rispose e Tony di certo non insistette per avere risposta!
Si stava accomodando meglio, lo aiutò facendogli posto tra le radici, guardava il cielo tra i rami e le foglie della quercia ... godeva quelle insperate sensazioni ascoltando i fruscii della brezza marina tra le fronde della quercia e delle canne. Qualche pesce che saltava fuori dall'acqua, risuonava come un tuono in quella pace e, a un certo punto lo sentì dire, interrompendosi:
"Mi fa male la bocca, non ce la faccio a succhiartelo ancora..." - lo disse come per scusarsi, dispiaciuto.

"Non sono mai riuscito a sborrare col pompino!" – disse Tony.
"Ma come ... - chiese - se hai detto che ti piace più della sega e delle strofinate ...?".
"Infatti - confermò - non c'é niente che mi piaccia di più, ma non sborra! Diventa sempre più duro e, quando chi me lo sta facendo si stanca, per sborrare devo strofinarmi sul suo culo, oppure farmi la sega ... così ...!" - prese in mano il suo membro e cominciò a muovere la mano su e giù velocemente, lui fece lo stesso ma, questa volta, non glielo lasciò fare. Continuò a smenarsi, spingendo cosi anche la sua mano che aveva poggiato più su, vicino alla "cappella".
Voleva godere adesso e nessuno indovinava il ritmo giusto, avrebbe potuto continuare a smenarglielo fino a che non si stancava anche la mano e lui avrebbe continuato a eccitarsi sempre di più e a non sborrare.
Se lo smenava con forza e sempre più velocemente ... lo sentiva "arrivare", fissava la sua testarossa, sempre più rossa, quasi viola ormai e la sua mano bianca correre su e giù sospinta da quella di Tony ... ecco stava sborrando! ... Finalmente ... era uscito a schizzo, lo aveva preso sul viso che aveva calato a guardare il suo membro. Continuava a sborrare, usciva un rivolo bianco adesso, colava sulla sua mano, giù fino a quella di Tony ... si lasciò andare all'indietro, poggiandosi sulle radici soddisfatto, era stato bello!
Il maschio-femmina lo guardava e guardava la sua mano, gli venne da ridere.
"Ne hai un po' sui capelli ... dai andiamo in acqua" - disse, alzandosi per andare a sciacquarsi e si tuffò di nuovo, il sole era calato, ma era ancora caldo. Danilo entrò in acqua con "delicatezza", come prima. Si levava gli schizzi e cercava di immergere la fronte dove gli aveva detto che era sporco.
Stava per chiamarlo, si accorse di non sapere il suo nome e non voleva chiamarlo con il solito ... Ohu ... oppure con un Ehi ... e nei pensieri lo indicava ancora come il "maschio-femmina", il termine con cui gli era stato presentato dalla banda.
"Certo che erano strani i maschi-femmina - pensava, mentre stando appeso a dei rami che scendevano fino all'acqua, lo guardava lavarsi - che gusto ci possono provare a fare le seghe, i pompini o a farselo strofinare di dietro? Non sborrano, non sembra che gli piaccia e dopo, il più delle volte, li offendono e li picchiano pure! Ci sarebbe da pensare che sono obbligati, ma non è così, non sempre almeno! ... E allora? ... allora boh! contenti loro ...!?!"

Decise che, se c'era qualcosa da capire, l'avrebbe capito da grande, come rispondeva Cesare ai suoi perchè e non ci pensò più!
Un altra cosa decise però in quel momento e solennemente:
"Non sapeva perchè i maschi-femmina fossero così "gentili" con lui, ma fatto stava che lo erano, perciò erano amici, meritavano il suo rispetto e lo avrebbero avuto sempre. Non avrebbe permesso mai a nessuno di picchiarli, insultarli, inseguirli e spaventarli ... già, spaventarli, forse è proprio questo che fa di loro dei maschi-femmina ... la paura; paura di confrontarsi, sfidarsi, battersi con gli altri e con la vita ... mah! Si era ripromesso di non pensarci più per il momento ... Amen! come diceva la mamma. Si sentì meglio dopo aver preso questa decisione, più giusto! Adesso non gli restava che chiedere al maschio-femmina il suo nome e non lo avrebbe più chiamato così, nemmeno col pensiero" – pensò e poi subito chiese, restando tra il fogliame a pelo d'acqua:
"Com'è che ti chiami?"
"Te l'ho detto ... Danilo" – rispose subito lui.
"...!? non mi ricordavo" - replicò prontamente. Non si ricordava di averglielo già chiesto e poi, che nome sarebbe Danilo? come poteva non ricordarsi un nome così? ... se lo avesse sentito se lo sarebbe ricordato!
"Che strano nome - pensava - proprio un nome da maschio-femmina. Si arrabbiò moltissimo con se stesso per quei pensieri. Alla fine era solo un nome inusuale dalle sue parti. Infatti non aveva mai conosciuto nessuno con quel nome. Probabilmente a Mediolano sarà comune.
"Tanti buoni propositi eppoi, stai già prendendolo in giro per il suo nome" - pensò, e decise di punirsi offrendo:
"Lo vorresti il Testarossa?" - glielo disse saltando sù è giù nell'acqua, aggrappato com'era ai rami dell'albero.
Danilo lo guardò sollevando di scatto la testa e rispondendo con uno di quei termini importati da Mediolano che usava lui: "Bestiale...! Mondiale...! Eccome se mi va, ma vuoi davvero regalarmelo?"
"Certo che voglio regalartelo davvero ... e che per finta? ne ho un casino, ho fatto una voliera con la rete metallica per tenerli tutti assieme. Però non sono tutti belli come questo, i Testarossa sono rari. Prima che torni a Mediolano te lo darò con una gabbietta, le faccio da me con le canne, se no costano troppo. Non te lo do subito perchè è meglio che per un po' di giorni stia in compagnia, altrimenti infilerà il becco tra le stecche fino a farsi male. Si abituerà presto vedrai - disse, concludendo - Dai, ora é meglio che ci vestiamo e cominciamo a tornare, siamo lontani e arriveremo che sarà quasi buio".

Uscirono dall'acqua, le sue mutande erano asciutte e, presa la gabbietta, s'incamminarono per il ritorno ... senza scorciatoie nei recinti dei tori stavolta!
Durante il cammino cantava canzoni, aveva una bella voce e le ricordava tutte a memoria. Erano canzoni che Tony aveva sentito in televisione, ma non ne ricordava mai le parole, quindi, o le fischiava o le cantava inventando un'improbabile lingua Inglese.
"Ma le sai tutte a memoria ... o stai inventando le parole?" – chiese.
"Le so a memoria, a lezione di chitarra devo ripetere in continuazione gli accordi fino a che non li ho imparati a memoria. Questa é di Gianni Morandi, questa e di Rita Pavone, prova a indovinare questa in Inglese..." - rispose, interrompendosi e fischiettando dei ritornelli di canzoni.
"Boh ...! Le ho già sentite, ma non le so ... ma davvero sai suonare la chitarra?" - disse con sincera ammirazione.
"Sì e anche il piano, il piano forte vuole farmelo imparare mamma e non lo suono ancora troppo bene, la chitarra però la suono benissimo e ho già imparato gli accordi di molte canzoni, domani la porto, se vuoi ti insegno! A proposito ... era di Joan Baetz" – disse riferendosi all'ultimo motivo che aveva accennato.
Era sinceramente meravigliato di scoprire che un maschio-femmina sapesse fare tante cose, aveva sempre creduto che facessero i maschi-femmine perche non erano in grado di fare altro! ... E chi era Joan Baetz? Si sentì di nuovo in colpa per essersi rivolto a quello strano amico, sia pure col pensiero, con il termine dispregiativo che aveva appena promesso di non usare più!
"Va bene - pensò, rivolto a se stesso - ma ammetterai che e strano per un maschio-femmina di saper fare tutte queste cose ... è un maschio femmina speciale, o no?"
Camminava di buon passo, facendo attenzione, però, di non lasciarlo indietro. Il nuovo Testarossa, nella gabbietta, continuava a infilare il becco tra le stecche, cercando una via di fuga. Non gli dispiaceva di averglielo regalato. Era un regalo importante per lui e, solitamente, ai maschi-femmina che conosceva non regalava più di qualche giornalino a fumetti per i loro servizi, ma questo gli era simpatico.
Accompagnò Danilo fin sotto la casa della zia, per evitargli il timore di incontrare di nuovo qualcuno della banda e, nei giorni che seguirono, ebbe modo di provare a imparare, con scarso successo, a suonare la chitarra.
Danilo era proprio bravo, quando la suonava non sembrava nemmeno un bambino e ancor meno un maschio-femmina.

Tony non imparò a suonare la chitarra, ma almeno capì come funzionava. Anche lui non imparò a catturare bisce d'acqua, né a fare fionde con le camere d'aria delle bici abbandonate in campagna, o asce e archi e nemmeno ad arrampicarsi veloce sugli alberi per poi lanciarsi giù, frenando la caduta aggrappandosi al fogliame. Ma vide, da distanza molto ravvicinata, com'erano fatte e imparò a non averne più paura, ora che le conosceva.
Si ha paura di ciò che non si conosce, ebbe a spiegargli Tony.
Un'altra cosa impararono assieme: Danilo a non vergognarsi più di essere diverso, maschio-femmina e, in questo, Tony lo aiutò, convincendolo che era cento volte migliore, in tutto, di quelli che lo disprezzavano ed anche a ridere divertito di se, del suo modo di entrare in acqua "in punta di dita", o della eccessiva delicatezza con la quale raccoglieva le more tra i rovi ...! Tony che, inutilmente, cercò di capire perché Danilo fosse maschio-femmina, imparò che non bastava essere maschio-femmina o in qualche modo diversi, per non avere più diritto ad una identità e alla libertà di esprimere se stessi!
D'altra parte, lui, che se ne stava sempre da solo in giro per le paludi ... non era forse un diverso anche lui ... diverso dagli altri?
Qual'era la differenza? ... che lui era un violento e più forte?
Solo per questo non veniva perseguitato, perché incuteva timore.
Forse la verità era proprio questa fin da allora, in quel mondo selvatico, tra i ragazzi di campagna, i più deboli soccombevano sempre.
Danilo partì, con il cardellino testarossa, alla fine dell'estate.
Erano diventati molto amici e gli dispiacque un po', sopratutto perché era sicuro che non l'avrebbe più rivisto ... quello strano maschio-femmina!

Capitolo IV
Napoleone

La febbre dell'infezione non scemava e, ogni volta che rientrava da quel mondo di ricordi lontani, versava alcool sulle bende che ricoprivano la ferita, non trascurando di assumerne qualche sorsata. Stava cercando, al fioco bagliore del fuoco, di prepararsi un'altra sigaretta con la gandja. Era quella e non l'alcool a calmargli i dolori. Senza gli effetti dell'erba, proprio non sapeva se li avrebbe potuti sopportare.
Dopo alcune avide boccate, implorò l'aiuto della sua mente, perché lo portasse subito lontano di lì, nei meandri della memoria, per riuscire a superare quella nottata e, tra le volute di fumo, la notte s'illuminò a giorno, quello della campagna intorno alla sua casa di bambino ... si vide mentre giocava col suo cane, Napoleone.
Nei giorni che seguirono completò il suo addestramento.
Era cresciuto bene, diventando di taglia media e molto robusto. Aveva cominciato, subito dopo il pestaggio di Romeo e soci a renderlo un po' più diffidente, più prudente e aggressivo.
Lo attaccava all'improvviso, alle spalle, a tradimento! Gli dava dei colpi sulle palle che gli penzolavano da dietro la coda, o lo afferrava al collo stringendoglielo e buttandolo a terra, fino a che non lo vedeva reagire con rabbia, attaccandolo e lottando furiosamente con morsi veri e non per gioco!
Da allora prese a portarlo con sé. Si guadagnò il suo rispetto puntando d'istinto, come un vero cane da caccia, lepri, conigli, ratti e grossi uccelli di cui le paludi erano piene. Anche, soprattutto, inseguendo e attaccando cani da guardia, lupi e mastini molto più grossi di lui e ingaggiando furiosi combattimenti in cui la sua aggressività riusciva a metterli in fuga per poi raggiungerlo, gonfio di soddisfazione, a guadagnarsi la solita grattata di testa e di schiena che gradiva grugnendo e brontolando, con Tony che si divertiva ad imitarlo.
Come gli ululati che iniziava a fare lui, specie quando in cielo c'era il disco luminoso della luna piena, per invogliare poi, Napoleone, a ululare come un lupo.
Il risultato fu straordinario, Romeo come lo vedeva fuggiva perché Napoleone lo ricordava bene e, alla sua vista scattava come una fucilata ...

e guai a lui se lo prendeva! Anche un altro personaggio di quel tempo doveva fuggire come un fulmine all'arrivo di Napoleone: Il grosso cane Lupo del pastore che, quando era cucciolo, lo aggrediva e terrorizzava. Ora era lui a essere terrorizzato. Pur essendo di taglia più piccola, Napoleone era una specie di tigre e bastò il primo scontro con lui a convincere il cane pastore che era meglio stargli alla larga ... Fu afferrato al collo da zanne affilate e robuste che lo avrebbero ucciso, se non fosse intervenuto il pastore col suo grosso bastone ad allontanare Napoleone dal suo persecutore. Fece un buon lavoro con lui e ne andava orgoglioso. Era il miglior cane della laguna. Insieme stanavano i ratti delle paludi, ma anche grossi conigli e non temeva nemmeno le bisce, neanche quelle enormi, di terra, nere e gialle, che spesso si trovavano di fronte sui sentieri di campagna.

Anche un altro cucciolo stava completando il suo addestramento.

Era Tony, il quale ancora non ne era consapevole ma, presto, tutto ciò che aveva appreso in quelle sue esplorazioni solitarie, gli sarebbe stato molto utile per il difficile futuro che lo attendeva ed al quale si stava preparando, seguito passo passo dal suo istruttore misterioso. Quello che sempre più spesso gli parlava con quella voce cavernosa e lontana, dandogli indicazioni sempre più precise.

Un istruttore severo e attento che aveva dentro e che lui ascoltava, pur senza riuscire a capire chi fosse.

Napoleone fu davvero il suo migliore amico di quel periodo e dell'inverno che seguì.

Al finire dell'estate, al ritorno a scuola, le sue compagne di classe lo vantarono molto. Non si era accorto di essere cambiato così tanto, cresciuto di statura e dimagrito, con già un accenno di barba e baffi che non tagliava!

tuttavia aveva problemi ... Una gran voglia di fuggire lontano, sempre più ansioso di andare via. La scuola non lo interessava più.

Si masturbava infilandosi la mano in tasca e guardando le cosce della professoressa di Italiano ... altro che grammatica!

Anche quella di matematica non era male...

Chiaramente fu bocciato, era la prima volta. Era stato sempre promosso a pieni voti ... strano che se ne meravigliò. Avrebbe dovuto aspettarselo, ma la verità era che non gliene importava più niente della scuola. Il maestro che aveva dentro gliel'aveva fatto capire chiaramente che non era quella la sua strada, il suo destino.

Aveva capito che la sua vita era altrove e il resto era una pura perdita di tempo! Sua madre era di diverso avviso. Saputa la notizia urlava insulti, lo

umiliava, prese a colpirlo col solito tubo di gomma. Tina sapeva essere violenta, quando occorreva. Quel tubo bruciava sulla pelle ma Tony non lo sentiva.
Si ritrovò, invece a urlare, con la bombola del gas sollevata in alto sulla testa e un'esplosione di rabbia che doveva trovare sfogo.
"Ti uccido! " - gridò, rivolto alla madre. Cesare afferrò prontamente la bombola, lo calmò, disse alla moglie: "Ha detto "mi" uccido e non "ti" uccido!"
Avrebbe ricordato per sempre il volto spaventato della madre, non lo avrebbe mai fatto, voleva sinceramente bene alla madre ma disse "ti" uccido e non "mi" e Tina aveva capito bene! tuttavia ... decise di far finta di credere al marito.
Anche Tina era certa che non l'avrebbe mai fatto ma lei, così minuta, davanti a quel figlio dodicenne, che lo sovrastava dall'alto dei suoi 185 centimetri con la bombola del gas tenuta alta sul suo capo da quelle braccia possenti, s'impressionò e si rese conto che non doveva trattarlo più come un bambino e ... quella fu l'ultima volta che lo batté col tubo di gomma. Forse perché quel periodo del suo addestramento si era concluso?
Quell'anno, Tina, dopo furiose litigate con Cesare, il quale si opponeva alla sua proposta di vendere la casa nel campo e trasferirsi di nuovo a Neapolis, dove, attraverso le sorelle, aveva saputo di un'occasione da acquistare in un palazzo di nuova costruzione, presa dall'ira, lancio un coltello che si trovava per le mani contro di lui e, questo, si conficcò sullo stipite della porta, davanti al suo viso sbigottito, che non aveva mai saputo dell'abilità della moglie nel lanciare coltelli ... nemmeno i gemelli, e manco lei! ... Un caso, certamente lanciò la prima cosa che si trovò per le mani, avrebbe potuto essere un piatto o un bicchiere, ma fu un coltello da cucina e se avesse preso Cesare sarebbe stata una tragedia. Invece, era una normale lite tra due vecchi coniugi che si volevano bene, anche se era sicuramente un amore contrastato e passionale ... perbacco se lo era!
La notizia lo gettò nello sconforto. Di nuovo in città, a far che?
Non voleva andarci, ma che altro poteva fare? Decise di scappare da casa ma lo ripresero subito i gendarmi, negli stessi dintorni di casa, dove era tornato per cercare da mangiare.
Salutò Napoleone che non poteva portare con sé e, tra le lacrime di suo fratello Steno, lo vide l'ultima volta mentre inseguiva, cercando di salirci, il treno che li portava via.
Ancora in viaggio, di nuovo la grande nave bianca che li riportava nella grande città ... Neapolis.

Capitolo V
Neapolis

Ancora una volta a sballare mobili e bagagli. I parenti li aspettavano, restarono loro ospiti in attesa che arrivassero le masserizie, poche per la verità!

La maggior parte del mobilio, Tina, decise che non valeva il prezzo del viaggio e non lo voleva nella casa "nuova", che vantava come bellissima, c'erano persino i termosifoni!

In effetti, la casa era bella, in un palazzo nuovo, al terzo piano, un quartino, cioè quattro camere, cucina e bagno. In bagno c'era una vasca grande e una più piccola, ricordava che le sue cugine ridevano di lui che non sapeva a cosa servisse.

"Serve per lavare le creature" - dicevano, e lui poté riderne solo qualche tempo dopo, quando seppe a cosa servisse il bidè!

Le sue cuginette erano molto carine e lui le piaceva, ma non si facevano toccare e quando cercava di appartarsi con loro, c'era subito qualcuno, un cugino o una zia che l'impediva e, a Neapolis, non erano circondati da boschi e lagune dove portarle ... c'era la città tutt'intorno, caotica e affollata.

Com'era nella sua natura, appena sistemati nella nuova casa, Tony si dedicò a esplorare il nuovo territorio. Il loro era un palazzo di nuova costruzione in un complesso chiamato Parco dei fiori ma, di fiori o di parchi, c'era soltanto il nome, in realtà era un agglomerato di cemento con finestre che davano su altre finestre, ai confini della vecchia Neapolis dei palazzi antichi e dei vicoli spagnoli. Una bella zona, rispetto al resto della città. Alle spalle della palazzina dove viveva la zia Concetta, che stava di fronte a loro, dall'altro lato della strada, c'era una collina boscosa e scalinate antiche che portavano in alto, in cima alla collina, sulla strada che conduceva a Capodimonte, il polmone verde della città.

Steno, più socievole di Tony, aveva fatto amicizia con i coetanei del palazzo i quali, un giorno, li accompagnarono appunto a vedere il "verde" più vicino.

Si chiamava i ponti rossi e nessuno sapeva perchè. Probabilmente, pensò Tony, che non rinunciava a trovare una risposta a ogni quesito che si trovava davanti, in tempi passati c'erano dei ponti dipinti di rosso che caratterizzavano quella zona e il nome gli restò. Aveva anche saputo,

infatti, che proprio dove avevano costruito le palazzine in cui abitavano c'era un grande parco fiorito. Ora era stato coperto d'asfalto e di cemento ma, per ironia, quel nome era rimasto e caratterizzava tutto il quartiere. Era un posto abbastanza bello, ma di selvatico non aveva niente! Si trattava di scalinate, dietro la casa della zia Concetta, che risalivano la collina, in parte ricoperta di verde, in parte di case antiche e nuove. Comunque niente che gli facesse desiderare di fermarsi a esplorare meglio. Alla fine di quelle lunghe scalinate, si arrivava a una strada a scorrimento veloce. Dalla cima di quella collina si vedeva il panorama del golfo di Neapolis. Bellissimo, davvero molto bello da ammirare!
Lungo tutta quella strada c'erano case immerse nel verde. Case veramente molto belle, con vasche piene d'acqua che riflettevano il cielo azzurro, che i ragazzini chiamavano piscine.
"Servono per fare il bagno senza il fastidio di scendere a mare, sono cose che hanno i ricchi" - dicevano.
Erano sopra Capodimonte, gli amici volevano portarli a vedere la villa di Capodimonte, un gran parco dove si trovava la Grotta di Maria Cristina con dentro la sua tomba.
"Era un'antica Regina di Neapolis, morta perchè non le bastava mai! Un giorno volle provare a farsi montare da un cavallo e perciò morì!" - raccontavano questa leggenda tra le risate e, Tony, non credeva a questa storia ma loro ne erano cosi convinti che, alla fine, fece finta di crederci, in fondo a lui non interessava granché sapere com'era morta davvero quella regina ... lo saprà lei!
La villa di Capodimonte era molto bella: grandi viali alberati, ampi spazi a prato verde ben curati e anche un maneggio con cavalli. C'erano anche chioschi che vendevano di tutto, ma nessuno di loro aveva soldi, quindi, potevano anche non esserci! Addentrandosi nel bosco incontrarono grandi costruzioni antiche e chiuse.
"Ci venivano i Re di Neapolis" - dicevano. Tony non aveva mai visto tanti alberi e cosi alti tutti assieme, gli piaceva, ma era tutto troppo curato perché potesse apprezzarlo davvero! Il prato era livellato e annaffiato dai giardinieri e i viali alberati avevano i perimetri ben delineati dai corrimano di legno. C'era poco da esplorare e nessun'emozione nell'infilarsi tra i cespugli, quasi sempre occupati da coppiette!
La grotta di Maria Cristina, poi, era proprio una caverna buia, nella quale, una volta abituati gli occhi all'oscurità, si potevano intravvedere i sepolcri incastonati nella parete rocciosa, sulla quale si arrampicò più volte; voleva vedere cosa c'era in cima e ... niente! Non c'era niente, solo roccia scavata

e livellata a mo di letto, un sepolcro, anzi diversi sepolcri, tutti alti almeno due metri.
"Un letto di pietra dove Maria Cristina portava i cavalli per farsi montare!" - gridò, ridendo divertito e canzonando le loro credenze, ai ragazzini rimasti di sotto. Rientrare nella loro zona era faticoso, una lunga camminata e, dopo un paio di volte, anche noiosa.
Così smise presto di andare a Capodimonte e alla grotta di Maria Cristina. Specialmente da quando, i suoi nuovi amici, battuti troppo facilmente alla lotta, non vollero più battersi con lui su quei bei prati erbosi, nemmeno in due contro uno, avevano paura di farsi male! Per una sfida ai suoi limiti, di quelle di cui sentiva sempre il bisogno, inseguiva gli autobus, guardava il numero e partiva di corsa insieme con loro, correva fino a che non ce la faceva più, per poi attenderli alla fermata e vedere quanto tempo ci mettevano ad arrivare.
I suoi amici non credevano possibile che battesse gli autobus, cosi un giorno scommisero. Scelsero loro il percorso: partenza dal cinema Corallo in Via Cupa S.Eframo e, loro in autobus, giù fino a Piazza Carlo III, da lì per tutta la via Foria fino all'ultima fermata. Tony avrebbe inseguito l'autobus di corsa. Se Tony fosse arrivato per primo, avrebbe vinto 500 Franchi, era una bella somma per lui e non l'aveva ma, era sicuro di vincere e accettò!
Era una distanza di molti chilometri, non sapeva quanti ma sfidava gli autobus quasi tutti i giorni e nessuno di loro lo aveva ancora battuto, certo anche grazie al traffico che li rallentava, ma questo non cambiava il risultato della scommessa. Partirono assieme come d'accordo, dal vetro posteriore lo guardavano mentre l'autobus lo distanziava diretto giù a Piazza Carlo III.
Lo lasciò andare, anche se poteva stargli incollato, voleva divertirsi un po'! Lasciò passare alcune macchine tra lui e loro, in modo che non lo vedessero più. Sapeva che alla fine della discesa, davanti al carcere minorile, anche detto riformatorio, dove Tina minacciava di farlo andare se non si "calmava", si sarebbe fermato al semaforo e li avrebbe superati lì, non visto, attraversando la strada e sorpassandoli a sinistra. Avrebbe allungato un po' il percorso ma vuoi mettere farsi trovare all'arrivo, dopo averli lasciati nella convinzione di averlo perso di fronte alla Piazza Carlo III ...?!
Così fece, c'erano altri due semafori nella Via Foria, di fronte all'orto botanico superò il mezzo precedente della stessa linea e ciò gli diede la certezza della vittoria, ma non rallentò, gareggiava per lui, loro erano già vinti!
C'era un altro bisonte verde di fronte a lui, erano quasi all'arrivo.

"Devo arrivare alla fermata prima di lui ... devo batterlo ... devo batterlo... batterlo" - pensava, e trovò nuove energie per aumentare la velocità e superarlo, subito prima di arrivare al traguardo, al capolinea.
Aveva stravinto e la loro sorpresa di ritrovarlo ad attenderli, ormai ripreso anche dalla fatica, fu la parte migliore della scommessa.
Qualche volta, da solo, andava oltre quella che chiamava la Piazza dei Re Normanni, le cui statue ammirava, impettite, di fronte a quel castello.
Si buttava in acqua a Mergellina, ma non era divertente, gli dicevano che era inquinato e nessuno si faceva gli affari suoi!
Andarono per qualche giorno all'isola di Tina a fare i bagni e furono delle belle giornate, conobbe i cugini e le cugine e l'isola era bella. Anche lì, però, più che guardarle non poteva fare e così anche per tutte le altre ragazzine della sua età. Una mattina Tina volle costringere Cesare a fare il bagno a mare e lui si fece convincere, purché accompagnato da Tony e Salvatore, il cugino buon nuotatore.
Scoprì così che il padre era davvero terrorizzato dall'acqua.
A un certo punto, quando l'acqua gli arrivò alla cintura, andò nel panico, s'irrigidì come un pezzo di legno, iniziò a tremare e voleva tornare a riva. Stavano camminando con l'acqua al collo, dovevano raggiungere la madre sullo scoglio, si toccava e tenevano Cesare per le braccia. Tony da un lato e il cugino Salvatore dall'altro ma non c'era niente da fare, Cesare non voleva sentire ragioni. Voleva tornare a riva ed era completamente preso dall'angoscia. Solo in spiaggia si riprese.
Gli raccontò di nuovo di quando, in Dalmazia, da piccolo, un'ondata lo fece finire sotto uno scoglio e solo l'intervento provvidenziale di uno zio lo salvò dal morire affogato dall'acqua che aveva già iniziato a bere. Gli venne fobia dell'acqua, non era mai più riuscito a entrarci da allora, nonostante ci avesse riprovato più volte, non c'era niente da fare.
Guardava spesso la sua cuginetta, Rosy, aveva la sua stessa età, era la figlia della zia Lucia, morta di parto dando alla luce la sua sorellina più piccola e le piaceva, ma qualcuno doveva essersene accorto perchè non furono lasciati mai, proprio mai, da soli!
Cosi passò quell'estate a Neapolis e venne il tempo della scuola. Doveva ripetere la seconda media e sarebbe andato in classe con Steno, bocciato anche lui, anche se per motivi diversi.
La scuola più vicina era in un vecchio palazzo nei vicoli della città vecchia.
Un brutto edificio con i pavimenti poggiati su travi di legno che tremavano se si correva o si saltava nei corridoi o nelle aule del secondo piano. Aveva sempre meno voglia di studiare, diceva alla madre che non voleva andare più a scuola, voleva andare a lavorare su una di quelle grandi navi

che vedeva in porto, iniziare a viaggiare per mare ... ma lei era irremovibile.
"Prima ti devi prendere la licenza media - diceva - e poi potrai fare quello che vuoi!"
Solo quella promessa lo spinse a tentare di farsi promuovere, ma fu uno degli anni peggiori della sua adolescenza! A scuola non c'era materia che riusciva a interessarlo.
"Sempre le stesse noiose e inutili baggianate!" - pensava.
Tranne che la matematica ... che era un gran pezzo di mora, sempre truccatissima, formosa, in minigonna ... una donna veramente Bona!"
Non la perdeva di vista un attimo! Quando stava seduta in cattedra, tentava di vedere quanto più potesse delle sue cosce. A volte si alzava per andare verso la lavagna, allora poteva guardarle bene i fianchi torniti e il segno delle mutandine, sotto la minigonna aderentissima, alzava il braccio per mostrare calcoli incomprensibili alla lavagna e la gonna andava su. La ricordava soprattutto in quel suo tailleur giallo, sulla camicetta nera e quella volta che, spiandola mentre saliva nella sua 500 Abarth, era riuscito a vederle le mutandine, nere anche quelle. Non piaceva solo a lui ed era gelosissimo. Finì per prendere a pugni un compagno di classe che diceva di essere riuscito a vederla in bagno mentre si calava le mutandine!
Il pensiero di poterla vedere cosi gli faceva girare la testa.
Poté appurare che non era vero, era impossibile spiare nel bagno dei professori e, questo, stava per costargli la sospensione, per questo colpì quel bugiardo.
La professoressa di matematica non riusciva mai a raggiungere il piano terra prima di lui. Sostava sempre sotto le scale per vederla arrivare e rimirare quel panorama, poi, di corsa nel cortile interno per assistere alla sua montata in auto ... spesso riusciva a vedere davvero tutto e quella era una bella giornata. A volte, invece, la baraonda di ragazzini che andava avanti e indietro nel piazzale gli impediva la visione e allora era intrattabile e litigava per un nonnulla. La professoressa si era accorta di queste sue attenzioni, l'aveva scorta sorriderne compiaciuta e, più di una volta, ebbe la netta sensazione che lo facesse apposta. Solo un gioco per lei, una gran donna come quella non poteva interessarsi a un ragazzino con le sue prime tempeste ormonali per altro che un gioco. Una di quelle volte, salendo in auto, aveva aperto le gambe più del necessario per sedersi e l'aveva guardato negli occhi proprio mentre lo faceva, si era accorta che la spiava, ma non l'aveva evitato. Lo faceva impazzire, ma manteneva sempre le distanze ... nessuna confidenza, solo quegli spettacoli da cardiopalmo.

Quanto al resto la vita in città era veramente noiosa. Andare in giro per Neapolis non era certo come andare in esplorazione nelle paludi. C'era il traffico, l'aria puzzolente, persone sporche che facevano pena e altre che facevano schifo.
Cera anche gente ricca, ben vestita, su macchinoni mai visti o dentro ville da mille e una notte, come diceva Cesare. Ma vivere a Neapolis era comunque noioso per lui, che bei vestiti non ne aveva, anzi, doveva sempre battagliare con la madre che continuava a comprargli taglie più grandi perché durassero di più!
Forse anche per questo diventava sempre più aggressivo.
Nei vicoli dei quartieri spagnoli diventò ben presto abbastanza noto come lo "scugnizzo forestiero" che si faceva rispettare. Presto trovò anche il modo di guadagnare qualcosa. In una piazzetta tra i vicoli, un vecchio montava il suo banchetto della roulette, quel giorno aveva preso degli spiccioli dal borsellino di Tina e decise di tentare la sorte alla roulette. Nero ... rosso... ... pari, non vinceva né perdeva, quando qualcuno si mise ad urlare. Dava pugni e schiaffi ai ragazzini intorno alla roulette facendoli scappare. Poi si mise a pisciare sulle cartelle di scuola appoggiate sul muretto ... pure sulla sua! Lo raggiunse in due falcate, l'afferrò al collo torcendoglielo fino a farlo cadere ai suoi piedi con tutto il suo peso sopra, poi prese a dargli pugni fino a che, riuscito ad alzarsi, non fuggì via.
Lo chiamavano "Michele o' pazz'" ed era il terrore dei ragazzini di quel rione. Il vecchio della roulette gli chiese "protezione". Tony non capì cosa significava, ma glielo spiegò nei dettagli. Gli bastava che si facesse vedere spesso alla roulette durante "a' iurnata". questo avrebbe tranquillizzato i clienti su Michele o'pazzo e lui avrebbe avuto, "pe' chist'servizio nà carta e milla lira o'iuorn'". Naturalmente accettò e spendeva i suoi guadagni alla vicina sala giochi con il flipper, ma solo fino a che non capì che ci guadagnava solo lui!
Quasi tutti i giorni comprava le sigarette a Cesare: "Stop senza Filtro".
Sempre le stesse che Tina, già dai tempi della casa sul fiume, gli aveva insegnato a chiamare "Stop lunghe", mandandolo al tabacchino vicino con i soldini sufficienti a comprarne solo due.
Oggi le comprava al babbo, ma i soldi non glieli poteva dare lui, la sua pensione la dava tutta a Tina ed era appena sufficiente a vivere.
Stava battagliando da anni per farsi riconoscere l'invalidità di guerra.
Viveva sognando il giorno in cui gli avrebbero pagato gli arretrati.
"Ho ragione - diceva - come possono negarmela ridotto come sono dopo i cinque anni di prigionia, tutte quelle malattie che mi hanno ridotto pelle e

ossa e tergiversano. Me la vogliono dare da morto, ma anche se così fosse, voi non perderete niente, ve la dovranno dare con tutti gli arretrati!"

Una frase che aveva imparato a memoria, povero Cesare.

Neapolis non aveva certo lavoro per lui che, ogni tanto, accusava dolori d'ulcera e si faceva ricoverare in ospedale. Una volta era andato a trovarlo, gli aveva conservato la frutta nel suo cassetto e gliel'aveva data con un pezzo di formaggio. Non era buono, come del resto non era buono l'ospedale, vecchio, brutto e sporco!

Non ci tornò più. Stavano tutti male a Neapolis, anche Tina che si rendeva conto di non essere più abituata alla vita di città.

La Neapolis che ricordava era ben diversa da questa. Quella era rimasta nei suoi sogni di ragazza!

Trascorse così quell'anno di scuola. Faceva a pugni nei vicoli quasi tutti i giorni. Uno di quelli, un gruppo di ragazzi molto più grandi di lui lo provocò, mentre passava davanti a loro.

Non aveva nessuna speranza di vincere ma, invece di passare dritto afferrò il più grande al collo e riuscì a infilargli la testa tra le inferriate di una cancellata alle sue spalle. Questo mentre uno di loro gli stava aggrappato sulle spalle stringendogli il suo.

Cosa voleva provare? ... la sua forza ... o il suo coraggio?

Afferrò con le mani un piede diretto al volto sotto forma di calcio, lo tirò verso di lui e fece cadere malamente l'autore.

D'improvviso sentì come un colpo di gong rintronargli nel cervello e un forte dolore al naso ... di nuovo ... non riuscì a realizzare per qualche secondo, cos'era. Ah ... ecco ci vedeva di nuovo, si era appena preso due cazzotti sul naso, di piatto e con forza, da quello di loro che gli stava di fianco. A nessuno era mai riuscito colpirlo così, fino a quel momento non sapeva cosa si provasse.

Era questo che voleva provare? Gli usciva sangue dal naso, lo vedeva colare sulla sua mano. Provò rabbia ... li avrebbe uccisi! Ma perche? ... era quello che voleva, l'aveva cercato lui o no?

Non gliene importava niente, sentì aumentare la rabbia dentro di se e, in quei momenti, era davvero capace di diventare una vera furia!

Si ritrovò a urlare di rabbia e a colpire tutti con pugni e calci fino a che non li vide scappare correndo giù per le scalinate di quel vicolo, solo allora si calmò.

Questi sfoghi gli facevano bene, si sentiva meglio dopo, sopportava meglio tutto! Al rientro a casa litigò con la madre, non voleva continuare ad andare a scuola, le annunciò che sarebbe scappato di casa. Forse il

tono con cui l'aveva detto lo rese più credibile e per questo la vide troppo triste rispetto ad altre volte e ... non lo fece. Tina aveva trovato in occasione un appartamento da acquistare nello stesso palazzo.
Un vero affare ma, non aveva i soldi sufficienti. Riuscì, dando solo la caparra, a bloccarlo e poi rivenderlo, insieme a quello che già possedevano, guadagnandoci abbastanza da acquistare una palazzina di due piani a Tretorri.
Gli annunciò che sarebbero tornati al loro paese alla chiusura delle scuole.
Cesare fu il più felice alla notizia. Avrebbe potuto riprendere ad arrotondare la pensione con i suoi cartelli e a potersi permettere qualche partita a scopone scientifico con gli amici e relative birrette con gazzosa al bar.
Anche a Tony e Steno faceva piacere tornare al paese.
In città si sentivano rinchiusi, prigionieri nel cemento e nell'asfalto.
Furono costretti a rinviare la partenza di qualche giorno a causa di una febbre improvvisa che aveva preso Tony, nessuno seppe capire cos'era.
Non aveva niente di evidente, era il mese di Giugno e aveva appena appreso di essere stato, malgrado tutto, promosso in terza media. Questa bella notizia gli arrivò con gran sorpresa, non se lo aspettava davvero. Promosso nonostante le insufficienze e addirittura lo zero spaccato che la professoressa di latino gli aveva dato. Era un'anziana signora, molto simpatica, tipicamente folk nel modo di parlare. Infatti parlava con un forte accento dialettale la lingua del Regno di Tallia e lo stesso valeva per il latino, ma era una persona molto colta e aveva ragione ad avergli dato quel voto, Tony non ne capiva una sacrosanta mazza di quel che gli insegnava. Per non parlare della matematica e della geometria ... sì la professoressa era superbona e a lui piaceva da morire, ma questo non poteva essere un motivo di promozione e, certamente, di matematica ne sapeva meno che del latino. Tony, ricordando quella strana promozione, amava pensare che, allora, in fondo al cuore, gli fosse riuscito almeno un po' simpatico. Insomma, quell'anno scolastico, meglio di così non sarebbe potuto andare, dunque, perche quella febbre?
E, sopratutto, perchè quella sensazione d'avere già vissuto quella febbre ... quei momenti da solo? Avevano già spedito i mobili, era sdraiato su una brandina prestata dalla zia che li ospitava a pranzo e a cena, oltre che a dormire, per quanto riguardava Cesare, Tina e Steno. Lui, Tony, era sempre solo, gli portavano da mangiare ma, chi aveva fame? Solo sete ... tanta, tantissima sete. Riusciva ad alzarsi, con la testa come un pallone che gli girava e ad arrivare in bagno per bere l'acqua che scorreva violenta dal rubinetto. Sul letto tutto girava ... girava, perché quella sensazione di

dejavue ... di già vissuto? La febbre, certo, l'aveva già avuta, ricordava benissimo quella volta, aveva circa otto anni, quando, sdraiato nel suo lettino in preda ad una febbre altissima, delirava vedendo una grossa, anzi, enorme zanzara, sdraiata su di lui, che gli succhiava il sangue e lui era paralizzato, impotente a scacciarla, a difendersi.
La sensazione di dejavue, però, non poteva fare riferimento a quella volta, giacchè, inspiegabilmente, anche allora sentì la stessa cosa!
Ricacciò comunque quel ricordo, ansioso di evitare di passare la notte in arrivo, sveglio, a guardare il testone dello zanzarone che gli succhiava il sangue!
Per fortuna non fu così, le punture consigliate dalla cugina Imma, che le aveva provate, lo fecero sfebbrare nella nottata. Al mattino stava bene, anche se molto indebolito dai tre giorni di febbre alta.
"Febbre d'origine nervosa" - disse il medico consultato. La sera stessa partirono in treno.
L'ultimo ricordo di Neapolis fu l'incontro con un compagno di scuola, mentre con Cesare trasportavano, lui davanti e Tony dietro, in spalla, le reti da spedire bagaglio appresso, per avere dove dormire all'arrivo, in attesa che arrivasse tutto il mobilio, alla stazione. Si salutarono con un cenno della testa, lo ricordava perché, magro come un chiodo, diceva sempre: "Me stong' puzzand' e famm' chi t'é muort", prima di rubare panzerotti fritti dai chioschetti lungo i marciapiedi e fuggire nei vicoli e nelle piazzette che percorrevano all'uscita da scuola.
Aprì di nuovo gli occhi nel buio della notte africana. Quell'incubo non voleva sparire. Era sudato, eppure tremava. Continuava ad avere la febbre alta e questo lo preoccupava. Significava che l'infezione non era ancora superata e non c'era altro che potesse fare, solo attendere. Ancora una volta ... doveva passare la nottata!
Intanto, però, doveva riuscire a rimettersi in piedi. Aveva la vescica gonfia e dolorante, doveva svuotarla e non voleva farsela addosso, sarebbe stato troppo umiliante.
Riuscì a farlo girandosi sulla sinistra, poggiando sul ginocchio, tenendo dritta la gamba ferita e facendo leva sul fucile, usato come un bastone. Fece appena pochi passi e riuscì a liberarsi con un sollievo e una soddisfazione che gli fecero emettere un gemito di piacere. Cercò di guardarsi intorno, bucando il buio, fiocamente illuminato dai fuochi dei bivacchi. Sentiva ancora lamenti tutt'intorno.
"Poveretti ... non riescono a morire" - pensò. Poi si avvicinò al fuoco e ci mise dell'altra legna, una volta sdraiato si sentì meglio.

In effetti, stava ancora male, l'impressione, però, era quella di un leggero miglioramento. Se era vero se la sarebbe cavata anche questa volta, doveva insistere e resistere allo scoramento.
Si attaccò di nuovo alla bottiglia di cachassa, giusto qualche sorsata, sentiva che gli faceva bene e di nuovo sulle bende da tenere sempre inumidite. Poi sprofondò di nuovo in quella specie di delirio che gli stava facendo rivivere la sua infanzia. Non cercò di resistere, anzi, lo facilitò chiudendo gli occhi ... qualsiasi cosa pur di uscire dall'incubo.

Capitolo VI
Il ritorno a casa

All'arrivo al paese dormirono sulle brande e sui materassi che avevano trasportato in quel lungo viaggio come bagaglio appresso. Dovevano arrangiarsi, in attesa che arrivasse il carro merci con tutti i loro mobili, ma la cosa non li disturbava più di tanto! Erano anni in cui le famiglie talliane erano provate a tutto e capaci di sopportare qualsiasi disagio tra le risate.
Sia Tony che il fratello erano impegnati a rivedere i vecchi amici.
Provarono una grande gioia nel rivedere Napoleone, il loro cane, che gli correva incontro festoso, scodinzolando come al solito. Sembrava che li avesse visti solo il giorno prima, che non fosse passato più di un anno dall'ultima grattata di testa.
La prima cosa che fece con lui, fu di andare nelle paludi a rivedere i luoghi dove era stato così bene anche da solo.
Rimase senza fiato nel vedere quella grande strada, tutto quell'asfalto che ricopriva gli acquitrini!
Avevano sollevato la strada con terra arida e rossiccia che debordava ai lati ... tutto distrutto ... incredibile. Sembrava la materializzazione di quella canzone di Celentano, quella della via Gluck.
"Qui c'era l'orto delle pere ... là, vicino a quella piazzola di cemento, il sifone e i canali di irrigazione dove facevamo il bagno nudi e catturavo le bisce d'acqua. Giù, in fondo al nastro d'asfalto, dopo quella curva, c'erano i canneti e la mia isola" - pensò a voce alta, o lo diceva a Napoleone? Non aveva il coraggio di formulare ipotesi. Camminava, seguito dal suo cane, sul bordo della strada, era triste per tutto ciò che vedeva o meglio, per tutto quello che non avrebbe visto più! Dov'erano i recinti dei buoi, gli orti, le siepi, i canneti e l'isola?
Non voleva rispondere a quella domanda ... ne aveva paura.
Continuava a guardare davanti a sé, cercando un segno che gli dicesse che la strada, dopo la curva, aveva preso un'altra direzione, ma non fu cosi!
Dopo la curva, intorno alla collina, vide i piloni del ponte ... piantati come pugnali nell'acquitrino. Enormi, quadrati, aperti a ombrello in alto e, due di loro, sprofondati a devastare l'isola ... che non sembrava più lei!
La vecchia quercia non c'era più, i canneti erano distrutti, qualche canna spezzata o nata storta spuntava dal terreno misto a cemento. Era davvero triste vedere tutto questo sfacelo!

Desiderava tornare solamente per rivivere la sua solitudine e le sue avventure nelle paludi ... e adesso? Del suo mondo non restava più nulla!
Persino il boschetto d'eucalipti, quello dove si raccoglievano le munizioni, i semi da sputare con le cerbottane ricavate dalle canne per le lotte tra le bande, o dove ci si appartava con i maschio-femmina, era stato tagliato, arrivando lì aveva visto gli spezzoni delle radici spuntare dal terreno.
"E adesso?" - disse a se stesso a voce alta. Napoleone abbaiò.
"E adesso?" - urlò di nuovo ... nessun uccello fuggiva, nessun fruscio intorno a lui ... gli venne da piangere, ma non lo fece ... Napoleone credeva che volesse giocare con lui e forse era la cosa migliore da fare! Lo colpì per essere inseguito e si buttò nell'acqua bassa, diretto comunque verso l'isola.
Rischiò di cadere malamente e quasi si distorse la caviglia. Il fondo dell'acquitrino, che ricordava morbido di fanghiglia, era diventato una distesa sommersa di detriti, spezzoni di cemento e travetti di ferro, impossibile camminarci sopra!
Uscì sconsolato dall'acqua e s'incamminò per rientrare a casa.
La strada non gli sembrò mai tanto lunga.
"E' la fine di un'epoca - pensava e, rivolto a Napoleone disse - Hai capito Napoleò ...? ...e la fine di un'epoca!"
Non capiva, ma a lui bastava sentire la voce del padrone e ricevere qualche carezza per essere felice, beato lui!
Pochi giorni dopo Napoleone rientrò a casa, la nuova casa che già aveva imparato a riconoscere come sua, perché c'erano i suoi padroni dentro, guaendo e affannando con la bava alla bocca.
Non l'avevano mai visto cosi! Cercò di salire le scale di casa, di arrivare fino a loro in cerca d'aiuto ma non ce la fece!
Morì avvelenato da un boccone tra le sue braccia, in pochi minuti.
Qualche pollaio che aveva imparato a visitare per nutrirsi, abbandonato com'era, gli fu fatale o, forse, aveva semplicemente mangiato del veleno lasciato come esca per i ratti. Non pianse, ma gli disse, carezzandolo e guardandolo negli occhi morente:
"E' la fine di un'epoca ... hai capito Napoleone?"
"E' proprio la fine di un'epoca!" - pensò, facendogli l'ultima carezza.
Suo fratello pianse disperato vedendo Napoleone morto, gli sembrò persino esagerato, ma lui era cosi, molto sentimentale, specie con i cani, anche se poi, in realtà, non li amava affatto!
Seppellì in cortile, assieme a Cesare, quello che restava di un'epoca che si era ormai conclusa, in una buca che scavarono profonda, per evitare la puzza della decomposizione. Steno non c'era ... come risaputo, una cosa

era piangere e disperarsi, altra scavare la fossa o provare sentimenti di dolore e tristezza veri e non solo apparenti!
Nella vecchia scuola d'Arte, quella dove fu bocciato, non lo vollero più. Scusandosi per aver avuto, per quell'anno, troppe iscrizioni non accettarono la sua.
"Chi se né frega? – disse a Cesare che gli comunicò mestamente la notizia - voglio finire la scuola media, prendere la licenza e poi basta scuola! Appena avrò compiuto 16 anni, mi arruolerò volontario e partirò per la Regia Marina Militare".
"Sono contento di tutte queste delusioni - pensò - ... l'isola che non c'è più, Napoleone ucciso, la scuola che non mi vuole. Mi sembrano tutti segni che é ora di salpare le ancore e andar via ... ed io non chiedo di meglio!"
Cesare lo iscrisse in un'altra scuola e iniziò la terza media. Ricordava bene tutti i suoi compagni di classe. Il suo compagno di banco, brufoloso come non aveva mai visto nessuno; i primi della classe in prima fila, quasi tutti figli di presidi o professori; Gildo, il super ripetente, suo vicino di banco, destinato a diventare il suo migliore amico di quell'ultimo anno di scuola, sopratutto per l'ironia con cui apprezzavano i professori, le professoresse e le loro strane materie d'insegnamento. Bonariamente, certo, ma ognuno di loro aveva tic o piccole manie. Il tamburello dell'insegnante di musica ci faceva morire dal ridere! Noi dei banchi in fondo, mentre lei batteva il ritmo con il tamburello, tentavamo una "sega musicale" con mano in tasca sbirciando tra le sue cosce! Ma non era poi un granché, ne il ritmo ... nè le sue cosce!
Gildo un giorno chiese un ritmo un po' più lento.
"Suono la chitarra - disse - e sto studiando i tempi di alcune canzoni inglesi, ma non mi trovo con i tempi, per esempio che tempo ci vuole per "We shell over come ...?"
La professoressa andò in brodo di giuggiole, come diceva Cesare per esprimere dolcezza! Mise il tic-tac di quel suo strano strumento segna tempo, s'intrattenne in spiegazioni e rallentò il ritmo delle nostre seghe!
Era molto simpatica. All'uscita dalla scuola, prima di rientrare a casa si andava al corso. Era il punto di ritrovo di tutto il paese, una via dove si praticava lo "struscio", ossia il passeggiare avanti e indietro per ore, forse per guardare le ragazze? Sicuramente, soprattutto per quello ma, la ragione più vera era che non c'era proprio di meglio da fare! Nient'altro che passare il tempo a passeggiare "strusciando" i piedi sul corso e guardare le ragazze che facevano altrettanto.

Era una cosa alla quale tutti tenevano. Ci si preparava con il meglio che si aveva a disposizione, ognuno secondo le sue possibilità, proprio per andare al corso ... lo annoiava ma che altro fare? Comunque, incontrare tutte quelle ragazze che, altrimenti, non si sarebbero mai viste, non era male!

Qualche volta, entrando in classe, i soliti bene informati gli comunicavano che era di turno per l'interrogazione in qualcosa e, subito, saltava la finestra immediatamente! Vela ... e via al fiume, raramente da solo. C'era un bel pezzo di strada da fare, ma c'era tempo e poi, ogni volta, ripassavano dalla strada dove visse da piccolo. La stradina che portava all'ansa del fiume più vicina passava proprio da lì, anzi, esattamente davanti alla casa della sua fidanzatina ... la dottoressa ... Non ne perdette mai il ricordo, anche se non la vide mai più e nemmeno potrebbe riconoscerla.

Rischiava, però, di non farcela a prendere la licenza media. Avrebbe fatto come Gildo ... pluriripetente? No ... proprio non voleva! Per arruolarsi doveva avere la licenza media o quello sarebbe stato un ostacolo alla libertà ... ai suoi progetti, al suo destino. Doveva ad ogni costo riuscire ad ottenerla, ma come? Non aveva proprio voglia di studiare sui libri, infatti, l`unica materia in cui eccelleva, era l'educazione fisica. Era indubbiamente un atleta: saliva la fune e la pertica come una scimmia, saltava la cavallina facendo anche una giravolta in aria, come quelle che faceva lanciandosi in acqua da piccolo, era instancabile in tutte le discipline, solo al pallone era scarso... non gli era mai piaciuto giocarci! Aveva quattordici anni era alto 185 centimetri e pesava 80 chili. Il loro professore di ginnastica era un appassionato boxer e andava in brodo di giuggiole quando, tenendogli il sacco, lo colpiva con tanta forza da spostarlo insieme con lui. Anche con la collaborazione di un suo amico, ex campione europeo di boxe, cercavano di convincere Tony a iscriversi in palestra e provarci ... ma non era questo il suo sogno di bambino. Non era quello che sognava da sempre e verso cui tutte quelle voci lo spingevano.

Gli aveva insegnato a lanciare il disco, il peso, il giavellotto. Parlava dei Giochi della Gioventù: "Tu puoi vincerli!" - diceva.

Lo intimidiva il suo entusiasmo ogni volta che faceva un buon lancio, faceva sospettare che fosse finocchio ... ma non lo era, si entusiasmava perchè, quasi senza allenamento, Tony stava battendo tutti i record dei Giochi della Gioventù ai quali si era presentato in precedenza, senza superare nemmeno il primo turno di eliminatorie. Con Tony era sicuro di vincere, ma non riusciva a trasferirgli il suo entusiasmo! Non capiva

perchè non gliene fregasse niente della carriera sportiva che gli prospettava, fino a che non glielo spiegò chiaramente.
"Per fare sport e atletica – gli disse un giorno - dovrei continuare con la scuola. Io sto solo aspettando di compiere sedici anni per arruolarmi nella Marina Militare, se non dovessero prendermi, m'imbarcherò nella Marina Mercantile o cercherò lavoro all'estero da emigrante. Sto venendo a scuola solo perchè mia madre vuole che prenda la licenza media, altrimenti avrei già smesso di frequentare!".
Alla fine di questo discorso lanciò il disco di gomma nera che aveva in mano, pesava quasi due kili, 1.750 grammi per l'esattezza, così lontano che si meravigliò anche lui. Aveva quasi centrato in pieno un allenatore che sostava dall'altra parte del campetto! Il professore sbatté per terra il cappellino con visiera che portava sempre, imprecando rabbiosamente.
"Cazzo di Budda, ma non è possibile che non mi fai i Giochi della Gioventù, li hai già vinti ... lo vuoi capire?".
Sì che lo capiva, nelle discipline sportive non lo batteva nessuno.
Era lui che non capiva che a Tony non importava proprio niente dei Giochi della Gioventù! Guardando la zucca pelata del professore, non poté evitare di sorridere, paragonandola alla sfera metallica che aveva impugnato, poggiandola sotto il collo. La lanciò, accompagnandola col braccio e, infine, con l'ultima spinta delle dita, dopo aver aiutato tutta l'impresa con una serie di saltelli che gli aveva insegnato il professore. Una serie di piccoli trucchi che aggiungevano forza al lancio. Il lancio del peso, con tutte quelle regole da rispettare, gli riusciva meno bene ma era sempre meglio di chiunque altro.
Il giavellotto lo faceva volare, proprio come il disco, era allenato fin da piccolo a lanciare le asce e le lance che faceva da sé. Sicuramente non erano così leggere e ben bilanciate come quelle da gara, ma questo non faceva che rendere ancora più facili i lanci. Lo stesso valeva per i pietroni che solitamente usava per cacciare i ratti delle paludi, chi mai poteva eguagliare un allenamento simile? Oltretutto, oltre ad essere più leggeri, quegli attrezzi erano molto ben fatti e s'impugnavano meglio, tanto che il disco si poteva sentirlo fischiare nell'aria e il giavellotto l'infilava come se ne facesse parte e, dopo la parabola, si conficcava nel terreno con forza, sempre di punta, con una vibrazione in coda che era un piacere da vedere.
Era un attrezzo leggerissimo, tutto in alluminio e lungo poco più di un metro, con l'impugnatura centrale più grossa, sfilato sui due lati, anteriore e posteriore, ben bilanciato ...ahh se lo avesse avuto a quel tempo ... era proprio bello da vedersi. Impugnarlo e desiderare lanciarlo era tutt'uno, ecco perché lo faceva volare!

Duque? ... perchè non voleva vincere i giochi? ... forse perchè non voleva affezionarsi a cose che non poteva avere. Non avrebbe continuato comunque gli studi. Avrebbe dovuto sicuramente rinunciare alla carriera sportiva che, certamente, gli sarebbe piaciuta, tanto valeva non affezionarcisi troppo. Che altro risultato avrebbe avuto altrimenti, se non quello di soffrirne e soffrire non era tra le cose che lo attirassero!
Una frase buttata lì dal professore, tuttavia, lo convinse a partecipare almeno a quell'edizione dei giochi.
"Nessuno boccerebbe mai il campione scolastico dei Giochi della Gioventù!" - soffiò in un suo orecchio, un giorno, mentre si preparava a salire la fune.
Lo guardò con un sorriso e, da lassù, gli sembrò di guardare la testa pelata di un grosso pitone che si fosse appena ingoiato un agnellino. Gli sembrò persino di vedergli la lingua biforcuta vibrare nell'aria verso di lui e ... i suoi occhi ridevano. L'espressione di Tony doveva avergli fatto capire che aveva fatto centro! L'aveva colpito nel tallone d'Achille e che avrebbe vinto i giochi ...
"Sì, va bene" - sibilò, finendo di salire, ma sarebbe meglio dire volando, perchè arrivò in cima senza rendersi nemmeno conto di aver toccato la fune con le mani. Di lassù, lasciandosi dondolare, com'era solito fare, lo guardò camminare verso i bordi della palestra, a gambe rigide e petto in fuori, con quel suo modo buffo di esprimere soddisfazione. Era un brav'uomo e a Tony levò un grosso peso dallo stomaco! Doveva essere promosso ad ogni costo se voleva portare avanti i suoi programmi, giusti o sbagliati che fossero. Finalmente addio alla grammatica, alla geometria, alla matematica con tutte quelle regole ... le assurdità di lettere che chiuse tra parentesi, tonde, graffe, quadre ... sarebbero in realtà numeri?! ...E il latino? ...Ahh il latino ... che bel suono ... che bella lingua, lo affascinava, ma chi la capiva!? Era stato capace di prendere, unica fra tutte le materie, uno zero spaccato e ... con sua sincera sorpresa perché, in verità, in quel compito in classe si era davvero impegnato e, fino al momento di vedere quello zero spaccato in rosso, era convinto di aver indovinato le risposte.
Non aveva proprio più voglia di studiare, questa era la verità, lo avrebbero sicuramente bocciato e non avrebbe potuto arruolarsi giacché era fatto obbligo della licenza media.
Fu così che dal menefreghismo passò all'entusiasmo per i giochi. S'impegnò per imparare a lanciare in base ai regolamenti.
Infatti, se era vero che non c'era da temere niente per la potenza, senza rivali, di tutti i suoi lanci, non essendo mai andato sotto il record dei Giochi, era anche vero che andava spesso, con i piedi, oltre il limite delle

strisce bianche e questo in gara significava "lancio nullo" e, con tre lanci nulli, c'era la squalifica!
Tutto ciò che dovettero impegnarsi a ottenere dunque, era una perfetta esecuzione! E Tony era entrato nello spirito della sfida, voleva battere il suo lancio precedente ed eseguirlo sempre meglio. Il clima a scuola era cambiato per lui, non lo interrogavano quasi più e, quando proprio si rendeva necessario, doveva ammetterlo, erano proprio domandine da ciuccio. Cosa, questa, che faceva morire dal ridere Gildo, che aveva capito tutto e quando, stuzzicato da lui, glielo confermò, lo prese a pugni ridendo e gridando apprezzamenti su sua "mamma", come si usava e ancora si usa in queste occasioni!
Gildo passava il tempo scrivendo poesie che Tony non capiva ma doveva ascoltare. Le apprezzava subito, per non doverle discutere!
Ne ricordava una dedicata al "pancino" di una ragazza della scuola, ne era innamorato ... diceva. Quando erano al corso si appostavano per aspettare che passasse e, a quel punto, gli illustrava con gesti delicati della mano, la sfericità di quel "pancino".
Era un tipino di brunetta con i capelli a caschetto, come usava in quel 1968, carina, ma non quanto e come la descriveva lui.
Un giorno Tony provò a obiettare che, forse, quel famoso pancino, era dovuto alla scoliosi o comunque al modo di tenere curvata la schiena che, per l'appunto, faceva sporgere in avanti il ventre alla "Beatrice" di Gildo.
Non l'avesse mai detto!
"Tu non capisci un cazzo! Quale scoliosi, quello è il ventre ... come quello della Madonna ... solo le donne migliori ce l'hanno. Come vorrei passarci la mano delicatamente" - rispose rabbiosamente Gildo, per poi finire con i sospiri.
Non capiva questi suoi atteggiamenti ma gli passavano presto ... appena vedeva la sua Beatrice accompagnarsi con un altro!
Certo, però, che era un tipo strano!
Un altra che, ricordava, succedette al "pancino", era più alta di lui e molto più robusta. Un giorno provocò la sua reazione dicendogli, guardandola passare davanti ai suoi sguardi sognanti:
"Gildo, questa non ha un pancino, questa ha un pancione e, secondo me, se la fai arrabbiare, ti picchia pure!" - si mise a ridere anziché arrabbiarsi, buon segno.
"Sembra forte, ma non lo è, in realtà è fragile e delicata, sta con un ragazzo che la tratta male, l'ho visto io ..." – rispose.
"E tu vuoi salvarla?" – dissi, ridacchiando.

Per settimane si appostava all'inizio del corso, aspettava che, uscendo da scuola, la "sua nuova Beatrice", gli passasse davanti per lanciargli un ciao al quale, poi, dava le interpretazioni più diverse.
"Hai visto come mi ha guardato? Hai notato che sguardo? ... Hai visto che espressione triste aveva?".
Sempre così! In un'altra occasione, pur nella consapevolezza che non sarebbe servito, tentò di aprirgli gli occhi dicendogli la verità:
"Ma che cazzo dici Gildo! quella non ti si fila per niente. Gli occhi "non so come" che dici tu, a me sembrano solo "bovini" da vacca, detto nel senso buono del termine ma, a me, quella ricorda proprio le vacche: placida, tranquilla e dondolante come una vacca al pascolo e di te, non mi sembra che gli importi un gran che!"
Come volevasi dimostrare, non servì a niente, anzi! Prese a farsi sorprendere al passaggio della "vacca" seduto sulle gradinate del monumento, con la chitarra in mano, il ciuffo dei capelli sugli occhi e il pizzetto puntato verso di lei mentre cantava: "We shell over come ..." - La vacca salutava, dondolando placidamente i fianchi e loro potevano rientrare a casa. Oltretutto in periferia, molto distante dal centro.
In quell'anno, d'inverno, ogni occasione era buona per fare "vela". Anziché andare a scuola, finivano al fiume. Piaceva a entrambi, non importava se faceva freddo. Lui faceva il bagno lo stesso e tutto gli ricordava le giornate in palude. Quella volta aveva piovuto molto, il fiume era in piena, non l'aveva mai visto così gonfio e quasi veniva fuori dagli argini. Guardava l'acqua del colore della terra, la corrente tumultuosa che, al centro, formava dei turbinii d'acqua simili a una spina di pesce. Uno spettacolo che non affascinava solo Tony. C'erano altri ragazzi, con alcuni si conoscevano, erano "velisti" d'altre classi, ma della stessa scuola, altri erano evidentemente d'altri Istituti.
Tutti delusi dalla piena: non avrebbero potuto fare il bagno nel fiume!
Infatti, l'intenzione comune era quella. Qualcuno chiese:
"Chissà se si può riuscire ad attraversarlo a nuoto?" - proprio mentre Tony stava pensando la stessa cosa. Si dispose più in basso sull'argine, lanciò alcuni rami e canne nell'acqua per valutarne la velocità.
Notò più a sinistra, sull'altra sponda, una piccola ansa.
La corrente, oltre un certo limite dal centro, s'infilava proprio lì. Valutò che, nuotando con forza, ma in diagonale rispetto a essa, sarebbe approdato, spinto dalla corrente dell'altro lato, proprio in quel punto.
"E se invece ti sbagli'? - pensò - se invece mi sbaglio, approderò altrove! non sarà certo il fiume a potermi spaventare e, di certo, se qualcosa non

dovesse andare per il verso giusto, basterà non perdere la testa, per non correre alcun pericolo!" - rispose a se stesso.
"Io credo che si possa fare, si può attraversare in diagonale" - disse ai ragazzi seduti sull'argine a guardare sconsolati il fiume.
Spiegò meglio come la pensava, c'era chi gli dava ragione e chi no.
Non restava che farlo! Si spogliò nudo, come sempre nei bagni al fiume e nei canali, in vela. Decise di spostarsi più a destra rispetto all'ansa sull'altra sponda, per avere più possibilità di non mancare l'incontro con la corrente che lo avrebbe aiutato a passare il centro del fiume.
Era quello il punto critico e più pericoloso. Trovò il punto giusto o almeno quello che gli sembrava tale. Entrò con i piedi nell'acqua, era fredda, ma non più del solito per quel periodo e nuotare lo avrebbe riscaldato.
Respirò più volte con forza, guardava l'acqua corrergli davanti come se dovesse saltare al volo su un treno in corsa e ... lo fece!
L'impatto con l'acqua gelida non fu cosa da poco ma non c'era tempo per le recriminazioni climatiche! La corrente era davvero forte e, se non voleva esserne travolto e trascinato via, doveva darci dentro con le bracciate senza pensare ad altro. Si rese conto che non doveva assolutamente dubitare che potesse non farcela. Questo pensiero doveva cacciarlo come la rogna o lo avrebbe fiaccato nella volontà.
Nuotava come stabilito, cioè senza sprecare energie per riuscire ad andare diritto ma assecondando in parte la corrente, puntando verso il centro del fiume. Non sapeva dov'era giunto di preciso, l'acqua fangosa lo colpiva con forza sul viso, aveva anche difficoltà a riuscire a respirare regolarmente tra una bracciata e l'altra. Per non perdere il ritmo e tempo prezioso non stava sputando l'acqua che gli finiva in bocca, la beveva, era il modo più rapido di liberarsene.
Si accorse di aver raggiunto il centro del fiume dall'aumentata forza della corrente ... non era stanco ma ...
"Se aumenta ancora non ce la farò, è troppo forte ... mi porterà via!" - pensò continuando a nuotare.
Sentiva piccoli urti sul corpo, di certo ogni sorta di detriti trascinati dalla piena. Tutti pensieri che servivano a non pensare al pericolo di non farcela. D'improvviso sentì un fischio nelle orecchie, poi divenne un rombo ... come di un tuono, ebbe la sensazione d'avere già vissuto quella situazione! ... ma dove? ... quando?
Non poteva guardare, interrompere il ritmo, sentiva fortissima quella sensazione ... ma doveva continuare a nuotare e, improvvisamente com'era arrivato, il rombo di tuono svanì.

Restava il rumore, molto più modesto, della corrente del fiume che sentiva scemare di forza man mano che avanzava. Niente di meglio per ritrovare le forze, della conferma di non essersi sbagliato!
Stava oltrepassando il centro, il peggio era passato, ora andava a incontrare la corrente che l'avrebbe portato, secondo i suoi calcoli, "dritto-dritto e senza sforzo", nell'ansa dall'altro lato.
La sentì prenderlo dopo qualche altra bracciata. Poteva nuotare senza sforzo eccessivo verso la riva, seguiva "quasi" la corrente adesso, poteva guardarsi intorno. Era quasi giunto a riva e poté notare che quella che sembrava essere un'ansa era, in realtà, una piccola isola formata dalla piena e dalla corrente che gli girava intorno, depositando sabbia alle sue spalle, tra l'isola e la riva.
Ci arrivò spinto solo dalla corrente che, in quel punto era quasi dolce. Era sdraiato sull'acqua, ma l'uccello che strusciava sulla sabbia del fondo l'avvertì, prima delle braccia, che era ormai giunto a riva.
Si alzò in piedi, le sue palle erano rattrappite per il freddo ... l'acqua gli arrivava a malapena al ginocchio, raggiunse l'isolotto camminando sul fondo. La riva del fiume distava un paio di metri. Le urla dei "velisti" rimasti di là lo costrinsero a girarsi alzando le braccia e urlando a sua volta: "OHHEE' OHEE'..."
Si buttò all'indietro sulla sabbia a riprendere fiato e forze. Guardava il cielo, era grigio, ma non sembravano nuvole, era come se fosse ricoperto di vapore.
"Vapore d'inverno, ma non diciamo cazzate! - pensò alzandosi sui gomiti - ...eppure ... eppoi non senti di nuovo questo rombo? ...e questo calore? Di nuovo, sì ... ancora quella sensazione strana ... di essere altrove ... non so come ... non so dove".
Le grida di alcuni che, dalla riva opposta, si preparavano a tentare la traversata lo richiamarono alla realtà. Gridò consigli, il più importante fu quello di ripartire da più a monte, per avere più tempo di attraversare e forzare, quindi, molto meno l'andatura.
Lo fecero, vide tre di loro andare più a monte del punto in cui si era tuffato lui, e lanciarsi in acqua.
Gli piaceva guardare da spettatore tutta l'azione che aveva vissuto poco prima, da protagonista. Nel mezzo del fiume non aveva potuto guardare nemmeno l'acqua per non perdere la concentrazione, ora rivedeva tutta l'impresa. Nuotavano bene, si erano buttati insieme, ma era già possibile vedere chi nuotava meglio. Si erano distanziati di molto ma non in lunghezza, chi nuotava con meno forza, veniva trascinato a valle dalla corrente in misura maggiore! Perciò erano tutti e tre circa al centro del

fiume, ma uno dei tre stava già per sorpassarlo diretto a valle ... se ne accorse, lo guardò e interruppe le bracciate, forse spaventato.
Sfrecciò via davanti a Tony mentre gli gridava:
"Nuota senza fermarti o ti porta via ... nuota, approderai più avanti! Nuota ... o ti porterà al mare!"
Lo vide sbracciarsi per tentare di seguire il consiglio, mentre gli altri due erano quasi arrivati. Guardarono l'ultimo riuscire ad aggrapparsi a dei cespugli sporgenti, tirandosi fuori dall'acqua, molto più a valle. Li raggiunse camminando sull'argine, era stato bravo, raccontò che, a un certo punto, volle vedere dov'era e, per farlo, dovette interrompere di nuotare.
"E' stato un attimo, ma è stato sufficiente a essere trascinato via!"
Proprio l'errore che Tony aveva evitato, immaginando che sarebbe stato travolto! Il ritorno fu più semplice. Ormai esperti, andarono tutti più a monte per prendersela più comoda. Quanto bastava a provare anche l'ebbrezza di lasciarsi andare alla corrente del centro fiume per vedere che effetto faceva essere travolto dalla corrente ... ma lo fece solo lui!
Si guardò dintorno in quegli attimi tumultuosi ... girando su se stesso mentre la terra scorreva vorticosamente ... di nuovo quel rombo nelle orecchie ... ma cos'era? Non riusciva a capire, era come ... era una sensazione difficile da definire ma sentiva di ... essere altrove...?!
Non realizzava dove, ma aveva anche la sensazione di caldo ... e con tutto quel freddo era altrettanto strano?!
Per sua fortuna le urla dei ragazzi sulla riva lo richiamarono alla realtà.
Immerso in quei pensieri, stava superando, a tutta forza, il punto d'incontro con la riva di partenza.
Non c'era più tempo per pensare, doveva nuotare per tagliare la corrente in diagonale come per l'andata. Malgrado si fosse preso del vantaggio ora l'aveva perso, ma gli restava abbastanza spazio per riuscire ad approdare esattamente dov'era partito.
La considerò un'ennesima sfida e la accettò!
Si agganciò, poco dopo, a un cespuglio semisommerso dalla piena e a qualche metro dal punto di partenza ... aveva vinto!
"Ma vinto cosa?" - pensò, ridendo e soffiandosi il naso con l'acqua.
"Boh! ... ho vinto e tanto basta!" - fu la risposta.
Raggiunse il gruppo e i suoi vestiti. Si asciugò i capelli con il maglione, una volta indossato, il calore del corpo l'avrebbe asciugato e non sarebbe restata alcuna traccia del bagno. Tina, dalla primavera, per scoprirlo quando fuggiva dalla scuola verso il mare, gli leccava il collo, a volte un

braccio e, quando sentiva il salato, prendeva il tubo di gomma. L'acqua del fiume, però, era dolce.
Era stanco, si sdraiò sull'erba a guardare il cielo, era grigio di nuvole che non minacciavano pioggia, sentiva il profumo forte dell'erba calpestata, mentre gli giungevano alle orecchie le voci degli altri, erano concitate, discutevano, ci doveva essere qualche maschio-femmina tra loro, o no?
Si alzò sui gomiti per capire che stava succedendo ... ah ecco, non era un maschio-femmina, non un ragazzino almeno.
Era un ciccione di almeno quarant'anni, un finocchione che aveva visto, nascosto tra i canneti, tutti quei ragazzi nudi e, ora, era uscito allo scoperto per offrirsi di fare una sega a tutti!
Gli venne da ridere, era davvero ridicolo, oltre che brutto e grasso come un porco. La discussione si faceva sempre più animata.
C'era un ragazzetto ricciolino, uno dei più piccoli, che guidava le "contrattazioni", diceva:
"Va bene, tu ci dai mille franchi a testa e ci fai una sega a tutti, c'è chi vuole di più, ma ti facciamo lo sconto comitiva, sei contento?" - e giù risate in coro.
"Mi prendi per il culo!" - rispose il ciccione.
"Sì, ti piacerebbe eh? ... preso per il culo per mille franchi!
Per il culo devi aggiungere due mila franchi: mille per farcelo venire duro con una sega e duemila per mettertelo in culo! ... Te lo facciamo tanto!" - concluse il ricciolino, facendo il classico gesto con le mani e suscitando risate a crepapelle.
Ancora di più ci fece ridere il "finocchione", calandosi i calzoni e mostrandoci il suo enorme culo, ciccione, bianco e depilat. Sembrava quello di una pubblicità per prosciutti.
Dandoci una gran pacca sopra disse:
"Ma dovreste pagarmi voi per questo! Però, se non avete soldi, ve lo faccio fare gratis! ... contenti?!".
Stavano morendo dalle risate. A Tony faceva male la pancia per il troppo ridere! Quando poi il riccetto si avvicinò a quel culaccione e scimmiottando Carosello disse:
"Siore e siuri non ve lo do per due mila, non ve lo do per mille e cinque, ve lo do per mille ... e la sega è gratis!!!" - rimasero tutti senza fiato per le contorsioni delle risate, ma come potevano evitarlo? Quel ragazzino aveva una vis comica che l'avrebbe potuto portare molto lontano, chissà se fu così?
La scena era troppo ridicola, per non parlare della faccia del finocchione, tutt'altro che umiliato, sembrava piuttosto un gatto in pescheria!

Con le braghe in mano e il culaccione in mostra, non faceva altro che guardare i cazzi intorno, probabilmente li aveva già pesati e misurati tutti! Si era fatta ora di rientrare per loro che abitavano dall'altra parte della Città.
Lasciarono i "velisti" locali alle prese con il "culaccione", da come si stavano mettendo le cose, sarebbe di certo finita molto bene per lui!
Gettandogli un ultimo sguardo prima di andare via, si chiese se tutti i maschi-femmina sarebbero diventati cosi, senza darsi, ovviamente, nessuna risposta. Certo, però, che non lo vedeva Danilo mettersi in ridicolo in quel modo ... a quell'età poi.
Il pomeriggio andava a scaricare camion. Gli davano mille franchi per ognuno, se avevano anche il rimorchio mille e cinquecento. Una miseria anche per quel tempo! L'ingresso a un cinema costava cinquecento franchi, un pacchetto di sigarette, anche se non fumava ancora, trecento franchi.
Il suo primo acquisto fu un paio di blue-jeans!
Uno dei ragazzi che scaricava camion con lui gli insegnò a fumare. Dovette sforzarsi perchè le sigarette facevano schifo ma, anche se saltuariamente, fumò ancora, seguendo anche i consigli su come si tiene la sigaretta tra le dita e come l'accende un "vero uomo! Pareva che per essere davvero uomini occorresse fumare e fumare in quel modo. C'era persino qualche lezione da prendere, per imparare ad accendere la sigaretta con la scatola dei fiammiferi, riparando la fiamma dal vento con le dita, complicatissimo.
Lo stesso ragazzo lo portò anche in un circolo politico, in quegli anni era d'obbligo avere una collocazione politica! Si trattava della "Gioventù di Tallia", un circolo giovanile di destra. Cerano busti dei vecchi leader del Regno, bandiere nere e sentiva parlare con nostalgia del periodo fascista che Tony non conosceva ... e nemmeno loro! Infatti, più che per ragioni politiche, si riunivano per stare in compagnia, si facevano lotte nel salone e qualche volta si organizzavano balli. Anche se sentiva spesso commenti rabbiosi e di disprezzo verso gli ebrei, conditi di barzellette davvero mostruose, che non riuscivano a farlo ridere e, questo, non gli riusciva simpatico. Venne a sapere così, da quelle barzellette, che c'era stato l'olocausto di sei milioni di ebrei e che il diario di Anna Frank, che a scuola era insegnato come vero, sarebbe in realtà stato falso ... C'era anche chi metteva in dubbio che fossero state sei milioni le vittime dei lager Nazisti. Come se il fatto che potessero essere qualche milione in meno, non fosse ugualmente orribile.
Questo e altri atteggiamenti da lui non condivisi lo allontanarono presto anche da quel nuovo gruppo e ritornò a starsene da solo.

Cosi trascorse quell'anno scolastico, si era ormai nel 1969.
La primavera fu dolce quell'anno, la ricordava cosi, trascorsa placidamente nel corso, a guardare le ragazze che passavano, spiandogli le tette e notando le curve che crescevano alle compagne di scuola.
"Chissà dove saranno adesso, che staranno facendo?" - chiese a se stesso, rivedendole tutte come le vedeva allora.
"Cosa vuoi dire? ... come dove saranno? ... ma qui, dove sono io, dove vuoi che siano?" - rispose dando un rapido sguardo tutt'intorno, ritrovandosi immerso nelle tenebre.
"Tenebre ... dov'è la luce ... perché non c'è? ... e questo caldo, questi dolori ... oh no! Ancora quell'incubo! – gridò nel buio cercando aiuto - Qualcuno ... qualcosa mi aiuti a svegliarmi, io sono al corso ... al mio paese, cosa ci faccio qui?" – continuò a urlare.
Si sentiva mancare, respirava male, aveva caldo, quasi soffocava, ma pian piano si riprese ... vide tornare la luce, rivide la piazza, le ragazze che ridevano "sculettando" proprio davanti a lui.
"Meno male, è tutto a posto, quella visione mi sta davvero angosciando, non capisco cosa sia, ma capirò quando sarà il momento di capire, lo so... Quando sarò grande ... come diceva babbo. Per il momento, però, è meglio non parlarne con nessuno, o rischio di finire in manicomio" - pensò, alzandosi per "strusciare" un po' anche lui, lo avrebbe rilassato guardare le ragazze, dopo quella visione restava sempre agitato!
Arrivò il tempo dei Giochi della Gioventù, le prime eliminatorie Provinciali o di distretto scolastico, non ricordava meglio, fatto sta che le stravinse nel lancio del Disco e del peso. Ci furono proteste da parte degli altri Istituti partecipanti. Ricordava che fu convocato dalla Giuria al termine della gara, l'interrogarono, controllarono i documenti presentati dal professore di ginnastica che se la rideva sotto i baffi. Qualcuno ventilò l'ipotesi che ci fosse un trucco che lo riguardasse e cioè che avesse superato il limite d'età per partecipare ai Giochi! La sua altezza, fuori norma per l'età prevista e la forma fisica da adulto non gli permettevano di dimostrare la sua vera età, i quindici anni appena compiuti che in realtà aveva.
Certo è che, al fianco dei suoi coetanei, persino Tony dubitava che avessero la sua stessa età. La cosa, però, fu presto chiarita e la scuola ebbe il titolo che voleva. Venne registrato per i Giochi Regionali che si sarebbero tenuti di lì a poco.
Il giorno degli esami di Licenza media era davvero preoccupato, nonostante tutto non era preparato. Se gli avessero chiesto qualcosa di "astruso" tipo algebra, latino, grammatica, matematica, geometria,

Inglese, storia, geografia ... non avrebbe saputo cosa rispondere! Eppure, aveva accettato di studiare insieme a Mariannina, una vicina di casa un po' più preparata di lui, ma l'unica cosa che ricordava di quelle lezioni era che aveva delle enormi tette e che avrebbe voluto giocarci un po' ... era proprio carina...

Era in ansia nell'aula degli esami, aspettava il suo turno con la voglia di andarsene, ma consapevole di non poterlo fare. Lo chiamarono, ecco toccava a lui. La professoressa di matematica fu la prima a interrogarlo.

"Sempre la più bona" - pensò, considerando come fosse vero che le professoresse più bone erano sempre di matematica, sarà una materia che fa bene? Gli fece una domanda e lui riuscì anche a rispondere qualcosa tra un pensiero e l'altro ... non dimenticando la solita sbirciatina tra le cosce accavallate.

-"Va bene, vai pure!" - sentì dire.

"Possibile? ... già fatto? ...Ma ... e come sono andato ...?!" - passò cosi anche dagli altri professori, ricordava bene solo la professoressa d'Inglese che gli chiese.

"What time is it?" - guardando l'orologio.

"It's eleven o'clock" - rispose sicuro, Tony.

Era stato promosso! ... Aveva la licenza media! ... Aveva vinto!

Con la scuola era finita finalmente! Andò fuori, nel piazzale della scuola, incontrò gli altri esaminati. Ognuno commentava la sua esperienza. Tony non sapeva davvero commentare niente. Com'era andato? ... mah, però aveva superato gli esami!

Gildo uscì tra gli ultimi, era convinto di avercela fatta, ma si era anche messo a studiare d'impegno, voleva essere promosso questa volta. Aveva 18 anni e non ne poteva più di terza media!

Quando gli disse che lui, invece, non sapeva proprio dire come fosse andato, lo aggredì ridendo:

"Non sai come sei andato!? ... Brutto figlio di puttana ... What time is it? La radice quadrata di nove ... in quale anno si fece l'unità di Tallia ... cos'è il Pi Greco" - concluse scazzottandolo, senza riuscire comunque a colpirlo e avviandosi al corso ridendo, girandosi a guardarlo ogni tanto, e riprendendo a ridere contagiando anche lui.

Cominciava l'estate, un'estate per lui molto attesa.

Attendeva l'età giusta per arruolarsi, non gli interessava altro.

Andò ai giochi della Gioventù Regionali e li vinse, ma fu iscritto solo al lancio del disco e del peso, niente giavellotto.

Allenatori di squadre sportive volevano conoscerlo, tentavano di convincerlo a continuare gli studi e praticare l'atletica.

Non li ascoltava nemmeno!
In fondo non sapeva neanche perchè, ma gli riusciva impossibile prendere in considerazione ogni altra ipotesi per il suo futuro, che non contemplasse la fine della scuola e la partenza ... la preparava e la sognava da troppo tempo! L'arruolamento era il compromesso con sua madre, non avrebbe permesso altre partenze e lui, essendo minorenne, doveva scendere a patti e accettare.
Non gli dispiaceva, anche se avrebbe preferito partire su un mercantile, all'avventura, in giro per il mondo.
Era il suo sogno fin da quando ricordava i sogni che faceva.
Quello più ricorrente l'aveva fatto talmente tante volte che gli capitava di visualizzarlo anche da sveglio: Era davanti ad una grande pianura bianca, come fosse sale ed estesa fino all'orizzonte.
Era delimitata da due ammassi rocciosi che si fronteggiavano davanti a lui. Sentiva delle voci in sottofondo, un brontolio sordo che capiva essere parole, ma non le poteva afferrare, erano troppo lontane. All'improvviso la massa rocciosa alla sua destra si sollevava e sotto, piantata nel sale, c'era una spada ... come quella della spada nella roccia ma ficcata, invece, fino all'elsa nel sale.
Andò velocemente a prenderla e iniziò a colpire con dei fendenti l'ammasso roccioso alla sua sinistra sbriciolandolo. Poi prese a seguire delle orme sulla sabbia bianca. Erano impronte di piedi umani che si allontanavano verso l'orizzonte ... doveva e voleva seguirle e lo fece ... a questo punto il sogno o la visione s'interrompeva. Era un messaggio da decifrare, questo gli era chiaro. Nonna Teresita gli aveva spiegato che i sogni sono messaggi dell'inconscio che è bene capire e seguire, perché l'inconscio c'è amico e ci guida verso il nostro destino.
Forse era proprio questo il messaggio, abbattere gli ostacoli e seguire il destino.
Per il momento non era in grado di capire di più.
Anche la proposta di sua madre di arruolarsi in marina Militare, invece di partire su qualche mercantile gli andava bene, per cominciare... L'importante era partire, andare via, far si che la sua avventura avesse inizio e vivere la sua vita, cercare e inseguire il futuro e svelare tutte le sue ombre!
Quell' estate si ammalò, aveva mangiato delle cozze e altri frutti di mare pescati da lui sotto un pontile, gli avevano detto di non mangiarne perchè il mare in quel punto era inquinato, ma chi ci credeva? Dopo un po' cominciò a sentirsi stanco, sempre più stanco e aveva una febbriciattola persistente. Suo Padre, vedendogli gli occhi gialli, volle guardare le sue

urine e quel mattino si meravigliò anche Tony, che non lo aveva notato prima, erano gialle e pastose e lasciavano sul water una traccia ... come di farina gialla.
"E' l'Itterizia, quella che mi venne dopo lo spavento della notte dei babbuini a Mogadiscio! Hai avuto qualche spavento?" – gli chiese Cesare.
"No! A parte gli esami ..." - disse subito Tony ma, sinceramente, ne stava provando uno proprio in quel momento, guardando le sue urine e notando che anche la pelle assumeva un colore giallo scuro, gli ricordava il colore di nonna Teresita la notte che è morta.
Cesare lo portò dal medico e da lì d'urgenza all'ospedale, era proprio un'epatite itterogena, dovuta a cause alimentari e non per uno spavento.
"Che strano - disse Cesare durante una delle sue visite - proprio la stessa malattia, esattamente 30 anni fa, tra il 1938 ed il 1939. Dovrai anche tu stare attento al fegato ora, tuo nonno Antonino è morto di Cirrosi epatica lo sai?".
"Ma lui era diventato alcolizzato, per colazione si beveva una bottiglia di anice e, tutte le mattine, si beveva un bicchiere di acqua di mare perchè era convinto che gli faceva bene!" - precisava Tina per tranquillizzarlo.
Fatto sta che Tony rimase in cura in quell'ospedale per tutta l'estate, lo dimisero nel mese di Settembre. Era l'estate dello sbarco sulla luna della Missione Apollo e degli astronauti Americani.
Tony seguì quell'impresa dalla televisione del reparto, erano tutti increduli, sopratutto i vecchi ... alcuni morirono poco dopo, ma fecero a tempo a vedere la luna da vicino e gli uomini farci i primi passi sopra. Anche il meccanico dentista, un ebreo che era sopravissuto ai lager nazisti, e aveva il letto vicino al suo, morì quell'estate. Si faceva portare il lavoro dalla moglie e sul suo comodino faceva dentiere e ponti. Poveretto, sapeva di avere i mesi contati e voleva lasciare alla moglie e ai figli più che poteva.
Tony lo guardava spesso, gli spiegava il suo lavoro, era paziente e le sue dita sapevano muoversi con grande precisione. Aveva pochi attrezzi, ma vedeva in breve tempo formarsi mascelle e denti dal nulla, sotto le sue mani. Era condannato dalla cirrosi epatica, lo diceva tranquillamente, senza paura, aveva il ventre gonfio da farlo sembrare una donna in cinta, ma non era grasso. Era un effetto del male incurabile che aveva al fegato, nonostante non avesse mai fumato, né bevuto alcolici.
Qualcuno lo canzonava perché lavorava anche in ospedale:
"Vuoi proprio diventare ricco!" - gli dicevano anche gli infermieri.
Lui rispondeva sempre con un sorriso di assenso, a Tony però confidò:

"Stare seduto per lavorare mi fa venire nausea, voglia di vomitare e respiro a fatica con questo pancione, ma ho tre figli piccoli e sto per morire ... voglio lasciargli qualcosa, la miseria è brutta da bambini ... io l'ho conosciuta bene. Dovevo stare nascosto per non essere preso dai nazisti, la gente delle campagne ci aiutava, ma sono finito lo stesso in Germania, in un campo di concentramento. Fortuna che la guerra era già quasi finita e fui liberato dagli Alleati, altrimenti ci sarei morto. Quando non potrò più lavorare seduto ... lavorerò sdraiato!" - concludeva ridendo. Si chiamava Blumenthal, ed era proprio un brav'uomo.
Tony provò ad aiutarlo per ingannare il tempo, ma lo faceva solo ridere e doveva rifare tutto da capo, perciò, riprendeva la sua attività preferita... cercare di vedere le mutande delle infermiere quando lavavano a terra o si inchinavano per fare i letti. Una suora enorme, più alta di lui, gli piaceva un casino e lei se n'era accorta ma, invece di ricambiarlo, trasformava le iniezioni di "estratti epatici" sulla natica in vere pugnalate che lo azzoppavano per un po', inoltre, non gli toglieva mai gli occhi di dosso, specie quando andava a zuzzurellare nelle corsie femminili. Una ragazza biondina aveva il mangiadischi, la incontrava in una saletta d'aspetto, metteva "Je t'aime, moi non plus", o qualcosa del genere, una canzone francese tutta sospiri d'amore. Lei la trovava molto romantica e le piaceva molto. Anche a lui piaceva ma gli sembrava che facessero l'amore, esplicitamente e in diretta da quel mangiadischi e si arrapava da matti, solo che era timido e non sapeva come fare a baciarla, quando poi trovava il coraggio per avvicinarla ed era quasi fatta ... arrivava sempre lei, "il suorone", faceva il diavolo a quattro e li rispediva ognuno al suo reparto. Faceva la stessa cosa durante le visite dei parenti, se c'erano ragazze... c'era anche lei tutt'intorno!
Era bella ... quanto le piaceva, dicevano che era l'amante del primario, ma Tony non ci ha mai creduto ... malelingue ... eppoi, al primario piaceva lui, se n'era accorto benissimo! ... ma a Tony piaceva lei!
Quante seghe le dedicò in quell'estate 1969!
Quei pensieri "buoni" che le inviava dal suo lettino di corsia varranno per la beatificazione? Tony se lo era chiesto spesso e finiva col rispondersi: "Spero di sì, almeno saranno serviti a guadagnarle il Paradiso. Con la vita di sacrifici che aveva scelto di fare, bella com'era, se lo meritava proprio!"

Capitolo VII
Il principio

Il principio della nuova vita, quella che sognava fin da bambino, iniziò nel 1970.

Aveva fatto la domanda e lo chiamarono per prima nell'esercito.

Non era quello che sognava, ma l'importante era riuscire a partire e partì una mattina di Maggio.

L'impatto non fu dei migliori. Già aveva visto nelle caserme un clima che gli piaceva poco, sciatteria, squallore e noia imperavano ovunque. No, non era esattamente quello che sognava, ma non fu sufficiente a convincerlo a desistere.

Poi, però, con l'inizio dell'addestramento militare le cose cominciarono a funzionare un po' meglio.

La sveglia, quando ancora non era sorto il sole, non era piacevole. Subito dopo si facevano esercizio ginnici nel piazzale, al suono di una marcetta ridicola e, poi, si rientrava nelle camerate per ridiscenderne con le tute mimetiche e le armi, pronti ad andare sui percorsi di guerra. Simulavano un campo di battaglia, con ostacoli e fili spinati e Tony ci si buttava con entusiasmo ... non sui fili spinati, quelli bisognava superarli strisciandoci sotto, ma sui percorsi di guerra.

In effetti c'erano trucchi da conoscere, tecniche da applicare per superarli il più rapidamente possibile e questo a lui piaceva, dava il meglio con entusiasmo.

Quello che gli piaceva davvero erano le prove di tiro. Il rumore delle raffiche di mitra, i bersagli da centrare. Le prove di mira a colpo singolo e mirino telescopico ... che meraviglia. E che dire della mitragliatrice pesante, quella che sparava un nastro di proiettili non appena si sfiorava il grilletto? E quel fumo acre, quel profumo che si spargeva per tutto il campo e che gli dava quella sensazione di dejavue che ben conosceva.

Eppure era impossibile che fosse già stato su un campo di battaglia, tra i fumi della cordite ... Nemmeno le paludi nel periodo della caccia, durante le quali schiere di cacciatori massacravano gli stormi di folaghe in transito, potevano vantare un simile profumo.

Quelli erano fucili da caccia, sparavano rose di pallini, queste erano armi da guerra, tutta un'altra cosa!

Era certamente strano che quella nebbia che aleggiava sul poligono e che bruciava gli occhi e la gola a tutti, invece a lui piacesse, neanche fosse un afrodisiaco.
Era entusiasta di quel periodo, davvero indimenticabile per lui.
Non sembrava la stessa cosa per molti dei suoi commilitoni che mal tolleravano l'addestramento, molti mollarono, chiesero il proscioglimento ed andarono via. Non poteva certo capirli, lui imparava in maniera vorace tutto quello che riguardava le armi. Aveva appena sedici anni, ma aveva già vinto dei premi alle gare di tiro ... anche per il tiro con le mitragliatrici, le più difficili da controllare per via del forte rinculo sulla spalla e della difficoltà di tenere il bersaglio puntato ma, quando era lui a impugnarle i proiettili che vomitavano non potevano andare da nessun'altra parte se non sul bersaglio. Quanto al tiro singolo di precisione era un vero sniper, un cecchino e si guadagnava i complimenti degli addestratori. Aveva fatto davvero tesoro di tutto ciò che dicevano: far combaciare la punta del mirino sulla canna con la scanalatura del mirino sul corpo del fucile, fermare il respiro, controllare il polso e poi far fuoco premendo delicatamente il dito sul grilletto, per evitare che un movimento anche impercettibile si ripercuotesse sulla direzione impressa al proiettile.
Tony credeva di essere riuscito a fermare anche il battito del cuore, per evitare che disturbasse la precisione del tiro e ogni sparo era un centro perfetto. Riguardo alle armi anticarro, poi, con carica ridotta e solo simbolica, beccava il carro armato in disarmo che usavano per le prove, esattamente sotto la gola ... come chiamava quel punto tra la torretta e il corpo del tank che gli avevano detto essere il punto più sensibile ai razzi anticarro, il tallone d'Achille dei carri armati...
Si faceva anche attività atletica. Nella corsa non era un granché, troppo pesante rispetto agli altri e lo sapeva anche dai risultati delle corse campestri al paese. Arrivava sempre tra gli ultimi. In tutte le altre attività, però, eccelleva e si faceva anche Judo.
Tony non lo considerava un granché, avrebbe preferito la boxe, ma non era difficile imparare quelle mosse e applicarle con successo.
A disturbare il suo entusiasmo erano le lezioni in aula.
Non era davvero per lui stare seduto sui banchi di scuola.
Alcune materie le sopportava, quelle che gli insegnavano cose nuove sull'uso delle armi, tattiche e strategia. O gli esercizi per smontare e pulire le armi e rimontarle rapidamente, scoprì che farlo lo rilassava ... ma la maggior parte delle ore di lezione erano dedicate a materie puramente teoriche che non riuscivano a interessarlo, come le nozioni sull'uso delle radio da campo ... che noia.

Il comando organizzava, a rotazione tra i plotoni, i turni di guardia. Lui era sempre destinato a fare la sentinella notturna sulle garitte intorno al campo e questo lo portò verso il vizio del fumo. Le ore notturne da solo, in garitta, erano dure da passare al freddo, le sigarette aiutavano, facevano compagnia ... ormai aveva preso il vizio o così sembrava.
Si era guadagnato nelle note caratteristiche la dicitura: naturale attitudine al comando. Ai suoi superiori piaceva il tono che dava ai comandi e come aveva imparato a condurre il plotone al passo ... Sì anche a lui piaceva farlo e gli era del tutto naturale usare quel tono secco e quella precisione.
L'addestramento militare, come tutte le belle cose terminò, dopo appena un anno si ritrovò a dover imparare altre cose utili alla carriera militare e di comando e questo gli piacque molto meno. Lui voleva combattere, cercava l'azione e l'avventura, non un posto comodo in una caserma o in un ministero.
Cercava delle soluzioni che lo portassero a realizzare il suo futuro, i suoi sogni, ma non ne trovava ... Non lì, non nell'esercito.
Erano a Rondonia, la capitale di Tallia e usciva con i suoi commilitoni a passeggio per la città, soldi ne avevano pochini e più che andare in giro, grazie al fatto che non pagavano sui mezzi pubblici, non potevano fare. Ricordò il suo primo rapporto sessuale con una donna. Era una puttana di un parco vicino a un monumento antico ... molto economica, appena mille franchi l'uno. Un'offerta di sconto per la comitiva.
Li portò dietro dei cespugli e lì, in piedi, al buio, Tony non capì un granché di quel che avvenne ma sborrò, bene o male, dentro una specie di cappuccio di plastica che gli aveva infilato sull'uccello prima di metterselo tra le cosce. Ci tornò spesso in seguito per capire meglio, anche se non era un granché, era pur sempre meglio di niente.
Tornò a casa in licenza con la sua bella uniforme e i gradi nuovi di zecca in bella mostra. A sua madre e suo padre fece piacere ... ma a lui sembrava di avere fallito l'obiettivo.
Non era questo ciò che cercava. Era del tutto insoddisfatto, soprattutto perché non vedeva vie d'uscita.
Aveva la sensazione di stare provando quello che vedeva fare ai cardellini, appena chiusi in gabbia per la prima volta. Qualcosa che li spingeva a infilare il becco in ogni apertura della rete per vedere se ci passavano, ma potevano farsi solo male. Tony, però, non era un cardellino e non voleva farsi male ma solo realizzare i suoi sogni, la sua vita.
Incontrò Mariannina nel corso, allo struscio. Con le tette sempre più grandi che lo guardavano fisso negli occhi. Non poté fare a meno di chiedergli se volesse andare al cinema. Non sapeva che film c'era quella

sera e non avrebbe potuto dirlo nemmeno all'uscita dalla sala. Finirono a pomiciare furiosamente e per fortuna la sala era semivuota ... Anche lei lo voleva e Tony poté finalmente tirare fuori quelle tette dalla maglietta per baciarle e succhiarle ... era un esperienza nuova, gli piaceva. Anche baciare una donna era piacevole, ne voleva sempre di più.
Lei non era alla prima esperienza, altrimenti non avrebbe proprio saputo come fare, da che parte cominciare. La puttana del Colosseo non si faceva baciare e nemmeno poté frugargli la figa ... faceva tutto da sola quella troia!
Invece Mariannina gli guidò la mano inesperta intorno alle sue mutandine, verso quel morbido e umido calore e ci infilò un dito dentro finchè poté spingersi, mentre frugava la sua bocca con la lingua. Era stordito da quelle sensazioni mai provate. Sentiva che anche Lei ansimava e frugava sulla braghetta dei suoi pantaloni per aprirla ... Tony s'interruppe per permetterglielo e lei seppe farlo rapidamente, prendendo il suo membro in mano, prima che esplodesse dentro le mutande. Quella manina che stringeva l'asta lo rendeva sempre più duro e non gli bastava più ... voleva possederla, ma come fare?
Tra i sedili di legno di quel cinema sembrava impossibile ... fu lei a risolvere la situazione. Si guardarono intorno, c'erano poche persone e tutte sul davanti della sala. Loro, seduti indietro, erano lontani sia da quelli che dall'ingresso, situato a metà sala, e si trattava di un film di sparatorie ... un western, con musiche a tutto volume. Potevano fare quel che volevano e Mariannina trovò la soluzione, levandosi del tutto le mutandine e salendogli cavalcioni sulle gambe. Un attimo e fu dentro di lei ... impossibile descrivere cosa si prova in un momento così per la prima volta, bisogna provarlo. Tony sentì il sangue pompare sul pene e non poteva permetterle di muoversi su e giù come stava facendo. Doveva essere lui a farlo e lo fece, con forza e con violenza fino a cadere giù tra le poltroncine e ritrovarsela sotto di lui, aperta e ansimante, mentre continuava a spingersi dentro di lei più che poteva. Sentiva il glande battere su qualcosa in fondo. Era la fine della sua vagina, gli piaceva farlo e anche a lei. Non sapeva quanto tempo durò ... ma sentì la sua vagina palpitare e lei gemere più forte ... e questo provocò anche lui ... Fu il primo vero orgasmo della sua vita.
Niente a che vedere con quelli provocati dalle seghe o con la puttana in piedi tra gli alberi ... tutta un'altra cosa!
Anche a Mariannina era piaciuto, gli carezzava i capelli e lo baciava, mentre lui ansimava e cercava di riprendere fiato. Era stata previdente ...

lui non ci avrebbe pensato, ma nel momento in cui sborrava, lei, velocemente, lo aveva fatto uscire ... godette sul suo ventre.
"Volevi mettermi in cinta?" – disse ridendo.
"No perché ?..." – replicò stupidamente, mentre si alzava e si rimetteva a sedere in poltroncina, guardandola mentre con un fazzolettino si toglieva il suo seme dal ventre.
"Perché questo mette in cinta le ragazze ... non lo sai?" – disse ancora, mentre andava via.
"Dove vai? – disse Tony, preoccupato di non essergli piaciuto.
"In bagno ... torno subito" – lo tranquillizzò.
Tony non voleva fargli capire che era la sua prima volta, almeno con una ragazza ... lei sembrava aver fatto esperienze e lui si vergognava. Rimise il membro soddisfatto come non era stato mai nelle mutande e si tirò su i pantaloni ... i jeans che finalmente poteva comprarsi come gli piacevano.
Si stava allacciando la cintura quando le luci si accesero e il pubblico cominciava ad alzarsi per andar via mentre altri prendevano posto.
Mariannina lo raggiunse sorridendo.
"Meno male, è piaciuto anche a lei ... è sicuramente più esperta di me e non dovevo fargli sospettare che io, invece, non ne capivo un accidenti. In effetti per me è la prima volta, le altre non contano di sicuro, erano poco più di una sega..." – pensò, mentre la guardava rimettersi seduta e offrirgli una gomma da masticare.
Si guardavano sorridendo, senza dire altro ... che altro poteva dire? Stava benissimo e appena le luci si spensero riprese subito a baciarla ed era pronto a rifarlo, se lei non si fosse sottratta al suo abbraccio per dirgli:
"Devo tornare a casa ... è tardi".
Guardò l'ora, erano le dieci e mezza.
"E' vero, anche io avrò difficoltà a farmi aprire da mia madre ... mi mette l'orario, alle nove chiude il portone e chi c'è c'è ..." – disse ridendo.
Anche lei rise, la conosceva bene la madre di Tony ... S'incamminarono a piedi, verso casa, abitavano vicini e si salutarono dandosi appuntamento per il giorno dopo, sempre al corso. Nessuno dei due voleva coinvolgere le famiglie. Gli avrebbero impedito di rivedersi, se non sotto stretto controllo e loro, invece, volevano ripetere quell'esperienza domani stesso.
La notte porta consiglio, gli piaceva molto Marianna. Si conoscevano da tantissimi anni, ma non aveva mai pensato a lei come donna. Continuava a vederla come una ragazzina e un amica ... invece.
Ma che fare? Tony non voleva fermarsi qui ... aveva altri progetti, altri sogni da inseguire e da raggiungere ...
"No, certo, però ... domani la rivedrò" – pensò addormentandosi.

Furono giorni tutti dedicati a Mariannina ... non c'era che lei. S'incontravano al corso e da lì finivano nei vicoli del centro storico e ogni angolo buio era adatto per "sfranellare" ... baciarsi e frugarsi dappertutto, ma non poteva bastare. Avevano bisogno di sesso vero fino a saziarsi e non potevano andare in albergo. Erano minorenni entrambi, non li avrebbero fatti entrare ... il boschetto, quello solito, era l'unica possibilità. In certi punti il fitto fogliame permetteva di appartarsi sicuri di non essere visti e ... quante ne fecero sul letto di foglie. Si rotolavano ridendo e scopando e poi stavano lì, senza parlare ... a fumare fino a che la voglia tornava. Era il suo membro ad avvisarla. Teneva la testa appoggiata sul suo petto e ce l'aveva proprio di fronte quando si gonfiava eretto e puntava dritto sul suo viso. Lei sorrideva guardandolo e solitamente si sedeva sopra di lui, prendendolo tutto dentro.
Quella volta, però, non lo fece, si chinò ancora di più verso di lui e cominciò a dargli dei piccoli baci che gli diedero la scossa. Scattò proprio verso l'alto e lei si mise a ridere, ma solo per un secondo, prima di prenderlo in bocca quanto più poteva. Succhiava e lo carezzava con la lingua e lui spingeva verso la sua bocca, come se la stesse possedendo così, non poteva farne a meno era un movimento irrefrenabile a cui lei non sfuggiva. Le piaceva vedere come la scopava. Teneva il suo membro tra le sue dita per evitare di ricevere colpi troppo forti. Si accorgeva che li assecondava cercando di riprenderlo in bocca per continuare a carezzarlo con la lingua. Una sensazione bellissima, mai provata ... che lo fece esplodere senza preavviso ... Sborrò sul suo viso, sui suoi capelli, inarcando le reni verso l'alto per poi ricadere giù, tra le sue risate e i suoi gridolini di sorpresa mentre si guardava le mani e i capelli biondi come il miele.
Le diede un fazzolettino per aiutarla a ripulirsi ... ne aveva anche sulla fronte e, nel farlo, gli stava tornando la voglia di possederla di nuovo. Non aveva mai goduto con un pompino ... mai! E, vincendo la vergogna, glielo disse. Lo colse un moto strano, qualcosa che lo disturbava e chiese:
"...Ma come hai fatto a farlo così bene? ... Dove hai imparato?"
Rise rispondendo: "...Ma sei matto? ...dove ho imparato? ... Non l'avevo mai fatto prima ... mi è venuto spontaneo ... così. Volevo dargli solo un bacetto, poi sentirlo scattare in quel modo mi ha spinto a continuare ... eppoi sei tu che me l'hai spinto in bocca. Io non volevo..." - concluse dandogli un piccolo schiaffo con un'espressione indispettita per la domanda. Non voleva certo offenderla ... ma, in effetti, aveva provato qualcosa di strano e fu lei a chiarirgli cos'era, dicendo con un'espressione furba: "...Sei forse geloso?"

Restò di sasso ... Era vero. Era geloso. Voleva sapere con chi l'aveva fatto e quante volte e quando e ... Glielo chiese.
Si mise a ridere, non la disturbavano queste domande, anzi, le piacevano, come se le avesse cercate e provocate per potergli chiedere a sua volta:
"Ti stai forse innamorando di me Tony?"
Restò bloccato come un cardellino preso nel vischio! ... Non sapeva come andare e dove andare ... e nessuno veniva a toglierlo di lì.
Ma, in effetti, perché aveva quest'ansia di esclusiva? ... non l'aveva mai avuta, anzi, se ne fregava ...
Fu lei a sorridergli e dargli dei bacetti ... volevano essere tranquillizzanti, ma ebbero effetto contrario perché gli disse: "Anch'io..."
Mariannina, quella dei fotoromanzi Lancio. Mariannina delle poesie romantiche ... che gli leggeva quando facevano i compiti assieme, sorridendogli alla fine, come se aspettasse un qualche commento da lui, che nemmeno capiva cosa leggeva e di cosa parlasse.
Ora la guardava e capiva. Lei era innamorata di lui fin da allora e aspettava solo di avere l'occasione per dirglielo.
Ne era passato di tempo ... ma alla fine c'era arrivato.
La guardava mentre si rivestiva. Si stava infilando il reggiseno, aveva dei seni stupendi, mai visti di così belli ... nemmeno alle attrici del cinema o dei giornali di donne nude che leggeva.
Non poté fare a meno di allungare le mani per toccarli ancora una volta ... ma lei si sottrasse: "Dobbiamo andare Tony ... è tardi".
Aveva ragione, aveva sempre ragione, stava diventando buio e dal boschetto uscire al buio, privo d'illuminazione e di vialetti curati e in quella serata senza luna, sarebbe stato problematico.
Si avviarono mano nella mano.
"Non lo so Mariannina..." – disse rompendo il silenzio.
" Non sai cosa ...?" – l'interruppe lei.
"Non so nulla ... - riprese – nulla di nulla. Intendo dire che sono un militare. Credevo che questa sarebbe stata la mia strada, ma sono certo che non è così, lo sento ... Sento che devo cambiare direzione e ... non è verso qui. Non è tornando indietro che la troverò ..."
"La direzione verso i tuoi sogni? ... viaggiare in tutto il mondo da marinaio? Seguire una vita d'avventure? ... E' ancora questo che vuoi fare? ... Non sei cresciuto ancora?" – rispose. Lei sapeva tutto, ne avevano parlato tante di quelle volte seduti sui gradini di casa. Erano coetanei e si conoscevano fin da quando rientrarono da Neapolis e divennero vicini.
"Cresciuto? ... ma cosa dici? Non è questione di crescere o non crescere, ma di sapere qual è la via da seguire per realizzare i propri sogni. Un uomo

è ciò che sogna Mariannina e se non riesce a vivere i suoi sogni, sarà per sempre un infelice!"
"Un po' il desiderio che ho io di fare la maestra o la hostess ... te ne parlai ricordi? Ma credo che quello di fare la hostess era più un desiderio di seguirti che un aspirazione vera. In realtà vivere viaggiando non mi attira. Vorrei insegnare ... mi piace sempre di più l'idea ..." – replicò.
"Sì, esatto, ricordo quando facevi la maestra anche a me, cercavi di farmi entrare in testa quelle formulette del cazzo! – risero assieme al ricordo – vedi che capisci cosa intendo dire? Se tu non riuscirai a fare la maestra ti sentirai irrealizzata, fallita, infelice ... Io non so ancora bene cosa devo fare, riesco a vederne solo i contorni e sono sfumati, avvolti tra le nebbie. Ma so che devo seguire i miei sogni e intendo farlo ..."
Questa considerazione si portò dietro un silenzio profondo. Poteva sentire i suoi pensieri ... forse anche lei sentiva quelli di lui, perché disse:
"Allora partirai di nuovo Tonì? ... non ci rivedremo più?"
"Non lo so se ci rivedremo Marianna, io non sono mai stato così bene come in questi giorni e questo potrebbe essere un buon motivo per fermarmi qui e rimanerci. Ma a fare cosa? Mi ci vedi a fare il muratore con tuo padre? ... O a fare cartelli col mio? ... o a trovare un impiego in qualche ufficio?"
"Io ti vedo a vivere con me, ma hai ragione, dev'essere un sogno da fare in due, o finiresti per odiarmi ..." – disse triste, fermandosi a guardarlo.
Non c'era luna, nemmeno uno spicchietto da nulla, ma le stelle si riflettevano tutte in quei suoi occhi grandi e le sue labbra gli sorridevano come faceva solo lei ... Lo riportava indietro nel tempo quel suo sorriso particolare. Si sentiva come tirare indietro ... quasi da una vertigine. Era come se lo conoscesse, ma non da quando conosceva Marianna ... da molto, molto prima.
Gli sollevò il viso per baciarla. Erano quasi arrivati nella strada di casa.
"Partirò domenica - le disse - la licenza è finita. Anche la mia ferma, non la rinnoverò. Non voglio continuare e davvero non so cosa farò".
"Seguirai i tuoi sogni ... ed io i miei e, chissà, forse un giorno saranno gli stessi!" - rispose lei scappando via ... e non la rivide più.
Restò ancora la fuori, al buio, a fumare e pensare. No, non avrebbe cambiato idea ... per quanto fosse affezionato a Marianna, nessuna donna avrebbe potuto fargli cambiare destino. Lei era la prima con cui aveva fatto l'amore davvero. Con tante altre aveva pomiciato ... ma erano cose superficiali che nemmeno ricordava tanto bene. Sarebbe rimasta per sempre nei suoi ricordi più belli, ma se l'amore era ciò che dicevano,

assoluto e irrinunciabile, allora il suo per Marianna non era amore, non quello vero.
Il giorno dopo andò al corso, ma lei non si fece vedere. Non la vide nemmeno davanti alla sua scuola ... le Magistrali.
Chiese al fratello, gli disse che era andata dai nonni, al paese. Evidentemente anche lei aveva capito che la sua storia non era la storia di Tony. Pochi giorni dopo seppe che era partita per una scuola al nord, senza nemmeno salutarlo.
Si era procurato un permesso di convalescenza, lamentando malesseri che non aveva. Non aveva cambiato idea sulla ferma. Non voleva rinnovarla e nemmeno aveva voglia di tornare in caserma. Improvvisamente se ne sentì completamente stufo.
Era come se avesse capito che ciò che doveva dargli quella vita era compiuto ... doveva procedere oltre. Lamentando dolori al fegato era riuscito a restare al paese due mesi. Al rientro avrebbe chiesto il congedo.
Si lasciò andare a un periodo di sereno relax con gli amici e, immerso nella natura, passava le giornate sulle spiagge e le serate nei chioschi sul lungomare di Tretorri.
Fu in quel periodo che conobbe Marinella, una ragazzina molto carina, con lunghe trecce nere e un corpo acerbo ma che si poteva indovinare promettente. Era simpatica, spiritosa e se la ritrovava intorno dappertutto. Finì a filare con lei ma non l'aveva cercato.
La vedeva più come una bambina che non come possibile amante.
Marinella, però, aveva preso una brutta scuffia per lui.
Gli amici ci scherzavano e lo canzonavano ... amichevolmente, certo, Tony non era il tipo da potersi canzonare. Del resto anche lui rideva divertito degli atteggiamenti di Marinella. Una scavezzacollo che ne inventava una più di Bertoldo per stare con lui. Un giorno se la ritrovò in bagno, mentre si faceva la doccia e vi s'infilò velocemente, prima che lui potesse fermarla.
I genitori non c'erano e anche il fratello era al lavoro.
Avrebbe voluto allontanarla, ma come avrebbe potuto riuscirci?
Era calda, sensuale, vogliosa e si donava a lui così prepotentemente. Era anche poco più di una bambina però ...
Decise così, mentre lei si avvinghiava a lui baciandolo con passione e premendole il ventre sul suo membro inturgidito, di trovare un compromesso con la sua natura che voleva possederla lì, subito, come lei desiderava. Un buon compromesso che gli permise di assecondarla e nello stesso tempo rispettare la sua immaturità, non rovinandole la vita facendole perdere la verginità.

Considerazioni sciocche, certo, ma queste erano le condizioni morali dell'ambiente in cui vivevano, rafforzate dalle credenze religiose dei suoi compaesani, tutti fortemente cattolici e legati al Santo Patrono e a tutte quelle norme morali sulla castità e la purezza delle donne, rappresentata perfino dal colore bianco della bandiera nazionale. Se non avesse rispettato la sua verginità e, dopo non l'avesse sposata, quella ragazzina sarebbe stata bollata per sempre come una puttana e nessuno l'avrebbe più voluta sposare. Tony stava solo facendo passare piacevolmente il tempo, in attesa di decidere per quale direzione partire.
Evitò, quindi, di penetrarla anche se non fu facile, ma soddisfò la sua passione in tutti gli altri modi che la sua fantasia gli suggeriva e anche Marinella ne fu soddisfatta, anche se per lei, invece, ciò che contava era essere sua e voleva che lui la prendesse nel modo che nemmeno conosceva ... ma ne sentiva il desiderio.
Il suo amore cresceva ogni giorno di più e ogni occasione era buona per stare insieme al suo Tony.
Una notte dovette assisterla, sotto la sua finestra, per evitare che cadendo si facesse male. L'aveva appena accompagnata a casa, all'uscita dalla discoteca e aveva manifestato il desiderio di passare la notte in spiaggia, in quella calda notte d'estate voleva vedere sorgere l'alba sul mare. Marinella ovviamente non poteva sperare di ottenere quel permesso ma non voleva perdere quell'occasione. Informò, quindi, Tony, che l'avrebbe raggiunto in spiaggia, sarebbe uscita dalla finestra della sua camera, al secondo piano, calandosi dal tubo della gronda, non appena i suoi genitori si fossero coricati.
Tony aveva cercato di farla desistere, ma non servì a nulla.
Decise così di attenderla di sotto o quella matta avrebbe potuto farsi davvero molto male.
Ebbe il tempo di fumare qualche sigaretta, seduto sul muretto di fronte.
La Notte di luna piena e le stelle bastavano, più del fioco lampione, a mostrarle la finestra aprirsi e Marinella montare sulla soglia di pietra per allungarsi ad afferrare il tubo della gronda e lasciarsi scivolare agilmente giù, approdando tra le sue braccia.
Fu il primo della serie dei lunghi baci e abbracci di quella notte di fuoco. Si rifugiarono nella caletta appartata dove erano soliti fare il bagno e la sabbia ancora calda li accolse come il più morbido dei letti. Si amarono per tutta la notte e l'alba li colse ancora abbracciati, saziati nella passione ma non nel desiderio di stare avvinti assieme, nel contemplare in silenzio il miracolo della vita che si ripeteva sull'orizzonte davanti a loro.
Fecero il bagno, prima di rientrare, badando a non essere visti.

Tutto questo, però, non bastò a che Tony rinunciasse alla sua irrefrenabile volontà di partire.
Correre all'inseguimento del suo destino aveva la priorità su tutto. Era come una febbre che lo divorava. Non l'aveva nascosto a quella ragazzina e ne avevano parlato a lungo e spesso e lei sembrava averlo accettato.
La loro era e doveva restare un amicizia che non aveva alcun futuro.
Una prospettiva che la faceva soffrire, a volte ne pianse, ma l'accettò anche in quell'ultimo incontro, poco prima che Tony salisse su quel treno, sempre sbuffante, che l'attendeva nella stazione, mentre respingeva la sua richiesta di portarla con lui.
"Perché no? - pensò in quel momento Tony - mi piace, ci sto bene con lei, dunque?" - respingendo subito, però, quel pensiero improvviso. Sarebbe stata la fine del suo viaggio. Marinella aveva quindici anni, Tony venti, i suoi genitori l'avrebbero anche denunciato e forse sarebbe finito in galera per corruzione di minorenni, la legge del Regno era molto severa sulle leggi morali e religiose e Marinella sarebbe stata bollata come puttana, nonostante tutte le precauzioni che avevano adottato per evitarlo.
Avrebbe avuto un solo modo per evitarlo, sposarla!
Anche questa, però, era una cosa che non voleva, avrebbe significato la fine della sua avventura ... Fine di qualcosa che ancora non sapeva nemmeno dove l'avrebbe condotto ma, l'essere che portava dentro e che ancora non aveva individuato era di diverso avviso e fu lui a rispondere con la sua voce cavernosa.
"Portarla con te ... dove? ... sai forse dove stai andando e a fare che? Lasciala libera di seguire il suo destino, tu devi seguire il tuo!".
Sì, fu d'accordo e guardò un'ultima volta Marinella, che lo fissava con quegli occhi luminosi e bagnati dalle lacrime e le mentì, promettendole di scriverle e che sarebbe tornato presto.
Si sentì male nel farlo e forse avrebbe fatto meglio ad allontanarla fin da subito ma ... non c'era riuscito.
Se è stata una colpa, ebbene era colpevole.
Si può essere certi, però, che sarebbe stato davvero meglio per lei?
Avevano vissuto insieme un estate fantastica, un sogno ad occhi aperti che sarebbe rimasto per sempre tra i ricordi più belli.
Una vita che valeva la pena di vivere era fatta soprattutto di questo, bei ricordi e, loro due, se n'erano appena regalati uno irripetibile.
Anche lui soffriva, ma sapeva che stava facendo la scelta giusta e questo l'aiutò a salire su quel treno senza voltarsi o sarebbe stato risucchiato indietro, in ciò che doveva restare nel suo passato.
Tony riprese la grande nave bianca che lo portava lontano.

Ora la capitale gli sembrava ancora più deprimente.
Era stata davvero dura tenersi a freno e far trascorrere le ultime settimane di ferma, come per tutte le cose già finite e che, per concludersi definitivamente, dovevano essere trascinate ancora un po'.
Il suo vecchio commilitone, compagno di corso, si congedava anche lui. Anche lui voleva una vita diversa e la cercava. Gli disse che aveva delle informazioni che gli sono sembrate interessanti e gliene voleva parlare con calma, per sentire il suo parere.
"Ne parliamo a cena, stasera ... andiamo in pizzeria con due amici" – gridò, mentre montava sulla camionetta militare.
"Arruolano gente per il Congo Belga ... - disse Piero, poggiando la bottiglia sul tavolo a scacchi bianchi e rossi.
La trattoria del centro storico era affollata, nel sottofondo di tutte quelle parole potrebbe aver sentito male e ripeté:
"Arruolano? ... Arruolano chi e per cosa?"
"Dai che hai capito ... cercano militari, specialisti come noi, che amino l'avventura e i soldi ... pagano bene. Pochi anni laggiù e ti riempi il conto in banca ..." – fece, con un sorriso da gatto che ha appena catturato un topo e l'occhiolino rivolto a Tony e all'amico seduto di fianco.

Capitolo VIII
Legion Etranger

"Al Luna Park del quartiere europeo c'è una donna del tiro al piattello, è lì proprio per questo. Se gli dici che vuoi arruolarti ti dice cosa fare e ti aiuta, ma non credere che sia tutto qui.
Lui è Corso, mio cugino. Se si preferisce l'Indocina può farci arruolare nell'esercito Americano e sarebbero 1.500 dollari al mese per andare in Vietnam e, se ci fai un anno, potrai ottenere la cittadinanza Americana e vivere negli States.
La ferma però è per tre anni, come da noi.
C'è anche Denard, il capitano ex Legionario che sta arruolando mercenari per seguirlo in Congo. Con lui si fa la grana, quella vera. Oltre al fatto che combattendo laggiù per Mobutu, un amico si è riempito le tasche di diamanti.
C'è una forte guerriglia comunista. La Francia ha mollato le colonie e si stanno facendo avanti quelli dell'Unione Sovietica.
Si può fermarli solo così, con eserciti di professionisti ben pagati.
Le Nazioni non possono rischiare il coinvolgimento delle potenze atomiche. Tanti piccoli Vietnam che crescono ..." – concluse strusciandosi le dita sul pollice ...
"Ouì mon amì ... è il momento giusto per chi sa usare le armi di farsi avanti e pretendere la sua parte ... Io sono a Saigon, non combatto più ... ho un locale ora, ma ho visto molti amici raggiungermi per combattere i Vietcong. Per un annetto, senza correre troppi rischi, poi si va in America, ci sono mille occasioni laggiù" – confermò Luigi, il Corso.
Tony era confuso, non sapeva cosa dire e decise di non dire nulla, limitandosi ad ascoltare. Piero voleva sentire il suo parere, perché sarebbe partito insieme con lui ... dovunque avesse scelto d'andare.
"Mah! ... andiamo al Luna Park per sentir, poi vedremo ..." – disse davanti a Piero, che alzò il bicchiere per brindare con lui alla nuova vita che li aspettava.
Il dopo cena lo passarono al Luna Park a tirare col fucile ad aria compressa. Una bella donna, con capelli corvini e vestita da zingara, anche se non lo era, li intervistò e, saputo che si trattava di militari di professione con la voglia d'avventura e di denaro, gli fornì un indirizzo e

un nome: Forte Saint Nicholas, Chef de Bataillons Gen. Michaleff. Dovevano presentarsi là, a Marsiglia, li valuteranno e quelli che hanno già una preparazione militare in un paio di settimane saranno mandati in Africa, esattamente come volevano, all'avventura e ... a far soldi.
Il Vietnam poteva attendere ... l'Afrique c'est l'Afrique!
Pochi giorni per formalizzare il congedo e poi Marsiglia, in treno per tutta la notte, arrivarono in una mattina serena di fine inverno. Bellissima città, Piero la conosceva, ci era stato a trovare i suoi parenti Corsi. Non gli fu difficile trovare il Vieux port, il porto vecchio di Marsiglia e, quanto al Forte Saint Nicholas, era famoso.
Li fecero entrare senza domande ... solo un sergente, in un ufficio, gli chiese che nome doveva scrivere sulla domanda di arruolamento. Chiese anche che preparazione militare avevano avuto, se ne avevano avuta una, e li informò sulla paga, buona, ma solo dopo il periodo d'addestramento. La Legion Etranger si riservava il diritto di rifiutarli se non li avesse considerati all'altezza. Tre mesi di prova, dopodiché la ferma era di 5 anni e, in Africa, i disertori li fucilavano ... Era laggiù che li avrebbero inviati.
Iniziò subito la solita routine ... andarono dal furiere in magazzino che li fornì di uniforme e tute da combattimento e da ginnastica, anfibi, calze regolamentari, mutande, maglie, necessaire de toilette ecc... Poi, nei cameroni per l'assegnazione del posto branda.
Era un vecchio forte, ne avevano conosciuti altri dell'esercito Talliano, erano più o meno identici, scomodi e umidi.
Nella branda le lenzuola erano bagnate per quanta umidità c'era in camerata.
La sera, a cena, conobbero la compagnia. Era proprio una legione straniera di nome e di fatto, c'era gente di tutte le nazionalità, alcuni perché amanti del mestiere delle armi, altri solo perché avevano bisogno di un'altra identità e un'altra occasione.
La legione non faceva domande sulla provenienza e registrava per buono qualunque nominativo gli veniva fornito. Dopo cinque anni di servizio in Legione, si otteneva la cittadinanza francese con quel nome. La Francia considerava che con cinque anni di quel servizio, qualsiasi colpa poteva considerarsi emendata e, poi, l'addestramento durissimo trasformava qualsiasi uomo o ragazzo in un legionario e questo era per sempre!
Non era difficile distinguerli ... C'erano diversi talliani, ma solo alcuni erano nel loro plotone.
Fare a pugni era usuale. Non era vietato, ma occorreva farlo in maniera regolamentare ... sfidandosi sul ring (in palestra) le scazzottate in camerata o altrove erano punite con la cella di rigore ed era davvero di

rigore. Un tavolaccio appoggiato su un lato di una grossa camera senza luce, con un'altra tavola più grossa sotto la testa per cuscino. Si restava chiusi lì fino a scontare la punizione ricevuta. Il corso d'addestramento era duro, ma non per lui e Piero. Le armi erano diverse, ma quando uno le ama davvero impara subito a conoscerle e, grazie a questo, poteva prevedere di non restarci poi molto a Marsiglia, in qualità di Jacques Cousteau ... era il primo nome che gli venne in mente quando gli chiesero che nome scrivere. Quello dell'esploratore marino e regista di tanti documentari sul mare che gli erano piaciuti.

Superate le prime settimane di addestramento, la sera si poteva uscire e lui s'infilava nei vicoli intorno all'Operà, qualche volta con Piero, a volte da solo. Una delle prime sere conobbe una ragazza, aveva poco più della sua età e faceva la puttana.

Stava davanti all'Operà di Marsiglia in attesa di clienti. Si piacquero e, dopo aver bevuto assieme nel bar che frequentava, gli chiese di attenderla ... voleva andare al cinema.

Lo fece, finiva sempre intorno alla mezzanotte e, dopo, si andava al cinema dove, come sempre, si dedicava a tutto meno che a vedere il film.

Justine era una bella ragazza Corsa e stava a Marsiglia da molto. Non aveva rimpianti, lei faceva la puttana perché era il mestiere che le riusciva meglio e che gli rendeva di più. Doveva solo evitare di finire sotto le grinfie di qualche magnaccio che gli levasse tutto, come capitava a volte a sue amiche, ma non a lei.

Lei pagava regolarmente la percentuale a chi controllava la piazza e non aveva problemi. Per divertirsi si sceglieva i ragazzi più belli che incontrava, a volte suoi clienti, altre, come nel caso di Tony, clienti del bar. Dopo il cinema o la pizzeria si andava in albergo ... a scopare tutta la notte. Tony non ricorda chi disse, un giorno, come battuta di spirito: "...a una puttana non puoi dirle, adesso ci andiamo a divertire e poi portarla in albergo a scopare!"

Stronzate! ... a Justine era proprio scopare che le piaceva e voleva godere. Era lei che sceglieva come e quando e, una volta deciso, non ammetteva repliche, ma non sono storie che durano, infatti ... non durò.

Tony fu punito per una rissa che lo tenne una settimana rinchiuso in cella. Fu lì che conobbe Anton, era un ragazzo strano ... molto strano. Aveva capelli nerissimi e occhi grigi e se ne stava in disparte, dall'altro lato del tavolaccio, rannicchiato.

Aveva paura, Tony era certo di non sbagliarsi, Anton era uno di quelli che da bambino chiamava maschi-femmina e si rendeva conto che era impegnatissimo a cercare di nasconderlo.

Camminava avanti e indietro, nervoso, avrebbe voluto uscire, la sua Justine non sapeva nemmeno perché non si faceva vedere.
Anton tirò fuori una sigaretta, era riuscito a nasconderla ai quartiglieri, gli disse: "Vuoi fumare?"
"Come no ... - rispose avvicinandosi a lui – ma come fai ad averla e con i fiammiferi?" - l'unica risposta fu una scrollata di spalle.
"Ahhh, dopo tanto, una sigaretta ha l'effetto di una droga, stordisce – disse espirando il fumo – ma tu perché tremi, hai paura o freddo?"
"Tutt'e due ..." – disse tremando.
"Freddo ne ho anche io, per questo cammino ... ma paura ... di che?"
"Paura ... paura ..." – ripetè, guardando Tony, che capì.
"Hai paura che scoprano che sei ... maschio-femmina? – disse.
Non era un termine che aveva mai sentito usare altrove che negli ambienti del suo paese, ma Anton capì benissimo.
Si sedette vicino a lui passandogli la sigaretta.
"... Ma, anche tu... che ti è venuto in mente di venire qui, nella Legion Etrangere ... un posto dove il machismo è tutto e di più" - gli scappò da ridere e fece ridere anche lui.
"Ho una vera passione per le armi, mi piacciono e mi piacciono le attività d'addestramento. Io so che sono nato per questa vita, non vorrei viverne un'altra ... però..."
"Però sei una femmina!" – lo interruppe.
"Sì ... sono ... sono un homosexuel..." – precisò lui.
Si sdraiò sul tavolaccio e gli portò la mano sulla sua braghetta sbottonata.
Il resto lo fece lui. Era un buon modo per passare il tempo in quella cella buia, perché sprecarlo? Lo lasciò fare e lo fece rannicchiandosi proprio lì, tra le sue gambe.
Era bravo ... e quella notte provò il dolore della sua condizione. Perché Tony non perse tempo, lo montò come faceva con Justine e non una sola volta. Gli piaceva ... ma credette vero che non l'avesse mai fatto prima. Era difficile penetrarlo, anche se non si tirò indietro. Probabilmente fino a quel momento si era limitato a desiderare i maschi e a praticare qualche rapporto orale o seghe tra omosessuali. Tony non lo era e, forse, lui non era nemmeno sicuro di esserlo davvero ... Ora, però, non poteva avere più alcun dubbio.
Anton aveva goduto come se fosse stata una donna ... non era necessario che lo dicesse, l'aveva sentito benissimo mentre lo montava. Le sue natiche l'avevano stretto con forza, palpitando tra i suoi gemiti. Era proprio maschio-femmina ... una femmina in un corpo da maschio.
Può esserci qualcosa di più sofferto? Tony credeva di no.

Si ritrovarono nudi su quel tavolaccio ma il freddo non lo sentivano più. Non sapeva che ora era, ma non mancava molto all'alba ...
"Non hai più freddo?" - gli chiese ridendo, mentre stava abbandonato, a pancia sotto, sul tavolaccio. Rise anche lui ...
"Buon segno – pensò – forse sarà meno duro con la sua natura ora che ha visto che può godersela lo stesso!"
Lo ripeté a voce alta: "...Filosofia del cazzo ... sì, filosofia del cazzo e allora? Non è forse vero che l'importante è godere? ... Del resto, se Dio non avesse voluto i maschi-femmina perché li avrebbe creati? Certo, se vuoi stare qui, se vuoi vivere con le armi in pugno, se è davvero questo che vuoi, lo dovrai nascondere sempre ma, almeno tu accettati ... non fai male a nessuno, anzi per dirla tutta ... a me hai fatto bene!" – concluse ironico.
Dalle inferriate della finestra iniziava a filtrare la luce del giorno e presto i quartiglieri li avrebbero tirati fuori per partecipare alle attività d'addestramento, questo al primo squillo di tromba. Quando suonava, dovevano correre verso le camerate e arrivarci mentre ancora non aveva finito.
Si rivestì anche Anton e, anche se la situazione non era delle migliori, sembrava felice.
"Certo, una bella doccia avrebbe fatto piacere ..." – disse Tony, suscitando altre risate.
Si addormentarono, forse solo per un'ora, perché il chiavistello che girava nella serratura li svegliò, insieme al suono dell'odiosissima tromba.
Ora c'era da andare a radersi nei bagni, certamente si sarebbero fatti anche una doccia, anche con l'acqua fredda se non c'era calda. Poi l'addestramento ...
Uscendo dalla cella incrociarono lo sguardo ... era inteso: Non era mai successo niente!
In realtà, però, succedette ancora, Anton era diventato goloso di sesso. Ora che l'aveva provato era peggio di una ninfomane.
Tony lo incontrava dappertutto in situazioni in cui non poteva sottrarsi al "dovere"... non poteva dire di no ... come nel magazzino delle scope, sulla mansarda del forte, dove si andava a prendere il materiale per pulire le camerate. Sparivano là in fondo e si chiedeva come potevano non aver capito gli altri ... Eppure erano sempre assieme: tutti per uno e uno per tutti.
Infatti avevano capito eccome. Il fatto era che Anton, nell'addestramento alle arti marziali si era rivelato un vero demonio, come solo chi lo fa per passione pura può arrivare a essere e aveva dato delle lezioni

indimenticabili a parecchi che si erano lasciati andare a qualche battutina, come si fa solitamente con i maschi-femmine.
Anche quella era una situazione che non poteva durare e non durò.
Finalmente Tony poté tornare nei vicoli intorno all'Operà ... Pioveva a dirotto. Le donne erano tutte nei bar o nelle camere a ore a lavorare.
Era con Piero, lui cercava una donnina che gli facesse compagnia per un po' ... Tony aspettava Justine.
Dovette attendere a lungo, ma alla fine arrivò e non lo degnò di uno sguardo. Non gliela faceva però ... lo guardava con la coda dell'occhio. Voleva vedere cosa faceva e lui si avvicinò.
"Sono stato in punizione ... non potevo uscire..." – disse, vicino alla sua nuca.
Si girò con un sorriso e una mentina in mano. Gliela diede ... nel suo linguaggio dei segni, voleva dire che gli credeva e voleva baciarlo, ma dopo la mentina ...
Finirono in albergo, chiusi dentro a fare l'amore fino allo sfinimento.
Stava arrivando il momento di lasciare Marsiglia per l'Africa.
Piero lo avvicinò quella mattina, dopo l'addestramento.
"...Tony ... - lui non lo chiamò mai Jacques – io lascio... Non resto nella Legione, ho saputo che ci manderanno a Gibuti, nella Somalia Francese, il posto più desolato e noioso dell'Africa. Cosa ci facciamo? ... non si sa quando ci manderanno in zone di guerra.
La Francia ha lasciato le colonie.
Oggi prendiamo la paga e andiamo in libera uscita, io non rientrerò, Pier le Mouche muore qui" – concluse, lasciandolo di sasso.
Era come se avesse ricevuto un calcio nello stomaco da un mulo.
Tony era lì perché aveva seguito Piero ... per forza d'inerzia.
Non aveva idee ... non sapeva cosa fare e seguì lui che sembrava avere le idee chiare ... e ora?
"Aspetta, usciamo assieme e ne parliamo ... - disse.
Il destino stava bussando di nuovo prepotente alla sua porta e ... anche quella si rivelò, non essere la sua strada.
Andarono nel bistrot all'Operà, quello frequentato da Justine. Voleva rivederla ...
La vide arrivare attraverso la vetrata. In quella, due uomini la raggiunsero e l'aggredirono, la gettarono a terra e iniziarono a picchiarla, la colpivano con i calci. Ci mise un attimo a essergli addosso, anche Piero era con lui. Quelli non erano combattenti, erano vigliacchi e anche incapaci.
Li colpì come non aveva mai colpito nessuno. Uno finì subito a terra e se ne occupò Piero per tenercelo e finire la lezione; l'altro, caduto e rialzatosi

più volte, aveva estratto un grosso coltello a serramanico che aveva l'aria di essere affilato come un rasoio. Tony si preparò a schivare i colpi, ma per riuscirci doveva afferrare il polso e giraglielo, o una di quelle rasoiate avrebbe potuto ucciderlo.
"Ucciso da un bastardo magnaccio, davanti all'Operà di Marsiglia, sai che onore?" – pensò.
Riuscì ad afferrarlo come voleva e usò una mossa di Judo per farlo volare sopra di lui e finire a terra di schiena. Fu un suo movimento sbagliato a fare in modo che finisse sul suo coltello ... si era piantato nel ventre e buttava molto sangue. Le urla delle ragazze che correvano via, sicure com'erano che sarebbe arrivata la polizia a caricare tutte loro sul furgone della buon costume e il suono dei fischietti, con le sirene ancora in lontananza, evidentemente chiamate da qualcuno, non gli davano possibilità di scelta.
Guardò Justine, che si era appoggiata al muro del bistrot ... fu uno sguardo d'addio anche il suo.
Piero lo prese per un braccio e lo trascinò via.
Attraverso i vicoli si allontanarono senza incontrare nessuno e, giunti a viale de la Canebiér, accertatisi di non essere seguiti, si diressero a piedi al Vieux Port dove salirono su un taxi, dando l'indirizzo de la Gare Saint-Charles con l'idea di montare subito su un treno, il primo in partenza verso il Pincipato di Monaco o il Regno di Tallia, dopo aver acquistato Jeans e giubbotto per levarsi le uniformi che gettarono dal finestrino.
Fu così che Jacques e Pierre sparirono nel nulla.
Nello scompartimento Piero gli raccontò che lo avevano informato che il capitano Denard, sempre quello che era un ex legionario e di cui gli aveva già parlato, stava ancora cercando professionisti per il Congo, paghe favolose e possibilità di arricchirsi in fretta con i diamanti del Katanga. Quel treno era diretto in Tallia, alla capitale, ma loro si fermarono a Terranova. Giusto il tempo per rifarsi i documenti ... mentre Piero prendeva i contatti per la prossima avventura.
Non che quel che Piero gli aveva raccontato lo convincesse più di tanto, ma ... questa volta aveva una rotta da seguire e voleva seguirla. Sapeva solo che doveva andare, vedere, provare, ma voleva fare un passo indietro e riprendere da lì, dalla sua voglia di andare per mare. Terranova era un importante base navale e c'erano scuole della Marina, lui voleva fare il macchinista, aveva sempre avuto il pallino della meccanica, ne parlò francamente con l'amico.
"Piero, io mi fermo qui un annetto. Voglio fare il corso da macchinista e motorista, ho abbastanza soldi per pagarmi le spese, ma se riesco lo faccio

per la marina mercantile. In un anno posso avere patente e licenze e iniziare a navigare ... Un vecchio sogno che voglio provare a realizzare. Non credo che andare con Denard, in Congo, ne faccia parte. Non ho mai sognato niente del genere" – concluse ridendo.
"Mi dispiace Tony, ormai mi ero abituato a vederti e fare sempre tutto assieme, però, hai ragione, devi seguire i tuoi sogni, ci rivedremo, ne sono certo e ... mi mancherai.
"Anche io sono certo di rivederti Piero e ... mi mancherai anche tu – replicò - Voglio raccontarti che recentemente, a Marsiglia, ho rifatto quel sogno del sale che ti raccontai, solo che questa volta è andato avanti: Ricordi che ti dissi che sognavo spesso di andare dietro a delle orme lasciate sul sale. Un enorme deserto di sale bianchissimo ed io, dopo avere sbriciolato un ammasso roccioso a colpi di spada, ci volavo sopra velocissimo. Cercavo di scoprire chi le faceva ... Ogni tanto mentre le seguivo sentivo come una voce in sottofondo, ma era come se fosse un disco da 45 giri fatto girare a 32, impossibile capire le parole ma, indubbiamente, qualcuno voleva dirmi qualcosa. Poi, poggiavo i piedi per terra e continuavo a seguire quelle orme, orme umane. A un certo punto restavo di sasso, perché vedevo che ero giunto al momento in cui le orme, quelle orme, si facevano davanti ai miei occhi ... capisci Piero?
Il messaggio è andato avanti, ora sono dietro a quelle orme e a chi le lascia sul deserto di sale ... Significa che sto seguendo la strada giusta e quella strada mi porta per mare.
Devo restare qui per un po', ma lascerò questo posto con la patente da macchinista in tasca.
"Buona fortuna amico mio! ... ceniamo assieme? Il mio treno parte stasera tardi".
"Certo ... volentieri. Sono emozionato come quando decisi di arruolarmi. Ogni volta che si fa una scelta non c'è modo di sapere se è quella giusta finchè non la si è percorsa almeno per un po'. Questa ci ha dato conoscenza e competenza su armi, tattica e strategia ... non sono stati tre anni buttati, ci tornerà utile, ne sono sicuro, ma era solo una parte dei miei sogni ... Ora voglio inseguire l'altra!".
Tony accompagnò il fratello d'armi al suo treno. Le loro strade si dividevano.
Chissà se si sarebbero davvero rivisti in futuro?
Solo il tempo avrebbe potuto dirlo.

Capitolo IX
Elsa

La vita a Setzia scorreva placida, a volte noiosa.
Era una bella città, piena di belle donne e ... come tutte le città di mare, con quartieri a luci rosse, nei quali Tony si sentiva proprio a suo agio.
Si ambientò benissimo anche in quello di Setzia. In fondo, tutti gli angiporti si somigliano e, le lanterne rosse, raccontano ovunque le stesse storie d'amore osceno, spargendone il colore.
Si applicava con profitto alle lezioni di meccanica navale e negli imbarchi per il tirocinio su navi della squadra navale era solerte. Gli piaceva quello che stava facendo, così come le lezioni d'armi precedenti, perchè sentiva in cuor suo che lo portavano nella stessa direzione e che gli sarebbero state utili nel futuro che intravvedeva davanti a sé. Ci teneva, dunque, a superare il corso a pieni voti ma ... la sera, quando era alla base navale, cioè con la possibilità d'uscire in franchigia, sapeva dove andare e ... con la meccanica navale non aveva niente a che vedere.
Bisognava capirlo, tanti avevano svariati interessi cui dedicarsi nel tempo libero. Chi seguiva il calcio, andava alle partite, la boxe, i campionati di F.1, la musica e andava ai concerti ... ma lui non provava alcun interesse per altro che non fossero le donne! ... Erano tutto ciò che riusciva a interessarlo davvero.
A Setzia il quartiere a luci rosse, nei vicoli dell'angiporto, era piccolo ma ben attrezzato, frequentato dagli equipaggi della squadra navale e da quelli di passaggio nel porto mercantile. Ogni volta che poteva ne approfittava anche lui. Le professioniste avevano camere nei vecchi stabili, alcune l'avevano sorpreso inserendo specchi intorno ai letti, che gli permettevano di vedersi mentre le scopava. Le prime volte fu strano ed eccitante, come tutto ciò che è insolito ma ci si abitua a tutto e, alla fine, distraeva da quello che davvero era avvincente ... il sesso.
Fare il cliente non era un granché, lo sapeva già ... Gli ricordava quelle prime volte con le battone della capitale ... squallido e, certo, non appagante.
Cercò quindi di farsi delle amicizie. Con le ragazze aveva appurato che era impossibile ed era ben comprensibile che stessero alla larga da lui e da tutti quelli di passaggio come lui. Gente di mare che cerca compagnia e che andrà via senza voltarsi indietro, diretta chissà dove.

Ebbe qualche storia con donne sposate e insoddisfatte e perciò in cerca di avventure come lui. Questo era davvero appassionante e appagante, poi, però, successe qualcosa che lo fece stare male e cambiò abitudini.
Elsa era una bellissima donna, alta, formosa, naturalmente elegante, dai modi signorili. Sposata con un professionista della città ed evidentemente molto, molto annoiata.
Soprattutto viveva la crisi di cui Tony aveva sentito parlare da tante amiche, quella di una donna che sta per arrivare ai suoi quarant'anni ancora bella, ma con una vita sessuale quasi inesistente. L'abitudine pare che faccia questi effetti ...
Aveva perciò deciso da tempo di tradire il marito e viversi un'avventura esclusivamente sessuale. Sarebbe stata un'ultima occasione di soddisfazione sessuale prima del tramonto ... come dargli torto? Tony non poteva che essere d'accordo e glielo disse. Interessato, certo, ma era proprio così che la pensava: ogni lasciata è persa!
Quando la vide davanti a se, al bancone del bar del mercato centrale, con le buste della spesa e con quei seni che in parte strabordavano dal décolleté e quel popò di popò a pochi centimetri da lui ... prese la decisione di fare le sue avances o almeno di provarci.
Si chiedeva come potesse fare, le stava dietro, voleva ordinare e anche lei, alla fine disse la cosa più banale del mondo:
"Posso offrirle un drink? ... ci sediamo, così ce lo servono, altrimenti ho idea che dovremo stare qui davanti parecchio ..." – banale davvero, ma sembrò che lei non aspettasse altro. Sorrise e, dopo un rapido sguardo, evidentemente valutando l'offerta ... rispose:
"Volentieri ... hai ragione ... meglio sedersi".
Era proprio una bella donna e il fatto che avesse risposto così simpaticamente al suo invito bastò per far innamorare Tony. L'avrebbe baciata proprio lì, fregandosene di tutti, ma era consapevole che avrebbe rovinato tutto. Aveva visto la fede al dito, era meglio comportarsi con discrezione e fargli capire che ne era capace. L'aveva pensata giusta vestendosi con jeans e giubbotto, chi li avesse visti assieme avrebbe potuto pensare ad una mamma col figlio, la differenza d'età lo permetteva e non era certo inverosimile che un ragazzo di vent'anni avesse una mamma così avvenente di quaranta ... o giù di lì!
In divisa da marinaio, invece ... tutto diventa subito sospetto, specie lì, a Setzia ... un porto di mare.
Il cameriere arrivò e ordinarono due martini ... veramente lo ordinò lei, Tony non lo conosceva e stava per ordinare la solita birra, ma voleva fare bella figura e chiese lo stesso.

Lei lo guardava e sorrideva, aspettava che Tony dicesse qualcosa, ma lui era troppo impegnato a passarla ai raggi X senza farsene accorgere per pensare a qualcosa da dire e, ciò che pensava, era meglio non dirlo.
Non al momento ... o almeno, così credeva lui.
Fu lei a rompere il ghiaccio, dicendo:
"Ho superato l'esame?" – lo disse con un sorriso e senza imbarazzo e Tony non fu da meno:
"Accidenti se l'ha passato ... lei è bellissima ... proprio bellissima!"
Si rese conto che lei ne era gratificata, apprezzò il complimento e chiese:
"Come ti chiami?"
Tony ...Tony Vero, e lei?"
"Elsa ... Sei un marinaio vero?"
"Sì ... si vede così tanto?"
"Beh ... un ragazzo così giovane, in questa città, all'80% è della Marina, anche quando non è in uniforme".
"Ed è altrettanto vero che nessuno li può vedere, giacché, da quando sono qui, ancora non sono riuscito a conoscere una ragazza e sono sempre solo come un cane. Ora che lo sa ... anche lei non vorrà frequentare marinai?"
Usò un tono triste, da povero orfanello abbandonato, e lei ne rise. Aveva esagerato a bell'apposta, con ironia, proprio per saggiarne le reazioni ed Elsa non lo deluse, ne rise divertita.
"Non sembri proprio così demoralizzato ... chissà quante ne combini con quel musetto!" – replicò, facendogli una mezza carezza a mo' di pizzicotto mancato sul mento, dove Tony aveva il raviolo, come lo chiamava la madre ... il mento con un foro al centro e un bordo rigonfio tutt'intorno.
"Cerco di trovare un po' di compagnia ... Come tutti ho bisogno di affetto e di non sentirmi troppo solo. Il fatto che sono di passaggio non dovrebbe essere di ostacolo a questo bisogno, altrimenti sarei condannato alla solitudine eterna, giacché sono sempre di passaggio ovunque ..." - toccò il tasto giusto, lo comprese dalla sua espressione e dalla risposta che gli diede.
"Come ti capisco ... sono sola anch'io, nonostante abbia un marito e una figlia".
"Suo marito naviga? ... e sua figlia? ... non andate d'accordo?"
"No, no ... mia figlia è una ragazzina meravigliosa, ha tredici anni. Anche mio marito è un brav'uomo, gli voglio bene ma ... non ha più alcun interesse per me ed io, invece ..." – s'interruppe imbarazzata.
"Tu, invece, sei ancora una donna ... e che donna ... sei uno schianto Elsa!"
Azzardò Tony passando anche lui al tu. Doveva farlo per incoraggiarla o sarebbe finito tutto così, con un tentativo irrealizzato. Conosceva bene

quei meccanismi e sapeva che non doveva far passare l'attimo di desiderio che aveva suscitato e si era impadronito di lei, o sarebbe fuggita via senza voltarsi indietro.
La fissò negli occhi mentre col piede, sotto il tavolino, le sfiorò il suo, pianissimo, appena un cenno per dargli modo di rispondere o rifiutare e non rifiutò. Lo mosse nello stesso modo, mentre guardava la piazza e la gente che faceva acquisti al mercato, dietro le spalle di Tony. Poi lo fissò negli occhi. I suoi erano occhi neri e lucidi di desiderio e che parlavano la lingua universale. Tony le sorrise e chiese:
"Dove possiamo andare?"
A lei sfuggì una risatina nervosa, affrettandosi a precisare:
"Ah non lo so … non l'ho mai fatto … cioè non mi è mai successo."
Si fermò perché si rese conto che ogni cosa che diceva per scusarsi le sembrava banale e l'imbarazzava ancora di più.
Tony intervenne a spegnere quell'incendio prima che la spingesse a fuggire via per l'imbarazzo.
"Ti credo Elsa, sei troppo imbarazzata per non essere alla tua prima avventura. Te lo chiedevo perché io non ho problemi sul dove.
Per me andrebbe bene anche l'hotel di fronte, dove stare da soli, anche a parlare, se poi ti va, si va avanti, altrimenti … si tornerebbe subito indietro. Però, il problema è tuo. Tu ci vivi qui e, anche se la città è grande, qualcuno potrebbe riconoscerti e non sarebbe più un'avventura, ma una tragedia. Possiamo prendere un taxi e andare fuori città, in qualche hotel anonimo. Vuoi sempre la stessa cosa che voglio io, no?".
Elsa lo guardò con più attenzione. Tony la stava mettendo a suo agio … in fondo era solo una donna repressa nella sua femminilità e che stava desiderando quello che era legittimo per ognuno, uomo o donna che fosse. Per il modo di pensare di Tony era il suo compagno a doversi sentire in colpa, non lei.
Tony era riuscito a farla sentire libera di scegliere e aveva scelto.
"No, ho la macchina parcheggiata qui dietro. Conosco un'albergo dall'altra parte della città … non conosco le camere, non ci sono mai stata ma è appartato, non credo che qualcuno possa riconoscermi".
"Bene … delle camere non mi preoccuperei. Avremo sicuramente altro da fare, vedrai! – disse per stimolare il suo desiderio … non sia mai cambiasse idea proprio in quel momento – allora facciamo così, ora tu ti alzi e vai via. Io aspetto qualche minuto, pago e ti raggiungo qua dietro, al parcheggio che hai detto, che macchina è?"
"Un Maggiolone Volkswagen, bianco, col tettuccio nero" – disse, alzandosi e prendendo la busta della spesa. Tony fece quel che doveva e si alzò

andando verso il mercato, poi si girò per vedere se qualcuno lo stava osservando e, verificato che tutto era tranquillo si diresse verso il parcheggio. C'era sempre il pericolo che Elsa cambiasse idea ... ma, in quel caso, potrebbe farlo anche una volta in camera. Non doveva essere ansioso o poteva trasformare una possibile bella storia con una bellissima donna, in una storia squallida da dimenticare. La vide fare manovra per uscire dal parcheggio, si mise sulla strada subito all'uscita e attese per vedere se rallentava o proseguiva. Si fermò proprio davanti a lui e vi salì subito. Era seria, ancora imbarazzata, ma sembrava decisa ad andare fino in fondo. La libidine era alle stelle ed evidentemente Tony le piaceva abbastanza da spingerla a tradire il marito per la prima volta.
Perché era evidente che Elsa non aveva mai vissuto una situazione così e chissà da quanto tempo non faceva l'amore come si doveva.
"Povera Elsa ... ci penserò io a te ... vedrai!" – pensò, ripromettendosi di premiarla per il piacere che stava per dargli.
Anche lui era sessualmente represso. Il sesso a tassametro era solo un palliativo, poco più di una sega ... con Elsa sarebbe stata tutta un'altra cosa, bastava guardarla per desiderarla e il suo desiderio era palpabile, riscaldava persino l'aria dell'abitacolo.
Guidava sicura nel traffico ma era troppo seria e, infatti, dopo poco esclamò:
"Dio mio, ma cosa sto facendo?".
"La cosa giusta ... stai facendo la cosa giusta Elsa! ... ma perché dovresti reprimerti così? L'ho visto da subito che sei repressa ... hai una carica erotica incredibile, un uomo, se è anche un maschio, la sente. Specie quando è represso anche lui, come me. Invece di chiederti cosa stai facendo, trovami un motivo valido per non farlo!
Per quale ragione noi, con la voglia che abbiamo, non dovremmo soddisfarla? ... perché sei sposata? ... se eri davvero sposata eri anche felice e soddisfatta e certo non saresti qui con me ... se ci sei è perché il tuo matrimonio è ormai solo una certificazione su un pezzo di carta. Dunque? ... cosa tradiresti? Il certificato matrimoniale all'anagrafe? Eeddai ... rilassati, sarà bellissimo!
Lo faremo essere bellissimo e poi deciderai se vederci ancora, oppure chiudere qui. Sarà comunque un bel ricordo per entrambi".
Si era girato verso di lei che guidava nel viale sul lungomare, diretta in periferia e le mise la mano sul ginocchio per farle una carezza sulla coscia, piano, in maniera gentile, con delicatezza ... con l'intenzione di convincerla che era giusto farlo e che ne avevano bisogno entrambi e ci riuscì. Elsa non si ritrasse, lo lasciò fare e mostro gradirlo perché quando

arrivò a sfiorarle le mutandine, chiuse le cosce con forza, ma non per impedirgli di farlo ... bensì per un riflesso condizionato e carico di passione che le infiammava le gote. Non sarebbe tornata indietro ... ora non più. S'infilò in un portone, un cortile interno e parcheggiò l'auto. Poi scese con lui e si diresse all'ingresso di quell'hotel, un passo dietro Tony che alla reception chiese:
"Buonasera, avete una matrimoniale?"
"Sì, con bagno o senza?"
"Con bagno, fino a domattina".
"La 18, secondo piano, l'ascensore è in fondo al corridoio"- lasciarono i documenti sul banco e salirono in camera.
Appena in ascensore la passione si scatenò. Fu Tony a toccarla per primo, le strinse i glutei attirandola a se e baciandola con furore e passione e lei non fu da meno.
Fu difficile separarsi per entrare finalmente in camera ... soli.
Non riuscirono nemmeno a spogliarsi. Elsa era in gonna, una gonna svasata, bianca, a piccoli pois neri in tono con la giacca che era grigio scuro, una maglietta nera, aderentissima conteneva quei seni prorompenti ... non persero tempo, lui le sollevò la gonna, per fortuna aveva le autoreggenti e non i collant perché la prese così e fu bellissimo. Elsa era bagnata e bollente di passione, repressa più di lui che era reduce da un viaggio di un mese, sempre in mare, a masturbarsi pensando alle donne ... la sua passione ... e che passione.
Ci volle un po' per riprendere fiato dopo quella cavalcata.
Tony si ritrovò sopra di lei, stretto tra le sue cosce, ancora dentro di lei e con le sue natiche strette tra le mani. Voleva dire qualcosa ma non poteva, aveva il fiatone come dopo una lunga corsa.
Le baciava il collo e l'orecchio e lei le prese la sua testa con le mani e lo baciò sulla bocca. Un lungo bacio e Tony ebbe la conferma che le era piaciuto ... altro ché se le era piaciuto, ansimava e si dimenava come non aveva visto fare a nessuna.
Quando si staccarono per riprendere fiato sorrise ... dicendo:
"Ora possiamo spogliarci" – ed Elsa scoppiò a ridere. Aveva tutta un'altra espressione nel viso e negli occhi, sembrava quasi una ragazzina.
"Cosa può fare un po' di sesso ben fatto eh?" – pensò Tony guardandola.
Tony si spogliò e si diresse in bagno a lavarsi. La prima regola per ogni marinaio era quella, lavarsi subito dopo l'atto sessuale per evitare eventuali infezioni. Vero o falso che fosse, diventava un'abitudine irrinunciabile, anche quando, com'era con Elsa, questo pericolo non poteva esserci. Non aveva smesso di guardarla mentre piegava la giacca e

iniziava a levarsi la gonna. Fu rapidissimo in bagno, perché voleva godersi lo striptease. Corse a infilarsi sotto le lenzuola, voleva continuare ad ammirarla mentre si spogliava, ma lei si vergognava, gli chiese di girarsi.
"Scherzi? ... io sto aspettando lo striptease ..."
"No, mi vergogno ... dai girati."
"Non ci penso proprio, tu mi hai visto, non ti ho chiesto di girarti. Dai rilassati, ormai ci siamo conosciuti a fondo no?"
"Sì ... hai ragione. Sono ridicola lo so, ma non mi sono mai spogliata davanti a un uomo".
"Dici davvero? ... ma, con tuo marito sì ... Noo?" – Tony non riusciva a crederci ma come, un pezzo di femmina così che si spogliava di nascosto del marito e s'infilava a letto in camicia da notte?
Poteva essere vero? Evidentemente sì, perché si stava davvero forzando per riuscire a farlo ... decise di aiutarla.
Si alzò e la raggiunse. Lui era già nudo e sicuramente non si vergognava.
Le andò di fronte e le tolse la giacca, già piegata, dalle mani e la poggiò sulla sedia. Poi slacciò la cintura e sganciò la gonna abbassando la zip e facendola scivolare ai suoi piedi.
Non poté fare a meno di ammirarla così, discinta, senza gonna, con la mutandina nera avvolta intorno ad una coscia, strappata dalla furia della passione e il triangolo nerissimo del suo pube sotto quella maglietta nera, aderentissima, che restava a impedire la visione dei seni.
Lo sguardo salì a guardarle il viso, incorniciato dai capelli corvini con il rossetto sbavato, le gote infiammate e il rimmel che colava dagli occhi umidi ... la guardò con sorpresa, perché piangeva?
Glielo chiese e lei lo abbracciò, baciandolo sulle labbra per poi dire:
"Sono lacrime di gioia Tony ... di felicità ... mi sono resa conto di non aver mai provato un orgasmo prima d'ora, non sapevo cos'era e mi ero convinta che quello che leggevo o che vedevo al cinema erano solo fantasie ... che non ci fosse niente di vero, invece, ho provato come una scossa elettrica e ho avuto la sensazione di sciogliermi, desiderando di essere posseduta ancora e ancora, fino a perdere le forze ... ma ... è sempre così?"
"Magari! ... purtroppo no, non potrebbe essere sempre così, sempre uguale. Non ho neanche io molte esperienze ma ho notato che è sempre diverso, più o meno bello a seconda del modo con cui si fa l'amore e della partner con cui lo faccio. Ho notato che molto dipende dal livello di eccitazione che si raggiunge, è quello a regolare l'intensità dell'orgasmo. Con te era giunto al massimo dei massimi ... l'orgasmo non poteva essere da meno. Con una professionista, hai voglia di guardare specchi e

palpeggiare, è sempre lontanissimo dall'essere così ... non gli somiglia nemmeno, è quasi meglio fare da soli ..." - concluse ridendo.
Le poggiò le mani aperte sulle anche, sentiva la sua pelle vellutata, era un piacere carezzarla, poi l'allontanò. Non aveva dimenticato quello che stava facendo, l'ammirò ... e prese a sollevarle la maglietta, come si farebbe per scoprire un opera d'arte.
I suoi grandi seni rendevano difficile l'operazione e così si fermò a baciarglieli proprio nel décolleté, per poi passare al collo e tornare alla sua bocca, si stava eccitando di nuovo ...
"Bene, questo sicuramente aiuta a perdere il pudore" - pensò.
Le tolse, infine, la maglietta, scarmigliandole ancora di più la sua chioma fluente e provò a sganciarle il reggiseno senza riuscirci.
Non era poi così pratico. Lo lasciò fare a lei che, mentre portava indietro le mani, sembrava offrire meglio i seni ai suoi baci.
Erano finalmente liberi, proprio davanti ai suoi occhi e li ricoprì di baci e di carezze. Erano davvero grandi e sodi, riempivano le sue mani come pochi altri prima ... ricordavano quelli di Mariannina e della stessa Marinella. Questi, però, non erano ancora acerbi, erano invece maturi e sempre sodi. Bellissimi! ... e le stavano proprio bene. Era una donna formosa, una maggiorata e quei seni erano come ci si aspettava che fossero in un tipo come lei.
La prese e la girò di spalle, appoggiandosi alla sua schiena e ai suoi glutei, le mise le mani sotto i seni, reggendoglieli così, come a soppesarli. Poi, ricordando i giochi con gli specchi delle stanze a luci rosse, le disse:
"Guardati" - indicandole lo specchio dell'armadio e lei si vide, così, discinta, scarmigliata, col viso rosso di desiderio, le labbra sbavate di rossetto, i seni sollevati dalle mani del suo amante, con le sole calze autoreggenti e le mutandine nere strappate e tenute su una sola coscia... Per una che appena poco prima aveva pudore di farsi vedere mentre si spogliava, doveva essere una visione davvero sconvolgente dal punto di vista erotico. Lei non si mosse da quella posizione, fissandosi allo specchio come ipnotizzata da quell'immagine e ... scoprendosi femmina per la prima volta. Glielo sussurrò girandosi a offrirgli la bocca per farle sentire il suo desiderio e Tony non se lo fece ripetere due volte.
La prese così, in piedi, davanti allo specchio che lei si girava spesso a guardare per vedersi così, mentre godeva tra le braccia di un maschio che la sbatteva sempre più violentemente fino a godere ... finalmente!
Dopo una bella doccia ebbero persino il tempo di parlare un po'.
Lei gli raccontò di un rapporto matrimoniale finito da un pezzo, di un marito sempre assente e che da tempo non faceva più sesso con lei. Non

si separava per la bambina e perché non sapeva che potesse essere così appagante fare l'amore. Tony se ne sentiva gratificato, come ogni maschio che si rispetti ci teneva a sentire che la sua potenza sessuale faceva godere la sua partner, ma era anche dispiaciuto di quello che sentiva.
"Ti capisco credimi. So bene cos'è la repressione sessuale. La provo anch'io che non sono certo sposato con uno stronzo.
Il fatto è che non è mica facile trovare compagnia.
Sembra che la maggior parte delle donne sia impegnata a tendere trappole e nessuna, a parte le professioniste, che sia disposta a fare sesso per il sesso, per stare bene e senza complicazioni.
Con sentimento, certo, perché è più bello, ma non per questo dovendosi impegnare a vita. Sono sempre di passaggio e allora? Che dovrei fare tagliarmelo? Io farei sesso anche per dare una mano a chi ne ha bisogno ... mi deve piacere ovviamente!" – concluse ridendo e facendola ridere.
"Grazie tante ... Com'è buono lei!"
"Ah ah ah ... sì, sono un generoso, specie in questo genere di cose, che vuoi, sono fatto così! ...Tu no?"
"Sì, voglio esserlo anch'io ... la mia vita cambierà. Non rinuncerò a questo ora che l'ho conosciuto – rispose, prendendogli il membro tra le mani – stiamo qui anche domani ... Ti va?".
"Altroché, a me va benissimo, sono in permesso di 48 ore. Questa sera dovevo andare a Terranova e dormire lì. Possiamo chiuderci qui fino a lunedì ... si chiama chiusa.
"Chiusa? ... Cos'è?".
"E' quello che vuoi fare tu ... ci chiudiamo in una casa o un albergo e facciamo sesso, sesso e ancora sesso fino a non farcela più! Complimenti signora, un'ottima scelta per questo weekend, approvo! ... ma, è tuo marito, tua figlia?".
"Mia figlia e in gita con i nonni a Terranova, la riporteranno loro lunedì per andare a scuola e mio marito è fuori per lavoro da una settimana, rientrerà lunedì ... e anche io!" – disse, gettandosi tra le braccia di Tony con tutta l'intenzione di recuperare l'enorme arretrato che aveva accumulato e ce la misero davvero tutta, in quella notte e la domenica successiva.
Si fecero portare la colazione a letto e uscirono solo a pranzo per fare il pieno di energie e ricominciare.
Lunedì mattina erano due persone diverse, rilassate e leggere e si diedero appuntamento per il sabato successivo, nello stesso hotel, dove prenotarono la stessa camera.

Non ce la fecero ad aspettare così tanto, la passione bussò alla loro porta molto prima. Quando Tony riusciva a liberarsi dai turni di guardia usciva dall'arsenale per telefonarle e lei correva in auto a "fare una commissione" per raggiungerlo, portandolo in un boschetto fuori città, dove facevano l'amore in auto e qualche volta fuori dall'auto, con lei poggiata sul cofano e lui sopra di lei.
Si era scatenata una passione esasperata tra loro ed Elsa ne era così presa da non rendersi conto che il marito aveva mangiato la foglia.
La vedeva troppo felice, troppo soddisfatta e lui non c'entrava nulla.
Era ovvio che decidesse di seguirla per vedere dove andasse a fare quel pieno di energia.
Così, una sera, Tony, sceso dalla sua auto nel parcheggio vicino a casa, restò appoggiato a un albero per fumarsi una sigaretta mentre attendeva l'autobus che lo riportava all'arsenale.
Intanto, tra le volute di fumo, guardava la sua donna, quella con cui aveva appena goduto di quell'ultimo amplesso, imboccare la salita che portava alla palazzina dove l'aveva vista tante volte andare con quel suo passo elegante, sotto la pelliccia grigia che la rendeva ancora più sexy. Tony non l'aveva mai seguita per vedere dove abitasse, ma aveva capito che era una delle palazzine eleganti, poco oltre quella strada in salita. All'improvviso qualcuno uscì da un portone ... era un uomo e la aggredì urlando insulti, dandogli della troia ... puttana, porca ... Tony scattò subito, ma prima che potesse raggiungerli, l'uomo l'aveva già colpita con dei pugni al volto e le aveva dato anche dei calci mentre era a terra.
Lo afferrò per le braccia e lo immobilizzò.
Aveva capito che era il marito e non lo colpì, ma gli disse di smetterla, facendole sentire la forza delle braccia che lo trattenevano e, questo, lo calmò. Continuava, però, a insultare Elsa con rabbia trattenuta a stento.
"Hai finito di prenderci in giro me e mia figlia ... Sei una puttana!" Tony si chinò per aiutarla, era seduta e appoggiata alla sua mano.
Sul marciapiede sotto di lei colava del sangue. S'inchinò a sollevarle il volto, voleva vedere se era il caso di portarla al pronto soccorso e vide che le aveva spaccato il labbro, sanguinava e aveva anche uno zigomo tumefatto, probabilmente uno di quei calci.
Ringhiò rabbiosamente, guardando quel volto ferito e le sussurrò:
"Ora gliela faccio pagare..." - e fece per rialzarsi ma Elsa lo fermò, tenendogli il braccio.
"No, lascia ... ha fatto bene. Mi sentivo in colpa ... ora non più.
Non voglio averci più niente a che fare ... mi ha dato il coraggio di farla finita una volta per tutte, dovrei ringraziarlo per questo".

“Chi è il tuo amante? ... O è più d’uno ... puttana ... troia”.

Tony capì che l’aveva preso per un marinaio di passaggio, che era intervenuto richiamato dalle sue urla.

Si voltò a guardare Elsa che aveva capito anche lei, infatti, le diede del lei e lo ringraziò per l’aiuto.

“La ringrazio, può andare ora ...” - le sentì dire, gentile e distaccata.

“Sì grazie, ma vada ...” – disse anche lui, dopo quello sfogo di gelosia.

“Sicuro? ... Si è calmato adesso?” – chiese ancora Tony.

Elsa gli chiese di nuovo di andare, che era una banale lite tra coniugi e, quando il marito si ritirò, andando verso casa bofonchiando, le disse sottovoce:

“Stai tranquillo, non è la prima volta che mi mette le mani addosso, almeno questa volta ne ha un motivo. Non mi darà altri fastidi, domani mattina andrò dall’avvocato e chiederò la separazione, era ora di farlo. Ci vedremo sabato ... ci sarai?” – sorrideva dicendolo e, con il labbro spaccato, anche se non era troppo grave e lo zigomo tumefatto, per Tony aveva qualcosa di eroico e ancora più sensuale.

“Certo che ci sarò ... ma tu stai attenta. Un marito geloso è capace di tutto e, nel Regno di Tallia, se la cavano con poco ... Capito?”

Era proprio così, le leggi del Regno non consideravano grave l’uxoricidio di una moglie infedele. Non importa quali fossero i motivi dell’infedeltà, si rischiava di più a uccidere un cane se il padrone del cane sporgeva denuncia.

Addirittura era riconosciuto il delitto d’onore e, se si dimostrava di avere agito per tutelare il proprio onore, si otteneva l'assoluzione.

“Povera Elsa - pensava Tony, ritornando a piedi all'arsenale - Aveva sbagliato completamente la scelta del compagno. Quello che ho visto stasera non è certo giusto. Una donna passionale come lei ha bisogno di un compagno adeguato e quello, francamente, anche dall'aspetto gracilino, non lo era di sicuro”.

Quel sabato, Tony, era in camera fin dal tardo pomeriggio.

In ansia, perché non aveva ricevuto nessuna telefonata al centralino della base, come faceva lei di solito per fissarle un appuntamento.

Camminava nervoso davanti alla finestra che dava proprio sulla strada, sperando di vederla arrivare.

Era ormai sera e di Elsa nemmeno l'ombra. Decise di non pensarci troppo o avrebbe finito per fare la sciocchezza di andare in taxi a casa sua per sapere che stava succedendo.

"Sarebbe arrivata, magari in ritardo ..." - si ripeteva per calmarsi.

Si spogliò e si mise nella vasca da bagno, mettendo nell'acqua calda tutte le bustine di sali dell'hotel.
Avrebbe dovuto rilassarlo, invece, pensando a Elsa si eccitò e il desiderio diventava sempre più prepotente. Stava per pensarci da solo, quando sentì la porta aprirsi, aveva lasciato aperta anche quella del bagno e la vide. Non poté fare a meno di sospirare nel vedere l'oggetto dei suoi desideri materializzarsi lì, davanti a lui, con i capelli corvini sulle spalle, le labbra di fuoco ancora leggermente tumefatte e quel livido sullo zigomo, che arrivava a unirsi col makeup degli occhi.
Allungò le braccia per attirarla a sé e così facendo le mostrò la sua erezione. Per tutta risposta, con un sorriso, iniziò a spogliarsi velocemente. Non aveva più vergogna di farlo davanti al suo compagno, anzi, lo faceva maliziosamente e Tony ne godeva ogni movenza. Quando si calò gli slip, mostrandole la sua foresta oscura, non ne poté proprio più e la ghermì, attirandola a se nell'acqua ancora calda. Dovette dominarsi per non esplodere, non fu facile, ma fu meraviglioso. Per facilitare la penetrazione nella vasca, Elsa si girò di spalle sedendosi sul suo membro e restarono così, una sull'altro, possedendosi a vicenda e cercandosi le labbra per unirsi completamente, mentre lui le palpava i seni, lasciando che le sue mani lo guidassero nei movimenti circolatori che prediligeva.
Non tentarono di cambiare posizione, la vasca rendeva ottimale quella e furono solo i bacini a muoversi, lentamente, suscitando lo sciabordio dell'acqua sui loro corpi ed eccitandosi fino a che non fu più possibile trattenere l'orgasmo. Fu lei per prima a provocare il suo, la sua vagina iniziò a palpitare, trasmettendo queste contrazioni alle sue natiche che avvilupparono il suo pube e il suo membro.
Fu troppo, si lasciarono andare in un orgasmo interminabile, accompagnato da gemiti ed esclamazioni di piacere che lei aveva imparato a emettere. Tutto era molto diverso adesso che Elsa aveva smesso di nascondere il piacere, per il pudore di mostrarlo.
Che cosa può fare la repressione. Per Tony, reprimere una meraviglia come lei, una forza della natura femminile, era un delitto davvero atroce. Restarono nell'acqua fino a che il membro di Tony non si rilassò al punto di uscire da lei. Non aveva smesso di carezzarle i seni e andava con la mano a cercare anche i peli del pube per giocare con loro. Poi, Tony si tirò su, costringendola a piegarsi e, dolcemente, prese a lavarle la vagina. Sentire quel pelo robusto incorniciare la morbidezza delle sue labbra più intime, le suscitò tenerezza. Amava davvero le femmine Tony. In realtà amava il sesso a prescindere, ma le femmine esercitavano un fascino particolare su di lui e nient'altro poteva interessarlo di più.

Quei due giorni valsero una vita. La consapevolezza che la loro storia stava per finire rendeva tutto più carnale, di una passione famelica e quasi disperata.

Quella stessa notte Tony la sodomizzò. La convinse con baci e carezze, provando e rinunciando, sussurrandole nell'orecchio ciò che voleva farle. Eccitandola fino a farglielo desiderare al punto che fu lei, infine, a offrirglielo e anche se era stata la sua prima volta, il dolore non riuscì a offuscare il piacere che urlava, senza preoccuparsi di essere sentita.

Adesso Elsa era davvero una femmina liberata, e il merito era stato suo. Una cosa che gli riconobbe guardandolo negli occhi, subito dopo aver sollevato la bocca dai suoi seni che, sul petto villoso, le stava mordicchiando e succhiando voluttuosamente, riempiendolo d'orgoglio. Non ci aveva pensato ma, in effetti, era proprio così.

Quella donna era molto diversa ora, più sicura, decisa, sicuramente felice, appagata e sensuale ... piena di piacevoli fantasie ... una femmina.

Una sola ombra sulla sua felicità, quella di doversi separare dalla sua bambina, alla quale teneva molto, ma era meglio così. Quando una coppia non funziona, la soluzione migliore è vivere ognuno la propria vita e smettere di angosciarsi e angosciare anche i figli.

Dopo quel fine settimana Tony rivide ancora Elsa per alcuni altri successivi. Tra loro non era mai cambiato nulla, stessa passione, stessa attrazione, stesso desiderio di godersi a vicenda.

Adesso Elsa era separata in casa ed era più libera, la possibilità di passare la notte assieme, però, restava limitata ai fine settimana.

Era Tony a non essere libero, aveva gli impegni del corso da tecnico di macchine navali, che stava frequentando con vero interesse e di qualche navigazione breve, per il tirocinio.

Ogni volta che riusciva ad avere lo spazio di una franchigia, sia pure per poche ore, saltava a terra e la chiamava. Pochi minuti e lo raggiungeva davanti all'arsenale con la sua auto.

Non doveva più preoccuparsi di essere vista far salire un marinaio in auto. Si appartavano subito sulle colline intorno, per stare da soli e, quando non era troppo affollato, davanti al mare per amarsi in ogni modo possibile.

In auto, certo, erano limitati, ma non se ne lamentavano, il piacere che riuscivano a raggiungere li ripagava di qualsiasi costrizione sopportata e dovuta alla scarsità di spazio tra i sedili.

Dopo pochi minuti di amplesso i vetri erano talmente appannati che potevano spogliarsi completamente, senza che nessuno li vedesse ... ne ridevano e ne godevano assieme. Anzi, trovavano eccitante l'idea di essere avvinghiati così, nudi, sudati e ansanti, a un passo dalla gente che

passava o seduta nei giardinetti, di fronte ad un bar frequentatissimo, ma che non poteva sentirli godere e, questo, potenziava i loro orgasmi.
Intanto gli avvocati stavano trattando per una soluzione stragiudiziale.
I tempi della Giustizia del Regno erano noti e incredibili.
A seguirli, affidandosi a essa, avrebbero rischiato di riuscire a separarsi da vecchi rimbambiti!
Una sera, l'ultima, Elsa gli comunicò la brutta notizia che avrebbe dovuto lasciare Setzia.
Si erano accordati col marito per assegnare l'appartamento di Setzia a lui, mentre a lei andava la casa al suo paese, molto lontano da lì.
Lei, a Setzia, città natale del marito, non aveva amiche né parenti e non era mai stata ben accetta dalla sua cerchia di amicizie, così simili a lui.
A casa sua, al paese d'origine, aveva molte amiche e amici e tanti bei ricordi di ragazza. Era ben felice di tornarci ... sua figlia se la sarebbero divisa col marito, era stato deciso l'affidamento congiunto a entrambi.
La gioia di essersi liberata di un rapporto che non gli aveva dato altro che sofferenza e umiliazioni, era smorzata dalla tristezza di quello che era un addio. Insufficiente, però, a diminuire l'entusiasmo che volle condividere con Tony, raccontandogli che aveva già trovato un lavoro. Aveva mandato i suoi disegni a un atelier d'alta moda ed erano piaciuti al punto da essere stata invitata a raggiungerli, per formalizzare l'assunzione come stilista. Tony scoprì solo allora che Elsa, sempre elegantissima, disegnava, tagliava e cuciva da sola i vestiti che indossava, ed erano uno meglio dell'altro.
La guardò con sincera ammirazione, era proprio una gran donna.
Fecero l'amore per l'ultima volta, erano da sempre consapevoli che quel giorno sarebbe arrivato presto e questo rendeva più sopportabile l'addio.
Era evidente a entrambi che il loro era un rapporto e un amicizia tra due generazioni tra esse molto differenti e, quindi, obbligatoriamente a breve scadenza. La loro storia non avrebbe potuto comunque durare più di qualche mese, Tony era in procinto di finire il corso, dopodiché avrebbe lasciato Setzia, abbandonandola alla noia e al grigiore in cui l'aveva trovata. Stava finendo, invece, nel migliore dei modi, anche se non l'avrebbe rivista più. Chissà, forse in futuro, mai dire mai nella vita ...
"Mai dire mai Tony ... ti lascio il mio indirizzo, mi piacerebbe rivederti un giorno, sapere come stai ..."
"Sì, mai dire mai nella vita Elsa!" – ripetè Tony, con l'ultimo bacio, prima di vederla ripartire con la sua auto, lasciandolo su quel viale.
Era difficile lasciarsi così, ma era destino e non si poteva fare altro che accettarlo.

Capitolo X
Lanterne rosse

È sempre difficile accettare la perdita della propria partner, anche solo di letto, quando l'unione dava risultati così soddisfacenti per entrambi.
Tony era giovane, ma l'aveva imparato presto.
Con Elsa c'era stato un rapporto intenso. Anche se nessuno dei due era coinvolto più di tanto sentimentalmente, la passione era tanta ed ebbero davvero bisogno l'uno dell'altra per soddisfare la libidine prepotente che li accomunava. Insieme avevano esplorato vie del piacere delle quali, fino al momento di incontrarsi, ignoravano l'esistenza. Era un legame tutt'altro che facile da sciogliere ... ma dovevano farlo.
Occorreva farlo per non tornare alla repressione obbligata dei loro istinti sessuali, quasi fossero una colpa, anziché l'espressione di una natura sana e forte. Una repressione che faceva stare male come nient'altro.
Pensava spesso a Elsa ... chi e cosa avesse incontrato per recuperare l'equilibrio faticosamente raggiunto e perduto di nuovo.
La immaginava con qualcuno della sua generazione, magari una vecchia fiamma dimenticata e riaccesasi d'incanto nella nuova vita.
Non ci pensava con gelosia ma con affetto, sperando che fosse andata proprio così.
La differenza d'età tra loro era troppa, Elsa era una donna matura, Tony appena un ragazzo. Per lui era più facile, alla sua età gli ormoni in circolo sono scariche furibonde che non permettono di ragionarci su più di tanto. Non cercava una compagna per la vita, ma solo sfogo alla passione che, a tratti, lo divorava. Se non c'era di meglio, bastava una luce rossa sotto una lanterna a illuminare fiocamente il buio e soddisfare i suoi desideri e, Tony, non si poneva nemmeno problemi di genere!
Tuttavia, ancora una volta, la sua sfacciata fortuna in amore lo aiutò.
Era davvero fortunato con le donne, doveva riconoscerlo.
Forse per questo non vinceva mai al gioco. Organizzavano nottate di poker a bordo ... ore e ore a giocare e sapeva farlo ... ma quando il punto non arriva ... non si può mica bluffare tutta la notte.
Una volta, poi, che gli avversari se ne accorgono, si finisce per dover passare sempre, perdendo il banco e ogni puntata effettuata.
Per non parlare dei dadi ... quei dannati non ne volevano sentire di rispondere alle sue chiamate.

Una sera, rientrando all'arsenale per raggiungere il Caccia torpediniere dov'era imbarcato, anziché attendere l'autobus, decise di farsela a piedi. Voleva rifarsi gli occhi con le puttane a caccia di clienti che, a quell'ora, si sistemavano lungo il Viale alberato con minigonne mozzafiato e, alcune, mostrando tutta la mercanzia in offerta. Ce n'era per tutti i gusti, bionde, brune, rosse, anche qualche pelle di luna, arrivate dall'Africa per far soldi. Non poteva accompagnarsi con nessuna, aveva appena perso al poker tutta la paga. Dunque, secondo le regole non scritte ma di cui tutti parlavano, gli spettava almeno fortuna in amore ed ebbe proprio questo, un colpo di fortuna ... conobbe Anna.
Fu un incontro rissoso ... non con lei, ma con chi la importunava. Tony la liberò di due teppisti che, a bordo di un motorino, cercavano di strapparle la borsetta e rubarle l'incasso della serata. Colpì con un calcio l'avambraccio di quello che, seduto dietro, strattonava la borsetta sicuro che la ragazza, come accadeva ogni volta, avrebbe finito per mollarla per non essere trascinata via. Fu lui, invece, a mollare la presa per evitare il resto ... fuggirono via a tutto gas. Fu così che si guadagnò la sua riconoscenza ... e che riconoscenza!
Non avrebbe potuto desiderare di meglio, un'amante che le fece anche da nave scuola, da maestra di sesso.
Tony non avrebbe mai creduto di averne bisogno, credeva di sapere tutto ormai sulle donne, come farle godere e come goderle meglio, ma non era così e Anna glielo dimostrò quella notte stessa.
Un'ottima insegnante, anche un bel po' prepotente a dire il vero. Tony ricordava le sfuriate, a volte anche violente di Anna, quando godeva prima di lei ... era terribile, capace di umiliarlo come nient'altro. Riusciva a farlo sentire un impotente, un incapace! Doveva rimediare o erano guai, fortuna che a Tony non dispiaceva rimediare ... giusto il tempo di riprendersi, pochi minuti, quelli necessari per fumare una sigaretta ed era nuovamente pronto a rifarlo. L'importante era che aveva di nuovo compagnia a letto e non doveva soffrire l'astinenza che gli era insopportabile.
Con Anna, fino a che non terminò il corso, era soddisfatto e qualche volta anche con qualche sua collega ... perché no? Del resto Anna lo cornificava tutte le sere e più volte ... dunque? Però, non era questo che pensava lei.
"Per me si tratta di lavoro, perciò non è tradire, mentre tu lo fai per piacere e questo sì che è tradimento" - diceva infuriata, la volta che lo scoprì. Era difficile per Tony capire questo pensiero, ma ci provò, anche se per lui, un maschio, dare scarsa importanza all'essere possedute

sessualmente e ripetutamente, da altri uomini e per lavoro, cioè senza alcun coinvolgimento emotivo, rasentava l'impossibile.
Tanto più che lui doveva nascondere di provare gelosia, perché non era per niente vero che non ne provasse. Quando aspettava che lo raggiungesse, dopo la mezzanotte, per fare l'amore con lui fino all'alba, si struggeva dalla gelosia eccome. Non doveva darlo a vedere, però, altrimenti Anna si sarebbe infuriata, giacché non voleva assolutamente ricordare dov'era stata e a fare cosa e lui ne era molto soggiogato, vuoi per la maturità superiore, almeno dieci anni d'età, sia perchè immensamente più esperta di lui e questo, a diciannove anni, per un ragazzo contava come nient'altro.
Comunque, anche questo serviva a tenere viva la loro passione.
Le loro serate assieme iniziavano in pizzeria, la stessa frequentata dalle amiche di Anna, tutte belle e provocanti con quegli abbigliamenti da lavoro che non lasciavano niente all'immaginazione. Erano anche ricche di simpatia e tra loro c'erano anche alcuni travestiti, uno era soprannominato in modo strano, "La Sgroi", non disse mai perché.
Era bellissimo, anzi bellissima, perché era più femminile di chiunque di quella compagnia. Era rifatta ovviamente, come tutti i travestiti aveva preso un modello femminile e cercava di somigliarle. Quello della Sgroi, era Brigitte Bardot e sembrava proprio la versione discinta, sexy e disponibile della BB francese. Tony le piaceva e ci aveva anche provato ad avvicinarlo ma Anna non lo permetteva. Erano amici e lei, per rispetto, rinunciò, altrimenti ci sarebbe riuscito perché Tony era curioso ed era già arrivato a palparle i seni prorompenti di silicone che lei, nei bagni della pizzeria, le aveva offerto ... quando arrivò Anna che, per fortuna, la prese a ridere.
"Non sono gelosa di un uomo ... ma lui ce l'ha gigante, lo sai? - disse rivolta a Tony - grande quanto il tuo e vuole anche montare, non solo essere montata ... ah ah ah!" - concluse ridendo, mentre La Sgroi, guardando vogliosa la patta dei Jeans attillatissimi di Tony e, a sua volta, con un sorriso ambiguo confermò:
"Si vede, caspita è già eccitato. Possiamo farlo in tre ... ti va Anna? Per la monta, se ne vale la pena, posso rinunciare e mi pare che ne vale la pena, ti pare?".
"No, non mi va ... questo me lo voglio godere da sola e me ne hai fatto venire una voglia ..." - rispose avvicinandosi a Tony per baciarlo, mettendogli la mano sul pube, a palpare il membro eretto che scoppiava nei jeans.

Anna si era eccitata e quando una professionista si eccita nessuno può intromettersi tra lei e il piacere, lo pretende. Anna poi lo pretendeva davvero ed era anche violenta se gli veniva a mancare. Fin dai primi incontri le diceva come voleva essere presa ed era lei a dirigere tutto, anche il ritmo.
"Dammi solo la punta, fallo strusciare così, piano ... piano. Ora dentro ... tutto ... sì così ... dai, più forte ..." - era questa la colonna sonora dei suoi amplessi con Anna e, quando si accorgeva che lui stava per godere... come nasconderlo a una professionista? Lo stoppava con un tono da caporale.
"Fermo! ... non godere, non sono pronta ... Dai ricomincia ... Ora voglio farlo a pecorina, muoviti ... così. Afferrami le tette... sculacciami ... più forte ... ecco ... ora .... ora ...dai ...siiii!" - solo quando godeva lei, poteva godere anche Tony e guai a lui per quelle volte, per fortuna rare, che non riusciva a interrompersi al suo comando e godeva, lasciandola insoddisfatta. Anna riusciva a farlo sentire un impotente, diveniva sgarbata e qualche volta anche violenta. Lo schiaffeggiava, lo insultava e lo allontanava, negandosi a un nuovo rapporto riparatore. Ci voleva tutto l'impegno di Tony per convincerla a dargli un'altra chance. Anche lei sapeva che quando accadeva, era dovuto all'astinenza che rendeva più difficile trattenersi la prima volta. Già con la seconda, però ... tutto era più facile e soddisfacente per entrambi e, Tony, aveva molte cartucce da sparare prima di arrendersi al sonno.
D'altra parte le professioniste non godono con i clienti, altrimenti non potrebbero continuare a lavorare. Però si eccitano e, alla fine della serata, hanno bisogno di soddisfare la loro eccitazione.
A volte Anna le raccontava dettagli sulle sue prestazioni professionali che sulle prime lo disturbavano ma, poi, comprese che per lei erano insignificanti e quando lo faceva era perché aveva sentito il desiderio di rifarli con lui, per goderne assieme.
Solo una volta si rifiutò e per fortuna Anna ne rise, fu l'esperienza che fece con un cliente che le aveva chiesto di orinarle in faccia mentre lui si masturbava. Si sdraiò sull'erba, mentre Anna si accucciò su di lui e ... eseguì la sua prestazione, lasciandolo felice e soddisfatto. Le offrì anche una mancia sul compenso, già doppio, che le aveva richiesto. Sicuramente non poté riprovarci con Tony ma neanche lo avrebbe voluto davvero, Anna era una vera femmina, la sua era una sessualità sana e per godere doveva essere montata con forza e passione dalla potenza di un maschio. Non aveva bisogno di feticismi e artifici vari per avere gli orgasmi soddisfacenti che pretendeva ai suoi amanti.

Durante le tante notti trascorse assieme, più volte, stimolata dalle sue domande, le aveva descritto quel che si provava a fare quel mestiere e le risposte apparvero sempre più incredibili a Tony, almeno fino a che non la conobbe meglio.
"Cosa si prova? Niente ... cosa vuoi che si provi ad aprire le gambe, sdraiata sul sedile di un'auto, dopo averlo succhiato a uno sconosciuto al quale infili un guanto sull'uccello, per poi fartelo mettere dentro?
Io provo solo fastidio quando mi sbattono per qualche minuto, finchè non vengono. Occorre attendere ancora che riprendano fiato, poi li faccio uscire e mi ripulisco con una salvietta, dopodiché mi riportano sul marciapiede e ... avanti un altro. A volte capita che debba salire in macchina con tre o quattro clienti ... è pericoloso ma non si può rifiutare. Molti vanno a puttane in gruppo per divertirsi e per risparmiare, perché bisogna fare lo sconto. In compenso, però, vengono prima, perché si eccitano guardandosi scoparmi e i gruppi amano soprattutto la sodomia. Dovresti vedere i loro sguardi mentre scrutano, sistemati tutt'intorno, quello che mi sta montando in quel modo. Solitamente m'inginocchio sul sedile anteriore a sportello aperto e, a turno, mi vengono dietro e si servono. Altre, invece, mi chiedono di farlo in piedi, all'aperto. Quelle volte è scomodo e più faticoso, perché quei finocchi vogliono che mentre uno mi sodomizza io, piegata a pecorina, serva con la bocca quello che mi si mette di fronte e, con le mani, lo tenga eccitato a chi aspetta il suo turno. Darlo fa un po' male ma mi spalmo la vasellina e, quando si pratica il sesso anale da un bel po', come me, si tratta solo di fastidio.
Quando si fa questa scelta o comunque si finisca sul marciapiede, per sopravvivere, con la concorrenza che c'è, occorre offrire più prestazioni possibili, dandole il giusto valore: solitamente per l'anale si chiede il doppio. In proposito credo che la richiesta sia dovuta all'omosessualità latente, soprattutto di chi la chiede in gruppo. Si nascondono nel gruppo ma, il culo che si usa in quelle occasioni, in realtà, non è il mio" - concludeva ridendo sguaiatamente. Tony non sapeva se il fastidio che provava ai racconti di Anna era dovuto alla gelosia, oppure al fatto che parlava con tanta leggerezza di argomenti che per lui, in fondo, erano ancora tabù, o lo erano stati fino a poco tempo prima.
Capiva che Anna le dava una visione diversa delle stesse esperienze che anche lui aveva fatto. In Auto con Elsa non era stato certo fastidioso e tantomeno scomodo e se ricorda com'era riuscito a godere con Mariannina, tra i sedili del cinema ... ma non lo disse mai. Anna era possessiva e gelosa e se s'ingelosiva, reagiva male, buttandolo fuori dalla

camera d'albergo, che piovesse oppure no e, in quel caso, non gli restava che rientrare anzitempo all'arsenale.
La prima volta che la sentì parlare di omosessualità, considerando le sue passate esperienze con il suo stesso sesso e fin da bambino, volle approfittare della sua esperienza sessuale per chiederglielo.
"A proposito di omosessuali Anna, come si fa a sapere se si è omosessuali oppure no. Io, per esempio, ho avuto esperienze, sia da bambino sia da poco, con persone del mio stesso sesso ... però, a me piacciono le donne, in mancanza mi è andato bene anche un uomo e, di fare sesso con una donna alla presenza di altri uomini, non ho mai avuto il desiderio. Con una donna voglio starci da solo per godermela tutta io. E' anche vero che la Sgroi mi è piaciuta, è meglio lei di tante donne vere, ma di farmi montare da lei non me lo sogno proprio! ... Secondo te sono omosessuale o che?".
"Chi montava, tu o loro?" - chiese serafica, accendendosi una sigaretta.
"Ma cosa dici ... io, chi altri se no?" - risposi indispettito per la domanda, la cui risposta credevo fosse ovvia.
"Allora sei solo il cazzone che conosco. Tu scoperesti qualsiasi cosa, senza chiederti nemmeno cos'era. A te basta l'odore della mia figa per eccitarti e mi strizzi le tette o mi ficchi le dita in bocca a sentire la mia lingua per montarmi di più e, se ti blocco ...non hai bisogno di niente per riprendere più forte ... un omosessuale non può montare una donna come fai tu.
Ha bisogno di altri stimoli per riuscire a mantenere l'erezione. Stimoli come quelli che cercano chi mi sodomizza in gruppo, spiandosi ed eccitandosi a vicenda e non sono io a eccitarli, ma i cazzi dei loro amici che mi penetrano. In realtà sognano che quel culo sia il loro, senza avere mai il coraggio di ammetterlo ... ne sono certa!
Non che Tony si fosse mai posto il problema ma, la spiegazione di una professionista del sesso come Anna, gli piacque e gli tolse ogni dubbio sulla sua connotazione sessuale.
Sapeva che a piacerle davvero erano le donne e che lo eccitava da pazzi l'odore, mai uguale, che proveniva dal loro sesso quando le possedeva, ma ... non disdegnando nemmeno gli uomini, sia pure solo quando non aveva donne a portata di ... mano, sentendo parlare di bi e tri-sessuali, qualche domanda se l'era posta. D'altra parte, prima di incontrare Anna e perduta da tempo la compagnia di Elsa, si era fatto delle gran scopate con un sergente omosessuale a bordo del caccia, per non parlare di Antoine, a Marsiglia, e i maschi-femmina della sua infanzia.
La spiegazione, però, era quella dedotta da Anna, il bisogno di sesso era prepotente in lui e ... lo soddisfaceva come e con chi poteva.

Era, però, sempre lui a fare il maschio e fu così anche quando, la Sgroi, poco prima di lasciare la base, lo convinse a provare con lei in un modo che Tony non avrebbe potuto, ne voluto, rifiutare.
Incrociandolo per strada, al rientro alla base in una serata piovigginosa, gli aveva offerto un passaggio in auto.
Fare sesso con un travestito lo incuriosiva e lei era davvero di una bellezza conturbante, sempre vestita in maniera ultrasexy ... come resistergli?
Si appartarono lungo la ferrovia e lei, improvvisamente, dimostrandosi esperta di quelle abbottonature particolari, le sbottonò la braghetta a frontalino dell'uniforme da marinaio che indossava, chinandosi a prenderle il membro in bocca per cominciare a succhiarlo, facendole sentire i giochi vorticosi della sua lingua intorno ad esso. Una cosa che Tony non aveva mai provato. Lo sentì inturgidirsi dentro la sua bocca e quei seni perfetti erano a portata delle sue mani. Iniziò a palpeggiarli carezzandole anche le spalle, mentre la sua chioma bionda andava su è giù tra le sue cosce. Andò a carezzarle la schiena fino ad arrivare alle sue natiche, valorizzate da tutta la biancheria sexy che la Sgroi sfoggiava per i clienti, giarrettiere nere e tanga tra le natiche ... uno spettacolo davvero eccitante.
Desiderò possederla nell'unico modo in cui si può possedere una transessuale, sodomizzandola. Le afferrò la testa per fermarla e uscì da lei, tentando di girarla. Aveva capito e non si sottraeva di certo ma non poterono farlo in auto, entrambi di alta statura lo trovarono eccessivamente scomodo. Nonostante la pioggia fina che non aveva cessato di cadere, uscirono e fu una vera sveltina, violenta e improvvisa, con lei appoggiata al cofano e lui da dietro che nemmeno poteva accorgersi che non si trattava di una femmina.
La testa bionda spiccava sul tubino nero sollevato sulle natiche sode e femminili come di più non avrebbero potuto essere, incorniciate dalle giarrettiere di pizzo nero e dal tanga scarlatto che disegnava i glutei. La sua schiena perfetta era inarcata a offrirsi meglio alla penetrazione di Tony che, con una mano stretta intorno ai suoi capelli la tirava a se, come fossero le briglie del cavallo che montava, mentre con l'altra l'afferrava e la colpiva sui fianchi e sulle natiche, non per farle male, ma per sentirla e farsi sentire ancora di più, come le aveva insegnato Anna.
Il piacere arrivò con le palpitazioni delle sue natiche che si aprivano e si chiudevano su di lui, mentre lei ansimava e lo invocava ... fu davvero una bella esperienza per Tony e non negò la possibilità di ripeterla più comodamente a casa sua quando, rientrati in auto e ricomposti, glielo propose. Non per quella notte, Tony era in ritardo e rischiava di essere

punito se avesse tardato ancora. Si sarebbero rivisti l'indomani, era sabato, e avrebbe potuto restare fuori per la notte.
La casa della Sgroi, che non le rivelò mai il nome vero, piacendole di essere chiamata con il suo nome di battaglia, era come uno si aspetta che sia la casa di un transessuale, molto rosa e rosso, bianco e crema a profusione su divani e pouf, cuscini e tappeti fino al grande letto che dominava il salone unico. Fotografie di dive e divi dello spettacolo e dello sport alle pareti e un grande televisore acceso, che mandava filmini porno. La Sgroi non perse tempo e Tony nemmeno, si abbracciarono e baciarono subito con desiderio reciproco. Tony non aveva mai baciato un uomo come se fosse una donna ma quella non era un uomo.
Forse all'anagrafe lo era ma, per quanto risultava a lui, era più bella e sexy di qualsiasi donna che aveva conosciuto fino a quel momento.
Le tempeste ormonali non danno ai giovani maschi molte possibilità di scelta, una volta scatenate devono trovare sfogo o sono guai.
Decise perciò di comportarsi come aveva sempre fatto e, dopo aver frugato la sua bocca con la lingua provandone piacere, passò a leccarle il collo e giù fino ai seni. Poi fu la sua volta di fare altrettanto, spogliandolo e impossessandosi del suo membro con le labbra, inginocchiata davanti a lui. Era brava e non solo per la tecnica che una professionista affina con l'esperienza, ma anche perché Tony le piaceva molto e aveva avuto modo di chiarire, parlandone con lui dopo il loro primo incontro, che si trattava di un maschio e non di un omosessuale latente, voleva soddisfarlo per sentirsi accettata come donna. Strani meccanismi psicologici di chi è abituata a sentirsi rifiutata da coloro che non si considerano diversi ma normali e che, per questo, ne soffrono.
Anche Tony stava mettendosi alla prova. Per lui non c'era più niente da chiarire, sapeva ormai di non essere omosessuale e sapeva anche che, se avesse scoperto di esserlo, l'avrebbe accettato senza patemi d'animo. Voleva però vedere com'era il sesso con chi appariva femmina persino negli sguardi e negli atteggiamenti, ma era invece maschio e ben dotato, come aveva detto Anna.
Si abbracciarono e rotolarono su quell'enorme letto, fatto apposta per il sesso, fino a quando non furono completamente nudi.
A quel punto non poterono più essere coltivate ambiguità di nessun genere, Tony, abbracciandola, sentiva la virilità della Sgroi, per niente inferiore e che premeva sul suo ventre, come la sua su quello di lei. Una sensazione stranissima, mai provata e che, però, non gli piaceva. Lei se ne accorse e si allontanò, mettendosi seduta sulle ginocchia, davanti a lui che fece altrettanto. Erano entrambi eccitati e, la visione del suo membro

eretto non riduceva l'eccitazione di Tony, ma nemmeno provava il desiderio di toccarlo e stringerlo tra le mani o baciarlo come, invece, lei stava facendo con voluttà.
Si avvicinò a lui e li prese tra le mani entrambi, dopo averli accostati l'uno all'altro stringendoli forte, poi, guardando Tony, sorridendo con le labbra perfette ... troppo perfette, come tutto di lei, seni, glutei, occhi ... era evidentemente l'opera di chirurghi estetici molto abili e costosi, disse: "Guarda ... sono uguali, stessa lunghezza, stessa grossezza ... e quando mi possiedi si può stringerlo tra le mani, con una donna cosa stringi? - carrezzandogli i testicoli con l'altra mano, aggiunse, con uno sguardo appannato dalla passione e dal desiderio - Mi vuoi? ... allora prendimi, come vuoi ..."
Si sdraiò sul letto a gambe spalancate, tirandolo a se per il membro che non aveva smesso di stringere e facendosene possedere, come fosse una femmina spalancata sotto di lui e ... Tony non poté negare a se stesso quanto gli piacesse quel maschio-femmina che agitava i suoi fianchi ansimando e gemendo, strappandogli orgasmi potenti e ripetuti. Perché quella notte trascorse così, tra un amplesso e l'altro. Lo fecero in tutte le posizioni, ma la Sgroi non tentò mai di cambiare il suo ruolo. Le piaceva mantenere quello della femmina e a Tony non passò mai per la testa di cambiare il suo. Dopo cena godette anche di uno spettacolino erotico.
La sua amante organizzò un vero e proprio striptease e fu davvero brava. Anche questo era mestiere, faceva la spogliarellista in un locale gay, dov'era molto apprezzata e con ragione ... era una vera artista. In una di quelle occasioni, quella strana ma perfetta amante, si confidò con Tony e questa era davvero una cosa eccezionale, un segno del sentimento che provava per chi, invece, non l'amava, era ormai evidente anche a lei che l'usava solo per dare sfogo alla sua libidine e l'aveva accettato. Un piccolo prezzo da pagare, che non era poi troppo, per sentirsi donna tra le braccia di un maschio.
Oltre alle molte proprietà immobiliari che aveva acquistato come previdenza per i tempi difficili, che sarebbero arrivati con l'avanzare degli anni, tra l'altro, Tony scoprì che lo stesso Bar che frequentava con Anna era suo, oltre a innumerevoli appartamenti in città, La Sgroi le rivelò anche le origini del suo nome di battaglia. Lo conquistò a Marsiglia, quando batteva il marciapiede da giovanissima travestita, ancora minorenne, nei vicoli dell'angiporto, che Tony aveva conosciuto bene.
Era l'abbreviazione, storpiata dalla lingua del Regno di Tallia, delle parole francesi Sg e Roi. In pratica un titolo: Signoria Reale. La Regina dei travestiti del porto. Sgroi le mostrò anche foto del tempo. Anche a quel

tempo cantava e ballava nei locali gay ed anche allora, nonostante le mancasse il seno prorompente di molte plastiche successive, aveva un naturale aspetto femminile che avrebbe ingannato chiunque.
Fecero a tempo a vedersi alcune altre volte e sempre con reciproco piacere. Tony non mancava nemmeno di incontrare Anna ogni volta che poteva, ma non le dissero mai che erano diventati amanti e, quando si incontravano nel bar della Sgroi e nella solita pizzeria, stavano attenti a non farsi scoprire.
Era diventato un gioco divertente, che gli altri travestiti conoscevano.
I loro sguardi rivelavano che la Sgroi si era confidata, ma furono altrettanto discreti.
Ancora pochi mesi vissuti così e Tony ebbe la sua patente da Macchinista.
Lasciò la base e poco dopo anche la Marina Militare ... Anna non la rivedeva più già da qualche tempo.
I viaggi, sia pure brevi, che doveva compiere su navi della squadra navale, gli impedivano di rivederla tanto spesso e, Anna, presto, si fece un nuovo amico ... ebbe modo di vederlo una sera, uno studente, ad Anna piacevano giovanissimi. Non provò gelosia, voleva salutarla, ma lei lo evitò. Non poté capire se era dovuto alla conoscenza del "tradimento" con la Sgroi. Lei, La Sgroi, negò che potesse aver saputo, era solo che Anna era fatta così e aveva sempre agito così. Quando si stancava di un uomo, passava a un altro senza tanti complimenti ... anche quello studente, sarebbe stato lasciato nello stesso identico modo.
Comunque era un suo diritto e anche lei entrò nel mondo dei ricordi di Tony, tra quelli piacevoli che ricordava sempre volentieri. Lo stesso vale per la Sgroi e tutto quel mondo di luci rosse d'angiporto talliano, archiviato tra i bei ricordi ... quelli che contribuivano a formare la sua sessualità libera, selvaggia e felice.
Finalmente, poté dedicarsi a realizzare i sogni di viaggi lontani che coltivava da bambino. Raggiunse Terranova, col suo grande porto mercantile, uno dei maggiori del mediterraneo, era il luogo adatto, dove trovare un imbarco. Voleva andare in Africa, ma non era facile.
Gli Uffici equipaggi delle Compagnie di navigazione non erano agenzie viaggi. Non guardavano volentieri al personale, anche qualificato, che voleva imbarcare su navi dirette nei luoghi richiesti. Erano abituati a sentire i marittimi contrattare di paghe e di straordinari, non di destinazioni. Anche Tony avrebbe finito per contrattare questioni d'interesse ma al momento no, al momento voleva assolutamente andare in Africa e scartava ogni altro ingaggio.

Intanto stava a Terranova molto volentieri. C'erano una serie di lanterne rosse, con lucciole annesse, nei vicoli dell'angiporto che facevano impallidire quelle di Setzia e di molte altre città portuali che aveva conosciuto, persino quello di Marsiglia.
Infine trovò quello che cercava con una compagnia di navigazione collegata all'Impero coloniale Portoghese, Guinea-Bissau, Angola, Sud Africa, Mozambico ... Caricava merci varie in Europa e legname in Africa. Alcuni amici consigliarono Tony di lasciar perdere e attendere qualcos'altro, l'Impero coloniale di Lisbona stava crollando, era in pieno disfacimento ed era pericoloso ritrovarsi in mezzo a simili casini
Manco a dirsi era, invece, proprio quello che cercava lui e non potevano dargli un viatico migliore. Raggiunse in aereo Lisbona, per imbarcarsi da macchinista sul Fernando, un mercantile da trasporto di merci varie.
Il Fernanda era un vecchio cargo coloniale, vecchissimo ma ben tenuto, che faceva bella mostra di sé all'ormeggio in banchina, con le murate dipinte di nero e i ponti e castelli bianchi.
Risaliva al tempo in cui i merci vari erano costruiti con il ponte al centro e i bighi a poppa e a prua.
Faceva la sua bella figura a vederla, a un marinaio sembrava una vecchia signora, imbellettata e sempre piacente, che cercava di nascondersi gli anni per continuare ad affascinare i marinai con la sua magia.
Impresa difficile, a dire il vero, perché da decenni i cantieri navali del mondo non armavano più mercantili con il ponte al centro. Avevano preferito progettarli con il ponte e il castello a poppa. Questo permetteva di avere tutta la lunghezza della nave sistemata per il carico delle merci varie, grano, carbone o petrolio che sia ... tranne che nel castello di poppa, dove erano posizionate la sala macchine, gli alloggi equipaggio, le cucine e la plancia di comando. Questo permetteva anche di evitare quei lunghi assi dell'elica, molto costosi e pericolosi che, dalla sala macchina centrale del Fernanda, portava attraverso il tunnel dell'elica, fino a poppa e all'uscita a mare, la forza motrice del motore e ... senza dispersioni.
I bighi, poi, i lunghi bracci delle gru che i marinai manovravano abilmente con i verricelli e i cavi d'acciaio per caricare e scarificare le stive, erano stati sostituiti dalle gru e dai carrelli mobili che si spostavano su rotaie sistemate sul ponte.
Non c'era niente di romantico in questo, quelle nuove navi sembravano bidoni di ferro colorato messi a galleggiare unicamente per trasportare merci in giro per il mondo. Di come tenessero il mare, di quanto fossero sicure ... gli armatori se ne fregavano. Quello che importava era che

fossero veloci, capaci di caricare al massimo e potessero essere manovrate da un numero sempre inferiore di marittimi.
Il Fernando no ... era di tutt'altra pasta. Era quel che si dice una barca "marinara". Cioè fatta alla vecchia maniera, per tenere il mare e lo teneva eccome.

Capitolo XI
Cape Town

Il Fernando, infatti, non era molto grande, appena 6000 tonnellate di stazza e un motore principale da 7.000 cavalli. Era una nave adatta per caricare e scaricare merci anche nelle città fluviali dell'Africa coloniale. Molto marinara, nel senso che reggeva bene il mare e le onde lunghe dell'oceano Atlantico, che avrebbe preso di tribordo per tutta la navigazione verso Sud, dondolando notevolmente e lentamente per tutta quella navigazione costiera.
Lisbona era un'antica e bellissima città di mare, con ottimi locali dove mangiare pesce freschissimo e bere il vino portoghese, molto buono, specie il rosatinho di Lancers che a Tony piacque molto, tanto da abusarne spesso. Ripartirono presto, pochi giorni per portare a termine il carico e furono nuovamente in mare, accompagnati ancora per qualche giorno dalle note malinconiche del Fado, le canzoni portoghesi che si ascoltavano dalla radio a poppa, al tramonto del sole, poco prima della cena.
Musica davvero struggente, sempre cantata da donne bellissime e dalla voce particolare, capace di renderla ancora più struggente.
"E' proprio vero che ogni donna è un opera d'arte ... senti che voci!" commentava spesso Tony, su quella musica che presto li abbandonò.
Avevano preso il largo e le radio non ricevevano più nulla, erano soli adesso, nel grande mare oceano, appena 19 uomini d'equipaggio immersi in quell'immensità.
La routine di navigazione era interrotta da qualche battuta di pesca, come quando al largo del Senegal finirono in mezzo a un banco di calamari e tutti si armarono di totanare, ami particolari, muniti di straccio, a cui calamari e totani si avvinghiavano.
Le lanciavano in acqua per ritirarle subito su con un calamaro attaccato, addirittura senza mettere alcuna esca ... Finivano sulla piastra in cucina e, certamente, più fresco di così non avrebbe potuto essere. Non avevano bisogno di alcun condimento per essere saporiti, nemmeno sale, perché sfrigolavano sulla piastra, cosparsi di un filo d'olio extravergine, ancora bagnati d'acqua di mare che li salava naturalmente. Una prelibatezza che non poteva non essere bagnata dal rosatinho portoghese di cui la

cambusa era colma. Tony acquistava il Lancers, con ghiaccio e una fettina di limone lo trovava squisito ... proprio adattissimo a quel clima tropicale.
Costeggiavano l'Africa e, anche quando non vedevano alla loro sinistra la bassa striscia verde Africana, sapevano che era lì, appena oltre l'orizzonte.
Dovevano fare un primo scalo in Guinea-Bissau, la Guinea portoghese.
Sostarono appena due giorni, il Fernando, dovette bordeggiare tra le isole dell'arcipelago di fronte alla Baia di Bissau, Ihla de Jeta, ihla da Galinhas, Ihla de Pecixe, spiagge bellissime e foresta pluviale subito alle spalle.
Bissau era più un vecchio forte coloniale portoghese che una città. Tony volle visitare i dintorni e si spinse, con la lancia di un pescatore, fino ai rios alle spalle di Bissau e fu in quelli che vide per la prima volta una mandria di ippopotami. Erano al pascolo, sulla riva di uno dei tanti fiumi che si riversavano nell'oceano. Non li aveva mai visti ma grazie ai racconti del padre gli erano familiari, sapeva tutto di loro, anche che non erano pericolosi, purché non li si disturbasse. Il rumore della barca li spingeva ad allontanarsi ma non ne erano spaventati ... Potevano distruggerla a morsi senza troppa fatica, sembrava più che altro che volessero mantenere le distanze, limitandosi a spalancare quelle enormi fauci per intimidirli e convincerli che era meglio per loro restare alla larga. Ci riuscirono benissimo, dopo qualche altro giro esplorativo, Tony tornò all'attracco, si era fatta quasi ora di cena e aveva chiesto al cuoco di cucinargli un cefalo che sembrava uno squaletto per quanto era grosso. L'aveva acquistato da un pescatore e l'aveva desiderato perché era il tipico pesce delle sue parti. Era stato allevato col sapore delle sue carni da mamma Tina, che lo sapeva cucinare in decine di modi diversi e sempre buonissimi. Quello lo voleva fare a tacche e poi sulla piastra, accompagnato da una salsina che aveva spiegato al cuoco come doveva essere.
Poi avrebbe voluto andare a cercarsi compagnia. Era da parecchio in mare e cominciava a sentire prepotente la voglia di sesso ... anche se tutti quei militari armati in giro e le storie che aveva sentito sulla crisi dell'Impero coloniale portoghese, consigliavano di non uscire quella notte.
Finì per restarsene a bordo, la partenza era stata anticipata alle 6 del mattino e non voleva correre il rischio di perdere la nave perché impegnato al punto da non controllare l'orologio, come gli era successo a La Valletta, a Malta. Inseguire le navi con le lance non è facile e, solitamente, molto costoso.
Fecero alcuni altri scali lungo la costa occidentale africana e, in viaggio verso Cape Town, in Sud Africa, fusero un pistone.
Incidente, per fortuna, non troppo frequente ma, quando accadeva, era davvero un problema. Occorreva fermare le Macchine e la nave andava

alla deriva in mezzo all'oceano, finchè non erano riusciti a ripristinare il Motore.
Era un lavoro massacrante e pericoloso per i macchinisti. Dovevano svitare, a colpi di mazza di ferro e chiavi da tenere ben ferme, i dadi sui bulloni della testata. Il più preciso colpiva in senso antiorario per mollarli, in modo da poter agganciare con i grossi paranchi la testata del peso di un paio di tonnellate e issarla su, in modo da poterla fissare su un apposito appoggio, mentre altri, contemporaneamente, provvedevano a estrarre il pistone dalla camicia, dopo avere sganciato la biella dall'albero motore nel carter, in sincronia all'aggancio del pistone con i paranchi.
Chi colpiva la chiave con la mazza doveva essere preciso, uno sbaglio e chi teneva ferma la chiave poteva avere conseguenze gravissime, la frattura di qualche osso se non di peggio, nello stesso tempo doveva colpire con forza o non si poteva riuscire a svitare il dado. Sembra difficile già così, ma non era tutto qui. Infatti, a tutto questo occorreva aggiungere che la nave, in sosta nell'oceano, sottoposta alle onde lunghe con cui l'Atlantico la colpiva senza sosta, priva di propulsione ondeggiava ancora di più.
I macchinisti, quindi, dovevano impedire che il pistone, una volta sollevato dalla sua sede, ondeggiando a sua volta, non colpisse loro o altre parti della sala macchine provocando danni enormi e, per impedirlo, c'era un solo modo, agganciarlo con altri paranchi che lo tenessero fermo mentre quello centrale, fissato all'apposito binario che correva sul cielo della sala, lo trasportava verso la sede d'aggancio a paratia. Doveva essere fissato bene perché se si fosse sganciato durante una tempesta, sarebbe stato un naufragio certo. Lo stesso lavoro doveva essere ripetuto per sostituirlo con il pistone di ricambio, da togliere dalla sua sede di riserva e montarlo sul motore, al posto di quello fuso. Due giorni di lavoro massacrante e senza soste. Nessuno poteva andar via finchè non si fosse finito e occorreva vincere anche i colpi di sonno a forza di caffè, perché potevano essere fatali.
Di buono c'era che i marinai di coperta, intanto, pescavano e per qualche giorno si mangiava buon pesce fresco.
Quella vecchia carretta dei mari non si fece mancare nulla quanto ad avarie. Sovente erano le pompe dell'acqua a costringere i macchinisti ad eseguire riparazioni d'emergenza. Quando si trattava delle pompe refrigeranti occorreva fermare la sala macchine o questa avrebbe raggiunto temperature di fusione dei metalli di camicie e pistoni, con tutto quello che ne sarebbe conseguito. L'attrito dei metalli, infatti, produceva surriscaldamento e, come avviene per le auto, questo doveva essere limitato dai circuiti di raffreddamento che, attraverso le apposite

pompe, inviavano acqua raffreddata dai refrigeranti nei quali circolava l'acqua del mare. Sui mercantili, l'acqua di mare sostituiva l'aria usata per il raffreddamento dei radiatori delle auto che sulle navi erano sostituiti dai refrigeranti. La vetustà della nave faceva sì che, all'interno delle prese a mare e degli stessi refrigeranti, si formassero addirittura colonie di molluschi che, giovandosi dell'acqua che scorreva di continuo, proliferavano al punto da bloccarne lo scorrimento e, questo, rendeva necessaria la pulizia straordinaria, pena la fusione del motore. Quella navigazione durò il doppio del tempo previsto e l'equipaggio ci scherzava su, considerando che, dal numero di soste in mare che stavano facendo in mezzo all'Atlantico, gli sembrava di aver preso un autobus, anziché un mercantile oceanico diretto nell'Africa australe.
"A quest'ora ci avranno dati per dispersi!" - era il commento che suscitava più ilarità e non era difficile immaginarlo possibile, giacché una delle prime avarie che non si era riusciti di riparare era quella che aveva messo fuori uso la radio e il telegrafo di bordo.
Il marconista trascorreva il tempo prendendo il sole sul ponte ed era l'unico a non lamentarsi di quella situazione.
Alla fine riuscirono ad arrivare a Città del Capo, una bellissima città, anche se era odioso vedere tutti quei cartelli che ricordavano che vigeva l'apartheid e nessun bianco poteva accompagnarsi alle coloured.
I Boeri volevano tutelare la razza.
Tony se ne fregò da subito. I locali per bianchi mettevano musica che a lui non piaceva. Per sentire James Brown, Bob Marley e la disco music bisognava violare le leggi sull'apartheid ed andare nei locali per neri, anche se questo significava rischiare sei mesi di condanna.
La stessa che si rischiava ad andare con donne di colore.
Con tutte le bellezze mozzafiato dalla pelle color cioccolato che vedeva, Tony si convinse che questi dovevano essere tutti maschi-femmine, altrimenti una cazzata del genere non l'avrebbero mai voluta.
Lui, comunque, se ne fregò alla grande, anche se era difficile, perché negli hotel non accettavano coppie miste, era proibito e ci rimettevano la licenza se fossero stati scoperti.
Lui, però, trovò il modo. Prendeva una camera matrimoniale da solo, sempre ai piani terra e poi apriva la finestra per farci entrare la bella del momento. Durante tutta la sosta in porto a Cape Town si organizzò così.
Le ragazze che conosceva non erano proprio delle professioniste, anche se si vendevano. Erano più che altro ragazze che lavoravano per due soldi per i bianchi e arrotondavano accettando compagnia, ma solo con chi gli andava a genio. L'unico problema, davvero antipatico, era che dovevano

stare attenti alla polizia, se li avessero colti assieme, per Tony erano sei mesi di carcere, magari scontati con l'espulsione, ma per le ragazze erano guai seri, oltre alle condanne le picchiavano e stupravano per farsi temere. Incutere terrore era uno dei modi usati dalla polizia Boera per soggiogare la popolazione colorata, non solo i neri africani, ma anche la comunità indiana, molto numerosa in Sud Africa.
Nel porto, alcuni marinai portoghesi, avevano calato in acqua delle nasse prendendo delle aragostine che si rivelarono squisite e Tony doveva convenire che la Città era stata edificata in un posto davvero eccezionale. Le spiagge intorno, le campagne, i boschi che aveva visitato e la stessa skyline della Table mountain, la strana montagna piatta che si stagliava all'orizzonte alle spalle di Cape Town, erano caratteristiche uniche di quel luogo ed anche la città era europea, alti palazzi, strade ben tenute, negozi, non sembrava una città africana. Almeno non come tutte le altre che aveva conosciuto. Un solo fastidio, l'apartheid ... Non gradiva nemmeno essere chiamato white, essere identificato da un colore, per uno come lui, non era meno umiliante che essere chiamato black.
Una mattina di libertà, che aveva deciso di trascorrere passeggiando nei giardini della città, vide due ragazze molto carine sedute su una panchina del parco centrale e le avvicinò per conoscerle quando, una delle due, si rivolse a lui con una frase che lo colpì come un pugno nello stomaco.
"You wont fuck, white?" - non si fermò, tornò a bordo e non scese più a terra per tutta quella sosta a Città del Capo. Il disprezzo che aveva sentito in quella voce e nello stesso tempo l'offerta del proprio corpo a chi, bianco, evidentemente era uso pagare delle ragazze di colore per scoparle con pari disprezzo, lo ferirono davvero. Voleva solo dimenticare prima possibile quelle sensazioni sgradevoli, fino a quel momento sconosciute.
Provò sollievo quando sentì la notizia della partenza da quel bellissimo paese, davvero bello come natura, ma rovinato dalla discriminazione e dall'odio che era palpabile, si respirava nell'aria.
Salparono per Lourenço Marques e Tony non vedeva l'ora.
Aveva fama di città bordello, l'Amburgo d'Africa, con in più le case da gioco stile Macao e Las Vegas.
I portoghesi avevano liberato le licenze per i casinò e la città ne era piena.
Donne e sale da gioco ... voleva proprio vedere com'era.
Aveva già fatto quasi sei mesi a bordo, se gli fosse piaciuta, aveva intenzione di sbarcare là e tentare la fortuna.
Il Fernando rientrava in Portogallo e lui non aveva intenzione di tornarci, era in Africa e voleva conoscerla meglio prima di lasciarla.

Soprattutto voleva conoscere meglio le donne africane, gli piacevano molto con quella loro pelle d'ebano e le labbra nere e turgide come nessuna, ma non le aveva conosciute abbastanza.

Capitolo XII
Lourenço Marques

Arrivarono nella Baia di Laurenço Marques in una calda e luminosa mattina. La brezza dell'oceano rendeva l'aria piacevole e Tony, seduto a poppa, osservava le manovre dei marinai per dare fondo.
Con un frastuono d'acqua colpita a incorniciare il fracasso ferroso delle catene che inseguivano l'ancora che calavano alla fonda nella Baia, si predisposero in attesa che l'autorità portuale autorizzasse l'attracco e inviasse il pilota che doveva portare la nave in banchina.
Tony, appena finita la manovra in sala macchine e fermato il motore principale, salì in coperta per vedere più possibile della Baia e della città, dove aveva deciso di sbarcare. Aveva avuto qualche problema per ottenere lo sbarco, la compagnia non pagava volentieri il viaggio fin laggiù a un nuovo membro d'equipaggio.
Volevano sapere perché aveva deciso di sbarcare, offrirono anche un aumento di straordinario che solitamente è sufficiente a far cambiare idea ai marittimi, ma non a lui.
"Motivo dello sbarco? ... voglia di conoscere meglio l'Africa ... di sex and drug and Rock & Roll" – pensò di rispondere a quelle insistenze. Invece si limitò a dire:
"Ho dei parenti tra qui e Durban, voglio andarli a trovare e stare un po' con loro, magari mi fermerò per lavoro, vedremo. Sono stato benissimo a bordo e non ho da lamentarmi di niente, nemmeno della paga. Ma sono sul Fernanda da sei mesi ... ho voglia di sbarcare. Restare a bordo fino al rientro a Lisbona significherebbe un anno in mare ... troppi!" - chiudendo così ogni discussione.
Aveva fatto spedire parte della paga alla madre che glieli teneva e, con la liquidazione e quell'ultima paga aveva abbastanza da stare un po' a Marques, divertirsi e tentare la sorte al gioco e ... chissà!
In attesa di entrare in porto, d'accordo col nostromo misero a mare la lancia per una battuta di pesca.
Si avvicinarono alla costa sud della baia e Tony notò che era una zona lagunare. Un fiume entrava nella baia a incontrare il mare e, dove l'acqua era salmastra crescevano giunchi e canne, anche se erano diverse da quelle delle sue parti le riconosceva. Le stesse case tradizionali, che poteva scorgere tra gli alberi della riva, erano fatte di canne e giunchi,

come le baracche dei pescatori del suo paese. Stormi di fenicotteri si alzavano in volo disturbati dal motore della lancia e lo fecero sentire veramente a casa ... quando, da bambino, li faceva scappare per vederli levarsi in volo, a centinaia, in una nuvola rosa.
Avevano messo dei palamiti fuori bordo, trainandoli a strascico e li salparono, trovando abbondanza di pesce preso negli ami.
Nessun cefalo, le esche non erano adatte, ma era sicuro che nella laguna abbondavano, l'ambiente era il loro, non potevano mancare.
L'avrebbe appurato nella sua sosta in quell'angolo di mondo.
L'attracco era previsto per l'indomani mattina all'alba.
Il pilota sarebbe salito a bordo alle sei e per quella stessa ora era previsto il posto di manovra, in macchina mezz'ora prima per preparare il motore principale all'avviamento.
Finirono presto e l'agenzia si occupò di tutte le pratiche di sbarco di Tony, visti e permessi di soggiorno dell'autorità portoghese, sarebbe stato tutto pronto per il pomeriggio.
A pranzo, in saletta, davanti a tutto quel pesce fresco cucinato dal cuoco, che ne fece al forno, in zuppa e arrosto, con ricette portoghesi che Tony non conosceva ma per la gente di mare ... il pesce è pesce, comunque lo si cucini, salutò tutto l'equipaggio con cui aveva condiviso sei mesi di quell'avventura e lasciò il Fernando. Doveva portare i bagagli verso l'hotel che gli aveva prenotato l'agente, Salvador Pereira, un Mozambicano molto simpatico, alto e ossuto che, durante il viaggio in auto, gli diede informazioni utilissime sulla situazione in città.
"Não é bom ... i guerriglieri del Frelimo si sono avvicinati sempre più alla città. L'ultimo attacco, alcuni giorni fa, era a Matola, un campo militare alla periferia sud di Marques. Ci sono state molte vittime. Le trattative di pace si sono interrotte con le notizie giunte da Lisbona circa le intenzioni di abbandonare le colonie. Non è un buon momento per visitare la città, Marques, però, è ancora sicura, i locali tutti aperti e se hai denaro da spendere qui puoi farlo come da poche altre parti" – concluse incoraggiante.
"Sì, delle questioni politiche me ne frego ... m'interessa divertirmi un po'. Peccato non poter visitare l'interno però ... Ma sarà possibile farlo quando ci sarà il cambio di governo?"
"Não acredito! ... se il Governo passerà al Frelimo tutto cambierà. Sono comunisti, chiuderanno tutti i locali e i commerci, Nazionalizzeranno tutto e fucileranno tutti i capitalisti e i servi dei capitalisti. Noi viviamo con le valige pronte. Fin'ora abbiamo sperato che la situazione cambiasse, ma ormai quella speranza è tramontata. Continuiamo la vita di sempre finchè

dura e siamo sempre pronti a partire. Con la mia famiglia abbiamo un battello pronto a salpare all'ultimo momento. Andremo a Dar es Salaam in Tanzania, mio fratello è già lì. Peccato, la vita era dolce a Lourenço ma ... tutto ha una fine ..."
"Beh ... speriamo che duri ancora un paio di mesi ... a me basterebbero ..." – replicò Tony. L'agente, però, fu pessimista e stava diventandogli antipatico.
"Se alla fine del mese, da Lisbona, arriverà l'ordine alle truppe di imbarcarsi per rientrare in Portogallo ... subito dopo arriveranno i guerriglieri del Fruente para la liberaçao de Mozambico. Lasceranno partire i soldati per evitare scontri ormai inutili e perché sanno che i fucilieri delle colonie, in combattimento, sono temibili e ancora di più adesso, che sono costretti a ritirarsi ... non lasciano volentieri il Mozambico. Però Tony, non appena sentirai dire che è arrivato quell'ordine, corri all'aeroporto o al porto e parti ... Subito!"
"Ok ... farò così. Ora, però, parliamo di cose serie ... dove mi consigli di andare a giocare un po', vedere qualche striptease ben fatto e trovare una buona compagnia?"
"Queste cose a Lourenço Marques si trovano ovunque, ma io preferisco consigliarti l'Hotel Marquês, è un Grand'hotel, con piscina, ristorante, night club e sala da gioco. L'albergo che ti ho prenotato è più economico, ma è proprio di fronte. Se vuoi puoi cambiare la prenotazione, costerà un migliaio di scudi in più, ma è più lussuoso e hai tutto lì, senza spostarti dall'hotel".
"Quanto farebbe in dollari? ... Mi hanno pagato con quelli ..."
"Dollari Americani? ... hai dollari? ... ma i dollari possono essere cambiati al mercato nero e avere molti più scudi portoghesi, sono molto ricercati da chi deve lasciare la colonia. Posso cambiarteli anch'io, almeno dieci volte più che al cambio bancario. Quanti ne vuoi cambiare?"
"Mah, pensavo un migliaio ... poi vedremo, spero di vincere, non di doverne cambiare ancora".
"Allora ... vediamo, in Banca ti darebbero circa 60 scudi portoghesi per ogni dollaro. Io te ne posso far avere almeno 600. Moltiplichi il tuo denaro per dieci. Per te sarà come avere cambiato in valuta portoghese diecimila dollari, anziché mille. Qui, finchè non crolla tutto, sono la valuta corrente, cosa ne dici?!"
"Cosa vuoi che ti dica, dico che va bene ... benissimo. Li hai con te?"
"Ah ah ah no ... certo che no e consiglio anche a te di non andare in giro con troppo denaro in tasca ... la città non è sicura. La gente vive in una

situazione irreale ... alla giornata. Nessuno sa cosa sarà domani e per una manciata di scudi molti sono disposti a fare di tutto ... lo vedrai.
Li ho nella cassaforte dell'agenzia ... ora ci passiamo per i tuoi documenti. Se vuoi ti faccio un biglietto aereo aperto, in modo che, al bisogno, non dovrai perdere tempo, potrai correre direttamente all'aeroporto ad imbarcarti sul primo volo in partenza per Nairobi, oppure un'altra città collegata ... dimmi tu".
"Naaa ... io se dovrò lasciare la città correrò al porto ... il mare è il mio elemento, non l'aria. Al porto troverei sicuramente un imbarco su qualsiasi mercantile, ho il libretto di Navigazione ... miglior biglietto non potrei avere. Parlami delle ragazze Mozambicane, come sono?"
"Come tutte le ragazze del mondo ... ce né di belle e di meno belle.
A Lourenço Marques, però, ne potrai avere di tutte le razze. Qualcuno ha detto che siamo l'Amburgo d'Africa ed è vero. Qui trovi belle donne dappertutto, anche in vetrina, come a St Pauli ad Amburgo, ma a prezzi africani. Nei locali troverai molte bionde, fanno bere i clienti, ma se vuoi ti accompagneranno in camera o in giro per la città. Basta avere denaro e qui puoi avere tutto quello che vuoi Tony ... Goditi gli ultimi giorni di Lourenço Marques, non troverai mai più un'altra città come questa ..." – concluse Salvador Pereira scendendo dall'auto. A Tony sembrò che si fosse commosso nel dire questo della sua città ma non commentò. Entrarono nell'agenzia, erano in centro e la strada brulicava di gente che andava e veniva, indaffarata, vitale, ma tutti con un'espressione ansiosa o, forse, era lui che era rimasto influenzato dalle informazioni di Pereira. Notò con piacere anche parecchie belle ragazze ... aveva ragione l'agente. Abbondavano le Afro, con la testa di capelli ricci, acconciate all'africana, alcune con treccine intrecciate di perline colorate ma anche parecchie bionde, forse tedesche o dell'est europeo ma con i capelli acconciati allo stesso modo.
"Bene! ... mi piacerà qui!" - pensò Tony, entrando a sua volta in agenzia.
Belle ragazze anche lì dentro. Due impiegate con tutte le forme al posto giusto che gli indicarono, con un sorriso perlato tra labbra scurissime, la porta dell'ufficio di Salvador. Ricambiò il sorriso con uno sguardo inequivocabile, ammirato e disse:
"Encantado!" – ed era vero. Non se l'aspettava. La più giovane aveva la testa che sembrava indossasse un cappello da tanto era riccia e tonda, ma era evidente che erano i suoi capelli, nerissimi.
La pelle era abbronzata ma meno nera del solito. Qualche ascendente europeo nei suoi geni le aveva donato una tonalità bellissima. Pensare che

i Boeri lo consideravano un difetto persino sulle donne ... cose da maschi femmine! Entrando nell'ufficio disse a Pereira:
"Ehi ... la più bella ragazza che ho visto è qui, fa la segretaria da te, quanto vuoi per lasciarla uscire con me stasera?"
"Niente ... quella non è una ragazza da compagnia, Antônia ... è mia figlia!"– rispose serissimo, costringendo Tony a doversi scusare. L'altra era la moglie, bella donna anche lei. Lavoravano con lui nell'agenzia viaggi e di spedizioniere marittimo.
"Beh, complimenti Salvador, hai una bella famiglia. Torniamo a noi - disse Tony, vedendo le mazzette di escudos sulla scrivania - Quanti sono?"
"Al cambio Ufficiale odierno, per un dollaro ti darebbero tra i 60 e i 65 escudos, per mille dollari Americani ti darebbero dai 600 ai 650.000 escudos Portoghesi. Sul tavolo ce ne sono 6.500.000 ... dieci volte tanto.
Ne ho bisogno, come ti ho detto ci prepariamo a partire e i dollari sono valuta corrente ovunque ... Ti va bene?"
"Caspita ... va bene sì, ma quanto valgono in potere d'acquisto, cioè come mi regolo per spenderli?"
Al momento attuale ti darebbero subito un appartamento per quella somma. Gente che deve fuggire, soprattutto coloro che sono compromessi col regime coloniale e verrebbero fucilati dai comunisti che lo stanno già facendo nelle città cadute sotto il loro controllo, ti venderebbero la loro per molto meno. Puoi acquistare anche una buona auto usata per diecimila escudos. La camera al Grand Hotel Marquês te ne costa poco più di 1.500. La compagnia di una professionista di uno qualsiasi dei Casinò di lusso non ti costerebbe molto di più ... dipende anche da te, da quanto sei generoso ..." – concluse ridendo.
"Molto! ma solo con chi è molto generosa con me! - rispose, contando i dollari. Se la cavava davvero con poco, aveva circa diecimila dollari con sé. Mise sul tavolo le banconote e, nella borsa che aveva a tracolla, con passaporto, libretto e il nécessaire da toilette, le mazzette di scudi che Salvador gli aveva dato in banconote da mille e diecimila ... un bel volume da nascondere in borsa – Mi sarebbe utile una pistola, me ne puoi procurare una?"
"Tieni, ti do questa ... era di un Ufficiale Portoghese. Usata, ma funziona benissimo, è una Luger calibro 9, te la regalo. Riguardo alle armi puoi trovare anche i kalashnikov o qualsiasi altro fucile mitragliatore per qualche migliaio di escudos ... prendi anche la scatola di cartucce".
Tony la rigirò per le mani, era una bella arma, molto equilibrata e seminuova, un bel regalo, voleva ricambiare e propose:

"Senti, permettimi di invitare a pranzo te e la tua famiglia, al ristorante del Marquês. Oppure un altro ristorante se quello dell'Hotel non è buono ..."
"No ... è uno dei migliori della città ... va bene. Dico a mia moglie di raggiungerci là e noi ... andiamo" – aprì la porta, dopo aver richiuso la cassaforte, e Tony fece in tempo a ricevere i sorrisi e i ringraziamenti di quello splendore di Antônia, mentre usciva dietro a Salvador Pereira.
L'auto dell'agenzia, una vecchia land rover scoperta, bianca e blu, procedeva pianissimo verso il centro della città. Tony non parlava, guardava le donne di Lourenço Marques. Sarà stata tutta quella permanenza in mare, lo spirito morente della città, consapevole di essere giunta alla sua fine, ma a lui sembravano tutte bellissime. Non vedeva l'ora di conoscerle meglio.
L'albergo era lussuoso, anche se, come tutti quelli delle colonie, con piccole parti che si guastavano e non venivano riparate ... cosa che dava ancora di più il senso della decadenza e della fine prossima.
La luce della spia di chiamata dell'ascensore era spenta e la lampada dentro la cabina lampeggiava, prossima a fulminarsi.
Lo stesso era per il corridoio che portava alle camere, niente luce dal soffitto, a parte quelle basse che illuminavano la moquette, permettendo di non dover procedere a tentoni.
Il boy dell'Hotel lo precedeva con la valigia e gli aprì la porta della sua camera ... la 501, quinto piano.
Bellissima ... un grande letto, con testiere di legno massiccio color ebano, come ci si aspetta in Africa, uno scrittoio, una bella poltroncina di pelle, la specchiera a incasso su un lato, con sgabello davanti e un bell'armadio ampio di fronte al letto, pure quello di legno scuro come l'ebano. Dall'altro lato dell'ingresso c'era un'ampia finestra con vista sulla Baia poco distante.
Un bel bagno con doccia e vasca subito all'ingresso e un buon condizionamento, Tony non poteva avere dubbi che ci sarebbe stato benissimo.
Il tempo di nascondere meglio la borsa col denaro sul fondo della valigia munita di lucchetto e scese al ristorante.
Trovò Antônia e la sua famiglia già sistemata al tavolo e i suoi sguardi e sorrisi le confermarono di piacerle ma ... erano tutti intercettati da Salvador e, perciò, comprese anche che non c'era niente da fare. Antônia avrebbe dovuto fuggirsene da casa per poterla frequentare e, così, fu solo un pranzo cordiale con una famiglia di amici.
Tony lasciò scegliere loro. La cucina portoghese era saporita, non aveva ancora trovato qualcosa che non gli fosse piaciuta, ma continuava a non

conoscerla e gli piaceva l'idea di gustare altre sorprese. Nel menù c'era il Pastelinhos de bacalhau, ma il cuoco del Fernando era portoghese ed il baccalà, anche se lo cucinava benissimo, gliel'aveva fatto venire a noia.
Guardava lei, facendo finta di leggere il menù e, quando sceglieva qualcosa, subito Tony diceva:
"Vale ... Também para mim!" – solo per vederle spuntare un sorriso, tra quelle labbra carnose e scure a far risaltare i denti bianchissimi, rivolto a lui. Era proprio innamorato ... ma come poteva non innamorarsi di una ragazza così? Il vino, però, lo scelse lui e, naturalmente, erano un paio di fiaschette di terracotta di Lancers, ghiaccio e limone, in un grosso bicchiere da cocktail.
Salvador cercava di portare i discorsi e l'attenzione di Tony sempre lontani dalla figlia, a cui Tony chiedeva affabilmente informazioni su discoteche e su quali spiagge erano più belle e frequentate.
Seppe così che a Laurençco Marques non c'era la cultura della spiaggia. Pochi ci andavano ed erano tutte belle, vaste, chilometriche e deserte. Le onde dell'oceano indiano, il più delle volte, non permettevano il bagno. Erano più adatte al surf che al nuoto, ma in Mozambico nessuno faceva surf.
Quando arrivò il primo piatto, Tony ne restò colpito, un profumo di mare strepitoso e l'aspetto era proprio invitante.
Era la Sopa de mariscos, una vellutata ai frutti di mare, davvero deliziosa.
Il secondo piatto scelto da quella menina maravilhosa era il porco à Alentejana. Un piatto dal sapore ardito per i non lusitani, perché fonde con la cottura in cataplama, una pentola tradizionale in rame a chiusura ermetica, i sapori della carne di maiale, delle vongole, delle cozze e dei peperoni. Tony lo trovò squisito e, annaffiato dal lancers, con quegli occhi abbaglianti davanti, si sentiva sempre più innamorato di lei. A chiusura di quel pasto, un vassoio di dolci, soprattutto a base di crema di uova come il Tocinho de ceu, oppure le Ovos moles di Alveiro, piccole formelle di ostia ripiene di crema alle uova. I Portoghesi ne vanno matti, ma Tony preferì un banana boat, qualcosa come due banane affettate con sciroppo di zucchero di canna, panna e qualche altro ingrediente che la rendeva molto buona. Avrebbe voluto offrire dei drink sulla terrazza, così da guardarsela meglio, ma dovevano riaprire l'agenzia e Salvador ringraziò alzandosi e salutando. Tony salutò anche la moglie, col bacio della guancia, come si usa nel Regno di Tallia, ma anche in Grecia ... così da non destare sospetti quando lo fece con Antônia per sussurrarle nell'orecchio:

"Ti aspetto qui stasera, alle otto? ... sono alla 501 ..." – fu una domanda, non voleva sembrare arrogante o maleducato. Lei sorrise, ma non rispose niente.
"Vedremo se verrà ..." – pensò Tony, guardandola andar via. Dopo una simile abbuffata voleva solo andare su a sdraiarsi un po' e così fece.
C'era un buon condizionamento, si stava bene. Si spogliò e si sdraiò sul letto a pensare ... rivide tutti gli avvenimenti di quel periodo, com'era solito fare periodicamente e fu soddisfatto di se.
Aveva circumnavigato l'Africa ed era nella città più bella che avesse visto finora, in quella parte di mondo.
Questo faceva parte dei suoi sogni ... Sapeva, dunque, di avere imboccato la strada giusta, quella indicata prepotentemente dal suo destino.
Fu svegliato improvvisamente dal rombo di un'esplosione lontana.
Poteva essere un tuono, ma il cielo era limpido eppoi, lui conosceva bene quel suono, era l'esplosione di una bomba e gli fu confermato dal crepitare di fucili mitragliatori. Erano distanti ma li sentiva, nonostante la finestra chiusa, segno che non lo erano poi troppo. Probabilmente all'estrema periferia della città.
Ricordando le parole di Salvador Pereira si alzò di fretta e si mise sotto la doccia per svegliarsi rapidamente. In un attimo fu vestito e raggiunse la hall, immergendosi in quell'atmosfera irreale che ricopriva tutta la città. Gli ospiti conversavano piacevolmente sui tavolini e, al bancone del bar, nessuno che si chiedesse cosa stesse succedendo.
Lo fece lui, andando alla reception:
"Hey ...Tenho ouvido explosões, o que aconteceu?
"Sim, Senhor, os terroristas estão fora da cidade" – rispose senza distogliere lo sguardo dal registro che stava compilando. Tony rimase perplesso e si guardò in giro. In effetti, lui sembrava l'unico a far caso a quell'esplosione.
Decise di acclimatarsi anche lui, in fondo poco gli importava ... era lì per altro che la politica e tantomeno quella dei terroristi.
Si sedette in poltrona anche lui e, visto che c'era da scegliere, si sistemò proprio di fronte a una biondina con i capelli alla maschietta, dai lineamenti perfetti e gli occhi di ghiaccio che, certamente, non era mozambicana e nemmeno portoghese.
Stava parlando con un signore molto elegante, con i capelli grigi a incorniciare un viso ossuto, che fumava un sigaro e beveva del Porto. Aveva un panama bianco poggiato sul tavolo di cristallo di fronte a lui.

Lui sì ... era certamente portoghese ... ma stava parlando in tedesco con quella ragazza. Tony non capiva una parola di tedesco ... gli piaceva molto il suono, specie quello che usciva dalle labbra della biondina.
Lei si accorse di essere fissata e probabilmente anche dell'espressione incantata di Tony.
Sorrise all'uomo con cui conversava, ma guardando Tony mentre si alzava per andar via. Non andava verso l'uscita, si dirigeva verso gli ascensori ancheggiando come una pantera nera, il colore del suo vestitino che mostrava generosamente delle gambe bellissime.
"Un ospite dell'albergo dunque ... Forse è l'amante del Portoghese? Sarebbe davvero strano, non mi sono sembrati così confidenziali tra loro. No, era da escludersi che potessero essere amanti.
Il Portoghese è anziano, ma se fosse stata la sua amante non l'avrebbe lasciata andar via così ... come fosse una conoscente".
Pensò tutto questo proprio mentre si rivolse a lui per chiedergli da dove venisse. Voleva chiacchierare un po' e Tony ne approfittò per indagare su ciò che gli interessava sapere. Decise di aggirare la sua domanda, chiedendo prima delle esplosioni appena sentite:
"Sono sbarcato da un mercantile portoghese dove facevo il macchinista ma sono del Regno talliano. Sono stato svegliato da un'esplosione e raffiche di mitra poco fa e a nessuno sembra importare granché ... non si preoccupano di quel che sta succedendo?"
"Perché dovrebbero? ... Lei è appena arrivato a Lourenço Marques, noi ci siamo da tempo e questa è la solita routine tutt'intorno alla città.
Il resto del paese è già in mano ai guerriglieri comunisti del Frelimo.
Prima si battevano contro la dominazione coloniale portoghese, a favore di quella dell'URSS, ma ora lo fanno solo per propaganda politica. Non vogliono che il Mozambico, abbandonato dalle truppe coloniali, divenga una Repubblica democratica, vogliono subentrare al potere e, pertanto, queste sono dimostrazioni di forza e atti di terrorismo rivolti alla popolazione. Vogliono che sappiano da subito che, partite le truppe, saranno loro a governare. Loro e i loro amici sovietici".
"Ma ... non potrebbero organizzare una resistenza anticomunista? Non parlo delle truppe coloniali, ma di popolazione civile ... o sono in maggioranza comunisti?"
"I Mozambicani? ... ah ah ah. Dubito che gli stessi guerriglieri del Frelimo sappiano cosa sia il comunismo. La maggioranza della popolazione è analfabeta. Forse solo il 20% è fuori dal sistema tribale. Più che altro si sono organizzati meglio, grazie alle armi ricevute da Mosca, per compiere saccheggi nelle fazendas e dovunque capiti. Le basti dire che la linea

ferroviaria che collega Marques a Pretoria e Johannesburg, in Sud Africa, è ormai impraticabile se non dai poveretti che portano frutta e altri prodotti locali ai mercati lungo la linea. Viene assaltata di continuo e non certo per ragioni politiche. Spesso gli stessi guerriglieri si fanno trasportare dal treno oltre confine per poter assaltare le fattorie dei bianchi del Sud Africa. E' tutta l'Africa che sta crollando amico mio, non solo il Mozambico... Certo, le politiche coloniali hanno commesso molti errori, ma si è tentato di dare una parvenza di Stato moderno a un mondo governato dai capi tribù e dagli stregoni. Si è cercato di dargli un educazione.
Si sarebbe potuto far meglio, ma le difficoltà erano a volte insormontabili e, nel caso nostro, anche i problemi economici, acuiti dalla necessità di organizzare la repressione del terrorismo, mantenendo truppe in Africa, senza avere i mezzi per farlo" – spiegò con tristezza quello che si presentò come Felipe Madera, agente di commercio.
Tony aveva già saputo che erano i guerriglieri filo sovietici del Frelimo a compiere attentati e tendere agguati alle truppe coloniali, ma la competenza di Felipe Madera meritava la sua attenzione ancora per qualche minuto, prima di far scivolare il discorso sulla biondina.
"Tuttavia ho visto molta miseria in tutta l'Africa e, forse, considerando le risorse che le potenze coloniali prendevano, avrebbero potuto fare qualcosina di più e, persone di tutto rispetto come Senghor, il poeta senegalese che scrive poesie davvero toccanti sulla realtà Africana ... avrà sentito parlare della Negritudine di Senghor immagino ... sono state perseguitate, invece che aiutate ad assumere posti di Governo nelle colonie Francesi. Non pretendo esperienza sulle questioni Africane con questi pochi mesi di viaggi tra un porto e l'altro, però salta agli occhi che c'è stato uno sfruttamento bestiale, non meno crudele della tratta degli schiavi del secolo scorso. Senza contare che le genti Africane sono e si sentono discriminate in casa loro ... non mi dica che lo trova giusto. In Sud Africa, con la legge sull'apartheid, si tocca il massimo, ma anche senza una legge apposita, non è che in tutte le altre colonie sia meglio" – disse Tony, con tono pacato, anche se, quando ricordava la miseria e la segregazione in cui aveva trovato le genti "coloured" del Sud Africa mantenere la calma gli riusciva difficile .
"Personalmente conosco pochi Africani con una cultura che mi permetta di conversare con loro. Quando li incontro, no ... non li considero inferiori a nessuno, ma è vero, il razzismo è diffuso e l'ignoranza ne è la madre.
Il mio medico è Africano, persona intelligentissima ed anche un bravissimo dottore e un ottimo giocatore di scacchi ma ... sa, è più forte di

me, non vorrei sposasse mia figlia, perché avrei dei nipotini mulatti e, comunque, questo fa di me un razzista … purtroppo! … E lei? … lei vorrebbe dei figli mulatti?"- concluse, sorridendo ambiguo.
"Proprio così … Sì, alla fine, ognuno vorrebbe discendenti che gli somiglino e il colore della pelle è ciò che appare per prima, se è diverso risulta sgradito. Non so se avrei problemi ad avere dei discendenti dalla pelle più scura della mia … Per il momento so che se una bella donna ha la pelle scura, per me resta sempre una bella donna prima di ogni altra cosa… Anche se, quando vedo delle bionde come quella che parlava con lei poco fa … accidenti … Chi è, se non sono indiscreto?"
"Inge? … no, non è indiscreto, è un artista del Night dell'Hotel … fa un numero strepitoso tutti i fine settimana, a partire dal Giovedì sera. Gli altri giorni balla con i clienti, fa compagnia ai tavoli. Ha ragione è davvero bellissima. E' tedesca di Frankfurt … con madre scandinava … adoro rinfrescare il mio tedesco parlando con lei. Oltre che bella è anche molto colta. La vedrà da domani sera … non le anticipo nulla … vedrà che spettacolo!" – rivelò Felipe a Tony, soddisfatto di quanto aveva saputo. Approfittò della disponibilità e competenza di quell'uomo per saperne di più su ciò che si doveva aspettare dagli sviluppi di questa situazione e glielo chiese.
"Mi dica signor Madera, io sono sbarcato qui con l'intenzione di visitare questa parte d'Africa e giocare un po' ai tavoli da gioco prima di ripartire. Immagino che la presa del potere da parte dei comunisti significherà la chiusura delle sale da gioco e degli hotel, oltre ai "sequestri" di valuta e di beni … farei bene ad andarmene subito? … o c'è ancora un po' di tempo?".
"Nessuno può rispondere a questa domanda. Ci sono quelli come me che non vorrebbero andarsene, ma sanno che dovranno farlo e, allora, rimandano la partenza giorno dopo giorno, così da circa un anno. Da quando, cioè, l'anno scorso, il capitano Otelo Nuno Romão Saraiva de Carvalho, noto come Otelo de Carvalho, un traditore della sua gente nato qui, a Lourenço Marques, il 31 agosto 1936, un ex militare portoghese dell'armata delle colonie, partecipò, tra i principali leader rossi, alla Rivoluzione dei Garofani che il 25 aprile 1974 depose Marçelo Caetano con un colpo di Stato. La prima cosa che fecero, una volta preso il potere, fu di dichiarare la fine delle colonie portoghesi in Africa. Da allora non c'è più speranza per noi. Hanno condannato a morte questa città meravigliosa, dove la vita è dolce, per consegnarla ai comunisti che la saccheggeranno.

Fu in seguito al colpo di stato che, Carvalho, fece parte della Giunta di Salvezza Nazionale e del Consiglio della Rivoluzione, creato nel marzo del 1975, dopo la controrivoluzione guidata da settori conservatori dell'esercito che in un primo tempo aderirono in buona fede, primo fra tutti un eroe nazionale, comandante dell'armata coloniale, il Generalissimo De Spinola. Si resero conto che Otelo e gli altri traditori volevano fare del Portogallo una nuova Cuba e corsero ai ripari.
Così misero al potere António Ramalho Eanes, ma per la sorte delle colonie era troppo tardi, non si poteva più fare marcia indietro, anche i soldati volevano abbandonarle per tornare in Portogallo. De Spinola stesso era favorevole al rientro delle truppe, aveva scritto anche dei libri in proposito. Da allora viviamo così, alla giornata ... ogni giorno ci chiediamo, arriveranno oggi ... o possiamo stare fino a domani? Dunque, come risponderle? Non lo so, ma le consiglio di stare in città, circolare armato ed evitare i luoghi pubblici, soprattutto stazioni di autobus, mercati e non sostare vicino ai posti di polizia o caserme dell'esercito, luoghi che i comunisti prediligono per gli attentati. Non vada all'interno del paese, è sotto controllo del Frelimo e lei non sembra Mozambicano Tony. Andandole bene sarebbe derubato, andandole male preso come ostaggio e, siccome il governo delle colonie ha ordine di non trattare nessun rilascio di ostaggi, finirebbe ucciso. Può visitare la costa, soprattutto gli arcipelaghi di fronte al Mozambico. Sono luoghi incantevoli e i terroristi non dispongono di mezzi navali, il loro controllo non arriva fin lì. Mi permetta di consigliarle il noleggio di una barca a motore per andare nell'arcipelago Bazaruto ... le sue spiagge di talco candido sono da vedere almeno una volta nella vita. Si procuri una buona compagnia, la città è piena di belle ragazze che sarebbero felicissime di accompagnarla in paradiso. Se poi le regalerà anche un po' di denaro ... non avrà che l'imbarazzo della scelta".
A Tony piacque molto il discorso di Felipe Madero ... non se n'era persa una parola. Gli avevano già detto che le strade erano ridotte malissimo, piene di buche, quasi tutte in terra battuta e in mano a bande di predoni che agivano indisturbati. Lourenço Marques restava per il momento un'isola felice perché era la sede delle ultime truppe coloniali in attesa dell'ordine di rimpatrio, quando fosse arrivato quello, era bene non lasciarle partire sole ...
"Quanto distano da qui?" – chiese.
"Con un buon battello bisogna costeggiare verso nord per almeno una quarantina d'ore, altrimenti non più di due ore con l'idrovolante del Boero, sbarca turisti in cerca di safari veloci e sicuri nei laghi e, a richiesta,

anche a Ilha Inhambane e a Ilha de Benguerra, nell'arcipelago. Fritz è un simpaticone, noleggia il suo idrovolante ai turisti, ma fa anche voli di linea con il Sud Africa, se vuole contattarlo basterà che lo dica alla reception, penseranno loro a tutto".

Tornò in camera di corsa, subito dopo aver salutato il suo nuovo amico e fece appena in tempo a raggiungere il water. Sarebbe stato davvero umiliante altrimenti. Per una volta fu felice che un invito non fosse stato accolto, Antônia non si fece vedere e lui trascorse la serata intorno al water... L'aveva colto la dissenteria. Non è insolito in Africa, il clima, a volte l'acqua ... gli era già successo. Occorre bere per evitare la disidratazione e il frigo della camera era ben fornito d'acqua minerale, bibite, vino, birra ... Chiamò la reception per dirgli cosa stava passando e chiedendo qualcosa per calmarla ... Gli mandarono un cameriere con alcune pastiglie da prendere subito e una caraffa di succo di frutta, sembrava una limonata, ma più aspra. Ebbe problemi ancora per un'oretta, ma poi migliorò al punto da fidarsi a scendere.

Non voleva stare in camera da solo ... in un posto come quello sarebbe stato davvero avvilente.

Eppoi ... aveva un appuntamento proprio nella sala da ballo, che diamine.

Andò nel salone. Era una sala ampia, con tavolini tutt'intorno alla pista, comode poltroncine e tantissime ragazze che ballavano o intrattenevano i clienti ai tavoli ... lui cercava quella che l'aveva colpito e la vide appoggiata al banco che parlava con il barista. La raggiunse subito, prima che qualcuno s'intromettesse.

Capitolo XIII
Inge Fraunholtz

Accidenti se gli piaceva … Indossava jeans attillatissimi e con uno strano indumento, sembrava una sottoveste di seta con delle spalline e, tutt'intorno ai seni, dei ricami traforati la rendevano ancora più sexy … ma forse era solo che lei avrebbe reso sexy qualsiasi cosa.
La raggiunse a grandi passi, deciso a fermare chiunque avesse visto dirigersi nella stessa direzione. Si avvicinò al banco e la salutò
"Ciao … Hola … Hi" – Tony, in tedesco, proprio non sapeva come si salutava.
Lei si girò a guardarlo, la fece sorridere, meno male.
Gli chiese se poteva offrirle qualcosa in francese, sperando lo parlasse ed ebbe fortuna. Lei capì e rispose:
"Ouì … Martini".
Ora, se non voleva restare a guardarla come un pesce lesso, doveva inventarsi qualcosa e, mentre il barman preparava i due Martini, si ricordò che Felipe Madera gli aveva detto che era a disposizione dei clienti per ballare, tranne i fine settimana, quando si esibiva … da domani sera. Non si era scordato niente.
"Tony Vero – si presentò dandole la mano e aggiunse – sapresti insegnare a ballare anche a un orso con i calli?"
"Inge Fraunholtz" – rispose e gli scappò da ridere. Rise anche Tony, incoraggiato e aggiunse:
"Sì, è una battuta ma è anche la verità, mi piacerebbe ballare con te, ma devo dirti che non so ballare. So che in Germania amate ballare a coppie nei locali e lo fate molto bene, almeno così mi hanno detto … è vero?"
"Ya … a noi piace molto la danza, non tutti sanno farlo … ma possono imparare. Tu non puoi?"
"Non ho mai provato … a parte muovermi a ritmo, come capita e come fan tutti".
"Allora proviamo, questa musica è adatta …"- replicò, portando Tony in pista.
Ce la mise tutta per un bel po' ma solo l'idea di perderla, di vederla andare a ballare con qualcun altro, lo spinse a continuare. Tutto ciò che trovava interessante della danza era solo l'idea di poterla stringere a se,

ma lei voleva volteggiare e saltellare e, farlo fare a uno come Tony era davvero un impresa ai limiti dell'impossibile.
Rideva e tanto, ai goffi tentativi di seguire i suoi passi. Questa era la sola cosa positiva di quell'esperienza. Lei si stava divertendo e aveva rotto il ghiaccio con Tony, che ebbe un'idea per interrompere quella pena.
"Senti, avrai capito che non sono portato per la danza ... mi ci dovrei impegnare con delle lezioni da hard school ... chissà, magari un giorno lo farò. Per il momento, però, vorrei passare la serata con te e non voglio vederti ballare con altri. Se prendiamo dello champagne e ci sediamo a un tavolo ... andrebbe bene lo stesso?"
A questo invito lei smise di danzare.
"Ok ... andrebbe bene lo stesso. Il locale vuole che i clienti stiano bene e consumino ed io devo ballare con loro o farli consumare ai tavoli. Però Tony, guardati in giro, ci sono molte belle ragazze e verrebbero tutte a letto con te molto volentieri per un po' di escudos ... se vuoi una donna per la notte perdi tempo. Io non faccio la prostituta ..."
Accidenti ... ci restò malissimo, ma fece l'impossibile per non darlo a vedere. Effettivamente voleva una compagna per la notte e gli è piaciuta lei ... Lo vedeva anche lui che il locale era pieno di belle donne, bianche, nere e meticcie, ma perché avrebbe dovuto cambiare la sua scelta? ... ci pensò un po' su e rispose:
"Ok anche per me Inge ... Ma cosa significa quel che hai detto, che non ho speranze con te? ... perché se è così, significa che non ti piaccio nemmeno un po' e, allora, certo che lascio perdere. Se ti sono almeno simpatico, però, dammi una possibilità. Non ti chiedo di prostituirti se ti chiederò di vederci anche domani, ti pare? D'altra parte siamo entrambi di passaggio qui, all'altro capo del mondo, siamo europei ... paesani! ... possiamo essere amici, o no?"
"Sì ... amici allora ... paesano!" – un bel sorriso fece capire a Tony che aveva detto le cose giuste per essere simpatico a Inge e batté il ferro finchè era caldo.
"Sono qui da ieri e mi fermerò per un po', fino a che non sarò costretto ad andarmene dall'arrivo dei comunisti del Frelimo, come penso anche tu. Fino a quel momento mi piacerebbe frequentarti, ma senza impegno, anche se non mi devi impedire di sperare di conoscerti meglio ... OK?" – disse, versando lo champagne che il cameriere aveva servito al loro tavolo.
"OK ..." – confermò Inge con un cin cin.

Avevano qualche difficoltà di comunicazione, il loro francese non era perfetto e Inge alternava con frasi in spagnolo e portoghese, ma l'intesa era perfetta.
Gli raccontò di lei, del perché era venuta in Mozambico in un momento come quello e Tony l'ascoltava volentieri ed era incantato dalla sua voce e dai suoi occhi, era davvero molto bella.
"La mia passione è il teatro e il cabaret, ma non rendono abbastanza e così mi sono dovuta ingegnare anche con la danza. Faccio lo striptease, ma in maniera artistica, si chiama Burlesque. Piace molto e mi chiamano per delle tournè che mi permettono, al rientro in Germania, di dedicarmi al teatro e alla danza. Devo solo stare attenta a qualche trick & trickers ... trabocchetto che avevo già messo in conto"
"Che genere di trabocchetti?"
Ci provano tutti. Di solito sono abituati a ragazze, stripteasers e ballerine, che arrotondano con la prostituzione e pretendono che tutte lo facciano. Quando poi si vedono rifiutare certe proposte sembra che siano stati insultati. Per esempio il padrone di questo locale mi voleva rispedire in Germania senza pagarmi nemmeno il viaggio di ritorno. Poi ha visto che il mio numero è piaciuto e i clienti volevano rivederlo e se n'è fatta una ragione, ma solo per questo, lui è abituato a portarsi a letto tutte le artiste del night".
"Hai capito il baffetto ... Storto e sbilenco come un avvoltoio ... ed è un avvoltoio davvero. Fammi una cortesia ... se ci riprova digli che sono il tuo ragazzo ... No, solo per dire ... mi piacerebbe averci a che fare. Mi è riuscito antipatico da subito per come ha trattato il boy all'ingresso. Stava per buttarlo giù dalle scale perché ha tardato ad aprirgli la porta dell'auto. Sono i tipi come quello che hanno rovinato le colonie. Se fossi un africano, anch'io mi darei al comunismo per avere armi russe che mi permettano di far fuori gente così".
"Hai visto giusto. Sono qui da quasi un mese e gli ho visto usare anche il frustino con le cameriere. Ma sono tanti a essere così con la gente di colore. I Portoghesi hanno dominato questa colonia col pugno di ferro e sono molto odiati. Se partiranno i soldati, credo che nessun portoghese resterà qui e faranno bene".
"Che mi dici di Felipe Madera? Ho visto che lo conosci, mi è sembrato una persona a modo, un galantuomo. Mi ha detto che fa l'agente di commercio ..."
"Mah ... che faccia l'agente di commercio ne dubito. Non l'ho mai visto commerciare o accompagnarsi a commercianti. Tutta l'elite cittadina frequenta questo locale, anche i Colonnelli e i Generali, a volte in

borghese, altre in uniforme, ma non mancano mai di rendergli omaggio quando arrivano. Se lui è già al suo tavolo, lo avvicinano per salutarlo con deferenza e persino l'ambasciatore tedesco parla spesso con lui, come se fosse una persona molto importante nella colonia. Con me è sempre molto cortese e educato. Parla un tedesco impeccabile e gli piace intrattenersi con me per fare sfoggio della sua padronanza della lingua.
Mi chiede della situazione in Germania, ma anche quali sono i miei progetti per il futuro. Io credo che abbia un qualche incarico di prestigio, molto vicino al governatore e, visto che non appare, forse servizi segreti. L'ho pensato proprio perché si dichiara agente di commercio senza esserlo ..."
"Un analisi molto attendibile Inge ... brava ... avresti un futuro anche tu nei servizi segreti, ma ... considerando la fine che fece Mata Hari, te lo sconsiglio ..."
"Ah ah ah ...sì, sono d'accordo. Niente spionaggio nel mio futuro, voglio solo riuscire nella mia carriera. Tra quindici giorni scade il mio contratto qui e rientrerò in Germania. Ho già un contratto con una compagnia teatrale di Berlino, faremo un musical di Liza Minnelli e non vedo l'ora".
"Così poco? ... peccato, ma mi fa piacere per te. Domani guarderò lo spettacolo, sono proprio curioso e so già che mi piacerà" – replicò, sinceramente sconsolato Tony. Aveva trovato una bellissima compagnia e la stava già perdendo. Possibile che sarebbe stato così sfortunato?
"Non potresti rimandare la partenza? ... Io avrei intenzione di farmi un giretto per il Mozambico, per vederlo un po' prima di andar via. Felipe mi ha consigliato un arcipelago, a nord di qui, dice che è un vero paradiso, di quelli da vedere almeno una volta nella vita. Potrei noleggiare un idrovolante per arrivarci in poche ore e, dopo qualche giorno lì, farci portare sullo Zambesi e in qualche lago a vedere l'Africa vera ...Tu hai visitato il Mozambico?"
"Magari ... purtroppo no, ho visto solo questo hotel. Mi sarebbe piaciuto ma ... mi fa paura circolare per la città, è caotica e per strada ci sono gruppi di persone che mi spaventano. Ho fatto un giro con un taxi e non mi sarei mai sognata di scendere in quella bolgia e, andare in un altro Hotel mi sembrava stupido. Felipe Madera mi ha invitato a diverse feste ma, appunto, si trattava di passare da questo hotel ad un altro e nemmeno lui si sposta fuori da questi ambienti ..."
"Beh ... io sono a tua disposizione, mi offro di portarti anche a cavalcare rinoceronti ... quando vuoi Inge ... quando vuoi ..." – disse questa frase con un trasporto volutamente esagerato, per riderne un po', ma era chiaro che era una proposta serissima e, nel frattempo, il cameriere apriva

un'altra bottiglia, giacché era già passata un'ora buona da quando aveva aperto la prima.
"Come funziona ... ogni ora una bottiglia di champagne? ... ne abbiamo ancora".
“Sì Tony, è la consumazione obbligatoria ... possiamo vederci domani, al bar. Finisco la serata ballando con qualcuno ...” – disse Inge alzandosi, ma Tony la fermò.
“Hey! ... stavo solo chiedendo ... stiamo qui finchè non chiude ma certo sprecarlo è peccato, dai facciamoci un altro cin cin”.
“Lo fanno pagare caro Tony ... pensaci”.
“Quanto caro? ... - Tony lo chiese al cameriere che rispose cortesemente:
“Cinquemila escudos signore, è Dom Perignon ... del ’64”.
“Quindi circa sette dollari Americani ... al cambio nero – disse sottovoce a Inge che sgranò gli occhi – Sì, ho cambiato un po’ di dollari al cambio nero e mi hanno dato una piccola fortuna in scudi. Che vorrei spendere tutti qui prima che chiudano la baracca ... Ah ah ah!” – Concluse Tony, versando dell’altro Champagne ... sì, stavano ridendo parecchio e di gusto, insieme.
“Ti ho detto di me ... ma non mi hai detto di te ... che ci fai qui?”
“E’ una lunga storia Inge ... cerco qualcosa, ma non so cosa, però so che la devo cercare e il vento del destino mi ha portato qui, magari per incontrare te ...”
“Ah ah ah ... non ci provare, avevi dato la tua parola ...”
“Non ci sto provando ... è la verità, non so perché sono qui. Ero un militare di carriera, ma non mi andava bene ... ho deciso che dovevo viaggiare per il mondo e l’ho fatto. Sto circumnavigando l’Africa, anziché in barca a vela, sui mercantili, da macchinista, lo trovo più interessante ... Giuro, è la verità!” – disse alzando la mano.
“Un militare di carriera? ... mi prendi in giro?”
“No ... perché?” – chiese Tony, colpito dal fatto che non sembrava quello che, invece, credeva di apparire. Quando usciva a Marsiglia, nonostante fosse in borghese, tutti capivano che era un militare.
“Con quei capelli sulle spalle e il tuo modo di fare ... nessuno penserebbe a ... militaria! ... capisci cosa intendo no? Capelli a spazzola, fare marziale, qui è pieno e sono tutti così ... uguali”.
“Ahh ... naaa, non sono mai stato quel genere di militare. Per i capelli lunghi si tratta di una specie di voto che feci l’ultima volta che me li tagliai corti, per poter uscire dall’arsenale in franchigia.
Mi ripromisi che se fossi riuscito a iniziare la vita che volevo ... cioè questa, non me li sarei tagliati per almeno due anni. Sono passati poco più di sei mesi ... nella sala macchine del mercantile che mi ha portato qui, li

tenevo legati a coda di cavallo, perché il sudore me li appiccicava sul collo ed era fastidioso. Tu, al contrario, li tieni alla militaria ... come mai?".
Inge rispose con una smorfia compiaciuta passandosi la mano sulla sfumatura alta della nuca e dicendo.
"Non ti piace? ..."
"Sì che mi piace, ti stanno benissimo, ma qui in Africa solo le donne di etnie bantù li portano così corti, ma perché non crescono e quando possono se li acconciano a treccine o a casco riccio. In un'europea bionda come te è insolito. Per questo ti ho chiesto come mai li tieni così corti".
"Ohh una decisione che ho preso poco prima di venire in Africa. In realtà li avevo lunghi, spesso li legavo a coda, oppure con una treccia per praticità, specie per ballare. Quando mi hanno proposto questo lavoro in Africa ho pensato al caldo che avrei trovato e li ho fatti tagliare così dal mio parrucchiere. Sono cresciuti un po', li avevo fatti tagliare molto più corti e mi è piaciuto questo nuovo look ... sembro un'altra".
Continuavano a ridere, parlare e ... bere champagne ed erano abbastanza brilli. A Tony venne la voglia di ballare e glielo chiese.
"Adesso mi sento abbastanza in vena di ballare ... cosa ne dici? Questa canzone mi è sempre piaciuta, Samba Pa ti, di Carlos Santana e la so ballare benissimo ... vuoi?" – la invitò alzandosi in piedi e finendo la coppa.
"Sì... visto che la sai ballare ... approfittiamone!" – rispose, alzandosi e fluttuando tra le bollicine dello champagne insieme a lui. La prese per mano per andare sulla pista e là le mise le mani, una sulla vita e l'altra sulle spalle, abbracciandola stretta e iniziando a dondolare senza mai spostarsi dallo stesso punto ... un lento, questo era tutto ciò che sapeva ballare Tony e, quando Inge lo capì la fece ridere sonoramente. Credeva di assistere a un'esibizione di danza e questa sua sorpresa fece ridere anche Tony ... che invece era eccitato e lei se n'era accorta, ma non si ritirava. Si era lasciata andare tra le sue braccia, lasciandosi dondolare sulle note della chitarra di Carlos Santana. Le luci erano basse e lui trovò spontaneo baciarla sul collo, ma con un gesto affettuoso, amichevole e speranzoso.
Lo champagne stava facendo effetto a tutti e due, quelle note e quel dondolio da mare lungo gli stavano facendo girare la testa, erano le bollicine di quelle due bottiglie che salivano su. Inge disse che le stava girando tutto e voleva tornare al tavolo. Dovette appoggiarsi a Tony per riuscire a farlo senza cadere.
Quando furono di nuovo seduti al tavolo, improvvisamente impallidita balbettò.

"Non sto bene ... ho bevuto troppo, devo andare via..." – e si alzò frettolosamente, ma cadendo su una poltroncina di lato. Tony l'aiutò ad alzarsi e si offrì d'accompagnarla.

"Gira tutto anche a me, ma mi reggo ancora saldo sulle gambe ... ti accompagno" – disse reggendola per la vita e avviandosi all'uscita e, rivolto al cameriere:

"Addebita alla camera 501 ..." - e gli vide fare un espressione contrariata, ma perché perdeva la mancia che si aspettava. La cambiò con un sorriso quando sentì, rincuorato, le parole di Tony:

" No te preocupe ... a maniana por la tarde ...".

Arrivati in quel modo agli ascensori, senza che Inge avesse dato segni di lucidità, al momento di dover scegliere il piano le chiese a quale fosse la sua camera e che numero avesse, ma lei era praticamente svenuta. Non stava male, anzi, dal sorriso stampato sul suo viso si sarebbe detto che stesse benissimo, ma non era collegata col mondo. Tony la prese in braccio e lei si accasciò dolcemente tra le sue braccia, dormiva della grossa ...

"Perché svegliarla?" – pensò Tony, guardandole il viso con quell'espressione beata. Con il braccio destro, che reggeva le sue gambe, riuscì a premere il tasto del quinto piano.

L'avrebbe portata in camera sua ... il letto era grande. Domani le avrebbe spiegato com'era finita nel suo letto ... forse avrebbe capito.

Giunti davanti alla sua camera s'inginocchiò, poggiando il destro a terra e le gambe di Inge sulla sua gamba sinistra. In questo modo riuscì a prendere le chiavi e aprire la porta senza svegliarla. La portò verso il letto lasciando la porta aperta per avere la luce del corridoio e la depositò sul letto, lato destro, in modo da poterla mettere con la testa sul cuscino, e poggiandola sulle lenzuola che erano rimaste aperte dal pomeriggio.

Poi si lasciò andare anche lui sul pavimento ... non era messo troppo bene nemmeno lui.

Stesi da un paio di martini e due bottiglie di champagne ... si mise a ridere. Poi, di colpo, si alzò a sedere di scatto e la guardò ... sdraiata sul suo letto.

"Dio ... proprio dove volevo portarla ... e ora? Domani penserà che l'ho fatto apposta ... devo svegliarla, spiegarle ..." – pensò, mentre la chiamava scuotendole la spalla, ma non ci fu niente da fare. Ormai Inge era nel sonno profondo e nemmeno le cannonate l'avrebbero svegliata.

Non restava che lasciarla dormire, al risveglio le avrebbe spiegato ...

Accese l'abatjour sul comodino e si mosse verso la porta per chiuderla, i primi metri li fece a quattro zampe, poi riuscì ad alzarsi.

Tornato al letto la rimirò ... la trovava bellissima, sembrava un angelo. Pensò di levarle le scarpe, dei sandali con tacchi a spillo, per farla stare più comoda. Anche i piedi erano belli, con le unghie laccate di rosa e, con la sua pelle chiarissima, le stavano benissimo. Poi pensò che anche quei jeans aderentissimi non dovevano essere troppo comodi per dormire e le slacciò la cintura, il bottone, e fece scorrere la zip verso il basso. Indossava degli slippini neri. Togliere quei jeans appiccicati alla pelle come un guanto non fu facile, ma si mise d'impegno e ci riuscì, calandole anche le mutandine, non lo fece apposta, ma vide che era una bionda naturale e fu dura ritiragliele su, ma lo fece e decise di lasciarle la camicetta, giacché era evidente che non indossava il reggiseno e ... non avrebbe resistito. Soffrendo, ma la ricoprì col lenzuolo e si spogliò. Decise di fare una doccia, sperando che gli facesse passare il senso di gonfiore alla testa. Erano anni che non si prendeva una sbornia. Non le piaceva esagerare con l'alcool, giusto un paio di birre o qualche bicchiere di cocktail e nemmeno troppo spesso, per questo si sentiva steso. Sotto lo scroscio della doccia riprese un po' di lucidità, le fece bene. Si asciugò in bagno e si rimise gli slip per tornare a letto. Lei dormiva sempre e non aveva nemmeno cambiato posizione. Spense l'abatjour e passò dall'altro lato per mettersi a letto e si addormentò, senza nemmeno accorgersi se la testa avesse toccato il cuscino.

Fu risvegliato di soprassalto da un'urlo ... si voltò e vide lei, Inge, seduta sul letto. Si era trovata in un altro letto, seminuda con me e si era spaventata. Tony le sorrise per calmarla ...

"No ... non pensare che ... no ... tu ... io ..." – balbettò, non sapeva come dire quel che doveva dire ... l'aiuto lei, scandendo le parole.

"Cosa – ci - faccio - qui!" – sembrava molto contrariata, anzi di più, furente!

"No, senti, non è come sembra ... sei crollata ieri sera. Non ti reggevi in piedi, ti ho dovuto prendere in braccio e non mi dicevi in quale camera alloggiavi. Ho dovuto portarti in camera mia e ti ho sistemata a letto, ma non è successo niente ... ti assicuro ..."

"Avresti potuto chiedere alla reception la mia camera ... no?"

"Eh già ... non ci ho pensato, ma guarda che anche io non ero messo molto meglio ... tutto quello che ero in grado di pensare era come arrivare in camera mia e di metterti a letto. Ero certo che avresti capito che era la cosa migliore da fare ... come hai dormito?"

"Come un sasso! ... non ricordo niente e ... potresti ..."

"No, guarda ... ti assicuro. Certo, portarti a letto non posso negare che mi sarebbe piaciuto, ma non così ... non hai corso nessun pericolo. Posso farti

una proposta? – chiese e, al suo sguardo attonito, la sorprese facendola ridere – che ne dici se ordiniamo la colazione in camera?"
Accettò di fare colazione insieme. Poi raggiunse la sua per cambiarsi e si diedero appuntamento nella hall per un'uscita in città. Tony si ripromise di portarsi dietro la Luger ... non si sa mai possa servire.
Ordinarono al taxi di portarli a fare un giro turistico per il centro, piazze, monumenti, luoghi caratteristici ... videro anche una stranezza di cui il tassista non seppe dare spiegazioni, delle ville di ferro, così le chiamarono. Pare che piacessero ai coloni portoghesi. Era difficile immaginare qualcosa di più malsano di un'abitazione di ferro, ma quelle erano proprio ville costruite con quel materiale e circondate da siepi di piante rosse che sembravano Bouganville. Erano anche piacevoli da vedere, ma in ferro, mah! Tony era rimasto perplesso. Ricordando i consigli di Felipe non scesero tra la folla delle calli ed evitarono anche mercati e stazioni. Si fece così l'ora di pranzo e Tony chiese al tassista di portarli nel miglior ristorante vicino al mare che conoscesse e si ritrovarono davanti ad una specie di lido. Più che altro un'area attrezzata per la spiaggia, da un ristoratore che così attirava più clienti. Un bel posto e scesero dal taxi, decidendo di fermarsi lì a pranzo. Di fronte al locale c'era una spiaggia enorme e deserta, chiese a Inge se avesse mai fatto il bagno nell'Oceano Indiano e lei rispose di no.
"Allora devi farlo, non vorrai tornare in Germania senza poter dire come sono le sue acque? ... Dai, prenotiamo per il pranzo e andiamo a tuffarci. Chiedo se hanno degli asciugamani da venderci" – Toni entrò nel ristorante lasciando Inge ad ammirare l'Oceano. Ne tornò con due asciugamani da bagno.
"Ce li presta ... ci ha consigliato di stare nell'acqua bassa per via delle correnti, oggi ci sono i cavalloni, onde molto forti ed è pericoloso per nuotare. Ho prenotato tra due orette, le specialità, non voglio sapere cosa ci servirà ... Ok?"
"OK ... andiamo!" - disse prendendo l'asciugamano e correndo verso l'acqua.
Giunti quasi al bagnasciuga si spogliarono, restarono in slip e si gettarono in acqua. In effetti le onde tendevano a tirare al largo. Dovettero restare dove si toccava o correvano il pericolo di ritrovarsi al largo, ma a Tony non dispiacque. Giocare nell'acqua con Inge era meglio di nuotare, lei le saltava addosso cercando di farlo andare sotto e lui la prendeva in braccio per farla saltare fuori dall'acqua. Tuffi che gli permettevano di vederle i seni e di farglieli apprezzare sempre di più, erano perfetti, le stavano benissimo. Piccoli e rotondi, come una coppa di champagne! Qualche

volta indugiava a trattenerla tra le braccia, le era sempre più difficile evitare la tentazione di stringerla e baciarla, ma aveva promesso e doveva essere lei a invitarlo a farlo. Uscirono dall'acqua ansimanti e, tra le risate, si sdraiarono al sole. Pochi minuti, il sole africano brucia e la pelle di Inge non doveva essere arrossata per contratto, portava sempre una crema altamente protettiva con se e le chiese di spalmargliela sulla schiena, dopo essersela spalmata sul viso e sui seni ... peccato! Avrebbe voluto spalmargliela anche lì.
"Perché non me l'hai fatta spalmare anche su quelli?" – lo disse sorridendo, per una battuta, anche lei sorrise girandosi sulla pancia. Lui le schizzò la crema sulla schiena in più punti e iniziò a spalmargliela con tutt'e due le mani stando inginocchiato di lato. Poi le chiese:
"Anche sulle gambe?"
"Sì grazie ... se mi brucio per me è un disastro, non potrei lavorare. Solo dieci minuti, poi dobbiamo andar via ... tu non ne metti?"
"Se me la spalmi tu sì, eccome, anche se sono già abbronzato e non mi brucia più ..."
Rise mentre le spalmava la crema anche sulle gambe, indugiando sulle cosce ... stava diventando una tortura, ma Tony sentiva di non esserle indifferente e che avrebbero consumato il loro desiderio. Era giusto aspettare che fosse lei a decidere se e quando.
Quando Tony si sdraiò accanto a lei ... Inge si sollevò sui gomiti a guardarlo sorridente, poi si mise un po' di crema sulle mani e gliela spalmò sul volto, per poi scendere sul petto e sull'addome, fermandosi all'altezza dell'ombelico.
Sorrise accorgendosi della sua eccitazione e si rivoltò spalle al sole.
"Dai, andiamo, mi sta scottando" - disse poco dopo, coprendosi le spalle con l'asciugamano. Si avviarono verso il ristorante e sotto una tettoia di legno e paglia fecero la doccia all'aperto, poi a tavola.
Era una costruzione tutta in travi di legno scuro, con tetto coperto da una specie di giunchi locali legati assieme con la maestria d'altri tempi che, anche in Europa, si trovava ancora. Tavoli di legno altrettanto scuro, sedie impagliate e maschere africane con zagaglie tribali, scudi di pelle variopinta, archi e lance, intorno alle pareti.
All'ora del pranzo il locale si riempì, era un posto ben frequentato. Buon segno, si mangiava bene allora. Con Inge decisero di ordinare solo acqua minerale da bere, risero ricordando la sbornia della sera prima.
"Allora, stasera ti vedrò esibirti ... non mi anticipi cosa farai?"
"Danzerò, canterò e mi spoglierò ... tutto qui. Il resto dovrai vederlo e sentirlo".

"Non vedo l'ora ..."
Mangiarono cose buonissime e leggere. Mare e verdure, il meglio della cucina portoghese. Tony avrebbe voluto una brocchetta del suo lancer bello fresco e che si accoppiava benissimo a quelle gustosissime pietanze, ma evitò di ordinarla per rispetto a Inge, che non voleva bere in vista dello spettacolo.
Tony fece richiamare dal ristoratore il taxista dell'Hotel che li raggiunse al rientro di una passeggiata sotto le palme che orlavano la bellissima spiaggia, all'ombra, in pieno relax, con la brezza dell'oceano tra i capelli.
Nella hall Inge lo salutò amichevolmente, ringraziandolo della bella giornata. Doveva prepararsi ed era solita fare delle prove prima dello spettacolo, da buona tedesca scrupolosa.
Tony non aveva voglia di rientrare in camera. Decise di uscire a piedi e far due passi nella calca del centro, o quello che solitamente è l'angiporto, ogni città di mare ne ha uno ... In quell'habitat particolare lui si trovava sempre a suo agio. Ci arrivò rapidamente, iniziava ad appena due isolati dall'hotel, che non era distante dal porto. Subito gli odori delle camere a ore, i richiami delle donne a tassametro e gli inviti dei "butta-dentro", lo riportarono nel suo ambiente preferito ... si lasciò tentare dall'invito a entrare in una sala da gioco. Un portale di legno massiccio e lanterne rosse ... era cinese. Grandi giocatori i cinesi ... non potevano mancare in una città come quella, nè Tony poteva evitare di farci una visita.
Subito oltre l'ingresso, c'era una sala guardata da uomini disarmati, ma c'era da giurarci che fossero di quelli che saltano e urlano dome diavoli spaccando tegole e ossa. Risaltavano le grandi tende di broccato rosso e un addetto che le apriva sorridente ... Quei dannati, sanno come attirare i giocatori. Per loro l'azzardo è come una religione, hanno un'infinità di giochi sconosciuti sui quali fanno puntate folli ... Tony si ripromise di dare solo un'occhiatina, aveva l'appuntamento con lo spettacolo di Inge e non se lo voleva certo perdere.
Appena dentro restò a bocca aperta, anche se era prevedibile che avessero fatto le cose in grande. Diversi tavoli da roulette in progressione, tutti colmi di giocatori e, in fondo alla sala, in verticale alla parete, una specie di ruota ... somigliava a quella del karma, così come la rappresentano i testi sacri. Ruotava spinta da un croupier, come quella della roulette e faceva un suono gracchiante, evidentemente provocato da una lingua che sbatteva su pioli d'oro dietro ai quali gli ideogrammi cinesi erano ben in evidenza.

I giocatori le stavano intorno ... tutti cinesi e, ogni volta che si fermava, urlavano e bestemmiavano nella loro lingua, o ridevano e si scambiavano denaro. Un gioco tutto loro evidentemente, meglio stargli alla larga.
Si avvicinò ai tavoli della roulette, voleva fare qualche puntata sui colori o pari e manche, giusto per saggiare la fortuna. Cercò con lo sguardo quello che lo attraeva di più e, naturalmente, fu il terzo. Uno che era gestito da una bella pupa cinese ... capelli neri, lisci, lunghi e occhi a mandorla, rigorosamente in uniforme come gli altri croupier, pantaloni neri, camicia bianca a maniche svasate e ricami sul petto, farfallina nera e gilè rosso fuoco con ricami in oro.
"Almeno ho da guardare qualcosa mentre la pallina corre" – pensò, avvicinandosi al tavolo per fare la sua giocata. Tirò fuori alcune banconote, ma il croupier lo fermò con un sorriso ammaliatore, indicandogli la cassa delle fiche alle sue spalle. Già, come aveva fatto a non ricordare? Si devono cambiare le banconote in fiche per il gioco, ci andò passando attraverso lunghe file di slot machine tutte lampeggianti e, nonostante fosse il primo pomeriggio, c'era già parecchia gente a tirare quelle leve ... Gli piaceva quel gioco di fortuna pura, niente da pensare o strategie da studiare ... tirare la leva e sperare, questo era tutto.
Si sarebbe fatto dare qualche gettone anche per quelle.
Cambiò un bel mucchio di escudos, ma alla fine era l'equivalente di una trentina di dollari, gli diedero anche un sacchetto di cotone con un bel po' di gettoni per le slot machine ... ne cercò una simpatica e iniziò a infilargli i gettoni dentro e a tirare la leva. Dopo una serie di fiaschi cominciò ad arrivare un po' di fortuna ... raddoppiava o triplicava la puntata e sentiva il rumore dei gettoni che cadevano nella cassa esterna della slot.
Li lasciava lì, voleva vedere se faceva il jackpot che, su quella macchina, era da centomila escudos e per vincerli occorreva far coincidere i simboli sulla linea orizzontale, o banane, o noci di cocco o ananas.
Stava per mollare, perché i gettoni erano agli sgoccioli, quando sentì suonare i campanelli e tintinnare i gettoni che cascavano nella cassa.
I giocatori d'intorno si avvicinarono a vedere e a invidiare la sua fortuna, mentre lui riempiva il sacchetto ...
"Bene ... una giornata di buona sorte ... è cominciata bene e dovrà continuare su questa linea fino alla fine" – pensava, mentre si faceva cambiare i gettoni in banconote. Di fiche ne aveva abbastanza e non aveva intenzione di fare tardi, un paio d'ore al massimo. Tornò alla sua roulette e si sistemò in piedi, dietro il giocatore che stava davanti al croupier. Stava finendo di pagare le giocate e lui sistemò una fiche da mille escudos sul pari e una sul rosso ... per vedere. Niente da fare, ma poi

azzeccò un paio di numeri e le fiche davanti a lui iniziarono a crescere senza che dovesse toccare quelle che aveva messo nel sacchetto. Ancora qualche giro sfortunato e il posto davanti a lui si liberò e poté sedersi davanti a quella bella croupier. Era molto professionale, un croupier femmina non era certo comune ... solo i cinesi potevano pensarci.
Continuava a puntare a volte sui colori e altre sui numeri o gruppi di numeri. Non aveva mai vinto alla roulette, qualche mano fortunata, ma poi il banco si riprendeva tutto e, alla fine, era certo che si sarebbe ripreso tutto anche questa volta ... salvo che non mollasse prima e decise di fare proprio così. Era lì dalle due ore previste e, con un sorriso di saluto alla cinesina, si alzò, ricambiato garbatamente, lasciandogli una fiche da mille escudos come mancia.
Al cambio si rese conto che, come al solito, quando andava nelle sale da gioco, l'unica vincita era quella della slot machine ... per le fiche, invece, perdeva qualcosa, però, appena qualche migliaio di escudos, non di più. Non male per conoscersi, ci sarebbe tornato per vedere meglio.
Aveva visto dei tavoli da poker, ma ne era stato alla larga perché a quel gioco si accaniva e avrebbe tirato l'alba, perdendo lo spettacolo di Inge.
Durante il percorso di rientro all'hotel poté assistere a un'azione terroristica. Un assalto di guerriglieri del Frelimo a una camionetta della polizia che scortava un furgone, dal quale, armi in pugno, AK-47 sovietici, circondandolo dopo avere ucciso i poliziotti, fecero scendere prigionieri incatenati, evidentemente dei loro e li fecero liberare delle catene dagli agenti, che non fecero alcuna resistenza. Restò immobile a guardare, non era una guerra che lo riguardasse, ma ben poteva dargli la misura della precarietà di quella situazione.
"Forse facevo bene a fermarmi altrove, magari in Sud Africa ... Qui c'è un mondo alla fine e rischio di farmene travolgere ... - pensava lungo il cammino – Già, il Sud Africa, come se quella fosse una situazione tranquilla, con ventimilioni di neri trattati come schiavi in casa loro da circa due milioni di bianchi. Non so quando, ma anche quella non è una situazione che può durare ancora per molto. La verità è che tutta l'Africa sta crollando, è la fine di un'epoca, quella coloniale e, se voglio vederla, è meglio che mi sbrigo a farlo adesso ... o mai più. Eppoi ... ho qualche buon motivo per restare ancora un po' ... Uno, il più importante, con due occhioni d'angelo e ... tutta bionda".
Nella hall il receptionist lo informò che il sarto aveva portato i vestiti e voleva sapere quando poteva vederglieli indosso per qualche ritocco.

Si era dimenticato che, su consiglio di Felipe Madero, si era fatto prendere le misure dal sarto dell'hotel, capace di confezionare abiti su misura, se in lino e senza fodera, in 24 ore.
"Caramba ... verdade em 24 horas ... – esclamò, compiacendo il receptionist – Neste momento ... estou salendo em câmara".
Lo raggiunse con due abiti in lino, taglio sportivo, pantaloni con le pence, uno più chiaro, color Avana e l'altro sul beige, con tre camicie di cotone, due bianche e, l'altra, di un azzurro chiarissimo, come gli occhi di Inge.
Li indossò, gli stavano a pennello, leggerissimi e freschi, come richiedeva quel clima. Ringraziò il sarto con una buona mancia, assicurandogli che se ne sarebbe fatto fare un altro prima di partire.
Poi s'infilò sotto la doccia e si rasò per bene. Si avvicinava l'ora dello spettacolo e voleva scendere un po' prima perché non aveva riservato un tavolo ... maledetta testa! ... non voleva finire in fondo alla sala.
Chiamò lo stesso cameriere della sera prima e mostrandogli una bella banconota gli chiese se poteva dargli un tavolo con una buona visuale sullo spettacolo, però appartato e quando gli sembrò che stesse per dirgli che non poteva, che era tutto occupato, Tony estrasse un'altra banconota dal cilindro e ... fu accontentato.
Era davanti al palco, ma di spalle aveva una colonna con delle piante tropicali intorno che lo rendevano appartato come voleva. Si sistemò là in attesa, mentre il locale si riempiva. Si poteva anche cenare e chiese qualche stuzzichino per ingannare l'attesa.
Sgranocchiando anacardi vide le luci abbassarsi ed entrare un presentatore, di quelli spiritosi che raccontano barzellette che, Tony, quasi mai capiva, quando finalmente le ebbe finite annunciò la prima strip teaser. Un pezzo di mulatta che ballava una musica indiavolata e tra un passo e l'altro lanciava i vestiti in aria fino a restare completamente nuda. Si mise spavaldamente a braccia aperte a ricevere gli applausi del pubblico. Poi di nuovo il barzellettiere portoghese e l'altra spogliarellista che sembrava una mezzosangue indiana, forse una delle tante indiane con padre inglese. Molto bella, col neo in mezzo alla fronte, danzò lascivamente una musica col Sitar indiano. Si muoveva e si spogliava benissimo, ricevendo un grosso applauso di approvazione ... che pezzo di donna!
Diversi stripteases dopo, sempre eseguiti con maestria da vere professioniste, fu annunciato il numero di Inge. Si faceva chiamare Lily Marlene, era il suo nome d'arte per quegli spettacoli e, quando la vide apparire, capì perché.

Era vestita in frak, o meglio indossava la giacca di un frak, con tanto di code e mantello foderato di rosso, con calzoncini cortissimi, neri, come le calze a rete e le scarpe dai tacchi a spillo. Aveva un cilindro sui capelli biondi e un bastone con pomello di cristallo. Avevo visto un film, dove Marlen Dietrich, un'altra tedesca bellissima di molti anni prima, era vestita così e le note della musica gli sembrarono proprio quelle.

Inge, però, si muoveva molto meglio, si vedeva e si sentiva che era una ballerina vera. Avevano sistemato una sedia nera, come quelle dei cabaret d'altri tempi, al centro del palco e Inge vi si avvicinava a passi di danza sulle onde di quella musica e della canzone in tedesco. Nessuno la capiva, o forse pochissimi, ma erano tutti affascinati. Poggiava le gambe su quella sedia, prima una e poi l'altra. Le mostrava, bellissime, mentre se le carezzava voluttuosamente. Poi si riallontanava e si toglieva il mantello, poi la giacca del frak, e si riavvicinava alla sedia per mettersi su quella con le gambe in aria e le apriva e richiudeva stando a testa sotto. Non era facile capire come facesse, ma sembrava facilissimo. Quando rimise le gambe a terra ne poggiò una sulla sedia per levarsi un guanto, poi l'altro, mentre sembrava cantare, anche se probabilmente era in playback.

Era rimasta in calzoncini neri e corpetto bianco a maniche corte e si levò il cilindro, come per salutare il pubblico, mettendoci i guanti dentro e allontanandolo da sè. Ancora alcuni passi di danza mostrando le spalle al pubblico, spalle che danzavano con lei, poi iniziò a sbottonarsi il corpetto. Solo i primi bottoni sul petto, passando, invece, a sbottonarsi i calzoncini e a farli scendere lentamente. Li lasciò infine sul pavimento, mentre lei ne usciva con un saltello, mostrando i reggicalze neri che si sbottonava ad arte per poi sfilare le calze, arrotolandole fino alla caviglia mentre le rimetteva sulla sedia. Riusciva a provocare molti applausi con questo suo modo di fare estremamente sensuale. Ora però, tutti si aspettavano il bello e lei sapeva aumentare l'attesa ballando così, sempre intorno a quella sedia, ormai scalza, in mutandine nere e col solo corpetto a coprirle i seni.

Si girò di colpo, mettendosi in punta di piedi e, strappandolo, lo aprì, mostrando i seni, coperti sui capezzoli dalle bretelline nere che reggevano gli slip. Non ci fu nessuna delusione, fu ancora più sensuale che mostrarli completamente. Una cosa che fece dopo aver terminato la canzone, seduta sulla sedia a gambe larghe, in punta di piedi. Improvvisamente si alzò e, di colpo, abbassò le bretelle, mostrando i suoi seni perfetti ... per poi coprirseli con le mani e scappare via tra gli applausi.

Aveva ragione ... non poteva dirgli cosa faceva, bisognava guardarla.

Disse al cameriere di invitarla al tavolo per cenare con lui, ma pare che le richieste fossero parecchie. Eh no ...Tony non l'avrebbe permesso.
Altra banconota al cameriere perché gli indicasse la via al camerino di Inge e, un minuto dopo, stava bussando alla porta ... la aprì senza attendere risposta. Si stava levando il cerone davanti allo specchio e tutto quel mascara intorno agli occhi. Era in vestaglia e si girò di scatto con uno sguardo ostile ... poi lo riconobbe e sorrise.
"Meno male ... pensavo di disturbarti raggiungendoti in camerino, ma volevo invitarti personalmente a cenare con me. Ho riservato un tavolo e ho temuto la concorrenza ... – le disse, per scherzare sul successo ottenuto anche quella sera – Sei stata un vero spettacolo. Mi è piaciuto molto ... Bravissima tu e belle le canzoni. Marlen Dietrich mi piaceva anche da bambino ... Conosci Lily Marlene ... La canzone tedesca divenuta la canzone di tutti i soldati?"
Lei lo guardò, con il mascara semi sciolto intorno agli occhi e iniziò a intonare le note di Lily Marlene in tedesco. Tony ne restò affascinato, anche se non ne capiva una parola era in tedesco che le piaceva. Quando smise per continuare a struccarsi, fu come essere svegliati di colpo durante un bel sogno ... un trauma!
Si riprese alle sue parole.
"Cenerò volentieri con te Tony, ma dovrò girare tra i tavoli ... fa parte del mio contratto intrattenere i clienti. Ti va bene lo stesso?"
"Poiché non posso ucciderli tutti ... sì, mi va bene lo stesso!" – replicò, facendola ridere. Lui, invece, li avrebbe davvero uccisi tutti per levarseli di torno ... in effetti, però, erano davvero troppi! L'importante era che, dopo ogni giro, tornasse da lui.
"Ora lasciami sola o non la finirò più. Ti raggiungerò al tavolo".
Nella sala, ora ben illuminata, le stripteasers intrattenevano i clienti, proprio come aveva detto Inge, girando tra i tavoli e brindando con loro.
I clienti volevano conoscerle, scambiare qualche battuta con loro e... provarci, a volte era chiaro che stavano ricevendo inviti espliciti ad accompagnarli in camera in cambio di un bel regalo e, a volte, la risposta era affermativa. Molte, in questo modo, arrotondavano alla grande e, a Laurenço Marques, tutti cercavano di guadagnare il più possibile ... finchè era ancora possibile. Il salone era pieno e la maggior parte dei tavoli era occupato da gruppi che rispondevano alla descrizione che Inge aveva fatto dei militari che frequentavano l'hotel. Aveva notato che alcuni, proprio vicini a lui, parlavano in francese e indovinò che si trattasse di Legionari passati al miglior offerente, l'Africa ne era piena e chissà, un giorno avrebbe potuto incontrare tra loro anche Piero, il suo fratello d'armi.

In attesa di Inge, una bella ragazzona mulatta che si era spogliata al ritmo dei tamburi Africani, poi addolcitisi nel ritmo della samba, si avvicinò al suo tavolo. Le offrì da bere, una gentilezza, ma dicendole che stava aspettando Inge. Non voleva essere frainteso ...se non ci fosse stata Inge nei suoi pensieri, però ... era proprio quel che si dice una maggiorata. Era carioca, di Rio de Janeiro. Ballava al carnevale con la sua scuola di Samba e, per il resto dell'anno, girava per i night di tutto il mondo esibendosi in uno striptease alla Brasileira. Molto bella e molto simpatica, quando arrivò Inge le fece un complimento per la compagnia che si era trovata e li lasciò, andando ad un altro tavolo. Inge sedette davanti a lui sorridendo, era elegantissima, in una veste nera fin poco sopra il ginocchio, che le lasciava completamente scoperte le spalle e la schiena. Aveva delle striature dorate, oblique sulla vita, quasi impercettibili, ma che le stavano benissimo, s'intonavano ai suoi capelli.

"Bellissimo spettacolo Inge, davvero, non ho mai visto uno striptease così avvincente prima d'ora e mai avrei pensato di sentir cantare, un giorno, le canzoni di Marlen Dietrich in tedesco e qui, in Africa, da una Lilì Marleen così bella" – Complimenti sinceri, riferiti anche al nome d'arte che si era scelto.

Il cameriere portò un vassoio colmo di frutti di mare locali e una bella bottiglia di champagne ... la sentirono fare il botto e si misero a ridere guardandosi.

"No, questa sera non vorrei finire KO per lo champagne..."

"E per cosa allora? ..." – rispose lei, guardandolo allusiva e invitante, prendendo la coppa.

"Per noi due ... A noi due, Tony e Lily Marlen, insieme in Africa!" - brindò.

Subito dopo il cameriere li interruppe, chinandosi a dire qualcosa all'orecchio di Inge che si scusò con Tony ma, come gli aveva detto, era richiesta a un tavolo dove volevano complimentarsi con lei e doveva andare.

Tony ne fu molto disturbato, non credeva che sarebbe stato così ... e la cosa si ripeté tanto spesso che stava pensando a qualcosa da escogitare per evitarlo, ma cosa? ... Trovato. Glielo disse quando tornò al tavolo.

"Senti ... potremmo svignarcela altrove, dove non dovresti assecondare nessuno e riuscire a cenare in pace ... basterebbe fingere un'altra sbronza e per non lasciare scontenti nessuno io potrei chiederti di cantarci una bella canzone, Lilì Marleen, nella tua lingua, immagino tu la conosca".

"La cantavo da bambina, piaceva molto a mio padre e finì per piacere anche a me".

"Bene ... Ti accompagnerò sul palco e dovrai far finta di essere già su di giri. Con la coppa in mano, la sorseggerai mentre canti e, sul finale, mostrerai di star male in equilibrio ... quasi per cadere ma ... arriverò a sorreggerti e ti accompagnerò al tavolo e, poco dopo via, in camera. Nessuno ci troverà niente da ridire, tantomeno il padrone del locale, anzi, se questi sono davvero tutti militari di professione vedrai quanto gli piacerà. Poi usciamo dal retro diretti verso un ristorante e, magari, dopo cena ti porterò a vedere una sala da gioco che ho visitato questo pomeriggio ... Cinese ... qui, in Mozambico, pensa ...".
"Cinese? ... davvero?".
"Davvero, ma è meno strano di quanto pensiamo. Un'altra città Casinò è dall'altra parte dell'Oceano Indiano, Macao, ed anche quella è una colonia portoghese ... ovvio che i cinesi di Macao aprissero un casinò anche qui.
E' davvero insolito per l'Africa, arredato in modo da farti sentire in Cina, molto grande e c'è di tutto, anche giochi che non conosco, giochi d'azzardo cinesi.
Allora, ci stai?" – le chiese Tony.
"Ya ... ci stò! Ma devo prendere la base di Lilì Marleen, ho la cassetta nel mio camerino tra le basi musicali dello spettacolo ... ci vorranno cinque minuti".
"Vai e ondeggia un po', tutti ti guarderanno andartene ..." – rispose Tony, che la vide ondeggiare, ancheggiando notevolmente, sotto l'effetto dell'alcool come una consumata attrice, dirigendosi verso gli spogliatoi delle artiste.
Tutti ai tavoli stavano bevendo e mangiando, ma soprattutto bevendo e il tono delle risate si alzava. Tony portò Inge sul palco, poi, al microfono disse, scimmiottando i presentatori professionisti:
"Ladys and Gentleman, Madame et Monsier ... a mia gentile richiesta, Lily Marlen ci canterà ... Lilì Marleen ... - poi, per apparire anche lui alticcio – E vi chiedo un momento di silenzio ... ne vale la pena e ... non vorrei incazzarmi con nessuno". La platea ne rise, ma fece silenzio perché Inge era brava e, dopo che il tecnico del suono gli diede l'OK, iniziò a cantare sotto voce, alla luce di un faretto che imitava il lampione della notissima canzone, mentre le luci in sala si abbassavano. I portoghesi avevano una predisposizione naturale alla malinconia e Tony, non aveva mai sentito niente di più malinconico di quella canzone ... la canzone di tutti i soldati della prima e seconda guerra mondiale e ci avrebbe giurato che più d'uno si sarebbe commosso.
Inge era davvero brava ... altro chè!
Aveva intonato le prime note in tedesco:

"Unsere beide Schatten
Sah'n wie einer aus
dass wir so lieb uns hatten
Das sah man gleich daraus
Und alle Leute soll'n es seh'n
Wenn wir bei der Laterne steh'n
Wie einst Lili Marleen.
Wie einst Lili Marleen" – che Tony aveva cantato nella sua lingua:
"Tutte le sere sotto quel fanal
Presso la caserma ti stavo ad aspettar,
anche stasera aspetterò
e tutto il mondo scorderò
con te Lilì Marleen
con te Lilì Marleen" – Tony sentì che dal tavolo di fianco al suo dove si era sistemata la ballerina carioca, la stavano intonando in Francese:
"Devant la caserme, quand le jour s'enfuit
La vieille lanterne soudain s'allume e luit
C'est dan ce coil que le soir
On s'attendait remplis d'espoir
Tous deux, Lili Marleen
Tous deux, Lili Marleen" – presto divenne tutto un coro, ognuno nella sua lingua, ma sul palco, Inge, continuava a cantarla in tedesco con voce suadente e sfumandola sul finale ...
"Schon rief der Posten,
Sie blasen Zapfenstreich
Das kann drei Tage kosten
Kam'rad, ich komm sogleich
Da sagten wir auf Wiedersehen
Wie gerne wollt ich mit dir geh'n
Mit dir Lili Marleen.
Deine Schritte kennt sie,
Deinen zieren Gang
Alle Abend brennt sie,
Doch mich vergaß sie lang
Und sollte mir ein Leids gescheh'n
Wer wird bei der Laterne steh'n
Mit dir Lili Marleen?
Aus dem stillen Raume,
Aus der Erde Grund
Hebt mich wie im Traume

Dein verliebter Mund
Wenn sich die späten Nebel drehn
Werd' ich bei der Laterne steh'n
Wie einst Lili Marleen ... Wie einst Lilì Marleen...
La raggiunse sul palco per sorreggerla tra lo scrosciare degli applausi. Qualcuno chiese anche il bis, ma stava fresco ...
"Il bis lo farà con me ..." – pensò Tony, prendendola per la vita e riportandola al tavolo. Ci arrivò ricevendo i complimenti dei clienti e quelli di Tony, che non avrebbe mai creduto possibile tutto questo. Cantavano tutti quella canzone, chi in francese, chi in portoghese e chi in tedesco oltre a lui, ma non si perdevano una nota della cantante, in tedesco... Bellissima! ... Davvero una straordinaria Lilì ... Inge ... vedi, mi viene da chiamarti col tuo nome d'arte adesso ... questo ti dia la misura della tua capacità di empatia col tuo pubblico.
Non mollare ... Diventerai una grande artista ... ne sono sicuro!
Ancora un bel brindisi, peccato lasciarlo ... poi ce ne andiamo ... se sei sempre dell'idea".
"Ya ... certo, prima di dover ricominciare a girare tra i tavoli ..."
"Coraggio allora, l'ultima recita per questa sera ..." – disse Tony, alzandosi per andarla ad aiutare. Le mise una mano in vita e lei si appoggiò alla sua spalla incamminandosi verso il fondo della sala, all'uscita per i piani interni, verso le camere. Appena fuori si ripresero miracolosamente e, Tony, questa volta le chiese quale numero avesse la sua camera, ricevendone una risposta piacevolmente provocante:
"Io non voglio andare in camera, se non per prendere il mio spazzolino da denti. La tua è più comoda ... Mi vuoi?"
"Puoi dirlo forte ... andiamo a prenderlo allora ..." – Inge gli indicò il fondo del corridoio, la sua camera era al piano terra, accanto all'ingresso del Night.
Aveva ragione, era una camera singola, molto più piccola e con un letto piccolo ... troppo piccolo per quello che aveva intenzione di farci e, a quanto pareva, anche lei aveva intenzioni simili.
Era entrata in bagno e, all'uscita, trovò le braccia di Tony che voleva assolutamente baciarla ... lei lasciò cadere la borsa da toilette che aveva preso ... voleva la stessa cosa.
Ci volle un po' perché si riprendessero abbastanza da imboccare il corridoio e l'ascensore per il quinto piano. Ci arrivarono dopo quella corsa interminabile, condita di baci appassionati e conquistarono la camera di Tony, chiudendo il mondo fuori dalla porta. Tony le sollevò il vestito mentre la baciava e lei gli slacciò i pantaloni che caddero a terra, intorno

alle caviglie, facendolo inciampare, ma fu provvidenziale perché cadde su di lei e, proprio alle sue spalle, c'era il letto. Non persero tempo a spogliarsi ... ci sarebbe stato tempo dopo per questo.
Si amarono voracemente, si erano desiderati fin dal primo sguardo e ora potevano saziarsi l'una dell'altro e lo fecero alla grande.
Lui la sentì godere e questo provocò anche il suo orgasmo, esplosivo per entrambi. Restarono senza fiato sul letto, sudati e felici, nessuno dei due aveva voglia di parlare. Ma ripresero presto a baciarsi, prima piano, poi di nuovo con passione. Fu lei a ridere, sentendo la sua eccitazione, disse qualcosa in tedesco, poi la ripeté in francese. Tony non capì ... allora lei scandì tra le risate:
"Toi-lete! ... prima devo andare in bagno Tony".
"Sì ... anch'io. Facciamo una bella doccia, o preferisci un bagno?" - disse levandosi i calzoni che gli erano rimasti impigliati alle caviglie e finendo di spogliarsi. Lei si era alzata per andare in bagno e lo slip gli penzolava dalla coscia destra, quella che ancora lo reggeva, essendo state strappate dalla passione di Tony che cercava di toglierle. Risero, ma Tony la voleva vedere nuda solo per lui e le calò le spalline del vestito per farlo cadere ai suoi piedi ... l'ammirò in tutta la sua straordinaria bellezza. Un piccolo cordoncino biondo seguiva la linea della sua natura, anche in quello era diversa da tutte le donne che aveva avuto fin'ora. La abbracciò per baciarla ancora, poi andarono in bagno. Inge le chiese di lasciarla sola, aveva da fare un bisogno e non ci riusciva se non era sola. Tony fece per uscire ma, prima, si fece promettere che avrebbero fatto il bagno assieme. Una vasca come quella meritava di essere inaugurata in maniera adeguata. Era semitonda e molto grande, almeno il doppio di una vasca normale. Sentì l'acqua riempirla e capì che Inge aveva finito. La raggiunse e la vide che metteva dei sali nell'acqua, quelli dell'Hotel. Profumi di fiori tropicali, ma lui stava pensando a quel corpo perfetto che si offriva a lui in cerca di piacere e aveva tutte le intenzioni di accontentarlo, altro che profumi ...
L'acqua era appena tiepida e, i sali disciolti dentro, rendevano la pelle di Inge ancora più vellutata di quanto non fosse naturalmente. Era un piacere carezzarla e sentirla strusciarsi su di lui a cercare il suo membro eretto, mettendogli i seni davanti alle labbra. Lo voleva dentro e lo prese. Fu un'esperienza indimenticabile per entrambi, restarono a lungo abbracciati nell'acqua poi, dopo una serie interminabile di baci e di carezze, presero a lavarsi a vicenda col bagno schiuma e, infine, ad asciugarsi. In adorazione l'una del corpo dell'altro ... grati del piacere che avevano saputo dargli.

Al momento di tornare a letto, però, presero atto che lo champagne non sazia e, in realtà, loro non avevano ancora cenato se non qualche antipastino di frutti di mare e l'amore, quando è soddisfatto, stimola l'appetito. Fu Tony a riprendere l'idea.
"Che ne dici di fare una pausa-pranzo?"
"Ah ah ah ...Ya ... ho fame, ma troveremo qualcosa di aperto a quest'ora?"
"Quest'ora? ... E' appena passata la mezzanotte, in questa città la vita notturna comincia adesso. Ci affideremo a un tassista, sanno sempre tutto".
In un minuto si rivestirono esattamente con gli stessi abiti e Tony, prima di scendere, chiese un taxi alla recption. Una volta in auto, la richiesta di un buon ristorante dove cenare a quell'ora, non sorprese affatto l'autista che li portò in un ristorante con tavoli sotto una veranda, all'aperto, con una sala interna molto grande e dai profumi appetitosi.
"Bene ... - disse Tony, seduto che si era ad un tavolo vista oceano – Ora ci facciamo portare la specialità più pronta che hanno e poi ti faccio vedere il locale cinese. Oppure torniamo in camera ... che dici?"
"Torneremo in camera ... dopo aver visto la sala da gioco ... sono curiosa. Non ho mai visto niente di questa città, avevo paura di uscire da sola e con certi accompagnatori non mi sentivo più sicura. Hanno tutti il vizio di considerare le artiste dei night come prostitute e alcuni pretendono che ci si comporti come tali. Anche se sono giustificati dal fatto che molte accettano di accompagnarsi per denaro, non tutte lo fanno. Ma questo è irrilevante, mettono le mani addosso da per tutto e, se nel locale ci sono i buttafuori a controllare che non esagerino, in giro chissà dove ... chi avrebbe contenuto le avances di certi arroganti maleducati?"
"Hai ragione, ti capisco ed è anche vero che molti si meravigliano che una stripteaser non si dia e pensano che non voglia farlo con loro e questo li rende pericolosi, specie con i fumi dell'alcool in corpo. Ma da domani vedrai cosa organizzeremo. Gite fuori porta ... tra ippopotami ed elefanti. Voglio vedere bene l'Africa finchè c'è ancora. Ho chiesto di un Sud Africano che noleggia aeroplanini, idrovolanti e piper con pilota. Porta turisti a visitare laghi, fiumi e riserve. Grandi vedute dall'alto e qualche atterraggio per vedere meglio.
Vedrai, ci divertiremo ... conoscerai bene l'Africa, altrimenti del Mozambico cosa ricorderai, il Night?"
"Ho il problema del lavoro Tony. La sera devo prepararmi agli spettacoli".
"Beh ... con l'appuntamento all'aeroporto per le dieci, programmando il rientro intorno alle sei ... non ci sarebbero problemi col lavoro ... ti pare?

In sette otto ore si può fare il giro completo di qualche parco naturale più vicino. Poi mi hai detto che stai per finire …"
"Sì, tra dodici giorni e, tra venti, inizio le prove in Germania".
"Quindi avrai una settimana libera prima di ripartire. Ho in mente una visita all'arcipelago delle Bazaruto, è un parco marino, barriera corallina e cose così. C'è un villaggio, si chiama Benguerra, è proprio lì ed ha lodges in affitto. Capanne di legno e paglia, che ne dici … ci verresti con me?"
"Sarebbe davvero meraviglioso Tony … ma come farei per rientrare in Germania in tempo?"
"Niente di più facile, porterai tutti i bagagli con te, non dovrai tornare a Lourenço Marques. Pagheremo Van Hommeren per portarti in piper fino a Johannesburg o Pretoria, vedremo … dove c'è il primo volo per l'Europa".
"Non verresti anche tu in Germania con me, Tony?" – le chiese con voce speranzosa.
"No … non adesso, anche se la voglia di seguirti c'è ed è forte, sento che devo stare ancora qui, in Africa. Davvero non so perché, so che devo seguire il mio destino e quella via passa da qui, non dalla Germania … non per il momento. Ma tu mi darai un recapito dove io possa trovarti un giorno … mi piacerà rivederti.
Magari aprendo la porta mi troverò di fronte a una donna in pantofole e bigodini, con due bambini in braccio e non ti ricorderai più di me …"
"Ah ah ah … No, io mi ricorderò di te … Non so che genere di destino insegui, ma spero che tu lo raggiunga presto e che verrai da me subito dopo. Non puoi dirmi di che si tratta? … è un segreto?"
"Sì, è un segreto, ma anche e soprattutto per me … una cosa stranissima che inseguo fin da quando ero bambino … – Tony le racconta il sogno ricorrente che a volte fa ad occhi aperti – Capisci? Seguo quelle orme sul deserto di sale … le seguo e, per il momento, non riesco a capire cosa mi dice la voce dal profondo … un borbottio senza senso. So solo che quella voce mi ha spinto a fare tutto quel che ho fatto fin'ora e quelle orme mi hanno portato qui … Esattamente dove mi trovo.
Tu saresti il migliore dei motivi per tornare indietro, in Europa.
La Germania mi ha sempre interessato, avrei voluto conoscerla, ma per il momento posso conoscere solo te … e questo è tantissimo! Chissà che io non possa venire davvero a bussare alla tua porta ma, credimi, qualcosa dentro m'impedisce di fare altro, se non quel che devo per raggiungere colui che lascia quelle orme sul deserto di sale e comprendere le sue parole. Pensa che mi arruolai persino nella Legione Straniera ma, a un certo punto, dovetti lasciare … non mi era di strada. Un mio fratello d'armi

è da qualche parte in Africa, come professionista, come mercenario per capirci, in una delle tante guerre in atto. Magari lo incontrerò ... chissà".

"Dici cose davvero stranissime, ma le dici in un modo che sembrano naturali e logiche ...".

"Perché lo sono, sono logiche e sono reali e lo senti con l'anima, più che con la mente. Io credo che ogni uomo o donna, ma anche ogni essere vivente, ha un suo destino da seguire. Una vita di successo è quella che lo compie, quale che sia! Anche tu, del resto, non sei mica male come stranezza: Una biondina tedesca, un artista, che viene nell'ultima roccaforte di un impero coloniale in disfacimento a fare lo strip in frak e cantare in tedesco ... e sarei io una stranezza? ... ah ah ah!"

Tony la fece ridere divertita da quest'analisi che, effettivamente, le calzava a pennello e chiese:

"Ma ... allora nel mio destino c'era questo viaggio quaggiù? ... perché?"

"Per conoscere me ... che altro se no?" – Tony lo disse come una battuta, ma lei questa volta non rise.

"Forse è proprio così ... ma tu mi lascerai partire sola, io non posso restare qui con te e, dunque ... che senso avrebbe?"

"Tu non consideri che lo scopo di tutto possa essere la conoscenza ... non necessariamente legarsi l'un l'altro. Noi ci siamo conosciuti e ci conosceremo ancora meglio da qui a quando partirai e, quando andrai via, mi porterai con te, nei tuoi ricordi e tu sarai nei miei ... per sempre!

E questo nessuno ce lo potrà togliere ... ti pare poco?" – Tony le parlava seriamente, perché non voleva ingannarla e nemmeno farla soffrire. Voleva la sua amicizia e lasciarle un buon ricordo di lui.

"Vedrai che quando ci avremo messo anche un po' d'ippopotami ed Elefanti in quella bella testolina, da portare in Germania sigillati nella memoria, avrai maggiormente il senso del perché di questo viaggio quaggiù. Fai come me ... assimila tutto, non perderti niente. Ora il perché ti sfugge, come sfugge a me ma, siine certa che, un giorno, capirai tutto e ti sarà utile ricordare più che puoi. Ogni respiro della terra dove hai poggiato i piedi, ogni creatura vivente che è entrata dentro di te attraverso lo sguardo ... ed anche io che ci voglio entrare ancora e ancora, e non solo con lo sguardo ..." – concluse con un sorriso e stringendole le caviglie tra le sue da sotto il tavolo.

"Alla nostra amicizia ... chi ha detto che non sia amore?" – brindò Tony, con un cin cin del suo vinho preferito, il Lancer.

Stavano cenando cose squisite, tutto mare, ma in un piatto ci aveva trovato anche della carne. Stranissima per lui quest' abitudine Portoghese di mischiare la carne col pesce ... ma era un binomio riuscitissimo.

“E ora ... Cina!” – disse alzandosi e accompagnando Inge al taxi in attesa.
La notte del Dragone era diversa dal pomeriggio. Era in pompa magna, molto più personale, più giocatori, più brusio e qualche grido, a volte di soddisfazione, altre di disperazione. I Cinesi che giocavano ai loro tavoli, poi, urlavano come ossessi. Erano Cinesi di Macao o di Hong Kong ... ma Tony riconobbe anche qualche Malese ... Gente che gestiva commerci in Africa, tasca piena e mania per il gioco d’azzardo. Per loro era una specie di religione e gli affidavano anche gli auspici per tutto ciò che avevano in ballo nella vita. Era così anche per gli antichi Romani che sulle budella degli animali, i voli d’uccelli e il lancio dei dadi avevano costruito il più grande e splendido Impero della storia. Del resto, Alea Iacta Est, il dado era tratto anche per lui, che aveva fatto di quelle scelte lapidarie perfino una religione, nella speranza di capire, un giorno, verso quale Dio!
Tony procedeva verso la sala delle roulette tenendo per mano Inge che, con gli occhi spalancati per la sorpresa, s’immergeva in una realtà per lei sconosciuta.
La condusse davanti alla cassa per le fiche e i gettoni e ne acquistò un bel sacchetto, sia delle une che delle altre, dirigendosi verso il suo gioco preferito ... le Slot Machine.
“Scegline una Inge ... dai ... quella che ti sembra più calda e pronta a sbo... sganciare gettoni ...” – Tony stava per usare il termine certamente volgare, ma più efficace, che usava di solito con le slot per esprimere la soddisfazione di vederle ... eiaculare gettoni tra squilli e lampeggi, ma si fermò. Aveva capito che a Inge la volgarità non piaceva, nè la faceva ridere.
"Come faccio? ... sono troppe ... sembrano tutte uguali”.
“Non sono tutte uguali, ci sono quelle che ci porteranno via denaro e quelle che ci riempiranno il sacchetto ... a te la scelta!”
Inge lo prese in parola perché camminò avanti e indietro tra due ali di Slot Machine, cercando quella che l’ispirasse meglio, finchè si fermò davanti ad una che aveva squillato al suo passaggio.
“Questa ha fatto un trillo proprio quando mi sono avvicinata ... scelgo lei!”
“Ben fatto! Per ragionare alla cinese, non è stato un caso, vi siete incontrate tu e questa Slot. Adesso tentala ... dai, infila monete e premi questa leva. Questa ha gli animali come simboli, tre animali tutti uguali e allineati e vinci il premio corrispondente; anche se sono due vinci, però di meno, cinque gettoni. Lo stesso vale se sono in diagonale. E’ tutto scritto qui, in Inglese, vedi? Per il Jackpot devi fare tre zebre, oppure tre elefanti, o tre leoni. Se s’illumina anche la stella dello special, qui in alto ... la vedi? Allora sbanchi la slot, pagherà un milione di escudos ... ma non ci sperare,

accade una volta ogni milione di anni e ho già sentito di un homo erectus che l'ha vinta ... Ah ah ah!".
Inge aveva imparato in fretta, ogni tanto cadevano dei gettoni nel cassetto delle vincite e lei si galvanizzava, sembrava una bambina quando vedeva le due zebre o quel che era. Poca vincita ma bella soddisfazione.
E' proprio questo lo spirito di quei giochi, suscitare emozioni. Anche Tony ci riprovò, la slot di lato si era liberata. Lui sapeva che quando hanno la pancia piena sono ben predisposte a ... sganciare, chissà ... magari è tutta la sera che inghiotte gettoni e speranze, magari è pronta a svuotarsi la pancia per lui ... Ci provava, l'incitava: Dai bella ... datti da fare ... si così, quando iniziava a vedere due simboli in linea ... per poi bestemmiare quando tornava nel caos.
Inge aveva finito la manciata di gettoni che gli aveva lasciato e si voltò a guardare lui.
"Hai finito i gettoni? ... prendine altri, qui nel sacchetto ... guarda l'ho poggiato nel cassetto".
"Non vorrei perderti altri soldi Tony, ho visto che si perde in fretta ..."
"E si vince anche altrettanto in fretta! Non essere pessimista, pensa positivo, pensa che vincerai con le prossime giocate e vedrai che accadrà, sii cinese, stai interrogando gli Dei per vedere se ti accordano il loro favore. Chiedigli come andrà il tuo spettacolo in Germania. Ho cambiato l'equivalente di una trentina di dollari ... vale la pena giocarceli per vedere cosa pensano gli Dei di noi ... o no? Io ho fatto uno jackpot ieri ... molto improbabile rifarlo anche oggi ... sarei persino sospetto!"
"Ya ... vediamo ..." – rispose, prendendo un'altra manciata di gettoni dal sacchetto e riprendendo a far andare la leva.
Tony stava recuperando qualcosa, ma non gli interessava restare al palo, o Jackpot o niente. Dopo parecchi tiri iellati, decise di lasciar perdere ... e si dedicò a Inge.
"Un trucco è di non spingere la leva fino in fondo, a volte puoi dargli solo un colpetto ... cambiare la forza può cambiare la progressione dei simboli".
"Davvero? ... credevo di dover spingere fino in fondo ..."
"No, devi spingere come ti va e vedere che risultato viene fuori. Prova a usare l'intuito" – suggerì e stette a guardare ... qualche accoppiata veniva fuori ma, a un certo punto, Tony posò la sua mano su quella di lei e disse:
"Insieme?"
"Ya ... insieme ...". Diedero una spinta fortissima da far sbattere violentemente la leva a fine corsa e accadde il miracolo ... Jackpot. La Slot

Machine prese a suonare e lampeggiare come impazzita e anche Inge si mise a saltare, ridendo entusiasta.
"Abbiamo vinto – disse abbracciandolo – ma ... quanto abbiamo vinto?"
"Molto ... non si è accesa la stella ma, comunque, ci paga centomila escudos, l'equivalente di circa 1.500 dollari americani. Non male ... dai, raccogliamo tutti questi gettoni e portiamoli alla cassa, poi andremo a vedere cosa dice la roulette".
Inge si era inchinata a raccogliere i gettoni, felice come una bambina sotto l'albero di natale, metteva i gettoni sulla gonna dell'abitino tenendolo per i lembi in basso, per farne una sorta di grembiule capiente. Alzandosi in piedi, per tenere i gettoni, scopriva le gambe al punto che Tony poteva vederle le mutandine. Fece una smorfia di sorpresa e di piacere che fece sorridere Inge.
"Beh, sono una stripteaser, non posso imbarazzarmi di sicuro se qualcuno riesce a vedere le mie mutandine, mentre porto alla cassa un simile mucchio di gettoni. Magari potessi farlo tutte le sere ... ah ah ah".
Le risate di Inge erano contagiose e così si diressero alla cassa, non avevano giocato che una parte di quelli acquistati e l'avevano riempito al massimo. Tony li prese dal vestitino per consegnarli alla cassa e farseli cambiare in valuta.
"Perché non continuiamo con le Slot ... potremmo vincere ancora".
"No, sarebbe l'unico caso nella storia ... lasceresti tutto nella loro pancia. Incassiamo e passiamo alla roulette ... Ecco ... - disse Tony, prendendo le banconote dal cassiere - questa è la tua vincita, la tengo io fino all'albergo, non hai tasche in quel vestitino, a meno che non le vuoi mettere nelle mutandine ..."
"Nein ... che schifo, chissà quante mani le hanno toccate, ma sono tuoi Tony, ho giocato con soldi tuoi. Sì, ma li abbiamo vinti insieme e mi fa piacere che li prenda tu. Un regalo che ti comprerai in Germania, da parte mia ... Ok?"
"OK ... grazie ... sei molto gentile, come posso ricambiarti?" – chiese lei affettuosa.
"Un'idea ce l'hai sicuramente ..." – rispose lui, ridendo e facendola ridere.
Sì, sarebbe stata una bella notte quella, degna della serata trascorsa.
Fecero il giro della sala da gioco ... una specie di zoo umano, dove tutti giocavano con passione, tentando la sorte e accanendosi contro dadi, carte e strani giochi ... tutti asiatici. Finchè arrivarono ai tavoli della roulette.
Tony fece sedere lei al tavolo, lo stesso dove la croupier era una donna. Voleva farla giocare ... farle provare quell'emozione. A volte è deleterio,

perché c'è chi si fa possedere dal demone del gioco e si distrugge la vita ma Inge non era quel tipo di persona. Era sicuro che si sarebbe divertita e basta ... niente demoni del Kakkio tra i piedi.
Tony le spiegò come funzionava, mentre la roulette andava.
"Vedi, fatte le puntate, il croupier lancia la pallina e dove si ferma c'è un numero e una casella rossa o nera, e il numero può essere pari o manche e far parte di un gruppo di numeri su quel tabellone. Tu puoi puntare su pari e dispari, oppure su rosso e nero, oppure su un numero o su un gruppo di numeri. I colori e i pari o manche pagano il doppio della posta, mentre sui numeri pagano di più, ma perché le probabilità che escano sono inferiori. Qui pagano 17 volte la posta un numero e lo zero, invece, mi pare 37 volte ... ma non serve chiedere ... vedremo quanto ci pagheranno quando uscirà. Cosa punti?"
"Mi piace il 17 e il nero, colore del mio vestito".
"Bene, vada per il 17 allora. Mi raccomando, chiamalo ... devi chiamarlo intensamente e crederci ... Per fare la tua giocata devi mettere una fiche sul numero 17 e una sul colore nero ... poi stiamo a vedere cosa viene fuori".
"Rien va plus – annunciò la croupier facendo girare la ruota - ... 19 noir".
"Acc... di pochissimo, ma hai perso la puntata sul numero, però vinci quella sul colore, quindi sei in pari, ti ridà le due fiche che avevi giocato... capito?".
"Ya capito ... è facile!"
"Fin troppo ... a questi tavoli si sono suicidati fior di miliardari che si erano giocati tutto ... ma noi giocheremo solo quello che abbiamo deciso di giocare per passare una bella serata".
Dopo circa un'ora di puntate a volte favorevoli, altre no, avevano perso qualcosa rispetto a quanto Tony aveva cambiato e decisero di averne abbastanza e rientrare in Hotel ... avevano qualcosa di più interessante da fare.
Ripassando attraverso la sala Inge fu attirata da una specie di trenino, da cui il croupier estraeva delle carte e le distribuiva girandole poi con una paletta.
"Hai visto giusto, infatti si chiama chemin de fer. Si gioca contro il banco che deve avere il nove per vincere oppure il numero più alto rispetto ai giocatori. Le figure valgono mezzo punto e, se si supera il punto massimo si è sballati. Fuori gioco. Quelli, invece, sono tavoli da poker ... a me piace molto, ma bisogna essere bravi, altrimenti è impossibile vincere ... in questi posti giocano dei professionisti o appassionati che hanno fatto del

poker una specie di religione. Non si può giocare in coppia come alle Slot o alla roulette ma ... ognuno per se.
Quelli laggiù, sono giochi cinesi ... non li conosco e quella ruota là in fondo dev'essere una specie di roulette rivista e corretta da loro. Vedi in quanti le stanno intorno? ... e che caciara! Un'altra volta, magari, ci avviciniamo a cercare di capire, ma non stasera ... ho voglia solo di te adesso!" – disse Tony cingendole la vita. Lei si girò per abbracciarlo, sussurrandole in un orecchio:
"Anch'io" – si baciarono eppoi ... via alla cassa a ricambiare le fiche e correre in hotel, a letto ...
Le strade intorno al casinò erano affollatissime, un fiume di persone che scorreva in entrambi i sensi. Impensabile chiamare un taxi, ma lui ricordava bene la strada da fare per tornare all'Hotel. Non era distante e la prese per mano per infilarsi nella corrente giusta e non finire fuori rotta.
"Andiamo a piedi, da qui in dieci minuti siamo arrivati e vedi anche l'angiporto e il quartiere a luci rosse ... non l'avevi mai visto immagino".
Si girò a guardarla, osservava tutta quell'umanità in fermento, meravigliata di vedere quanto fosse diversa dall'ambiente del Grand Hotel.
Lui intuì i suoi pensieri e le avvicinò la bocca all'orecchio per dirle: "Humanité!"
Uscirono nel grande viale, quello che portava diritti al loro hotel ma, Inge, indossava i suoi tacchi a spillo, rendendo difficile arrivarci in dieci minuti. Alzò la mano a quello che sembrava un taxi e furono fortunati.
Entrarono nella hall, sfrecciando davanti alla reception per le chiavi e poi dirigendosi velocissimamente agli ascensori. Appena premuto il tasto del 5° piano, si lasciarono andare a una risata pensando alla fretta che avevano dimostrato ... il receptionist li aveva guardati sbigottito.
Poi pensarono a loro due e si baciarono fino all'arrivo ... non avevano mai visto un ascensore più lento!
Ritrovarono la stessa passione che li aveva uniti poco prima e si amarono ancora meglio. I loro corpi si erano conosciuti e ora sapevano quali tasti suonare per ottenere le massime note del piacere reciproco.
Poi, dopo una buona doccia fresca, si sistemarono sul letto a fumare una Marlboro. Non era facile trovarle in Africa, non in Mozambico, almeno in quel momento, ma Tony ne aveva una buona scorta in valigia, la sua razione di bordo di sigarette. Inge, quando vide il pacchetto, saltò a sedere per la sorpresa

Erano le sue preferite e da subito dopo l'arrivo non le trovò più. Tony gliela offrì e l'accese. Si lasciò andare sul letto e, appoggiando la testa sul cuscino, iniziò ad aspirare voluttuosamente.
"Oh mein Got ... che bello ..."
"Brutto vizio, lo sai no?"
"Sì, sì lo so, brutto vizio, ma non fumo tanto e ... mi sono mancate, lo ammetto".
"Io l'ho preso da poco, facendo i turni di notte da sentinella, da militare. Facevano compagnia ... poi, durante i turni in sala macchine fumano tutti! Ho provato un paio di volte a smettere, ma non ci sono riuscito. Riesco a fumare di meno non portandomele dietro, le lascio in camera".
"Puoi darmene un pacchetto? ... prima dello spettacolo la desidero, mi rilassa".
"E' un'illusione ... però sì, te lo darò ... ne ho cinque stecche in valigia!"
"Il mio debito con te aumenta sempre più Tony ... Sono felice di averti incontrato".
"Anche io, ma non mi devi niente e se senti di dovermi qualcosa, tra poco pareggeremo di nuovo ..." – rispose con un sorriso e facendo uscire cerchietti di fumo diretti verso il soffitto. Lei poggiò il capo sul suo petto, continuando a fumare e usando il posacenere che Tony si era poggiato sull'addome.
"Posso chiederti una cosa Tony? ... non voglio sembrarti noiosa, ne farti credere che io sia appiccicosa ... ma stavo ripensando a noi due ..."
"Certo che puoi chiedermela e se vuoi ... appiccicati pure ... non mi dispiace!"
"Ah ah ah ... Sì, grazie ... Tres gentile. Pensavo a cosa ti dia la certezza che il nostro destino non sia quello di stare assieme ... perché io sto davvero bene con te e mi sembra di conoscerti da tanto, mentre appena l'altro ieri non sapevo nemmeno che tu esistessi ed io per te. Non capisco, o meglio, ho capito cosa volevi dire, ma non è logico ... tu mi desideri, io ti piaccio molto, lo so. Ma io, adesso che ti ho incontrato, vorrei stare sempre con te, mentre tu, invece ... mi lasci andar via senza rimpianti e senza considerare la possibilità di venire con me o chiedermi di seguirti, di restare con te. Dunque, sono davvero solo un avventura per te Tony?" – Tony spense la sigaretta e spostò il posacenere sul letto, per potersi girare a guardarla mentre rispondeva a questi suoi perchè.
"Sì ... vedi, anche io sento molto per te, non so dirti se sei un avventura o più che questo. Perché non so definire "avventura" un rapporto con una donna, una partner ... Non ho nemmeno mai saputo fare la differenza tra il sesso e l'amore. Molti sanno farlo, io no e nemmeno voglio imparare. Sì,

anch'io sono stato con prostitute ... praticamente sesso in cambio di denaro. Forse quello è solo sesso ... ma se la donna mi piace, per una notte, un giorno, un mese ... è la mia partner, la mia compagna. Non sto facendo paragoni, con te ho in più un amicizia che mi piace molto, quanto mi piaci tu. Sono stato sincero oggi e mi dispiace che non hai capito, perché l'unico motivo che non mi fa desiderare di salire su un aereo per Francoforte insieme a te è proprio quel che ti ho raccontato. La consapevolezza di stare compiendo il mio destino e il mio destino, per il momento, mi ha voluto e mi vuole qui. Chiederti di restare? ... Dove a Lourençco Marques? ... Ah ah ah. Hai visto che clima ... qui sono tutti in attesa di fuggire per chissà dove. Anch'io fuggirò ed anch'io non so per dove. Certamente non per il Portogallo e, però, nemmeno per la Germania ... lo saprò al momento suo. Sono certo che qualcosa mi spingerà verso una direzione ben precisa, com'è successo fin'adesso.
Però non è per niente vero che il nostro incontro non abbia la sua importanza, che sia casuale e non cercato. Se sei qui, se siamo qui assieme e perché a un certo punto della nostra vita noi ... dovevamo essere qui e incontrarci ... e amarci.
Lo stiamo facendo no? – disse Tony, sorridendole ricambiato - Appassionatamente e disperatamente, sapendo che non durerà ... ma anche questo non è detto. Ti chiedo: cosa ti da la certezza che non ci incontreremo più? Forse prevedevi questo incontro? ... No! ... E allora?
Sul destino posso confermarti solo quel che so per il momento ... niente avviene per caso. Ogni avvenimento ne prepara un altro. Ogni prova superata ne prepara un'altra, come esami da superare per andare avanti e fino al raggiungimento di quello è il compito di questa nostra vita.
Perciò, non darti pena ... oggi, noi, non possiamo sapere la ragione e lo scopo di questo nostro viaggio e di questo nostro incontro così lontani dalla terra natia, ma un giorno, puoi starne certa, lo capiremo. Capiremo che stiamo tutti rimettendo insieme i pezzi di un mosaico ... quel mosaico siamo noi e, da qualche ora, io sono nel tuo mosaico e tu nel mio, questo è indubitabile!
Penso che tu debba essere meno tedesca e vivere un po' alla giornata questa nostra storia. Tu tra poco sarai di nuovo in Germania ed io chissà dove in Africa ... forse morirò qui e se sarà così, significherà che questo era il mio destino e allora ... così sia! Anche se venderò cara la pelle fino all'ultimo istante ... perché non ci credo di essere venuto qua a morire. Così facendo, però, nel momento in cui morirò potrò dire, comunque, che io l'ho compiuto il mio destino ... e sarò soddisfatto di me.

Mentre il tuo è quello di una grande artista tedesca, non per questo in Germania. Marlen Dietrich divenne una diva di Hollywood e tu riesci a ricordarla magnificamente ... ti verrò a vedere anche stasera, m'inviti?"
"Ya ... danzerò e mi spoglierò solo per te, mein liebe!" – rispose baciandolo e montando su di lui per averlo ancora.
La mattina li trovò ancora avvinghiati, spossati e felici.
Il sole era alto, Tony non aveva nessuna intenzione di alzarsi e chiamò la colazione in camera per due, una continental ... uova e bacon, con spremuta di frutta e macedonia di frutti tropicali, ne avevano proprio bisogno.

Capitolo XIV
Funga Safarì

Quei giorni trascorsero come un sogno per entrambi.
Un sogno caldo, sensuale e misterioso ... proprio come l'Africa che li avvolgeva nella sua magia, ma non ne erano immersi, come Tony avrebbe voluto ... non ancora.
Dalla mattina al primo pomeriggio, spesso fino allo spettacolo serale di Inge, che non perdeva mai, per poi stare con lei per il resto della notte,Tony andava in giro per la città, soprattutto nei bassifondi, dove sapeva di trovare cose sempre più interessanti che nei palazzi lussuosi di cristalli e marmi, frequentati dai ricchi portoghesi e dagli stranieri.
Continuò così anche a Marquèz, avendo sempre conferma delle sue scelte.
Dietro il barrio dei palazzi sontuosi, c'era la vera anima di quella città. Un'anima multietnica e variopinta, tipicamente africana, che lui ritrovava anche lì, come aveva già avuto modo di vedere a Dakar e in Guinea, ma anche nelle brevi soste in Dahomey e sul Niger, a Lagos e Port Harcourt.
Un'anima calda come quel clima e sensuale come l'aroma delle donne che incontrava in quel quartiere dove, a scanso di brutti incontri, era entrato sempre armato della Luger, non si era mai scordato le parole dell'agente e, del resto, lui stesso vedeva e sentiva quell'aria da smobilitazione tutt'intorno. Negli sguardi di troppi leggeva l'attesa, non della fuga, ma del saccheggio a cui si preparavano.
Sentiva che aveva ragione Salvador Pereira, da un momento all'altro sarebbe iniziata la grande fuga e il saccheggio della città. Come sempre accade quando cade un regime, non solo i vincitori si danno al saccheggio, ma anche i poveri esclusi dal benessere e, ovviamente, i criminali che corrono a saccheggiare case e negozi. In quei momenti è bene essere altrove o avere pronta una via di fuga. Lui non si era preoccupato di questo, era un marittimo con tutte le carte in regola, a lui sarebbe bastato correre al porto per imbarcarsi verso la prima nave in partenza per il paese di chissà dove!
Gli andava proprio bene così, stava seguendo il suo destino ... o no?
Allora doveva dargli modo di decidere lui, il destino, il fato, in che direzione doveva andare ... e così sarà.

Rimuginava questi pensieri mentre camminava tra le bancarelle di un mercato spontaneo. Spesso era richiamato da bellissime donne Afro, che l'invitavano ad entrare nella loro camera, aperta sulla strada. Per questo la chiamavano l'Amburgo d'Africa ... Ricordava St Pauli, il quartiere a luci rosse di quella città, dove le donne si esponevano in vetrina per mostrare ai clienti ciò che offrivano in vendita.
Una lo colpì, con quella massa di capelli nerissimi acconciati a treccine e poi sistemati a cascata sulla nuca ...
"Che bella ragazza ..." – pensò, sorridendogli, ma rifiutando l'invito.
Era davvero soddisfatto e sfiancato da Inge ... la sua Lilì Marleen. Poteva apprezzare esteticamente quelle bellezze, ma no ... non poteva proprio approfittarne.
Altre donne, matrone d'Africa, avevano sulle bancarelle bottiglie d'alcool, liquori di fabbricazione locale. Spirito di canna da zucchero messo a macerare con grani di pepe nero. Tony immaginò che razza di bomba potesse essere e non ebbe la benché minima intenzione di assaggiarli. Altri erano confezionati con altre spezie che non conosceva.
Una lo attirò al punto da prenderla in mano per guardarla meglio. Indovinò l'influenza cinese in questa "sciccheria": La bottiglia conteneva un piccolo serpente, attorcigliato e con la bocca spalancata in una smorfia d'immaginabile orrore. La donna si affrettò a dirgli che era stato messo lì da vivo e che ha un grande potere afrodisiaco ... bastava bere un bicchiere di quella porcheria per riacquistare potenza sessuale.
Tony doveva aver assunto una naturale smorfia di disgusto, perché la donna smise di sorridere e non insistette, ma partecipò alla risata di Tony, quando le disse, indicando quella porcheria:
"Cino?" – e lei rispose – "Sì ... Cino" - ridendo con quella sua vociona da matrona Africana. Non andò a giocare ... non era poi così appassionato del gioco d'azzardo, preferì fermare un taxi che avanzava a passo d'uomo nella folla di un vicolo per chiedergli dov'era l'ufficio di Van Hommeren, il Boero che affittava voli sui piper e organizzava Safari. Fu portato all'aeroporto, fuori città, davanti ad un agenzia che esponeva il cartello "Funga Safarì". Un immediato tuffo nel passato per lui. Ricordava, infatti, i racconti del padre Cesare e una canzone in particolare che iniziava proprio con Funga Safarì, una frase che in lingua Swaili significa "Andiamo in viaggio", o "Partiamo per il Viaggio". Considerò di buon'auspicio quella coincidenza. Parlò con un mozambicano che lavorava per Van Hommeren, Taco M'Bwele, che stava seduto dietro una scrivania di quel piccolo locale, attrezzato di frigorifero e di buone birre ghiacciate ... che non rifiutò.

Avevano alcuni piper disponibili nei prossimi giorni in grado di portarlo dove gli pareva. Loro suggerivano un Safari al Kruger Park, ma anche sul Limpopo c'era un buon parco naturale ed era bella anche la gita sullo Zambesi. Tutti ad appena un paio d'ore di volo, anzi, il Kruger Park, che si trova in Sud Africa, al confine col Mozambico, si poteva raggiungere in un ora appena. L'aereo sarebbe atterrato in un villaggio, dove avremmo trovato una Land rover a nolo e una guida per visitare il parco.
"Cosa c'era da vedere al Kruger Park?" – chiese Tony.
"Animali selvaggi. Tutti vogliono vedere zebre, rinoceronti, elefanti. Nel Kruger ci sono grandi mandrie e le nostre guide sanno dove si trovano in ogni momento, giacché a seconda della stagione si spostano.
"Quanto costa per due persone?"
"Escudos? ... In escudos ... occorrono almeno due giorni per una visita ... volete cacciare? – chiese e alla risposta negativa proseguì a far di conto – Per trentamila escudos posso portarvi sul Kruger e riportarvi a Marquès. Alloggerete in capanna e, la sera dell'arrivo e la mattina della partenza, la guida vi porterà a vedere da vicino gli animali del Kruger. Un prezzo che posso fare solo adesso. Non ci sono turisti ... non lavoriamo ... Presto dovremo andar via anche noi, potrebbero nazionalizzarci gli aerei".
"Mi sembra ottimo ... quanto preavviso vi devo dare?"
"Più possibile ... domattina siamo pronti, dopodomani non lo so, dipende. Ci usano anche per raggiungere l'aeroporto di Johannesburg. Da quando i ribelli hanno attaccato la ferrovia, il treno non è più sicuro, ma anche di quei viaggi se ne fanno sempre di meno ...".
"Va bene, allora diciamo che domattina, verso le nove, potrei essere qui per partire. Se non mi vedi, ti farò sapere quando, OK?"- disse Tony e, ricevuta risposta positiva, tornò verso l'Hotel col tassista. Voleva proporre a Inge quel viaggio.
La trovò in camera sua che si preparava per il suo numero.
"Se ti va, per domattina, abbiamo un piper che ci porterebbe al Kruger Park, è ad appena cento km da qui. Staremo lì due giorni, in Land Rover verso la savana e gli animali selvaggi, dormire in capanna e l'indomani mattina altra visita al parco e poi rientro qui in tempo per la sera. Devi liberarti solo domani sera. Sarebbe un giorno di compagnia ai clienti del night ... non di spettacolo".
"Sì ... mi piacerebbe. Beh ... ho in contratto che se non faccio compagnia ai clienti dovrò pagare una penale, non è molto, calcolano a tappi ..."
"A tappi? ... che significa?" – chiese Tony.

"A tappi di bottiglia ... valutano che stando in giro tra i tavoli avrei fatto consumare di più e mi addebitano una penale, ma non ho mai chiesto quant'è. Ho sempre lavorato per guadagnare di più ... sono extra".
"Lo chiederò io ... ho notato che il padrone dell'hotel, la sera, è sempre in ufficio, farà i conti della giornata, gli farò visita".
Intanto Tony si gustava la vestizione dell'artista. L'aveva vista infilarsi gli slip, le calze a rete, le giarrettiere e, su quelle, i pantaloncini del frak, agganciare le bretelle, il corpetto bianco senza maniche, i guanti neri lunghi fino al gomito, la cravattina a farfalla... Lei si accorse del suo sguardo e gli sorrise avvicinandosi:
"Baciami adesso ... prima del trucco..." - e gli offrì le labbra, spingendolo poi all'uscita. Doveva completare la sua metamorfosi in Lilì Marleen.
C'era tempo per il suo numero, poteva parlare col proprietario, s'informò alla reception sul nome, non era sicuro di ricordarlo bene ...Vargas ... Luiss Vargas.
Bussò alla porta e l'aprì senza attendere risposta. Luiss Vargas lo guardò preoccupato. Doveva essere il suo stato d'animo solito da almeno un anno. Aveva paura del futuro ... come tutti laggiù.
"Cosa vuole? ... chi è lei?"
Tony lo tranquillizzò:
Sono un ospite dell'hotel ... mi presento: Tony Vero, Ufficiale di Marina, quella Mercantile. Ho una relazione con una delle sue artiste, Inge Fraunholtz, vorrei portarla in visita al Kruger Park domattina, ma deve saltare la serata ai tavoli. Mi ha detto che c'è una penale da pagare ... vorrei sapere quanto devo" – disse Tony, offrendogli una sigaretta e accendendole entrambe.
"Ah ... Inge, bella e brava ... ha buon gusto sig. Vero... sì ... beh, capisce che una ragazza così, in una serata ai tavoli, significa molto per il locale. Di questi tempi bisogna guadagnare più possibile ...".
"Di questi tempi bisogna pensare a salvare la pelle Luiss. Sappiamo entrambi che in quei momenti il denaro non serve ... anzi, è meglio non averne. Ti offro la mia amicizia ... sono armato e so usare le armi e non andrò via fino all'ultimo momento ... come te ... Potrà farti comodo avermi vicino quando dovrai lasciare la città. Potremmo farlo assieme ... che ne dici?" – Tony usò un tono amichevole e lo mise a suo agio passando al tu.
In fondo qualche decina di migliaia di escudos in indennizzo non gli servivano, mentre un buon amico, sicuramente non in combutta con i guerriglieri del Frelimo, gli faceva comodo eccome!
Sorrise sotto i suoi baffetti e si passò la mano sui capelli neri, unti di brillantina. Poi la poggiò sul pancione, ben coperto da un abito di lino di

quelli del loro sarto e, aspirando voluttuosamente la Marlboro, rispose come Tony si aspettava.
“Bem … Proprio così, in momenti come quelli che ci attendono, un buon amico vale molto … vada pure nel suo safari con Inge Tony. Il suo contratto è in scadenza. Che veda un po’ d’Africa prima di lasciarla, finchè ce n’è ancora una …”.
“Grazie Luiss … non dimenticherò” – Luiss Vargas non era male in fondo. Poteva sembrare antipatico, ma alla fine era un europeo che aveva investito anni di vita, di lavoro e di denaro per attività nelle colonie e che stava per perdere tutto. Certo, dovevano aspettarselo che trattando così gli indigeni, prima o poi l’avrebbero pagata. Anzi, gli andava bene che c’erano stati degli accordi per permettere ai coloni di lasciare le colonie e che, per questo motivo, l’esercito coloniale era ancora lì a presidiare la città e i loro beni, altrimenti ci sarebbe stato un massacro.
Tornò al Night e sedette allo stesso tavolo, non era stato occupato.
C’era la maestra di samba sul palco. Notò che era davvero brava e con un corpo statuario. Non come quello di Inge, slanciato e naturalmente elegante. Era una maggiorata carioca, grandi seni, cosce maestose e glutei torniti da tutti quei movimenti del samba. Molto bella e molto brava.
Era entrata in scena con quei mascheramenti tipici del carnevale di Rio, con tanto d’ali di farfalla e coda di pavone spiegate … per poi perdere tutto mentre danzava, finendo per far roteare, davanti agli occhi del pubblico, i capezzoli dei grandi seni, sottolineati dai pendenti dorati. Davvero magnifica!
Poi toccò a Inge, col suo solito numero, diverso da tutti gli altri.
Era anche poetico ma forse questa era una sua impressione … L’attese al tavolo per dargli la buona notizia e quando arrivò, di nuovo in jeans e camicetta, le annunciò che era libera per il safari.
“Hey … Che bello … è costato molto?"
“No, per niente …"
"Come hai fatto? … non concede permessi a nessuna, se non dietro pagamento di un indennizzo”.
l’ho convinto che il denaro non è tutto nella vita! Così domattina alle nove si vola. Dovremo alzarci presto, perciò, a letto presto” – disse ridendo.
“Ya … volentieri …” – replicò lei con un sorriso.
“Mangiamo qualcosa qui?”
“Ya … il cuoco è molto bravo, fa dei pesciolini fritti con cose di verdure e frutta che mi piacciono molto”.

"Ok, anche per me allora ... dillo a lui e da bere, Lancers ... niente champagne stasera" – fece Tony indicando il cameriere arrivato al tavolo.
Tony scoprì che Inge aveva effettivamente pensato di vedere un po' d'Africa, durante la sua permanenza al Night. Infatti, si era portata l'abbigliamento adatto. Scarponi, calzettoni, bermuda e camicia kaki, l'aveva tirato fuori dal fondo della sua valigia per l'indomani.
"Avrei voluto, ma mi hanno sconsigliato di farlo. Il Frelimo, i banditi, gli attentati, gli stupri ... ma con te non ho paura ... sembri così sicuro".
"Sicuro ... in questi posti la sicurezza non la può dare nessuno. Occorre prudenza e una buona programmazione. Noi passeremo in aereo sopra i territori controllati dal Frelimo, poi saremo in Sud Africa che, finchè tiene è un posto tranquillo, almeno da quel punto di vista e, nel Kruger Park, il pericolo saranno le belve ed anche per quelle ci siamo premuniti. Non andiamo a caccia, ma avrò un buon fucile e, se si mette male con qualche leone, saprò farne buon uso. Non servono bagagli, stiamo laggiù due giorni, una sola notte e dormiremo in capanna ... vuoi portarti anche i sali da bagno?".
Inge rise ... si chiedeva come sarà dormire in capanna ed era eccitata ed emozionata per quell'escursione inattesa. Sentì gratitudine per Tony che l'abbracciò per passare ad altro.
Il tassista fu puntuale e alle nove erano all'aeroporto, pronti a partire. Tony aveva portato anche la Luger ... non si può mai sapere. La teneva dietro la cintura dei jeans, lui non aveva abbigliamento adatto ai safari e, una camicia con le Adidas era tutto, si sentiva a suo agio così.
L'aereo era proprio piccolo, quattro posti. Con abitacolo squadrato e due alucce corte corte ...Tony dopo averlo squadrato chiese:
"Ma ... vola?!"
"Certo che vola ed è quello che ci vuole per questi viaggi. Può atterrare nella savana, gli basta un fazzoletto di terra non accidentata per atterrare e per decollare. Aerei più grandi non potrebbero portarvi al Kruger, proprio davanti al villaggio, dove alloggerete. Poi ... volevate vedere il Limpopo ... giusto? Con questo voleremo proprio sull'acqua e potrete vedere coccodrilli, ippopotami, elefanti ... tutto. Saremo come una mosca che vola nelle loro orecchie!"
"Speriamo che non ci diano un colpo di coda ..." – disse ridendo Tony, per non spaventare Inge che alla vista di quella scatoletta aveva perso la sua baldanza.
"Hai ragione ... è troppo piccolo!" – commento, infatti, interdetta.
"Ma no ... scherzavo, questi diavoli Afrikaner sanno far volare anche le biciclette. Avresti dovuto vedere i monoplani o monoposti a Durban, nel

Natal. Un sedile con cintura e un motore per l'elica e volano come elicotteri, incredibile, senza nemmeno una carlinga. Questo è un jumbo al confronto ... sali tranquilla ... ma se mi vedi scendere ... allora vienimi dietro subito! ... Ah ah..."
La tranquillizzò con qualche risata. In effetti, era vero, i sudafricani facevano volare anche i barattoli di conserva, a bordo c'era un'ampia visuale, a parte il fondo, la carlinga era di vetro plastificato e questo era l'importante. Una volta partito il motore faceva sentire un bel rombo potente e dimostrò subito di aver bisogno di pochissimo spazio per il decollo ... in un attimo fu in volo, nonostante fossero in tre a bordo.
La vista della Baia, dall'alto, era uno spettacolo mozzafiato. Tony, seduto davanti, accanto al pilota, sentiva le mani di Inge che lo richiamavano indicando le isole, i promontori e la foresta alle spalle di Marquèz.
Bisognava gridare per sentirsi, quasi come in sala macchine.
Il rombo dei motori era forte e l'insonorizzazione inesistente.
"Facci fare il giro della Baia prima di imboccare il Limpopo ..." - e così, con una spettacolare virata, Taco scese in picchiata verso la Baia ... per poi costeggiarla fin nella laguna e, alla fine di quel largo giro, virò verso la destinazione.
Una volta imboccato il delta del Limpopo volò basso, col motore al minimo, quasi sfiorando l'atterraggio e dando gas giusto il tanto d'impedirlo. Le rive brulicavano di vita: Sul delta stormi di uccelli simili ai fenicotteri, o forse erano aironi, si levavano in volo disturbati dal motore. Risalendo la corrente sorpresero mandrie di zebre che si abbeveravano e che, all'arrivo dell'aereo, scattavano e fuggivano verso la savana circostante, mentre, poco distanti, branchi di coccodrilli, evidentemente sazi, erano stesi al sole su banchi di sabbia formatisi lungo le rive. Più addentro al corso del fiume incontrarono anche gli ippopotami ... questi non fuggirono, sapevano di essere troppo possenti per qualsiasi nemico. Anzi, alcuni enormi maschi si disposero in posizione d'attacco tra la vegetazione della riva, pronti a proteggere il loro branco.
Era davvero emozionante vedere tutta questa natura selvaggia così, come spiandola dal buco di una serratura, vederla scorrere veloce sotto i loro occhi ed ancora più emozionante fu quando, svoltando un ansa del fiume, dietro le rive boscose, si trovarono davanti a un branco d'elefanti. Enormi, magnifici, possenti, con quelle grandi orecchie aperte e la proboscide sollevata come una tromba verso l'aereo che già si allontanava. Taco uscì dal letto del fiume per dirigersi verso il Kruger Park e il villaggio dove doveva atterrare. Sorvolavano la savana, una distesa di erbe alte ingiallite dal sole, quando videro i salti delle velocissime gazzelle disperdersi in

tutte le direzioni e un branco di bufali neri, con le loro corna minacciose, ruminare placidi intorno all'ombra di un grande albero, per nulla infastiditi dal rumore del motore. Disturbarono anche la caccia di un ghepardo e salvato momentaneamente la vita a un puledrino di zebra, scappato via con la madre proprio un attimo prima che, nascosto tra le erbe, scattasse verso la sua preda. Poi, il villaggio di capanne di fango e paglia apparve alla vista, con alcune Land rover parcheggiate sotto una tettoia. Stonavano davvero con tutto il resto: un segno di civiltà in tutto quel mondo primitivo.

L'atterraggio fu rapidissimo, appena poggiate le ruote su una specie di pista, semplicemente ripulita dalle erbe alte, il piccolo aereo si mosse solo per arrivare al suo "angar", uno spazio accanto alle land rover.

Li ricevettero degli indigeni sorridenti e molto simpatici, presero i loro bagagli, mentre Taco li affidava alla guida che doveva portarli in giro per il parco con una di quelle land rover. Poi raggiunsero il loro alloggio, la loro capanna.

Era proprio una capanna, non un bungalow con frigorifero e aria condizionata. Il pavimento era quella terra d'Africa con qualche stuoia sopra e, forse, unica concessione agli usi occidentali, c'era un letto, ricavato da grossi rami di legno e un baldacchino con zanzariera. La guida, un anziano del villaggio, indossava una vecchia uniforme kaki che tradiva la sua antica militanza nell'esercito di Sua Maestà Britannica. Li informò che, se erano d'accordo, si poteva partire subito per rientrare a sera, c'erano delle grosse mandrie di gnu di passaggio nella riserva e, se volevamo vederle, dovevamo approfittarne, perché erano in migrazione e già l'indomani si sarebbero spostate più a nord.

Così uscirono velocemente per salire sulla Land rover, vecchissima e traballante sulle piste sconnesse della riserva. Sorpresero un branco di leoni intenti a sbranare la loro ultima preda, all'apparenza una zebra, si vedevano ancora le striature sulla testa. Tutt'intorno delle iene si agitavano, aspettando il loro turno. Inge scattava foto a ripetizione …

"Da dove esce quella? … non avevo visto che avevi una macchina fotografica".

"Dalla mia borsa, come potevo venire ad un safari senza portarmi una macchina fotografica? L'avevo portata per fare tante foto, ma non l'ho mai usata fin'adesso … si può avvicinare di più?" – La guida, dal nome impronunciabile, avviò il motore al minimo, consigliando di chiudere i finestrini e avvicinandosi al branco intento a contendersi la zebra.

Fu come esserne parte … uno spettacolo orrendo e nello stesso tempo affascinante.

Come agli albori della vita: mors tua vita mea!
Il capobranco, un maschio dalla criniera fulva azzannava e strappava pezzi di carne e ossa e, intorno a lui, c'erano tre leonesse con diversi cuccioli accanto, tutti inzuppati del sangue della zebra.
Inge aveva abbassato il suo finestrino quanto bastava ad avere una foto nitida poi, un gemito di disgusto per tutto quel sangue, fece capire alla guida che poteva allontanarsi ... prima che vomitasse!
Raggiunsero la mandria dopo circa un'ora di salti sulla Land rover. Non c'era più nessuna pista. La guida stava semplicemente attenta per qualche buca esagerata. Se si fosse rotto il semiasse sarebbero restati così chissà per quanto, immersi nella preistoria e con solo due fucili e una pistola a disposizione per impedire di divenire pranzo o cena di qualcuna delle fiere che affollavano la savana.
La pianura era di una tale vastità da simulare quella del mare, ma in luogo dell'azzurro, il colore dominante era il giallo, sfumato nel verde di qualche albero. A volte, in un gruppo d'alberi d'acacia, vedevano delle maestose giraffe intente a brucare i germogli delle cime con il loro lungo collo.
Incredibile opera della natura che le ha dotate di quel collo senza eguali, per permettere che brucassero fino a quell'altezza, come per molti dinosauri del giurassico. La guida li portò, infine, oltre una piccola collina e, da quella vetta, sia pure di pochi metri più alta della pianura circostante, ebbero un altro degli spettacoli mozzafiato di quel viaggio, la più grande mandria di bovini, in questo caso Gnù, che si potesse concepire. Stranissimi animali dalla testa di bue e il corpo da cavallo, con accenni di striature da zebra, erano lì, al pascolo, a perdita d'occhio fino all'orizzonte. Scesero dall'auto per poterli vedere meglio. Tony usò il cannocchiale della Land Rover e Inge la macchina fotografica. Poi la guida suggerì di entrare nel branco. Con motore al minimo avrebbero potuto evitare di spaventarli. Non sono abituati a considerare le Land Rover come predatori e si avviò proprio verso il centro della mandria, infilandosi in un diradamento dei capi ... per un po' funzionò. Riuscirono così ad avere una visione della mandria dall'interno: alcuni vitellini che succhiavano il latte della madre, qualche lite tra maschi che non mancano mai ... poi, però, qualcosa spaventò la mandria che si mise a correre di colpo tutt'intorno a loro. Non era stata la Land Rover, ormai ferma ... ma Leoni in caccia.
Si erano avvicinati furtivi, nascosti tra le erbe alte e, puntata la preda avevano attaccato.
Due leonesse avevano avvinghiato i loro artigli sulla groppa di uno Gnù che cercava ancora di liberarsi scalciando e incornando, ma una terza gli era andato davanti al collo e lo aveva azzannato alla gola, a quel punto per

lo Gnù fu questione di attimi, poi la vita lo abbandonò per divenire pasto dei leoni. Non rimasero a guardare, la fine della povera zebra fu sufficiente, corsero dietro alla mandria per vedersela sfrecciare di lato. Erano velocissimi rispetto alla Land Rover e i loro strani suoni, a metà tra un muggito e un belato, contribuivano a dare alla scena un aspetto irreale. In quel momento Tony sentì di nuovo quella strana sensazione ... quel rombo che gli diceva di essere già stato lì ...
"Ma no, impossibile, non ci sono mai stato ... non c'è dubbio ... però questo rombo l'ho già sentito e non erano gli zoccoli della mandria!" – pensò, ma non disse niente a Inge.
Passarono la giornata così, sorprendendo animali, la stranezza di un leopardo sul ramo di un albero, all'ombra, intento a sgranocchiarsi una gazzella. La guida disse che lui aveva visto anche i leoni ripararsi per la notte sui rami degli alberi ... per trovare scampo dalle punture delle zanzare che, in quella stagione, sono un vero tormento. I leoni hanno capito che volano basse, a non più di un metro da terra e, allora, si rifugiano sugli alberi, o su qualche spuntone di roccia della savana per dormire in pace.
Rientrarono al villaggio che il sole volgeva al tramonto, infiammando il cielo.
Quanto avrebbero voluto una bella doccia adesso, ma non c'era e il corso d'acqua, affluente del Limpopo, che scorreva vicino al villaggio, aveva acque fangose ed era impensabile usare l'acqua del pozzo per lavarsi. Nella stagione secca gli indigeni non l'avrebbero permesso. Dovevano aspettare l'indomani sera, tanto più che erano stanchissimi e, dopo la cena a base di carne arrosto, saporita ma dura, desideravano solo andare a dormire e dormirono profondamente, come solo una giornata densa di emozioni forti può concedere.
La mattina dopo fecero altre escursioni e si immersero tra gli animali selvaggi, correndo con la Land Rover tra antilopi volanti sulle erbe della savana o girando alla larga da coppie di rinoceronti pronti alla carica per difendere il loro territorio. Ne ridevano, ma senza poter evitare una certa preoccupazione. Quei mastodonti riuscivano davvero a incutere timore, più degli elefanti che, nonostante la mole e le lunghe zanne, si mostravano pacifici.
La guida stava confermandogli che, di sovente, i rinoceronti attaccavano le Jeep, colpendole con il loro corno sulla fiancata per sventrarle e rovesciarle, scambiandole per avversari che vogliono sottrargli la sovranità sul loro pezzo di savana, quando urlò perché aveva visto che gli ultimi due rinoceronti, probabilmente una madre e il suo cucciolo di

qualche tonnellata, avevano lasciato l'ombra del loro albero per caricarli. Sapeva bene quanto era pericolosa questa situazione. Se li avesse rovesciati, poi, si sarebbe accanito sull'auto, ma anche su tutto ciò che si muoveva intorno ... una tragedia incombente che faceva tremare il suolo, ormai a un passo da loro. Tony e Inge stavano guardando, affascinati, quel bestione che correva affiancato alla loro destra, li aveva raggiunti e ora, con la tattica atavica che conosceva d'istinto, si lanciava a testa bassa alla sua sinistra colpendo con violenza la land rover e facendola sbandare. Almeno due colpi prima di allargarsi di nuovo e ricaricare ancora. Colpiva col corno in basso, sollevando però subito la testa con forza, per sventrare la bestia nemica ... l'invasore.

L'autista sapeva come evitare di essere rovesciato, svoltava subito dal lato opposto per attutire la forza d'urto e questo impediva il rovesciamento del mezzo e, intanto, accelerava più possibile. Sapeva che un simile bestione non può reggere quella velocità per più di pochi minuti e, infatti, soddisfatto di sé, iniziò a rallentare la sua corsa, lasciando che gli intrusi fuggissero via.

Risate nervose accolsero questa sua decisione ... sentivano di essersela vista brutta. Una volta al sicuro la guida fermò la Land Rover per valutare i danni e poterono vedere le ammaccature del corno. Fortuna che quelle Land Rover, datate com'erano, appartenevano ad un epoca dove le auto erano fatte con lamiere spesse. Sarebbe bastato che il corno fosse riuscito a penetrare la lamiera e, il colpo in alzata del rinoceronte, li avrebbe rovesciati. Dopodiché, tutto sarebbe dipeso dalla rapidità e abilità sua e della guida di imbracciare i fucili e sparare con precisione alla testa di quel demonio ... sempre che gliene avesse dato il tempo.

Risalirono a bordo e si diressero verso il villaggio, anche quel giorno era stato denso di emozioni, ma ne era valsa la pena.

La guida si fermò in prossimità di un branco di gazzelle e imbracciò il fucile per ucciderne una, quando un branco di leoni a caccia scattò verso le prede e fu un fuggi-fuggi generale. Anche da parte loro che corsero verso la Land Rover, stare nella savana, in mezzo a leoni in caccia, quindi affamati, non era prudente.

Ai leoni andò bene, il maschio camminava a zampe larghe, mentre trascinava, col suo collo tra i denti, una povera gazzella da gustarsi con comodo, mentre gli altri avrebbero atteso che fosse sazio. Anche una leonessa fece buona caccia e lei divise la sua preda con il resto del branco.

No, non volevano rivedere, ne fotografare, scene truculente di sangue e carne strappata e contesa, tra ruggiti e zampate. Lasciarono la scena ai leoni e si allontanarono. Non capitò un altro branco di gazzelle lungo il

percorso e rientrarono al villaggio senza carne fresca. Taco non era ancora arrivato e pranzarono nel tardo pomeriggio, uno strano stufato di carne e forse legumi, molto piccante. Tutto è gustoso quando si ha fame ...
Sentirono, prima di vederlo, l'aereo-zanzara di Taco che, saltellando sulla pista sconnessa, arrivò davanti a loro, virando per fermarsi già in posizione di decollo.
"Hola Tony ... com'è andato il safari?"
"Bene Taco ... davvero bello, l'innominabile ... è una gran guida".
"Ah ah ah ... io lo chiamo Ciok!"
Potevi dirmelo ... Ciok gli sta proprio bene" – rispose Tony, considerando che il nome di Ciok era, appunto, un susseguirsi di monosillabi intercalati da schiocchi di lingua per loro davvero irripetibili. La guida era un sanguemisto Zulu, del vicino Zululand, un reduce dell'esercito inglese durante l'ultima guerra, ed era proprietà del Boero che possedeva gli aerei, come le Land Rover e il villaggio. Salutarono amichevolmente anche le donne, i bambini e i ragazzi, che non erano gli abitanti del villaggio, ma le mogli e i figli di Ciok!
Tony ed Inge non dissero una parola nel venirlo a sapere, ma una volta a bordo dell'aereo si guardarono e sciolsero la tensione di quella giornata in una risata irrefrenabile ...
"Accidenti, è impegnato nel ripopolamento di questa parte d'Africa, ma quante mogli ha?" – chiese a Taco.
"Sapevo 32, l'ultima volta che l'avevo visto, ma questa volta ho visto qualche faccia nuova ..."
"Mein Got ... ha più mogli lui che leonesse i leoni" – commentò stupita Inge.
"Sì ... gli indigeni non hanno un limite alle mogli che possono avere. Tutte quelle che possono comprare e mantenere e Ciok, qui, con i turisti, riesce a mantenerne molte. Oltretutto lavorano il suo orto, coltivano il suo sorgo, macinano farina, fanno il pane, cucinano, riparano la paglia delle capanne, riempiono i secchi d'acqua, fanno il bucato, tessono coperte, allevano i suoi figli e, questi, pascolano le sue capre e la mandria di vacche, mentre lui fa ... il leone!"
Alla salute ... un bel furbone! Bene Taco ... ora riportaci a casa ... e facci rivedere la baia prima di atterrare. Plana sulla laguna, mi piace la parte sud della baia, dove l'acqua dolce si mischia a quella salata. Io sono nato sulle rive di una laguna ... m'incantano tutte.
I giunchi e i canneti di quelle rive, le isole che si formavano là, dove il mare tenta di penetrare il fiume, lo riportavano ai luoghi della sua adolescenza, alla sua adorata isola. Una là, sotto di lui, era dominata da un grande

albero, proprio come la sua ... ma su quelle rive placide si potevano distinguere le sagome di alcuni coccodrilli, difficilmente avrebbe potuto passarci momenti così sereni, facendoci il bagno o catturando uccelli e, là sotto, i rettili non erano sicuramente le innocue bisce d'acqua cui era abituato.
Erano giunti in vista di Lourenço Marques ... l'aereo si era alzato in volo per sorvolarla e raggiungere l'aeroporto, pochi kilometri a nord della città.
Una volta scesi, Inge abbracciò Tony.
"Che bel viaggio Tony ... non lo dimenticherò mai e ho scattato foto incredibili!"
"Che ti ricorderanno di me per sempre!" – aggiunse Tony e si diressero al taxi che avevano fatto arrivare per loro.
Fresco, pulito e profumato, con i sali da bagno e l'acqua di colonia preferita, stando seduto al tavolino di un night club, in attesa di godersi gli striptease, sorseggiando un buon bicchiere di Lancers con ghiaccio e limone ... come avrebbe potuto non sentirsi il re del mondo?
Niente poteva sembrargli più gradito, in quel momento, dell'attesa della sua Lilì Marleen.
Quando toccò a lei, la magia s'impadronì della sala, ammaliando il pubblico.
La nuova Lilì aveva un colorito più africano adesso, la sua pelle era ambrata dal sole di quei giorni. Le creme che aveva portato con se avevano impedito alla sua pelle chiarissima di arrossarsi ed il suo fascino ne era rafforzato.
In sala si fece improvvisamente silenzio quando lei iniziò a danzare col suo mantello e, quando lo lasciava cadere al suolo togliendosi il cilindro, era come un sipario che si apriva sul seguito, tra le note delle canzoni di Marlen Dietrich.
La novità, da quella sera, era che ora, in finale, il pubblico voleva cantare Lilì Marleen e lei, circondata dal buio, sotto la luce del lampione, con le mutandine nere e le bretelle a coprirle i capezzoli, intonava quella canzone, riuscendo a insegnare persino ai portoghesi il significato della parola "melanconia", o fado ... come adorano chiamarla:
"Unsere beide Schatten
Sah'n wie einer aus
dass wir so lieb uns hatten
Das sah man gleich daraus
Und alle Leute soll'n es seh'n
Wenn wir bei der Laterne steh'n
Wie einst Lili Marleen.

Wie einst Lili Marleen" – Inge faceva una pausa, puntando il microfono verso il parterre, per far sentire la partecipazione del pubblico e Tony faceva sentire la sua versione, almeno nel ritornello iniziale, che non disturbava quella francese e portoghese ... era un sottofondo che prendeva forza da entrambi.

"Tutte le sere sotto quel fanal
Presso la caserma ti stavo ad aspettar,
anche stasera aspetterò
e tutto il mondo scorderò
con te Lilì Marleen
con te Lilì Marleen" – e i soliti Legionari ... di passaggio come lui:
"Devant la caserme, quand le jour s'enfuit
La vieille lanterne soudain s'allume e luit
C'est dan ce coil que le soir
On s'attendait remplis d'espoir
Tous deux, Lili Marleen
Tous deux, Lili Marleen.

Il Direttore, visto il successo di quel numero, l'aveva fatto spostare nel finale e aveva fatto bene. Inge era una vera artista, caduta come una stella in quella periferia del mondo, per celebrarne degnamente la fine.

L'Amburgo d'Africa chiudeva in bellezza, sulle note di Marlen Dietrich e Lilì Marleen a fare da colonna sonora al suo tramonto!

Tony salì sul palco, mentre scrosciavano gli applausi per lei e le mise il mantello sulle spalle, per accompagnarla in camerino dove la lasciava sola, come desiderava, a struccarsi. Non prima, però, di baciare con passione Lilì Marleen, con il mascara scolato sulle guance per il sudore e felice di quanto le accadeva in quei giorni. Poi, al tavolo per cena, o qualche volta di nuovo fuori, nei casinò a giocare fino a tardi, senza mai vincere ma nemmeno perdere troppo.

C'erano sale da gioco anche di matrice tedesca. Africani del Tanganika, che fu una colonia della Germania di Bismark e, ancora oggi, come Tony aveva notato nel Dahomey, molti parlavano tedesco. Ci aveva accompagnato Inge, una sera, per farle parlare la sua lingua madre, fa sempre piacere dopo tanto tempo e lei si fece molti amici tra i tedeschi d'Africa, l'aiutavano a capire il baccarat e, al tavolo dei dadi, quando li lanciava, era un coro d'incitamento tutto per lei, rigidamente in tedesco.

Giorni pieni, felici, carichi di passione e che bruciavano le ore come un incendio, nella savana, divora l'erba secca.

Arrivò il suo ultimo giorno di contratto, il Direttore gliel'avrebbe rinnovato subito, pur non sapendo fino a quando, ma Tony gliel'impedì.

“Il tuo destino non è qui, spogliarellista in un mondo che muore.
Ti aspetta il musical in Europa, sono sicuro che andrai anche in America, a Broadway. Sei grande ... non farti deviare da niente e da nessuno!”
“Vorrei stare ancora un po’ con te Tony ... mi mancherai da morire”.
"Anche il mio destino non è qui ... anche io andrò via, magari all’ultimo minuto, appena il destino mi mostrerà la prossima meta e ... pure a me mancherai, ma non da morire, da vivere, per rivederci un giorno se Dio, o il destino che dir si voglia, vorrà! Piuttosto, mi hai detto che avevi ancora un po’ di giorni, sette se non sbaglio, prima di dover partire per presentarti in tempo per iniziare le prove al Teatro. Ebbene, senti cos’ho pensato, ne ho già parlato con Taco, dovrò dargli una conferma stasera, dopo lo spettacolo, l’ho invitato qui a bere qualcosa. Se ti va, domattina, ci porta in aereo in un arcipelago a nord, si chiama Arcipelago Bazaruto, uno degli ultimi Eden rimasti incontaminati. Sono isole coralline, quasi unite le une alle altre, con spiagge e banchi di sabbia finissima tutt’intorno e uno dei fondali più belli del mondo.
C’è un villaggio, Benguerra, dove troveremo un lodge di legno e paglia, ma ci sarà un comodo letto, persino un piccolo frigo e gite subacquee organizzate sulla barriera corallina. Che te ne pare ... Ci stai?”
“Ya ... ci sto, ma poi come farò per partire? Il mio volo parte dall’aeroporto di Lourenço Marques e non ce ne sarà un’altro fino alla settimana dopo ...”
“Ah già ... dimenticavo la parte seconda del programma: Lo annullerai domattina stessa e ne farai un altro da Nairobi, in Kenya, diretto per Londra e da lì, per raggiungere la Germania, troverai voli tutti i giorni ... ho già chiesto a Salvador Pereira, lo spedizioniere, di pensarci lui. Devi solo darmi l'Ok.”
“Ma come ci arrivo a Nairobi?”
“Dammi tempo ... il sesto giorno, Taco, ci verrà a prendere e ci porterà alle bocche dello Zambesi, poco più a nord, le imbocchiamo percorrendole per un bel tratto a pelo d’acqua, ma tagliando diritto su qualche ansa più ampia o ci raddoppierà il percorso, poi taglierà in linea retta, tra Savana e Jungla, verso gli altipiani. Sorvoleremo il lago Kariba e dovrà fare uno scalo per rifornirsi di carburante dove sa lui, poi ci porterà alle cascate Vittoria, nell’alto Zambesi. Sono uno spettacolo della natura unico nel suo genere: cascate di cento metri d’altezza, su un fronte di un chilometro e mezzo.
Il salto dello Zambesi degli altopiani centrali, verso le grandi pianure occidentali, il bacino dello Zambesi ... Volevo vederle e questa sarà un’ottima occasione per farlo. Atterreremo proprio davanti ad esse, su una lingua di terra vicino al ponte della Regina, il Queen’s Bridge.

Il tempo di farti scattare qualche foto, due passi e ripartiremo per Linvingstone, la città dell'esploratore inglese che scoprì le cascate Vittoria, è ad appena dieci chilometri dalle cascate. Là ci separeremo, prenderai un volo delle linee interne dello Zambia per Lusaka, la capitale.
Da Lusaka avrai già il volo prenotato per Nairobi e sarà stata prenotata la modifica del tuo biglietto per Londra, serve solo la tua conferma, entro domattina ... Purtroppo, da Nairobi non c'erano voli in coincidenza per la Germania, ma una volta a Londra troverai voli a tutte le ore per qualche aeroporto tedesco ... poi a destinazione.
Ci saluteremo a Livingstone. Ho provato a convincere Taco a portarci fino a Nairobi, ma la distanza è troppa ... oltre duemila chilometri, oltre a quelli che avrà già fatto e a quelli da fare per il rientro, sorvolando la costa del Tanganika. Vuole fermarsi a riposare per la notte a Livingstone, fare il pieno e ripartire l'indomani mattina per Marques. Sarò di nuovo qui, quando tu starai arrivando in Germania ... finché durerà, o finché non mi sarà indicata la nuova via ..."
La risposta di Inge fu l'abbraccio con cui lo strinse a se.
Lui la lasciò sola a prepararsi per l'ultimo spettacolo. Avrebbero avuto modo dopo di salutarsi davvero.
Taco arrivò in tempo per godersi lo spettacolo e ne fu entusiasta. Non solo per il numero di Inge, anche le altre erano brave ed erano in quattro a dare l'addio a Lourenço Marques con quella serata. Ogni mese le artiste erano sostituite con altre, ma non questa volta. Tony aveva saputo che il Direttore non aveva scritturato nessun'altra, un brutto segno per la città.
Lo disse a Taco che commentò serafico:
"Quando i topi si preparano a tuffarsi, solitamente significa che la nave affonda!"
"Una ragione di più per divertirsi quest'ultima sera ..." – rispose Tony, alzando il bicchiere in direzione di Inge che, bella più che mai, entrava in sala raggiante.
Fu una splendida serata d'addio. La cena fu consumata tra le risate e, mentre loro rivivevano le ultime emozionanti avventure di viaggio, nei tavoli vicini, contagiati dalla loro allegria, non erano da meno.
Le stripteasers erano letteralmente invocate ai tavoli e festeggiate, tra lo schiocco dei tappi che saltavano, fino a quando, Felipe Madera, il vecchio portoghese non si alzò per prendere la parola. Tutti fecero immediatamente silenzio, si potevano sentire volare le mosche.
"No, quello non era un agente di commercio" – pensò Tony, mentre Felipe Madera, preso un microfono, iniziò a parlare sommessamente:

"Amici ... vecchi e nuovi. Con alcuni di voi ci vediamo da qualche decennio e abbiamo conosciuto altri tempi, qui, nelle colonie orientali.
Oggi, questa bella serata, con la quale diamo l'addio a queste bellissime donne ... bravissime artiste che ci hanno allietato con la loro arte e la loro bellezza, mi offre l'occasione di dirvi addio anch'io. Partirò tra due giorni, vado a Macao, sull'altra sponda di questo mare oceano. Quel che rimane ancora di questo nostro bellissimo Impero e, per farlo, ho chiesto alla bravissima Magdalena Ruitz, di cantare per noi "Adeu" ... è il nostro Fado, il canto della nostra anima.
Magdalena era con Felipe Madero, seduta al suo tavolo, si alzò e lui stesso l'accompagnò sul palco dove, preso in mano il microfono, appena iniziata la musica, iniziò a cantare con una voce struggente un canto pieno di malinconia ... Fado, ma anche di speranza. Dedicato a tutti coloro che dovevano dirsi addio, con la speranza di rivedersi.
Inge si era appoggiata a Tony, non capiva le parole a parte il titolo, Adeu, ma la musica era sufficiente a predisporre l'animo alla malinconia, poi chiese a Tony:
"Che bella ... cosa dice?"
Era troppo per Tony, avrebbe dovuto tradurre le parole portoghesi e difficili da capire appieno, perché deformate dalla musica, nella sua lingua, poi in Francese per Inge ... fece un sunto:
"E' la storia di due amanti che si amano, ma devono lasciarsi e lei canta tutto ciò che lascerà, la terra, gli amici, il suo amante, sperando di rivederli tutti un giorno ... molto presto ... Bella, mette un po' tristezza, ma è bella".
Già, metteva tristezza a tutti, erano davvero tutti in partenza, anzi, il termine esatto era smobilitazione ... si girò verso Inge che aveva poggiato la testa sulla sua spalla destra e si accorse che piangeva sommessamente.
"Hey ... che fai? ... piangi? Perché? ... Tra poco sarai a casa, devi essere felice".
"Questa canzone fa piangere ... non farci caso".
"Per la mia traduzione? ... allora se ti dicevo che parlava di paperino avresti riso? – le disse Tony, per sdrammatizzare un po', riuscendo a strapparle un sorriso, poi aggiunse - Allora, domattina all'isola di Benguerra? ... Alloggio in capanna, mangiare solo pesci e frutta, mare, sole e sesso a volontà e tu ... piangi!? ... ma sei matta?"
Inge lo abbracciò e si riprese dal ... Fado, ricominciando a mangiare, con Taco che le indicava quali parti del vassoio di cibo locale era meglio gustare per primo.
La serata stava davvero finendo in una malinconia generale e decisero, presi tutti gli accordi col pilota, di salire in camera. Era l'ultima notte che

potevano passare assieme in una camera dotata di tutti i comfort, ed era stupido non approfittarne e ... ne approfittarono a lungo, restando anche a mollo, nella vasca profumata, abbracciati fin quasi a cadere addormentati così, per poi andarsene a letto, spossati e felici, pronti alla nuova avventura.

La mattina dopo, di buon'ora, Inge completò i suoi bagagli che aveva già pronti e con calzoncini kaki, che nulla toglievano al suo sex appeal da donna del nord, una canottiera variopinta all'Africana sotto la camicetta dello stesso colore del pantalone, scarponi da esploratore e calzettoni grigioverdi, si presentò all'uscita dal bagno, davanti a Tony, divertito, come del resto la prima volta che la vide vestita così e ancora di più lo fu quando lei, aperto l'armadio, tirò fuori il cappello da esploratore che, la prima volta, non ebbe il coraggio di indossare.

"L'ho comprato apposta e voglio metterlo almeno adesso. D'altra parte il sole è forte e, se dobbiamo stare molto all'aperto, questo è utilissimo.

E' fatto proprio per riparare la testa dai raggi del sole e mi sta bene, guarda!" - in effetti, a lei stava benissimo.

"A te sta bene tutto ... ma ho sempre pensato che sotto quei caschi coloniali, alla fine, facesse più caldo che sotto i raggi del sole diretti, però, provalo. Se ti sembrerà così, lo butterai, altrimenti ... evviva il casco!" – si diedero un ultimo bacio in quella stanza dove avevano vissuto giorni felici e uscirono, mentre i facchini dell'hotel portarono al taxi le due valigie, lei andò in direzione a ritirare il suo assegno di liquidazione. Aveva sulle spalle un piccolo zainetto contenente il necessario da viaggio e i documenti.

Raggiunsero l'aeroporto attraversando una città che appariva sempre più incredula, ma rassegnata alla sua fine, e decollarono in pochi minuti.

Capitolo XV
Le orme sull'arcipelago Bazaruto

Taco anticipava le tappe del viaggio e, contemporaneamente, ne chiedeva conferma.
"Allora, tra circa due ore, atterrerò in una pista ricavata nella boscaglia dell'Ilha di Benguerra. Verranno a prendervi dei pescatori che hanno organizzato qualcosa per i turisti. Dormirete in capanna da loro e penseranno al mangiare e all'acqua. Se volete, organizzano anche battute di pesca nella barriera corallina e, tra sei giorni, oggi compreso, vi verrò a prendere e vi porterò alle bocche dello Zambesi. Risaliremo il fiume per un po', dopodiché taglieremo in diagonale verso l'altopiano centrale, le cascate Vittoria. Lasceremo Inge a Leopoldville, da lì ha un aereo di linea, questo è il biglietto che la porterà a Lusaka, poi da Lusaka ha una coincidenza con Nairobi, in Kenia, e da lì in volo diretto fino a Londra.
Il biglietto per Londra lo riceverà all'aeroporto di Nairobi, da un agente della Van Hommeren ... Va bene?"
"Ya ... va bene!"
"Mi sembra perfetto Taco, procura solo di non mancare all'appuntamento o per Inge sono problemi. Dev'essere a Francoforte tra sette giorni".
"Dalle cascate Vittoria a Leopoldville sono circa dieci kilometri ma poi, per Lusaka, c'è un bel pezzo e Nairobi è fuori dalla portata di questo aereo, ci metteremmo troppo. Però i voli di linea nello Zambia sono velocissimi, buoni aerei, molto comodi ... forse Dakota o Junker a elica, in poche ore sarà a Nairobi e da quell'aeroporto decollano i Jumbo jet ... mille kilometri all'ora Huuhhuuuh..." – precisò Taco, rannicchiandosi alla cloche scimmiottando i piloti dei Jumbo, o meglio, quello che lui immaginava sui piloti dei Jet.
Tony chiese a Taco di fare un ultimo giro sulla Bahia e sulla città per Inge, che stava fissando giù cercando di vedere il più possibile, poi puntò a nord, lungo la costa, sorvolando a bassa velocità centinaia e centinai di chilometri di spiagge bordate da una vegetazione lussureggiante che contrastava con l'azzurro dell'oceano Indiano. Si trovarono vicini a uno stormo di Fenicotteri rosa, i Flamingos, uccelli migratori e Taco si abbassò di colpo, spaventato. Finirci in mezzo significava un massacro con l'elica, ma anche grossi guai per loro se si fosse inceppata. Nel frattempo, però, fu bellissimo!

Si poteva quasi toccarne alcuni con quella sagoma magica e i colori straordinari. Trovarsi in mezzo a loro che si alzano in volo da una laguna dà una sensazione indescrivibile, magica, bisogna provarla per capire. Volare in mezzo a loro poi ... lasciava senza fiato.
"Guarda come arrancano irriducibili ... sono ammirevoli. Sai quante volte mi sono trovato in pieno oceano con il ponte della nave ricoperto di uccelli migratori? I marinai non li possono vedere, cagano tutta la nave, si riposano un po', poi riprendono il volo.
A me ricordano le leggi della vita, la lotta per la sopravivenza ... il creato. Pazienza per gli escrementi sui ponti, alla fine basta una manichetta d'acqua per risolvere il problema. Noi umani, spesso, non diamo alcuna importanza a queste manifestazioni di Dio. Abbassati ancora Taco, facci vedere quei Dhow la sotto ..."
Tony stava indicando a Inge alcuni Dhow, barche da pesca e da trasporto tipicamente africane, dalle alte vele a pinnacolo e gli scafi colorati, impegnate in una battuta di pesca, valeva la pena scattargli qualche foto e Inge non si lasciò sfuggire l'occasione.
Arrivarono in circa tre ore sull'arcipelago e Taco glielo fece sorvolare per vederlo nella sua interezza, le isole Benguerra, Bazaruto, Inhambane e l'Ihla di Luene, con la penisola di San Sebastian, dove stazionano i Flamingos, erano quasi tutte collegate da banchi di sabbia corallina bianchissima e circondate da acque cristalline. Su una spiaggia alcune tartarughe marine erano quasi sulla riva, in acque basse, tanto da poterle distinguere chiaramente. Bel posto davvero, ci sarebbero stati benissimo. Anche Tony aveva voglia di un po' di mare ... non quello da navigazione oceanica ... mare-mare, quello da tuffo in acqua, nuotate sulla riva, risate con gli amici ... bagno di mezzanotte ... barbeque di pesce e, tra poco avrebbe avuto tutto questo, il posto era splendido.
Taco virò a oriente, una virata ampia, sul mare, per allontanarsi dalla spiaggia e poi scendere sulla pista appena accennata tra la vegetazione.
"Accidenti Taco ... guarda ... l'ho persino vista questa volta ..."
"Cosa?" – chiese Inge appoggiandosi alle spalle di Tony per vedere anche lei chissà quale meraviglia.
"Quella ... guarda, addirittura una quasi pista d'atterraggio, incredibile!" – disse Tony, facendola ridere. Taco no, non aveva capito la battuta ed era impegnatissimo a centrare la pista. Abituato com'era a non averne, doveva sembrargli strano dover scendere nella direzione giusta e poggiare le ruote nel punto esatto per non finire tra la boscaglia, ma fu impeccabile come al solito.

Arrivarono subito due pescatori che presero le valigie di Inge e le passarono a due donne che se le misero in testa, dopo averli salutati amichevolmente. Tony non poté fare a meno di ricordare le donne del suo paese, quando non tutte le case avevano l'acqua corrente e la sera, in processione, andavano al lavatoio a riempire le brocche di terracotta che tenevano sul capo, riportandole a casa, con passo lento ed elegante, in un equilibrio che pareva impossibile.
I pescatori parlavano la loro lingua incomprensibile, ma il messaggio era chiaro. Li seguirono e, dopo circa un quarto d'ora di pista, costeggiando la spiaggia, arrivarono al villaggio di capanne e seguirono i due fin dentro una di esse. Non era rotonda ma a forma di casa, rettangolare e col tetto spiovente sui due lati, fatto di paglia che la ricopriva come un morbido cappello e teneva al riparo dal sole il letto di legno scuro, con biancheria di lino grezzo. L'arredamento, spartano, era completato dall'armadio a due ante, il tavolo con quattro sedie e la cassapanca, unici arredi di tutto quell'unico locale, ampio e ben ventilato. Ci sarebbero stati benissimo. L'ingresso era direttamente rivolto al mare, che distava qualche decina di metri dalla veranda, anche quella di legno e paglia.
"Bene ... questa sarà proprio una bella vacanza, proviamo la cucina Taco? Ti fermi con noi a pranzo ... no? ... non vorrai mica ripartire subito".
"No, sono stanco, stamattina ho portato dei Sud Africani a Pretoria che era ancora buio. Poi il viaggio fin qui ... ripartirò stasera, col fresco. Non vorrei che mi rispedissero altrove. Ci sarà tempo domani per lavorare ancora. Qui si mangia il pesce all'antica, vedrai" – replicò Taco.
"Sì ... ma c'è ancora tempo per fare un bel bagno, sentiamo com'è l'acqua!" – disse Inge, spogliandosi.
Tony mise la sua sacca nella cassapanca, era tutto il suo bagaglio, spazzolino da denti, dentifricio, rasoio da barba, saponetta, pettine, Luger e tutti i suoi soldi che certo non poteva lasciare in Hotel, col rischio di trovarci i comunisti al rientro ... Stava per uscire a raggiungere Inge che era già corsa verso il mare, quando Taco lo fermò per un braccio.
"Tony, non ho detto niente in sua presenza per non spaventarla, ma tu curati di non farla andare mai oltre i banchi di sabbia, da questo lato della barriera è sicuro ma aldilà ci sono gli squali, tanti, tantissimi squali. Squali Leuca ... sono sulle acque costiere, solitamente non attaccano l'uomo, ma capita di esserne morsicati e qui, senza nessuna assistenza medica, si finisce per morire dissanguati o per l'infezione. Comunque, per ogni cosa, il capo del villaggio ha una radio e sa come contattarmi."
"Kakkio! ... hai fatto bene a dirlo solo a me. Non le dirò nulla, ma ci starò attento. Le dirò ... che so nuotare poco e ho paura delle acque profonde!"

"Ottima idea ... ci vediamo al "ristorante" ... è quella tettoia di fronte al pontile di legno, con le barche dei pescatori intorno. Tony guardò in quella direzione mentre raggiungeva Inge. Vide la tettoia, le barche in secca, e alcuni barbeque di pietra. Sì, era il ristorante locale che più rustico non avrebbe potuto essere.

Inge si era tenuta gli slip, il reggiseno non lo indossava quasi mai ed era entrata in acqua fino al ginocchio, guardandosi intorno estasiata, con una forte brezza sui capelli. Tony l'abbracciò da dietro, baciandole il collo e lei si lasciò andare a quell'abbraccio.

"Ti piace? ..."

"E' meraviglioso, mai visto un mare così!"

"Allora godiamocelo tutto! - e si buttò in acqua trascinandola con sé. S'inseguirono, abbracciarono, tuffarono più e più volte, tra le risate. L'acqua dell'oceano Indiano era fresca e i piedi poggiavano su una sabbia finissima, quasi impalpabile, era un piacevole massaggio camminarci sopra. Si sdraiarono sul bagnasciuga, il sole molto forte li asciugò subito e la sensazione di bruciore sulla pelle li avvertì che era meglio non starci troppo sotto ... non senza la crema che aveva Inge, molto protettiva e, per quell'occasione, l'avrebbe usata anche Tony. Si avviarono, tenendosi per mano, alla loro capanna e Inge indossò una maglietta per raggiungere il ristorante. C'erano delle panche sotto dei tavoloni e occuparono i posti vicino a Taco che simpatizzava con una delle donne impegnata a preparare una salsina per l'arrosto di pesce. Bella donna e Taco mostrava il suo lato latin lover: sorrideva, la fissava negli occhi, parlava con voce suadente e faceva in modo di far notare il suo dente d'acciaio.

Tony lo fece notare a Inge e spiegò: "Da noi è considerato quasi una vergogna avere denti finti, ma qui, che hanno denti perfetti, è considerata una vera sciccheria dalle donne d'Africa avere un dente d'acciaio che brilla al sole ... tutte ne vorrebbero almeno uno.

In Sud Africa, una tribù, i Caleb, si fanno togliere gli incisivi per via dei loro canoni di bellezza, si sentono più attraenti. In Nigeria, invece, un'altra tribù se li fa limare in modo da apparire appuntiti, come quelli delle belve. Cose da pazzi!"

I pescatori stavano macellando un grosso pesce, sembrava una cernia, ma gli avevano già levato la testa e dal corpo era impossibile capire di più. Lo tagliavano a trance che la spasimante di Taco metteva in un grande tegame di terra cotta a insaporire con la sua salsina, mentre altri due accendevano il fuoco sotto uno dei barbeque di pietra.

Si poteva avere della birra fresca ed anche ghiaccio. Un gruppo elettrogeno dava corrente a una cella frigo, dove i pescatori mettevano il

pesce che non mangiavano, per tenerlo in fresco fino all'arrivo di un barcone a motore che, due volte la settimana, portava provviste e ritirava il pesce.
Un'oasi di pace, niente radio, niente TV, niente giornali ... davvero fuori dal mondo.
"Taco, chiedi quanto dobbiamo per il pranzo ... avendo problemi di lingua è meglio sapere ora quanto dobbiamo pagargli per tutto."
"Niente ... è tutto pagato con quello che mi hai dato, sei giorni alle Bazaruto, vitto, alloggio e accompagnamento per gite in mare sul Dhow... All inclusive!" - precisò, con un sorriso compiaciuto.
"Non l'avevo capito un vero affare. Beh ... comunque voglio fargli un regalo ... Gli darò un po' di escudos ... alla partenza magari."
"Se vuoi fargli un regalo, chiedigli cosa vorrebbero ed io ti dirò quanto costa, poi quando tornerò a prendervi glielo darò ... del denaro non se ne fanno nulla ... Ti sei guardato intorno?"
"Ah ah ah ...hai ragione ... Va bene, allora digli che vogliamo fargli un regalo. Un regalino a ciascuno di loro, per amicizia, chiedigli cosa vogliono e fai un elenco e il conto".
Taco provvide subito alle traduzioni e la sua amica si girò a guardarli con un grande sorriso e uno sguardo dolcissimo.
Mangiarono del buon pesce e della frutta tropicale e mentre si gustava una bella birra fresca all'ombra, conversando con Inge, arrivò Taco con la lista dei regali e, leggendola, li fece ridere di gusto. Un lungo elenco di cianfrusaglie, ma per loro preziose: Pentolame, alcuni bidoni per l'acqua, qualche metro di stoffe colorate, due coltelli ben affilati, una serie di ami da pesca, qualche rotolo di lenza, una palla ...
"Una palla? ... che palla?" - chiese Tony per la sorpresa di una richiesta così insolita rispetto alle altre.
"Una palla per il football ... per i bambini del villaggio".
"Bambini? Non ho visto bambini ... dove sono?"
"Sono i figli dei pescatori, la mattina vanno ad aiutare per la pesca o a sistemare trappole per i pesci. Saranno una dozzina, vogliono un pallone".
Tony si guardava in giro e ne vide due che lo guardavano curiosi, come si guarderebbe un alieno. Fece cenno di sì con la testa a Taco e li vide sorridere e correre a dare la notizia agli altri.
"Beati loro, a quell'età si può essere felici anche solo per una palla.
Mi raccomando Taco, compraglielo buono, di quelli di cuoio, con la camera d'aria, che duri per un po'. Per la spesa, quando torni mi darai il conto, OK?"

Ora mi sembra un ottima idea andarci a riposare ... con questo sole stare in spiaggia proprio non è indicato ... giusto?" – disse, rivolto a Inge che lo seguì.
Nella casa c'era un bel fresco, tutta quella paglia sul tetto, così alto, e la brezza marina che circolava di continuo, la rendevano climatizzata al naturale. Erano proprio stanchi e si addormentarono abbracciati dopo essersi scambiati qualche bacio. Poche ore, giusto il tempo di riprendersi, poi fuori, in costume da bagno, con il sole meno alto e spalmati di crema solare. Davanti alla capanna c'era una spiaggia ampia e bianchissima, sembrava talco per quanto era impalpabile.
Tony indicò un banco di sabbia alla loro destra ... formava una duna proprio davanti alla spiaggia.
"Ci permetterà di camminare sulla sabbia e avanzare più profondamente verso il mare. C'è una barriera ricca di pesci, voglio dare un'occhiata ..."
Inge lo superò e le camminava davanti, la sua attenzione non poteva andare al panorama, ma a quelle anche sinuose, dai glutei perfetti, che danzavano davanti a lui. Guardò anche le sue lunghe gambe e i piedi che affondavano leggeri in quel talco.
All'improvviso restò colpito come da una saetta ... ma era tutta nella sua mente. Gli sfuggì un' esclamazione. Inge si voltò subito, chiedendo cosa avesse.
"Guarda ... guarda dietro di te e dietro di noi ... non vedi? ... le orme, quelle del mio sogno ... le orme sul sale. Sono qui, dietro di noi ... le sto seguendo".
Tony si lasciò cadere all'indietro, seduto e poi sdraiato a braccia aperte su quella strana sabbia, così simile al sale o al talco. Inge fece lo stesso, sdraiandosi su di lui.
"Che significa Tony? ... cosa vuoi dire?"
"Significa che sono sulla strada giusta ... ho visto esattamente l'immagine del sogno ... sto seguendo le orme, le raggiungerò ... vedrò di chi sono!"
"Sono le mie ... seguimi pure ..." – disse, baciandolo con trasporto, l'intenzione era chiara e su quella strana sabbia, in quella spiaggia deserta, ci stava proprio bene e si rotolarono avvinti l'uno all'altra come l'edera, baciandosi e raggiungendo l'acqua così, dove trovarono l'estasi.
Rimasero a farsi carezzare la carne nuda dai piccoli flutti della battigia. Poi provarono ad asciugarsi con quel talco, se lo spruzzavano addosso, esattamente come si fa con i bambini dopo il bagnetto.
A Inge piacque al punto da rotolarcisi di nuovo, ritrovandosi come un pesce infarinato. Tony la trovò persino più sexy così, nuda e infarinata.

"Dovresti ricordare tutto questo per qualche futuro spettacolo, sembri una femmina extraterrestre ... di quelle bone!"
Inge rise e lo spinse a terra per farlo rotolare sulla sabbia, gettandogliene addosso, dove non ne era arrivata, fino a che anche lui non fu completamente ricoperto di polvere bianca.
Lo guardò, gli tese la mano e s'incamminarono sulla spiaggia, allontanandosi dal villaggio, per essere ancora più soli. Che sensazione di libertà, Tony voleva esprimerla, ma non trovava le parole francesi per farlo, disse solo, guardandola:
"Libertè!" – ma lei capì e sorridendo confermò:
"Ya ... Libertè!" – fu tutto quello che fecero quella sera, oltre vedere l'aereo di Taco che decollava proprio sopra le loro teste, ma restarono così, sdraiati sotto le palme, lei poggiando la testa sul petto di lui e giocando con i peli infarinati che attorcigliava con le dita, lui carezzandole la schiena e sentendo la voglia di lei tornare ...
Al tramonto fecero un bagno, poi recuperarono i costumi e tornarono verso la capanna, camminando in quell'atmosfera da sogno, come in trance.
Tony si sdraiò sul letto, era calmo, rilassato come poche altre volte nella sua vita. Si sentiva come se, dopo una traversata turbolenta in un mare in tempesta, fosse riuscito a rientrare in porto ... in acque tranquille e sicure.
In realtà aveva avuto un segno che la direzione era quella giusta ed era questo a renderlo così soddisfatto: Era sulla via indicata dal sogno che inseguiva da sempre. Un brivido di soddisfazione gli corse su per la schiena, al pensiero di avere svelato il significato della prima visione di quel lungo viaggio, nello spazio e nel tempo. Visioni oniriche, ma fatte da sveglio, che gli indicavano le tappe, le pietre miliari del suo cammino. Laggiù, nell'Africa australe, aveva capito che quel deserto di sale, sul quale intravvedeva le sue orme, era la rappresentazione della conoscenza, la sua volontà di capire il suo destino. Il perché era attirato verso direzioni ed esperienze ben precise e, soprattutto, scoprire che era a farlo.
Meditò, quella notte stessa, appagati i sensi e con Inge che dormiva al suo fianco, sul significato probabile delle orme che seguiva, quelle di Inge.
Non era lei, però, ad avergli provocato quei brividi, bensì le orme. Erano le orme, quindi, ad avere attinenza con l'immagine.
Seguiva le orme che l'avrebbero portato alla conoscenza.
Questo era il messaggio, il primo che era riuscito a svelare.
"Ma ... le orme di chi?" - si domandò, alzandosi per uscire, dopo una lunga carezza sulla pelle di velluto di Inge. Sedette sul pavimento di legno della veranda, nudo, davanti all'oceano Indiano. Sollevò lo sguardo a guardare il

cielo e restò incantato da quella meraviglia. Una corona di stelle come raramente si possono ammirare e la stessa Via Lattea, luminosa come non mai, che le incorniciava ... non poteva commentare altro:
"Sia fatta la vostra volontà! - pensò - quando mi giudicherete pronto, mi svelerete qualche altro mistero del mio destino".
Tony si era rivolto con quel pensiero a un'entità che sentiva sempre più presente ma ancora non identificabile con chiarezza. Aveva capito, però, che era quella a mandargli quei messaggi, come se volesse rivelargli tutto, ma parlasse un'altra lingua. Una lingua che Tony non capiva ... almeno, non per il momento!
Due mani si poggiarono delicatamente sul suo petto e dolci labbra lo baciarono sul collo, mentre sentiva la carezza dei suoi seni sulla schiena. Le strinse sui suoi seni con un sospiro ... sì, sentiva proprio il bisogno del suo calore e del suo amore. In quei momenti aveva paura di perdersi in tutto quell'infinito ... di smarrire la via che cercava e che sentiva di dover trovare ad ogni costo.
Inge gli scivolò addosso, circondandolo con le sue cosce e avvolgendolo come una seconda pelle, fino a ritrovarsi seduta tra le sue gambe, avvincendosi ai suoi fianchi con le sue, abbracciandolo e baciandolo, mentre cercava l'unione completa con lui, lasciandosi penetrare dolcemente dal suo membro e godendo insieme quei momenti fantastici, sotto quel manto stellato, al ritmo della risacca del mare.
I giorni volavano placidi, come i Flamingos che qualche volta si alzavano in volo sopra le loro teste, disturbati dalla loro comparsa in uno dei tanti laghetti interni, dove si raggruppavano in cerca di cibo, con la testa immersa nell'acqua e quei colori magici. Pensava che facessero solo a lui quell'effetto, perché gli ricordavano la terra da cui proveniva, ma anche Inge ne era affascinata.
Una sera, al tramonto del sole, pianse nel vederli levarsi in volo e non riusciva a calmarla. La abbracciò e lei disse solo:
"Fado!" – non trovando le parole in francese per definire quello stato d'animo.
Quella notte, seduti sulla battigia davanti alla capanna, nudi, col capo alzato e senza parole davanti all'immensità del firmamento, Inge si rese conto della diversità del cielo che aveva sulla testa.
"Non sono le stesse stelle che sei abituata a vedere nell'emisfero nord. Quella, soprattutto, la vedi? ... quelle stelle sistemate a forma di croce ... è la Croce del Sud, si può vedere solo da questo emisfero. Hai visto come sono grandi le stelle? ... è dovuto al fatto che questo cielo non è

rischiarato da luci di città … la notte è notte, profonda e scura e le stelle brillano di più".
"Yaa … meraviglioso, non l'avevo notato, ma a quest'ora lavoravo al Night. Questa è la prima volta che sto all'aperto a guardare le stelle. Com'è strana la vita … Tu, che credi al destino, come la vedi? … non possiamo decidere niente, tutto è già scritto?"
"No, tutto è scritto, è vero, ma siamo in grado di correggere quello scritto. Non completamente, ma in buona parte. Io la vedo come un romanzo di cui esiste la traccia, la trama, ma i dettagli appartengono a noi e possiamo metterci dentro quello che vogliamo. Per esempio, tu ed io siamo entrati l'uno nel destino dell'altra, ma potevamo evitarlo in diversi punti. Se io, invece di decidere di fare ciò che feci, avessi seguito il destino già tracciato in un primo tempo della mia vita, non sarei giunto a Márquez e, adesso, non sarei qui con te e se tu, invece di accettare questo tuo contratto a Márquez, fossi restata in Germania, a fare qualcos'altro in attesa di iniziare col teatro, non ci saremmo incontrati e, adesso, non saremmo qui, insieme. Forse io sarei stato qui con un'altra e tu con un altro? … Non lo so … può darsi, ma comunque non saremmo stati qui insieme e, probabilmente, non ci saremmo mai conosciuti e a me sarebbe dispiaciuto moltissimo. Sono felice, quindi, di tutte le scelte che ho fatto fin'ora … il risultato valeva la pena no?"
"Ya, valeva la pena, ma se possiamo cambiarlo, allora, perché non lo cambiamo del tutto e partiamo assieme? … Non potrebbe essere questo il nostro destino?"
"Sì, potrebbe … ma non è! … Io ho deciso di non forzare la mano al fato, perché ho capito … sentito più che capito, sentito nel profondo del mio essere che qualcosa, o qualcuno, voleva comunicare con me. Si sforzava di farlo, ma per qualche oscura ragione io non riuscivo a sentirlo chiaramente … non capivo, non capisco. Una cosa, però, l'ho capita, se mi lascio andare, se non cerco di spingere da una parte o dall'altra, lui sa da che parte indirizzarmi ed è quello che sto facendo.
La mia vita ha un senso ed io lo sto cercando, come ti ho detto, se la Germania fosse in quel senso, partirei con te, ma sento che non è così. Sai, a nord ovest di qui, ci sono luoghi a me sconosciuti ma noti ai miei avi. Mio padre era un soldato di un esercito sconfitto, abbandonato per anni sul lago Vittoria, in Kenya. Così mio nonno e, a pensarci bene, anche tuo padre doveva essere un soldato di un esercito sconfitto, durante l'ultima guerra il Regno e la Germania erano alleati".
"Ya … anche mio padre fu fatto prigioniero, era nell'Afrika Korps e raccontava di un campo sul lago Vittoria …"

"Vedi? questo è un legame con l'Africa che abbiamo entrambi ... ora ne abbiamo due, sono le belle stranezze della vita ... il sale della vita!"
"Però, non hai risposto alla mia domanda di prima: cos'è la vita per te Tony?"
"Ahh ... insisti! Una bella domanda. Siamo tutti impegnati a trovargli una risposta che, però, nessuno ottiene. Io credo che ce ne siano molte, tutte individuali. Dipende da noi cos'è la nostra vita. Dipende da noi dargli un significato e, un giorno, da vecchi, dopo averla vissuta ... se riusciremo ad arrivarci, sapremo rispondere. Posso al massimo dirti cosa penso oggi del significato della vita. Dunque, secondo me, la vita può essere molte cose, può essere un incubo; può essere una tragedia; può essere una noia mortale; può essere sprecata; può essere insulsa, banale, mediocre... Oppure un'avventura fantastica di cui si potrà dire un giorno guardandosi indietro: E' valsa la pena viverla! Ci sono talmente tante cose nella vita, sono talmente tante le opportunità che ci si presentano, che coglierne una sola penso sia uno spreco imperdonabile. Prendiamo te, t'immagini la soddisfazione tra una decina d'anni, quando sarai la direttrice di una scuola di danza, oppure la direttrice di Vogue o del Der Spiegel e racconterai alle tue amiche di avere fatto la spogliarellista in un Night club, in Africa, e di essere stata con me su queste isole di sogno, per sentirti rispondere tra le risate: Maddaii! ... come se stessi prendendole in giro? ... Te l'immagini? ... Non ti crederà nessuno! Dovrai mostrare le foto che hai fatto e allora ti diranno: ... belle, in quale villaggio turistico le hai scattate? ... Chiedendoti l'indirizzo dell'agenzia viaggi ... Ah ah ah ah.
Noi abbiamo scritto, insieme, un bel pezzo della nostra storia. L'abbiamo scritta dentro di noi, nei nostri geni ... e ci resterà per sempre, nessuno ce la potrà portare via".
"Che belle immagini Tony ... bellissime da condividere, sì ... non credo che potremmo dimenticare tutto questo. Anch'io voglio metterci quanto più è possibile nella mia vita, voglio che sia piena e avvincente, mai noiosa, né deprimente".
"A giudicare dagli inizi scommetterei che sarà così. Magari un giorno ci rincontreremo e ci racconteremo il resto ... chissà!"
"Davvero non sai dove andrai quando partiranno i soldati?"
"Sì, davvero ... ma può darsi in Sud Africa. Se salterò su un mercantile in partenza ... sarà quello a decidere la rotta. Dove andrà lui, andrò io, all'avventura. Questo per me significa lasciar fare al destino ..."
"Anch'io ho fatto dei sogni ricorrenti, non ne parlo mai, ma rivedo cose del passato e spesso mi sembra di essere già stata dove, invece, non sono stata mai. Anche il mio numero non me l'ha suggerito nessuno. Mi è

sempre piaciuta Marlen Dietrich, fin da piccola, cantavo le sue canzoni e mi truccavo come lei. Poi, all'occasione, ho preparato quelle basi e quei costumi per il mio numero e, il mio viaggio in Africa, è nato tra paura e attrazione. Avevo sentito bruttissime storie su Lourenço Marques, ma non ho saputo dire di no".

"Perché era nel tuo destino ... Avresti potuto dire di no? ... Sì che avresti potuto, ma non l'hai voluto!

Hai avuto il libero arbitrio sulle tue scelte. Eri a un bivio, come accade spesso, è hai scelto questa direzione. A un passo da qui c'è l'Africa tedesca, il Tanganica, magari ci sei stata in una vita precedente. Hai mai sentito parlare di reincarnazione? Ci sono anche delle religioni che credono in questo, ma anche i Greci antichi avevano una filosofia sulla trasmigrazione delle animе, mi pare Pitagora, quello che parlava e scriveva sulla metempsicosi".

"Sì, ho letto molto su quegli argomenti. L'ho fatto spinta da tutti i miei ripetuti dejavue, inspiegabili in altro modo ... ma, dimmi ... tu ci credi?"

"Te lo dico a una condizione – disse Tony carezzandole i seni mentre si sdraiavano all'inverso, l'uno di fianco all'altra, poggiando reciprocamente la testa sulle loro gambe – che mi canti una delle tue canzoni, in lingua tedesca, quella che vuoi, tanto non capisco le parole. Vedi ... anche questa è una stranezza, capisco abbastanza bene cinque lingue, nemmeno una sillaba di tedesco, eppure mi piace moltissimo sentirla parlare. Conoscerti mi pone con più forza la domanda: forse sono stato tedesco in una vita precedente? Oppure c'eravamo incontrati da queste parti e avevamo scelto di stare assieme, partire per la Germania o forse, a quel tempo, vivere assieme nella colonia Tedesca e, alla caduta di quella, conquistata dagli inglesi, siamo riparati a Sud, in quella portoghese, questa ... Boh! Potrebbe essere una spiegazione anche per il fatto che ora sento che non sarebbe la cosa giusta partire con te per la Germania. Ci sono altre cose che devo fare e che non farei se partissi con te. Però, resta tutto nel forse, nel dubbio, cioè, che la reincarnazione non esista, che la morte sia la fine di tutto ... niente inferni o paradisi, solo il nulla! Questo, però, lo trovo assurdo, del tutto inverosimile. Hai mai visto un morto decomporsi? Io sì e l'ho osservato a lungo e ti posso assicurare che non c'erano resti di anima in quelle carcasse.

Una prova che considero certa, dell'esistenza di qualcosa oltre la morte, sono proprio i miei ricordi. Sono ricordi che vanno fino a prima della nascita, quindi oltre la vita e cosa c'è oltre la vita? Forse la morte?

E' Complicato in Francese eh?"

"Ya ... complicato, ma ho capito, perché anche io ho pensato spesso queste cose e anche io credo che ci sia qualcosa oltre la morte, ma non so cosa, non riesco a darmi delle risposte ..."
Dai tempo al tempo, sai cosa penso io della vita? Penso che sia la morte del feto ... sai cos'è? Il bambino che si forma nell'utero della madre. Prova a immaginarlo, anche tu sei stata un feto. Nel momento precedente il parto, la sua nascita, potresti sentirne la paura trasmessagli dalla madre, spaventata da quell'evento doloroso. Un momento drammatico, tanto drammatico che molti feti e molte madri non ce la fanno a superarlo.
Se il feto avesse coscienza di quei momenti potrebbe riassumerli così:
Dopo la pace, panico e smarrimento.
Tremarono i mondi.
Si squarciarono i cieli.
Sprofondarono i mari.
Tutto finì in un gorgo oscuro, in un terrificante buco nero e ... Nacqui!"
"Bellissima ... davvero, sì è vero, la nascita è la morte del feto.
Allora quando moriamo noi, diventiamo il feto di qualcos'altro? Immagini cosa?"
"No ... non immagino cosa, ma non mi preoccupa, lo scoprirò a suo tempo. Tu, però, adesso, mi devi cantare una bella canzone" – le rammentò Tony ed Inge l'accontentò, sottovoce, con voce calda, sensuale, una canzone nella sua lingua, definita così dura, ma così dolce sulle labbra di Inge. Una canzone diversa da quelle del suo repertorio.
Le prese la mano, guardandola negli occhi alla luce delle stelle e, quando finì di cantare, si avvicinò a baciarla ... e ancora e ancora per poi amarsi lì, dolcemente, sulla riva dell'oceano.
Uno di quei giorni erano andati anche a pesca sui Dhow, si erano fatti dare occhiali da sub per tuffarsi in quelle acque turchesi.
Sì, sapevano che c'era pericolo di squali, ma si ripromisero di restare in acque basse, dalla parte interna della barriera e Tony portò con se il suo pugnale, ricordo del corso militare, i Leuca non sono troppo grandi, in caso di un attacco avrebbe potuto difendersi. Lo legò con una lenza al suo polso destro, così aveva le mani libere e, all'occorrenza, l'avrebbe avuto subito stretto in pugno. Fu una buona idea, quel mondo sommerso era persino più bello che quello emerso ... colori e ancora colori dappertutto. Pesci striati, dalle mille sagome e colori si agitavano in branchi intorno alla vegetazione, altrettanto variopinta e, una testuggine, che nuotava placidamente tra due scogli, gli diede un passaggio. La afferrarono entrambi al carapace e la povera bestiola, spaventata, iniziò a nuotare portandoli in superficie. Evidentemente aveva bisogno di respirare, subito

dopo, però, s'immerse con tutta l'intenzione di andare sul fondo in cerca di un rifugio e la lasciarono andare, tornando su a riprendere fiato.
Risero di quella esperienza e nuotarono verso la barca. I pescatori avevano fatto un cenno inequivocabile col palmo della mano e pollice alzato che scorreva verso di loro: squali!
Tony raccomandò a Inge di nuotare con calma e di non farsi prendere dal panico. Agitare troppo la superficie li attira, pensano a branchi di pesci e attaccano per questo. Mentre nuotava anche lui, poco dietro Inge, s'immergeva per guardarsi intorno. Il pericolo con gli squali è non vederli, come con i serpenti, se li vedeva, sapeva persino prevedere il momento dell'attacco e reagire afferrandoli alla testa. Aveva fatto pratica con le bisce d'acqua che certo non sono mortali, ma sono serpi e il modo d'agire era lo stesso.
Arrivati sottobordo senza problemi, furono aiutati a risalire. Gli ami dei pescatori avevano preso parecchi pesci da almeno un chilo l'uno e l'agitarsi di questi, oltre al fatto che uno era stato tagliato in due da qualche altro predatore del mare, aveva attirato gli squali. Ora potevano vedere anche loro alcune pinne girare intorno, poco a poppa del Dhow.
Risero anche di questo, tutto era così affascinante su quell'isola.
Pagarono un pescatore per portarli in giro per l'arcipelago, dall'alba al tramonto. Le Bazaruto erano un gruppo di isole maggiori, tre quelle che gli fecero visitare, ma anche minori, poco più di scogli, la vera bellezza era sotto la superficie del mare ... un mondo incantato.
Ilha Luene, quella più vicina alla costa continentale, sul lato orientale, dove sorgeva il sole, Cabo Sao Sebastian, ospitava una nutrita colonia di fenicotteri rosa, i Flamingos, che andarono a vedere da vicino, arrivarono quasi a toccarli prima che si sentissero disturbati da loro, spiccando il volo.
Vederli alzarsi in volo tutt'intorno a loro, nel fragore dei loro gracchi, con le ali bianche e rosse e le punte tinte di nero, con quegli strani colli e becchi piegati, le lunghe zampe distese ... ricordavano le immagini raffigurate in alcune tombe Egizie che aveva visto in qualche libro ... dava l'esatta misura dell'antichità del loro fascino.
Camminando assieme su quei banchi di sabbia, che spesso univano le isole, le une alle altre, con lingue di sabbia bianchissima, Tony non poteva fare a meno di riflettere sui suoi sogni. Come poteva aver sognato tutto questo, se non l'ha mai visto prima? Continuava ad avere quelle sensazioni di dejavue ma, ne era certo, aveva una memoria lucidissima, che gli permetteva di ricordare ogni dettaglio della sua vita, persino di quando, forse, la memoria non l'aveva ancora, perciò ne era certissimo: Non era mai stato lì! Nè aveva mai visto queste distese di sale, o talco, che

in realtà era polvere di conchiglie, mista ai coralli bianchi di quel posto, triturate dal lavorio millenario del mare .... dunque? Era forse una specie di profeta che vedeva il futuro? Questo è da escludersi, lui non prevedeva proprio nulla. Aveva bisogno di veder accadere le cose per poi capirle. Non aveva mai previsto nulla, altrimenti avrebbe previsto anche Inge e, invece, no! Nei suoi sogni c'era solo il deserto bianco e le orme che si formavano sopra e che doveva seguire ... Nient'altro per il momento. Come altre volte, rinunciava a tormentarsi con domande senza risposte, quasi sempre portano fuori strada. Avrebbe capito quando fosse giunto il momento ... com'era accaduto fino a quel momento.
Meglio dedicarsi alle bellezze che aveva intorno, Inge e quest'oceano immenso ... da esplorare e apprezzare come meritavano.
Inge era una ragazza in gamba. Peccato non conoscere la sua lingua madre, a volte si rendeva conto che voleva parlare con lui di argomenti troppo complicati da trattare in una lingua che conosceva in maniera approssimativa, ed era lo stesso per Tony, allora rimediavano ridendo e facendo l'amore ... che altro?
La sera mangiavano le grigliate di pesce in comune e, qualche volta, qualche piatto di pesce in umido, fatto alla maniera locale, con l'influenza portoghese, come una cena a base di matata, entrée a base di cozze e vongole cotte con foglie di zucche, proprio alla portoghese e insalata di gamberi e aragoste, condite con curry indiano e pezzetti di noce di cocco. Oppure maiale con frutti di mare che, certamente, era stato interamente appreso dai portoghesi. Qualche birra fresca e poi in spiaggia, per il bagno di mezzanotte ... sotto una luna immensa che, quella settimana, non si era fatta desiderare. Così fino al giorno della partenza, che arrivò di sorpresa. Taco li svegliò di buona ora e, vedendolo, compresero che quei giorni meravigliosi erano già nel passato ... sembrava fossero arrivati nell'arcipelago appena ieri.
"Non puoi ripassare la prossima settimana? - disse Tony, ma era una battuta, sapeva bene che dovevano alzarsi e riprendere il viaggio senza indugi, o tutta la scaletta di coincidenze preparata da Taco sarebbe saltata e Inge avrebbe mancato l'appuntamento col suo destino ... No, non si poteva, si alzò e baciò Inge scuotendola per svegliarsi.
"Oh no ..." - disse vedendo Taco in piedi davanti a loro. Si girò ad abbracciare Tony, incurante di essere nuda. Taco disse di avere consegnato i regali e che aveva ricevuto delle focacce e della frutta da mangiare in viaggio. Li avrebbe attesi lì, al ristorante, e uscì, esortandoli ancora una volta a fare presto.
Tony ricambiò l'abbraccio di Inge, anche lui si sentiva disperato.

"Dobbiamo andare, o perderai l'aereo per Nairobi".
"Non voglio andare ... no, voglio stare qui, con te".
"Qui con me? ... Io non starò qui ... vado via anch'io e, come ti ho detto, il bello è che non so dove, tutto quel che so è che ora accompagnerò te e poi tornerò indietro a Márquez ... fino a quando non si sa ... fino a che cadrà. Ti rendi conto che vorresti restare in un mondo morente? Dai ... ne abbiamo parlato a lungo e la cosa migliore da fare è questa, magari, se sarà destino, ci ritroveremo in Germania e ci racconteremo ogni dettaglio di ciò che ci è accaduto nel frattempo e ... ne avremo di cose da raccontarci ... No?"
"Ya ... hai ragione. Tu, però, fai in modo che il destino ti riporti presto da me ... ti prego mein liebe ... torna da me!" – rispose Inge, baciandolo con passione.
"Tutto quel che posso dirti te l'ho già detto Inge. Io sto seguendo il mio destino, scrupolosamente e senza esitazioni, è lui che mi ha portato da te, che ci ha fatto incontrare, così come il tuo ti ha portato qui ... Noi possiamo solo augurarci che accada di nuovo e, vedrai, non ci sono motivi perché un incontro così straordinario non debba ripetersi. Ora, però, alzati, o il destino di entrambi s'incazzerà e non ci farà incontrare più ..." – replicò Tony, facendola ridere e saltare giù dal letto velocemente. S'infilò gli slip e si lavò la faccia sul catino di ferro smalto bianco che era la loro camera da bagno, nel quale Tony le aveva versato l'acqua di una brocca, dello stesso materiale, che trovavano sempre piena in camera.
Fece altrettanto, mentre lei finiva di vestirsi con il look Afrikaner. Solo il casco coloniale, che non aveva mai usato, restò sopra la cassapanca, dove l'aveva poggiato all'arrivo.
"Magari qualcuno di loro lo userà per coprirsi dal sole sulla barca".
Tony assentì, ma dubitava molto che qualcuno del villaggio potesse indossare quel catafalco in testa, al massimo l'avrebbero usato i ragazzini per giocarci. Lui portò il catino sul tavolo, si bagnò la barba, la insaponò e, con pochi colpi di rasoio, fu pronto in un attimo. Una spruzzata d'acqua sui capelli, pettinati passando la mano all'indietro con le dita aperte, un attimo per infilare i jeans, la maglietta e le Adidas e, riposto il pugnale, che aveva usato per tagliare una noce di cocco, nella sua sacca, le fece cenno col capo per farla uscire per prima. Inge si voltò a guardare un ultima volta quella capanna, dove si era sentita così felice in quei pochi giorni che valevano una vita intera e si diresse, con lui, verso il ristorante.
Trovarono tutti in attesa per ringraziarli dei regali ricevuti e li mostravano, bei coltelli in acciaio inox, con manico di legno, stoffe dai colori sgargianti, come piacciono alle donne africane e due bellissimi palloni in cuoio che i

bambini già si contendevano, insieme ai pacchetti di caramelle colorate che Tony aveva chiesto a Taco di trovare. Avevano preparato una bevanda calda ... forse era una specie di karkadè con altre erbe, buona ... e delle focacce. Il tempo di consumare la colazione e si diressero verso la pista.
I bagagli li avevano già portati sull'aereo e s'incamminarono nella boscaglia. Una decina di minuti dopo il motore iniziò a rombare e l'aereo si girò verso oriente, la parte più lunga di quell'accenno di pista e decollarono, accompagnati dalle grida dei bambini.
Taco virò a sinistra e si diresse a ovest, verso la terra ferma, il continente africano.
"Dirigiamo verso le bocche dello Zambesi, a circa un'ora e mezza da qui, ho fatto il pieno all'aeroporto di Villanculo, di fronte all'isola di Benguerra, siamo a posto per ottocento chilometri ma dovremo fare uno scalo per rifornimento. Ci sono diversi aeroporti, in altri tempi quello di Tete sarebbe stato perfetto. Adesso, però, l'interno è in mano al Frelimo, potrebbero requisirmi l'aereo.
"Scherzi? ... evita il Mozambico, devia dalla rotta quanto vuoi. Una volta viste le bocche dello Zambesi e sorvolato qualche tratto del fiume, possiamo passare in Zambia e trovare un aeroporto lì. T'immagini se restiamo appiedati nel Mozambico occidentale? ... Mamma mia!"
Taco rise, ripetendo: "Sì ... Mamma mia!"
"Quelle dune ... vedete quei banchi di sabbia e quella laguna alle spalle? Quelle sono le bocche dello Zambesi ... ora ci abbassiamo e seguiremo il corso del fiume per un po', ma in linea retta. Lo Zambesi non ha un corso lineare e dovremo lasciarlo, altrimenti, invece che mille chilometri fino alle cascate Vittoria, ne faremmo duemila, forse più".
"Taco dice che siamo sullo Zambesi, per questo plana" – gridò Tony a Inge che, col finestrino aperto, scattava foto a raffica.
Presero di nuovo a volare bassi sul fiume, questa volta lo Zambesi. Sorpresero spesso branchi di animali selvaggi intenti a guadarlo, ma furono immagini fugaci, non c'era la possibilità di virare per vedere meglio. Sorvolarono anche alcuni ponti, poi la Savana, mandrie di elefanti con maschi dalle grandi orecchie che con le proboscidi alzate barrivano all'aereo, zebre e gnu a perdita d'occhio, placidamente al pascolo che stranamente non fuggivano al loro arrivo. Forse avevano appreso da ripetuti sorvoli che gli aerei non erano una minaccia per loro ... non erano leoni volanti!
Lo spettacolo atavico e meraviglioso dell'Africa nera, ancora e sempre uguale ai tempi in cui gli Homo Sapiens fecero i primi passi verso la

conquista del mondo, si mostrava sotto di loro. Poi, un'impennata improvvisa e Taco che gridava:
"Ci sparano addosso, dobbiamo salire in quota ..."
"Chi ci spara addosso? ... Guerriglieri?"
"Sì, sono su un camion e una jeep, per fortuna hanno solo i kalashnikov, non ha gittata, stando a cinquecento metri di quota siamo abbastanza fuori tiro. Questo, però, è un segnale da cogliere che è bene non scendere in Mozambico a fare rifornimento. Ora viriamo di rotta ... prendi quella carta, dentro la sacca sotto il cruscotto, sì quella ... aprila" – Tony non pensava che quella potesse essere una carta. Era talmente malridotta da aver perso persino il colore della copertina, era tutta marrone e, aperta che fu, non era combinata meglio, ma Taco non pareva farci caso, se la mise davanti, tenendo ferma la cloche con le ginocchia e prese a consultarla.
"Dobbiamo passare in Zimbabwe, non devieremo di molto, viene comunque di strada. C'è un piccolo scalo, dove potremo fare rifornimento, a nord di Harare. Da lì, in un'ora e mezza, saremo alle cascate Livingstone, è a pochi minuti di volo e poi all'aeroporto internazionale dello Zambia, Lusaka, un'altra ora e mezza. Ora godetevi il paesaggio ... lo Zimbabwe è ricoperto di savane e foreste ... scenderò di quota" – disse Taco, planando su un oceano verde che si estendeva a perdita d'occhio sotto di loro. Erano in volo tra acquitrini alluvionali, fiumi e savane, da poco più di tre ore, quando Taco li richiamò su un punto davanti a loro, un gruppo di baracche e una pista appena segnata tra le erbe alte.
"E' un posto per safari, portano in giro i turisti, a volte cacciatori. Potremmo bere una bella birra fresca e sgranchirci un po' le gambe mentre mi faranno il pieno ... tra un paio d'ore saremo alle Victoria Falls".
Taco si fermò proprio accanto alla baracca di ristoro. Un ragazzo trainava un carruccio con ruote di gomma che si avvicinava cigolando, con un fusto sopra e una pompa che pendeva giù dalla tanica.
"Sistema all'antica eh? ... infilare la pompa dentro il fusto, poi succhiare e infilarlo nel serbatoio ... Cosa ti dà la certezza che sia davvero pieno?" – chiese a Taco.
"Stai a vedere..." – Taco si affiancò al ragazzo e insieme guardarono il livello del fusto. Era completamente pieno.
"Ho mezzo serbatoio, lo voglio pieno, e pagherò la differenza mancante dal fusto... Questa è l'Africa amico ... difficile trovare una pompa vera che calcola anche i singoli litri" – concluse Taco, seguendoli verso il bar.

Inge si attardava a fotografare delle giraffe che procedevano maestose poco distanti.
"Sono quelli dell'agenzia ad attirarle così vicine, lasciano degli abbeveratoi e foraggio per attirare zebre e altri erbivori ... piace ai turisti".
Il tavolone che fungeva da mensa e bar, sotto la tettoia di paglia, aveva un'ampia visuale sulla savana tutt'intorno e la birra era fresca quanto bastava a renderla gradita in quell'afa. Non si attardarono oltre, regolato il pagamento, decollarono in direzione dello Zambia, verso le cascate Vittoria.
Inge aveva smesso di scattare foto, ne aveva riempito parecchi rullini e voleva riservarsene qualcuno per le cascate. Guardando quelle meraviglie il tempo passò in fretta. Taco aveva ripreso il corso dello Zambesi e stava costeggiando in aereo proprio il limite del grande altipiano centro africano. Sembrava davvero di costeggiare un'antica scogliera, dove l'oceano era sostituito dalla foresta e dalla savana.
Da un punto di quella scogliera veniva fuori lo Zambesi, stretto tra pareti di roccia vulcanica, con un susseguirsi di rapide vorticose, dopo avere iniziato la sua discesa dalle cascate Vittoria.
Se le trovarono davanti all'improvviso, maestose, bianche di schiuma e persino da quel piccolo aereo era possibile indovinare il rombo dell'acqua che precipitava da almeno cento metri, su un fronte di oltre un chilometro e mezzo. Alle sue spalle il fiume si divideva, allargandosi nel fronte di cascata in decine di canali minori. Taco si levò in volo per mostrarlo in tutta la sua grandezza, poi iniziò a planare verso la lingua di terra di cui gli aveva parlato, nei pressi del ponte della ferrovia, proprio di fronte alle cascate. Non c'era alcuna pista, ma Tony ed Inge avevano notato che Taco atterrava meglio in condizioni estreme ... non era abituato ad averne una. Quando, una volta messo il muso nella giusta direzione, iniziò a planare, però, effettivamente ... sembrava troppo veloce e, infatti, videro il fronte di quel promontorio di roccia divenire sempre più corto e il piccolo aereo arrivare troppo vicino al burrone. Quando videro che Taco dava gas e tirava con forza a se la cloche per tentare di rialzarsi, entrambi capirono che non era una loro impressione ... era davvero andato lungo e ora la salvezza era in quel tentativo di riprendere quota. S'irrigidirono tendendosi indietro, quasi che questo avesse aiutato quel tentativo di cabrata e, quando videro l'aereo perdere il contatto del terreno sotto le ruote e andare giù, verso la spuma, avvolto dal rombo delle cascate, urlarono tutti assieme ... compreso Taco, il quale, però, non aveva lasciato la cloche e continuava a insistere in quella manovra disperata.

L'aereo, dopo alcuni interminabili attimi di picchiata aveva rialzato il muso verso il cielo e, miracolosamente riprendeva quota. Proprio in quel momento videro l'arcobaleno delle cascate, lo stavano attraversando.
"L'arcobaleno ... ma è vero?" – disse estasiata Inge, già dimentica del panico di poco prima e cercando di non perdersi un fotogramma di quel passaggio dentro l'arcobaleno.
"Certo, sì ... sempre l'acqua della cascata provoca un arcobaleno, non lo sapevate?"
"No, come potevamo saperlo? ... è davvero uno spettacolo magnifico – urlò Tony – ci hai fatto vedere i sorci verdi, non l'avrai mica fatto apposta?"
"No, è stato un errore, un piccolo errore che stava costandoci la vita. Non saremmo usciti vivi dall'aereo sfracellandoci sulle rocce là sotto e con tutta quell'acqua addosso ... se non fossi riuscito a riprendere quota saremmo tutti morti. Ho calcolato male le misure ... ora ci riproviamo!"
Prima che potessero protestare chiedendogli di atterrare altrove, stava già impegnando quel piccolo aereo in un altro atterraggio. Ancora una volta emozioni da panico ma, questa volta, tutto andò come prevedeva lui e si fermarono proprio di fronte alle cascate.
Scesero come in trance, Tony, oltretutto, si ritrovava immerso nel rombo dei suoi sogni, dei suoi dejavue di ragazzo, ma non si tormentava con i perchè, ora voleva godersi quella vista atavica e incomparabile. Con Inge si avvicinarono allo strapiombo, guardare giù faceva venire i brividi, tanto più adesso che avevano visto le cascate dal basso, volandoci quasi dentro. L'arcobaleno continuava a essere lì ma, questa volta, in una posizione che li sovrastava, com'era giusto che fosse. Si sedettero a guardare, senza parlare e Tony gli urlò in un orecchio:
"Hai visto cosa ti porti in Germania? ... un bel pezzo d'Africa! ... Ti piace?"
Inge non rispose, si girò a baciarlo e stettero ancora un po' così. Il rombo delle cascate impediva i pensieri, riempivano la mente e lo spirito. Così si fece l'ora di ripartire e un tocco sulla spalla, da parte di Taco li riportò alla realtà. Era ora di riprendere il viaggio.
"Taco, siamo sicuri? ... hai preso bene tutte le misure?"
"Ah ah ah ... no, ora non c'è bisogno di misure, volto l'aereo e decolliamo con le spalle alle cascate. Poi dovrò virare a nord per Leopoldville e ci ripasseremo sopra. Il piper si avviò e, docile come un'automobilina, girò quasi su se stesso per iniziare il decollo su quel promontorio. Lui appariva tranquillo, ma non i suoi passeggeri ... non fino a che le ruote non si staccarono da terra. Non sono esperienze che si possono dimenticare tanto in fretta. Taco virò a nord e prima di dirigersi sull'aeroporto di

Livingstone, a circa dieci chilometri da lì, fece un passaggio sulle diramazioni in cui lo Zambesi si era diviso prima di dar vita alle cascate. Vederlo scorrere, sempre più turbolento, a formare le rapide sulle nere rocce basaltiche, contornate dalla chioma bianca della sua spuma, era un altro di quegli spettacoli indimenticabili.
L'atterraggio a Livingstone fu mesto. La cittadina dedicata a David Livingstone, il primo europeo a esplorare la zona delle cascate Vittoria, avrebbe meritato una migliore accoglienza, c'era molto da vedere ma nemmeno le parole di Taco potevano distogliere dai brutti pensieri che li affliggevano d'improvviso, Inge e Tony.
"Un'altra città fondata da esploratori europei, ma che non ha avuto la fortuna di quelle fondate sul fiume Congo che, al contrario di Livingstone, sono diventate metropoli. Una è la cittadina fondata da Henry Morton Stanley, nel 1881, con il nome di Léopoldville, in onore del sovrano belga Léopoldo II, eletta capitale del Congo belga, appena un anno dopo che il suo rivale nell'esplorazione di quel fiume, Piétro Savorgnan di Brazzà, fondò Brazzaville, sulla riva opposta, a segnare il confine dell'influenza francese in Congo. Due insediamenti di grande importanza strategica durante l'epopea coloniale che, per questa ragione, sono diventate due grandi città ai bordi della palude di Malebo. La grande palude formata dal Congo è la demarcazione naturale, a partire dalla quale, il fiume Congo diventa navigabile, procedendo verso l'interno del continente. Per avere accesso a tutto il bacino del Congo, quindi, era necessario procedere via terra solo fino a Malebo, dopodiché era possibile procedere, molto più agevolmente, via fiume - spiegò Taco che, in quella parte del Congo, aveva imparato a volare molti anni prima - Faremo rifornimento di carburante e, dopo qualche birra fresca, l'ultimo decollo insieme, per l'aeroporto internazionale di Lusaka".
Da lì, Inge, avrebbe proseguito da sola il viaggio verso il suo destino e i due amanti, come se si fossero resi conto solo in quel momento che, l'indomani, non si sarebbero risvegliati assieme, non riuscivano a dire nulla, si guardavano e si abbracciavano, sperando che qualcosa accadesse ad impedirlo ... ma non accadde nulla.
L'arrivo a Lusaka fu mesto e silenzioso, le gambe si muovevano da sole verso il Gate e tutto avvenne come in un automatismo perverso che li stava separando, dopo averli fatti incontrare.
"Fatti onore!" – le disse Tony salutandola, quando passò il checkin.
"Anche tu, mein liebe. Ti aspetterò e, a quell'indirizzo, lascerò sempre detto dove trovarmi. Ti prego, non lo perdere ..."
"Non lo perderò ..."

La guardò camminare col suo passo leggero, nonostante gli scarponi da safari, fino a sparire dietro il posto di polizia.
L'ultimo saluto, a mano tesa e due parole, mentre lei lanciava baci tra le lacrime prima di scomparire tra i passeggeri in transito.
"Buona fortuna Inge!"
Taco lo ritrovò al bar, aveva approfittato di un aeroporto attrezzato come quello internazionale di Lusaka, per chiedere un controllo sull'aereo prima di ripartire.
"Tagliando in linea retta per Lourenço Marques, dovrei farcela senza scali per rifornimenti e, in quattro o cinque ore, saremo rientrati. Farò bene i conti prima del decollo. Qui sono loro, dalla torre di controllo, a dire quando si può andare in pista".
"Ok ... facciamoci una bella birra fresca ... prosit!" – Tony non ci voleva pensare, ma sapeva che le sarebbe mancata quella biondina.
"La vita dà, la vita toglie ..." – disse a Taco, passandogli un'altra birra. L'aveva detto nella sua lingua e all'espressione interrogativa di Taco rispose con un gesto della mano che, in tutte le lingue, significa ... non importa!
Il viaggio di ritorno fu molto diverso da quello d'andata ... mancava la gioia e l'entusiasmo di quell'angioletto biondo, ormai in viaggio verso l'Europa.
Arrivarono come aveva previsto Taco, in poco meno di cinque ore e senza scali.
Tony lo ricompensò per la disponibilità che aveva dimostrato, aggiungendo ventimila escudos al pattuito ... se li era proprio meritati.
Entrare in camera, quella dove era stato così bene fino a quel momento, gli mise tristezza. L'avevano pulita ... non era rimasto niente a ricordargliela. Si rese conto, improvvisamente, che non aveva tenuto nemmeno una foto di quelle scattate in quei giorni e nemmeno lei aveva pensato che, non lasciandogli nemmeno un rullino, non avrebbe potuto avere alcuna foto ricordo della loro storia.
Del resto, non c'erano laboratori di sviluppo nell'arcipelago e, lasciargli un rullino a lui, che nemmeno aveva mai pensato ad acquistare una macchina fotografica, significava perderle ... perché, sicuramente, nel turbinio d'eventi che di lì a poco si sarebbe scatenato come un ciclone sulla colonia, nel tentativo di salvare la vita, certo non si sarebbe preoccupato di salvare un rullino kodak!

Capitolo XVI
La caduta di Lourenço Marques

Ritrovò la città come l'aveva lasciata, solo più spenta, arresa all'ineluttabile fine che l'attendeva. Molti night erano chiusi, gli alberghi vuoti, anche le donne in giro per i locali erano diminuite, quelle che potevano erano partite con le navi che lasciavano il porto.
La folla no, quella era lì, sempre agitata, tra i vicoli e le strade dei mercati, in cerca di un occasione per vivere o anche solo sopravvivere.
Molti, come Tony, si affidavano al fato ... ognuno al suo.
Lui, certamente, se ne fregava della sorte di Lourenço Marques e di tutto il Mozambico. Una città in cui aveva vissuto pochissimi giorni, per quanto "gloriosi" e indimenticabili, di cui aveva apprezzato le lanterne rosse, i giochi, gli spettacoli, ma di cui non conosceva la storia né l'anima e, tantomeno, poteva esserci legato da particolari ricordi.
L'atmosfera che respirava, in quegli ultimi giorni della città morente, l'Amburgo d'Africa che già non era più, gli riempiva l'animo di un sottofondo di tristezza ... un sottofondo palpabile dovunque andasse e che gli fece comprendere ancora meglio il significato della parola portoghese ... Fado!
Quella era una città portoghese e, alla fine, lo esprimeva come un rantolo con tutta se stessa.
Entrare in camera sua, riordinata e pulita, senza più alcuna traccia di lei, niente che potesse ricordarle la sua amica Inge, lo fece sentire avvolto in una cappa di malinconia che doveva sfuggire per non restarne soffocato.
Non era quello il momento per lasciarsi andare alle malinconie, era il momento di reagire, invece.
Come riuscirci, però, se una mano gli aveva afferrato lo stomaco, stringendoglielo e attorcigliandolo crudelmente, ricordandogli di quanto lei lo avesse amato e di quanto lui, invece, fu ingiusto nel respingere la sua accorata offerta di unire le proprie vite per sempre.
Ciò che un destino comune, portandoli laggiù, nell'Africa più lontana, gli aveva offerto.
Sdraiato su quel letto, riusciva a respingere questo pensiero ripetendosi che no, se così fosse stato, l'avrebbe seguita e niente avrebbe potuto impedirlo.

Proprio quello stesso destino, invece, gli aveva mostrato una via, ma lasciando in ombra l'altra ... sapendo bene che avrebbe scelto l'ignoto. Affascinato com'era, da sempre, dalla ricerca di conoscenza ... di tutto ciò che gli era ancora oscuro.
Il suo destino, o chi lo guidava e che ben lo conosceva, con ciò aveva deciso per questa scelta.
Del resto, erano rimasti d'accordo che, quando avesse capito che la sua strada portava in Germania, da lei, l'avrebbe raggiunta ... aveva il suo indirizzo e l'avrebbe tenuto ben caro. Solo questo pensiero calmò il fuoco che lo ardeva, in quella prima notte da solo ...
Si addormentò cullato dalla voce di Inge, che gli cantava sottovoce quell'ultima canzone ... solo per lui.
Tony sentiva sempre più spesso il fragore di esplosioni, seguiti dal crepitio di fucili mitragliatori. Sapeva ben interpretarne il significato: erano sempre più vicini al centro della città ...
Anche nel Night dell'hotel, i numeri delle spogliarelliste erano ridotti a un paio e di sole donne africane, quelle che avevano finito il contratto avevano lasciato la colonia e tutte le straniere avevano voluto lasciare la città ai primi segni di battaglia nella periferia cittadina.
Le notizie che diffondevano alla radio non incoraggiavano ad agire diversamente ... aria di smobilitazione dovunque.
Spesso la mattina, andando al Dragon d'oro a tentare la sorte, che fino all'ultimo continuava a essere frequentato dai giocatori più incalliti, quelli che avrebbero scommesso anche sulla propria morte, doveva attendere, per attraversare la strada, che interminabili convogli militari passassero diretti al porto, dove navi da trasporto truppe e mercantili adattati li imbarcavano di continuo, giorno e notte.
Questo era il vero segno della fine. Lasciavano le caserme indisturbati, come qualcuno, probabilmente Felipe Manero, aveva patteggiato col Frelimo o più probabilmente con chi li controllava, per evitare spargimenti di sangue inutili.
Quelle esplosioni e quei conflitti a fuoco, dunque, non erano attacchi ai militari ormai in ritirata. Forse si trattava di sacche di resistenza da parte di chi non si rassegnava a lasciare il suo paese e a vederlo divenire una colonia sovietica o maoista, dopo essere stato per secoli portoghese. C'era, infatti, un movimento nazionalista, ne sentì parlare ai tavoli da gioco, che credeva di poter resistere e tenere almeno la provincia di Matola e la città di Lourenço Marques, libera dal controllo comunista.
Confinavano con il Sud Africa, contavano su un sostegno di Pretoria e questo rendeva meno inverosimile quell'aspirazione.

Per questa ragione molti restavano e alcuni locali e sale da gioco, come quello dei cinesi che frequentava, non chiudevano ancora.
Erano cinesi di Macao, Taiwan e Hong Kong, non della Repubblica popolare di Mao Tsè Tung, che odiavano. Molti di loro erano figli di quei milioni di cinesi che riuscirono a fuggire e trovare rifugio presso le colonie, all'arrivo dell'armata rossa. Il padrone del Dragon d'Oro sembrava un ex militare. Probabilmente era quel che Tony immaginava guardandolo, quando a volte si affacciava dal balconcino interno che sovrastava la sala, sporgendosi dal suo ufficio, in quegli abiti sempre elegantissimi, con il bocchino tra i denti e i baffetti occidentali sui nerissimi capelli impomatati, indossando anche il monocolo, com'era d'uso tra gli ufficiali di Stato Maggiore d'altri tempi, quasi fosse un segno di comando ... un ex ufficiale di Chiang Kay-Schek. Il Generale della Repubblica cinese che si oppose ai comunisti di Mao Tsè Tung e che, una volta sconfitto, nel 1949, si rifugiò con milioni di suoi soldati a Formosa o Taiwan, l'isola di fronte alla Cina che rese indipendente e filo americana.
Trascorreva così quelle giornate e, soprattutto, quelle nottate nei Night, accompagnandosi a donnine a gettone ... belle, amabili e senza storia e ai tavoli da gioco, dove continuava a perdere nonostante tutto il suo impegno ...
Fu proprio in una di quelle serate che la situazione precipitò.
Il locale fu sconvolto da un'esplosione proprio di fronte all'ingresso e, questa volta, urla e spari erano così vicini che nessuno poteva avere più dubbi ... era finita!
Tony si precipitò fuori, pistola in pugno, deciso a guadagnarsi una via di fuga verso il suo hotel e, da lì, con documenti e bagagli, verso il porto, come aveva programmato di fare quando si fosse arrivati a questo punto.
Ma, i programmi, anche i più ben fatti, quasi mai riescono ... troppe variabili si frappongono ogni volta e, questa, era una di quelle. Non c'erano guerriglieri in quella strada ... ma banditi, armati con le stesse armi, ma impegnati nel saccheggio della città. Entravano nei negozi per uscirne carichi di merci ed ebbri di sangue. Dai night di fronte si udivano urla di povere donne aggredite e stuprate.
Non era sicuramente piacevole, ma delle professioniste avrebbero saputo sicuramente uscirne vive ...
"Fortuna che Inge non è più qui!" - non poté evitare di pensare Tony, mentre si riparava dietro un'auto parcheggiata, dalla raffica che aveva visto dirigersi verso di lui, vomitata dalla canna di un bastardo che lo aveva scelto come sua vittima. Un ricco bianco pieno di soldi, facile da uccidere e derubare.

Sbucò all'improvviso da sopra il cofano dell'auto, proprio in tempo per beccarsi un colpo della Luger di Tony, accucciato sul marciapiedi, in mezzo agli occhi. Non si accorse di morire, non sentì nulla e il suo Kalashnikov non toccò terra. Tony lo afferrò, mentre ancora cadeva, per impugnarlo con maestria, controllando subito che il serbatoio non fosse stato scaricato da quell'idiota, che cadeva a corpo morto ai suoi piedi.
Controllato con un rapido colpo d'occhio di non essere in pericolo immediato, prese dal suo cadavere la cartucciera a tracolla e un caricatore che aveva fissato alla cintura. Rimessosi in piedi, controllò la situazione per decidere rapidamente il da farsi. La via era cosparsa di cadaveri, ma il sacco era cominciato e i banditi erano tutti dentro i locali, nessuno diretto verso il Dragone ... sarebbe toccato anche a lui, magari per ultimo.
I cinesi avrebbero scommesso volentieri anche su questo!
"Peccato, però, lasciare tutto quel denaro a dei comunisti che non avrebbero saputo casa farsene" - pensò, un attimo prima di lanciarsi, senza riflettere oltre, dentro il locale per un ultima puntata, arma in pugno.
"Le jeux sont fait! – gridò appena in sala, con una piccola raffica verso il soffitto – fait le votre jeux ... madam et monsier" – Sì ... gli era venuto spontaneo farlo e gli piaceva molto quell'ultimo gioco.
Un croupier, maschio per fortuna, si dirigeva correndo verso l'uscita sul retro con una borsa di pelle in mano, non era necessario indovinare che fosse piena di denaro, si vedevano le mazzette sbucare dalla chiusura. Tony realizzò che fosse l'ultimo, visto che era solo. Aveva lasciato cadere la borsa e alzato le mani, terrorizzato. Il colorito naturale della sua pelle rendeva difficile vedere se fosse impallidito per la paura, ma sicuramente lo era, a giudicare da quanto tremava. Tony, senza fretta, lo tranquillizzò.
"Sei Lao-Ching ... non mi riconosci? ... sono un cliente, un giocatore".
"...Sssì ... mi ricordo ... ha perso molto, ma non è colpa mia ..."
"Certo che non è colpa tua, un giocatore se la prende con la jella, mai con il croupier ... Voglio solo fare un ultima giocata prima di andar via ... gioco tutto sullo zero ... tutto quel denaro, se esce lo zero prendo tutto e ce ne andiamo ... tanto non è denaro tuo, lo devi portare al padrone, giusto?"
"Sì ... aspetta all'aeroporto, la prego mi lasci andare via ... ho famiglia a Macao".
"Certo che ti lascio andar via, ma affidiamoci alla sorte ... al destino, lasciamo decidere a lui: Se esce lo zero, mi prendo la puntata e ce ne andiamo via, ognuno per la sua strada. Se non esce lo zero, ti uccido e mi prendo tutto! ... va bene? ... una possibilità per me e una per il Dragone.
"Vai al banco!" – ordinò Tony, con un tono che non ammetteva repliche.

Poteva prendersi tutto e andar via, ma lui non era un ladro, voleva giocarseli e togliersi anche un dubbio che aveva coltivato in più occasioni. Mise la borsa sul tavolo mentre il croupier si sistemava vicino alla ruota, il suo solito posto.
"Facciamo un'ultima puntata allora ...Tutto sullo zero!"
"Le jeux sont fait! ... rien va plus..." – disse il croupier per forza d'abitudine e lanciò la ruota su cui la pallina correva ... correva ... fermandosi ... sullo zero!
"Ahhh ... ho vinto! - esclamò con gioia – ma guarda che strano, hai vinto pure tu! Sarà questo l'unico caso nella storia della roulette in cui un croupier e il giocatore vincono assieme. Peccato non poterlo raccontare".
Il croupier deglutiva e alzava le mani.
"Non è colpa mia, la prego mi lasci andare" - belava tremante.
"Certo che ti lascio andare, stavo solo riflettendo: se penso che la roulette era truccata, allora ti devo uccidere ... ma se lo faccio perdo il gusto del gioco ... la soddisfazione di avere vinto una giocata impegnativa ... Naaaa, nessun trucco, la fortuna ci ha baciati in fronte entrambi. Ci andrà bene d'ora in avanti, il destino ha detto la sua! ... vai, vai ... dillo anche al tuo padrone, da buon giocatore gli piacerà questa storia!" – concluse Tony, prendendo la borsa con la sua "vincita" mentre spari ed esplosioni, tra le urla, non cessavano.
Con un ultimo sguardo a quella sala ormai deserta, eccezion fatta per quel croupier che l'attraversava correndo a perdifiato verso l'uscita sul retro, Tony poggiò le armi sul tavolo per dargli una sistemata, prima di uscire nella calca. Sistemata la borsa a tracolla, in modo da essere certi di non perderla, predispose i due serbatoi, uno affiancato all'altro, rovesciandoli e nastrandoli saldamente, tanto da unirli. Un vecchio trucco da professionisti per ottenere dalla propria arma un'autonomia di sessanta colpi, prima di dover ricaricare. Mise in canna la prima cartuccia tirando indietro l'otturatore e controllò che la sicura non fosse inserita.
Era pur sempre un militare super addestrato da due eserciti e sapeva bene cosa significava, nel momento cruciale, trovarsi tra le dita una cilecca!
Uscì in strada e s'infilò tra la folla in fuga ... sicuramente molti non sapevano nemmeno verso dove fuggivano ... verso un luogo che speravano sicuro, ma finivano per correre e basta, in preda alla paura. Lui no, sapeva dove doveva andare. Si diresse verso l'hotel a prendere le sue cose e i documenti, poi avrebbe raggiunto il porto per lasciare la città.

Se non avesse trovato un mercantile in partenza ... aveva notato che molti si erano spostati nella Bahia, alla fonda, in attesa che le acque si calmassero e, qualcuno, riprendesse il controllo della città.
Si sarebbe impossessato di una qualsiasi imbarcazione per raggiungerne uno. Nessun capitano avrebbe rifiutato l'imbarco di un macchinista.
Ce n'era sempre bisogno, soprattutto se c'erano manutenzioni importanti da fare e, sulle vecchie carrette che solcavano quei mari, le avarie non mancavano mai.
Arrivò all'hotel, grazie a un Taxi in fuga, contro il quale aveva dovuto puntare il mitra pronto a far fuoco per fermarlo.
Nonostante tutto non aveva perso la sua ironia, salendo a bordo disse all'autista terrorizzato, e senza levargli la canna del mitragliatore di dosso: "Livre? O hotel Marques por favor!" - una volta giunti levò le chiavi dal cruscotto prima di scendere.
"Mi attenda qui per favore ... torno subito!" – L'autista rimase al suo posto, probabilmente perché il parcheggio dell'hotel non era stato ancora raggiunto né da guerriglieri, né da banditi, tutti impegnati a saccheggiare la parte ricca della città. Probabilmente, poi, i guerriglieri non avevano ancora messo piede in città, al sacco si erano dedicati quelli che fino a ieri erano chiusi nelle prigioni o nei ghetti di miseria che circondavano la città. Un esercito di emarginati che portavano a casa ogni ben di Dio che avevano sempre e solo desiderato e, nel farlo, si lasciavano andare a stupri e omicidi e ad ogni bassezza di cui l'animo umano è capace.
Tony entrò nella hall col personale in piena agitazione. La maggior parte era nata lì e non voleva andar via ... ma era combattuta.
Se non fossero stati comunisti quelli in arrivo, probabilmente non avrebbero avuto dubbi su cosa fare ... quella era la loro città e sarebbero rimasti al loro posto. Chiunque vada a governare ha bisogno di buoni hotel e ristoranti, di camerieri, cuochi, segretari e direttori ... ma quelli erano comunisti e le storie che avevano sempre sentito su di loro li riempivano di terrore. Tony salì in camera e riempì la sua valigia, poca roba ... qualche jeans, i due abiti nuovissimi, biancheria e il borsello con i soldi e i documenti.
Guardò fuori dalla finestra dell'albergo ... alcune fumate aldilà della Baia, in quella parte di città che poteva vedere, confermavano che la situazione era precipitata ... per Lourenço Marques era proprio finita! Finita in tutti i sensi, vista la nota abitudine dei comunisti di cambiare anche il nome delle città che conquistavano ... chissà come l'avrebbero chiamata.
Chiuse la valigia, fissando bene anche le cinghie, per evitare che nel trambusto si aprisse creando problemi. I dollari che ancora gli restavano

nel borsello, li agganciò alla cintura. Nonostante tutta la sua attenzione, la valigia potrebbe essere costretto ad abbandonarla ed era bene che dentro ci fosse solo l'abbigliamento. Controllò anche la tracolla della borsa cinese e, quando si sentì pronto, con la Luger nella cintola, il Kalashnikov sul braccio destro e la valigia nel sinistro, uscì in corridoio.
Imboccò le scale, non voleva correre il rischio di finire rinchiuso dentro un ascensore rimasto improvvisamente senza corrente.
Immaginò la scena: liberato dai guerriglieri comunisti, dentro un ascensore, armato fino ai denti, carico di soldi, mentre fuggiva dall'hotel più lussuoso di Marques ... a raccontare di essere un marittimo in transito.
"Ah ah ah ..." – riuscì a ridere, nonostante la situazione e, comunque, meglio farsela a piedi...
Nella hall deserta si diresse al bancone del bar. Era ancora aperto e il barista era lì, al suo posto, incurante delle esplosioni e delle raffiche di mitraglia.
Tony si avvicinò al banco, proprio mentre il tassista era entrato nella hall per implorarlo di partire o ridargli le chiavi.
"Tenho uma garagem da minha casa... - balbettò – salverò la macchina e la vita. Le incendiano e uccidono gli autisti ... Para Deus senhor!"
"Sì, sì ... no te preocupes ... Ora andiamo, ma prima non gradiresti una bella çerveza fresca?" – sì, la gradiva e la tranquillità di Tony lo calmò.
Si sedette al bancone del bar e attese la sua birra. Tony fece una domanda ovvia al barista che li stava servendo:
"Perché sei ancora qui? ... non vai a nasconderti ... sei un comunista?"
"Nao segnor ... non so di politica, faccio il barman e continuo a farlo, anche i guerriglieri e soprattutto i loro capi vorranno della buona birra e dei bar dove andare a berla ... Spero di poter riuscire a continuare a fare il mio lavoro anche nel nuovo governo, altrimenti ... voglio morire mentre lo faccio ... non saprei dove altro andare".
Tony annuì alla saggezza di quel ragazzo ... e brindò alzando il boccale:
"Alla tua ... e a questa città ... possiate salvarvi entrambi!" – poi si diresse all'uscita col tassista che gli correva davanti rinfrancato, ma fu fermato da una voce trafelata che lo chiamava:
Tony ... senhor Vero ... senhor ..." – Tony si fermò e si voltò a vedere chi lo chiamava. Era Luiss Vargas ... il Direttore e proprietario dell'hotel, non si ricordava più di lui. Gli era davanti, sudato e ansante.
"L'ho raggiunta subito, appena la reception mi ha informato che era rientrato e salito nella sua camera. Ho bisogno di lei Tony e le ricordo la sua promessa, il nostro accordo ... In albergo non è rimasto nessuno della

sicurezza. Sono partiti tutti l'altro ieri con gli ultimi soldati e quelli mozambicani sono andati ad attendere a casa loro l'arrivo del Frelimo.
Ho i documenti dell'hotel, gli ultimi incassi e un aereo che mi attende all'aeroporto, già in pista e pronto al decollo. Posso offrirle un passaggio a Luanda, in Angola. Ho un hotel laggiù e mi dicono che la situazione è meno drammatica, la città è tranquilla, nessun disordine, i guerriglieri sono lontani sull'altopiano. Però, la strada da qui all'aeroporto non è sicura, ci sono combattimenti ... più che altro predoni. Lei è ben armato vedo e mi promise ..." – Tony lo interruppe, aveva già riflettuto e deciso e non voleva che Vargas disturbasse i suoi pensieri.
"Era il destino e non Luiss Vargas a parlare, ad offrirgli questa via d'uscita, per proseguire il suo viaggio oltre Lourenço Marques ... indicandogli anche una destinazione ... Luanda, in Angola.
E Luanda sia allora! - pensò Tony, mentre rispondeva – certo che ricordo Luiss, mi sta bene il suo passaggio aereo, stavo correndo al porto per imbarcarmi, ma l'aereo non mi dispiace. Piuttosto, sa per certo che l'aeroporto è ancora libero?"
"Ho appena parlato col pilota ... è tutto tranquillo. L'aeroporto è un obiettivo politico e i guerriglieri lo occuperanno per primo, ma questi sono banditi, sono interessati a saccheggiare negozi e locali e presto arriveranno anche qui. Se partiamo subito avremo tutto il tempo necessario, la mia auto ci aspetta.
"Che auto? ... ho il taxi qui fuori".
"Quei vecchi carcassoni ... rischiamo di ritrovarci in panne a metà strada. Ho una Mercedes decapottabile, fileremo velocissimi e senza problemi e lei saprebbe come rispondere a dei banditi che ci dovessero fermare".
"OK ... vada per la decapottabile allora. Libero il taxi ..." – Tony accettò, anche se su un taxi avrebbero dato meno nell'occhio. Su una decapottabile, però, in caso di bisogno, sarebbe stato molto più libero di usare il mitra che non da un finestrino del taxi, il quale, oltretutto, era effettivamente malridotto. Non gli ci volle molto a liberare il taxi, gli bastò lanciare le chiavi al tassista che attendeva e che, prendendole al volo, fuggì via come una gazzella sgangherata inseguita dai leoni.
Luiss si diresse verso il suo ufficio. Aveva i bagagli pronti, una valigia e una valigetta 24 ore aperta ... aprì la cassaforte dietro la scrivania e la riempì con le mazzette di banconote che conteneva, poi la prese, mentre l'autista entrò a prendere la valigia. Uscirono dal retro dell'Hotel, dove la Mercedes era in attesa. Aveva il tettuccio chiuso e Tony chiese che fosse aperto per dargli maggiore possibilità di manovra col mitragliatore in caso fossero attaccati.

Per questa ragione sedette dietro, poteva poggiare il mitra ben in vista sul roll bar. Dei semplici banditi non avrebbero avuto bisogno d'altro per essere convinti a desistere e cercare altre facili vittorie.
Partirono a tutta velocità sulla calle principale, direzione est, allontanandosi dai disordini più intensi, per poi deviare a nord verso l'aeroporto. In una specie di mercato che dovettero attraversare Tony fu obbligato a scendere dall'auto, costretta dalla folla a procedere a passo d'uomo e ad avere uno scontro a fuoco con alcuni uomini armati. Erano un gruppetto di ubriaconi che decisero di tentare di prendersi l'auto e ciò che sembrava contenere, tra valige e borse di pelle. Un'auto certamente molto bella a vedersi, ma non indifesa. Tony evitò la prima scarica buttandosi a terra e sparando contemporaneamente verso chi l'aveva mitragliato prendendolo in pieno e ferendone un altro che si gettò dietro a delle casse, davanti ad un magazzino da cui uscivano una fiumana di persone stracariche di merci e … non sembravano clienti dei saldi.
Nello stesso magazzino si buttarono gli altri, cercando un rifugio dai proiettili che gli fischiavano vicino alle orecchie e rinunciando, com'era prevedibile, ad una battaglia per un auto così ben protetta, quando ogni ben di Dio era a loro disposizione senza fatica e senza rischi.
Fece cenno all'autista di proseguire senza fermarsi, lui avrebbe camminato di lato all'auto, per sventare altri attacchi senza fare da facile bersaglio. Suggerì all'autista di usare il clacson, la gente istintivamente si scansa anche in situazioni di quel genere e questo li aiutò a farsi largo nella calca. Chi non era impegnato nei saccheggi abbandonava la città in preda al panico … cercava rifugio nelle campagne, forse ne avrebbe trovato, forse no, ma assistere alla fine di una città spaventa come nient'altro e, a volte, si cerca solo di non vedere, per non soffrire.
Non ci furono altri attacchi e Tony salì di nuovo a bordo della Mercedes, facendoci salire anche una donna con due bambini in braccio che arrancava tra la folla.
Era africana, molto elegante e alcuni gioielli alle dita e al collo indicavano una posizione elevata all'interno dell'amministrazione coloniale.
Non aveva fatto a tempo a lasciare la città, non si aspettava tutto quello che stava accadendo, ingenuamente aveva creduto che la transizione sarebbe stata indolore, come promesso dal Frelimo. Aveva perso i contatti col marito e ora cercava di raggiungere la casa dei genitori, in un villaggio a nord di Marques, di strada verso l'aeroporto. Lì sarebbe stata al sicuro, finchè la situazione non si fosse normalizzata.
"Probabile che il Frelimo, essendo un'organizzazione politica ben disciplinata, abbia intenzione di mantenere queste promesse, ma … per

impedire che accadessero saccheggi, stupri e omicidi, avrebbe dovuto occupare la città mentre le truppe coloniali erano ancora presenti, prendendone il posto nel controllo dell'ordine pubblico.
Non sarebbe stato certo un guerrigliero comunista a stuprarla, forse ucciderla e rubarle i gioielli, ma uno dei briganti che stanno distruggendo la città. Giunti a questo punto, prima arriva un governo provvisorio, rivoluzionario o no, e meglio sarà per tutti.
Ci dica dove dobbiamo lasciarla" - replicò Tony che si era seduto, anche se sempre col mitragliatore pronto. Sulla strada c'era solo una colonna disciplinata di profughi, tutti diretti verso le campagne e, alla vista di un gruppo di case, un piccolo villaggio, la donna indicò la casa dov'era diretta. La fecero scendere e dopo un breve amichevole saluto, si diresse con i bambini, una bella femminuccia di circa due anni con un bel musetto vispo e un maschietto di poco più grande, verso il villaggio che appariva estraneo a qualsiasi disordine o violenza.
"Gran bella donna!" – pensò Tony, guardandola andar via.
Luiss gli riservò una battuta in portoghese ... qualcosa che si traduceva più o meno: "Volevo ben dire io, tutta questa umanità in un terremoto simile. Le femmine ci farebbero fare di tutto, Tony!"
"Sì ... gran bella donna, ma no ... ho solo voluto aiutare una madre con i suoi bambini ..." – ribadì Tony.
"Davvero? ... ah ah ah. L'avrebbe fatto anche se fosse stata brutta e grassa, anche se sempre con due bambini? Non menta con me Tony. Quel tipo di donne sono una specialità di questa nostra parte di mondo. Sono meticcie e la natura le ha fatte così, una parte di portoghese, una di africano, una di cinese, una d'indiano e quello che vien fuori ha il fascino di una pantera nera ... Credevo che non le apprezzasse, visto che non aveva occhi che per la bionda ..."
"Tutt'altro, ho conosciuto donne africane e mi sono piaciute moltissimo, ma non ne faccio una questione di colori, se mi piace una ragazza, di che colore o razza è ... è secondario".
"Io credevo che fosse partito con lei, come mai non l'ha fatto?"
"Altri programmi, ma non è detto che non la raggiungerò ... se riusciamo a lasciare l'Africa, perché ... non siamo ancora decollati".
"No ... no Tony. Avevo paura di non farcela questa mattina, quando sono rimasto solo e con una città in mano ai banditi da attraversare, ma ora siamo in vista dell'aeroporto, non ci sono uomini armati tra noi e il mio aereo. Possiamo considerarci ragionevolmente al sicuro, anche se sono d'accordo con lei, meglio non abbassare la guardia ma, col mio aereo, in poche ore saremo a Luanda, al sicuro, e lei sarà mio ospite naturalmente".

"Poche ore per attraversare l'Africa? ... ma a che velocità vola e che genere di aereo è?" – chiese Tony, pensando scherzasse.
"Un piccolo jet executive, può raggiungere quasi la velocità del suono, ma noi preferiamo non forzare, viaggeremo sotto i 900 Km orari, in alta quota, per evitare brutti incontri, almeno finchè saremo sopra il Mozambico. Gli aeroporti del Nord sono da tempo in mano ai guerriglieri, potrebbero essersi dotati di caccia russi, quei loro Mig 21 ... Non lo credo, ma meglio essere prudenti. Trasvoleremo la Rodesia e poi punteremo dritti verso Luanda. Bellissima città, vedrà che le piacerà. Non è come Lourenço Marques, ma ha le sue bellezze e sa farsi apprezzare".
L'aeroporto era invaso di gente in cerca di un imbarco. La folla si accalcava al terminal che sembrava un formicaio impazzito, ma gli aerei di linea in partenza erano pochi, quelli soliti e, se nessuno organizzava un ponte aereo, sarebbero rimasti tutti bloccati lì, in attesa dei visti del nuovo governo popolare del Mozambico, sempre che non decidano di cambiare nome anche alla nazione, come già avevano fatto altrove.
"Niente paura Tony ... non andiamo al terminal, ma agli hangar e abbiamo il pass dei proprietari di aerei ... la via per gli hangar è libera".
La Mercedes si diresse sicura oltre l'ingresso del terminal, verso un cancello custodito da due guardiani, davanti agli hangar. Di fronte ai capannoni, verso la pista, s'intravvedeva un solo aereo che corrispondesse alle caratteristiche dette da Luiss Vargas, doveva essere quello.
"Bello! ... è quello?" – chiese Tony, indicando il mini jet che vedeva, bianco, affusolato, con le ali piegate all'indietro come i caccia da combattimento e con due motori a reazione di lato alla coda. Un aereo vero, da voli intercontinentali, con quello avrebbe potuto accompagnare direttamente in Germania Inge.
"Sì ... è di una comodità assoluta, ho fatto ridurre il numero di posti per avere più spazio. Ora trasporta quattro passeggeri, più i due piloti e lo steward, ma sembra di viaggiare stando in un salotto, lo vedrà!" – precisò Luiss, mentre passava davanti ai cancelli senza bisogno di mostrare i pass, era conosciuto.
Arrivarono sotto l'aereo e i piloti, vedendoli arrivare, avevano cominciato a scaldare i motori. Vargas lasciò consegne all'autista circa l'auto che, "forse", sarebbe riuscita a rientrare in hotel, poi si rivolse a Tony.
"Chissà cosa sarà di questa mia proprietà. Hanno annunciato la nazionalizzazione di tutti i beni degli stranieri, ma ...poi non sanno cosa farne, non li sanno gestire e, magari, riuscirò a rientrarne in possesso.
In quali condizioni non lo so, ma vedremo..." - concluse, iniziando a salire la scaletta.

Era un po' scomodo salirci, come tutti gli aerei di piccole dimensioni e, nell'abitacolo, Tony non poteva certo stare in piedi, ma c'erano quattro comodissime poltrone di pelle, sistemate una di fronte all'altra con un tavolino in mezzo. Come aveva detto Luiss, un salottino con le poltrone avvolgenti e comode, solo il fatto che erano dotate di cintura lasciava intendere che ci si trovasse su un aereo. La visuale, però, era molto inferiore a quella del piccolo piper di Taco. Da quegli oblò non avrebbero di certo potuto vedere tutto ciò che avevano ammirato così da vicino dell'Africa, né volare così bassi da sentirsi parte di ciò che sorvolavano, come fossero su una libellula. Ora, però, serviva proprio un jet executive, non un piper. "Ogni cosa a tempo debito!" - ripeteva sempre sua madre e, con quest'ultimo pensiero, si lasciò andare sulla poltrona tra le braccia di Morfeo, mentre l'aereo rullava sulla pista e il pilota si preparava al decollo. Era stata una giornata davvero impegnativa e densa di avvenimenti, aveva proprio bisogno di staccare la spina per qualche ora. Dal finestrino Luiss aveva visto uomini armati correre verso la pista, sparavano in aria, per impedire ad un aereo di linea di decollare e urlò al pilota per indurlo ad accelerare e decollare subito, senza aspettare alcuna autorizzazione.

"Eccomi qui ... di nuovo nei guai. Non potrei far nulla se ci raggiungono, chiuso in questo cassonetto non potrei far fuoco verso nessuno, se non rompendo i finestrini e questi, con i vetri rotti non volano" – pensò Tony nel dormiveglia, senza riuscire a svegliarsi del tutto, mentre Vargas sudava freddo.

La ... Suerte li aiutò. I guerriglieri, ormai giunti all'aeroporto sulla strada per Marques, l'avevano occupato e volevano controllare la lista dei passeggeri in partenza. Avevano le solite liste di proscrizione e i mandati di cattura stilati dal partito da eseguire, non fecero caso a loro che ormai stavano per sollevarsi in volo e quando sentirono che le ruote non toccavano più il suolo, un sospiro di sollievo li accomunò, seguito da una risata liberatoria.

"Una giornata davvero impegnativa ..." - borbottò Tony.

"Sì, davvero ... tra poco avremo il piano di volo e sapremo con esattezza a che ora si arriva a Luanda. Verrà con me, nel mio hotel. Lei è in gamba e in questa parte di mondo c'è sempre bisogno di avere un amico come lei vicino. Non dovrà far altro che alloggiare in hotel ... niente altro, tutto gratis e ... mi dica quanto vuole!"

Niente da fare, non c'era verso di prendere sonno. Tony fu costretto a riprendersi e replicare.

"Posso accettare la sua ospitalità Luiss, ma solo fino a quando non deciderò di ripartire. Nessun impegno di lavoro per il momento ... sa, sono stato fortunato al gioco a Lourenço Marques ..." – disse dando una bottarella con la mano sulla borsa che aveva ancora agganciata alla cartucciera. Se la tolse, insieme al cinturone e poggiò sul tavolino l'AK-47. Poi pensò che fosse ora di vedere quanto aveva vinto in quell'ultima mano e vide che la borsa era piena di banconote, tutti ben raccolti in mazzette nastrate, ma divise diverse, non solo escudos portoghesi, ma anche Marchi tedeschi, Franchi francesi e i Franchi CIFA, quelli delle colonie Francesi e alcune di Dollari americani. Quanti erano? ... Boh! ... non ne aveva idea, tanti, ma l'intenzione di contarli non lo sfiorò nemmeno per un attimo.
Fu Vargas a chiederlo, con discrezione:
"Una bella vincita ... quanti sono?"
"Non ho idea, occorrerebbe contarli ... ho puntato tutto quel che avevo davanti sullo zero, proprio mentre iniziarono a sparare nella strada davanti alla sala da gioco, il Dragon d'oro ... Tutto in una sola ultima giocata ... ed è uscito lo zero!
A raccontarlo non ci si crede, ma è proprio così che è andata ..." – Tony in fondo aveva detto la verità, era proprio così che era andata, anche se aveva tralasciato alcuni particolari, ma avrebbe dovuto dire che la roulette era truccata, ed anche Vargas aveva una sala da gioco a Marques e, proprio per questo non aveva creduto al racconto di una vincita così miracolosa. Con un sorrisetto sotto i baffi, infatti, commentò:
"Certo, certo ... comunque nel mio hotel abbiamo una cassaforte a disposizione degli ospiti e il mio cassiere glieli conterà prima di prenderli in custodia, oppure domattina la farò accompagnare in Banca, io sono cliente del Banco Nacional del Portogallo, ma a Luanda ci sono molte banche, deciderà lei. C'è una fortuna la dentro e tenerla in camera, così, dentro una borsa, non credo sia il caso".
"Sicuramente approfitterò della sua cassaforte e del suo cassiere, ma più che una banca m'interessa come spedirne una parte nel Regno di Tallia, a mia madre, senza pagare troppo di commissioni o dazi doganali".
"Anche in questo possiamo esserle utili come hotel. Noi abbiamo una linea diretta con un corriere per la valuta. Con questo clima di smobilitazione tenere contanti in cassaforte è sempre troppo pericoloso. Li mandiamo ogni quindici giorni a Lisbona e ... quando lo richiedono, anche quelli di amici e clienti. Le commissioni sono minime e a lei Tony, chiederò solo di starmi vicino più che può, le sembra troppo?".

“Sarà un piacere Luiss e, visto che mi stai diventando simpatico e che il destino ci sta unendo sempre di più … che ne dici se passiamo al tu?”
“Com muito prazer Tony!" - rispose Luiss, con sincera simpatia.
Tony lo aveva valutato solo superficialmente quando andò a parlargli di Inge. In realtà era un uomo molto intelligente, un imprenditore del turismo delle colonie portoghesi, con Alberghi di lusso anche a Lisbona e un hotel Casinò a Macao. Cercava di resistere alla moda delle grandi compagnie, era proprietario unico di tutti i suoi alberghi, ma diventava sempre più impegnativo e, presto, diceva con rammarico, dovrà decidersi a cedere delle quote per entrare in una società con cui dividere gli utili, ma anche i rischi d’impresa.
Aveva voglia di conversare e invitò Tony a bere un bicchiere di vinho de muscat, quel vinho frizzante che a Tony piaceva molto. Non poté negarsi ma, subito dopo un paio di brindisi si scusò, ma aveva proprio bisogno di fare qualche ora di sonno o, all'arrivo a Luanda, sarebbe stato uno straccio.
Il ronzio dei motori lo stava fastidiosamente riportando in quell'incubo, quello che da tempo lo tormentava, facendogli soffrire dolori fisici lancinanti ad una gamba ferita … ma era troppo stanco per dar retta ai sogni … Si addormentò serenamente, aveva vissuto una bella serie di avventure, proprio come le desiderava e, da quelle esperienze aveva imparato molto. Avrebbe avuto modo di tornarci, rivederle e meditarci su per comprenderle appieno.
Ora voleva solo riuscire a dormire un po’, mentre attraversava l'Africa australe diretto in Angola, a Luanda, per nuove esaltanti avventure.
Tutte quelle che il destino vorrà mandargli!

Tony Vero

ABOUT THE AUTHOR

L'autore, è ufficiale macchinista della marina mercantile, ha viaggiato intorno al mondo e ha realmente vissuto le esperienze che narra in questo libro autobiografico.
Il suo nome, però, con quello dei protagonisti della sua storia e di alcuni luoghi, è stato modificato per impedirne l'identificazione.
Il motivo di questo, a parte la tutela della privacy di coloro che si riconosceranno in queste vicende, è che considera la sua vita tutt'altro che finita. Sente di avere nuove avventure da vivere e nuove esperienze da affrontare e questo lo entusiasma e nello stesso tempo lo spaventa.
Lo entusiasma, perché tutto contribuirà a espandere la sua conoscenza, a evolvere ancora ... non sa fin dove, ma proprio questo lo affascina: l'ignoto!
Tutto ciò che lo invita alla ricerca, alla conoscenza, a nuove sfide.
Lo spaventa solo nella misura in cui, divenendo un personaggio noto, non potrebbe più avvalersi dell'anonimato indispensabile per vivere la sua vita e questo è quanto di più deleterio potrebbe capitargli.
Le sue esperienze di vita, quella fin qui vissuta, continuano in altri due libri, con i quali ha dato vita a una collana dal titolo eloquente: "L'immortalità è la memoria". Sottitolata: "La Saga di Tony Vero".
Alla fine della lettura, coloro che si riveleranno pronti a capire, avranno ottenuto gli strumenti cognitivi utili a comprendere che, per incontrare l'immortalità, basta ritrovare ... la memoria.
Quella memoria che, come dicevano gli Elleni dell'età classica, si doveva perdere bevendo le acque del fiume Lete per entrare nell'oltretomba.
Ritrovarla è la strada obbligata per divenire consapevolmente immortali.
Questo è il messaggio contenuto nell'opera che l'autore dona ai suoi lettori.
Consapevole, però, che solo chi è pronto potrà comprenderlo pienamente.
Gli altri lo capiranno quando saranno pronti: siamo tutti sulla via del karma.
A tutti resta, comunque, una bella storia d'avventure, di viaggi e d'amore karmico, di piacevole lettura.

N.d.R.: Per tutelare la privacy e l'anonimato dei protagonisti, che vogliono continuare a vivere le loro esperienze seguendone indisturbati le evoluzioni, i nomi dei luoghi e dei personaggi sono stati volutamente modificati in modo da impedirne l'identificazione.
Pertanto, ogni identificazione tra i personaggi e persone o luoghi nominati nell'opera, è da considerarsi come semplice e casuale omonimia, non voluta dall'autore.

www.ingramcontent.com/pod-product-compliance
Lightning Source LLC
Chambersburg PA
CBHW070632310726
48982CB00001B/264

* 9 7 8 8 8 9 0 0 6 7 8 4 6 *

Sherlock Holmes

and

The Romanov Consipracies

Phil Growick

Hardback ISBN 978-1-78705-198-0
ePub ISBN 978-1-78705-199-7
PDF ISBN 978-1-78705-200-0

Published in the UK by MX Publishing
335 Princess Park Manor, Royal Drive,
London, N11 3GX
www.mxpublishing.com

Cover design by Brian Belanger

Contents

For Greyson, Elizabeth, Matt, Eliana...and Maiju; always Maiju

The Secret Journal of Dr Watson

AUTHOR'S NOTE

Many of the characters in this book are historical personages. In this narrative, as well as in history, all were at their posts as described herein.

The Romanovs, The Imperial Russian Family
George V, King of England
Sidney Reilly, SIS (Secret Intelligence Service) Master Spy
David Lloyd George, Prime Minister of England
Vladmir Illyich Lenin, Head of the Bolsheviks
Arthur Balfour, Foreign Secretary
Father Storozhev, local priest at Ekaterinburg
Sir George Buchanan, British Ambassador to Russia
Admiral Alexander Kolchak, "The Whites" Supreme Leader
Thomas Preston, British Consul at Ekaterinburg
Arthur Thomas, British Vice-Consul at Ekaterinburg
Yakov Yurovsky, Commandant at the Ipatiev House
Alexander Beleborodev, Bolshevik Commissar of the Urals Soviet
Count Otto Von Mirbach, German Ambassador to Russia
Major General Frederick C. Poole, Supreme Commander,
Allied Invasion Force, Archangel

Preface

My name is Dr. John Watson. The grandson and namesake of the Dr. John H. Watson who wrote the remarkable stories about his adventures with Sherlock Holmes.

My practice is at 43 Dover Street, Kensington. I'm affiliated with St. Bartholomew's Hospital. I was born on December 28, 1954 in London; my wife, Joan, was born here, as well. We have two sons: Jeffrey, age twenty, and James, age nineteen.

I never knew my grandfather as he died before I was born, but in 1993, he spoke to me. Across seventy-five years of history, his voice came through as clear as if he spoke to me directly.

I came into possession of a journal kept secret as per his instructions. What he wrote will irrevocably change a major piece of world history; that is, if you wish to believe him. I, of course, absolutely do.

My grandfather, from everything my family told me, and from everything I've ever heard or read about him, was an extraordinarily decent, loyal, loving and truthful individual. That he cared about people is evident from the fact that he was a physician. And if he wasn't such a damned good one, my father wouldn't have followed in his footsteps.

The whole world knows the care and love that my grandfather put into his stories about Holmes. The love he had for that man is palpable in every word, every syllable and every punctuation mark. Everyone knows the pains my grandfather went to in order to make sure that the truth of each adventure was recounted faithfully.

From every bit of evidence available, it seems that my grandfather was incapable of telling a lie. In fact, the one person in the world who knew that better than anyone else, my grandmother Elizabeth, used to laugh as she told me stories of how grandfather would jumble his words, head down, trying not to lie about some horrible new crime to which Holmes had made him privy. She said she'd purposely ask him about the more grisly details just to see how boyish his discomfort would make him; and that she'd finally release the poor man from his torment with what she called "a private laugh heard only by him."

I still miss her. She's been gone now over thirty years, but she made my grandfather seem as alive as she was. So even though I never knew him, I knew him better than most.

Therefore, what my grandfather wrote to me is no lie. Yet it's so absolutely incredible, that even my solicitor advises against its retelling. Which is why I haven't gone public before today.

However, my grandfather left that decision entirely to me, and I've made it. After a brief description of how I came into possession of my grandfather's secret journal, I'll simply let the words of his journal speak to you as his words have spoken the truth to unimaginable millions since his first published adventure with Sherlock Holmes.

On the afternoon of August 10, 1993, while I was still in my Kensington office, I received a telephone call from Wyatt & Stevens, the solicitors who had handled my grandfather's affairs, and who, like a family heirloom, were passed down to my father, and then to me. I'm personally represented by Christopher Wyatt, the grandson of Alistair Wyatt, the man who directly represented my grandfather. And like our fathers before us, Chris and I have been friends since very early childhood.

In this day and age, that two families should share such continuity, and that two grandsons should maintain the same business relationship is probably without equal. Be that as it may, that tight family bond has served me very well.

After the usual pleasantries, Chris told me to be at his offices at five minutes to midnight, August 12. At first I thought he was playing with me.

"Chris, you're joking. What are you talking about?"

"John, I have a sealed package here from your grandfather. It was sealed in 1920 and my grandfather was told that it was to be opened by Dr. Watson's eldest surviving descendent at one minute after midnight on August 13, 1993. I haven't the faintest idea what's inside because we weren't made privy to its contents. But my father told me he hoped your father had lived long enough to open the package."

"Why didn't my father tell me about this?" I asked.

"Because he didn't know. Had he lived, I would be contacting him now and not you. In fact, from what I know, not even your grandmother was aware of this package. From the day your grandfather passed it into the possession of my grandfather, no one ever spoke of it again. Since your grandfather wasn't the cloak-and-dagger type, whatever's inside must be exceedingly important."

We both laughed at that one because of my grandfather's relationship with Sherlock Holmes. But I knew what Chris meant. My grandfather was not a secretive man.

I thanked Chris, hung up, and though I had patients piling up in my waiting room, I sat in my chair for the longest time trying to puzzle this out.

My wife, of course, expected exotic treasure hidden away from some extravagant Holmes sojourn. But I sensed something else. I didn't know what, but I just didn't think I was going to uncover the Kohinoor's equivalent.

Anyway, I awaited the date as anxiously as the birth of both my boys. Here was a mystery of my grandfather's making. I reported to Chris' offices an hour before time.

Chris was there alone to greet me, laughing at my early arrival, but refusing to let me open my present before my birthday, so to speak.

What he did do, though, after handing me a much needed whiskey and soda, and I'm not sure if he did this to calm me or to torture me further, was to seat me in his private office, in his personal chair, and set the package down on his desk right in front of me.

It wasn't a fancy-wrapped package or any of the sort like that, but rather a fairly flat package, wrapped in thick, plain paper with the texture of burlap, and wax-sealed with my grandfather's personal stamp: a solemn "JHW" in the middle of the Hippocratic insignia. And when I first placed my hands on it to feel it, I knew instantly it was a book or journal of some kind.

Until exactly one minute passed midnight, Chris stood there watching me intently watching my package. Then with a happily taunting, "Good luck, John," he closed the door behind him.

The second he left, I split the seal and slipped the contents from the wrapping. I was thrilled and disappointed. I guess that some part of me did wish for fabulous wealth, which at a glance wasn't there.

But from the moment I opened the journal and read the first words, I knew I had something that paled the wealth of the Punjab. For there, in the unmistakable, erratic scrawl of the physician, was easily the most sensational Dr. Watson and Sherlock Holmes adventure of all.

MY SECRET JOURNAL

My dear descendent, first, please do forgive me for so concise a salutation, but I know not who you are, what you are, or even if you are. For as I write this journal in the midst of a winter less harsh than the Great War it is immediately following, not only are you not as yet born, but my son John is a happy boy of only twelve. Would that the events I shall shortly convey be half so happy.

Secondly, I again beg your forgiveness for the lateness of the hour at which you were asked to appear, but as you read on, you will learn that I desired this information to be yours at the literal moment it could be yours.

What I am about to reveal to you could not be revealed until now. The Official Secrets Act forbids the divulgence of information considered a state secret, or of vital importance to the state, or of detrimental nature to the state for a period of seventy-five years after the fact. And the information I reveal is not only all of those, but considerably more. For what you shall now learn runs contrary to every history book in every country, contradicts everything you have learned as a good subject of the Crown, and would, if made public, bring the wrath and condemnation of the world down upon England's ears. And since I know that you will be seated safely in my solicitor's office as you read this, I have no fear that you will fall over from the shock you are about to receive.

The world has been taught that on the night of July 16, 1918, in the Ipatiev House in Ekaterinburg, Siberian Russia, Tsar Nicholas II, the Tsarina Alexandra, and their children, the Tsarevich Alexei, and the four Grand Duchesses, Olga, Marie, Tatiana and Anastasia, were brutally executed by the local Bolsheviks.

It is a lie. A damnable, perfidious, perversion of the truth. Of paramount importance that it be believed at the time, it became sire to a family of lies so hideous, so twisted, so cynical, that I cursed my heritage as Englishman.

How do I know this? Because it was Mr. Sherlock Holmes, and me, who were sent to effect the Romanovs' rescue. And you shall learn later from this journal the events as they truly transpired.

And though I wrote of Holmes' quiet retirement to Sussex in 1903, he lost his life many years later in the midst of rendering the greatest of services to a beloved Sovereign.

Now then, the truth about that searing, Siberian summer, when the Russian world was Red or White, and millions were dying to decide the fate of seven miserable people. The Romanovs.

June 13, 1918

Early this morning, so early the sun had not yet risen, while my wife and I slept quietly at our home in Queen Anne Street, contentedly unaware of the conscious world, someone pounding against our door awakened us, sending my wife into an extremely anxious state and me into a headlong race down the stairs, shouting as I ran, for the pounder to cease.

You can imagine my utter amazement at opening the door and finding none other than Mr. Sherlock Holmes. Somewhat stunned I opened the door wider and he swept passed me and into my home.

"Watson, Watson, Watson..." was all he could manage while his frenzied dance continued unabated.

From upstairs Elizabeth called down, "John, are you all right? Who was it?"

"Holmes, my dear. It is only Holmes."

"Mr. Holmes? At this hour? What ever is the matter?"

"I don't know yet, my dear. Holmes is behaving rather peculiarly; even for Holmes."

"Are you all right, then?"

"Quite, quite. Please return to bed. Everything will be explained presently, I'm sure."

"All right, John. Give Mr. Holmes my regards."

I conveyed my wife's greeting to Holmes and asked him to sit. He did so, taking a seat by the fire while I took the one opposite.

Holmes' face showed the shared, yet contradictory, emotions of exultation and dread uncertainty. I'd never seen such a look on Holmes, nor on any other human being. It startled and frightened me, and kept me silent until Holmes spoke again.

"Watson, without a word of explanation from me, if I were to ask you to accompany me on a journey so secret that you cannot even confide in Mrs. Watson, and so dangerous that our lives would certainly be imperilled, would you agree?"

I surprised myself at my own answer, for it came like an involuntary reflex, or the at-attention response to the command of a superior officer in the field, "Yes, sir."

Holmes openly laughed, "Sir?"

Though embarrassed, I was full of curiosity, "Holmes, what is this all about? What is so perilous that it requires that you assault my door?"

"My friend, we are about to begin a task that might even have daunted Hercules."

"Hercules did not have your brain, Holmes."

He laughed, "And at my age now, I have not his strength."

It seemed an odd remark for Holmes to make since he had always held brain in much greater regard than brawn. Nor had he ever confided a question of age; though both he and I were no longer the young men of our early adventures. And since I then intently studied his face for signs of physical strain or ill-being, and found none, it was something else that worried me.

For the first time since I'd known him, Holmes seemed to be struggling with a restless doubt.

Then, so quietly as to be almost a whisper, he said, "Watson, we are going into Russia."

"Russia?" I shot upright, "Russia?"

Holmes' eyes widened at my response. But again, and with a small nod, he said resignedly, "Russia."

"But why Russia? There's a civil war on that makes our war against Germany look like croquet! They're slaughtering themselves with such gleeful insouciance as to make Attila envious. They're barbarous, Holmes, barbarous! I know that I said I’d follow you, but this is suicidal recklessness."

I was quite agitated now, and Holmes, knowing me as well as I thought I knew him, waited until I calmed down.

"But why, Holmes, why? Why Russia?"

And then, with the most calm, measured and determined of tones, with placid eyes to match, Holmes looked at me and said, "Because that is where we are needed, my friend. That is where we are needed."

Holmes' Astonishing Tale

Holmes then set about recounting the unbelievable events of the previous night. Had this tale been told by any other, I would have immediately sought the man a room in an asylum.

Holmes told me that at precisely twenty-two minutes past nine on the previous night, as he pensively fiddled in the study of his quiet villa that he claimed commanded a great view of the channel, he was shaken to see a rather large man with a deathly serious look on his face suddenly appear in the room. This man was in the company of a man even larger than he, and with equally grey a visage.

Holmes realised that he had no immediate fear of the duo since had they been intent on doing him any degree of harm, they would already have done so. Indeed, Holmes was now utterly intrigued.

"Yes, what do you want?"

"You are to dress, Mr. Holmes, and come with us!"

"I am, am I? Just who are you, and to where am I to accompany you?"

The larger of the two took a step towards Holmes.

"Get dressed, sir. We have our orders."

"I must say, gentlemen, for two such hulking individuals, you caught me quite unawares in my meditations. If I did not suspect your true profession, I might profess the both of you to be involved with ballet, so ginger were your movements."

Holmes said that the remark quite passed over their heads, which was probably just as well, considering the size and sheer density of the two.

Holmes asked the two if they would wait while he dressed in his bedroom, assuring them that he had no intention of making an escape, so keenly had they piqued his curiosity. But it was to no avail. They followed him upstairs and waited as he dressed himself.

As Holmes proceeded, he asked in half-jest if there was a particular manner in which he should dress; formally, for hunting, morning coat, etc. And he was quite surprised when a serious answer came back.

"Dress so as not to embarrass yourself before your betters."

As soon as he had dressed, the two took Holmes bodily, each holding an arm, down the stairs and into a large, black motor car with drawn curtains sides and rear.

The motor car was then driven to Eastbourne Station where a train was waiting. Homes noted just a locomotive and one passenger car with all the curtains drawn.

Holmes turned to the smaller of the two and said "Well, well, what a lovely idea; a train ride in the middle of the night. Charming. But you should have told me, so I could have packed. Will this be a long journey?"

The two men said nothing, physically escorted Holmes aboard, sat him down, one on either side, didn't say a word and stared straight ahead.

"And I don't suppose you would be so good as to tell me where this train might be taking me?"

The larger one then said "Home, Holmes" and laughed. The other just smirked.

"Very humorous, indeed," Holmes said.

The length of the journey was approximately one and one-half hours, and, as he had suspected from the moment he saw the train, he was now at Victoria Station. He and his unwanted companions made their way outside where another black motor car was waiting.

From the direction in which they seemed to be going, and the time quickly elapsing, he was convinced that he was heading towards a rather unexpected destination.

After driving for precisely twelve minutes in the middle of the night, in the middle of the capital of a nation at war, the motor car stopped. And as Holmes alighted, held again by "his nannies," as he later called them, he was happy to find himself in front of perhaps the most celebrated address in all England, save for Buckingham Palace, 10 Downing Street.

Holmes wasn't precisely sure if he was delighted to be at 10 Downing Street because it confirmed his sense of direction or deduction, or because he now knew for certain that he was in no danger.

The door opened before the trio as if triggered by their

movements, and Holmes was brought through the hallway and led into the office of no less a personage than the Prime Minister, David Lloyd George, who stood there, obviously awaiting their arrival.

It was now a few minutes past midnight.

The moment Holmes and "his nannies" entered the room, he was released from their grips and the two closed the door behind them.

"Prime Minister."

Lloyd George, all nervous business, did not return the courtesy, and though Holmes was not overly surprised to find the Prime Minister at the end of his midnight journey, the reasons for it still intrigued him, and what happened next most assuredly did surprise Holmes.

Lloyd George, still without a word, opened a door to an adjoining chamber, and with the greatest conservation of gesture, bade Holmes enter that chamber.

In the darkened room, only two objects made themselves immediately discernible to Holmes. The first, a fireplace with intricately carved mahogany gargoyles framing a fire too large even for this uncommonly cool June night.

The second, and the most arresting, was a rather oversized wing chair facing the fire, hiding almost entirely its occupant; except for a perfectly manicured right hand grasping the arm of the chair so rigidly as to turn the tightened appendages almost white.

Holmes noticed the solitary ring on the hand, but before even his lightning mind could grasp its significance, the figure rose awkwardly.

Sherlock Holmes, the king of consulting detectives, now stood face to face with none other than His Imperial Majesty, George V.

"Mr. Holmes, so very good of you to come."

"Your Majesty, under the circumstances, I had very little choice."

"Yes, quite so. I do apologize for any inconvenience or disturbance you have been put through. Please sit down."

Holmes waited for His Majesty to seat himself, and when he did not, neither did Holmes, a fact not even noticed by the King, so deep was His Majesty's pondering.

"Mr. Holmes, what I am now about to ask of you must be asked by me and me alone. My government can have no official knowledge of this request, and you should know that it was I personally who asked the Prime Minister to summon you to me. Mr. Holmes, I want you to solve perhaps the greatest riddle of your life, and, quite possibly, prevent the greatest crime in history..."

“I understand perfectly,” said Holmes calmly, "you want me to rescue the Tsar and his family!"

King George stared at Holmes in amazement.

"But Mr. Holmes, how did you, how could you..."

"Your Majesty, it is not a feat of Olympian magic, I assure you, but simple logic.

"To be summoned to 10 Downing Street in the middle of the night, I need not have been of significant intelligence to deduce that whatever the government wanted of me, had to be kept in the strictest confidence. And upon meeting with Mr. Lloyd George personally, I, of course, knew that whatever the matter, it was of utmost national importance.

"Upon seeing your fingers so powerfully dug into your chair, I immediately knew that whoever you were, you were deeply disturbed and desperately groping for a seemingly unreachable solution to the matter aforementioned or you would not be here in this room.

"I would have to be an imbecile to be ignorant of your extremely close, familial and personal relationship with His Imperial Majesty, the Tsar, and an oaf to be unaware of the threat to not only his life, but to that of his family, as well.

"As soon as you mentioned a riddle and the prevention of a monstrous crime, it was not so great a leap to deduce the predicament."

It was at this point that His Majesty broke his tone to whisper to himself, "Alexei, Alexei, poor little Alexei." There was a brief and uncomfortable moment before the King again spoke.

"Mr. Holmes, because of who I am and what England stands for, I cannot officially ask my government to aid the Tsar and his family." Here, the King's anger began to rise with every reason he set forth to Holmes.

"I am reminded, by the Prime Minister, that I am a constitutional monarch, that we are still in the midst of the worst war our nation has ever endured, that the British people are happy at my cousin's misfortune, that there is, and will be more, violent social unrest here at home, and that because of these things, the government cannot be placed in the position of being a tyrant's saviour. That my own first cousin and his family should perish rather than reach safety on English soil. Does my own government not know that I am aware of these things? Do they suspect of me a limited intelligence, happily to limit myself to mere functions of ceremony? By God, Mr. Holmes, no subject ever felt chains as biting as mine at this moment."

The King had now turned to face Holmes directly, his eyes fixed fiercely on Holmes', a look, Holmes later said, "of commanding Majesty."

Perhaps for the only time in his life, Sherlock Holmes was held mesmerized.

"Mr. Holmes, I am fully aware of the great service you rendered unto your country in what your Dr. Watson called 'The Naval Treaty'; and that alone has given you valuable grounding in the delicate and arcane realm of international diplomacy. But you have remained outside of government, retired, untainted, and there would be no reason to suppose another involvement at this time.

"I shall not appeal to your patriotism. I shall not appeal to your loyalty as my subject. But I shall appeal to your sense of humanity and ask you to believe me when I say that in all the Empire, it is you alone who can accomplish this miracle."

His Majesty finished speaking and took a small, gentle step towards Holmes, his eyes still holding Holmes as fixed as a fly in a web. Then he upturned both hands towards Holmes.

"Will you help me, Mr. Holmes?"

The question was a command; quiet and calm, yet a command nonetheless.

"I will, sir."

As Holmes walked back out into Lloyd George's private office, the Prime Minister seemed as nervous as ever. And this time, he spoke.

"Well, Mr. Holmes, quite a lot for one evening, I surmise."

"Indeed, Prime Minister."

"Mr. Holmes, when you helped the government with that nasty naval business, I was not yet Prime Minister, as you know. My philosophy on certain delicate, international matters differs much from that of my predecessor. We've been in this damnable war since 1914 and now we have some end in sight. The Americans are hot and heavy in the breach and they're turning the tide. We need their guns and butter, so to speak, and our people especially need the butter.

"The American President, Mr. Wilson, is still a naif, as far as I'm concerned, and for all his sermonizing, he just doesn't grasp the realities of geography nor the concept of empire."

"Perhaps he does; all too well."

Lloyd George looked at Holmes harshly.

"I don't need your editorializing at this hour, nor at any other, Mr. Holmes..." Holmes cut him off.

"Then with all respect, Prime Minister, I need not a parochial Sunday school lesson on world politics."

The Prime Minister's expression changed to that of one who knows he's in for a battle of wits, and who now fiercely suspects that he may be the loser.

"Quite. Then, Mr. Holmes, I shall come to the point. My government cannot upend the political or martial boat. Yet I, in all good conscience, cannot refuse my Sovereign his request without going to my end heaping calumny upon my soul. And there are others, invisible others, who share my sentiment entirely.

"However, there are those who would use the knowledge of this night to further some ulterior, republican motive. There are enemies who would use this against us in the arena of world and internal politics. And there are those, simply in opposition to my government, who would use this to try to oust me in the middle of this war.

"Mr. Holmes, we already have men in place in Russia; put there before the hostilities commenced in August 1914, put there before the century was born. These and others have supplied life's blood information to our intelligence services, and a special, trusted few have matters in the ready.

"I cannot and will not tell you more at this juncture, only that you will be afforded every aid it is possible to provide. All that will become known to you as you need it.

"Now it is imperative that you leave as soon as possible, because you are going into Russia as an infinitesimal portion of a force of invasion."

"An invasion? Ah, Archangel," and Holmes waited smugly for the inevitable reaction of the Prime Minister.

"Good God, man! How did you know? Are there lips flapping like sails again in the Admiralty?"

"Calm yourself, Prime Minister. I have not obtained this information from some careless officer. On the contrary, all men in service whom I've met have been most circumspect."

"But how then?"

"Sir, it is no geographical conundrum that once the English held Murmansk..." here Lloyd George instantly interrupted.

"At the Bolsheviks' request, mind you. At their request."

"Yes, of course; the logical port large and close enough to hold an invasion force would be Archangel. And since the civil war has been especially heavy in that unfortunate part of Russia, I should naturally suspect that the Allies would want to secure that area for themselves."

"You mean to ensure neutrality, don't you?"

Holmes' eyes narrowed slightly, "Of course, by all means, neutrality."

For the first time, Lloyd George seemed to actually exhale.

"You know, Mr. Holmes, I have often read of your exploits and unique deductive powers, but until this moment, I had no personal appreciation of them."

"Ah, yes, well, this was merely one of the more simple paradoxes."

"Really, well perhaps you might like to predict the outcome of the war, as well. I mean the precise outcome, since it is already evident that we shall win this war at any time now."

"Prime Minister, the day the war began, I wrote the war's virtual history, which I then sealed and placed in the care of Dr. Watson, with specific instructions that it not be opened until the war was over."

"Did you, now? And what had you predicted?"

"Deduced, Prime Minister, deduced. And since I no longer have my history in my possession, and have given such specific instructions to Dr. Watson, I would rather not make mockery of my loyal friend's diligence by despoiling my own dictum."

It was clear to Holmes that he and Lloyd George were not getting on, at all. And as Holmes later said to me in the utmost of confidence, he had the distinct feeling that had he not been needed for this particular task so urgently, Lloyd George could easily have dispensed with him.

I asked Holmes what he meant by that remark, and looking straight and intently into my eyes, as if he were trying to physically send his answer to me through the sheer power of his will, he said, "Fair is foul and foul is fair: Hover through the fog and filthy air."

Based upon the events that were to grimly unfold over the next several months, and furtive hints from Holmes along the way, I could not but help to wonder if Holmes in fact did have some premonition as to an undeserved end. That he had instantly grasped that fact upon speaking with the King: once his necessity was ended, he could, and must, be dispensed with.

The conversation continued between Holmes and Lloyd George.

"Very well, Mr. Holmes, keep your prognostications to yourself. While Rome burns, you fiddle. Have it as you will. But I hope I make myself clear: you and I have never met. You have never been here. The person with whom you spoke in the other room does not exist. Not even this room exists. This all could be nothing more than a cocaine-induced hallucination; something with which, I understand, you are more than familiar."

Holmes bridled, but chose not to give the Prime Minister the satisfaction of a reaction.

The Prime Minister continued to bore into the wound.

"You will pack what you need and leave immediately. The two gentlemen who fetched you to me will see you safely home and then onto your place of embarkation. You will say nothing to anyone you should encounter until you are with those who will accompany you on this task. Do I make myself absolutely clear, Mr. Holmes?"

“As clear as your explanation during The Marconi Scandal,” said Holmes, referring to the scandal which led to an investigation in the House of Commons in 1913. A shady matter, indeed.

“But you now understand me. From the moment of illumination as to this task from the gentleman who does not exist, I comprehended completely its implications and I accept all save one: I shall need the assistance of one without whom, I fully believe this undertaking shall lead to failure."

"And who may that be, pray tell?"

"Dr. Watson."

"Dr. Watson? Your chronicler? Out of the question."

Holmes smiled.

"To what does Dr. Watson owe this casual dismissal?"

"From what I have been told, your Dr. Watson is a mere tail of the dog," Holmes' smile faded slightly, "an errand boy with a minor literary talent for turning your aid to Scotland Yard into stories for the masses."

“Given the circulation of The Strand Magazine, Prime Minister, I think it is clear that Dr Watson’s literary talent is a little more than that.”

Lloyd George was unmoved.

"Dr. Watson, as shall all of your intimates, remain innocent of this evening's events."

"On the contrary, Prime Minister, Dr. Watson shall accompany me or you shall be forced to seek aid elsewhere."

"How dare you say this to me? How dare you?"

Lloyd George's voice raised to such levels that Holmes' two nannies burst into the room. Lloyd George waved them out vigorously.

"Who do you think you are, Mr. Holmes?"

"The man that you need."

"Arrogance as well as disloyalty?"

"Disloyalty! You call me disloyal! Have I not already agreed to undertake this task knowing more than well the many dangers to my very existence? Disloyal, for demanding the aid of the one man whom I believe with all my being to be indispensable to the success of that task? Retract your words, sir, now, or I swear that I shall re-enter that room so that the gentleman who does not exist shall learn of your words."

Lloyd George was in absolute, yet silent, fury. Holmes, ever equitable, reported that not only did Lloyd George fight to contain that fury quite admirably, but that as he did so, his boar's bristle moustache stood so virtually on end that Holmes suspected he had been hiding tusks.

Finally Lloyd George calmed himself, sat in his chair, clasped his hands together on his desk, pointed at Holmes, yet did not look at him, and almost inaudibly asked, "Just why is this Dr. Watson so indispensable to you, Mr. Holmes?"

The smile had returned to Holmes' face.

"Sir, I am a complex individual and take quite a time to be gotten used to. Not only has Dr. Watson succeeded in that unenviable task, but through the years and countless cases in which he has aided me, we have established a symbiosis of sorts that has become second nature to us both.

He has not only chronicled my cases, as you have stated, but he has been part of the very fabric of each and every one. He has provided succour when it was needed, a firm hand upon my psyche when called for, and unending trust through all. No man could ask for a better friend nor brother, for that is what he has become to me. Even my own blood, Mycroft, has not meant to me what Watson has.

"Further, Dr. Watson, as his title states, is a physician. And if memory serves, a particularly important member in this undertaking of mine has constant need of a physician, has he not? I believe he is a haemophiliac?"

"You have made your point, Mr. Holmes."

Lloyd George looked at Holmes with all the bitter vengeance of the supplicant. Holmes sat opposite, his very proximity demanding a response from the P.M.

"Mr. Holmes, the more people who are involved in your task, the more opportunity for mistake. We cannot afford mistakes. We have had too many in recent years."

"There shan't be any on this occasion."

"What guarantee have you?"

"Why I should have thought that quite plain, sir. My life."

"That is no guarantee at all. You can be struck by a hansom cab crossing Piccadilly," Lloyd George spat.

Was this a threat? A warning of some sort?

"Where I am off to, there are no hansom cabs."

Lloyd George unclasped his hands, stood, crossed the room to the door and opened it. As Holmes rose and moved to leave, the Prime Minister took hold of his left arm.

"You shall have your Dr. Watson. But remember this: his fate is in your hands. Should you fail, the consequences will not only crush a certain person, but will most certainly, and quite literally, crush those who failed."

Holmes pulled his arm free.

"And does that not include you, Prime Minister?"

"You forget, Mr. Holmes, this night never happened."

And with that, Lloyd George shut his door and Holmes went back into the black morning; a reluctant charge still, of his two Neanderthal nannies.

At this point, Holmes was brought straight to my home where he proceeded to rouse the household with his pounding on my unfortunate front door.

I now knew all, or thought I did, and understood completely why we had to go into Russia. But what, I thought to myself, what will I ever tell Elizabeth?

And as if he had read my mind, Holmes said, "Leave Mrs. Watson to me, my friend. You shan't have to dissemble on my account."

Holmes suggested that he leave immediately to gather what clothing and equipment he would need from acquaintances in London who could help. This would give me time to begin my own packing. As for my wife, he would attend to her questions upon his return; which he felt, would be no more than a few hours hence.

With that all agreed, I accompanied Holmes to the door, and there, waiting next to the large, black motor car, I saw for the first time, the nannies of whom Holmes spoke. When Holmes walked down the stairs and paused for a moment at the vehicle's side, I saw precisely how large they were.

Holmes got into the vehicle, with the larger of the two right behind. Although, I was not sure, I thought the smaller gave me a tiny, knowing nod, as if to say, "Don't worry." With that, he, too, hopped inside, and the motor car, still with its curtains drawn, sped off into a city receiving its first morning light.

We're Off

In three hours Holmes was back, and he hadn't been so excited or happy since his successful solution of the mystery I came to call "The Adventure of the Second Stain."

Holmes was buoyant, and knowing full well the daunting task that lay ahead, I thought his actions incongruous, to say the least.

"What is it, Holmes," I asked, "that makes you flit about so?

"I am merely smacking my lips at the challenges ahead and of how I shall overcome them."

"But Holmes, our burdens are behemoth. They should weigh one down, not buoy one up."

"No, no, Watson. The burdens, or challenges to which you refer, are quite separate from mine."

I shook my head in absolute puzzlement at this newest, inscrutable Holmes remark. What challenge ahead could be separate from his? And it is only through time that I dare to suppose that what Holmes had been referring to was linked somehow to David Lloyd George. To some hidden, yet mutually understood, contest of the two. But what was it? Did it pertain to the unseemly words spoken at their clandestine meeting? Or was it something more visceral between the two?

You shall learn of this later; because even though I shall have to reveal to you what all this meant, and must do so in utmost sorrow, I have this compulsion to keep its meaning cryptic at this point in my journal, hoping that you shall unravel the meaning yourself, before it is divulged to you.

And should you wonder why this completely illogical compulsion on my part, perhaps it is some deep, inner longing to find in you, strong traces of me. No, that is not it. I long for you to find in yourself, Holmes. Such irrationality on the part of a physician, no doubt, comes as a shock. But I feel that you may need the test. Tests to which I found myself continually subjected by Holmes.

Holmes suggested that perhaps now was the proper time for him to speak with Mrs. Watson. I wholeheartedly agreed as I had, with tremendous difficulty, remained silent through her questioning, more thorough and sustained than any given by Mr. Sherlock Holmes and the whole of Scotland Yard combined.

Elizabeth and I had married in 1903. Holmes was later to complain that my absence had forced him to record his own account of the case he later entitled "The Blanched Soldier". He did however admit that it had demonstrated to him that writing up his cases for a literary audience was harder than he had at first supposed.

Mrs. Watson was seated nervously in our solarium, waiting for Holmes, who repeated to me on our journey, verbatim he claimed, the extent of their conversation; although, I learned later that he had lied.

"Well, Mr. Holmes, after all this time, where are you dragging our John now?"

"Dragging, Mrs. Watson? Do you see a rope around Watson's waist and I pulling maniacally at the other end?"

"Do not play your word games with me, Mr. Holmes, for we both love John, do we not?"

"That is so. And that is why I can tell you, with utmost truth, that I would perish myself rather than cause him even a scratch."

"I know that, too, Mr. Holmes. There is no finer friend to John than you. Yet I feel that there is something very different about this particular matter. Just my feminine feeling if you will, but I am as certain of this as I am of the sun rising tomorrow morning."

"Mrs. Watson, because of what your husband and I have been through together, much of which you have read or heard about, you know full well that there are sensitive things of which we may not speak."

"I am fully aware of that, Mr. Holmes. But this matter, as I have said, seems eerily different and frighteningly dangerous."

"Has Watson communicated to you any hint of danger?"

"Mr. Holmes, don't be foolish. You know as well as I that John is as a sphinx where you are concerned. No, it is because of what he has not said that I fear so."

"Then listen to this, please, madam. It is true, where Watson and I go there is more danger than he has faced since Afghanistan. But his service to his country in that awful place has been one of the shining points of his life. He bears his scars for England nobly. Remember this as well, young John is much to live for. By the way, where is he? I've not seen him about."

"He is away for a visit with my parents in Yorkshire for the blooming of spring, one of my fondest memories of childhood; and something that John and I wish him to experience likewise each year. But please don't change the subject, Mr. Holmes."

"Mrs. Watson, your husband loves you and your son above all else in this world. But there are other husbands and fathers who are serving their nation at this time of travail who have not been as fortunate. Watson knows this. At the time when fate has finally chosen to ask a favour of him, he knows that he must grant it. He would not be who he is if he stayed behind. He would not be the man you love so devotedly. He would not be the brother I have taken by choice."

"Then take him, Mr. Holmes. I place his soul and his safety in your hands. And I know that you will return him to me. And Mr. Holmes, God bless you. For through John, I have come to cherish you, as well." With that, Elizabeth had embraced Holmes, probably causing him some discomfort, and bidden him send me to her.

I went to her more reluctantly than I had ever done anything before. Facing wild Afghanis seemed infinitely more inviting at the moment, and I approached her with some considerable hesitation.

"You wanted to see me, dear?"

"Yes, John, of course I want to see you. I want to see you every moment of every day. I want to see your eyes laugh when looking at John. I want to see the way they sadden when you cannot help some poor patient. I want to see you sleeping at night, in almost the same repose as your son. I want to see you silently smiling at me when we're alone in the privacy of our night.

"But for a time, and I don't know how long, I am resigned to not seeing you at all. I shall tell John that you and Mr. Holmes are off on another one of your famous adventures; I know that will please him as it always does. I shall tell myself that you are off on nothing more eventful than a carriage ride in the country. I shall lie to myself so that you shall not have to.

"I shall go to bed each night knowing for certain that you shall return to us in the morning. And arise each morning knowing for certain that you shall return to us that night.

"I love you, John. And I pray you return swiftly."

My wife then kissed me more tenderly than I ever remembered, and with tears in our eyes, I turned to join the waiting Holmes, totally unaware that I would not see my wife and son again for over one year.

Harwich

Holmes' nannies put my baggage into the motor car and we were on our way; the nannies in front with the driver, Holmes and I in the rear.

Since the nannies said nothing, I asked Holmes if they still possessed the power of speech, to which he laughed and nodded. Yet throughout our entire ride, for a period of close to three hours, not one word was exchanged between them and us. Indeed, they did not once turn their heads towards us nor towards each other.

Of course at this juncture I had absolutely no idea where we were headed, and after what I thought a reasonable lapse of time, inquired of Holmes just where he believed we were going.

"A most pertinent question, indeed, Watson; and if my bearings hold true, I believe we are headed for Harwich."

Harwich, during the Great War, was a most important naval base, and since Holmes' travel sense was as keen as ever, he gleaned that although Chatham, another naval base, lay closer, it lay southeast. Since we were aimed northeast, the only logical destination was Harwich, a distance of some seventy-nine miles.

I had never been to a naval station during the war, closeted as I was as a civilian in the heart of London, and I was immediately impressed with my first contact, smart sailors in full battle dress barring our entry at the gates.

They reacted sharply to the papers shown by the smaller nanny, and the sailor in charge pointed off towards the right as he and said nanny exchanged words I could not hear.

"It shan't be long now, Watson. In a few moments we shall meet the intelligence officer who is to guide us to our ship and perhaps even impart some new information."

Holmes was quite correct. For no more than four minutes evaporated before the motor car stopped in front of a small and evidently temporary building. The smaller nanny went inside, and after a few moments, reappeared and gestured us to join him.

As we went, I noticed sailors already taking charge of our baggage. The larger nanny stayed inside the vehicle, not glancing at us at all. Yet as Holmes and I passed the smaller one who indicated the room we were to enter, he spoke.

"Mr. Holmes, Dr. Watson, I have seen you both safely to your destination; those are the extent of my instructions. But," and here he hesitated, "good luck, gentlemen, whatever your task."

And with those unexpected words, he let the door close and joined his compatriot in the black vehicle which cautiously moved away from us, sinister no longer.

I looked at Holmes, "What do you make of that, Holmes?"

"Rather more than I expected, Watson," said Holmes as he moved down the hallway and I followed hard behind.

As we walked on I was surprised to see a quite young officer, who, in these surroundings, looked wet behind the years. He advanced with an endearing smile to greet us.

"Why, Mr. Holmes," his hand stiffly outstretched, "this is more than I had hoped for."

"Ah, you give yourself away, Commander. You were told to expect a V.I.P., but you were not sufficiently entrusted with precisely who to expect."

"Sir?" the officer was sandwiched between awe and evaluating a Holmesian deduction, and a coherent response appeared beyond him.

"And that, Watson," Holmes said to me so that only I could hear, "means that we shall be passed between many links on our chain, each link unaware of the strengths or weaknesses of that adjoining; and perhaps not prepared for the chain to break."

I was about to comment on that, but the officer was now holding out his hand to me.

"And this is Dr. Watson, Commander," said Holmes.

"An equal pleasure, doctor, I'm sure."

"Thank you, Commander," I said. After the handshakes and smiles, our young officer asked us to sit.

"Forgive me, gentlemen, in my excitement it seems that I have omitted to introduce myself. I am Commander William Yardley, and I shall be your liaison at Harwich. I will escort you to your ship just before boarding," he stared at the clock on his desk, "which should be only a very short time now, indeed."

The young commander reminded me greatly of someone, and until Holmes and I exchanged that glance it hadn't come to me. Then, immediately, it did. The commander looked like a young Holmes. I don't know if Holmes noticed this, although there was not much that Holmes did not notice. But when it came to his own appearance and dress, Holmes seemed to be continually lost, or profoundly disinterested. And because of this resemblance, I felt very at ease with the young commander.

"Tell me, Commander," said Holmes, "might you happen to know where Dr. Watson and I are going?"

"I'm afraid not, sir. That information, I suspect, is most secret. In any case, and I do not mean this in an ill way, it has nothing to do with me. My orders are to see to your comfort and security while you are at Harwich, and to see you both safely aboard the ship now making ready."

"Commander, might you at least tell us its name?"

"Uh, I think so, sir. Yes, I do believe that would be within limits. You will be boarding HMS *Attentive*, a light cruiser. The captain is a splendid fellow; in fact, by coincidence, an old friend of the family. His name is David. Captain Joshua David."

"Splendid, Commander," said Holmes, "all those superlative biblical associations reassure me greatly." We all laughed.

"Gentlemen, may I offer you some lunch, or perhaps a drink?" asked the commander.

I spoke up readily, since I had not eaten since a pre-dawn breakfast brought about by Holmes' incessant excitement.

"Lunch would be welcome, Commander, very welcome."

"And you, Mr. Holmes?"

"Don't put yourself out on our behalf, Commander."

"Of course he should, Holmes, that is what he is here for, remember?"

"No bother at all, Mr. Holmes. Of course the fare is most assuredly not what you may be used to, but we do nicely here, even with the war on."

"Whatever is convenient, Commander," said Holmes, as he lit a cigarette.

The commander stepped out for a moment and then rather unsettled, returned.

"Gentlemen," said he, most unhappily, "I've just been informed that you are to report aboard the *Attentive* immediately. I'm sorry for the inconvenience and change of plans."

"Nonsense, Commander, plans change, you know," I said, remembering my own days on active service.

"Your bags have already been taken aboard, so if you'll both just follow me." He held open the door, followed us out into the hallway, and led the way towards our vessel.

Holmes' eyes seemed to survey each square inch of the station as Commander Yardley escorted us. I chuckled to myself as multitudes of sailors scurried to every discernible compass point; each attending, no doubt, to a mission that would quickly end the war.

Presently we approached our vessel and the commander made it official with an envious sweep of his arms.

"Here she is, gentlemen, HMS *Attentive*. And I shan't mislead you at all by confirming her as sweet and swift a vessel as I have ever encountered."

The Commander then paused at the gangway and again extended his hand to Holmes.

"I know not what adventure you are off to now, Mr. Holmes, but I wish I was going with you. Good luck, sir."

"Thank you, Commander. I hope we shall meet again when the war is over. But..." Holmes' words trailed off as he began upwards.

"Watch after him, Dr. Watson. We need men like that in England."

"Watch after him: Who'll watch after me? Don't we need men like me in England, as well?" Of course, I was just having sport of the officer, but by the dark look on his face, I instantly saw that I had truly wounded his sensitivities.

"No, Commander, I was only jesting," I said.

"Thank you, sir. I meant nothing untoward, I assure you."

"Nothing of the sort, lad. Good luck, Commander."

We shook hands, and as I stopped for a moment's look back in the midst of my climb, I saw the commander standing at attention, looking in our direction, and saluting. It was one of the most touching sights in my long memory.

Holmes and I were piped aboard in very fine style, shown to our quarters, which seemed cramped even for a small ship of war, found our baggage already there, and were then brought to the captain's cabin where he was waiting to greet us.

"Ah, gentlemen, do come in and sit down. It is a great pleasure, Mr. Holmes," he said, shaking Holmes' hand with both of his own, "a singular honour, Dr. Watson," and he then shook mine; but with only one hand. "I am Captain Joshua David."

The captain was a man in his mid-fifties, I would say, not wanting more girth at this stage of life, with thick dark hair that I suspected he coloured. He moved about as would one walking on eggshells, with his hands clasped behind his back. Other than this entirely unique gait, I saw nothing extraordinary about him.

"Well," said Holmes upon sitting, "I see that you were more informed than your young commander. He didn't know who to expect."

"Really? I wasn't aware that you were not brought directly to me. Which young commander are you speaking of? We have a surfeit of young commanders these days, you know. Were you inconvenienced in any way?"

"Not at all," I said, "it's just that we were about to partake of a light luncheon when we were summoned."

"Oh, I do beg your pardon. I shall see to your comfort post haste." He then ordered his steward to have luncheon brought up to his cabin.

"The Commander's name is Yardley, Captain. William Yardley."

The captain took on the typical "rub the chin, scratch the head" gestures of someone trying to appear in the act of taxing his brain.

"Yardley...Yardley, no, not familiar, at all," said the captain.

"But," and before I could say one syllable more, Holmes had

jumped into the conversation.

"It is of no consequence, Captain. Tell me, if you will though," Holmes had risen and walked to a large map on the far wall of the cabin, "where are we bound? This map should show our destination."

"And that it does, Mr. Holmes. But until I receive orders, I'm afraid that I am as much a part of this mystery as are the both of you."

"You mean that you shall receive your final orders at sea?"

"That is exactly what I mean, Mr. Holmes."

"Well, then, can you tell us when we are to sail?"

"I can and I shall. We shall be underway presently. If we are not clear of Harwich within the half-hour, I will be very much surprised."

Lunch was brought to us, tepid in flavour as well as in temperature, but I was happy regardless and ate heartily. Holmes spoke little during the meal, so I regaled our nautical host with tales of the army; perhaps not the most intelligent of subjects to choose while in the power of the navy; but, we were all fighting the same war, were we not?

Once back in our quarters, Holmes checked the corridor to see if there was anyone about. When he was sure there was not, he sat, and I could see his mind adding, subtracting, dividing and sorting information at a furious rate.

"Well, Watson, what make you of all this?"

"Do you mean about David supposedly not knowing Yardley?"

"Or is it Yardley supposedly knowing David? Yes, that's part of it. But even before that, did you find anything curious about Harwich?"

"How do you mean?"

"Remember that we were supposed to be part of an invasion force? To Archangel?"

"Yes, and it seems that we are, with all these ships. Are we not?"

"Not in the slightest, Watson. First of all, if this were the staging point for an important invasion force, tell me this: how many soldiers did you see?"

"Soldiers? Why, of course," embarrassment had no greater offspring at that moment.

"Precisely. There weren't any. It was all naval personnel at Harwich. Not one troop ship. And I don't seem to recall a successful invasion without an army with which to invade. Furthermore, since when in all of British naval history, has its captains set forth on some great undertaking without specific instructions as to where and when? It knots my mind, Watson, to think them so contemptuous of my powers that I would believe this Captain David!"

"I don't understand, Holmes. Lloyd George told you himself of this invasion, did he not?"

"No, I told him. He only play-acted; brilliantly, too. Making me believe that I had deduced some deep military secret."

"I still am not following."

"Watson, you and I both know what our task is in Russia. But what if we are the only two, besides Lloyd George and his minute, inner circle of invisible others, who know it?"

"You've completely lost me now, Holmes."

"I am saying this: what if each of the links I had mentioned to you onshore, is not only unaware of each other, but unaware of what our goal is, as well? If they have been given only enough instructions, as say, to take us from A to B and no more, then who is to say what we are really about? For all intents and purposes, we could be on a secret mission to gather pollen!

"Watson, it is quite obvious by now that Lloyd George has led me as a trainer leads a reluctant thoroughbred into an unwelcome arena. Is it not then also possible that he has obfuscated completely? And if that is the case, then anything is possible - absolutely anything."

"But what about His Majesty, Holmes? Did not the King himself say that he had chosen you for this enterprise?"

"Indeed. And that is one part of this puzzle that does not fit."

"Well, if we are not headed for Russia, Holmes, where are we headed?"

"I still believe that we are being led to attempt the successful completion of our task. And if that is so, then we must still be headed for Russia. Indeed, most certainly then for Kronstadt."

"Kronstadt?"

"Yes, it is the naval base nearest St. Petersburg, approximately forty miles. It guards the way to the capital. If the Bolsheviks were politically practiced enough to invite such unwelcome guests as the English into Murmansk, to guard the capital from flank assault by the Germans and Finns, I am willing to wager there is another game afoot in Petersburg. A much more intricate game than I was led to believe I would be playing.

"I thought it a simple question of Red or White, rather like which wine to choose for dinner, but this is deep, Watson, deep. As yet I cannot fathom the intent, but whatever it may be, I believe that for our direct entry into Kronstadt, the waters will be made calm. And should the German navy act as spoiler, it makes it the more interesting."

With that, Holmes lay himself down in his bunk; and for the first time in what appeared to be two days or more, he slept. I, in no shallow attempt at imitation, did likewise.

When next I awakened, some four hours later, I found that we were long into the North Sea, indeed far from Harwich, but only slightly closer to the solution for which Holmes was searching.

Later that evening at dinner in the officers' mess, we met the ship's elite. The officers had been briefed that we were special envoys to the new government in St. Petersburg, summoned at their request, to help them recover invaluable Romanov jewellery, which, when sold to rich capitalists, would be used to benefit the Russian people.

Throughout the meal Holmes said little, so intently was he dissecting Captain David. After but one sip of brandy at dinner's completion, David rose and began his arresting walk around the table.

"I trust you slept well, Dr. Watson?"

"To be perfectly honest, Captain, I would have napped well even perched atop the Great Pyramid." This brought laughter from all.

"I take it then that you are not fond of our arrangements?"

"Not so. It's just that I am a landlubber, many generations bred, and my body was greatly confused by an unsuspected turmoil, when it is used to terrain remaining stationary and happy to be so." More, and heartier laughter ensued.

The captain waited for the laughter to dissipate, and then, with great earnest, he addressed us all.

"Mr. Holmes, Dr. Watson, men, I understand that many of you have taken to guessing about our destination based upon the headings I ordered. Well, you can stop your calculations as I tell you what that destination is."

With all men, including myself and Holmes, physically bent forward, as you would expect from a crowd at a close horse race, the captain proceeded to pull down a large map of Europe; and then commenced his briefing in the style of a geography tutor.

"Men, as to our direction, Bremerhaven is portside. In about eleven hours time we shall be passing Jutland," at the mention of which, the men tapped the table, "then up and around Skaggerak, down through Kattegat Channel hard by Laesö Island, then down through Oresund, taking us into close enough proximity to Kiel to perhaps have the Huns salivating in wait. However, should we still be afloat, we then proceed northeast through the Baltic to Kronstadt."

Subdued comments from the officers indicated that they expected and hoped for some action.

I looked at Holmes as I always did when one of his theories had been proved true, but Holmes was studying the map.

"Pardon me, captain," I interrupted, "but what, precisely is the importance of Laesö Island?"

"Come Dr. Watson, do you mean that an old military man such as yourself is unfamiliar with that island?"

"Captain," I retorted, "I should like you to find the position of the Isles of Langerhans on your first autopsy!"

"Enough, sir," laughed the captain, "show mercy and I shall haul down my flag."

"Granted, captain," I said, "but in all seriousness, what truly is the significance of Laesö Island?"

The laughter was gone now as Captain David, with the composure of command, slowly looked around the room till he came again to me.

"It means simply this: that we are forced to penetrate the neutral waters of both Denmark and Sweden in an attempt to evade any confrontation with the enemy. And that in waters so narrow, there is no way of knowing if we shall be successful."

"Sir," it was Lt. Leicester, perhaps the youngest of the officers present, "do you think we shall be engaged?"

"Well, Lieutenant, according to Newsome, the enemy should be all over the place. Both on the surface and under. If you ask me, they should be called 'rat packs' instead of 'wolf packs.'"

At this, the men laughed and concurred.

I studied the faces of all the officers, and to a man, they were now sullenly pensive.

Holmes shot up as if propelled by a giant spring.

"Captain, gentlemen, thank you for a meal of such illumination. If we may, I believe that Dr. Watson would like to join me in a stroll around your deck."

"Well, Mr. Holmes, this is not a pleasure ship with decks for promenade, but on a night as beautiful as this, I believe that the rules of war will not be irreparably broken if you have your stroll."

"Thank you, Captain, gentlemen", he gestured for me to rise and do likewise.

"Indeed. Captain, gentlemen."

The officers wished us good evening, Holmes and I left them there, now gathered at the map, and proceeded down to the deck.

"Well, Holmes, what was it that shot you from an invisible cannon?"

"Newsome, Watson, Newsome."

"Yes...?"

"A name thrown out so casually suggests frequent and informal conversations. In other words, a long acquaintance or friendship."

"So what great import does this Newsome hold for us?"

"Not only for us, Watson, but for all of England. For I heavily suspect that the Newsome to whom Captain David so innocently referred, is none other than Sir Randolph Newsome, the Deputy Director of Naval Intelligence.

"And since when does a Deputy Director of Naval Intelligence personally inform a mere captain of a cruiser, and a light one at that, about the chances of hostile encounter; especially when that data is usually laid out by some junior statistical actuary."

"I see. So you suspect that Newsome is in on it."

"Perhaps yes, perhaps no. One thing I do know, this ship is, supposedly, assigned to the singular task of delivering us to Kronstadt in one piece. And not even persons high in government, including prime ministers, can play loose with such a prize as this vessel in time of war.

"No, Watson, it seems as if we are being given every opportunity to rescue the Russian family. But I, like a donkey, must perform with a carrot continuously held in front of my eyes."

With that remark, Holmes turned away from me and disappeared into the black that enveloped the ship's bow.

I succoured myself with sleep, but was so suddenly and violently awakened that I smashed my head into the rear wall of my bunk. After rubbing vigorously, I noticed that Holmes was absent.

I became aware of a bleating sound and immediately understood its meaning. After jumping into trousers and grabbing my coat and life vest, I opened the door to find sailors running right and left as if bereft of direction.

As I stepped out into this madness, a tow-headed sailor came running up to me.

"Dr. Watson, you are to follow me, sir!"

"Lead on," I said and he started off. In fact he did so with so much coltish proficiency that he had to stop briefly twice to be sure I was still behind.

Upon reaching our battle stations, I was told that a periscope had been seen and that we were to stand to. Still no Holmes.

As I waited there virtually motionless, with everyone else in perpetual motion around me, I asked myself, for the first time on this journey, just what was I doing here?

Out of the fog, I heard Holmes saying behind me, "Lovely night for a swim, eh, Watson?"

"Very amusing, I'm sure, Holmes. Why didn't you awaken me when you bolted from our cabin?"

"Come, come, Watson, you should know me better than that. I wasn't even in our cabin when this ruckus began."

"I suspected as much. Where were you?"

"Enjoying this beautiful night, Watson. Enjoying this beautiful night."

"Well, it shan't stay beautiful if we're dumped into the sea."

"I strongly doubt that, my dear fellow. After all, that is what life boats are for. Anyway, all we can do is hold onto this rail and wait."

And wait we did. After a few moments, all seemed as silent as a sepulchre. The sailors were all at their stations, heads moving in every direction, eyes trying desperately in the dark to make out an enemy movement or shape.

I sweated in spite of the crisp North Sea air, and was happy to see the same dew on the foreheads and faces of those in close proximity.

Suddenly the ship lurched up with an awful roll to starboard that rent me free of my grasp of the rail. It was Holmes who grabbed me as I began to fall past.

"I've got you, Watson."

"Thank you. Were we hit?"

"I don't think so, there wasn't any explosion. I think it was just a sharp, evasive move."

We then waited for what seemed some considerable time, but nothing more happened. Finally, the all-clear was sounded and Holmes and I permitted ourselves to exhale. Nervous laughter followed, mixed with quiet verbal exchanges and the omnipresent gesture of crossing the body.

Holmes and I, while making our way back to our cabin, passed young Lt. Leicester.

"Well," he said with a big, boyish smile, "you certainly can't fault us for not providing after-dinner entertainment."

We bade him good night again, fell into our bunks fully clothed, and this time, slept uninterrupted.

June 14, 1918

Upon waking next morning, mid-morning, in reality, I once again found Holmes missing. It never ceased to amaze me how little sleep Holmes required. As a medical man I had read case histories where people required as little as twenty minutes of sleep a night. I required the usual dose in order to function.

I renewed my practice of dressing and shaving with the seductive sway of a ship, and after a few, literally close shaves, my hand and eye became adjusted to the yaw. I believe I performed admirably; as well, perhaps, as if I had a scalpel in hand during an operation, in the midst of a bitter engagement with some wild Afghani hill tribe.

I made my way back up to the officer's mess where I partook of a very late breakfast and was informed that the action of the night preceding had been nothing more than a false alarm, and that we would shortly be passing Jutland.

I went topside and saw Holmes at starboard, looking, I surmised, in the direction of that hallowed place of battle. But before I could walk to him, I again chanced upon Lt. Leicester.

"So, Dr. Watson, I hope things are going well for you?"

"Yes, quite. Thank you."

We had reached Holmes by this time, and after hearty good mornings all around, Lt. Leicester took on a mock, conspiratorial tone.

"Gentlemen, you should feel honoured."

"Honoured?" Holmes asked. "How so?"

"Well, that was quite a show the old man put on for us last night. I guess he was just trying to impress us, him being new to the ship, and all."

"New to the ship, you say?"

"Why yes, Mr. Holmes. Capt. David only joined us about five days ago. Our regular skipper, Capt. Stanley, was promoted to a staff job of some sort at the Admiralty. And you won't blame me for saying that the crew still miss him quite a bit.

"This new captain is an all right sort, I guess, but we can't seem to find out too much about the man. Only that he was supposed to have been in at Jutland commanding another light cruiser, the HMS *Pegasus*. And that's the strange part about this. You see, I have a good friend who was an officer aboard a destroyer there, and he seems to remember that the *Pegasus* had been commanded by a Capt. Bartholomew.

"Oh, well, I guess it's all just some misunderstanding. Anyway, I must be off before the crew mutinies. I hope to see you later."

He saluted smartly and strode briskly away, a young man happy with his calling, proud of his ability, and looking forward to the future.

"Well, Watson, whether or not our good captain commanded the *Pegasus*, he's certainly an old sea dog from his ease of command and demeanour around the ship. But I do not think at this stage we shall accomplish an unmasking. Capt. David is now confirmed as merely the second link, although a much more important and formidable link than the first."

Within the hour, we were passing Jutland, rather larger than I had anticipated, and Holmes and I watched quietly as the officers and men came to a brief attention and then saluted.

Three days later, we were through the Oresund Narrows, and were about to enter decidedly German waters.

Battle

It was exactly eleven-seventeen A.M. when Holmes and I, and the men of *Attentive*, saw that which we secretly wished never to see: an enemy ship. A very large enemy ship.

Battle positions were sounded and we were told later that the German ship was a prowling destroyer; by no means the most potent warship in the enemy's arsenal, but potent enough for a peaceable doctor. Holmes and I were sent below.

I think that Holmes and I both shared the same feeling during the brief engagement: impotence. We could not fight back. We could not contribute martially. But I could contribute as a doctor and Holmes, with his knowledge of human anatomy, could certainly help.

From what we were told after the battle, this is what happened.

Our crew saw them before they saw us. Our captain immediately called all to battle positions and made ready for a run, knowing that we could not possibly out gun a destroyer. Not only did the Germans have ten-inch guns to our sixes, but the *Attentive*, like all her sister light cruisers, was built for speed and scouting, for escort and raid. Therefore, she was more lightly armoured and armed than our larger and more predatory ships of the line. So Capt. David was counting on speed and luck. He received both in moderate measure.

We were about ten miles distant when the Germans fired their first shots. They missed and our men gave a loud cheer.

But some of their second salvo found their mark and we were hit amidships. The two-hundred-pound high-explosive shell landed amongst the ready-use lockers of the rockets, causing those already loaded to explode. And from this one direct hit, all our casualties sprung, for there were no more hits. We managed to outrun the Germans who gave up the shelling only after night; though our ship burned and glowed in that night like a beacon.

There was fire and smoke throughout amidships and scalding debris hailing down thick and fast. As misfortune would have it, Holmes and I were below the explosion and saw much horror at first hand.

Sailors turned into torches of pitch. Limbs severed or torn by massive steel splinters shooting about like arrows. Terrible cries for help lost amongst even more terrible cries. And the stench of roasting human flesh everywhere.

After the fires had been brought under control and it seemed as if there were no more wounded for us to treat, Holmes and I began a terrible tour around decks. After a short while, we came across young Lt. Leicester.

He was sitting upright against a wall, waiting for his turn to be treated by the doctors. Only his head was bandaged, and I could make out no other injuries. I looked into his eyes to determine pupil dilation when he recognized me.

"You see, Dr. Watson, we always provide entertainment."

And with that, he ceased living. I tried to revive him, but Holmes knew it was hopeless; and after a sufficient time, Holmes gently steered me away, back to our cabin, back from the hell we had just shared with five hundred men.

It was now the stillest part of night. But on that ship, we were part of nature no longer. We had just journeyed through a dimension known only to demons, and many of us would not come back easily.

But HMS *Atttentive* proved, as Commander Yardley had said, sweet and swift, and the crew were British through and through. Damage was controlled and repaired, our speed was maintained, and we sailed quickly on. And as Holmes had said, whoever Capt. David was, he was truly an old sea dog.

Towards evening, all hands turned out for the solemn burial at sea. Sixteen souls sailed downward; and as each released from its Union Jack slipped away, I wondered which was Lt. Leicester.

We were now well into the Baltic, nearer the end of our journey than the beginning, and I pondered mightily on just who and what awaited us in Russia.

June 18, 1918

This day passed, thankfully, with nothing to jar routine. The wounded men rested and healed, but the wounded ship did not rest. It pushed onward.

June 19, 1918 Kronstadt

The captain sent for us this morning and told us to prepare. We would be on the island-base of Kronstadt before the end of day - if all went well.

We made ready, the *Attentive* arrived late afternoon, and by early evening, the captain came on deck to see us off.

"Gentlemen," he said, "your trip has not been a happy one. I wish you better fortune here."

We thanked him and then Holmes said, "Captain David, you have shown us your worth and wits in battle. It is we who wish you good fortune on your journey home."

"Ah, yes. Well, we shall be here for a while for more permanent repair, then we must be home rather quickly. I greatly suspect that Kaiser Willy will try to make our voyage home even more eventful. There is more to this business, you know."

He saluted as we went aboard the packet boat, and as we chugged into Kronstadt, Holmes and I saw what was left of the Russian North Fleet; battered so harshly by German guns and seamanship. Searchlights only served to heighten the damp air of death and doom that clung so tenaciously to that melancholy place.

Since March 3rd, when the treaty of Brest-Litovsk had been signed and took the Russians actively out of the war, a kind of limbo had engulfed all here, men and ships alike. They were thrust into a very personal purgatory.

As we neared the dock, Holmes and I focused on a large, black motor car with what looked like a military escort in front and behind. It was flying red flags of revolution.

As we stepped ashore, a Russian soldier opened a rear door for his officer who emerged and then strolled casually towards us. He stopped quite close, looked intently at both of our faces, took a deep breath and then, in a perfect English accent, said, "Welcome, comrades, I am Colonel Relinsky."

Reilly

Relinsky, as we found out later, was Sidney Reilly, about forty, wiry, with a chiselled face as hard as that of a statue, and eyes of such sharp intelligence, that, as Holmes told me later, he immediately sensed an intellect of the first order.

When Reilly removed his cap in the auto, he revealed coal black hair combed severely straight back; an indication of how this man kept his own persona so rigidly in check. And though, at the time, neither Holmes nor I had any idea of who this man really was, I found out much later how singularly important he was not only to our task and to Britain - but to the entire Allied cause.

In fact, in the complete history of my human contact, Sidney Reilly ranks as the only man who I truly believe was as extraordinary as Sherlock Holmes.

There were, however, many differences: while Holmes was brought up on the inside of society, Reilly was shunted to the outside (he had been born in Russia, the son of an Irish sea captain and a Russian woman of Odessa); Holmes, though born with a superlative mind, cultivated it through learning and books until he had gained more practical experience, while Reilly it seems, almost from the beginning, was thrust into enough practical experiences to last many lifetimes; Holmes used his knowledge and powers solely for good and aid to his fellow man, while Reilly used his, including a startling fluency in seven languages, complete with sub-dialects, not entirely for the betterment of his adopted country of England, but most certainly for the betterment of Sidney Reilly.

Yet he was so important an asset to Britain and the Allies that he could virtually name his price. Permit me to give you just three instances of the powers and incomparable exploits of this man Reilly, as I would learn later.

First, before the war, the Admiralty needed knowledge of Germany's submarine construction plans. It was Reilly who conceived of the method to obtain these plans completely shunning the usual cloak and dagger. He simply secured the post of naval armaments purchasing agent for a very important Russian boat-building firm. As such, he was feted at the Hamburg shipyards by the company of Bluhm and Voss, who, wanting to secure a rich, Russian contract, willingly gave Reilly all the plans England sought.

The second instance found Reilly entering Germany through Switzerland at the height of the war in 1916, gaining entry to the German Imperial Admiralty by posing as a naval officer, and making off with the entire German Naval Intelligence Code.

The third, and most incredible instance, involved Reilly being put into revolutionary Russia by the British. Reilly became Comrade Relinsky of the Cheka, heirs to the Tsar's Okhrana, the secret police, and rose so high so quickly, that an organized plot of his almost put him into supreme power. Lenin would have been dispensed with.

Such were the abilities of the man who now stood before us and continued his address.

"We heard of your near miss. I hope you weren't scathed."

"Only our souls," I said.

"Tell me," said Holmes, "if you may, just how does an officer in the Red Army..."

Reilly cut him off, "Not the Red Army comrade, the Cheka."

Holmes and I both knew of the infamy of that sinister organization, and wondered into what situation we had walked.

"Are we under arrest then?" asked Holmes.

Reilly laughed. "On the contrary, Mr. Holmes, you are under my very special protection."

"And how come we, British subjects, to be under the special protection of the Bolshevik Cheka?"

"By the same humour of the fates that has brought all this madness about."

He was answering in riddles. Was he talking about the task Holmes and I had to perform, about the revolution, or about the Russian Civil War? Holmes pressed on.

"Well, then, how do you come by such perfect, Etonian English?"

"Ah, your ear is quite practiced, sir, and the answer is simple. I am half English, well Irish, to be exact, and I spent many formative years in the vicinity of very proper Englishmen."

These were clearly half-truths and evasions, so Holmes pressed him further.

"Then perhaps you may tell us this, are you working for us, or for them?"

At this, Reilly really laughed. "I say, Mr. Holmes, you are certainly not a man to lay soft with words, are you?"

"When the lives of two people are at stake, namely mine and Dr. Watson, I have no time for courtesies."

Reilly then looked hard and cold at Holmes. "Only two lives, Mr. Holmes?"

There was a long pause at that, until Holmes again spoke.

"Where are you taking us, Colonel Relinsky?"

Mockingly, I believe, Reilly said, "Comrade, if you please. We are all comrades here. And I am Comrade Relinsky."

"Well, I'm not your comrade," I said huffily.

"Oh yes you are, Dr. Watson. And indeed you will be. Gentlemen, you have nothing to fear from me or my men. They are true Russians and speak no English. But they do speak fluent Relinsky."

"Why I am a high ranking officer of the Cheka, and who exactly I am, is of no concern to you. What is your concern is that I will be your compatriot on every foot of your journey in Russia. There are many still in Russia who feel, as do some of my men, loyalty to the former government of this country. They are Whites. They wish for the return of the old order, or at least some noble to their liking. Privilege and power are hard commodities to accrue, and infinitely more difficult to accept the loss of. That is why a civil war rages in this land. It is barbarism run rampant and is all for power and privilege. The rest is but rhetoric.

"I know why you are here, and I am placated that I will be aiding such men as yourselves in accomplishment of your task.

"Things are not always run as they should be by our comrades in England. But this time, it seems that someone has found some common sense. A marginal attribute of many, I have found.

"Now, to answer your question, Mr. Holmes, I am taking you to a safe place where you will both rest until you're visited by someone who has been instructed to meet with you. He is very important to our mutual endeavour, for he holds much power at this precise time. However, that power, which is implied, may vanish at any instant, based upon the prevailing political winds of the moment. On this topic I shall not say more. You will know as much as needed when the time is right.

Now we must board a small vessel to take us to the mainland, where we have quite comfortable lodgings for you; what in Petrograd is now considered a feast, and you will be as safe as if you sat in Parliament itself. The only other words I can give you at present are these: trust no one who is Russian, trust one tenth those who are British. As for myself then, by law of percentages, you should be able to trust me only one time in twenty." Reilly chuckled to himself on that.

We made the next stage of our journey without incident. Presently, with our guards front and rear, we stopped at what had once been a house of much means. There were discernible scars of battle about the house and its immediate environs, and other guards waited at the ready.

We followed Reilly in and found that the feast to which he referred was potatoes, onions, and some meat. Reilly watched as we ate, asking if the fare was to our liking, and remarking on how the room in which we dined, which I thought must once have been spectacular, but now was greasy and bullet marked, had recently been used as a makeshift morgue.

For all intents and purposes, our meal ceased upon that disclosure. And since it was now rather late, Reilly asked if we might not like a nightcap before retiring. I was amenable, and Holmes needed no coaxing at all, so fascinated was he, as was I, with our new companion.

Though the immediate soldiers about were, and acted, as his junior in rank, we sensed an unspoken compact between them that seemed welded as steel. Holmes said later that for all we knew, they might all be British agents; although, we both doubted that strenuously. We also dismissed the idea of mercenaries. Holmes felt that at times such as these, men with strong beliefs on both sides had, perhaps, even stronger hidden motives for their actions. Whatever they might be, we would have to trust in Reilly's control of his men and of the situation.

After pouring what Reilly assured us was one of the last bottles of Napoleon brandy in all Petrograd, and with some of his guards moving about quite freely, Holmes continued the conversation.

"Tell me, Comrade Relinsky, what is your exact rank?"

"I already told you, a mere Comrade Colonel."

"Come, come, now," prodded Holmes, "there is nothing mere in that, at all."

Reilly laughed again. "True, you are absolutely correct. How I shall enjoy our precious time together, comrades. I have not lately had my wits sharpened verbally by so skilled a rhetorician."

"Well, perhaps it's just the company you keep," said Holmes. We all laughed. The brandy was relaxing us all.

"I tell you, comrades, these are interesting times. My men are completely devoted to the work I do; although none are completely aware of precisely what work it is. Within my cadre of cut-throats, there are those I must trust with my life. And on any number of occasions, I have.

"The rather small man in back of me with the clean-shaven head is Stravitski. I knew I could trust him from the beginning because he had killed his own father."

"What?" I gasped incredulously, almost spitting the precious brandy into oblivion.

"Oh, it was all very political and perfectly acceptable. The only other man who has saved my life, but only once mind you, so he still has a way to go before he's trusted only that much," he held up his index finger and thumb so that the distance between them would not permit paper through, "is the man standing behind the both of you right now with a revolver in his hand."

Holmes moved not a muscle and sat perfectly still watching Reilly. But I quickly turned to see this menace, an imposing brute with prematurely white, curly hair, a typical peasant-type, down-turned moustache, but who gave off not one vibration of malice. He indeed held a revolver, but it was pointed downward. He looked at me looking at him as if I were a naked bushman who had wandered into a royal cotillion.

"His name is Sergei Alexandrovich Obolov."

"And what is his crime?" asked Holmes.

"None that you or I would consider a crime, Mr. Holmes. But when the Bolsheviks, in their turn, overthrew Kerensky, Obolov here, called a comrade major a pig. So his tongue was ripped out."

"You mean?" I spoke no more, yet continued looking at this man.

"He is dumb. But highly intelligent."

"So even though these two fine specimens of Russian manhood have saved your life before, they are in no way to be trusted, even though you jest that you do?" asked Holmes.

"Absolutely not," said Reilly, "after all, what you do today is no guarantee of what you will do tomorrow."

"Life here must be very constricting," I said.

"That is one word. I prefer the term 'magnificently precarious,'" said Reilly.

We were now growing weary from our trip and our sips, and Holmes suggested that we make our way to our chambers. Reilly concurred, and as he personally led us up a magnificent, circular stairwell of marble, with Stravitski and Obolov bringing up the rear, he said to both of us, over his shoulder, "But pray tell, comrades, what do you think of Mother Russia so far?"

"So far?" I said. "So far we have met nothing but soldiers, killers and martyrs."

Reilly stopped, turned, and after a laugh that tilted his head to the rooftops, looked down at me with eyes stretched wide and said, "But Dr. Watson, those are the only manner of beings who inhabit this nation."

Holmes and I had adjacent rooms, and I slept quite well that night in spite of the mid-summer phenomena when the sun refuses to hide itself in night. I also think that at some time the door to my room was opened for an instant while eyes peered to examine the state of affairs within.

June 20, 1918

Upon making my way downstairs in morning, I found Holmes and Reilly in animated conversation over coffee, tea, and some black Russian bread.

Both bid me good morning and I do believe that the omnipresent Obolov nodded. I sat and poured some tea while Reilly explained the day's agenda.

"I was just informing Mr. Holmes that your visitor should be here in approximately," he glanced at a most magnificent watch he kept in his tunic pocket, "one hour. In the interim, whatever questions I am permitted to answer, I will happily do so."

I turned to Holmes, "Well, what have you dug out of our comrade, so far?"

"Not much, I'm afraid. Comrade Relinsky is blessed with occupational lockjaw."

"Now, Mr. Holmes, from what I know of you, your mandible would prove as immobile as mine."

"Touché," said Holmes, "humour aside, you will not tell us more of yourself or your connection with our government, which, of course, Dr. Watson and I are at liberty to surmise. Allow me, from my own humble knowledge of the situation to put our positions to you for your own expert assessment."

"So you wish to attempt an analysis of the current political climate here?" asked Reilly.

"That is easy enough, and difficult enough," said Holmes, "since currents here, I understand, alter course with alarming frequency."

Reilly returned to our table, and Holmes, in a spellbinding mixture of satire, sincerity and suspense, laid out all of Russia on our table for our digestion.

"For Russia at the moment, to paraphrase Dickens, this is the best of times and the worst of times. Russia stands at the epicentre of its destiny. A move to the left, liberty; a move to the right, repression.

"The Supreme Soviet has moved the government to Moscow where it is desperately trying to keep power over, and order in, the whole of the Russian Empire. It is a virtually impossible task. Russia is not England, nor the British Empire.

"On one side, you have the Reds, the revolutionaries; wanting a new world for the people, and telling the people what this new world will be. Make no mistake, they would achieve their new world even if they had to kill every Russian, including themselves, to do it.

"On the other side, you have the Whites, the would-be restorers of the old order, supposedly made up of nobles and those loyal to the Romanovs and Christ; not necessarily in that order. In fact, while there are some of the aforementioned, many more are renegades, soldiers of fortune, and misguided opportunists believing that aristocratic titles lie in the crimson snow, ripe for the snatching.

"Between the two groups, Russia is being ripped to shreds. But there is more. Within the Reds and the Whites there are factions pulling centrifugally. Imagine, if you will, Russia as a giant carousel spinning so wildly out of control, that the Reds and Whites are flying straight outward, fully extended, and are holding on with only one hand; the other being used to flail about at the closest enemy.

"The Supreme Soviet in Moscow issues orders to the regional Soviets thousands of miles away, and if the regional or local Soviet agrees with the order, all well and good. If they do not, the lines go suddenly dead. Communication is cut for a time, until more satisfactory orders may be received. These local Soviets are fiefdoms in themselves.

"The same holds true for the Whites, basically, except that they have all the power and money of the combined Allies behind them. And therein lays the other mortal danger.

"The United States, Great Britain and France would have supported the devil in this war against Germany. So you had the three greatest champions of liberty in the world allied with its single greatest tyrant. The axiom about politics making strange bedfellows found no greater conundrum in all of human history to prove its truth. Although, of course, it really isn't a conundrum, is it? The enemy of my enemy is my friend, and so on.

"But here come along the Bolsheviks and dissolve that alliance. They make peace with the Germans, releasing a hundred hardened divisions to the Western Front to kill the boys of freedom. Even worse, the Bolsheviks are a capitalist's philosophical anti-Christ.

"So suddenly Russia no longer has any allies, which means she no longer has any money. This also means she no longer has any credence with anyone about anything, except, of course, with the people in power, and the people the people in power have their boots upon.

"Now, not only has Russia lost its allies, but those allies may quickly become enemies. Because as I've said, the allies are capitalists, and what could be better to capitalize on than the wealth of the Russian Empire with no hand upon its purse? What self-respecting capitalist could refuse such an opportunity? Certainly not England, the founder of the philosophy; nor America, its most ardent adherent in the world.

"So in summation, the very civil strife that renders this nation prostrate, that starves its population and robs much of its next generation of its very life, is our friend. It shall shield us and hide us in very plain sight. And if luck were a tangible commodity, we should require but a thimble full to complete our endeavour with success."

I sat almost slack-jawed at perhaps the greatest single piece of analytical oratory I had ever heard. While Reilly, whom I suspected to be extremely knowledgeable of politics in the extreme, simply looked at Holmes and quietly said, "Bravo."

Reilly was as good as his word; for within the hour, our visitor arrived. As Holmes and I watched from a window, a Rolls Royce pulled up to the house, ostentatiously flying the Union Flag. The motor car was saluted by the guards and its passenger emerged stiff and formal, and strode in. He was none other than the British Ambassador to Russia, Sir George Buchanan.

Holmes knew of Sir George through one of the many acquaintances one makes in Holmes' line of work, and later confirmed my feelings about the man that I derived solely from our meeting: that he was ramrod Raj, a certain term of disparagement we used in the army to describe martinet officers; that he was cold, calculating and cautious; and that he knew his business hands down.

Of his appearance, it bespoke the man: fair, greying parted hair, a generous, upturned, Edwardian moustache, perpetually pursed lips, eminently formal attire, even for an Ambassador of the Empire, and a slim, hard physique on a moderately tall frame. His eyes were ice grey, the colour of the Arctic.

After a very brief talk with Reilly, Sir George was brought to us.

"Mr. Holmes, Dr. Watson, may I have the honour to introduce, His Excellency, the British Ambassador to Russia, Sir George Buchanan."

We received firm, curt and correct handshakes and then Reilly bade us sit. Sir George spoke immediately and succinctly with not a word wasted.

"Gentlemen, your roles as envoys in this forbidding hour are much needed. Of course I know of your true intent and extend my personal thanks for what must best be termed a great humanitarian mission. I have been in contact with our consul in the Urals capital of Ekaterinburg, Thomas Preston, and he has been informed of your expected arrival between now and July 1, some ten days hence, barring any unforeseen problems.

"Colonel Relinsky and a small cadre of his men will be with you on your undertaking; and you shall be guided by a plan devised by Colonel Relinsky himself. After all, it is the Colonel who knows the Russians better than we do; and he has had some experience in these matters. I have not given him permission to divulge his plan to you, but will shortly do so.

"Upon successful completion of your task and your arrival at Archangel, you shall board a waiting ship which will take you all to safety out of this God-forsaken country."

He then abruptly stopped talking and with the swiftest of turns of the head to Reilly, and then back to us, as a gesture of indication, said, "Your plan."

Reilly nodded an acknowledgement.

"Yes, well it's as simple as a machine with only a few moving parts. The fewer the parts, the less chance of a breakdown.

"The particulars of the plan will be discussed on the train to Ekaterinburg. But the idea is simply this: we arrive as the Supreme Soviet's special detachment of the Cheka. We are to remove the

Romanovs from Ekaterinburg because the Whites are coming too close and the Supreme Soviet has decided to put them on trial for the entire world to see. If the local Bolsheviks at Ekaterinburg refuse to turn over the Romanovs, they shall be told that they then will have to deal with a large contingent of regular Red Army troops being sent south to counter the Whites' advance north. It will not seem a happy prospect.

"Since my men and I are already Cheka, we should be convincing. If the locals wish to telegraph the Urals Soviet for affirmation, they will find that the lines have been cut. This will be blamed on White partisans, of course.

"Our information says the men guarding the Romanovs are mere jailers, not first-rate troops or first-rate minds. And, as Mr. Holmes has so eloquently expressed it, with just a thimble full of luck, we shall carry the day.

"As to the chase, should there be one, that is part of the specifics you will be informed of later." After a moment's pause and that unique Reilly grin, he asked, "Any questions?"

Holmes said nothing and I followed suit, suspecting that he had reasons for his silence.

"Good, well, there's more I should impart, gentlemen," said Sir George to Holmes and me. "I am sure that this is the most significant and urgent assignment of your lives. It comes from the highest authority and carries the fullest weight imaginable. It has been kept in the strictest of secrecy and there are but few in the entire Empire who know of its particulars. We are all counting on you and you must count on the Colonel and his men, with your very lives. I trust them implicitly."

Sir George rose. “I shall take my leave of you now. I must return to Vologda before Comrades Lenin and Trotsky. There will be much to do then." He shook hands with us all, and was gone. I looked at Holmes, he looked at me, and then we both looked at Reilly.

"Well, Comrades, so what did you think of the British Ambastardor?"

Holmes needed to think and made his excuses. He headed

outside and into the gardens at the rear of the mansion. As he did so he beckoned me to follow,

Once outside I spoke. "Well, Holmes, what do you make of all this? Especially Relinsky's remark about Buchanan?"

Holmes furrowed his brow and said, "Watson, I am now certain that Buchanan is one of Lloyd George's invisible others; as was Captain David. And though, as yet, I have not made the connection between them all, they are all in it."

"Together?" I asked.

"My dear fellow, I am afraid that 'together' may be the domino that sets all the others to fall into place. For while they are all most assuredly in this thing, are they all in it, literally, together? I am convinced that Relinsky knows much, but not all. I feel that he may well be the single most important link in our chain. And that deduction is not the most pleasant, by any means.

“Furthermore, I suspect that Relinsky knows there is something interesting afoot here, and that he will follow his orders, if orders there are, to see if the true meaning of this poison can be extracted."

"Holmes, I still cannot see it. I do not understand how the King is involved in this 'poison,' as you call it, whatever it is."

Holmes froze and smiled.

"That's it, Watson! Why, of course, that's it! The King is not at all in on it! I have foolishly allowed my mind to wander down an alley without an exit. Oh, the time I wasted trying to decrypt the King's direct role, and now the simple answer is there is no direct role. I am absolutely now positive that the King knows nothing of what is unfolding here before us.

"Of course, he cannot know because he should not know, but he does not know! And that is the important thing here."

"Holmes, please explain yourself."

"It’s perfectly simple, Watson. The King, being the King, should never know of any arcane government activity that may endanger, or even embarrass, the throne. He is supposed to be above it. Therefore, since he should not know, it is believed, through constitutional law and tradition that he cannot know; although, in fact, he may indeed know. It is a charade that governments play at and sincerely believe when addressing the public.

"But in our case, he truly is ignorant of events, officially and unofficially."

"Holmes, once again you are being opaque." We both smiled. I was at least assured the King was not involved in any underhand plot.

Holmes too seemed pleased. He produced his old, black pipe, filled and lit it and then resumed his walk around the gardens.

According to Reilly, we were free to tour Petrograd for a few hours, and we would have a small guard with us to be sure there would be no problems. He reminded us, as if he had to, that as yet, there was no great influx of British tourists into Petrograd, and that without the proper protection, we might be taken for something other than what we truly were; which, of course, was backwards since what we would have been taken for, should we have been taken for anything other than Sherlock Holmes and Dr. John Watson, was what we now truly were: British agents.

Reilly informed us further that after our tour that day, there would be one more person for us to meet. He would probably be waiting for us upon our return.

We drew Stravitski as the man in charge of our guards, and for the next several hours, Holmes and I were treated, if that is the right word, to the still-living history of the Tsars; and the signs of torment attesting to the Bolshevik Revolution and the birth of their new world order.

Our first stop was the Winter Palace, the Romanov official residence in the capital, built by Peter the Great. Compared to this incredible edifice, Holmes and I were forced to admit, Buckingham Palace seemed nothing more than a cosy, aristocratic cottage. However we were pleased this was so, because as Englishmen, we felt that such ostentation and indulgent opulence was totally inappropriate. It suited the tastes and requisites of slothful, oriental potentates swathed in silks; not the vigorous dynasty of the Windsors.

It seemed as if gold covered all, including the exterior of that monument to megalomania; the ceilings, the doors, the walls, the very air itself. Where gold was not visible, there were the most precious examples of marble, onyx, gems, and inlaid woods. There were objects of art everywhere, masterpieces covered the ceilings, and the Winter Palace housed the largest collection of Rembrandts in the world; this thanks to Peter, a contemporary of that incomparable Dutch genius, who he had become acquainted with while studying shipbuilding in Holland.

We were later told by Reilly that the gold would be stripped from all surfaces for the good of the people, and anything of any value would be sold or traded to keep the Revolution alive. Yet his words seemed as rote. They lacked spark or conviction, and were recited as perfunctorily as a schoolmaster giving a lesson for the thousandth time. Surely this was not the way of a fiery Red.

The tour continued through what seemed like countless numbers of rooms, until at last we stood in the very heart of the palace itself, the throne room. Here, indeed, was a throne for an emperor - or a god.

Peter had been nearly seven feet tall, and the throne, and room, were as immense as any Roman or Greek temple. I can easily see how the first instinct of any being, not free-born, would have been to fall on one's knees in abject supplication to the Tsar. This place would easily dwarf any to follow Peter who could not make up for want of gargantuan size with will or intellect; the former being no guarantor of the latter.

We knew from pictures that Nicholas II was a man of somewhat less than medium height; indeed, he was about the same height as our Sovereign; and when younger, the two were almost as identical twins. From the history of his rule, he seemed a man with distinct lack of judgment or even basic common sense.

That he was the autocratic Tsar of All the Russias was as undisputed a fact as that of George V of England being a constitutional King-Emperor. But what of the real man and his wife, the Tsarina? Were the stories true? Were the press reports accurate? Was he truly "Bloody Nicholas?" Had she been the dupe, or worse, of that blackguard Rasputin? How did they really fit into this Victoria Station of a throne room? Did they fill it with all the mystical pomp of imperial majesty? Or were they humbled by being void of true majesty from within?

We knew that we must leave these questions unanswered until we met the Tsar and Tsarina. This, of course, depended on whether we lived long enough for that to actually happen.

We slowly made our way back to our guarded motor car, and as we thought of what we had seen, Stravitski watched us intently, as if he were trying to gauge our thoughts. Whether this was for himself or for his master, Reilly, I did not know. But what we had seen deeply affected both Holmes and me. For all that unearthly wealth had been stripped from Tsar Nicholas and his family, and now, like countless millions of Russian peasants, they were reduced to helplessly waiting for their fates; in their case, death.

I thought about the regicides of Louis XVI and Marie Antoinette and the parallels between them and the Romanovs. I recall feeling decidedly pessimistic about their future given such precedents.

We were next shown the cruiser Aurora whose Bolshevik guns had honed in on Kerensky and his government and made them finally realise that their noble democratic experiment was soon to be a victim of infanticide. Holmes indicated to Stravitski he had no desire to stop; indeed, he wished to return to our base. He was no longer in the mood for a tour.

The inactivity coupled with our conundrum was taking its toll on Holmes. He needed to feel physical movement of some sort to replace real progress in our task. Perhaps the train would be ready to take us way from this bacillus of a capital. Holmes would then gain the movement he required. He could feel the velocity and hear the clatter of track. He could feel that he was speeding towards his destiny; whatever that may be.

Stravitski did immediately as indicated and we were shortly back at the mansion, now a virtual armed camp. There were Red Guards and regular Red Army soldiers everywhere. Reilly was waiting for us at the door when we arrived. He came forward to greet us and before Holmes or I could ask anything, Reilly said we had a visitor; and that he was waiting, most anxiously to see us in what had once been the library. I shrugged at Holmes and we both followed Reilly.

The door was blocked by eight armed guards who came to attention upon seeing our Cheka Colonel; one opened the door. Reilly gestured us in, then came after.

As we entered and the door closed behind us, a small, bald man, with a short, pointed beard, and a fringe of red hair about his egg-shaped head, looked up from a book and with a big smile rushed toward us; one hand outstretched to Holmes, the other waving the book. He looked like one of those crazed, star fanciers you avoid at Covent Garden or the more fashionable music halls.

Reilly stepped to one side, and trying to compose himself said, "Mr. Holmes, Dr. Watson, I have the honour to introduce Comrade Lenin."

For what seemed for a long time, but was probably no more than an eye-blink, Holmes and I did nothing except perfunctorily extend our hands to Comrade Lenin.

There before us stood the Russian Revolution and none too high, at that. The man was five-foot-four, give or take a little. Not that I am mocking the man, I am a physician and do not make just of another human's stature. Holmes and I were astounded to learn, through Reilly acting as interpreter, that Lenin was a huge admirer of ours.

It appeared that while in exile in Switzerland, he had consumed all of my works on Holmes, and seemed to regard Holmes as a kindred spirit of sorts. He had preached to his wife and to Trotsky that we were the type of men the Revolution needed: Holmes for his logical, unemotional mind, me for the loyal chronicling of Holmes' adventures; a trait Lenin ranked high in his need for a Russian version of myself. That is, someone to chronicle the Revolution for posterity and in Lenin's favour.

He bid us sit, which we did, and through Reilly, began to ask Holmes all sorts of questions about his methods of deduction and his opinion of Scotland Yard. Holmes was forthcoming, and even seemed flattered at Lenin's attention. But I personally got an uncomfortable feeling about Lenin's questions concerning our police methods. I could see, in my mind's eye, a monolith in the middle of Moscow with the attendant sign: Siberia Yard. The whole scene had too strong an air of absurdity.

After about an hour of fawning questions to Holmes and me, Lenin said that he had to leave to meet Trotsky, and then gave us the biggest surprise of all. He held out the book in his hand to Holmes, which turned out to be a Russian edition of my works, and asked both Holmes and me to autograph it; which, of course, we did. Holmes with an audacious flourish I had not seen before.

He looked at the autographed page as I remembered my boy John looking at a bright, red wagon my wife and I had given him for Christmas when he was only five. Then, gently closing the edition, he shook hands, straightened, became the Revolution again, and was gone.

Reilly looked at Holmes and me, drew a paper and pen from his tunic pocket, and asked, "Oh, can I please have your autographs?"

I asked Reilly how he could mock Lenin so if he were one of Lenin's minions. Reilly said that in reality, Lenin was a bourgeois at heart, and for all his rhetoric, was not one tenth the stone wall that Stalin was. Neither Holmes nor I had heard of this Stalin, and were told by Reilly that Stalin was from Georgia, he was not a true Russian. His mind was oriental in its quiet subtlety, and his only thought was of power. We were further told that Stalin had already gauged Reilly's potential as a powerful, future opponent, and that if Reilly didn't eliminate Stalin, Stalin would surely eliminate Reilly.

There were many questions Holmes wanted answered about Lenin, Trotsky, Stalin and the rest, but because now all was at the ready, and we would be leaving shortly, Reilly would only answer one question.

"Very well, then," said Holmes, "what did you tell Comrade Lenin we were doing here?"

"Comrade Lenin is an admirer, as you saw. He was told you were travelling incognito to catch a jewel thief here. He loves the cloak and dagger aspect, you see."

"You mean that he thinks we're on a case?" asked Holmes incredulously.

"Why Mr. Holmes, what else would the two of you be doing in Russia?" countered Reilly.

Events started to now get underway. Reilly said there was a train going out to Perm, and from there we would board another to Ekaterinburg. We would have a private railway car befitting the status of a high-ranking Cheka officer. It would also serve as the Imperial Family's on our return trip. If there was such a trip.

For one thing I was very grateful, we were assured that we would be left entirely alone. We would have time to rest and ruminate.

Yet what I had thought would be adventure, turned almost immediately into overwhelming anxiety for the masses of skeletal

Russian children, women and men assailing the Petrograd main station; a place of slovenly Red Guards, debris of battle and debris of humanity; a slum of a place ripped straight from the pages of "Oliver Twist." Decay ate the living, and no battlefield was more horrific, for there are no children in battle.

Though our motor car, with heavily armed guards front and rear, moved as a sabre-toothed saw through this human forest and brought us directly to our train car, Holmes and I looked towards the freight carriages into which humans were being stuffed, locked like livestock, paltry possessions held fast against the dangers of the journey.

The starving children were the worst to see, confused and terrified, holding desperately onto their parents' hands, or carried more tightly than gold by their mothers or fathers when too small or infirm to walk. The Red Guards pushed and kicked and rifle-butted these people into the cars; and when the guards thought the cars full as possible, they slammed the wooden doors shut to prevent more from entering, and any from leaving. Coffins on wheels, I thought.

These were the refugees of the Revolution. Those who could not live longer in a capital of carnage, who could not find food for their families, who refused to watch as their loved ones became strangers and died. They were going to the country, where they thought there was food. Where they could once more literally breathe air not infected by hate or death. They would make their escape to places of quiet nature, where this new world order destroying their souls would take time to reach them again; time they would use to live and wait and choose by whose hand they would find eternal peace.

Holmes' eyes collected all evidence of this tragedy, to be filed in his darkest sub-conscious, his face betraying not one speck of emotion. Yet as I turned my eyes away from Holmes' face, I noticed that both his hands were clenched into fists as they grasped his jacket, creating two, crumpled balls on the bottom. No spoken word could have been more telling.

Then, as our guards made way for us to our railway car, Holmes suddenly broke from our ranks and moved as rapidly as he could towards the nearest freight car. It all happened so quickly that I could not even react; but Reilly and Obolov did.

Holmes had been watching as one particularly frail family was pushed onto the train. The youngest had been torn from his father's arms and the Red Guards were shutting the door. Holmes bolted to the guard holding the baby and grabbed it, and in the process, knocking the guard to the ground. Now Holmes was holding the infant up for the father to take before the door was sealed. All this happened as one seamless movement.

The guard on the ground was already retaking his rifle, and some of his comrades closest were running to his aid. But Reilly and Obolov were already there, Obolov pointing his rifle at the running Red Guards, which stopped them instantly, and Reilly pushing his pistol into the mouth of the guard on the ground.

Reilly literally raised that guard to his feet by simply moving his pistol upward; the guard, now crying and terrified, in unison with the movement of Reilly's pistol. By this time, Holmes had handed the infant to its father and turned to witness the events behind.

There was a grin on Reilly's face, but it was as cold as a corpse. He told us later that he had said: "Don't worry, comrade, I shan't shoot you. Your blood and brains, if you have any, would stain my uniform. But I know you now. And I never forget a face - even one as unfortunate as yours."

Reilly took the gun from the guard's mouth and the guard soiled himself, fell to the ground on his knees and shook uncontrollably. Obolov gestured with his rifle to the other Red Guards to lift the man and take him away, which they did immediately and silently; looking back as they retreated.

Reilly turned to Holmes.

"Don't ever play the hero again unless it's what you were sent for. Above all others, you should be able to keep compassion in check. Save it for Ekaterinburg." Reilly holstered his pistol, Obolov behind again, and all three came back to where Stravitski, the other Cheka guards and I had remained.

Finally, as we boarded the train, Holmes said to me, "It is now almost all before me, Watson. Answer this, if you can, for this is the question of questions: while we now begin a most crucial phase of our task, played out against this incomprehension," he made a damning sweep of his arm at the station, "and with Relinsky as saviour, just why, Watson, are you and I even here?"

"What do you mean by 'why are you and I even here?' I should have thought that obvious and basic. It seems so to me."

"But I am not you, Watson. Put aside, if you will, your thoughts and confusion about the King, and let your mind open to these questions. If, as Sir George stated, Relinsky has direct experience in these matters, and whatever he may be, is in a position to take advantage of his rank and power, as he has just given ample demonstration, why am I here? Second, and I mean this as no questioning of your considerable abilities, there are physicians in Russia. Why import one even at my urging? Which leads to the overall question, why take the time and trouble, especially when time is so desperately precious, to send you and me on our task?

I sat back. Holmes had sired some most savage questions. I had not one hint of explanation. And could only sit there, mute.

"You know that I refuse to come to a conclusion until I have all the facts in a case," continued Holmes, "but this is most certainly not our usual case. It is not a case, at all. And while there may be no new facts, per se, there is certainly an ever-expanding cast of characters. I shan't confide further until I know more. What I see in this miserable country is scraping away at my soul. Layers are being sliced away at regular intervals, with each breath. Were it not for a certain seven lives, I would quit this nation right now."

It was much for me to absorb. Not only any personal postulations on my part about Holmes' questions, but Holmes' remarks on Russia. The sights of the day, and the events we'd now just witnessed had also made marked inroads into my usually happy disposition. Usually it would be I who would be the one to display emotion, so for Holmes to comment as he did upon our surroundings, meant something profound was happening to him.

Holmes and I sat in our private compartment in Reilly's private car, the train painfully moving out of its charnel house. It flew two large red flags, front and rear, with our car positioned where normally rode the caboose. Our compartment was towards the front of the car, with the bulk of Reilly's guards riding the roof and positioned at the only two points of egress and entry. Reilly was to our right, Stravitski and Obolov together to our left. Holmes confined himself to saying something about Scylla and Charybdis.

As we pulled free from the station and started east on the main line of the Trans-Siberian Railway, Holmes and I were given the views of Petrograd we had been too dismayed to see earlier that day, and that I shan't recount now; for they are, even at this distance of time, and upon the scenes I have just described, too despairing and melancholy to relive or impart. Yet there was more of that infamy to lie ahead; always, it seemed, directly on the pathway of our train.

It was quite late now; the white nights, like so many Venus Flytraps, luring us into folly of physical exhaustion. It was only then that I fully noticed our compartment; it was sumptuous in the extreme. In fact, as later related by Reilly, the car had been the private travelling coach of a man who owned a conglomerate of mines. When the Revolution began, Reilly said, "His miners had the courtesy to show the man the bottom of one. And since they believed the man to be enjoying the experience, they agreed to leave him, chained to a beam, amidst his blackened joys."

I looked down at Holmes in his berth, and was surprised to see him already in the embrace of Morpheus. I wondered to what torment his unconscious mind would consign him this night.

Through all the years we had been together, and the years before which Holmes had detailed, I knew that Holmes had rarely experienced anything the likes of which we were now witnessing. Perhaps, luckily for me, I had the experience and shock of war as a point of association. But Holmes had not experienced war. His life had been, at times, nothing more than periods of deduction, broken only by intervals of action. And though that action had involved the most base criminals in England, there had been little to prepare the singular and delicate mind of Holmes for the horrors it was now witnessing.

Yes, Holmes could accept individual crimes of passion as routine, based upon his chosen profession and the profusion of literature on that melodramatic topic. But this was something new and infinitely more sinister. To me it seemed to be a form of genocide; something to which a prodigiously logical mind like Holmes' had absolutely no direct, previous reference.

I cursed the Bolsheviks along with Lenin, Trotsky and Stalin and shut my eyes.

June 21, 1918

As usual, upon awakening, I found Holmes gone.

I dressed to the shaking of the train, looked out the window to find we were well into the country somewhere, then went into the hallway and made my way to the rear, where I found the salon area.

Stravitski and Obolov were seated at a beautiful table of ebony, they raised their heads in recognition, and went about their breakfasts. It was Obolov who gestured with his fork to the door. I walked over, opened it, felt a swift, warm breeze envelope me, then saw Holmes and Reilly in deep discussion.

"Good morning, comrade," said Reilly. Holmes just nodded.

"We have just passed through Volkhov, Dr. Watson. A place of no renown and even less substance," said Reilly.

"Well forgive me for sounding rude," I said, "but I would like to have my breakfast now, after which, your travelogue would be received with greater enthusiasm." Reilly laughed and waved me back in. He and Holmes stayed out on the platform rear.

As I finished breakfast, Reilly came in. He nodded, passed me by, and Stravitski and Obolov followed him back to his compartment. I immediately joined Holmes outside.

"Well, Holmes, what is happening?"

"A fascinating fellow. I envy the ease with which he dissembles and speaks true; marrying the two so that they cannot be put asunder. He is like an eel: fast, fascinating and repellent at the same time. He is also disconcerting. To us he speaks in English, to his men in Russian; how do we know what the man is saying? He could tell them to slit our throats at any moment."

"But Holmes, that seems so far fetched. Why would he want us dead? And if he did, why wait until now?"

"Good questions, Watson, but questions without answers - for now," For a moment Holmes disappeared into thought, "if I did not know better, I might suspect a tight, blood relationship between our good comrade and the late Professor Moriarty."

"What?" I laughed out loudly in spite of myself. "Relinsky and Moriarty! I appreciate the analogy but doubt its veracity."

"Yes, the thought is amusing. But Watson, I tell you this now, I would not be unsettled to learn we are dealing with a mind and a will and a power as formidable as Moriarty's had been." Holmes' half laugh dissipated quickly with these words, and likewise did mine as he added three, small words, "Or even greater." These words, and the implication within them, chilled me right through; even on this warm June morning.

I managed to bring forth further questions.

"And what of his plan? Has he told you of it?"

"No, Watson, nothing. Through all my verbal tricks, he parried and thrust like a fencing master. Finally, as a last resort, I came out straight and asked him for the plan."

"And?"

"He smiled and said there was much time, and perhaps we could make a game of his plan."

"What? A game, you say?"

"Indeed." Holmes' stiff body slackened markedly as he leant against the wall and recounted Reilly's challenge with too casual nonchalance.

"He said that since I was Sherlock Holmes, perhaps I could deduce the details myself. That it would give my restless mind something to do and would keep me out of trouble during, what he expects to be, a long and boring train ride."

"And what did you say?"

"Why, Watson, what would you expect? Have you ever known me to lose at a game?"

June 23, 1918

The next few days were indeed dull, for the train rolled on relentlessly, the countryside and villages little more than blurs and the train stopping infrequently for fuel or water. The freight car doors were opened on those occasions, their human cargo pouring forth as freely as the waste from the slop cauldrons; fresh, unusually warm air for the month, filling filthy lungs and sweetening the stench of railway steerage.

On the second day we passed through the city of Vologda, the cross-junction for the all-important railway running north to Archangel. Holmes said that we must return to Vologda, from whence we would continue up to Archangel for our exit rendezvous with whatever ship our navy would have waiting.

On we travelled, listening to the strangely high-pitched women's singing voices coming from the freight cars up front or Reilly's guards atop our roof; the occasional spell on our rear platform for flowing fresh air and closer study of the landscape and peasant farmers not bothering to look up from their toil.

It was on the last leg of our trip to Perm, that Holmes announced to me the completion of his "Relinsky Theory," as he termed it. This time, it was Holmes with the Cheshire cat grin as he, Reilly, Stravitski. Obolov and I gathered in the salon for Holmes to do what I'd seen him do so many dozens of times before: present all the facts in a case like so many dead fish laid out to dry.

Since Stravitski and Obolov supposedly spoke no English, we thought them there merely as appendages of Reilly; it was to Reilly that Holmes directed most of his speech.

"My dear Comrade Colonel," began Holmes, with the air of master addressing his pupil; although, I knew in my heart this was not the case in this instance, "I believe your plans for our rescue of the Romanovs and our eventual escape, shall proceed as follows:

"As both you and Sir George have already stated, Thomas Preston, your consul in Ekaterinburg, is waiting for us. No, I should clarify that remark, he is not merely waiting, he has all at the ready. Quite frankly, Comrade Relinsky, I believe there is more to this venture than merely 'brazening it out.' Even though the Romanovs' guards may be mere jailers, as you suspect, I have a strong feeling that the Urals Soviet would not leave so delicate a task of indelicate murder to a mere jailer. It would take someone with guile, ferocity, and a keen sense of the politics involved here.

"To continue, whomever that man may be, he will most certainly question your authority, Comrade, he will not be deterred by cut lines, he will order you to wait until he has specific written instructions from his superiors, and if you object or make trouble in any way, he will put you all under arrest or order his men, which, I am sure, will greatly outnumber your tiny band here, to open fire on you.

"Therefore, I am also sure that you have already devised an alternative scheme with Mr. Preston, who, undoubtedly, has a fair amount of men in British pay or with White sympathies. That scheme, however, can take a myriad of shapes and sizes, and since I have not diagrams, nor plans, nor detailed information regarding the Romanovs' place of confinement, nor of Ekaterinburg itself, I shall not venture any further theories.

"This whole exercise has been a game, but one with you sir, holding the advantage."

Now Holmes turned sharply on Reilly, uncompromising grey eyes holding Reilly's as a magnet a piece of metal. Reilly's grin returned while Holmes' grin vanished as he continued.

"You thought this not merely a jest, but a test, comrade. You thought to find me exploring vast deserts of possibilities, my mind inexorably moving towards a non-existent, mental oasis, with the outcome a victory for you in either of three ways.

"The first, that I would lose myself in those burying sands of cerebral solitude, too occupied or disheartened to worry you further. The second, that I would go blithely over the precipice of your challenge, postulating a solution that would be as ludicrous as it would be contemptuous. With either outcome, you would have gained over me the superiority you carry with the derision of a matador flaunting his cape."

"And what about the third victory of which you speak, Mr. Holmes? What would that be?" asked Reilly.

"Why nothing more than you have just witnessed. You now

know, without reservation, that you cannot underestimate me. That I shall not be fooled. You know now that you, as well as I, must be on eternal guard. In short, you now have the true measure of this opponent.

"Perhaps I should have given you wild theories and left you to think of me as a mere fabrication of Dr. Watson's writings. A pleasing product of public relations with no more incisive capacity than your average Scotland Yard functionary.

"But I have no time for such sport now that our time grows truly meagre and the sport for which we came is about to begin. I have only one question to ask, comrade, why are Watson and I here?"

At that question, the grin was gone from Reilly's face and he stood to confront Holmes, almost eye to eye. Stravitski and Obolov were caught off-guard and they looked at me as if to inquire, "What is happening?"

Then, after Reilly and Holmes used their eyes as microscopes to fathom the very atoms of each other, Reilly said, "So, Mr. Holmes, you have divined the true game."

And with that, he turned and walked away.

June 30, 1918

Our train pulled into Perm, the closest real city before the Urals, situated on the Kama River, a Red enclave soon to be beleaguered by Whites. Reilly and Stravitski spent some time at the Cheka headquarters at the crossing of Petropavlovskaya and Obvinskaya Streets.

Upon their return, about one hour later, Reilly bade Holmes and I attend him, as once again, there was someone who would be waiting to meet us. Since Holmes and I had no choice, we accepted the invitation.

We left the station to find two motor cars waiting for us, with Reilly's men in the first car, and our immediate 'family', including Stravitski and Obolov, in the second.

From what little we saw of Perm, it consisted of double-storied, and squat, uninspired stone buildings hard by the river fanning outward in no logical pattern. The Urals were faintly discernible to the East.

After a brief ride, we stopped at what looked like a building for bureaucrats. Only the five of us entered, and I was immediately aware that the entire building must be empty, so harsh were the echoes of our footsteps.

Reilly led us to the middle office, opened the door, walked in, and we followed. Inside were rows of records sailing off to infinity, with an old, small, wooden desk in the centre; a pack of cigarettes, almost empty, and an ashtray almost full, the only objects on that desk.

Seated at the desk was a man in his mid-forties, with a long, sharp, straight nose, and very short dark hair. He was dressed in drab peasant garb; short, olive green shirt and loose, black trousers. Solely from the intense concentration on his face, I knew this man was no simple peasant. He rose as we walked towards him, but made no move to meet us. I noticed Holmes' eyes looking under the desk.

It was then that Reilly tried to make another of his startling introductions.

"Mr. Holmes, Dr. Watson..." and before he could get in another syllable, Holmes finished the sentence for him.

"Admiral Vaslevich Kolchak, the Supreme Commander of all the White Armies in Russia."

I saw Reilly's head move backward almost imperceptibly, and I am sure that I was the only one to notice it.

The Admiral was angry and expressed that anger immediately to Reilly; surprisingly, in English.

"I thought you said these men were not told who I was."

Reilly looked as if he weren't sure whether to laugh or lie.

"Admiral, they were not told."

"Then how does this man know who I am?"

"Rather simply, Admiral," said Holmes. "First of all, upon entering, you were seated so erectly in your chair that I immediately knew you were someone used to command and power. While your dress is purposely peasant garb, your boots are shined to the gloss of only a very important officer." The admiral, and Reilly, looked downwards in unison. Holmes continued.

"I would suggest you immediately scuff those boots or rub soil onto them.

"Next, the brand of cigarette you are smoking is of Turkish origin, and, please correct me if I am mistaken, but one of your more famous exploits in this war was your routing of the Ottoman fleet in the Black Sea, and your subsequent occupation of large tracts of Ottoman territory, where, no doubt, you acquired your fondness for that particular Turkish tobacco.

"Your fingernails, from constant manicure care, are almost as glossy as your boots; your face bears the ruddiness and attendant white creases around the eyes that come only from long periods, squinting at the sea; and your hair is cut in the sparse, precise manner of the Imperial Russian Navy.

"There is a tiny scar, from the kiss of a badly aimed scimitar, directly under your right ear that I remember reading you received in gallant action while still an ensign, again fighting the Turks.

"As inconceivable as it first seemed to me that you, the Supreme White Commander, could possibly be here in this Red bastion, knowing Comrade Relinsky and all the magic he has managed to conjure for us since our arrival in your country, plus all the facts I have just recounted, I was led to your identity."

I was as amazed as Reilly and Admiral Kolchak. Not only at Holmes' utterly brilliant deductions, but that we were there in harmonious company with a presumably double agent Cheka Colonel and, most assuredly, the Bolsheviks' most wanted man.

Admiral Kolchak was still disturbed. He was no longer angry, that due to Holmes' bravura performance, but he was still uneasy. Holmes spoke again.

"Admiral, please be at ease. This mundane act of deduction set before you is merely what I do, if you will, for a living. It is nothing about which to be uncomfortable. You have come here, at incredible risk to your life, to speak directly with Dr. Watson and me. Pray, tell us why you've come."

With those remarks, the admiral seemed to calm himself. He sat behind the desk, and we then sat in the chairs before it.

"Gentlemen, I have seen much in my years that would flay the eyes of most ordinary men. But those were things of horror and battle.

I am used to military feats. Not mental feats. That is why I have been so taken aback."

He turned to Reilly and said, "This, Mr. Holmes, is even more than I had expected. Our friends shall be in trustworthy hands, I can see that. Yes, I can see that. Mr. Holmes, Dr. Watson, that is why I have really come - to see the two of you for myself. If all goes well, you shall shortly be holding the most precious jewels in the world, and I could trust no one's judgment of you but my own.

"In fact, had I thought the two of you unworthy, I may have even withdrawn my support from this entire venture. However, I am now here specifically to give you our plan and route of escape once you have left Ekaterinburg." Holmes bent his body closer to the desk.

"Even the Colonel here, knows nothing of this plan. Gentlemen, my men are too far to be of use upon your initial stage of rescue; but upon your return through the mountains and back through Perm, we shall make a lightning strike at your train near the village of Viatka using White irregulars comprised of Russians and Czechs. Once Colonel Relinsky has surrendered and his men have been dealt with," he smiled to himself as he said those words, "we shall continue northwest towards our main concentration of forces. Once among them, you will be escorted in the greatest of safety and comfort to Archangel. Until our direct attack at Viatka, I have given orders to all regular units not to advance anywhere near the rail lines. Do you have any questions for me, gentlemen?"

The admiral's tone was almost seductive now. Again, there was such a remarkable dissimilarity between his voice and his face that even to this day I wonder at it. It was at this point that I expected Holmes to ask the same question he had put to me and to Reilly; just why were we there? But Holmes did not ask the question, so, of course, neither did I.

What Holmes did ask, however, was a startling as had been his deductions.

"Sir, what if you fail?"

I saw Reilly wince.

"I do not understand you, Mr. Holmes. Please repeat yourself."

"I mean, sir, just what I asked. What if Relinsky's men revolt? Soldiers in revolt should be no novel notion here. What if our train breaks through? We shall be deep in Red territory, caught red-handed, so to speak."

Reilly remained still, as did I, as Holmes and Kolchak stared at each other.

"Mr. Holmes, my men shall not fail." The admiral's tone was quiet, even, and forceful; a loving father reprimanding his son.

"But if they do?" pressed Holmes.

"Then, Mr. Holmes, look here to Colonel Relinsky; for neither God nor the devil, in that circumstance, shall be able to do more for you than he."

We left Kolchak in his bureaucratic mortuary and joined our waiting guards. Until this point, I had suspected them to be Reilly's men, on our side. But Kolchak's words led me to believe that aside from Stravitski and Obolov, these other men were, in fact, real Red Guards on a mission with their Colonel. They knew nothing of who we just met. They knew nothing of the plans for their death. They were goats to the slaughter, with Reilly, Holmes and I as Judas goats. I shuddered to myself as now familiar men smiled at me as we got into our motor car. For the first time I understood what it meant to be what Reilly was; what it felt like to be friends with men you would knowingly lead to their death.

Upon our quick journey back to the station, we found two of Reilly's men in a high state of agitation. One handed a slip of paper to Reilly that turned out to be a telegram. Reilly came to us.

He looked at Holmes and me and said, "Well, our friend may have given orders to his regulars to stay away from the rail lines, but those orders seem to have eluded some highly motivated soldiers - breakaways from the Czech Brigade."

"What do you mean?" I asked.

"It means, Watson," said Holmes, "that a band of Czech partisans has disrupted the track between here and Ekaterinburg. We are stuck."

"Quite," said Reilly.

We were so near, and yet so far.

We were now only a day or so away from Ekaterinburg when the Czechs did their mischief. With the day getting brighter by the minute, the Urals seemed as if one could touch them with a walking stick. Now, it appeared that some of the very people fighting for the Romanovs were inadvertently preventing their rescue.

Since the day was growing unseasonably warm, Holmes and I, as well as Reilly's men, remained outside, simply waiting for instructions at the station. The refugees were out now, as well. Their ranks thinned by the numbers who had stayed in village stops along the way, and by those who had died en route.

It was then that the family Holmes helped in Petrograd came towards us. Holding their bundles, it was obvious they would be leaving us here in Perm, and the mother dropped to her feet in front of Holmes and grabbed his ankles in fealty. The father was holding the baby. Holmes lifted the mother, looked down into her eyes and said, "Nyet, Matushka. Charoshe schast", which he later explained was Russian for "No, Mother. Good luck."

The woman kissed Holmes' hands and her husband's eyes said everything that could be said of thanks. They turned, and walked off into the city. I hope to God they survived.

"Since when have you begun speaking Russian?" I asked Holmes.

"Why, Watson, one cannot help but pick up the odd word here and there."

"I haven't," I said.

"Well, you haven't been listening, then."

"I have, but I can't make anything out other than 'da' or 'nyet.' And that infernal alphabet of theirs is confounding."

"No, it isn't, my friend. It is just that you are set in your ways and do not wish to trouble your complacent cranium." Holmes laughed.

"Watson, had I a more profound knowledge of this language, I would, as I have so often done in London, become another and vanish into the multitude, returning when that which I seek has been found."

"But Holmes, that is sheer insanity. Strike it from your thoughts. In this place you are no more powerful than that babe you saved. It is an absurd notion. I shan't permit you to even consider such a foolish act."

I was becoming so agitated that Holmes quieted and assured me he would not go off seeking some solitary adventure. I was about to rest on a barrel when Reilly, Stravitski and Obolov appeared out of the station house and came towards us.

"Well, my friends. It seems that my men and I are about to attend afternoon tea."

Of course, he was referring to a military engagement.

"We're to set out with regular elements of the army, and bless me, a detachment of local Cheka under the command of a Colonel Mikoyan. Virtually all available men and units are to be used. We shall return when we return. Oddly enough, the lines have not been cut, so a message has been put through to Preston that his package will be delayed. How long, who knows? But that track must be repaired. We have no time to lose. Every moment of delay takes our friends nearer death. I'm leaving Obolov with you. I don't think you'll need more than one baby-sitter."

There was nothing Holmes nor I could do but wish him well and wait. Within two hours, the various units were assembled and the cavalry rode out at full gallop. Motorized units of the Red Army followed, Reilly and his group came next with a small contingent of cavalry to the rear.

We watched them all, hundreds in number, evaporate into huge screens of dust.

July 2, 1918

Two days passed. The lines had finally gone dead about two hours after Reilly had set out. We did not receive any word until late on the second day.

Obolov ordered an English teacher he had found in Perm to give us the news, which was read to us in the manner of any good Red automaton: 'A resounding victory for the ever-victorious Red Army.

The criminal Whites and their stooges, the Czechs, were easily beaten; some few survivors cowardly escaping into mountain passes. The glorious soldiers of The Revolution will be returning tomorrow. The wounded have been sent ahead.'

July 3, 1918

The next morning the wounded began coming in and by late night most of the remaining forces had returned.

Reilly and his men met us at our railway car around six. Stravitski was not with them.

Obolov was extremely saddened by the loss of Stravitski. Reilly was rather matter-of-fact about it. He sat in our railway car's salon, vodka his refreshment, his uniform bearing the filth and residue of battle.

After a few minutes, he began to tell us what really happened.

"On the second day out, we approached the village of Kungur, right at the foot of the Urals. The Czechs were waiting. And the Czechs had artillery. We did not. They weren't free-booting irregulars, they were highly disciplined troops.

"They waited until the cavalry came in range and opened fire. We had to move up very slowly, but move up we did. The cavalry hit them on the flanks. We had more troops than the Czechs. Why such a small group of men had artillery is beyond me. I am not a military man." He laughed to himself.

"I recount in brief what was, in fact, either a patriotic embellishment or calumny for more idiotic slaughter. But I am not a patriot. I am what I am.

"There were only about a hundred of them but they held on. When we got into Kungur, we learned it had been burning overnight. Most of the people of the village had been killed. Whatever villagers were left alive, our local Red Guards killed as White sympathizers. The Reds lost considerable numbers. That will be good for us on the return. They'll still be regrouping, and their wounded will not, as yet, have been replaced. The losses to my men were slight.

"We left men behind to repair the track and men to guard the men. It should take another day or so."

I interrupted. "What happened to Stravitski?"

"He never made it into Kungur, poor bastard. Oh well, one day you kill your father, the next day it's your turn. Gentlemen, I'm tired. I think I'll sleep for a while."

With that, he stood up, one hand holding his glass, the other his bottle, which he used to salute us, and he slumped his way to his compartment. Obolov sat with his back to us, his head down, his shoulders heaving. Holmes and I went outside.

"What do you make of his reaction, Holmes?"

"Even in such straits he remains sphinx-like. But he is obviously still much fatigued and vexed from the battle. It is not something he expected. Our Comrade Relinsky is quite fallible, after all."

July 4, 1918

In the morning, Holmes waxed philosophical about the day being America's Independence Day while we were in the midst of another revolution.

"But," Holmes said, "I sincerely doubt this country's revolution shall have the same effect on its people." I nodded in affirmation.

The greater part of the day was spent on my own, with Holmes having gone off somewhere alone, in direct negation of his promise to me, and it proved to be the cause of great concern for Reilly once he became aware of Holmes' disappearance.

Reilly sent Obolov with some men into Perm to find him. Obolov returned that evening, and in his special form of communication with Reilly, made it known that Holmes was nowhere to be found. Reilly was clearly annoyed and demonstrated this by glaring at me and everyone else around him.

After more talk with some of his other men, Reilly came towards me, through the ranks of refugees on the platform, his men pushing aside the occasional wretch, male or female, who was in their way. One filthy soul, poor man, just could not seem to find his way safely out of the guards' path. If he was shoved to the right, other guards would shove him to the left, and so forth. I was about to intervene on the man's behalf when he was finally pushed clear of he advancing guards. In fact, he was pushed so forcefully, that he virtually landed at my feet. I would have made a move to help the man up, but he reeked of waste and his clothes were so stained and shredded that my concerns for personal sanitation gained the upper hand.

Reilly's men surrounded me as he put his hands on my shoulders, moved me further from the stench of the peasant on the platform, and very slowly asked, "Dr. Watson, are you quite positive you have no idea where your friend has run off to?"

"I assure you, Comrade Relinsky, I am as puzzled and worried as yourself. Holmes swore he would not do this kind of thing in such a hostile environment."

"Blast the man," said Reilly, "just who the hell does he think he is?"

Suddenly we heard a loud laugh followed immediately by, "That depends on the circumstances."

We all turned towards the words which came from the direction of the stench. The peasant was standing there smiling broadly.

It was Holmes.

Once he had washed and changed back into his own clothing, Holmes joined Reilly, Obolov and me in our railway car's salon. He was still smiling broadly.

"Well," he said, "it is nice to know when one is missed."

Reilly exploded as he leapt to his feet.

"How dare you? Are you totally insane? This is the second time you have done something so foolhardy, and I promise you this: should you try something like this again, I shall have you shot! Shot! I may do it myself! Do you understand me?"

Holmes was not concerned.

"And disappoint all who have given you instructions?"

Reilly advanced on Holmes.

"You are not in London, Mr. Holmes. You are in my territory." Reilly was now shouting at Holmes. "You could not last the day here without me or my men. Nor could Dr. Watson."

At that, Holmes' smile vanished into strong words also.

"Is that a threat against Dr. Watson?"

"A threat, yes. A promise, no. My only promise to you is what I have said. You shall not cause me distress again without paying a high price for your entertainment."

And before Holmes could say another word, Reilly turned to Obolov and said, "These men are not to leave this car until I personally give you further orders. Is that understood, Sergei Alexandrovich?" Obolov nodded in the affirmative.

Reilly turned back to us. "Consider yourselves prisoners, consider yourselves what you will, but you shall not leave this car again until we are in Ekaterinburg!" And with that, he strode out of the car.

Holmes turned to me and said, "Do you think I upset him?"

"Good God, Holmes, have you gone completely mad? You swore to me that you would not attempt so rash and ignorant an act."

"Rash? Ignorant? Why, Watson, you astound me! In all the years you have been in my company, have you ever known me to act without first weighing all evidence or facts?"

"Well, no."

"And ignorant? Think on this, who is ignorant here, when you who knows me perhaps better than any living soul cannot even see beyond my mask? And Relinsky, perhaps the only man other than our departed Moriarty who I feel can test me to the fullest, cannot uncover me right before his eyes? And you call me ignorant?"

"All right, all right. Then what was the point of all that?"

"Precisely what I said to you earlier, to find that which I am seeking. And that, I have done."

"How?"

"I now know, with some fair degree of certainty, that as in London, I may go about in disguise unremarked. Furthermore I have learned that my modest Russian vocabulary should be more than sufficient for my purposes."

"Which are?"

"Having to vanish again when the time is right, or circumstance dictates."

"But Holmes, you heard Relinsky. He does not bluff. He will shoot you, and me, if he must."

"Calm yourself, my dear fellow. He said that we are to remain in this car until Ekaterinburg; and so we shall. He has said nothing about that which shall happen afterwards."

"Oh, I say, you are quite right."

"Of course. No, I shan't give our Comrade Colonel any more cause for alarm now. But I now have at least one card up my sleeve to offset Relinsky's stacked deck."

We left it at that and retired for the night after an extremely modest meal meant specially to show Reilly's disfavour.

July 5, 1918

In the morning, we were told the track had been repaired ahead of schedule, and we pulled into Kungur late in the day. Holmes and I, with Obolov beside us, went onto the platform to see the town for ourselves.

It was as Reilly had said. Burnt out buildings, animal and human carcasses already decomposing in the summer sun, burial parties at work - apparently since the earlier hours. It seemed unnaturally quiet until I realized that Kungur was nothing more than a mass graveyard.

As the train started again, the three of us grasped onto the various rails or hand holds fixed on the car's wall. We all knew that barring any more interruptions, our next stop would be Ekaterinburg.

July 6, 1918 Ekaterinburg

I spent a rather restless night; although, Holmes said he slept rather well. It did not matter, though, we were both anxious.

At fifteen minutes past ten, our train pulled into the station at Ekaterinburg. Our railway car was disconnected and then connected to another locomotive; ours being the only car, except for one more added to the rear for the bulk of Reilly's men, which were down to no more than a dozen since the battle at Kungur.

Before Reilly left to go into the town, he reminded us that if all went per Kolchak's plan, the lines between Kungur and Ekaterinburg would be cut later that day. This, for some reason, produced an uncomfortable sensation in my stomach.

Reilly beckoned Holmes and me out onto the station platform.

"Well, gentlemen, we are here at last. Everything that has gone before means nothing and I can now show you this." Reilly pulled some documents from his tunic, opened one letter, and showed us the signature of none other than Lenin.

"What is it?" I asked.

"It is your paper of safe transport. Comrade Lenin could not bear the thought of two of his favourites travelling without at least his signature to shield them. The other papers are mine. In brief, they tell whomever I give them to, to give me anything, or anyone, I want."

Reilly took great pleasure in the looks on our faces.

Our car was at Station Number 2, only ten minutes northwest of the British Consulate, which, we found, was virtually across the street from the Ipatiev House; the house where the Romanovs were held.

A motor car waited for us, and we went with only Reilly and Obolov down Glavnaya Street, between two lakes. Reilly left specific instructions with his only other officer, Lt. Zimin, that if regular Red Army or local Red Guards showed up, they were to direct them to the British Consulate where they would be told Colonel Relinsky was escorting two important British diplomats.

I now include a map of Ekaterinburg so you will better understand relationships of distance, structures and places of import upon our arrival and after we left.

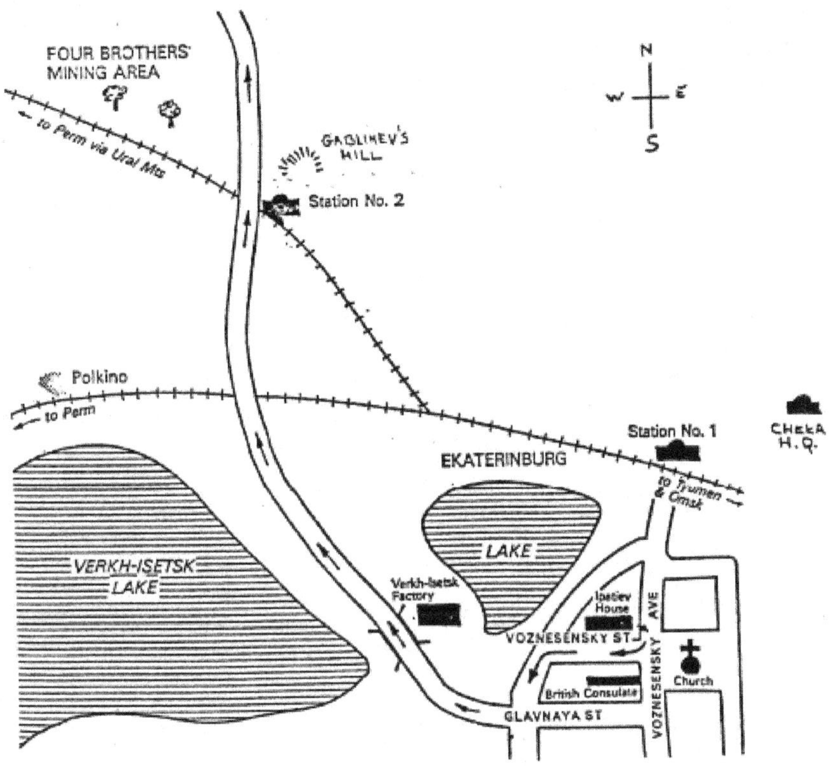

The entrance to the British Consulate was on Voznesensky Avenue, the same as the entrance to the Ipatiev House. Reilly told the driver to go by the Romanovs' place of imprisonment, and as we passed, we saw workers busily constructing what was a wooden palisade in front of another not as high. It seemed about twelve to fifteen feet tall.

Presently, we were at the consulate. As we pulled up, we heard artillery in the distance. The Whites were drawing closer already.

As we alighted from the car, a man in his mid-thirties came out to us. He was slim, had a very warm smile, dark hair, wore wire-rimmed glasses and introduced himself to Reilly as Thomas Preston, the British Consul. A moment later another young man came out, a bit more stout, in his early thirties, with thick, blond hair and large, blue eyes. This was Arthur Thomas, the British Vice-Consul. As the introductions were concluded, and hands shaken vigorously, Preston gestured us inside, and into his personal study.

He bade us all sit, offered us a drink, then questioning began from both sides.

"Tell me," he said, "what is really going on at Kungur and Perm?" Reilly told him everything. Preston sat back in his chair, his hands forming a steeple in front of his face.

"As you hear, the Whites are fairly close. They're getting closer every day, and the Bolsheviks are getting more nervous with every mile. If you do not try an immediate release, all may be for nothing."

"Then tell us," said Reilly, "what's the situation with our friends here? How many guards? Who are they? Who is in charge? Have you seen our friends?" The questions were many and logical, the same that you yourself would ask in like circumstance. Preston answered them all, giving us a chilling account of the Romanovs' lives at the Ipatiev House. He pulled out a more detailed map than my effort, with diagrams showing the interior of the building, as well.

He was animated as he showed us the salient points of the map, and Holmes later confided that he suspected a prior knowledge of the military.

"In case you are not aware, gentlemen, Ekaterinburg was once a very wealthy mining capital. Metals, gems, fortunes were made and lost every day. It was like those American gold-rush and mining towns of their West, one hears so much about. The Ipatiev House, the place of the Romanovs' confinement, was the home of a mining magnate.

"The Romanovs were brought here on April 30th. There are approximately fifty guards, some at various sentry boxes at the entrances, some stationed in the courtyard or garden, some remain inside, near the Romanovs' rooms. There are machine guns at the attic windows and new emplacements downstairs." Reilly and Obolov studied all this with great care, as did Holmes.

"The house is built on a slight hill, so on one side of the house there is a basement, though it is quite small. Beyond that stone archway is a courtyard where the Romanovs exercise. Beyond that is a garden.

"Upstairs, there are six rooms. The four girls share one room, the Tsar, Tsarina, and the boy another, he is quite ill now, but recovering."

"What happened?" I asked.

"One of the guards saw a gold crucifix the boy had and beat him trying to grab it away. The boy's nurse and bodyguard, a sailor named Derevenko hit the guard. It stopped the robbery and beating, but it cost Derevenko his life. Now the Tsar carries the boy personally."

"The blackguards," I said. Preston continued.

"Even with all this heat, the windows have been ordered to remain shut, and they have also been whitewashed so no one can look in or out. There is only one entrance, here, to their rooms, and another sentry as well.

"To get to the lavatory, the family must leave their rooms and pass before the guards on duty. Some of the guards had drawn obscene pictures of the Tsarina and Rasputin on the lavatory walls, and others continuously taunted the girls and the Tsarina whenever they passed by.

"I am constantly besieged by those formerly in the Tsar's party to inquire as to the family's health and safety, and Arthur and I do all we can. We claim to be inquiring on behalf of the British government, which we are, of course, to keep the pressure on the local Bolshies to let up. But I don't believe they do. Yes, they claim all is well, but we know it's not.

"There is a priest here, Russian Orthodox, named Father Storozhev. Back in June the Reds let him in to say mass for the family in the basement. It's the only eye-witness account I have of the family since they were put into captivity here.

"The Father said the Tsar was sombre but warm, wearing a

simple khaki tunic and trousers. The girls seemed in good spirits, but their hair had been cut short, and they were all in dark skirts and faded white blouses. The Tsarina looked very much older than her years, she turned forty-six here. Father Storzhev said she had deep lines in her face now and seemed very apathetic. She's always been of a mystic bent, just remember Rasputin, and the Father believes the Tsarina is just waiting to die.

Alexei is another matter altogether. He is almost totally crippled since the beating incident, and he relies on his father for all mobility. But the boy has pluck. He hasn't the strength to lift himself from his cot but his eyes are alive with forgiveness and compassion. The Father cries when he recounts these tales to those who ask.

"But they've been treated worse than they're treated now. When they first arrived, the Red Guard commander was a pig named Avdeyev. He would invite his drunken friends in to gawk at the family and would grab food from the Romanovs' table. One time he even struck the Tsar in the face.

"Things are getting a bit strange. Events are happening of which I have not been informed."

"Like what?" asked Reilly.

"Last month there were all sorts of rumours and stories in the press that the Tsar had already been shot. Somehow, a French intelligence officer got in and out of Ekaterinburg with the truth; the Tsar was still alive. Now how the hell are the French involved in all this?"

"I haven't the faintest idea," said Reilly, "as far as we all know, this is strictly a British operation."

"Perhaps that is the key," said Holmes, "as far as we all know." Reilly, Preston, and Thomas looked at Holmes warily. Preston then continued.

"Anyway, Avdeyev became more drunk, more crude and so did his men. Almost everything of value that belonged to the Romanovs had been stolen. The Chairman of the Urals Soviet, Alexander Beleborodov, once showed up and found Avdeyev passed out cold on the floor.

"Just two days ago, the bastard was arrested. So was his

assistant Moshkin. And the guards have already been changed. I'd be surprised if the whole lot hasn't already been shot. Beleborodov and his group are terrified of Moscow. With the Whites so damned close, and the Red Army under Trotsky coming to meet them, Beleborodov and his council members don't know exactly what to do. Everyone wants the Romanovs, it seems. But dead or alive, that's my question?"

At that remark, I noticed a certain look on Holmes' face. It was a look that he only adopted when some profound idea had taken hold. I also noticed his entire body relax. It seemed that whatever idea had captured his imagination, it had freed his body of its terrible tension.

When my concentration returned to Preston, he was in mid-sentence.

"...all new. The commander is Yakov Yurovsky. He's the Regional Commissar for Justice. That's a joke. I met him yesterday for the first time. He's about forty, and you'll appreciate this Dr. Watson, he attended the Imperial Army Medical College during the war. In fact, on a visit to the Ipatiev House before he became commander, he suggested that a swelling on the Tsarevich's leg might go down if the leg were put in plaster. Supposedly, it worked."

Preston continued: "It bothers me that I can't get a handle on the man. He's obviously educated and he's already shown concern for the boy. He told me his hand-picked men were moral and disciplined. In fact, most are not even Russians. They're Letts. Where the hell he dug up those men is something else again. But he also promised that the stealing would stop, although, there's nothing left to steal, and the family would fare much better now that he was in charge. He seems to be truly concerned about British opinion, and if not a charade, it means that he himself is under intense pressure from Moscow to keep the Romanovs in hand and keep them away from the Whites in any way he deems best.

"There are nuns that bring in fresh produce and vegetables for the Romanovs, and he's got security so tight that the nuns have to explain who authorized their visits and where they're from. Furthermore, he's increased the number of guard posts, and put more sentries in the back yard.

"So this Yurovsky is like a goose that's been unevenly cooked:

tough and tender at the same time." Preston turned to Reilly.

"Now this will concern you greatly, Colonel Relinsky. Yurovsky and his men are all local Cheka. The big joke is that the Ekaterinburg Cheka headquarters are in the Hotel America, of all places. He meets there with all the big Urals Soviet heavyweights: Beleborodov, his deputy Chutskayev, the man that usually deals with my inquiries, and the Urals Commissar for War, Goloshchokin. That's the group that makes the decisions around here.

"What they can't decide themselves is whether to kill the Romanovs or keep them alive. It appears that Moscow will have to live with whatever they decide. This area is theirs; that is until the Whites take it, or the Red Army moves in in strength."

"So with the Whites getting so close, they can't risk the Romanovs falling into White hands?" asked Holmes.

"I suppose so," said Preston lethargically. He was obviously running out of steam.

"There is one thing that haunts me continuously though, day and night. One note that strikes discordantly."

"And what is that, pray tell?" I asked.

"Once the Romanovs were put into the Ipatiev House, the local Bolsheviks, and even the peasants, began calling it 'The House of Special Purpose.'"

We were interrupted by Preston's housekeeper. She had come to inform us that Comrade Commissar Yurovsky and some men were there to see us. We all looked at each other. Yurovsky, she said, was waiting for us in the consulate's official receiving room. Preston and Thomas made their way to see the unexpected visitors, with Reilly and Obolov accompanying them. Holmes and I were requested by Preston to remain in his study until he determined what Yurovsky wanted.

Only about ten minutes passed before Preston returned.

"It seems that immediately upon your arrival, Yurovsky was informed, sent men to the station, was told you were all here, so here he came.

"He was quite curious about Colonel Relinsky and his men, and about the two British subjects they were guarding. Relinsky gave a cover story about the two of you being on a fact-finding mission for the British government, and Yurovsky seemed to buy it based upon the voluminous inquiries Arthur and I make.

"But he sensed something more, so Relinsky took the upper hand by suggesting that all other Soviet business be discussed at Cheka headquarters where such discussion would be appropriate. Yurovsky cautiously agreed, and that is where I assume them to be headed now."

Holmes looked at me and said, "Well, it shan't be long now, Watson. Knowing Reilly, he will probably get to the heart of the matter forthwith."

Again there was an interruption. This time it was Father Storozhev. Since his church was located directly across from the consulate, he had seen our party arrive, and then saw Yurovsky and his men enter and leave with Reilly. He sensed something was happening and he wanted to know what.

Father Storozhev looked like everyone's image of Father Christmas, except that he was thin. His beard was pure white and flowing. His eyes were bright and happy and peaceful, and when you looked into them, even briefly, you believed he was a vessel of the Lord. His walk was erect for a man of his advanced years -- and his voice, despite conveying authority, was soft. He came in and sat down, as did we. Thomas acted as interpreter for us.

"So what does this all mean, Your Excellency?" he asked Preston.

"Father Storozhev, these are the men the Cheka Colonel brought from Petrograd. They are special emissaries from my government, here to see firsthand what is happening. This is Mr. Holmes, this is Dr. Watson."

The Father made an attempt to rise, but Holmes motioned him not to. Father Storozhev smiled and we all shook hands.

"So, my sons," continued the Father, "you are here to possibly help the Imperial Family?"

"Not really, Father," said Holmes. "We are here only to observe and to make it absolutely clear to the local Soviet that the British government's concern for the safety and comfort of the Imperial

Family is paramount."

The Father seemed disappointed. "Oh, you are here only to see, not to do." The way he cut to the heart of Holmes' statement left us all feeling ashamed.

"I have prayed, I do not know how many times, every day, for a saviour to appear: a man, or men, who would rescue my unfortunate children. I was hoping you would be those men."

Holmes looked saddened. "I am sorry, Father, but we are not those for whom you prayed."

Father Storozhev looked carefully at Holmes as he spoke those words and his right hand went to the Russian Orthodox cross hanging from his neck. I got the feeling that the good Father did not believe Holmes.

"It is a pity, Mr. Holmes. It is a pity." With that, he lifted himself from the chair and said to Preston, "Did you know, Your Excellency, that the whole town of Ekaterinburg is built upon now abandoned mines?"

"Well, I really hadn't given it much thought, Father."

"It is just tourist information for you and your friends," he said, bidding us all good day.

"Strange sort of tourist information," I said.

"Yes, isn't it, Watson? A most remarkable presence," said Holmes.

"Yes, indeed," agreed Preston. "The man is a saint, if a man can be a saint in the midst of this hell. However, we must continue our discussion. Shall we go back into my study?" We followed Preston, Arthur Thomas did not come with us.

"Gentlemen, we did not expect Yurovsky to be so punctual. We had planned on a bit more time before Relinsky would present himself. So things are moving more rapidly than we expected. You must prepare yourselves. I know briefly of Relinsky's plan, but I am not sure Yurovsky will so easily go along with it.

"You have all been out of touch for too long. Just the last few days has seen the total change at the Ipatiev House. Were Avdeyev still here, chances are the drunk would go along with Relinsky's orders. But Yurovsky is a cool character. He is by no means a fool.

“As per the plan, he most certainly will try to receive direct orders from above. I only hope the lines will be cut."

"Oh, I believe they will," said Holmes.

"Yes, when we met Kol..." Holmes cut me off in mid-sentence.

"Yes, when we met Kolvotsev in Perm, he seemed most emphatic on that point." I looked at Holmes.

"Kolvotsev? Who is Kolvotsev?" asked Preston. I was curious myself.

"Oh, I thought you knew," said Holmes, "a White agent who met us in Perm."

"I knew nothing of any White agent sent to meet you." He stood, thrust his hands into his pockets and turned angrily to his window. "Damn this, gentlemen, I said something strange was going on. What the hell is it?"

At that moment, Thomas came into the study with a telegram. He handed it to Preston who read it, and then leaned back against his wall.

"Well, gentlemen, something very strange *is* going on. This telegram, which was stopped in mid-transmission, says that earlier today, in Moscow, Count Wilhelm Mirbach, the German Ambassador, was assassinated."

"Assassinated," I repeated. "Why?"

"It does not say. Transmission stopped after the phrase 'by radical, reactionary elements'; which means the Reds are trying to pin it on the Whites. I don't think it'll wash.

"Just what does this all mean? What the hell is going on here? Do any of you have any idea?"

"We wish we did," said Holmes.

Holmes and I went out to the consulate's courtyard for some air and for some confidential conversation.

"This assassination is not some coincidence, Watson. And since it was obvious that Preston and Thomas are not aware of all the players in this game, I did not want you to give the man apoplexy with your Kolchak revelation."

"It's all right, Holmes. I quite understand. But I do not understand what this assassination of the German Ambassador has to do with us."

"Neither do I, Watson, as yet. But it is obvious there is even more happening than I would have ever dreamt. But let me take your mind away from that puzzle for a moment and return it to an off-hand remark made by Father Storozhev."

"Are you referring to his tourist information?"

"Very good, Watson, precisely. What do you make of it?"

"Well, I don't know, actually. I hadn't given it much thought."

"Then permit me to guide you. I believe it was a very crafty order of aid that Preston completely missed."

"How so?"

"Mine shafts, Watson. Tunnels. I believe Father Storozhev was letting us know about some secret tunnel of which he has specific knowledge."

"I say, Holmes, do you think so?"

"I do, Watson. I further believe that the Father suspects our mission here to be more than mere inquiry. How he has divined it is not our concern. But I believe if Relinsky's plan should go awry, Father Storozhev shall prove to be an invaluable ally."

Our calm reverie was soon assaulted by the sounds of Reilly's obvious return.

"Ah," said Holmes, "Yurovsky is with Relinsky."

"How do you know that?" I asked.

"Because there are the sounds of more than one car, and Relinsky and Obolov would not need more than one unless there was an escort in attendance."

Thomas appeared at the entrance to the courtyard and signalled us back in. Reilly and Yurovsky were already with Preston in the receiving room. Preston was very correct in his introductions.

"Mr. Holmes, Dr. Watson, I have the pleasure to introduce the Regional Commissar for Justice of the Urals Soviet, Comrade Yakov Yurovsky."

We shook hands and Yurovsky questioned us through Reilly.

"I understand, gentlemen, that you are here to inquire as to the disposition of Citizen Romanov and his family?"

"That is quite correct," said Holmes.

"Tell me," asked Yurovsky, "doesn't your government take the obviously honest word of their own consul in Ekaterinburg?"

"That they do, Comrade Commissar," said Holmes, "but in a matter of such international delicacy, our superiors supposed our four meagre eyes and ears would bring perhaps fresh, new perspective on Consul Preston's reports."

"I see," said Yurovsky continuing, "and I mean no disrespect in this whatsoever, they have sent new watchdogs to augment the old ones."

"An interesting turn of phrase, Comrade Commissar," said Holmes, "no insult taken. But permit me one question now, the only question in which my government is interested. How is the Imperial Family?'"

"Citizen Romanov and his family are in fine health, except for the boy. He is still recuperating from a most unfortunate event. No doubt, you have already been informed of the incident."

"Then you will not have any objection to our seeing the Imperial Family," Holmes asked.

"I am afraid that I do have an objection. Our Regional Soviet has requested that Citizen Romanov and his family not be unduly disturbed by outside influences. We have provided for their every need, and as I am sure Consul Preston has told you, I am personally responsible for their well being.

"I have already made measurable changes in the way the family is treated, and in a general tightening of security against the reactionary forces in the country who might wish to do harm to the family."

"I am afraid I must insist on my personal interview with the Imperial Family. Those are my instructions," said Holmes.

"And I must deny you that interview for now. Those are my instructions. The Comrade Colonel has already presented his orders to me which seem most striking on the surface. But there is an old Russian saying, 'Our troubles are here, and the Tsar is far away.' In other words, Moscow is far away and I need additional proof that the Comrade Colonel's papers are in order; which, of course, I am sure they are.

"However, we are having a bit of trouble with communications at the moment. It seems that our lines have been cut once again, and I have already dispatched a force to repair them and drive off the bandits who pester us in such manner."

Yurovsky turned and addressed Reilly. For a few moments Reilly said nothing, then translated for us.

"He says he has seen to the comfort of my men at the train. Since he was sure they must be tired after their long journey, and certainly in no mood to guard our train, he has ordered food and drink be brought to them. In addition, so they can be relieved of guard duty, his men have surrounded our train for our protection.'"

"He has done well," said Holmes.

"Quite," said Reilly. Preston shifted in his chair and pulled at his starched collar which seemed to be losing its stiffness with Yurovsky's every utterance. Yurovsky rose. Reilly continued to translate.

"As soon as I have confirmation, gentlemen, I shall be happy to turn over my charges to your care. I assure you, it shall be one responsibility I shall sleep more lightly without. Until then, please feel free to enjoy our lovely town. Consul Preston can show you the high points, I am sure.

"Comrade Colonel Relinsky shall be returning with me to Cheka headquarters, along with his aide, Obolov. There is much more we have to discuss. Renegade White pirates and the like are high on the agenda. I have also never met anyone who has personally spoken with Comrade Lenin. That shall be a treat for me, indeed. I look forward to the time we shall be spending together, Comrade Colonel Relinsky. Of course, he is not under arrest, gentlemen. Good day."

He saluted and left us there with Preston, Reilly making brief eye contact with Holmes and shrugging, before he walked out with Yurovsky.

"Wonderful," said Preston, "just what we needed."

"But surely you have contingent plans," said Holmes.

"Well, yes and no," said Preston.

"It cannot be both, Mr. Preston. It must be one or the other."

"Not in all cases, Mr. Holmes. Look here: until Yurovsky took over, I had men in place, not many, who would have augmented your small band; disciplined men who would have overcome Avdeyev's lot with no great difficulty.

"But now there are disciplined troops on duty. More machine guns than before, and a commander who is shrewd, intelligent and who will not hesitate to use his local power; as he has just so amply and professionally demonstrated."

"Yes, I see what you mean," said Holmes. "This Yurovsky does deserve respect. In one motion he has even temporarily outwitted Relinsky.

"But I assure you, Mr. Preston, there is still room for manoeuvre. Once those lines are up again, Relinsky and his men are done for. Watson and I have been presented as diplomats, and Yurovsky is far too schooled to do us any harm."

"I believe you may have twenty-four hours at the most," said Preston. "I have been told that a small White task force would be left behind to guard the break in the line and prevent its repair. But I was not told the size or tenacity of that force. For all we know, they might be gone even now."

"It is not a comforting thought," said Holmes.

"So tell me, Mr. Holmes, to where do we turn now?"

“Why to heaven, Mr. Preston. We turn to heaven.”

Father Storozhev

Twilight was descending, and I thanked nature for its long, summer days in this clime, as Holmes, Thomas and I went touring. Of course, our first stop was the church of Father Storozhev.

"Welcome, my sons, I have been expecting you."

"Indeed?" said Holmes. Thomas continued to translate.

"My son, I knew you understood my meaning before, and I have just seen your Comrade Colonel and his man go off with Yurovsky. I knew you would be here shortly."

"Perhaps Father Storozhev should take up consulting detective work," Holmes said to me under his breath.

The Father showed us into his tiny office where we all sat and shared a glass of cool water.

"Now, my sons, please tell me, who you truly are?"

"Who we are is not important, Father. But you were correct before in your supposition, we are here to rescue the Imperial Family."

"You have not gotten off to a healthy beginning. However, there is an old Russian saying, 'A day cannot be judged by its morning.' I shall help in every way."

"Then tell us, please, Father, the tunnel or passageway you alluded to before, where is it, precisely?"

"It is beneath you, my sons. As I said earlier, all of Ekaterinburg is built over mine shafts and tunnels. When Professor Ipatiev built his house, some workers, members of my church, informed me that they had discovered an old passageway leading from a half-basement under the Ipatiev House which would connect with various tunnels my church had been built over.

"In fact, Mr. Holmes, should you remove your chair and pull back the rug, you shall find a concealed door. It is masked as boards with bolts."

Holmes immediately did so as Thomas, the Father and I watched. Holmes requested a candle from the Father so he could see down the shaft. He was delighted to find an ancient wooden ladder there, still serviceable, though barely so. He slowly and cautiously disappeared into the hole for a few minutes and was then back. "Well, it's broad enough for four abreast."

"Yes," said Father Storozhev, "and let me give you the diagram the men in my flock gave me. It will show you exactly how to get to the Ipatiev House.

"If you can plan some escape for the Imperial Family using this information, we shall truly be blessed by God."

"I should hope we can, Father, but I'm afraid we'll need more than information. Thomas, are the men Preston mentioned still about?"

"I should think so."

"How many were there, Preston didn't say."

"I think about thirty or so."

"That should be enough, I think. Do you have a signal of some sort to call them together?"

"I believe so; I wasn't privy to particular arrangements."

"That's all right, we can get the particulars from Preston upon our return. What about the leader of the group? Who was he?"

"Unfortunately, I believe Relinsky was to take immediate command. But of course that's impossible now."

"True," said Holmes. "There is no other within your group you can trust for command?"

"Not that I know of. What about yourself, Mr. Holmes?"

"No, I am not a military man. Besides, I shall be busy with other things, as shall Dr. Watson. If only there was another we could trust to take command of your men, our task would be made more hopeful of success."

It was then, from behind us, we heard a hoarse voice with a thick Russian accent ask, "What about me, Comrades?"

Holmes and I turned to see the bald head and smiling face of Stravitski.

I thought I was seeing a phantom and took a step backward.

"But you are dead," I said emphatically.

"Do not tell my family, they worry," said Stravitski with a laugh.

"And you speak English!" I do not know which shocked me more. I also noticed Holmes trying to stifle a smile while Father Storozhev and Thomas looked at us uncomprehendingly.

"Remember what Colonel Relinsky say," said Stravitski as he closed a side door and came towards us, "trust maybe no one. Look at me, I speak English! And I not even dead!"

With that, Holmes let out a laugh, and in the midst of my confusion and sputtering, Stravitski gave me a hug and one of those 'one kiss per cheek' things the Russians like so well, though he had never before been affectionate; nor, for that matter, very civil. Holmes continued to laugh, and I sensed that he was laughing as much from humour as from a sense of relief and broken tension.

After Holmes, between laughs, explained to Thomas and Father Storozhev how we knew Stravitski, Stravitski explained to Holmes and me, with the other two men as bystanders, just how he came to be present.

"So my colonel tell you I no make it to Kungur. Well, that no lie. I do not. When most attack, he tell me wait, take horse, and go. So much confusion, nobody see, nobody mind. He right. I to come here, to see what going on. I to watch trains, Cheka, soldiers.

"It take me two more days get here. I see many White soldiers go southeast. Some go northwest. I think White armies coming like this." He cupped his hands together like two vices closing.

"I get here night. I sleep by dead mine. Nobody come. I see what happen in Ekaterinburg, then I say myself, colonel here with you all soon, where I go nobody look? Is simple! Church! Nobody go church no more!" Since Thomas was translating for the Father, Father Storozhev said something and Stravitski said something back.

"Father say is no true. I say sorry. Father good man. He take me in at night. I tell him I deserter from Reds. I lie to him. He hide me. I no tell him nothing. He come tell me what happen with my colonel, with you, I listen at door. I hear. Now I help. My colonel smart. He know something bad may happen. He send me here to help. I ace up sleeve."

We all laughed at that one.

"Yes, you are an ace, all right," said Holmes. "And you most certainly will help. You have heard all we said?" Stravitski nodded assent. "Good, then," said Holmes, "this is what I hope to do." And with that, he began outlining his plan.

By the time we got back to the consulate, some four hours later, without Stravitski, of course, the day was coming to an end.

Preston greeted us inside with a man who looked like a peasant labourer. And that was precisely what he turned out to be. Mikail Gablinev had been a human mole who spent most of his life in the mines; until the Great War had lifted him literally from the depths of darkness, only to bore into his body and soul like some nightmarish machine. When everything precious was used, he was abandoned like the mines in which he had slaved.

However, he and many more like him, men who had deserted from the Imperial Army and who had battle experience, had long ago been recruited by Preston to fight for something they could see and understand: their living god, the Tsar.

These men had refused to continue fighting a travesty, a losing war against other men they didn't know, for officers who used them as chattel. They returned to their families; but they were still loyal to their peasant concept of the Tsar. To them, he was a god. They knew he and his family were hostage at the Ipatiev House. They had been told by Preston that men were coming who would help them rescue their Tsar. They had waited and watched the Reds.

Ekaterinburg was their town. They knew it literally from its insides out. The Red Guards and troops in the town were from other places. They were outsiders. Many of the new guards at the Ipatiev House were Letts. There would be no trouble killing these outsiders, though Gablinev and his men knew more outsiders would eventually come to kill them.

Preston had Gablinev waiting just in case. Holmes was right; Preston had more than a bit of the military man in him. When we were safely inside, and Holmes had finished telling Preston his plan, Gablinev left. But not before letting us know that he knew about Stravitski. His men had told him of the bald man on the fringes of town, and they thought him a deserter. It did not matter from which side. Shortly, they would be taking orders from the man.

Holmes' plan was like Holmes: multi-faceted, cunning, straightforward, daring, and, of course, brilliant.

Father Storozhev would go to Yurovsky and get permission for a midnight mass, similar to the one he had conducted the month before. If Yurovsky objected, which, of course, he would at this last-minute petition, the Father would tell him it was at the request of the two British diplomats. To Yurovsky, that would make sense, and he would be grateful for this new and rather unorthodox, or should I say Orthodox, method of keeping the two Englishmen satisfied and away from his affairs.

Once Father Storozhev was in the basement with the Imperial Family for mass, where mass had been held in June, and which the guards would not attend, the Father would hold the service. The guards would be listening to the chants and incantations, and would also understand the long period of silent prayer. It was during this period of silent prayer that the Father would lead them all via the secret tunnel back to the church.

Now even during silent prayer, there is some low murmuring, and most of that murmuring would be from women, in this case, the Tsarina and the Grand Duchesses. So besides having a number of our men waiting at the entrance to the tunnel by the Ipatiev House, we would also enlist the aid of the nuns. As the Imperial Family would be filing down into the tunnel, the nuns and some of the men would continue the low prayer, hopefully allaying any distrust among the guards. If something went wrong, our men would form a delaying action until the Romanovs could reach the church.

Preston interrupted to say that the nuns were still fairly young and it would be only a minor inconvenience to negotiate the tunnel, but

Father Storozhev was into advanced age and Preston doubted his capacity for this sort of thing.

Holmes assured him that the Father would be all right. Our men would carry the Father if they had to, but it was imperative that the Father play his part. Indeed, Father Storozhev demanded it. Yet I felt Holmes' argument lacking. Something was amiss.

In addition, upon return to the church, the Father was to be trussed up, so when the Cheka burst in looking for him, he could believably claim to have been overpowered and that he knew nothing of what was going on. As for the nuns, since no one would see them, they would spend one day in the tunnel, our men would have food and water for them, and they would return to their convent under the cover of the next darkness, guarded by the men.

Furthermore, Holmes said, there would be no suspicion if he and I went to the church to see the Father off on his midnight mass, since we would be expected to be waiting for immediate word of the Imperial Family. Holmes would go along with the men in the tunnel; I would wait at the church for their return. Preston would remain at the consulate. Even Thomas must stay behind. There must be no evidence after-the-fact that Preston and Thomas were involved in this rescue. The Bolsheviks would rant and threaten, but in the end, Holmes felt, they would state, for political reasons, that Preston and Thomas were mere dupes in this nefarious plot by dissident and criminal elements acting without the approval of the British government. Holmes knew the strong Allied force in Murmansk was a potent deterrent to any political confrontation the Soviets might consider.

At precisely midnight, when the mass would begin, Stravitski would lead a commando-type raid on Cheka headquarters to release Reilly and Obolov. Holmes said he thought this to be a fairly easy task.

At that hour, most everyone would be asleep, except, of course the few guards on duty. No one was expecting an attack of any sort. The guards on duty would be quickly and silently eliminated, and Stravitski and only one other man, would make their way to the room where Father Storozhev said the Cheka usually held their suspects for questioning. This room was down a flight of stairs to the immediate right as you entered the Hotel America; it had originally been a large billiard room.

It was imperative that silence be maintained for a number of reasons. The first, obviously, was to gain Reilly and Obolov's immediate release. The second, that any shooting from Cheka headquarters, however faint, might alert the guards at the Ipatiev House. Finally, any disturbance might also alert the guards surrounding Reilly's men at the train.

Once Reilly and Obolov had been freed, they, along with Stravitski and his men, were to make their way as quickly as possible to the church, where they would form our guard from the church to the train.

Holmes was emphatic in his instructions to Stravitski that unless absolutely necessary, Yurovsky was not to be harmed. Whatever future plans Holmes had in mind, Yurovsky, it was evident, would figure prominently.

Now, to Reilly's men at the train.

As you will remember, there were only about a dozen or so left under the command of Lt. Zimin. They were being guarded by Yurovsky's men, perhaps twice that number. Holmes suggested, and Gablinev agreed, there would be more guards awake and on duty at this site.

Gablinev had only about a dozen men. But combined with Reilly's men, and the element of surprise, it seemed that all might go well. Gablinev and his men were to attack at precisely twelve-thirty, by which time Reilly and his men would have weapons. Yurovsky's men would suddenly be caught between a hammer and an anvil.

When Gablinev and Reilly's men linked up, they were to hold against any counterattack. Once our party arrived, Gablinev and his men would act as our rear-guard and delaying force.

As to what would happen after we were aboard and running, Holmes felt Reilly had other information from Kolchak. We would have to leave that up to Reilly; for from what we knew, there was now nothing between us and safety except thousands of miles filled with millions of Reds with Kolchak's commando forces somewhere in between.

While those were the plans, there was no guarantee of success.

Whatever the course of events, it was destined to be the most compelling night of my life.

At half-past-ten, Holmes and I walked across the street to Father Storozhev's church. We were shown to the Father's study where Stravitski was about to leave with a man sent by Gablinev. He asked us to wait a few moments for the Father, and we wished each other luck.

After a few more moments with no Father Storozhev, Holmes became impatient, excused himself and said he would return by the time Father Storozhev came in.

After about ten minutes the caretaker came in and made gestures indicating that I should wait a little more. It was now about fifteen minutes to eleven. Finally, the door to the study opened and Father Storozhev came in. He motioned me to sit again, and went behind his small, primitive desk.

We looked at our timepieces, the Father made the sign of the cross and we smiled at each other, all the while me wondering where the dickens was Holmes. After a few moments of this, I stood, said, "Mr. Holmes," and made a motion showing I was going to look for him.

I opened the study door, and to my utter astonishment, there stood Father Storozhev. I took two steps backward.

"What? What's this?" This was all I could manage while my head, like a tennis ball, went back and forth between the two Fathers.

Finally, I touched the Father at the doorway and asked quietly, "Holmes, is that you?"

"No, Watson," said the Father at the desk, "that's the Father."

"Blast it man, you have done it to me again. When will you ever stop these tricks you perpetrate on me?" Holmes was laughing. So was the Father.

"I don't have an answer for that one, my friend. But very shortly now, I shall go to say mass."

"I beg your pardon?"

"Was I speaking in a foreign tongue? I said I would shortly be saying mass."

"Well, this is the maddest of your mad ideas. How in blazes

are you to be Father Storozhev?"

"I have fooled you already, and the guards do not know the Father that well. Remember, they are new. The Father has already obtained the approval we needed from Yurovsky, that is where he has been, and Yurovsky's men will be waiting for me.

"I knew before, during Preston's objections about Father Storozhev, that the Father could not go. He is too old, and he may waiver. I had Stravitski explain the addition to my plan and the Father reluctantly agreed when he was told he would stay behind to guide the nuns and men into the tunnel, and bless everyone as they entered.

"In the time remaining now, he shall say the prayers in Russian and I shall transliterate them so I may read them. Since the guards will not attend the mass, they will not see me reading; and should they, it would still not arouse suspicion.

"The Father has also given me a note to hand to the Tsar explaining everything. I tell you Watson, it will work."

"The devil, it will! We have enough to worry about without your charade."

"Watson, it must be this way. Father Storozhev is too old. And while I myself have gotten on, I am most certainly not out. I must take his place.

"I hope you know what you are doing, Holmes," I said.

"But Watson, that is why I am here, am I not?"

Had Holmes finally answered the question of why we were here; or was it merely one of his more tauntingly caustic questions?

The Rescue Begins

It was now fifteen minutes to midnight. We shook hands, looked at each other for consolation and encouragement, and Holmes stepped outside the church.

He had been blessed and kissed by Father Storozhev before, he began walking slow and straight, and if I did not know better, I would have believed him to be the Father. I watched him fade into the night and found myself muttering silent prayers of my own.

I learned later from the various participants all that I shall now recount.

At the rear of Hotel America, the Cheka headquarters, Stravitski and six men had crouched and waited in the area where rubbish was stored. After a few moments, Stravitski and one hand-picked man, Tsukov, had slit the throats of the two guards on duty and had put two of his own men in place. The rest had entered through the main door. At this point, two had stayed at the head of the stairwell leading down, while Stravitski and Tsukov had gone to free Reilly and Obolov.

They knew that if the Cheka slept, all would go well.

At the same time as this was going on, Yuri Gablinev lay flat on his stomach on a hill overlooking Ekaterinburg Station 2, just north of where Reilly's men were under guard. He had five other men with him. South of the station, in a marshy part of the lake near the Verk-Isestsk factory, seven other men waited. At twenty minutes past twelve, they would begin moving towards the station.

Gablinev noted happily that most of the guards who were supposed to be awake, were not. But there were four guards drinking vodka and singing just below his hill. Their rifles were stacked neatly as prescribed by their training, still close enough to be of deadly use.

Holmes approached the Ipatiev House.

The guards had been given their orders, as Yurovsky promised, and as Holmes passed by, he was not even given a second glance.

Once through the main archway, he was met by a corporal of the guard who commented to Holmes that it was a nice night. Holmes understood, nodded agreement and continued following after a perfunctory, "Da."

The corporal led Holmes into the house; there was only one guard semi-awake that he could see, sitting in a large chair, his head falling to his chest. Then Holmes followed the corporal to the rear, and then down a flight of steps. Holmes remembered to walk with arthritic care.

At the foot of the steps were two guards on either side of an open door. They were sitting on wooden stools; and although alert, they did not regard this Father Storozhev as a major hazard to their health.

Holmes said nothing, but I suspected his heart would be beating so loudly he would suspect the guards to hear; not only from the strain of this ordeal, but knowing that within scant seconds, he would be in the presence of the Imperial Family.

The Corporal pointed to the door, mildly saluted Holmes and went back upstairs. Holmes walked in and looked around. The room was bare except for a table and seven chairs set up for the mass. As Holmes covered this table with the sacramental cloth as he was instructed to do, and went about the motions of setting the religious items in their appropriate places, he was really looking for the specific bolts in the wooden flooring which Father Storozhev had told him about. For with the loosening of just two of these bolts, which the Father would have the men in the tunnel do from the underside, the boards could be lifted, giving access to the tunnel.

As he heard many footsteps coming down the stairs outside, Holmes located the bolts to the extreme left rear of the basement. He quickly went to the front of the table and placed his hands in imitation of Father Storozhev.

Then with the footsteps ever closer, the moment he had come these many thousands of miles for, rushed up at him as Tsar Nicholas II entered the room carrying his son, the Tsarevich Alexei. They were followed in quick order by the Tsarina and the four Grand Duchesses, the Grand Duchess Tatiana giving her mother support.

As each filed in, Holmes had to remember to make the sign of the cross, to hold out his cross for each to kiss, and, as he finally admitted, to hold his knees stiff for his own support; so deeply did this moment affect him. Especially at the sight of the Tsar holding the Tsarevich.

Yes, Sherlock Holmes admitted to me, he turned to go to the rear of the table to hide his emotion from the Imperial Family. But when he turned and saw them all sitting there so erect, in defiance of their physical appearance and belying all that had happened to them, Holmes felt emotion once again bestirring itself.

As the guards closed the doors, he took his paper from under his robe and glanced at his timepiece. It was seven minutes past midnight.

July 8, 1918 Escape

At a few seconds past twelve, two guards lay dead at their posts outside Hotel America, two of Stravitski's men had donned their uniforms and taken their places, and four men had entered without being detected.

Two more men were left by the stairs, and as Stravitski started down, he heard a sleepy voice say, "Stop making noise. I am sleeping." His own were the last words the guard heard.

Stravitski and Tsukov walked quietly down the hallway till they came to the corner where it went to the right. Stravitski gave a quick glance and saw one sleeping guard, his rifle against the wall, sitting in front of a door which Stravitski hoped held Reilly and Obolov. Tsukov, as stealthily as a Thugee, came close enough to slit this guard's throat, as well. Stravitski came to him quickly while Tsukov had already pulled keys from the guard's tunic.

Stravitski opened the door slowly to see Reilly and Obolov on their backs, on simple cots. As both men looked up, Stravitski had to put his hand over Obolov's mouth to keep him from screaming; Obolov thought himself in the midst of some horrible nightmare with this ghost in front of him.

You see, Reilly, with all that had happened, had neglected to mention that Stravitski was not dead at all. Or perhaps, even then, he still felt Obolov need not know; for if they were to die, what would it matter? And if they lived, Reilly would have a ready explanation if Obolov found Stravitski alive. However, this proved an emotional trauma Obolov would not forgive.

Reilly smiled as he quickly wakened, Tsukov already handing him a pistol. Reilly told Tsukov to watch the door, Stravitski still clasping Obolov's mouth shut as he quietly explained he was not dead. Reilly went and patted Stravitski on the back. Obolov was now just silent.

Stravitski said he would explain all later, now they must get out. But Reilly said his papers were with Yurovsky in his room. They must go to the second floor and get them; they would be needed. Stravitski explained to Reilly that Holmes needed Yurovsky alive. He then told Tsukov to take Obolov outside with him, while he and Reilly went upstairs. The two men from the stairs followed them to the second floor.

The drunken guards at the foot of the hill near Gablinev were getting more drunk. That was good and that was not, because one of the guards had just loudly announced his imperative need to relieve himself, and that he was going to do so on his fellow comrades from the height of the hill.

The guard, already unbuttoning his fly, began making his way up the hill.

Holmes, now having regained his religious composure completely, solemnly began mass. He noticed it was the Tsarevich who first probably realized that Holmes was not Father Storozhev. As Alexei, sitting next to his father began to try to get his attention, Holmes came around the table, gestured that all should continue their prayers, and handed the Tsar the paper from the Father.

Holmes said the Tsar looked at the paper, looked at Holmes, looked at the paper again, then very carefully looked at Holmes again. The Tsar said nothing, but smiled to Holmes in a way of understanding, humour, and thanks. More importantly, in a whisper, he told his family to do everything Holmes said. The Tsarina and the Grand Duchesses did not seem to understand what was going on, but Alexei knew instantly and gave Holmes the biggest grin Holmes had ever seen on a child.

As Holmes made his way towards the boards to the tunnel, everything seemed to be going well. It was sixteen minutes past midnight.

Snoring could be heard through the closed doors at Cheka headquarters. Reilly knew which room was Yurovsky's because he had listened as Yurovsky had given instructions early for one of his new men to fetch something from his room. There were no guards on this floor, these were officers' quarters. Guards slept in the rear of the first floor and in the downstairs area. The rest were billeted at the Verk-Isestsk factory, and most of those were guarding the train.

Reilly had one of Stravitski's men go the far end of the hall to keep watch around the corner; the other remained at the top stairs.

Reilly cautiously opened the door to find Yurovsky leaning over our papers. Reilly pointed his pistol and Yurovsky simply put his hands in the air. He smiled at Reilly and said, "I must show you my other foot so you can put the shoe on."

Stravitski entered and Reilly told him to bind and gag Yurovsky.

"You mistake this, Comrade Commissar," said Reilly, "my orders come from Cheka headquarters in Moscow. If I fail in my mission, it will mean my head. And if I fail because of the Ekaterinburg Cheka, it will mean my balls. I am sure you can see my predicament.

"However, you were courteous to me, so as you see, I am returning the favour and not having you shot; merely bound." Yurovsky nodded as if to say thank you.

Stravitski finished, and Yurovsky was one with the chair.

"Now, I cannot promise that I shall behave this way again; so please be wise and stay put. Someone will happen along eventually and set you free; just as my friends have done with me." But now Reilly's tone became harsh.

"But know this, Comrade Commissar, the Romanovs are mine now, and I shall bring them to trial in Moscow whether you live or do not." Then he turned charming again as Stravitski left the room and Reilly turned to do likewise.

"Think of me as doing you a favour. By me taking the responsibility for the Romanovs, I am absolving you of yours. Forgive me if I don't wish you luck."

As Reilly stepped outside, the man at the top step turned to go down, and Stravitski followed hard behind. Stravitski then heard footsteps behind but thought it was the second guard bringing up the rear. It was a fatal mistake.

Suddenly Reilly heard a gasp from Stravitski. He whirled around and saw a Cheka officer had plunged a knife into Stravitski's back, and the second guard with Reilly was doing likewise to the officer. The guard was terrified at what he had permitted to happen, but had the good sense to hold the officer's body as it went limp and quietly laid it on the floor. Reilly was doing likewise with Stravitski.

As Reilly held Stravitski's head, Stravitski smiled at him and said, "This time, Obolov will not believe you."

With that, he died.

Holmes was still conducting the loud portion of the mass as the men in the tunnel undid the bolts from below and slowly pushed the boards up. The Tsarina let out a mild gasp as the board-door rose up, seemingly out of the bowels of hell, and the Grand Duchesses were now completely confounded. But as they looked to the Tsar, and saw his calm expression and heard his quiet words, they understood they were being rescued, and continued to obey the Tsar's whispered commands to do as Holmes said.

Holmes now bid them go down into the tunnel, indicating the Tsar to hand down the Tsarevich first. From the expression on the boy's face, Holmes could tell he was just like other fourteen-year-olds, enjoying a great adventure.

As Alexei was handed down to strong, thankful hands, Holmes gestured the nuns and a man up. As a Grand Duchess went down the stairs, a nun would take up her low incantation.

And so it went until only the Tsar remained. He had already taken a step down when he suddenly stopped and turned to Holmes who had been helping him down. The Tsar smiled at him, and continued after his family.

As soon as he had reached bottom, Holmes bid the nuns start down, and then the last man. Then Holmes himself climbed down the stairs and waited at the foot while the last man retightened the bolts from below.

He then rushed back to the church. It was twelve-thirty.

As the drunken guard reached the top of the hill, one of Gablinev's men grabbed him from behind while another stabbed him in the heart. Gablinev, trying to imitate the dead man's voice, then yelled down that he was sick and needed help. Two more guards ventured up the hill never to come down. The last guard was still drinking from his bottle, his face turned towards the station, when one of Gablinev's men stabbed him, as well.

Then Gablinev and his men got close enough to the guards and opened fire just as his other men from the lake did likewise.

As hoped, Reilly's men, thinking themselves under attack, grabbed their weapons and opened fire at Yurovsky's men. Gablinev shouted to Reilly's men, as did others, that they were there to effect their freedom. In a few minutes, the four other Cheka guards surrendered. Gablinev had their throats slit.

The two small forces shook hands as Gablinev explained what they were to do next, and relayed Holmes' orders about getting the locomotive fired up. Lt. Zimin obeyed, and all waited for the Imperial Family, Holmes, Watson, Reilly, and the others to arrive.

When Holmes got to the foot of the stairs leading to the church, the nuns were already seated on chairs in the tunnel, candles lighting their way, their prayer books at the ready. Two of Gablinev's men would stay with the nuns until they were safely out the next night.

Holmes thanked them all, and as he climbed the stairs, the Ladies blessed him.

When he climbed into Father Storozhev's study, Holmes saw me holding the Tsarevich. He had been lifted up to me, and I could not but think of my son, John, just about the same age as this helpless and weak poor boy.

The Father was busily explaining everything to the Imperial Family, and Holmes did not even have time to begin pulling off his false beard when Reilly burst in. The others with him remained outside, guarding the church.

At the sight of a Cheka Colonel, the Tsarina gave out a scream, but Father Storozhev calmed her and reminded her that this was the supposed Bolshevik he had told them about. The Tsarina quieted herself. Reilly, upon seeing the Grand Duchess Tatiana, stopped himself for ever the briefest of moments just staring at her, then saw Holmes in the Father's hassock, shook his head in disbelief, and motioned Holmes to quicken the pace. He looked back at Tatiana, and she at him, as he ran out.

As Holmes changed his clothing, one of Gablinev's men was already tying up Father Storozhev. The Tsarina and the Grand Duchesses began to cry as this was done and tried to stop the man from hitting the Father across the face; an act of necessity to further convince the Bolsheviks of his innocence when they found him.

The Father was gently laid on the floor, the bolts to the tunnel had already been tightened, and the Imperial Family, with Alexei now given to one of the younger and stronger men, was being hustled out of the study. The Tsarina was weeping as she fled, the Grand Duchesses, as well, their heads craning backwards for one last look at the Father.

Holmes was the last to leave the study, and told me later that in act of sheer role reversal, he blessed the Father; Holmes claimed he still had the cross around his neck, which he then laid carefully on Father Storozhev's desk; along with some papers.

As Holmes left, he heard the Father's faint prayers.

As we passed the British Consulate, we saw Preston and Thomas wave to us for good luck. I waved back. But things seemed to be going too well, I thought. And I was proved correct almost immediately; for as our motor cars approached the Verk-Isestsk factory cum barracks, there were soldiers waiting in ambush.

The lead car with Tsukov and his men was machine gunned. I believe Tsukov was killed instantly. The car with Reilly and Obolov was next and stopped immediately. The next auto bore the Imperial Family, which also immediately stopped, while Holmes and I were in the rear car with the last few of Gablinev's men.

Reilly, Obolov and all the available guards fanned out and returned fire, but there were no machine guns. Reilly had Obolov lead some men to catch the Reds on their right flank, and after some harsh and intense moments, the shooting ceased.

I saw Reilly running back to the Imperial Family. He said

something, ran back to his motor car, and we started up again.

Within a very few minutes we were at the station. The locomotive was ready, Gablinev and his men knelt upon seeing the Imperial Family, and Reilly and Obolov helped them into what had previously been our compartments.

Holmes and I thanked Gablinev, and as we shook hands, Reilly called to forget the pleasantries and get aboard. This we did quickly.

As the train pulled out, headed due west towards Perm, Holmes waved to Gablinev and his men as long as he could see them in the night.

It was only much later that I would learn the fates of Father Storozhev, the nuns, Gablinev, and his men.

The Romanovs

I must now pause in this narrative, for a moment, to convey to you my impressions of the Imperial Family as I came to know them: physically, medically, personally.

However, one thing I must relate in general, the Imperial Family truly loved each other dearly. And this in particular, the Tsar and Tsarina were devotedly still in love, even after more than twenty years of marriage, the turmoil of a monstrous revolution, the loss of their crowns and continuous threats to their lives and those of their children. In fact, the Tsar still referred to the Tsarina by his nickname for her, 'Sonny.'

Please also note this, that before the revolution, and to the best of knowledge even to this date, there had been no hard words spoken or written about the Grand Duchesses, so kind and beloved were they.

Tsar Nicholas II, though only fifty, had aged considerably from his last, published photographs. His beard had gone prematurely grey, as had his temples. His soft, grey eyes, even when happy, still showed great pain.

Though only about five-feet-six, while his father, Alexander III had been six-foot-six, and his uncle, the Grand Duke Nicolai was close to seven feet tall, the Tsar gave the impression of additional height with a 'Maypole posture,' which means moving with a very erect carriage. To see this small, powerless man, once a god on earth, carrying his beloved son in his arms in the summer sun, was quite touching, indeed.

As it turned out, the Tsar loved the outdoors. He told us once that his favourite comment to his wife when she would gently reprimand him about his strenuous outdoor exercises, was this: "Sonny, scratch any Russian, and there's a peasant beneath." So perhaps because of his regular exercise, the Tsar was in excellent health, considering all he had been through.

Because he spoke English perfectly, as did all the Imperial Family, Holmes and I were able to converse with him at great length. We were both charmed by his adroit sense of humour, and a basic innate kindness that we could not help noting was so at odds with how the press had always portrayed him.

The Tsar had been trained from childhood to be aloof and reserved. Yet from all his misfortune had sprung a gentle, fairly open inquisitiveness; and when conditions were safe, we saw him on many occasions speaking even to Reilly's men, who had been instructed to treat the Imperial Family with the utmost of deference still. I even noticed one or two of the men hold their caps when speaking to members of the family; one even called the Tsarina 'Matushka.'

The Tsarina Alexandra had recently become forty-six, and she, even more than the Tsar, had aged tremendously.

When she married the Tsar, she had been one of the great beauties of Europe. She was the daughter of Queen Victoria's daughter, Alice, making her first cousin to both King George and Kaiser Wilhelm. Indeed, she grew up as the Grand Duchess of Hesse-Darmstadt.

Now her once thick, chestnut hair, had harsh lines of grey coursing through, and her complexion, once perfect, was pallid and heavily lined. Though she suffered from irregular heartbeat, migraine headaches and long bouts of melancholia, I diagnosed her state to be more of mind than of body. Her melancholic nature had finally completely taken hold, and even though she was deeply immersed in her adopted religion of Russian Orthodoxy, or perhaps because of it, the more mystical side of her nature reinforced her melancholia, and she simply wished to die. It was as simple as that.

I also believe strongly another contributing factor here was that the Tsarina blamed herself for Alexei's haemophilia; and this retreat from life was her way of taking revenge on herself for the suffering she had brought to her boy.

Because of this, she was especially close to Alexei, looking after him as would a nurse. Among the girls, however, the Grand Duchess Tatiana seemed her pet.

Though Holmes and I tried, in the few days we could, the Tsarina would not permit us into her ever-shrinking world; though she thanked me profusely for treating Alexei so successfully.

Alexei was a high-spirited fourteen-year-old boy in the diseased body of a boy much younger. He was exceptionally thin, this a combination of his most recent encounter with his disease, the constant torment he and his family had been under, and a mild case of malnutrition.

Alexei, like his mother, seemed to be finally giving up. He had not been taking food well recently. One can only guess at what the emotions of such a sensitive boy could be, based upon all that had happened, especially to his father who he absolutely revered.

His large, dark eyes, though at times lively, were also old. They seemed to bear unfathomable secrets of the ages.

I grew quite close to Alexei, since it was he I was especially there for, and because I came to look upon him as the son I missed so terribly, and would come to miss even more as events forced me to stay away.

The Grand Duchess Olga was the eldest of the children. She was beautiful, as were all the Grand Duchesses, but at twenty-two, she was already a woman with a strong will of her own; and a deep suspicion because of all that had happened, that she would never share with a man the love and tenderness akin to her parents'. This distressed her greatly, although she never spoke of it outwardly.

She was tall, about five-foot-six, with what my mother would have called 'sunlight-brown' hair, and large, expressive, blue eyes. Although her royal temperament flared at times, showing she might be more like her mother than her father, it appeared that she showed her love for the Tsar more than the other Grand Duchesses did.

She was generally thoughtful and unaffected and in as good health as could be expected under the circumstances; although, she was still quite thin from her bout with measles which all the Grand Duchesses had come down with shortly before the family was shipped out of Petrograd.

The Grand Duchess Marie was as close to the Tsar's peasant adage as you could get in the Imperial Family. She was quite robust and strongly-built, and I was told that in her healthier days, she could lift her tutor. Now, she, too, was still abnormally thin from the measles.

At eighteen, Marie was the most simple of the Grand Duchesses in her tastes and quite surprisingly middle class in her attitude about family. I suspect she got that from observing how content her mother and father had been with each other and with the children.

The youngest of the girls, the Grand Duchess Anastasia, was sixteen, and the soul of the party, so to speak. Anastasia loved to make her family laugh, especially her brother, and would go to extreme lengths to send her loved ones into fits. She once stuffed napkins in her nose, swung her arm like a pachyderm's trunk, and galumphed around claiming she was a gift from her dear cousin, George, the Emperor of India.

Anastasia was still at that awkward, ungainly stage, small and squat, and telling me that soon she would be as tall and slim and beautiful and elegant as her sisters. She absolutely idolized them all. And she was especially proud of the colour of her hair, which was very near spun gold, so beautifully did it shine in the sun.

I have saved my description of the Grand Duchess Tatiana for last because she will play such a prominent part in the rest of this journal. Tatiana was one of the most beautiful women I have ever seen, excepting Mary and Elizabeth. At twenty, she was the tallest of the Grand Duchesses, five-feet-seven, the most elegant, and the thinnest, also, from the measles. She had magnificent dark hair, obviously inherited from her mother, a darker complexion than any in her family, and the most magnificent, gently slanted, blue eyes you could ever hope to look into.

She had also inherited her mother's reserved manner, and kept to herself more than the other Grand Duchesses, always seemingly lost in some deep thought. Yet who knows what truly stirs the depths beneath a tranquil ocean's surface? And without a doubt, she was her mother's pet.

I loved to look at Tatiana because she was so beautiful, and because I missed my wife so. But Tatiana was a human work of art, so graceful in her locomotion, so perfect of proportion. And like all the Grand Duchesses, so innocent of many things.

Thus ends my very brief, general description of the Imperial Family. Much more of substance shall be related as my journal continues.

Our locomotive was moving quickly, Reilly's men with captured machine guns on the roofs of the cars, the last car in use as a barracks.

The Imperial Family had been put into the various compartments of our railway car; the curtains drawn and their doors shut. The Tsar, Tsarina and Alexei were in Holmes' and my old compartment, Marie and Tatiana in Reilly's, Olga and Anastasia in another. Holmes and I would be sharing what used to be the compartment of Stravitski and Obolov. Reilly and Obolov were to stay in the barracks car.

By now we'd all been told about Stravitski, but Obolov just could not believe that his dear friend had been taken from him twice like this. Obolov would not be the same as before and since Reilly saw this, he began to distance himself from Obolov and draw closer to Lt. Zimin.

We were all tense and nervous, except Holmes, fearing an attack at any moment, not knowing if around the next turn the tracks would be blown and the Reds would be waiting.

But amazingly, nothing happened that night. In fact, by four A.M., all except the Imperial Family were dozing in the salon.

July 19, 1918

I awoke about eight to find Anastasia standing in the salon looking from man to man. Since I was the first to open his eyes, she smiled at me and asked, "What are we to do about breakfast?"

With those words all others awakened, and Reilly asked her to return to her compartment; it was dangerous for her to be out, and food would be brought into the salon shortly for her family.

I am not sure, but I think she flirted with Reilly as she thanked him and rushed back to her compartment. As she closed her door, I heard her excited voice saying something to Olga. If she was like any other sixteen-year-old girl, I can guess at the conversation she had with her sister.

Reilly said something to Obolov and he left the car. Then he turned to Holmes and me.

"There is much we must discuss."

"Indeed," said Holmes.

"First, now that there is time, I thank you both for helping save my life." Holmes waved his hand dismissively.

Reilly continued. "Nevertheless, I'm told you're both responsible for the Imperial Family's rescue from Ekaterinburg. I don't know yet how you accomplished their rescue in unison with mine and my men, and I'm sure Preston and Thomas had something to do with it, but what you did was nothing short of miraculous."

"I'm sure there are many people who would agree with you," answered Holmes. We all smiled.

"Yes, well, I've sent Obolov for food. I'll have to watch him now. Anyway, this is the last time he'll be permitted in this car. I will come and go, and you shall be free to do likewise when it's safe, but the Imperial Family will remain in this car for all our sakes."

Then he said to himself, but really to us, "I wonder why Yurovsky has not come after us?"

"He may do so or not," said Holmes, "and if not, it is thanks to some papers I left on Father Storozhev's desk."

"Papers? What papers?" I asked.

Holmes was about to answer when the Tsar appeared at the edge of the salon. We were startled.

"I hope I have not disturbed you, gentlemen."

"No, no, not at all, your Imperial Majesty," we embarrassedly mumbled, or words to that effect.

"It is just that I first would like to thank you all, though I still do not know who you are, for saving the lives of my family. They are more precious to me than my crown. I am sure I shall know in time who is behind this, but it is you directly to whom I owe my undying gratitude. I only pray that I may someday be in a position of repaying in part the insurmountable debt I owe you all."

By the time the Tsar had finished his thanks, his eyes were filled with tears. He dabbed at them and made light of his discomfort with the following:

"On a more mundane note, my son and wife are getting quite hungry, and they have sent me to you in hopes of procuring something to eat."

It was Reilly who spoke, and it suddenly dawned on us as we saw it dawn on Reilly's face, that he was not sure how to address the Tsar. Would it be Your Imperial Majesty, or would it be Citizen Romanov? His decision would shape the Imperial Family's journey.

"Your Imperial Majesty," said Reilly, "The Grand Duchess Anastasia, not more than two minutes ago, asked the same question; and upon receiving an answer vanished back into her compartment." Holmes and I could see the Tsar seemingly gain inches upon being addressed so deferentially. He became more erect, while a small, grateful smile took hold on his lips. The smile, in turn, gave way to a small laugh. "And what was the answer?"

"Forgive me, Your Imperial Majesty, breakfast is being brought to us as we speak. When it arrives I shall inform you and your family so that you can come to the salon, if that is all right with you."

"I believe it will be, yes. I shall go and speak with the Tsarina about it."

I stopped him from leaving.

"Your Imperial Majesty, if your son is awake, I should like to examine him and see how he is doing. I am a doctor."

The Tsar remembered and was most apologetic.

"Oh, yes, yes, of course. Thank you doctor for your care of my son. Just give me a moment to speak with the Tsarina and I shall call you in."

His handshake was firm and tender at the same time. "Thank you again," said he. He then made his way back to his compartment.

"Bravo," said Holmes to Reilly, "you have put heart in a man who has had his ripped out. You have done well, comrade."

Reilly looked embarrassed.

"Yes, well, it couldn't hurt, after all. Anyway, I must..." Reilly stopped in mid-sentence and looked to our rear. Holmes and I turned to see what caused this interruption and found, standing there, the Grand Duchess Tatiana. She was staring intently at Reilly as he at her. Now it was I who felt embarrassed, as if I was somewhere I should not be. Or that I had walked in on two lovers.

By Jove, that was it! I could not believe it. I would have been willing to wager a year of my life, and would win that bet as you shall see, that Reilly had fallen in love, at first sight, mind you, with the Grand Duchess Tatiana. With truth being stranger than fiction, she was likewise fascinated by Reilly.

Holmes, being Holmes, and not having much interest in such matters, interrupted their reverie with a gracious, "Your Imperial Highness, may we help you?"

Tatiana kept her eyes on Reilly as she likewise inquired about breakfast, and it was Holmes who told her, with Reilly and Tatiana still looking at each other, what had just been told to her father.

She finally took her eyes to Holmes, thanked him and left, halting for a split second, but not turning.

I looked at Reilly. "I think I had better speak with you," I said.

"Not now, Dr. Watson," said Reilly absentmindedly, and left Holmes and me alone in the salon.

I smiled, put my hand on Holmes' shoulder and said, "Holmes, my friend, that hard-hearted, cold, calculating, murderous rogue named Relinsky, has just had his entire character changed in the flash of an eyelash."

Holmes looked at me.

"Holmes," I was laughing now, "he has fallen in love with Tatiana."

"Furthermore, I am positive that she has fallen in love with him."

With that revelation and a roll of his eyes, Holmes sat down.

I examined Alexei with both the Tsar and Tsarina looking on, and saw that the swelling on his right arm where the guard had hit him was continuing to go down. This was excellent. What was imperative, however, was that Alexei take food. I said this to him in a mock form of admonishment, and maybe because I was new, or had helped rescue his family, Alexei promised to try.

We left the Imperial Family alone to eat, with two of Reilly's men attending them. Holmes, Reilly, Obolov and I ate in the last car. As we partook of breakfast, still thrilled with our luck, we began passing through Kungur.

Reilly had told the soldier-engineer to slow down while going through Kungur but not to stop. We held our breath in fear of Red barricades. There were none.

It was at this point Reilly inquired about all that had happened the night before, which Holmes told him; and that Holmes inquired about the events at Cheka headquarters, which Reilly told us.

Then Reilly asked Holmes about our 'luck,' and what the papers Holmes left for Yurovsky had to do with it. I myself was about to ask that question, and was absolutely astounded, as was Reilly, with Holmes' answer.

"Well, gentlemen, my idea came when Preston said something about everyone wanting the Romanovs, but he wasn't sure if it was dead or alive. Then Yurovsky went on about how the Romanovs were his responsibility and how he could not afford to let them fall into the hands of the Whites.

"So I left a little note for our friend, Yurovsky, telling him that he was absolutely correct in his mistrust of us and that we were, in fact, White agents."

Reilly practically knocked over the table, so quick was he to sit bolt upright. "You said what?"

"Sit down, comrade, and listen further."

"My ears won't tolerate madness, comrade," spat Reilly.

"Well, I have not bayed at the moon lately," said Holmes. "I told him we represented powerful international forces that knew the Whites were eventually doomed, and all they wanted was the safe exit of the Romanovs from Russia. For that, they would keep the true fate of the Romanovs an eternal secret, because they also knew the Reds would stop at nothing anywhere in the world to have them killed if it was known they were alive.

"I reminded him that the Whites would, in fact, be in Ekaterinburg any time now, as we all knew, and that other White forces were heading down from the northwest, which they are, in a pincer movement. This would undoubtedly force Yurovsky to consider one of four possibilities.

"The first being that he and Beleborodov, the Chairman of the

Urals Regional Soviet, and all the local Bolsheviks, surrender to the Whites; who, of course, will most certainly put them to death immediately.

"The second being that they try to break through the overwhelming White forces, which they most probably will not be able to do. Once captured and found to be the jailers of the Romanovs, they will be lucky if they are merely executed.

"The third, that if they do break through and make it into Bolshevik territory again, they will be arrested by either the Red Army or the Cheka for letting the Romanovs fall into White hands without a struggle; and they will most certainly be executed.

"Finally the fourth possibility, and one of my own devising. What if they leave evidence proving they have killed the Romanovs? Moscow will be pleased that the decision of what to do with the Romanovs has been taken out of their hands, and they can show their hands as clean to humanity. It will show how strongly committed the common people are. How their revolution has now finally and completely swept the old order away and enabled a new order to emerge supreme.

"The news of such an event will halt the onrush of the Whites since they have only been converging on Ekaterinburg with the intention of freeing the Romanovs. It may even throw the entire White counter-revolution into disarray because the symbol of what they had been fighting for has now been removed. Even if they hold up their advance ever so slightly, it will give better odds that Yurovsky and his men can slither out of the vice before it is too late.

"I reminded him about the deserted mines called 'The Four Brothers,' just outside of town, and suggested that this is where they claim the bodies were disposed of. Since it is a mining town, there are plentiful supplies of acids and chemicals which may be used to destroy as much false evidence as possible; including bones they should disinter from the local graveyard. Since Ekaterinburg is the epicentre of the fighting at the moment, no one should question in minutiae the evidence of the Romanovs' deaths, if it is handled wisely and adroitly. How they choose to portray their method of execution I left to Yurovsky.

"In case he felt like a gambler and decided to follow us or wire ahead once the lines were back up, I also reminded him about the orders signed by Lenin himself. How would other Red forces behave? Especially the Cheka in Perm, from whence we had just come and who knew of Lenin's safe order of passage; they of course did not, but Yurovsky did not know this. How indeed would they react after Colonel Relinsky's account of the offhand dismissal of Comrade Lenin's orders, and the counter-revolutionary actions on the part of a Regional Commissar of Justice who is obviously now terrified of losing his life because of his irrational actions in the face of advancing White Armies? Oh, I laid it on with a thick brush, all right.

"Of course, I could not write Russian, so I had Thomas do it. That was why he was not with us for a time. He was busy translating my notes into Russian.

"I also suggested they bring Preston and Thomas into this affair in the following fashion, for they most certainly shall not be able to keep them out of it: Yurovsky, when asked about the shooting of the previous night, shall tell Preston that Relinsky escaped, and with the aid of myself and Watson, made a foolish, and ultimately unsuccessful attempt at freeing the Imperial Family. He will state, of course, that he knows Preston and Thomas had nothing to do with this; because even if he would like to murder them for the sake of murdering someone, he needs them as credible witnesses and as contacts to London.

"He shall insist that Preston let London know, through his ambassador in Moscow, of course, of this latest White outrage, and that there can no longer be a guarantee of Romanov safety. Since no one except the guards has access to the Ipatiev House, no one will know that they are no longer there. As usual, Preston shall demand to see the Imperial Family, Yurovsky can, as usual, refuse. It shall seem like business as usual and buy Yurovsky time to fake the executions."

Reilly and I just sat there staring at Holmes. Finally it was Reilly who spoke.

"That is the most fantastic scheme I have ever heard. It is either the work of a true genius or the demented imaginings of a raving lunatic."

Holmes looked at him and asked, "Which do you favour?"

"I am not yet sure," said Reilly quietly, "I am not yet sure."

"Well, whilst you decide, I am certain that Yurovsky has already secretly met with Beleborodov and Yermakov on my proposals, and perhaps even with key leaders of the guards to explain to the rank and file their imminent peril should the truth be known; and this blissful quietude to which we are heir is the result of their direct inaction.

"Now, if you don't mind, whatever this is that I was trying to eat has grown quite cold."

Holmes and I decided not to return to the Imperial Family's car. We would give them complete privacy. Of course I would attend Alexei a few times a day but we would not enter the car unless summoned by a member of the family.

Just as night came, well past Kungur and in the middle of the eternal emptiness that is the vast body of Russia, Reilly halted the train because he felt the Imperial Family, and his men as well, needed a half-hour's relaxation after the previous night's exertions; and here, quite in the middle of nothing, it seemed safe to do so. Furthermore, he confided, given all that was happening on this gigantic field of play, he was not sure when we would again have this opportunity.

I also think it might have been something more.

Reilly asked me to inform the Imperial Family of his orders, and to stress the importance of their partaking of the freedom of the night with its moon and soothing air. I did.

I stayed in the salon while the Tsar spoke with the Tsarina and the Grand Duchesses, and after a few moments, all, except the Tsarina, appeared with wide smiles on their faces; Alexei, of course, in the arms of his father.

They followed me outside, where some guards had already taken defensive positions, and began to stroll the countryside, the girls picking a few wildflowers for themselves and their mother; Marie kissing her father on the cheek and presenting him with a bouquet.

I watched the guards watching them, and saw the smiles on these men's faces, obviously thinking of their own families, and, I believe, wishing our charges well.

Then I saw Reilly was moving back and forth quite strangely, as if he could not make up his mind about something. I did not have to strain my intellectual powers to guess on what he was thinking, and had my suspicions confirmed when the Imperial Family broke up into smaller groups, Tatiana and Olga going off together. Reilly walked over to them.

He saluted them quite correctly and they acknowledged his salute in the best Imperial manner. Then the three walked slowly in circles talking, Tatiana and Olga sometimes laughing.

Reilly was working his magic once more.

After no more than fifteen minutes or so, Reilly and the Grand Duchesses began coming back, and Reilly signalled to the others in the Imperial Family to do likewise.

They all re-boarded the train, Reilly helping the Grand Duchesses up with the gentle strength of his hand, and I watched as Reilly's and Tatiana's hands remained as one for just a touch longer than the rest.

July 9, 1918

This evening, the guard at the door of the Imperial Family's car told us the Tsar wished Holmes, Reilly and me to join his family. This we did with alacrity.

It was at this session, again with the Tsarina absent, that we explained as much as we could to the Tsar of the true events of the world outside his confinement, which deeply distressed the family. We also explained who we were and the dangers that could well lie ahead.

At the sound of our names, the Tsar became wonderfully excited, as did Alexei. It seems that many were the times the Tsar had read to Alexei my accounts of the adventures of Sherlock Holmes, and even the Grand Duchesses had a vague understanding of who we were.

Holmes and I were absolutely surprised to learn that on one of the Tsar's holidays with King George, he had even said that when he could bring Alexei to England, he would love to have his cousin arrange an audience for us.

Alexei became something of a grand inquisitor, firing rapid and numerous questions at us. These were not idle questions, but specific questions about specific cases and they were all intelligent questions. It was a joy to behold, and I saw the happiness on the Tsar's face as he watched his boy come alive.

The Grand Duchesses talked among themselves, and to Reilly, with the bulk of Reilly's attention being paid to Tatiana. At one point, I am positive I saw the Tsar notice this mutual interest, and then turn back to Holmes with an understanding in his eyes and in his smile of precisely what was happening between his daughter and Reilly. If I was correct, I thought to myself, then this man was truly a very unique man and father, indeed. Given our circumstances, and the extreme tenuousness of our very existence, the Tsar was tacitly giving his daughter permission to love for perhaps the only time in her life she might do so.

July 10, 1918

This morning we arrived in Perm. Even though the Imperial Family knew to stay closeted inside, Reilly thought it best to impart a gentle reminder. Then, with Lt. Zimin, and leaving Obolov with the guards at the train, Reilly left to go to Cheka headquarters and Colonel Mikoyan.

He returned in an hour. Yes, the lines to Ekaterinburg were finally restored and no, there had been no unusual messages. Either luck, or Holmes, or a combination of the two, was working overtime.

Reilly also informed us that he thought it best for us to leave as soon as fresh water, food and fuel could be put aboard. He said he finally did show the Lenin papers to Colonel Mikoyan, in command in Perm, who was very correct and, Reilly laughed, seemed to regard the papers he touched as sacred articles once he realized who had signed them. There would be no trouble in Perm.

Though the colonel would have liked to know who or what was aboard the train, Reilly simply asked to be alone with the colonel, as if to take him into his utmost, deepest confidence, and then told him that the train was carrying something so secret, that even Comrade Trotsky did not know. This was a private, and highly personal mission that he,

Colonel Relinsky was undertaking for Lenin. Relinsky then leered and laughed to the colonel to give him the impression this mission involved women. The colonel understood immediately and laughed and leered in response.

Now Mikoyan, his chest puffed out, could regale his comrades about the highly personal affairs he was privy to about Comrade Lenin. Reilly had done a masterful job. Holmes and I shook our heads in amusement, and Reilly, after asking if everything was in order in the Imperial Family's car, went about seeing to his men.

We left Perm three hours later, and had a very good laugh to see, as we pulled out, our Cheka colonel waving us off at the station, complete with what appeared to be a small guard of honour.

The day concluded without further incident, the only matter of note being Reilly's increasing sense of "not finding a place for myself," as he put it. Plain and simple, the man wanted to see Tatiana and he could not just go barging in on her. He was ridiculously restless, and for the two seconds I saw him stop his movements, which resembled a June bug racing from flower to flower, plus the look on his face, an uneasy feeling that took hold that he was actually wishing for something untoward to happen so he could again rescue his maiden fair.

He did not have too much longer to wait.

July 11, 1918

By seven A.M., our train had come to a slight pass between Glazov and Kirov. Reilly, Holmes, Obolov and I had risen about an hour earlier and this was just as well as a shell landed near enough to shake us almost off our feet. It appeared that our journey was no longer going to be without incident. Before Holmes and I could even gather our thoughts, Reilly was on his way to Tatiana's car.

In an effort to elude further shells, the train gathered speed as it continued through the pass. Then, just as a decent speed had been reached, the emergency brake was pulled. The track in front of us had been blown and everyone in our car was sent careening to the floor or smashing against the walls as the train screeched to a halt.

My first concern was for Alexei. I began to run to his car as Holmes and the men scrambled outside for cover. The guards on the roof were already returning fire with our captured machine guns.

The ladies of the Imperial Family were being directed by Reilly to exit the car as quickly as possible, and I was relieved to see Alexei being carried out by the Tsar, who gave me a quick nod that the boy was all right.

Reilly helped the Tsarina down to a waiting guard, and everyone was directed to seek shelter behind a small incline on the obverse side of the direction from where the shelling originated.

Reilly told me he was off to organise his men, and also said that if the shelling continued, we were finished. We could not stand up to a sustained artillery bombardment. Then, before I could say anything, he glanced at Tatiana and rushed off.

The shelling continued with me thanking the Lord mightily that our enemy's aim was so poor. Anastasia was crying, as was the Tsarina, Marie trying to comfort her sister. The Tsar was holding Alexei's head down despite his son's best efforts to get a better view of the battle. Tatiana held her mother tightly and Olga was flat on the ground, her hands covering her head in the instinctive, protective position.

A shell hit the rear of the soldiers' car, only blowing apart the rear platform. Our guards on the roof were trying to fire towards the artillery to keep them from shelling our positions, but without much success. I saw some of our guards fall, either wounded or killed. I could not go to their aid.

While all this was going on I was also wondering if Holmes was safe, but knew, of course, he would be. It was then I heard bugles coming from our rear. When I turned to see from where, and from whom, the sound came, I was astonished to see another train stopping behind us; a train, like ours, flying the red flags of revolution.

We were the ones caught in the vice. The Reds had us trapped and now my only thought was that I would never again see Elizabeth or John.

Then, much to my surprise and relief, I saw that the Red troops pouring out of the train were firing not on us, but at the direction from which the shelling came. For whatever reason, they were there to help us, not attack us. While thanking the Lord for this bizarre deliverance, and wondering heavily at what God hath wrought, I received the answer to my question. Colonel Mikoyan appeared from the train, directing his troops against the ridges in front of us.

It was at that moment I realized I must get the Imperial Family back into their compartments. If they were seen by any of these new troops, our game would be up. Since I was the only man now with them, I screamed at them to get back into the train and to be quick about it. They did not know why, but they obeyed immediately, I personally lifting the Tsarina aboard.

I got them all back into their compartments, grabbed a rifle from the hand of a dead guard on the coupling, closed the door from the outside, and felt, but just for an instant, that I was a young surgeon again at Maiwand.

My brief reverie was interrupted by one of the new troops. He was trying to climb aboard the car. I pushed him back with the side of my rifle and he began calling to some of the other troops to come help him. I was certain that he had seen the Imperial Family and he wanted to claim his prize. Now he was holding my rifle and pushing in, and I was holding and pushing out. Just as I got into position to kick him down, he let go and fell backwards. Reilly was standing there, his pistol now aiming down at the dead soldier.

I moved aside and let him up.

"Are they all right?" he asked as he opened the door.

"Yes, she is," I answered.

Reilly smiled for a brief second and dashed in.

Meanwhile the new troops seemed to be pushing back the forces on the ridge. The shelling had stopped and Reilly's men had joined the Perm Reds in a counter-attack up the ridge. I lowered my rifle and fell back against the wall of the car.

Reilly came out and as he jumped down and ran towards his men I heard him yell over his shoulder, "Yes, she is." And as I stood watching him run off, I also heard, "Well, that was unexpected." I looked down to see a quite dishevelled Holmes, also with rifle in hand, looking up at me.

After about thirty minutes, the Perm Reds, and some of our men, began plodding back to their respective trains. Only sporadic firing was heard and I knew from my own battle experience that enemy stragglers were being hunted.

By the time we saw Reilly returning, walking closely with Colonel Mikoyan, I had told Holmes that the Romanovs were safe, and how I had so undiplomatically bundled them back into the car for protection. He agreed wholeheartedly with my actions.

Then Holmes and I went down to meet Reilly and Mikoyan. They were both laughing.

Reilly introduced us as British diplomats, all the while Mikoyan still laughing and chattering away at Reilly. Reilly, we could see, was forcing a laugh, as he began telling us what had happened.

"It's quite all right, he doesn't understand English. It seems that Yurovsky decided to try a gamble. He finally telegraphed to Mikoyan here that we were White agents who kidnapped the Imperial Family and killed many of his men in the process. Our train was to be stopped by every means available.

"After Mikoyan argued telegraphically with Yurovsky, he cursed him and said he would go after us. But he made it clear that if this was a wild goose chase, he would see to it personally that Yurovsky and his men would be arrested and shot. So bizarre did Mikoyan feel the message to be that to avoid any embarrassment he took the only copy of the telegram from the operator, ordered the man, on pain of death, to remain silent about it and brought him along on this expedition.

"Then, he came after us."

"But they joined in our fighting," said Holmes, "why didn't they join in those Reds up ahead and annihilate us all?"

"Because, Mr. Holmes, the troops up ahead weren't Reds. They were Whites."

Before we could take that in, Mikoyan, still laughing, Reilly later told us, said he had better take a look inside for himself anyway. With arched eyebrow, he said he just had to see who was causing this fuss. Some of his men were only a few paces away.

As he began to pull himself up, Holmes and I looked at each other to see if the other could stop him. Before we could think, there was a shot from behind and the back of Mikoyan's head exploded. He fell backwards and landed at our feet. In that fraction of a second, Holmes and I spun around to see from where the shot came. There was Reilly, his arm still straight out, with the pistol pointed at Mikoyan. As Mikoyan's men came towards us, their weapons at the ready, Reilly whirled around and emptied his pistol into the already dead body of one of his own men. He then began screaming in Russian at the corpse as the men led by an officer came running up.

Reilly continued screaming at the body as he began kicking it. Mikoyan's men began a frenzy of stabbing the body with their bayonets. It was like a feeding frenzy of sharks. Holmes and I stepped back for safety amidst this senseless brutality.

Quickly spending themselves, they turned towards us as Reilly stepped between us as barrier and talked with the officer. Whatever Reilly said, it worked. The officer had his men carry Mikoyan's body back to their train. The officer turned and saluted us all, and his train began backing up to Perm.

Holmes was about to demand an explanation when, after just a few hundred feet, the train stopped, and the soldiers began coming towards us once more.

"Holmes, it looks like we're in for it again."

"Calm yourself, Dr. Watson, please just watch," said Reilly. And as we did, we saw the Perm Reds begin digging up the track between their train and ours. They were going to lay it into the spaces in our path blown by the Whites.

The cold sweat into which I had once again broken, evaporated at this, and I told Holmes and Reilly I could use a spot of whiskey. To which Reilly replied, "Will vodka do?"

Before Reilly could turn from killer to host, he hoisted himself aboard the car. Holmes and I followed closely. Reilly went straight to Tatiana's car and pounded. Tatiana opened the door, and when she saw

Reilly standing there, she simply threw the door wide as he pulled her to him and began kissing her. Marie literally sat there with her mouth open. I pushed them both inside the compartment and closed the door so I could get past them to Alexei; and so they would not be seen.

I knocked at the Tsar's compartment and announced myself. The Tsar opened the door as I saw Alexei huddled in his mother's arms, she rocking back and forth, chanting something in German.

The Tsar and I looked at each other, he with great concern, I with fear from the look, or lack of it, I saw in the Tsarina's eyes.

The Tsar gently separated Alexei from his mother, the body seemed all right, and I bent down to the Tsarina.

"Your Imperial Majesty?" Nothing but the chanting. I tried again. "Your Imperial Majesty?" The chanting continued as she looked blankly into the drawn window shades.

I looked up at the Tsar with question in my eyes.

"It is a German lullaby her father sang to her when she was a little girl," said the Tsar. "She had always been afraid of the dark, and this was the only thing that would comfort her. She began it when we got back into the compartment, just after she grabbed Alexei from me."

I noticed the look of great fear and incomprehension on Alexei's face and asked the Tsar if it would be acceptable for Holmes to carry Alexei into the salon while we stayed with the Tsarina.

"Of course, doctor, yes." He handed Alexei to Holmes, and as Holmes started towards the salon, Alexei said, "Don't worry, papa, Dr. Watson is a good man, a good doctor, he will help mamma, I promise you."

The Tsar looked at me and I went back to further examine the Tsarina. Her heartbeat was fairly regular, her pupils were not dilated, but it was grievously obvious, the Tsarina was no longer with us.

Dr. Freud of Vienna has treated cases like this, and I shall paraphrase what he has said. Sometimes, a final, sudden shock may send a more delicate or troubled psyche running for lasting, emotional cover; at last free from fear and harm. It is the only true protection the mind can create and deal with on its own terms. There have been cases where a patient has returned to what can be called normal, but, unfortunately, the majority of such cases remain locked in their self-forged fortress. I explained all of this to the Tsar.

"She has always been frail of spirit, Doctor," he said, fighting to maintain an imperial composure. "Even when we were first married, she had much to endure. People called her cold and aloof, but she was just too sensitive. How could anyone who is cold and aloof raise such warm, loving children? Because she was German she felt no one accepted her. When the war came, no matter how much she did for the soldiers with her nursing and her immense donations, people said because she was German she was secretly helping the enemy.

"Then revolution, imprisonment, and barbaric treatment at the hands of our enemies. I have been amazed she has not slipped into a comforting, protective world of her own before this. I believe it was only because of Alexei and the girls that she did not.

"Tell me, Dr. Watson, perhaps with rest, and kindness, and love, she might..." He broke off in mid-sentence, fell to his knees by her side, grabbed her hands in his and kissed them repeatedly as he kept sobbing, "Sonny, Sonny..."

I left him alone with her.

When I got back to the salon, Alexei was seated on Holmes' lap, of all places, a not completely incongruous sight since Holmes has performed the same function for John when he was just a baby. Anastasia, Olga, and Marie were seated by the table. Tatiana was not there. Reilly was absent also. I thought it best not to inquire of Tatiana's whereabouts, and decided to let all know the condition of the Tsarina. I also felt Tatiana's absence to be a blessing since she was the closest to her mother, and I thought it better that she be told later by her sisters or father.

Alexei began to cry, as did Anastasia. Marie and Olga just looked at each other, their eyes damp. Then Olga moved next to Holmes and took Alexei to her, comforting him as had her mother, rocking him back and forth, her lips on his forehead, her hands holding him tightly.

Holmes and I went outside; and though the news of the Tsarina had disturbed him, he went to the heart of our problem.

"Watson, this is the first chance we've had to speak since the battle. What make you of the attack by the Whites?"

"Holmes, it is an absolute puzzle to me. I thought, from what Kolchak said, that they would simply surround the train at Viatka, Relinsky would tell his men to surrender, and we would be safe. I have not the vaguest notion of what is going on."

"Nor do I, Watson. However I am sure our friend Relinsky does." Holmes looked around. "By the way, where is he? For that matter, where is Tatiana?"

"Holmes, are you so removed from everyday passions that you still cannot comprehend the most normal events unfolding before you?"

"I'm sure I don't understand what you're getting at, Watson."

"Then let me give you an elementary lesson." I had been waiting for years to reverse the direction of that word.

It was several hours before the Perm Reds had finished their task. Reilly had returned to us a short time after Holmes had wandered off, and as he walked towards the construction, he gave me a look that showed great inner turmoil. I simply thought it had to do with his liaison-de-coeur. I was to be proven monumentally mistaken.

Reilly heartily thanked the Perm officer, saluted him majestically and waved him and his men back to their train. Holmes appeared from nowhere and the three of us watched as the Perm train finally backed away for good.

Holmes immediately turned on Reilly.

"Before you begin to explain what is happening here, what was that business with Mikoyan and your dead soldier? What were you screaming? What did you say to that officer?"

Reilly asked us both to step away from the train, away from his men, and especially Obolov who was now standing on the roof of the soldiers' car, staring down at us. He directed us to a flat area at the top of one of the ridges our train had been passing through.

"Gentlemen, with all I have to tell you now, I am not sure if I should suggest you seat yourselves on the ground or chance a reaction from you both I do not wish. Before we find out, I'm going to hand you my pistol, Mr. Holmes.

"Mr. Holmes, Dr. Watson, I'm surrendering my weapon, because it's the only way I know of trying to prove to you my good faith.

"First, so you will understand why I am perhaps better suited to deal with certain indelicate situations than yourselves, I am going to tell you exactly who I am and a very brief account of my peregrinations during this war."

Reilly then gave us most of the information I have already imparted to you about his past.

"Now, to answer your immediate question about Mikoyan, it was obvious to me that both of you could do nothing. And in that situation the only possible course of action was to shoot him instantly. Remember, he had taken the only telegram, which I have removed from his tunic, and given orders to this telegraph operator, upon death, not to reveal what the message was. Through his laughter, he recounted the death of that poor man in the battle. Therefore, Mikoyan's death would obliterate any trace of who is in our railway car.

"Secondly, I obviously could not be seen as the man shooting Mikoyan, so I merely shifted the blame to one who would not mind. What I was yelling was, 'traitor, traitor'. Mikoyan's men then believed that man to have been a White traitor in our midst. It was that simple."

"Simple to you, perhaps," I said. "That is the finest example of quick thinking and action I believe I have ever seen." I noticed Holmes did not appreciate my remark.

"Now, gentlemen, I am going to relate to you something very painful. What we are all truly here for." Holmes and I took a step closer to Reilly.

"Mr. Holmes, Dr. Watson, in Petrograd I had told you to believe nothing of what any Russian said, and only one tenth of what any Englishman said. By that yardstick, you could measure my credibility in a percentage of mere fractions. I have never spoken truer words than those.

"I was not sent to aid you in your task of rescue, I was sent to make sure you failed. Not only that you failed, but that you and the Imperial Family all died in the attempt."

I just stood there, almost not even able to breathe.

Holmes, however, just shook his head in revelation and said to me, "So, Watson, we finally know why we were here. *We* were to be the scapegoats."

This revelation was frightening and infuriating. Holmes began walking around Reilly as a hawk would circle its prey. It was as if he was kicking himself internally for not unravelling the one mystery that may have cost all of us our lives. He said nothing, stopped for a moment and then returned the pistol to Reilly as he looked him in the eye. It was clear to me that an unspoken truce had been reached. He then resumed his circling while listening to the rest of Reilly's story.

"Why you were to be killed, I don't know. Those few in my field who are like me, only follow orders; or, at least, the orders we want to follow.

"I was seconded from SIS to naval intelligence, and was given specific and direct orders by the deputy director of that branch."

"Sir Randolph Newsome," Holmes interrupted.

Reilly seemed surprised. "Do you know him?"

"Let us just say that we know of him. This is not the first time we have come upon the name of Sir Randolph Newsome."

"We met quite clandestinely months ago at a safe house near Harwich, and I was told that Sherlock Holmes and Dr. John Watson were going to try to rescue the Imperial Family. I was told there was the strongest resistance to this in the highest circles of government; and while there were those who wanted you to succeed, I was taking orders from those who did not.

"Further, these same people wished the Imperial Family dead, but under no circumstances did they wish the blame for their death attached to the Bolsheviks. This he emphasized quite strenuously.

"The methods I chose to carry out the assignment were left entirely to my discretion. I would be given as much money as needed for whatever I required.

"Sir George Buchanan, I am almost sure, was told another story. His superior is, of course, the British Foreign Secretary whose name every Englishman knows, Arthur Balfour. From what I could gather, Sir George believed what you believed; that you were sent to rescue the Romanovs, and that I was sent secretly by the British government to help. He told me also that special arrangements had been made with the White leader, Admiral Kolchak, to help me in my task.

"Usually, an ambassador would not know of my true identity or what my true assignment would be; unless he has a direct need to know, which Sir George did not. So I am still not sure if Sir George knows exactly who I am, or what my main function was before I was seconded. That, by the way, is something I promise to disclose to you at another time.

"Stravitski and Obolov I had known many years before in Russia, and they were of the greatest assistance to me thirteen years ago at Port Arthur during the Russo-Japanese War."

"Do you mean you were already working with SIS back then?" I asked.

"Yes. That is where Stravitski saved my life. Obolov was with me only because Stravitski was with me; if you understand." Holmes and I both nodded quietly.

"As for my men, they are Cheka through and through. But they think I am as well. They, too, believe this to be a very special and personal request by Lenin to bring the Imperial Family back to Moscow for trial. A trial designed to show the world why the Reds were forced into their revolution and to lay the blame solely at the feet of the Tsar. They believe it will absolve them and their Comrade Leader Lenin of any blame.

"I don't know how much Lenin knows. He, too, is a wild card here. Yes, he knows your identities; but what else? Can Lenin be in collusion with the British? Anything is possible; and for a multitude of reasons we can't even guess at.

"My men also knew how dangerous this mission would be because we were heading right into the middle of the civil war. In addition, even the regional Soviets, like the one in the Urals with which you have become so familiar, were in virtual rebellion against Moscow. Many of the commissars want to set themselves up as autonomous leaders in their own area. So my men were ready for trouble. In fact, they almost wished it.

"However, one thing bothered me greatly. It was a direct order from Balfour to Buchanan to have me work with Kolchak. Why bring

Kolchak into this? If Kolchak was privy to my task, Newsome had not said so. It felt wrong on many levels. So I decided to use Kolchak for my own purposes.

"When I met Kolchak, before you did, he told me exactly what you heard yourselves with me. During our return trip, our train would be surrounded, I would order my men to surrender, they would be shot by Kolchak's men as traitors, and you and I along with the Imperial Family would be in the safe hands of the Whites, who would then see us safely to Archangel. There, after an invasion by the Allies scheduled for the middle to end of July, you would all be taken out of the country.

"It was now very evident the Admiral knew absolutely nothing of my orders from Sir Randolph. In fact, it now seems that no one I have met knew."

Holmes interrupted again. "Does that sound familiar to you, Watson? One link not being aware of the other link's function?"

"Oh, yes, quite," I said.

"Links?" asked Reilly.

"Yes, I shall tell you more of it later. Please continue."

"I was going to use the White attack as my cover for yours, and the Imperial Family's deaths."

"How?" asked I.

"I would not have my men surrender so easily. During the battle, Stravitski and Obolov would have shot you all. I could then claim to Kolchak, when I finally surrendered, that some hard line troops under my command had taken it upon themselves to kill you all rather than have the Romanovs rescued by the Whites. After a brief struggle between men loyal to me, we prevailed and managed to kill the fanatics in turn.

"We could then claim, and I could almost see the propaganda, that the Imperial Family, in the midst of an unfortunate rescue attempt by private British citizens in the pay of unknown forces, were killed when they were caught in a clash between Red and White forces at Viatka. The two British subjects killed along with the Imperial Family were the internationally known consulting detective, Mr. Sherlock Homes, and his celebrated chronicler, Dr. John Watson."

"Absolutely brilliant, Reilly," said Holmes, "you satisfy

everyone and you not only remain alive, but prosper from your exertions."

"Perhaps, but something went amiss. The Whites attacked full out and with artillery and in the wrong place. It was supposed to be Viatka. They themselves were out to kill us all. That wasn't part of the plan. Kolchak double-crossed me."

At that, we all realized the humour in the remark and laughed. Reilly then appeared to have a revelation.

"Of course, that's it! That's why the bastard met with us in Perm. He put himself in danger to personally gauge our mettle. To see just exactly how large a force would be needed. What a cynical son-of-a-bitch. And I now think I also see why."

"I believe I do, as well," said Holmes.

"Right now," said Reilly, "Kolchak is merely the military head of the Whites. But with the Imperial Family dead, and others of the blood executed or in Red captivity, Kolchak can set himself up as the new Tsar. If the counter-revolution succeeds he becomes master of all Russia. The new question then becomes are the British behind this or not? If 'yes', he's recognized immediately by the Allies, and with their unlimited funds might even bribe Russia back into the war. But if 'no...'"

Reilly then trailed off in thought. Holmes already had.

"The pieces begin to fall into place," said Holmes, "but I fear only Lloyd George and his invisible others know all the pieces and all the places."

While these two sterling minds turned into themselves for solutions to the questions they sought, I had one very pertinent question to which I felt I already had the answer; but I had to ask to see what Reilly would say.

"Forgive me, Reilly for interrupting your thoughts, but now that you have confessed all this to us, I have a question to which I would like an answer, if you don't mind"

"Please."

"If the Whites had attacked in the method agreed upon, what

would you have done?"

Reilly instantly gave a small smile.

"Well, Dr. Watson, I didn't know you were also adept at arcane deduction."

"Not at all. It is simply there for anyone with eyes to see."

"Not necessarily," and he nodded towards Holmes who remained lost in his own thoughts.

"Anyway, to answer your question, I would not, of course, have kept my part of the bargain. I would have simply surrendered as planned. Then everyone would've lived happily ever after." Holmes looked at us as if we had taken leave of our senses.

"It is strange, is it not, Dr. Watson, how something like this can completely change one's life? It's like the silly tale of the sinner becoming a saint; although, I don't think we have to go that far." We both laughed.

The track was sufficiently repaired for us to continue. Reilly's remaining men, only about eight in number, excluding Obolov, Zimin and the engineer, were aboard, as were Holmes and I; it was Reilly who gave the order to move.

With all that Reilly had told us, I had completely forgotten about Tatiana learning of her mother's condition. Her sisters, knowing she was her mother's pet were very gentle with her; but she did not take it well.

When I went in to check on her, she was asleep, as was the entire family. They, like all on this train, needed that sleep.

Night could not come quickly enough for me.

July 12, 1918

Upon waking in the morning, I found myself alone in the railway car, the train swaying back and forth like a drunken sailor, its speed quicker than I had remembered.

I went out to the platform of the soldiers' car to find Holmes staring off into the numbing flatness of the terrain. The day was even hotter than yesterday, and I was already perspiring profusely.

"Good morning, Holmes."

"Good morning, Watson."

"Where is Reilly?"

"Here!" The voice came from above and I looked up to see Reilly beginning to climb down from the roof of the car. He had been up checking on his men. Two were on machine guns, two had rifles, as did the engineer and stoker, Obolov and Zimin had pistols.

"We shall be nearing Viatka shortly where we'll stop for water and food. Doctor, I'm going to the Imperial Family's car now to see how they are."

"Good. Just wait one moment and I shall come with you. I must check on Alexei."

Holmes seemed uncommunicative, and I had very long since learned to leave him to his thoughts at such times

I got my bag and after attempting to tidy myself up, went to find Reilly who was already waiting at the door to the Imperial Family's car. The man was having trouble not knocking.

"All right, go ahead," I said.

He knocked and heard the Tsar say, "Enter."

Upon entering the salon we saw all, except for the Tsarina and Tatiana. Reilly's face registered his disappointment.

The courtesies of the morning finished, I asked to have a look at Alexei who was sitting in a chair next to his father. The swelling was almost completely gone now and the Tsar told me that Alexei had, of his own volition, eaten some fruit. I applauded the Tsarevich and he laughed and applauded back. The Tsar and the Grand Duchesses also joined in the mock celebration.

I then asked the Tsar if I might attend to the Tsarina. He agreed and asked me to follow him. Reilly was awkwardly smiling at Marie who was knowingly smiling back.

The Tsar gently rapped at his compartment door and Tatiana bade him enter.

Upon seeing me, Tatiana stood up and moved to leave, sensing that Reilly was waiting in the salon. She kissed her father gently on the cheek as she nodded good morning to me and I watched the Tsar look at her as she left. I am positive it was the look a parent displays only once per child: that being when the parent first realizes their child is no longer one.

I turned to the Tsarina. She was as before.

"Has she given any indication of who she is, who you are or where she is?" I asked.

"None, Dr. Watson. She has remained as you saw her yesterday. I fear I have lost my Sonny forever."

I could not truthfully tell him otherwise, so I was forced to dissemble.

"But Your Imperial Majesty, that is not necessarily so. The science of psychiatry, although still a new science, is making giant leaps every day. New treatments are found for illnesses that yesterday were nameless. Please, sir, do not give up hope."

"Thank you, Dr. Watson. You are a good and kind man, besides being a true healer."

Odd, I had never been called a healer before. Always doctor or physician. That simple word was suddenly heavy with meaning for me. I felt a primal sensation in my body, akin, I believe, to a first remembered pleasure of childhood. It was a happiness of spirit if you will. I could not help the Tsarina, I knew that, but I could and would help Alexei; and any other who needed me. I suddenly felt my wife and John there with me.

The refuelling went without event in Viatka, as did the next few days before we reached the all-important junction at Vologda.

In summary of those days, the Tsarina grew worse, the Tsarevich grew better, almost as if one was directly affecting the other; the Tsar grew more to accept what had happened to his wife, and grew even closer to his children. Olga, Marie and Anastasia struck up a friendship of sorts with Holmes. They begged to hear of his adventures with humanity's villains, as if they had not had enough of their own. Holmes seemed to relax as he recounted those adventures. Tatiana and Reilly spent time alone together, either on the platform of the train as it raced on, or on private walks away from the train when Reilly felt it safe enough, and the rest of mankind separated enough, to do so. Reilly's men eased and opened; only Obolov remaining sullen and reclusive.

Yet even with our inner tensions about the terrors surrounding us, I truly believed these few days to be a quiet, much needed time of personal rediscovery for us all.

The only thing that kept pulling me back from immersing myself in this wonderful sense of peace and near-innocence, was the summer sun of Russia that each morning and each evening turned the crimson colour of the Red star of revolution.

July 18, 1918

We arrived in Vologda amidst mass confusion and snakes of vehicular traffic stretching to what seemed infinity. In this case, infinity was in the direction of Archangel. Whatever was happening, it seemed, at first sight, cataclysmic. The noise was monumental if your window was rolled down, and only unbearable when rolled up. Since the heat was worse than the noise, windows were down. The Imperial Family, naturally, kept their shades drawn.

It was towards dusk and Reilly asked Holmes and I to stay with the Romanovs in their car. His men remained on guard on our roof, with Obolov in command, while Reilly took Zimin into Vologda to see what was happening. This was new territory for Reilly just as much as it was for us. Had he concluded his original business, he would have been travelling in a different uniform, and with quite different companions.

His sole concern now was for the safety of Tatiana and her family. Holmes and I were merely appendages which, if frost-bitten, could be severed when threatening the health of the body. Being a disposable appendage is not an enviable position.

In the salon, the Grand Duchesses, except Tatiana, who was with her mother, talked amongst themselves about the madness outside. Holmes and I made small talk with the Tsar who had become expansive with curiosity about the surging chaos. At one point, he even asked "Do you think the counter-revolution has succeeded?" It was Holmes who shook his head and quietly said, "No, Your Imperial Majesty. It could not happen so quickly."

I watched the Tsar's face show only the slightest twinge of emotion then he shrugged his shoulders and said brightly, "I do hope Colonel Relinsky returns to us in one piece."

"Knowing Relinsky," said Holmes, "he would return to us even if he were in two pieces." We laughed at that and the Tsar turned to Alexei, who, I must say, was now doing very well. They began speaking to each other in Russian.

Within the two hours that passed until Reilly returned, Obolov knocked, an odd event since Reilly had banned him from the car's vicinity; and some rather well-dressed men and women in their middle-ages pounded on the sides of our car, jabbering in Russian, until forcefully pushed away by two of our guards.

The Tsar looked puzzled as he translated for us.

"They were asking of whoever was inside if they could come in. They said all were killed, there was no way out, and the Germans were coming. I do not know what they meant by 'all were killed,' but about the Germans, could this be?"

"Your Imperial Majesty," said Holmes, "we have been out of touch with the real world for some time now and knowing how fluid is the situation within the borders of your country, anything at all seems possible."

The Tsar thought about that for a moment. "Yes, anything is possible."

Hard upon that, Reilly returned. Zimin was sent to check on the men. All in the salon waited on Reilly's words, with which he was more than forthcoming as soon as I had given him a look confirming for him that all was well with Tatiana.

"No, gentlemen, the Germans aren't coming. That insane rumour seems to have taken hold and has spread as quickly as a rash."

"Well, something must have started this mass of humanity on its rampage of flight," said Holmes.

"Yes, something did. Remember that the entire diplomatic corps was precipitously moved here back in February when they thought the Germans were going to threaten Petrograd? Well, here they've sat, quiet and happy, until early yesterday.

"It seems that SIS got hold of the American Ambassador, David Francis, and warned him of the coming Allied invasion. Why SIS told the American Ambassador is beyond me. I would've thought his own people would tell him; or at the very least, his brother ambassador, Sir George.

"Francis was the head of the diplomatic corps here, and he went to all the other Allied Ambassadors, then to the Italian, the Chinese, the Japanese, and the bloody Brazilian Ambassadors, for God's sake, and told them likewise. So all those ambassadors then went and told all their families, and all their dependents, and all their employees, that very shortly, as soon as the British and Americans landed at Archangel, they would not be smiled upon by the local Reds.

"Somehow, that warning about the British and the Americans transmogrified into an impending attack by the Germans, even though the Russians aren't even in the God-damned war any more. What you see is the result."

"Where are all the diplomats?" asked Holmes.

"Gone. Francis commandeered a train for them and they headed north last night. Once everyone woke up and found all the diplomats gone, the terror took hold like a snapping turtle."

"Incredible," said the Tsar.

"Quite," said Reilly.

"But why did Francis and the others leave so quickly? Surely they still had ample time?" asked Holmes.

"True enough," said Reilly, "but the other news coming at the heels of the German rumor really tore it. Since no one knew how the Reds or Whites or anyone would take the news, Francis and his friends decided flight was the better part of valour."

"What other news?" asked the Tsar.

"Forgive me, Your Imperial Majesty, in the excitement of the moment it seems I've forgotten to convey it. Quite simply, you and your entire family have been executed by the Bolsheviks at Ekaterinburg. You're all dead."

After the shock of this statement and sufficient time had elapsed for its full meaning to register, the entire Imperial Family, Holmes and I, broke into spontaneous, extended, tension-breaking laughter. Each time any of us would look at Reilly, standing there with his studied nonchalance, the laughter would begin anew.

Of course Holmes had, by now, told the Tsar as much of our tale as we were able to tell. Reilly's identity remained Colonel Relinsky to the Tsar; Holmes just saying he was with the British, and the Tsar understanding that certain questions could not only not be answered, they could also not even be asked.

When I regained sufficient composure, I was the first to congratulate Holmes on his coup. Holmes soon became the recipient of mild back-slapping from Reilly and me, and imperial handshakes of gratitude.

The Tsar then said, still laughing, that he must go to the Tsarina and Tatiana to tell them the good news: they were dead! The Grand Duchesses and Alexei nudged each other playfully and continued to laugh while Anastasia suddenly fell on the sofa, straight on her back with her hands folded across her chest.

"Oh me," she said, "do I make a pretty corpse?"

The laughter began anew, but then I suddenly stopped when it occurred to me that if not for Holmes and me, it was very possible that Anastasia may have indeed, by now, been a pretty corpse. It was a horrifying thought and I swiftly shook it off.

Finally, after we had truly calmed down, and Tatiana had come to join in the merriment, and to see her Reilly, he told us how he and Zimin virtually fought their way to the British Embassy; Reilly hoping to find some word or order from Buchanan. This he did in the form of a young naval commander who said he was left there specifically to wait for "two British VIPs who may be showing up any time now, if luck has been with them." So said Sir George Buchanan.

Furthermore, in case we "two British VIPs" did show up, the officer had specific instructions as to where in Archangel we were to be brought.

It was at this point Holmes interrupted.

"Reilly, Watson, please let me speak with you for a moment." Holmes led us to the corner, the three of us forming a triangle closed in upon itself for privacy.

"Reilly, if the news of the Romanovs' death has reached here, it has surely, by now, reached London. Which means some great distress at 10 Downing Street and at Buckingham Palace, where, I am afraid, an even more despairing reception has been the result." At those words, I myself felt the pangs of pain for what our sovereign and his family would be feeling.

"But of even greater concern to me," continued Holmes, "is the fear that Lloyd George has had the Navy recall the vessel or vessels meant for us, no matter what that officer may have conveyed. While I am most anxious for the Prime Minister and the King to learn the truth of our situation, it is more for our direct health than to soothe their immediate emotions."

"In that respect, Mr. Holmes," said Reilly, "I told the commander at the Embassy to try to send through an urgent message to London. In fact, it was the message I was to send in any event, upon reaching our embassy on return. It was this: 'Augustus alive.' But I added, 'Proceed as planned.'"

"Augustus?" I asked.

"Yes, Dr. Watson. Augustus was the premier Roman emperor, was he not?" He underscored the word 'Roman' in so strong a stage whisper than even a person without ears would hear.

"One more question," said Holmes, but Reilly answered before the question was asked.

"There were no messages from Preston. He is keeping mum as planned, hoping not to interfere with our safe exit."

"Good man! Well, I suppose if he were to learn of our true demise, Preston would get the salient facts to London of his own volition. Now, then," continued Holmes, rubbing his hands together as if chilled, "let us keep our fingers crossed that the message has been received."

"I have every reason to hope so," said Reilly, "the commander raced back to the code room to put it through immediately. No dust settled on his tracks.

"In fact, he has completed all arrangements to take us north to Archangel. We should be leaving shortly; as soon as he gives orders at the station to have our cars hooked up to a new locomotive -- one flying British colours."

Just hearing that we would be travelling under the Union Flag buoyed me immensely.

After about thirty minutes, there was a knock at the door of the Imperial Family's car. Reilly went out briefly, then returned to tell us all was now ready and we would be leaving in just a few minutes.

As he left to join the commander, Holmes and I followed. As we took the few steps down, the young man came to full attention and saluted us.

It was 'the young Holmes' from Harwich, Commander William Yardley.

"Commander Yardley," said Holmes in greeting.

"Mr. Holmes, Dr. Watson. I am terribly happy to see the two of you alive, and, it seems, in good health?"

"You know each other?" asked Reilly.

"Only in passing," answered Holmes. Then he whispered, "I shall tell you more later when we are alone."

"But why didn't you tell me you knew these gentlemen?" inquired Reilly of Yardley.

"Well, I wanted it to be a surprise," answered Yardley, a bit sheepishly. "I hope I haven't done anything wrong?"

"On the contrary," said Holmes, "a more agreeable surprise I could not imagine. Isn't that so, Dr. Watson?"

"Yes, quite so. Splendid surprise, Commander. Good to see you again. Glad you're aboard once more. And this time, quite literally."

"Thank you, gentlemen. Well, as soon as Colonel Relinsky tells me so, we're off."

"That I will do in a moment," said Reilly, "but one of my men is coming towards me and I think I'd better speak with him. It's someone who needs attending to." The words were spat out like bile. Holmes and I turned to see Obolov. Reilly went to him, they both walked back towards the rear of the train and disappeared around the other side.

After a delay of twenty minutes, Reilly returned, angered.

"Commander, I shall address myself to Mr. Holmes and Dr. Watson because they are already privy to the history of that man and me. You must not be offended." Without waiting for a response, Reilly turned to us.

"Obolov indicated the men feel funny travelling on a train without the red flag; especially a train with the British flag. He said Lt. Zimin felt the same way; so I went with him to speak with the men. He wasn't lying. The men did feel extremely uncomfortable and for the first time, I got the distinct impression that Obolov, although it's laboriously time-consuming for him to communicate with signs and the written word, had been stirring things up.

"Zimin still controls the men, but he was wavering. So I told him that if he would feel better, he and the men could stay here. I would get men from the local Cheka. But I swore that when I returned with those men, I would use them not only as my new troops of escort, but also as all his men's firing squad. And that included him and Obolov.

"This show of bravado put them off. I then took Zimin aside and spoke to him as an older brother, ordering Obolov to keep his distance. I told Zimin that there are certain things he has no business knowing because he was an officer under my direct orders and he had to obey me absolutely. I then tried the ploy that usually works well with men who need to feel let in on big things.

"I told him that Obolov must be watched carefully as since Ekaterinburg, his conduct had concerned me. I said that I feared for his revolutionary conviction, but stopped short of accusing him of anything counter-revolutionary. Zimin got the message. He told me he would personally watch Obolov and not to worry. He would handle the men and Obolov as well.

"I thanked him for his understanding and then promised something men like him covet perhaps above all else. I said that when we returned from Archangel, not only would I put him in for a promotion, but that I would personally mention him to Comrade Lenin.

"Now, Commander Yardley, we can go."

With that, Yardley saluted briefly, and ran towards the locomotive as we boarded the barracks car. In just a few moments, we would be heading north to Archangel. We had all just relaxed with our backs resting against the sides of the carriage, when Obolov appeared at the doorway with a ghoulish smile on his face and a pistol in his hand pointed at Reilly. His other hand was behind his back, as if he was holding something.

It was Zimin's head.

Obolov rolled the bloody head across the floor towards Reilly who didn't even flinch. The head stopped when it hit his leg. Holmes and I could do nothing, so close were we to Reilly.

Obolov began advancing, pistol straight at Reilly, while he reached to his belt in back and pulled free the bloody sword with which he had just committed murder.

Obolov was making animal sounds at Reilly. They were harsh, low, guttural sounds. As he came close, I could see he was frothing at the mouth; I knew he had gone quite mad. He was nothing more now than a lunatic, governed only by blood-lust.

In those horrible seconds, as this monster came so close I could count the pock marks in his face, it seemed to me as if Obolov was not walking, but slithering towards us; the sword raised higher with each reptilian move.

Then, just as he raised the sword to its apex and was in the act of bringing it down, Reilly rolled to one side as he pulled his pistol from its holster, and shot every single bullet into the madman.

Obolov tottered for a second, then fell heavily onto Reilly, right across his legs, pinning him to the ground. Reilly began kicking him away as Holmes and I swiftly rose and went to help throw off the body.

My heart was beating so fast it felt as if it was attacking me, but I knew it was just the adrenaline and coarse excitement.

Reilly kicked away Zimin's head as three of his men came running into the car. They stopped short at what they saw, one man retching mightily upon seeing Zimin's severed head.

Reilly gave them orders loudly and led them outside. In no more than a moment's time, two of the men came back to retrieve the body and the head, and to clean up the mess made by the third. While they performed their task, they refused to look into our eyes. We could not tell if it was shame or loathing that made them act so.

The stench, being horrendous in that heat, drove Holmes and me to the platform of the car where we saw Reilly approaching us once again. He had a terrible look on his face: anger mixed with disgust.

"The first chance I have, I'm going to have them all shot - every last one of them. I'll do it myself if I have to. So look at them now if you wish, gentlemen, and behold the countenance of dead men."

With that he went into the car and virtually at the same instant, the train started moving.

After the two soldiers had made our car clean, and we were well on our way north, Holmes and I re-entered the car to find Reilly sitting where he had been before, quite calm again.

"I fear, gentlemen, that this episode has been quite unsettling for you."

"For us?" I asked incredulously. “Good God, man, what drugs are you taking to calm you so? Were I you, I am not sure if I would still be in control of my bowels!"

Reilly laughed, slightly. "I had been warning you for some time that evil would happen where Obolov was concerned. It took longer than I had suspected. But in truth, gentlemen, had not this horrible incident occurred here, it would have been somewhere else, and perhaps without so pleasant an outcome."

"You say pleasant, do you?" I asked.

"Why yes, Dr. Watson. Any time you are alive and your adversary is not, that is pleasant. Look gentlemen, I don't lead a quiet life but it's the life I have chosen. I make no complaints, I make no apologies. Mr. Holmes, what of your experiences? Surely you must come across an insane murderer or two in your line of work?"

"Yes, I do," said Holmes with a mild laugh, "only I usually have time to prepare myself for proper introductions."

We all laughed at that and some of the collective tension was released.

"But tell me, Mr. Holmes, this Commander Yardley, how do you come to be of his acquaintance?"

"He was the liaison officer waiting for us at Harwich and he may have given away too much in his brief conversation with us. But I see that he has either been redeemed, or forgiven, or his faux pas was considered inconsequential enough to return him to us."

"Do you have any idea why he's here?" asked Reilly.

"In truth, I suspect he is here for exactly the reason he has given you. I believe our Commander Yardley is completely on the square and has only the best of intentions where we are concerned.

"He professes no knowledge of what our task has been nor who our charges are. This strikes me as odd, but he may simply be obeying orders given him, as any young English commander would in time of war.

"He can be trusted to do everything within his power to guard our lives and see that we arrive where we are supposed to, when we are supposed to."

"Well, Mr. Holmes, if that's the way you truly feel, I bid you and Dr. Watson good night."

With that, he turned to go to sleep. Holmes and I looked at each other with a shrug before following his lead.

July 19, 1918

In the morning, I looked in on our charges. Alexei and Tatiana were both doing nicely, although I could not say as much for the Tsarina. Later, Yardley joined us in the barrack's car. We would be at Archangel that very night, if all went well.

On our approach, late that afternoon, to the River Dvina, across which was Archangel, the train was halted before the railway bridge. We were stopped by, of all people, apple-cheeked American sailors.

It seems the invasion had begun at precisely 8:00 P.M. of the night before. The first ashore were twenty-five of these men who had come from the HMS *Olympia* and had engaged a Bolshevik unit fleeing south. The sailors had commandeered some flat cars, mounted a machine gun on the one forward, and were off on their joy ride after the first group of Reds, like the famed American cavalry and cowboys, when they ran into us.

The Americans saw the British flag, but they also saw the Red Guards at their machine guns. At the sight of these evidently well armed strangers, our men, who were outnumbered and tired, surrendered.

We were now prisoners of the United States of America.

Of course, this bizarre state of affairs did not last long.

Commander Yardley, along with Reilly, went to talk with the ensign commanding. Yardley convinced him of the urgency of his mission to bring his party into Archangel, there to rendezvous with a ship of the invasion.

The American wanted to know why a British commander was travelling with a group of Red Guards, and Yardley answered quite elegantly that it was none of his business. He furthered added that if the ensign and his men did not, at once, reverse the direction of the flat cars and serve as his escort and guard into Archangel, there were going to be some very angry senior British and American officers who would just love to have roast ensign for dinner.

The American got the message, but in an effort to avoid complete humiliation, he did demand that our guards relinquish their weapons. This was something Yardley completely understood. After all, with England and America now both fighting the Reds in this part of Russia, we couldn't very well have our men, now the enemy, running around loose and armed. Either they would be shot, or they would shoot someone else.

Furthermore, the American explained that there was a much larger force of invasion troops behind him, and he would just love to take our guards in as trophies. It was Reilly's choice.

It was then Reilly worked out his compromise. He told Yardley to tell the ensign this: since these Red Guards were under British protection, and the ensign obviously had no wish to blemish Allied relations, Reilly would give his men their unconditional release from service. They would be discharged on the spot, Reilly writing the discharge papers and signing the things there and then. The ensign grudgingly agreed.

Reilly went to his men, explained that they were now free, they could go back home, their duty was over. But they had better move quickly as a much larger body of troops was moving this way and would be looking to capture any Red soldiers. Russia had been invaded, he told them, and he was going into captivity in return for their release; such was his love for his men.

He reminded them of their oath of secrecy and that should any one of them break that sacred oath, they would all be hunted down and killed as would every member of their family. They all swore on the Revolution that they would remain silent.

Then, under the watchful eyes of the American sailors, as Reilly wrote out their formal discharges, on pieces of paper bags, his men suddenly began jumping up and down and hugging and kissing each other with joyful abandon; one even dancing a kazatski.

The Americans watched this and obviously thought the group had gone quite mad. Some sailors were laughing so hard they could hardly keep their weapons trained on the Reds.

Soon, however, our men began to drift away in small groups, heading back the way they had come, their rifles still with them. A few looked back at the train, one or two saluted Reilly, but they all could not get away quickly enough.

When all this had been completed, and Yardley had joined the American ensign on the front flat car, we started up again. Reilly hoisted himself aboard and headed in the direction of the Imperial Family. He would inform them of what had just happened. He later told me that he was approached by one of the Americans who had asked him who we were guarding in our first car. Reilly said he gave the American quite a good laugh when he answered, "Why, the Tsar and his family. They're taking tea with President Wilson!"

Reilly elicited the same resounding response from the Imperial Family upon recounting his tale, and I had not seen the Tsar laugh so hard. When he finally ceased, he said he was going in to the Tsarina to tell her the story, too. He hoped she might enjoy it. The Grand Duchesses all looked at each other in embarrassment. But who knows, maybe the Tsarina could comprehend what was said to her; and somewhere, deep inside, she would smile.

The confusion engulfing Archangel made the chaos at Vologda seem as neat and tidy as a London librarian's desk. We were truly in the middle of a great Allied invasion force. And this time there were troops. Thousands of them all around. We picked out men from America, Britain, Canada, France and Italy. A group we could not identify, later turned out to be Serbs. It was certainly a different sort of invasion force.

Night had now fallen and Yardley and the American ensign had departed, leaving the American sailors to guard our train until their return. About an hour later, they were back with us, accompanied by a platoon of Royal Scots Guards and three large limousine cars still flying the red flags of their previous owners. The red pieces of cloth were swiftly exchanged for appropriate British flags.

Holmes, Reilly and I went out and watched as the ensign and Yardley shook hands and saluted each other. The American ensign assembled his men in good order, and just before he led away, he turned to Reilly and said, "Do me a favour, will you? Tell President Wilson and the Tsar that I make my tea with two sugars." With all of us giving a mighty laugh, he marched his men away; eyes right at the Union Flag.

Reilly and I went in to the Imperial Family to have them begin packing the few things they still had with them. We would now be transferring to the motor cars which would take us to a waiting ship.

Yardley told us the ship had just served as the vessel of the invasion's commanding officer, Major General Frederick C. Poole, one of the army's most respected and vigorous officers. The ship, HMS *Salvator*, was a recently converted yacht; fate having certainly supplied her with a more than appropriate name.

It was then Holmes broached an interesting question to me on the sly: "Why has not Yardley, after all this time, inquired as to who is in the train car?" I shrugged.

We asked the ladies to cover their faces with scarves or handkerchiefs, and the same for Alexei. Since the Tsar wanted to carry Alexei, it was agreed he could just keep his head down for the few seconds of exchange.

When the Imperial Family was ready, the soldiers were given the order to about-face away from the train and motor cars, and to come to attention. This they did smartly.

The Imperial Family got into the motor cars without incident; Holmes, Reilly and I into the last, and the soldiers moved out with us; they marching in front, on the sides, and two at the rear.

We were at the water in about thirty minutes, the war material mounting around us as our motor cars stood waiting. Suddenly all activity around us ceased, it was obvious that orders had been given to clear our immediate area.

Reilly and Holmes got out of the motor car; I simply looked out and saw the gangplank leading up to the *Salvator*. After just a minute or so, Yardley came to ask us to bring the group aboard. He would go back aboard first, all hands were already quartered, only the captain would greet our charges, and the captain would personally bring us to our cabins.

I thought this over cautious, but I was thankful for it in no small measure. Once Yardley was back on the ship and out of our sight, we began to board in this manner: first the Tsar and Alexei, then the Tsarina and Tatiana with Reilly, then the other Grand Duchesses with Holmes and me.

Although Holmes and I were at the very tail of this Imperial train, as we got closer to the *Salvator*'s deck, we became extremely confused because the British voice greeting the Imperial Family sounded all-too familiar.

It was. It belonged to Commander Yardley.

Reilly Departs

"Gentlemen, you'll pardon me for now; an explanation will be yours once I've seen to the Imperial Family's needs."

Holmes, Reilly and I just looked at each other in complete surprise. In fact, I felt a part of history, in which I had the honour of being on the spot when Mr. Sherlock Holmes and Mr. Sidney Reilly both stood quietly, seemingly at a loss for words. The company I was in was high, indeed.

After the Imperial Family was shown to their quarters by Yardley, and Holmes and me to ours, Holmes asked Reilly, "But where are you to be?"

When Reilly just looked at Holmes, we both knew what this meant.

"Mr. Holmes, Dr. Watson, please permit me," said Reilly as he indicated his desire for us to go into our cabin. He closed the door behind as Yardley said, "When you're finished, please join me on the bridge." Reilly signalled his agreement and turned to us.

"Gentlemen, I shan't go with you any farther. This is the end of my assignment. When my work with you was completed I was to return to Petrograd. I shall come to that shortly.

"There's much I've wanted to say, much that I should've said these weeks we've been together. I shan't say they've been uneventful. You've saved my life, you've saved their lives, you've become a major part of the history of this adolescent century. I thank you now for all you've done for me, for them and for her.

"I promised you I'd eventually speak of what I'm supposed to do in Petrograd. It's as bizarre as my task was with you. With you, I was to eliminate the Romanovs. In Petrograd, I'm to eliminate Lenin."

Holmes and I looked at Reilly in amazement. We were always looking at this man in such manner because he always gave us cause to. He continued.

"I am to foment my own counter-revolution with quite strong forces within the Cheka loyal to me; and with the collusion of important factions within the Red Army. The timetable is my own, but it must be within the next month or so. That's all I can tell you now.

The newspapers will tell you more."

"Is Lloyd George completely mad?" asked Holmes. "Is everyone in power in England devoid of reason? What is happening there at Downing Street?"

"Mr. Holmes," Reilly was speaking very quietly, "I'm not even sure Mr. Lloyd George knows of my directive in Petrograd. Just as we don't know who wanted you all dead. But this I will say, and I say it to you both from hard, piercing experience. In fact, I have said it to you before. Trust only one tenth anyone who is English. And perhaps not even that. A perfect example is your Commander Yardley. Although he does seem to be here solely for the benefit for the Imperial Family and yourselves, he is obviously not the callow youth you thought him to be. Who knows who he's really working for? To which ministry is he really attached? That riddle is for you to solve and I have absolutely no doubt that you shall.

"Let me try to give you some more advice. Mr. Holmes, in your work, the criminals you deal with are outcasts of society. In my work, however, the criminals I deal with are the vanguard of that society. It is only a difference of accent and class.

"You once said something about 'links' Mr. Holmes" said Reilly. "I understand what you meant by that and while you may be correct, I have my doubts.

"For instance," said Reilly, "your Captain David. He claimed he didn't know anything about Yardley, yet Yardley claimed David was an old family friend. Only one can be telling the truth. Furthermore, Sir George knew of your mission in Russia, as did Kolchak, Preston and Thomas.

"No, Mr. Holmes, though it seemed so at the time, I don't believe your link theory holds true."

"Thank you, Reilly," said Holmes, "for you have just proved that my link theory is, indeed, true; but in the opposite way. I shall elaborate.

"Originally, I had thought each link oblivious of the other, and that Watson and I had to then fear the weakest link. But as you have just said, it is now obvious that while the links may not have known about all other links, it seems all knew of our mission. Therefore, a strong chain, indeed, had been forged by our Prime Minister. The question is now whether he is he blacksmith or blackguard?"

"You shall learn that, as well," said Reilly, "but it shall be one class you cannot afford to fail."

"I still have uneasy suspicions of Lloyd George," said Holmes. "I just cannot fix on them. As for Yardley, we do not, as yet, know if he knows."

"That's true; he's a missing piece to the puzzle, all right," said Reilly, "but you'll slot him in shortly, I'm sure; now that he may be flying some true colours."

"Be ever on your guard, Mr. Holmes, Dr. Watson, and keep this one last thought paramount until you're both safely home. However strongly Lloyd George and his invisible others wanted the Romanovs rescued, it is frighteningly obvious that there are those who wish them dead just as much if not more so. These people are just as invisible. The only one I dealt with was Newsome. He is the key to everything. He is so high up I doubt a buffer would exist between him and whoever is behind this. You'll probably find answers with your Captain David, as well. Although it seems he's only a link on the chain. Not the blacksmith, himself.

"Remember, this was only Act I. You may never know the finale.

"I know I don't have to ask you to be especially on guard for her," his head moving in the direction of Tatiana's cabin. Reilly then extended his hand to us.

"Mr. Holmes, Dr. Watson, I wish you both a safe journey home, and I promise you this: if I should survive my adventures here in Russia, I'll make myself known upon my return to England.

"Now, if you'll excuse me, there's someone of whom my leave-taking shall be infinitely more difficult." He smiled, opened the door, and left us there.

Were his words true? Would we, or more importantly, Tatiana, ever see him again?

A Gentle Secret

What I am about to convey is what Tatiana told me one evening, many months later, of her relationship with Reilly.

"Dr. Watson, Sidney was the first and only man I have ever loved. Yet until we parted that night in Archangel, I didn't even know his true name.

"I had been shielded to a degree you wouldn't believe. Matters of male and female were not seemly for a Russian Grand Duchess. Yet my sisters and I talked of little else.

"From the moment I saw him, and he me, it was as if the north and south poles had been pulled together and had exploded and melted from the turbulent heat of the equator.

"Ah, yes, my Sidney. What a mass of riddles and spots of north moss he is," and she laughed as she explained what she meant by that.

When she was very young, her father had told her, that there were magic secrets hidden "'beneath the spots of north moss."

"But papa," she inquired, "what is north moss?"

"Tatiana," said the Tsar, "that is the moss you find growing on rocks and trees, and it always grows only on the north side."

"But why, papa?" she asked.

"Because a long, long time ago, a beautiful little girl, just like you, in fact her name was Tatiana also, was lost in this very same forest. She cried because she was hungry and was afraid she'd never see her family again. So she prayed to the Lord and he came and said he would show her the way out.

"He said he would put spots of moss only on the north side of rocks and trees, and that forever after, when she came into this forest, she would always know which direction her home was just by looking at the spots of north moss.

"But how will you do such a thing?" asked the little girl.

"Well, every time a little girl or little boy is good, another spot of moss will grow. As there are so many good little girls like you, and so many good little boys like your brother, all the forests of all the world will soon be filled with spots of north moss. Beneath each spot, in secret letters, will be the name of the little girl or boy who was so good."

"So you see, Dr. Watson, my Sidney was really all spots of north moss, was he not?"

"Yes, Tatiana, you made him so."

This particular day, which I shall get to in the proper course of this journal, had been of great emotion for us all, and when Tatiana told me the little fairy tale and her connecting of it to Reilly, I understood completely.

"Dr. Watson, do you think I shall see Sidney again?"

"Of course, you will. After the adventure that man has been through in his life, after all he has done to bring you and your family safely to this place, do you think there is any power strong enough to stop him?"

"I suppose you're correct, Dr. Watson. Which means I must go as soon as possible to a forest here and count the spots of north moss. The new ones, I am positive, shall all be his."

With a kiss to my cheek and a 'thank you', she took herself off to bed.

July 20, 1918

This day was beautiful, clear and cool from the breezes of the North Sea. Once again we were upon that dangerous body of water, now heading towards England.

Holmes was gone, as usual, so I surmised he had gone to the bridge, something neither of us had the stomach for the night previous. I cleaned myself, blissfully cleaned myself, I should say; the first real shower in such a long while. I then went to check upon Alexei, who was begging his father to go topside, and the Tsarina, who was resting peacefully in her bed. After being asked by the Tsar to find out if we were being taken to the Crimea, to his family's beloved Livadia Palace, I pointed myself upwards.

Once on deck, I could appreciate the true resilience with which the North Sea air infused one. Then I saw our escort; one looking quite familiar. My initial suspicions were confirmed when I arrived at the bridge and was told, "Yes, that's the *Attentive*."

Holmes was speaking with Yardley when I arrived, and Yardley gave me a warm greeting.

"Good morning, I trust you slept well?"

"That I did. And I should sleep even better tonight with some food inside me." He laughed, but had gotten the point, and suggested Holmes and I accompany him to his cabin, which had been General Poole's just the day before. He told the steward, who also looked vaguely familiar, to bring our breakfasts.

On the way down, I found that Holmes had only just gotten to the bridge himself; so exhausted had he proven to be. Nothing had really been discussed, and all that Commander Yardley would now impart was news to both Holmes and me.

We sat at the captain's table.

"Tell me, Commander," said Holmes, "oh, I beg your pardon, it is Captain, here, is it not?"

"I'm afraid it is, Mr. Holmes. On ship, I'm the captain."

"Very well. Why the elaborate charade? Surely, this was not going to be another of your little surprises?"

"It most certainly was. Tell me, Mr. Holmes, weren't you surprised?"

The sheer baldness of the logic and honesty of the question caught us off-guard.

"Well, yes," said Holmes, "but you know perfectly well to what I refer."

"That I do, Mr. Holmes, and I still cannot divulge more information on that score."

"Then tell me, if you can, for which branch of our government do you truly work?"

Yardley looked down at his uniform and stretched out his arms. "Well, unless I'm wrong, this uniform doesn't in the faintest resemble that of a Grenadier Guardsman." He laughed.

"So you are truly a navy man, then?"

"Through and through, Mr. Holmes. Many generations bred. My great, great, great grandfather, I believe, although that may be one ‘great’ too many, was at Trafalgar with Nelson."

"And your father, perhaps, with Sir Randolph Newsome?" Holmes had sprung his surprise.

The commander's eyes opened wide and his smile broadened.

"Very good, Mr. Holmes," said Yardley, applauding mildly. "How came you by that information?"

At the confirmation of Holmes' outrageous theory, a method of ‘educated guesswork’, as Holmes called it, I felt every hair on my body stand on end. Here was blithe corroboration of Newsome’s machinations; more links in his chain, pulling in the opposite direction of Lloyd George's, with Yardley's father firmly tethered to this opposite chain. Yet, since Yardley did not seem to see anything wrong with this information, indeed, he seemed proud of it, it appeared that he was oblivious to Newsome's real intentions. Yardley thought he was really trying to rescue the Imperial Family, Holmes and me. He probably thought he was going to be a hero.

The scion seemed innocent bait of the sire. Since Yardley was obviously unaware of the damning evidence he had just provided Holmes, Holmes went on as casually as before.

"I, too, am not at liberty to divulge certain things. Tell me, Captain, what are your duties when not employed thusly?"

"Well, I suppose it's all right. Usually, Mr. Holmes, you would find me at sea somewhere. I've been at sea, in one role or another, since I was a boy. About three months ago, however, I was seconded to naval intelligence at the specific request of Sir Randolph."

"My father told me to expect the move, and I'm not afraid to say I didn't like the idea much, at the time. After all, Mr. Holmes, I'm a sailor. Sailors belong at sea, in the thick of things, especially during war."

"I take it then you've seen action?"

"Oh, my, yes. I was at Gallipoli, and have done quite a bit of U-boat hunting; where I might add, I've been reasonably successful."

"Then why did Sir Randolph have this burning desire to tear you away from what you loved doing?"

"It was father, really. He's an admiral, too, you know. He told me Sir Randolph needed me for something he felt he could only entrust to me. It was evidently something very hush-hush between them. When an old friend of the family like Sir Randolph asks for something, he gets it. It's as simple as that. Whatever he and my father had up their sleeves, I knew it had to be big."

"When did you finally learn all this?"

"Well, as you yourself saw at Harwich, I was still rather new to this intelligence thing, and I said a bit more than I suppose I should've. Although it was nothing, really."

"You've learned your lesson well, Captain. You have been a veritable clam this entire go-round."

"Why, thank you very much. But I still didn't know what this was about back then. It was about a week after you left that orders came through for me to report to Scapa Flow. That's where this invasion force originally began, though we've been sitting for a time at Murmansk. Now there's a story for you."

"If you don't mind, Captain, please just continue ours."

"Certainly. At Scapa Flow I reported to this ship and was attached to the staff of General Poole. He met me personally and simply told me to enjoy the ride over, because as soon as we got to Archangel, I would be coming back. He said that upon landing at Archangel, which, of course, our men would secure with absolutely no problem at all, I was going to be escorted down to Vologda to meet with a Sir George Buchanan, our ambassador to Russia. He wished me well and that, basically, was that."

Holmes and I looked at each other again. Now General Poole was brought into this. But from where? And from who? All we knew was that he had instructions to send young Yardley down to meet Buchanan. Poole may have just been following orders. But with this insidious chrysalis being woven around us, how could we be sure?

"Well," continued Yardley, "as you saw, events quite got ahead of themselves and it was Sir George who came up to meet me. It was at that meeting, which involved Sir George and me, and one other, that this entire plan was revealed."

"Excuse me, Captain, but let me guess at the other person who was present at your meeting. Could it have been Captain Joshua David of the *Attentive*?"

"I say, very good, indeed, Mr. Holmes. Only in truth, he's not a captain, and his name isn't Joshua David."

"Well, well," said Holmes, triumphantly looking at me, "then who and what is he?"

"He's an admiral and the second son of Lord Devon. His name is Richard Yardley and he is my father."

As Holmes had said before to Reilly and me, "the pieces begin to fall into place, but only Lloyd George knows all the pieces and all the places." However, now it seemed that Lloyd George most certainly did not know all the pieces and all the places.

This last revelation by Yardley positively confirmed Reilly's warnings about the secret, powerful group that most assuredly still wanted the Imperial Family dead, and us with them. It left us more uneasy than ever.

In addition to our growing lists of who and who not to trust, Holmes could not divest himself of his "compulsive, illogical mistrust of Lloyd George," as he phrased it. It upset him greatly that this mistrust manifested itself as "a hunch, a mindless, primitive, primeval feeling that has no business being in my mind at this stage."

It also bothered Holmes that he had not deduced the true identity of Yardley, Senior. I reminded him that his mind was working on the larger puzzle of solving who was behind the "Black Faction", as I dubbed our adversaries. As we had just come from a nation filled with Reds and Whites, it seemed only fair that I nominate a colour for this latest group. Holmes nodded consent, and so they became the "Black Faction".

In any event, as soon as young Yardley had told us of his father's identity, Holmes asked if he was still in command of the *Attentive*, now our escort.

"Naturally, Mr. Holmes. My father loves a good scrap as much as the next man. I was quite proud of him in that battle of yours. I hear he was quite the bulldog."

"That he was, Captain. There's no wanting of seamanship or pluck where your father is concerned."

We could see how proud Yardley was of his father, and Holmes just let the matter drop. He turned the conversation to the

Romanovs.

"Oh, my, yes," said Yardley, "what a group of beautiful girls. That Marie is really something," said Yardley.

From out of nowhere deep within me, came, "Now you keep your mind to the sea and avoiding the Germans, Captain. The Grand Duchesses are to be left quite alone."

Both Holmes and Yardley were as startled at my outburst as was I.

"I assure you, Dr. Watson, I certainly know my duty. It's just that, I mean, well, she's quite the most beautiful girl I've ever seen. I just don't see what's wrong with stating the unadorned truth."

With much chagrin, I apologised. "Forgive me, Captain. I have become an uncle to the Grand Duchesses. I have full confidence in your chivalry. The Grand Duchess Marie is quite beautiful, as are all the Grand Duchesses. I commend you on your judgment of true beauty."

"Thank you for your apology and your compliments, doctor. I am here only to tend to their needs. Trays shall be set out for them at meal times by my personal steward; he's been handed down, so to speak, to me from my father."

Holmes shot up from his seat. I immediately understood why.

"From your father, you say?"

"Why, yes. He was in my father's service for years. He absolutely worships my father, and he seemed to always have been in the background, watching over me as I grew up. What prompts this violent reaction?"

"I cannot tell you at this moment, Captain, you will have to trust me. Could you please summon your steward here for some questions?"

"Questions? What sort of questions?"

"You can hear for yourself. You are free to remain. But please, summon him now."

"Mr. Holmes, may I remind you that I am the captain of this vessel. And while you are responsible in general for the well-being of the Imperial Family, they are my direct responsibility on board this ship, as are you and Dr. Watson. I haven't the faintest idea why you behave in this manner, but if you must question him, he's bringing in your trays at this very moment."

Holmes and I turned to see the same man who had served us aboard the *Attentive*. He was in his late fifties, with the air of an important man's servant; yet with a touch of the furtive. It was quite obvious this man had been aboard ships for many years, and while he moved with the sure foot of a seasoned sailor, for a man of his years and his comparatively low station in life, his gait was rather too proud and erect.

He was a tall man, as tall as Holmes, with quite a strong physique for a man of his years. Before I could even begin to examine this man with my cursory medical eye, Holmes was already at him.

"Please sit down," said Holmes, motioning the man to the seat I had just vacated.

The man looked at Yardley.

"It's all right, Peters, do as the gentleman asks."

Peters sat after first setting our trays down, with a practiced nonchalance, on the table. He sat there glowering up at Holmes, his eyes as wary as a sparrow's in the middle of a flight of falcons.

"So Peters, how are you, this fine, summer morning?"

His voice became land-tenant coarse.

"Righ' enuff, suh."

"Tell me, Peters, where were you in prison?"

The man jumped out of his chair, his fists raised at Holmes. Yardley was mortified.

"Prison?" asked Yardley. "Mr. Holmes, what are you talking about?"

"Don't ask *me*, ask your steward, here."

Yardley turned to Peters. "Is this true, Peters? Were you in prison? My father never said anything about that."

"'Cawz he wudn'. He swore nevuh to. He's kep' his word, he has. Yaw fathuh wudn' break his word. How'd *he* know?" gesturing towards Holmes.

"Never mind that, where?" insisted Holmes.

Peters sat back down, facing away from Yardley. It was obvious he was greatly embarrassed.

"Newg't."

"Newgate. For how long?"

"Three yeers.

"Now let me guess, you murdered someone with your bare hands, am I right?"

Peters put his head down and mumbled to himself.

"How'd ya know?"

"It was a studied test. A man with your musculature at your age must have been at truly magnificent specimen when you were very young. Though you've learned to serve meals delicately, your hands are as rough and strong as they were when you committed your murder."

Yardley interrupted. "I don't understand, what's this all about, Mr. Holmes?" He was as embarrassed as Peters.

"You shall know presently, I think. Now, Peters, you said you were in prison for only three years. I deal with murder all the time. A charge of murder, in most cases, would have you away for the better part of your life. Or even see you hanged. Now, how did you manage to get out in the time usually reserved for nothing more serious than a minor case of embezzlement?"

"'Twas his fathuh wot dun it. Got me out, he did. I had worked on his land. I grew up on it. I played with the admiral when we wuz boys. He wuz my frend. He got me out. He took me t' sea."

"I understand. And you looked after Captain Yardley, here, when he was a young boy?"

"Sometimes, when we wuzn' at sea. I owes my life t' the admiral."

"Would you commit murder again for him?"

This time Peters flew up at Holmes and grabbed him by the throat. Holmes had managed to hit him soundly when Yardley simply ordered Peters to cease. This he did immediately, obeying his orders as a disciplined sailor.

"Mr. Holmes, I demand to know what this has been all about. You accuse a family servant of murdering for my father, and tell me secrets I was not supposed to know. Now, either you tell immediately what this is all about, or I shall have to think seriously of confining you to quarters."

Peters had come to attention to Captain Yardley's right, and the captain left him that way until Holmes asked if Peters could now be dismissed.

"Very well. But as soon as he leaves my cabin, you had better start explaining yourself, Mr. Holmes. And it had better be a thoroughly relevant explanation."

This was the controlled tirade of someone used to power and command; or, rather, brought up with it. He was showing himself to be the antithesis of what Holmes and I first thought him to be. What Reilly had suspected.

"Captain, you asked for my explanation, and you shall have it. But before I give it to you, I also caution you. I cannot say under whose direct orders I am operating. But should anything untoward happen to Dr. Watson or myself aboard your vessel; or even one strand of hair be moved from its rightful place on the heads of any of the Imperial Family, there are those in London who shall make you and your father pay for it personally."

"What are you talking about? What has my father got to do with this?"

"Captain Yardley, what if I were to tell you that your faithful steward, Peters, may have been put here not to serve your needs, but your father's?"

"You are talking in riddles, sir. I shall not stand for it. Be straight and be brief or this interview will end."

"If that is what you wish," said Holmes quietly. "Very well, I have strong suspicions that Peters was sent by your father to kill not only Watson and me, but the entire Imperial Family. Is that straight and brief enough for you?"

Yardley did not know whether to laugh or have Holmes clapped in irons immediately, so dumbfounded was he by what Holmes said.

"Have you gone completely mad, Mr. Holmes? Do you know what you are saying? Dr. Watson, have you no medicines to calm this lunatic?"

"Captain Yardley," I said, "I think you should sit down and listen to what Holmes has to say. For if you do not, it is certain that you may become accomplice to the very crime Holmes and I were dispatched to prevent."

He sat at his chair, holding the arm to quash his anger, burrowing into his deepest self. Then, after perhaps two minutes had passed, he looked up at both of us, gestured to us to sit, and said to Holmes, "Mr. Holmes, tell me all that you're able; everything that's led to such a base accusation."

Holmes, though reluctant to distress young Yardley further, quickly complied.

Captain Yardley sat there unbelieving.

Sherlock Holmes, while not pulling down his house, had certainly damaged its foundations. All Yardley had been taught, all he had faith in, all he had been nurtured by had just been made perfidious. One of his family's dearest friends had been made into a traitorous villain; and his father, a man he obviously idolized, had been turned into a conspiratorial monster.

Finally, Yardley became the captain of our vessel again, the sworn servant of his King and country, and not the individual whose family honour had just been so trampled. He spoke.

"Mr. Holmes, what you've now recounted is damnable; if it be true. But how am I to know if it's true, and not some insidious flight of fancy of a fractured mind?"

"It is true, Captain," I said quietly.

"I am a serving officer of His Majesty; do you know what this information shall do to me if it be true?"

"We are only too well aware," said Holmes "and we deeply wish you did not have to be burdened with such a dilemma."

"Mr. Holmes, if this story is true, it's not a dilemma. As I said, I'm a serving officer in war of His Majesty. My life has been pledged for protection of crown and country. Any traitor must be rooted out and destroyed. Any traitor. But in ten minutes you expect me to disavow family, friends, and faith with no corroboration of your story. I'm sorry, but I need much more proof than merely your word. Even though your word is gospel to some segments of society.

"In truth, Mr. Holmes, Dr. Watson, all you have given me is a story by Colonel Relinsky, of whom all we know is that we don't know all. Given the man's dubious history, I believe the only way he could tell the truth is if he thought he was lying. And with that supposition, let me pose a question to you, Mr. Holmes. What if it was he who was lying? What if his instructions didn't come from Sir Randolph, but from someone else? Have you thought about that, Mr. Holmes?"

Holmes had not. Nor had I. Because of the circumstance in which Reilly had told his story, and the previous and subsequent events, we had no further reason to doubt Reilly's veracity. But now, this question asked by a son trying to salvage the honour of a beloved father, ripped through Holmes' contemplations and left wide one of Holmes' most sacred dictums: "when you have eliminated the impossible, whatever remains, however improbable, must be the truth."

Under those circumstances, the permutations seemed insurmountable. Holmes was now mired in a maze of magnificent proportions; and at this time, there was no further hint in which direction to travel.

Yardley recalled Peters as Holmes and I, hungry no longer, slowly left Yardley's cabin.

Holmes seemed anguished. There was too much happening and too little evidence to which Holmes could respond. Only tales and suppositions now, since Reilly's story had been thrown open to question. Holmes asked to walk alone on deck, and I let him do so.

It had only taken one, simple question to knock over the steady table on which had lain the carefully pieced-together jigsaw puzzle. Now the pieces lay on a filthy floor, in total disarray. And even I did not know how Holmes would deal with this conundrum.

In all the current distress, I had not even the chance to ask Yardley our final destination. I slowly, and with monumental reluctance, began a walk back to the captain's cabin.

As I arrived, though, I heard Yardley's voice loudly through his closed door.

"...you will."

"Bu' I can't, suh. I promised yaw fathuh."

"Damn you, Peters, either you answer me now or I'll have you court-martialled as soon as we get to base. In the meantime, you'll suffocate down in the brig. Now, answer me or be damned."

"I nevuh though' I'd live t' see the day you'd treat me so, Cap'n. But I understan' an' I'll tell you all I know.

"When yaw fathuh an' his friend, Sir Reginal' wuz young'uns they wuz wild. Sir Reginal' took a'vantge of a girl on yaw family's property. She wuz gonnna have his baby when she came t' me. She said it wuz mine, but I knew it wuzn't. I strangled 'er fer bein' unfaithful.

"That took away the fright from Sir Reginal' an' yaw fathuh got 'im to help me out a prison. It took 'im three years, but out I got. It wuz really yaw fathuh who done it. He pushed that bleedin' Sir Reginal' to do the right thing by me.

"Yaw fathuh enlisted me an' took me t' sea with 'im. An' t' this day, I tell ya, Sir Reginal' is no friend of yaw fathuh. He's awways been a blighter, an' he still is. He likes the ladies and he likes the money, and there's no tellin' what he'd do for the both.

"I don' know wot yaw want from me, but that's all there is to it. Yaw fathuh wanted me here to watch over ya, is all. Somethin' wuz trublin' him fierce since he come back from that trip t' Russia last month."

"What do you mean, Peters?"

"Well, I don' rightly know, Cap'n. When we come back from Russia t' Scapa Flow, yaw fathuh met a Mr. Preston one day. I remember 'im from a few times before. Yaw fathuh wuz a navy aide in Paris when he was young, this Preston was the assistan' to the ambassador or somethin' like that. They'd been friends all these years. You remember him, suh, the man wot give you that big, red book on Nelson an' Trafalgar when you wuz still a boy?"

"Of course, now I remember him. Preston, Preston, that name was brought up by Holmes before. I wonder if there's a connection there? Anyway, go on, Peters."

"Lik I wuz sayin, aftuh yaw fathuh met with Mr. Preston, he seemed worried t' me. He wudn' say nothin', but I could tell. That's when he said he wuz goin' t' transfer me t' you, and fer me t' look aftuh you. And that's every single thin' I know, Cap'n. Everythin'."

"All right, Peters, you can go now."

I took my ear from the door and made like I was about to knock when Peter opened the door.

"Oh," I said. I received the same facial reaction from Peters.

Yardley was excited now. He called me back in enthusiastically.

"Dr. Watson, Dr. Watson, yes, yes, come in. Peters, run and find Mr. Holmes..."

"Uh, Peters, he is on the main deck," I said.

"Thank you, doctor. Peters, bring Mr. Holmes back to me."

"Yes, suh," said Peters with visible apprehension.

"Well, Dr. Watson, I've just learned some things I think you and Mr. Holmes should know about immediately. It may shed more light on everything we've discussed. And since I can't confront my father with all this until land, I'll feel much better about it. As soon as Mr. Holmes arrives, I'll tell you both everything.

"Look, Dr. Watson, your trays are still here. Perhaps the food is not too cold for you to partake?"

It was, but I did. When Holmes arrived, Yardley was as good as his word and recounted everything I had heard while eavesdropping. Just the mere fact that he held nothing back and reported all so accurately, buoyed my spirits; and did likewise for Holmes when later I recounted my own bit of sleuthing.

Upon completion of Yardley's news, Holmes became electric.

"My word, Captain Yardley, if this is true, and I do believe it is, much may be explained."

"What?" asked Yardley.

"Well, obviously, the Mr. Preston to whom Peters referred, is probably none other than Thomas Preston's father; or at very least, his uncle. As do the families in the army and navy, those of the Foreign Service look likewise to their own for continuity, trust and tradition.

"It is also obvious that Preston, Sr. had come upon some greatly disturbing information which he imparted directly to your father; trusting not telegram, nor telephone, nor post. Would it not seem odd for a senior member of the foreign service to show up at a major port of invasion just for afternoon tea?

"My guess is that whatever information Preston had, it directly affected your father. That is why he could only trust himself for relay of that information. And once your father learned this news, his immediate concern was only for his son's safety. By God, there is a man for you."

Holmes was absolutely jovial now as was Yardley; although, he didn't quite understand all Holmes was laying out for him. And I too, now, was happy; I had Holmes back and it seemed that he was now sailing ahead as swiftly and true as the *Salvator* and the *Attentive*.

To Someplace Safe

Yardley had gone to the bridge upon completion of our meeting. I decided to follow him and ask to where we were headed. I told Holmes I would carry back this information and he responded with indifference.

"The Crimea? Livadia Palace? No, Dr. Watson, I'm afraid not. But we're heading to a like climate. We're heading towards the Bahamian out-island of Eleuthera," said Yardley.

"I have not heard of it."

"I suppose that is precisely why we're heading there. From what I've heard about the place from salts who have been there, and from what I've read about it, it sounds a veritable paradise.

"Sun most of the year, a median temperature in the upper seventies, turquoise blue waters bountiful with fish, and natives, what there are of them, friendly and disposed to labour. It is a difficult place to get to, Dr. Watson, if you are a mere tourist. So it fulfils the prerequisites on many counts: security, serenity, comfort, and privacy. It seems the perfect amalgam of British pragmatism and Romanov desire."

"That it does. From your description, Captain, should you ever find the need to leave the navy, you should do quite well, I believe, as a travel agent."

We both laughed at that, and then Yardley suggested he personally impart the news to the Imperial Family. After all, he said, he was the captain and it was only fitting that he pay his respects this day and offer such good news. I sensed his slight, ulterior motive, but concurred with his suggestion. He was as a child at the moment of unwrapping a present. He preened in the mirror for a moment, set his cap just so, and then indicated that I lead the way.

I knocked at the Tsar's cabin door.

"It is I, Dr. Watson, Your Imperial Majesty. I have Captain Yardley with me. He wishes to pay his respects and bring you some glad tidings."

"Then come in, please, doctor."

We did so and found the Tsar standing in the salon part of his cabin. Alexei was seated on a sofa. The Tsarina was obviously in the bedroom. When she heard the voices, Tatiana came out.

"Your Imperial Highness," I said; Yardley followed suit.

"Your Imperial Majesty," said Yardley to the Tsar, "I think I have wonderful news for you." He proceeded to relay to the Tsar, the Tsarevich and Tatiana, with even more embellishment, the home to which they were now headed.

All three seemed very pleased, and the Tsar, after excusing himself, went to tell the Tsarina.

"With Your Imperial Highnesses' permission," said Yardley, I'll now go tell your sister, the Grand Duchess, Marie." He paused, his expression revealing that he was conscious of what he had just revealed. "I will tell your others sisters, as well."

Tatiana smiled. When Yardley was gone, she turned to me.

"Dr. Watson, is that what I think it is?"

"Your Imperial Highness, I could not begin to suppose nor judge such a thing." I smiled. "But since you have plainly asked me for my modest opinion, yes, I do believe it is."

She began to laugh freely and Alexei looked at her with what I suspect is the universal expression of the younger brother when confronted with something he cannot quite grasp.

With the tension lifted, the next few days were rather calm. Since the *Salvator* was a medium-sized yacht, the crew were only a dozen or so, and I was assured by Yardley they were hand-picked by his father.

The Imperial Family was given free time on deck for sun and invigoration; and Tatiana and I would nod to each other knowingly when Capt. Yardley managed, with convenient regularity, to find some reason to be on deck at the same time as Marie.

The Tsarina always remained in her cabin, and on the third day out, the Tsar called Holmes and me to the deck, along with all the Grand Duchesses, save Tatiana who would stay with her mother when the Tsar was out.

Holmes and I had no idea what the Tsar wanted, but an Imperial Command is an Imperial Command. We went on deck and found the Grand Duchesses in a row, with the Tsar, holding Alexei, at the centre.

Then, gently, the Tsar put Alexei down, and the boy, ever so slowly, began an unsteady walk toward me. Alexei had made a wonderful recovery, and I credit the removal of impending murder as the most significant, contributing factor.

I also believe his spirit had been restored by the news of where he and his family were going; with the fresh sea air and good, English food doing their part as well. The only thing that still disturbed the lad was the condition of his mother.

The Tsarina was not improving at all. Her needs were tended to by her daughters, and it could break your heart the way the Tsar would spend hour upon hour just speaking to her. He spoke of things long past, of things to come, of things only shared by the two. Secret and loving things that did as much for the Tsar in his recalling them from his submerged memory, as he hoped they would do for his Sonny.

The man's adoring attention was something to marvel at and admire. Here was a man, only recently still one of the most powerful men on earth, personally tending to the unknown needs of a damaged wife. Yet even with that, the Tsar's disposition improved each day. I could almost swear his beard had lost some of its grey, but that was only a trick of the wind and the sun.

There was one other tension of which no one would speak, but which Holmes and I had the misfortune to experience on our trip in, the Germans.

At one point, as we were approaching Kiel, Holmes, holding some book he had been intently studying, approached Yardley about this and asked if we could speak off the bridge. Yardley consented.

"Oh, I don't suspect we'll have too much trouble from the Huns on this trip."

"What do you mean?" asked Holmes.

"It was something my father said in Scapa Flow; just about the time the repairs were complete on the *Attentive.* I had said I wouldn't mind a visit by the Germans, and my father said, 'Don't bet on it.'

"When I asked him to elaborate, he said, 'It's all been arranged. No one will come near us.' I tried to pry more from him, but I had no need to know any more, and that was that."

"Now, what do you make of this, Holmes?" I asked. "What could he have possibly meant? What had been arranged? And with the Germans?"

"Wait a minute, Watson. Captain Yardley, were you aware that on July 6, the German Ambassador to Russia, Count Von Mirbach, was assassinated in Moscow?"

"I remember something about it, vaguely."

"At the time, the Reds tried to fix blame on the Whites. They said it was the work of White renegades. Perhaps their propaganda, in this instance, was not far off the mark."

"What do you mean, Holmes?" I asked.

"Yes, indeed, what?" asked Yardley.

"A small theory, for now, if you will. Watson and I know for a fact who is behind the rescue of the Romanovs, which we cannot divulge at this time, but we do not know who is behind the attempt at their murder.

"Now, please also keep in mind that while the Tsarina is a first cousin of the King, she is also first cousin to the Kaiser. Wilhelm's mother and the Tsarina's mother were sisters; the King's father was their brother. So besides having a possible regicide looming over the horizon, which would frighten any sovereign to the depths of his throne, this regicide would become 'a family affair,' as well. All sovereigns address each other as brother or sister, but in this case, the sovereigns involved literally do share the same close blood.

"Therefore, might not have a representative from our sovereign met secretly with a representative of the German sovereign on neutral ground; most probably, Switzerland? And might not these two officials, with direct instructions from these sovereigns, have agreed that if this rescue attempt succeeded, the rescue vessels would not be hampered in any way?"

Before Yardley or I could even fully contemplate what Holmes was putting before us, he continued.

"There is more. Let us say those in England who wish the Romanovs dead, the 'Black Faction,' as Watson has dubbed them, found out about this agreement. By assassinating Von Mirbach, a man who most certainly was aware of events, would they not give to the Kaiser a message of British duplicity, therefore voiding the agreement?

"Or better still, let us say Von Mirbach found out about them. Before he could inform the Kaiser of the direct threat to the Romanovs' lives, Whites in the pay of the 'Black Faction' assassinate Von Mirbach to insure continuing ignorance of the conspiracy.

"Whichever is the case, Von Mirbach is dead, the Romanovs are alive, and based upon what Admiral Yardley has said, the wolf packs are off prowling elsewhere."

"Incredible," said Captain Yardley. "How did you come up with such a theory?"

"The facts were there, bones that they were. My theory is simply the flesh on those bones. Although there is still too much missing to perform an accurate autopsy."

"You are beginning to speak like me, Holmes. Have you been sneaking a peek at my medical books?" Holmes smiled.

"No, Watson, I have been studying 'Colville's Peerage' and a copy of Wexton's 'Our Parliament: A Guide to Who Sits, and to the Specific Ministries and their Attendant Bureaucracies.' These are part of the bounty each ship of the line reaps from our government."

"Pardon me?" said Yardley.

"There are copies of these books in each ship's library, Captain, to edify the men. I see you are well conversant with both." We all laughed.

"But why were you examining those two tomes?" I asked.

"Why, Watson," said Holmes as he snapped shut one and strode off to the main deck, "to uncover the members of the 'Black Faction,' naturally."

During the voyage messages were sent back and forth in the usual manner. Of course, code names were used when the admiral inquired about the state of the Imperial Family. Our captain enjoyed sending happy messages of greetings to the admiral, and receiving them in return; but in the guise of two officers being merely courteous.

We retraced our inward voyage; passed Laesö and Kattegat, back past Jutland, then down through the Channel and out to the Atlantic. As we began our passage near England, I understood fully the words of poets when speaking of heart-break.

There, so near across the Channel, past my family to starboard, unaware of my proximity. I pictured my wife and John, about to turn in for the night; for it was about that time we began our passage through the Channel. Being a medical man, a man of science, I held no truck with so-called telepathy and extra-sensory powers; but as our ship sailed along our coast, I admit to trying to 'will' my Elizabeth and John a message of love and comfort.

A tending vessel came out to meet our ship, to provide us with more fuel and food so our ship would not actually touch in on English soil.

July 31, 1918

In the morning, Captain Yardley told us that with luck, we would be at Eleuthera in three days time. All passengers, including Holmes and I, rejoiced at the thought of our journey finally coming to end.

On deck, with the summer sun and winds whipping us all gently, Holmes regaled the Grand Duchesses, Alexei and Yardley with some of his unpublished exploits; making it seem as if he inducted them as true members of his closed, inner circle; members privy to only the most confidential information. It was in the midst of one of these sessions that something triggered some recondite mechanism in Holmes' powers and he suddenly ceased in mid-sentence.

"Inner-circle," he muttered to himself.

At first I thought he had been hit by a sudden fever, so quickly did Holmes turn from spell-binding orator to incommunicative zombie; the Grand Duchesses all making a huge fuss over him. I begged their permission and walked Holmes away from the group, noticing how close to each other stood the Grand Duchess Marie and Captain Yardley.

"What is it, Holmes? Tell me, is this physical?"

"Watson, this may be too great, now. Remember, when at the beginning of this odyssey, you saw this as a Herculean task and I said I may not have the strength to see it through?"

"Yes, but..."

"If what I now suspect is true, at this very moment I do not see a way out. It is not physical strength I meant, but intellectual prowess."

"You? Why, Holmes, there are few in the entire world with your gifts."

"That may be, Watson, but if one with analogous gifts should also have real power, I would be reduced to ineffectuality."

He was quite away from me now, waving me off to be alone to think. I returned to where our group waited worriedly for news of Holmes' state. I reported that Holmes had just formulated another theory which now had taken hold so strongly, he would be lost to us for quite some time while he put it all in order, and was content it complete in his mind.

We then broke into smaller groups, Yardley and Marie walking off towards the bow.

Holmes remained at the stern; his hands on the railing, his head down on his chest, his shoulders hunched in the manner of a man of much greater age. He had never appeared so, so small.

The day was finally here. It was mid-morning and we were now off the coast of Eleuthera. I knew the Imperial Family would be in their cabins, joyously peeking through their portholes at the beauty now revealed before all.

Yardley's description had not done the place justice. There were magnificently tall palms waving in the breeze, as if to beckon us ashore. I could see coconuts falling hesitantly from their homes even as we came closer to shore. There was a wonderful sensation of greenness to everything around, except the sky and sea which would shame any sapphire or turquoise. I understood fully why the Imperial Family would love such a spot.

The past three days had been a pleasure cruise for us all; all except Holmes, who refused our concourse as he groped for answers and permutations to whatever it was that so vexed him.

Of course the *Attentive* stood to, hovering and watching like a worried mother as the *Salvator* pulled in to her slip.

There were horse-drawn carriages waiting, and motor cars, and a very correct British official in dress whites.

As the official came aboard, only Yardley, Holmes and I were on deck. All hands, even Peters, had been told to lay below, as they had been doing, at specific intervals, the entire voyage.

Yardley saluted smartly, the other man acknowledged the salute and stuck out his hand.

"Captain, this gives me pleasure above and beyond my official duties, here, today. I have not seen you since you were a young man."

Yardley was trying to recall who this man was.

"I'm terribly sorry, sir, but I..."

"Oh, there's no need, Captain. It was quite long ago. But your father and I have seen each other over the years."

"I've been a friend of your father's since we were young men together in Paris. Perhaps you've heard him speak of me. I'm Michael Preston."

Webs, webs, and more webs. This had become the most delicate and diabolically fused strands that Holmes and I had ever encountered. There was a supremely deft hand weaving events so intricately, so seamlessly, so apparently flawlessly. Now that this latest strand had come into view, Holmes hoped to see the entire pattern.

Michael Preston was a large man in his mid-fifties. He had a benign smile that belied his imposing size, and was one of the most pleasant and diplomatic of men. Yes, diplomacy was his occupation, but it was also natural with this man. He seemed to genuinely care for all with whom he came in contact; and this genuine concern was felt by all. He had a slight Scots accent, and we found out later he had been an officer in the Black Watch when extremely young. Indeed, his grandfather had been with Wellington at Waterloo.

So here, with Yardley and Preston, we had a friendship of descendants of men whose martial exploits stretched back to the Napoleonic Wars.

After our introductions, Yardley showed Preston down to the Imperial Family, and within a very short time, the Imperial Family began making their way up on deck; in the usual groupings.

Once on deck, in the magnificent sunlight and cool trade breeze, Anastasia literally clapped her hands, so excited and taken as she with the island.

Preston then explained that a very special compound had been secured for the Imperial Family; a former estate of Lord Braiborne. It was on a verdant hill overlooking an area called Winding Bay. The water was majestic and while the compound itself extended for a tad shy of one hundred acres, there were charming guest cottages and a manor house magnificent in its colonial architecture.

Alexei said he couldn't wait to see it, and had to be restrained by Olga, so intent was he on running down the dock to his awaiting transport.

Preston gestured the ladies down, the Tsar helping the Tsarina, Alexei and Olga going last. Holmes and I brought up the rear. Yardley had to see to the ship and informed us that he would be along at a later hour; with the baggage, he joked.

Preston and the Imperial Family rode in the carriages. Holmes and I were relegated to the motor cars. We learned later that Preston had given the Romanovs a choice and they chose the carriages immediately. He said the Tsar thought the Tsarina would especially enjoy the carriage ride; just like at Livadia.

The ride was not long, about twenty minutes; though of quite stifling heat since we were separated from the direct Caribbean breezes. Holmes and I removed our jackets, I loosened my collar, and began fanning myself vigorously with my hand.

Then, through nature's wizardry, we rounded a curve and saw Winding Bay; the house as well as the water. It was straight from one's vision of a tropical, colonial plantation, so pure and graceful were the lines of the house and the poetically tended landscapes.

I thought I saw Alexei bobbing up and down from glee, then likewise Anastasia. And the breezes were back. I stopped waving at myself like a lover saying farewell, and just enjoyed the seductive view.

Holmes commented on how he wouldn't mind being banished to such a spot, then thought better of it when he realized there was probably not sufficient murder, mayhem and mystery to keep his mind suitably occupied.

But for now, whether it be this one day or more, Holmes suggested we enjoy this Olympus while we were able. This was one matter for which I needed no coaxing, and was pleased to see Preston coming towards us as we reached the house.

"Gentlemen, the Imperial Family will be settling themselves in now, since there is much for them to become acclimatised to. In the meantime, I suggest that the three of us enjoy a late luncheon, which," he paused and looked at his pocket watch, "I believe is being prepared for us as we speak. Please follow me."

As we walked to the cottage where luncheon was to be served, Holmes asked if the fine, young gentleman who had been of such invaluable help to us in Ekaterinburg was indeed Preston's son.

"Why, yes, Mr. Holmes. What an admirable piece of deduction."

"Not at all, Mr. Preston. It is just a matter of putting two and two together so they tally four." Preston laughed.

"Gentlemen, I hope you enjoy your accommodations; I was

given very specific instructions to care for your every need."

"Well, so far, the cottage is charming, the sea is magnificent, and the estate is beguiling," said Holmes. I concurred.

"Then I am doing my job adequately. Here we are." He opened the door and led us through the cottage to a terrace also overlooking the bay, where we found two surprises awaiting us. The first, Captain William Yardley. The second, Admiral Richard Yardley.

"Wonderful!" said Holmes; and he went to shake hands with the admiral. I followed suit.

Then, after Captain Yardley had said his hellos, Preston suggested he go up to the main house; the Grand Duchess Marie had specifically requested his presence at luncheon.

The admiral looked at his son and the son looked back with a huge smile on his face.

"Go to it, William," said the admiral. And with his more shallow of apologies, young Yardley was happily off to Marie.

Preston then said Marie had inquired about the captain's availability, and since Preston desired Yardley not be at this meeting, he suggested a formal invitation through him.

"Well, whatever is going on there," said the admiral, "I may wind up back in Russia as the grandpa of a Tsar or prince or something."

We all laughed, then sat the table which was laid out impeccably. While we consumed a tantalizing luncheon of exotic native dishes, we were also digesting information along with the meal.

"Well," said Holmes, "I trust all masks have been removed?" And when he received laughter of recognition, he went on.

"Admiral, what information had you received from Sir Michael?"

"Mr. Holmes," said the admiral, "I think it might be better if Michael gave you his information himself. It shall save time and avoid inaccuracies in second-telling."

"Would you mind then, Sir Michael?" asked Holmes.

"Not at all, Mr. Holmes. This is a matter of the utmost urgency and secrecy." Here was a man concerned with not only what he believed to be deception and duplicity at the highest levels of his government; but a man also concerned with how this duplicity might threaten the life of a dear friend, and that of his son.

"As I imagine you've already learned, Richard and I have known each other for about thirty years. We've been friends even though our professions have kept us apart much of the time. But there is no one I have more fondness and respect for than that old sea dog over there.

"At the beginning of April, not long after the Bolsheviks and the Germans signed the Treaty of Brest-Litovsk that took the Russians out of the war, I was summoned to the office of the Foreign Secretary, Arthur Balfour. I've known him almost as long as I've known Richard. At times, he still thinks he's Prime Minister.

"When I inquired as to the nature of his summons, Balfour said he had a special assignment for me. You see, there are only very few people in life that you can trust. There are certain families, aristocratic families, 'ruling' families, for lack of a better term, who have intermarried or been friends for hundreds of years.

"The members of these families trust each other and because of their holdings and wealth, they do effectively rule England.

"There are also men such as myself, not of the aristocracy as are William and Richard, who have become involved at specific levels of government which greatly concern these people. There are a few, like myself, who have made our careers by being of use to these parties.

"We are called upon, from time to time, to perform certain delicate tasks that our superiors in government would prefer the public and, for that matter, even other members of their own party to remain in ignorance of.

"Arthur Balfour is the nephew of Lord Salisbury; and as I am sure you remember, when Salisbury retired in 1902, Balfour became Prime Minister till 1905. Between the two, vast tracts were added to the Empire.

"So when Balfour told me of this plot to rescue the Romanovs, coming as it did from the highest person in the land, I was both flattered and excited.

"I was to be the personal liaison between the Prime Minister and our charges, here on Eleuthera, until they became accustomed to their new surroundings and were truly at home. I was told about your pivotal roles in the rescue, and since I have long been an admirer of you both, this was another bonus, if you will, in this particular assignment.

"Barlour further told me Sir Randolph Newsome, Deputy Director of Naval Intelligence, would assign the positions, and that's when I suggested that Balfour could not pick a better man for this than Richard. He said he had come to that same conclusion, and that he had already given his advice to Newsome. Of course, Balfour has known the Yardley family for decades.

"Anyway, Richard soon told me of what his specific involvement would be in this mission, and I did likewise. It was then that Richard also told me he would be utilizing the services of his son directly for the first time. He hoped, when this was over, that William and Thomas might become friends as we had.

"You were already off into Russia, and Richard was coming back to Scotland for repairs to the *Attentive* from your battle in the North Sea, when I happened to bump into an old friend I hadn't seen in years; a captain in naval intelligence.

"We went out to talk about old times over drinks and he mentioned this very strange order he had come across, and wanted to know my opinion. He said he had found a document seconding an SIS man named Reilly, personally to Newsome. He had scratched his head for awhile over this because it was such an odd thing to happen. Usually the two branches wouldn't cooperate in bailing water from a sinking rowboat they were in together; and here, one of their top men, this Sidney Reilly, was being given directly to Newsome.

"I told him it was nothing, to forget about it and go on to meatier things. But now I was intrigued. Anything amiss with Newsome, as far as I'm concerned, smacks of something sour. So I inquired, of a friend in SIS, about this Sidney Reilly and was told just how remarkable a character he was. I decided to broach the matter to Newsome in passing.

"At first, he was surprised that I knew about Reilly and wanted to know how I'd found out. I said I was not at liberty to say. This annoyed him and he said it was no concern of mine, that I should keep this information to myself, and that in any case, Reilly was going to be the personal guardian of the two of you.

"Shortly after my meeting with Newsome, Balfour asked if I'd heard recently from my son Thomas, and said he would shortly be giving him a very plum assignment. An assignment that could make his name. I was assured that Thomas would be 'our man' on the spot in Russia. I could not imagine a more desirable place for a man of Thomas' temperament and intellect. He had always craved excitement, that is why he followed my example and went into the army, then also into the foreign service.

"But when Thomas wound up as our consul at Ekaterinburg right after the Romanovs, I wondered if there had been a connection between that and my meeting with Newsome.

"Since I've been in government, in one way or another, for my entire life, I began to contemplate Thomas' position. I could interpret it in two ways. The first, perhaps a bribe for me to remain silent. The second, perhaps a threat to remain silent.

"Either way, neither bribe nor threat would have been made had something not been amiss. It was then I went to Scapa Flow to tell Richard what I have just told you. It was I who nominated him for his assignment. And then, when he told me Newsome had brought William into this, I had a very ill feeling of a shroud being thrown tight around all our shoulders.

"If this had been the other way round, with Richard being the man in charge, picking who he wanted for that post, I would've seen nothing wrong, at all. But with Newsome's hand, I find the mix of ingredients unhealthy.

"Richard knew nothing of Reilly or anything else that did not concern him. His instructions, plain and simple, were to convey you to Kronstadt and head home. He did not even know what your task was to be; nor from where your directions had originated. He thought you were under orders from Newsome, as was he. When Newsome told him of the other singular assignment, the one for captain of ‘a very special rescue vessel,’ and asked if his son William might do, Richard leapt at the chance for him.

"And that, Mr. Holmes, is everything I know."

"Admiral, is this all?" asked Holmes.

"I should like to add something to that which Michael has just told you, and to what William has told me," said Admiral Yardley.

"William told me of the events aboard the *Salvator* with my mess man, Peters. He's blameless. As William said, I transferred him personally to watch over William after Michael had spoken with me.

"Due to the way Michael had put things, I too, began to feel uneasy. My wife has been gone these many years, and William is all I have.

"I know the way Newsome is. I've known him all my life. But I've accepted the man, warts and all, because that's the way he is.

"Now, I suppose, if you stretch things, you can lay blame back to Newsome for what happened to that poor girl. But Newsome did help me get Peters out. His family was ready to throw Newsome into the rubbish bin, so disgusted were they with him. The gambling debts, the outstanding accounts with all manner of tradesmen and then this business with the girl had driven them to distraction.

"Newsome's father went to his friend, Balfour, and asked if he could arrange a position for him somewhere at the other end of the Empire. But Balfour himself was reticent; he had known Newsome all his life, too. Instead, he suggested Newsome join the military. It might just turn him around, and all the usual cliches of what the spartan life would do for a disagreeable young man were mentioned.

"Newsome chose the navy because he'd look better in the uniform, and I'd already gone in. But oddly enough, while it didn't necessarily change him, it brought out that latent talent of his for duplicity and quick-thinking that he'd used for ill in civilian life. And you see where it's gotten him: deputy head of Naval Intelligence.

"With all his quirks, Newsome has done an excellent job in his post. But this business now, this is something else. I, like Michael, feel that our boys may be glorified hostages in some way. Thomas still in Russia where anything can happen; and William on active duty at sea where anything can happen.

"Mr. Holmes, I haven't the faintest idea of who in England would want the Romanovs dead, or why. I am only following orders in the middle of a war. And, I might add, I have done well by the two of you.

"I was never in on anything dark. I don't know what Newsome is up to nor who has put him up to it. But as soon as I get back to England, Newsome is going to have much to answer for. Especially now that William has told me of your experiences in Russia."

"What experiences?" asked Sir Michael.

"Sir Michael," said Holmes, "I shall now tell you of our experiences in Russia, and of the man Reilly who so intrigued you. Then, if you please, I would like to hear what you and Admiral Yardley make of it." Holmes then went about recounting all that had happened in Russia, especially dwelling on Thomas Preston's aid and fortitude, with ample praise mixed in for Captain Yardley.

"Well, then, gentlemen." he said as he concluded, "Now that you know as much as we, what do you make of all this?"

"Mr. Holmes," said Admiral Yardley, "if I had been you, I would've thought the same about me. In fact, I would've had me keel-hauled."

"But I just can't see it. All I do see is that Michael's suspicions were more than accurate if this Reilly was telling the truth. On the other hand, if William is right about Reilly, we're back to square one, aren't we?

"And you, Sir Michael? Do you see anything we might have missed?"

"I can't say that I do, Mr. Holmes. But if Reilly was telling the truth, which would then substantiate my worst suspicions, I would advise utmost caution in dealing with Newsome. As much as I would love to see Newsome rewarded for his actions in the manner prescribed by my naval colleague here, I must, being a diplomat, temper immediate action with patient observation."

"Precisely," said Holmes. "To paraphrase your very words, Sir Michael, I suspect Newsome is merely the tail being wagged by a cunning dog. There is no telling who, or how many, or what sort of power is behind him."

"Mr. Holmes," said Admiral Yardley, "why don't I just stick a pistol into his mouth and threaten to blow his brains all over his perfectly fitted dress whites. That might loosen his tongue. Then, if he does talk, I may still pull the trigger."

"An enviable idea, admiral, but as Sir Michael has cautioned, once we are back in England, I should like you to behave towards Newsome as dictated by an ancient, and proven, Italian proverb: Hold your friends close, and your enemies closer."

The admiral sat back, not liking this advice, but seeing its merits; and all at the table agreed this would be the method of choice in dealing with Sir Randolph Newsome.

Once all were back in England, that is.

August 4, 1918

In the morning, Admiral Yardley informed us new orders had come through. The *Attentive* would be leaving that very day for the North Atlantic. The mother hen was being taken from her chicks.

Father and son said their good-byes in private; William later informing us that while his father had not told him everything discussed the preceding day, he had held him long and tight before leaving, warned him to be especially careful on the return voyage; and to look to both Holmes and I as if we were family.

Admiral Yardley met with the Imperial Family, with William in attendance, and the Tsar gave him a small token of thanks for all he had done: a coin that had belonged to his father.

"Admiral," said the Tsar, "do not worry yourself about William, Marie seems to be looking after him very well."

These words were so unexpected, that Marie went red, the Grand Duchesses all laughed out loud, and the admiral and William both stood mute, as the Tsar smiled.

Sir Michael, Holmes and I all went down to the ship to send the admiral off in right manner. He saluted us, including Michael, we wished him good fortune, and then he was gone; his launch growing progressively smaller as it came nearer the *Attentive*. Then she steamed up and disappeared. But only William stayed behind to watch her dissolve fully into the horizon.

Further orders had come through that Michael's return trip

would be delayed. Not only would he be carrying to England Holmes and me, but Sir Michael would also be passenger. However, the trip would only begin when the Imperial Family felt comfortable enough to dispense with Sir Michael's ministrations; and I felt Alexei well enough, which I did already, to have another doctor sent over. In fact, the orders said replacements were being sent out to Eleuthera even now. Of course all messages were in code, and the Romanovs were still referred to as "Augustus."

At first, Holmes and I were testy that we would be so delayed; but upon the beneficence of continuous, perfect weather and the knowledge that we would be sharing Sir Michael's company to England, Holmes and I relaxed, adopted the requisite stiff, upper lips, and agreed we would do as required.

The Imperial Family was doing wonderfully in their new surroundings. The happy Caribbean sun contributing mightily to their own increasingly sunny selves. All but the Tsarina, fully enjoying everything their cousin George had provided them.

Alexei, though restrained by his sisters from running off and hurting himself, enjoyed the warm water as well as any fish, and spent a good portion of the time rebuilding the strength in his arms and legs in this manner. The boy even seemed to be growing. And he no longer needed the leg brace.

The Grand Duchesses loved the island and would spend many hours in quiet tours of their compound and the island beyond. It was quite safe.

Tatiana thought often, and expressed those thoughts to me, of Reilly. And Marie and young Yardley spent as much time together as duty, family demands, and protocol, would allow.

The most touching sights, again, though, were the hours the Tsar spent with the Tsarina, just sitting on their hill overlooking Winding Bay. He would tell her stories of the Crimea and point out the similarities; and even how much better things were here in their new home because they had no worries of government or state to mar their bliss. And although the Tsar would swear it at end of each day, saying things like, "You see, Dr. Watson, the Tsarina smiled, just a tad, today. She hears and understands. She loves it here," I did not believe she was improving at all.

August 11, 1918

This morning, Sir Michael summoned Holmes and me to the main house. He had news for us.

Upon our arrival, we found the Imperial Family on their terrace with a strange man. He looked familiar, but I could not place him. It was Holmes who let out a laugh.

"Your Imperial Majesty, I did not recognize you, at first, without your beard."

"Mr. Holmes, with this heat, I believed it prudent to do away with the thing. While it may have kept me warm in Russia in winter, and it was a truly magnificent set of whiskers I had cultivated all these years, the idea of continuous scratching did not recommend itself to me. On any level." Everyone laughed.

The Grand Duchesses all commented on how much younger their father looked, and Marie said if her mother wasn't careful, some native girl would steal her "Papa" away. While we laughed again at that, the Tsar went over to his "Sonny," took her hand and rubbed it up and down his now smooth cheeks, and said, "Now, don't you worry, Sonny, your Nicky would never leave you. Even if I am so much younger now." It was funny, touching, and sad simultaneously, and we all remained quiet while the Tsar continued to run the Tsarina's hand lovingly against his cheeks.

August 12, 1918

This morning, Sir Michael came personally to our cottage, and after hearty good-days, he coyly asked, "Gentlemen, do you think it would take you much time to pack and be ready to leave?"

I was overjoyed by the question as, I believe, was Holmes and we agreed that we could be ready at any time.

"Good," said Sir Michael, "last night the Tsar gave us permission to leave whenever we were ready. I had Yardley send out the message, and we received the all clear to sail early this morning.

When proper goodbyes are said, and I am sure all is well here, I see no reason why we should not be able to leave tomorrow morning."

"Oh, well," said Holmes, "one cannot have everything."

Sir Michael told us the Tsar would host a special dinner in our, and Yardley's, honour that night; formal attire not required. We laughed.

Finally, we were going home. Every lovely vision of Elizabeth and John standing at my front door with arms open wide rushed through my mind and gave me giddy joy. I was as an adolescent, so happy was I. Holmes, of course, was very pleased to be going home.

That night all was beautiful. The Grand Duchesses, all in splendid, native cottons, the Tsarina being fed by Tatiana as the Tsar did the toasts and held court, so to speak. It was a wonderful night, a truly memorable night between, I wish to believe, warm friends.

William sat next to Marie, as if it could have been otherwise, Tatiana on my left, Alexei to my right, Holmes across from me between Olga and Anastasia. Sir Michael sat at the other end of the table.

After the Tsar's toasts and good wishes, and a remarkable feast of native-spiced suckling pig with attendant island delicacies, the Tsar, Holmes, Sir Michael and I repaired to the salon, while Alexei went outside with William and Marie.

The Tsar sat regaling us with funny stories of how King George had barked like a dog, nipping at his relatives' heels, when the two were boys at an elderly Queen Victoria's birthday party; and we were in the middle of a healthy laugh when Marie came running in to us.

"Dr. Watson, quickly, Alexei has had a fall."

"Oh, my God," said the Tsar. We all ran after Marie.

The Tsarevich had gone out to take the calm night air with William and Marie, who, it seemed, had been paying more attention to each other than to Alexei. Even though Marie had warned him to be careful, Alexei had managed to climb a nearby trellis and pull it from its housings. He had landed hard on the earth from midway between the first and second stories; and had he not fallen in a very soft, freshly planted flower bed, I believe the boy would not have survived the damage.

He had already been carried upstairs by William and by the

time we got to his bedside, Anastasia and Olga were there also. The Tsarevich was screaming from pain. The internal bleeding had begun almost immediately, and with it, the swelling. The haemorrhaging was occurring in the areas of Alexei's shoulder joints, where he had taken the fall; the joints being where the blood would collect in cases such as this. So we had to lay the boy on his stomach.

Sir Michael sent a servant to fetch my bag from our cottage, but I knew there was little I could do. The episode would have to run its course as I would try to make Alexei as comfortable as possible. However, at first, and as I found out later has always been the case, the Tsar forbade me to use morphine to ease the boy's intense pain. The Tsar and Tsarina knew of the drug's addictive effects, and for that, they had long ago agreed not to administer anything that might make a slave of their son. The only relief for Alexei from his torment would be unconsciousness.

Holmes took everyone out except the Tsar, who kept kissing Alexei's hands over and over, saying, "My boy, Alexei, my boy." When I told the Tsar I would have to get close to Alexei to examine him further, he moved away saying, "Thank God his mother cannot see this. Thank God." I said the same to myself.

As I feared, and knew, there was nothing I could do to stop the bleeding; but the moment my bag arrived, I begged the Tsar for permission to administer at least a mild dose of morphine, just this one time. It would put the boy to sleep and alleviate him of the torture sure to follow. It would also relieve everyone else of the pain of hearing the boy in agony.

The Tsar at first held firm, but without his wife there to influence him against the drug, and with me saying the boy had suffered enough in the past year to last a lifetime, he finally consented.

The blood vessels inside had been more than merely torn, the severe fall had virtually shredded them. As the blood seeped into the tissue in Alexei's back, it formed so bulbous a hematoma, that if you did not know differently, you would think this boy was a hunchback.

I felt it better if the Tsar leave too, and he did so reluctantly. I had a native woman who lived on the compound as my nurse, her name was Sarah, and from what I saw of the woman that night, she was a natural. She had the compassion and she had the touch. She said nursing was what she did on the island, ministering to the sick. She had been taught by doctors on Grand Bahama Island when she was young; and while they would return every few months to examine the people of Eleuthera, she was there to aid while they were gone. She did splendidly.

Alexei was having a very tough time of it. His fever shot up immediately, which was, in truth, a good sign; but it made him delirious.

By the second day, all colour was gone from Alexei's face. He resembled a wax doll. His eyes had sunken significantly and his breathing was horribly laboured. I begged the Tsar to permit the use of a mild dose of morphine again, but he absolutely refused this time. Alexei plunged into horrific agony, screaming for his mother to help, "Mama, Mama, why don't you help me?"

Everyone who heard these cries were themselves stricken.

Then, as Alexei writhed in the alternating throes of delirium and agony, as if we had not enough afflictions inside the safe confines of the main house, a large storm bestirred itself early that season, and began to do its monstrous work on the island.

It was in the middle of the terror raging outside, and the horror before our eyes inside, that Sarah proved her worth a million times over.

"You know," she said, "the doctors on the main island teased me about my witch doctoring, but my people were being helped by our herbs and secrets long before white men brought us here. Perhaps I can help you."

"My God, woman, if you are talking of some native potion that will have a calming effect and no more, then of course you can help. But it is the boy, not me, you will be helping."

And she did. While this hurricane, or whatever it was, crashed down trees and banged on windows all around us, Sarah fought her way out into Hades' brew. She was gone for three hours, but when she returned, she held a small bowl with a white pasty glue of a mix to spoon-feed to Alexei. She swore it would take away the pain.

I spoke with the Tsar, who was concerned about Alexei, the

Tsarina, and the storm, and he gave me permission because he said he trusted me. He would stay with the Tsarina and pray to God. I thought it a good place for him to be.

I told Sarah I had decided to try her mixture and she I said must be part native, because white people's heads are too hard to have soft hearts. I think I laughed at her remark, but I cannot remember now.

Whether coincidence or not, not only did her paste alleviate Alexei's pain within fifteen minutes, but his fever broke not long after. And though it would shoot up and down again haphazardly, the paste would always work its magic.

I became something of a believer in natural medicines then, but when I asked Sarah what was inside her concoction, she laughed and said old island secrets not fit for a white man to know; even for me. She simply said, "This boy should not suffer; he is a 'mahtooba.'" When I inquired as to the precise meaning of the word, Sarah said it meant a soul who had suffered much, but did not deserve it." In our lifetimes, we all know 'mahtoobas.'

August 13, 1918

In the morning, the Tsar was told of the level of destruction in our vicinity. Two of the guest cottages had been virtually destroyed, and many of the windows and doors of the main house likewise. Trees had been felled and it would be long before the manicure was restored to all cultivated areas. But the heaviest toll was human: two natives had been killed; unfortunately, this included Sarah's nephew.

Sarah would later speak of how Alexei had been helped not by her medicine, but by the spirit of her nephew, Oliver. She firmly believed Alexei and Oliver to be now one, and she begged the Tsar for permission to watch over Alexei as his nurse for the rest of her life. After I told the Tsar this would be more than an excellent idea, especially as he would require a full-time nurse for Alexei, he accepted Sarah's offer and she moved into the servants' quarters of the main house to always be near the Tsarevich. She loved the boy as her own.

August 14, 1918 Holmes Departs

Captain Yardley's orders were to sail that very next day, and that very next day he did sail. And while there was a replacement for Sir Michael, who I shall get to later, there was no physician to take my place. Yardley said the captain of the vessel bringing the new man never had instructions to carry a doctor or any other passenger; only the one. Not that I would have left little Alexei in any case, but that no other physician was aboard distressed me greatly. And I did not need more distress at this time.

To lessen everyone's distress over the seeming solitude of our circumstances, Yardley had set up a wireless in a cottage at the far end of the compound. This would be manned, on and off, by three previously discharged Bahamian locals who had been in the Colonial forces; and were trained wireless operators. They had just been induced to re-enlist to bring them again under strict military rule. As their inducement, they were given a raise in rank to sergeants, and had their pay increased even above that rank.

The Grand Duchesses bid Holmes, Preston, and Yardley goodbye with heavy hearts for two reasons: their departure and Alexei's illness. For Marie, it was worse. She was experiencing what her sister, Tatiana, had silently suffered almost a month before.

I was told by Tatiana later that love vows had been exchanged between William and Marie, and he swore that once the war was over, "which should be any day now," he would be back to ask for her hand. He assured her that all would be well with her brother, and then he had to board his ship.

The Tsar took a few minutes away from Alexei to go to Holmes and Preston. He told me later that he had thanked Sir Michael profusely and begged him to return for visits; which Sir Michael promised, but which, the Tsar knew, would have very little likelihood of happening.

When it came to Holmes, the Tsar embraced him, and with tears running down his cheeks unashamedly, he held Holmes' hands in his own as he thanked him for rescuing him and his family, and for everything he had done.

The Tsar gave Holmes his last item of value that he had: a wrist chain he wore, given to him by his mother at the time of his first communion. Holmes immediately put in on his own wrist and told the Tsar they would meet again. This, the Tsar believed with all his heart.

Then the Tsar came back in and told me to go out to my friend. I saw Alexei resting, and knowing the Tsar would be with him, I went out to Holmes.

"Well, my friend," said Holmes, "do not worry for anything. I shall go to Mrs. Watson immediately upon my return and tell her of your health and good spirits, and when I am able, I shall tell her and John of how heroic you have been and how you have become one with history."

I shook his hand and held it in mine. "No, Holmes, do not tell them that. Just tell them how much I love and miss them, and that as soon as I am able, I shall be with them again."

"I shall do as you say, Doctor Watson."

Holmes turned and left with Sir Michael. As they pulled away down to the slip, I felt like the young Ebeneezer Scrooge, seeing all of his friends going home for Christmas, and he being left behind in tormenting solitude, terribly alone.

September 16, 1918

Now that Alexei had actually walked by himself and I had been assured by William and Holmes and Sir Michael that I would be getting a doctor to replace me, how could I, or anyone, guess that the smallest remark made in passing would change my life for approximately another eight months.

One morning, while the Grand Duchesses, Alexei and I were having breakfast on their terrace, the Tsar being with the Tsarina, Tatiana mentioned something about an unsettling feeling in her stomach. She excused herself from table and did not return. I thought nothing much of it at the time, but a few days later there was a knock at my cottage door; and when I opened it, I was happily surprised to find Tatiana.

"Why, Your Imperial Highness, what a wonderful surprise.

Please, do come in." We went out to my little terrace where I sat her down and gave her some cool lemonade my newly assigned man, Lawrence, had just made for me. Tatiana waved it away.

"Dr. Watson, I have come to look upon you these past months almost as an uncle. Not only because of your help in helping Alexei regain his health, but mostly because of your silent understanding of my relationship with Sidney."

"Your Imperial Highness, I believe your brother came around more from his own healing than mine. As for Reilly, that is your matter; there is nothing for me to say about it."

"Well, doctor, it is just because of that attitude that I appreciate you so. And that is why I am here. For the past few days my stomach has been extremely unsettled, and I believe I must've contracted an island illness of some sort. I can't keep food down at times, and I feel positively awful."

"Do you find this nausea at particular times of the day, or all day?"

"Only in the morning, Dr. Watson, though, sometimes later on. But usually in the morning."

"And do you void your stomach at these times?"

"Yes, I do, doctor. Quite often."

"Your Imperial Highness, I think I may have to examine you."

"Doctor, you have been tending to my family now for two months or more. You are a highly skilled physician. Don't be put off because of my station."

"Thank you, Your Imperial Highness."

I then proceeded to give Tatiana the usual examination I would for any woman claiming these symptoms and was given an emphatic answer. After Tatiana dressed herself, she came back to me on the terrace. I sat her down again.

"Your Imperial Highness, I have the happy news to inform you that you are pregnant."

Tatiana's immediate reaction was one of sheer joy.

"Oh, Dr. Watson. How wonderful this is. I am carrying

another Sidney," and she kissed me on the cheek.

"Well, Your Imperial Highness, to be perfectly honest, the world is not ready for two Reillys. It is not even ready for one." She laughed.

"Oh, don't be so silly. Of course the world is ready for another spot of north moss." Now it was my turn to laugh.

Then she grew serious. "Dr. Watson, I sincerely believe my father will understand, and I know my sisters will. As for my mother, well... But, my dear Dr. Watson, will you come with me when I tell my father this rapturous news?"

"Are you sure you want me there at such a private time?"

"Absolutely. I cannot want for a stronger ally, nor a finer friend. Will you? Please?"

She had me wrapped around her beautiful, little finger.

"Yes, of course."

"Doctor, you couldn't be mistaken, could you?"

"Your Imperial Highness, the only illness you have picked up is known in scientific circles as 'Bacillus Reillyus.'" We both laughed.

Now all Tatiana had to do was plan when to tell her father for maximum, beneficial reaction. She decided to do it as soon as possible for her own mind's well being. She felt that night, after dinner, would be a good time. Her father would have relaxed with a brandy, and he would be receptive to what Tatiana would tell him. And if I should be needed, he might listen to my council because of my recent restoration to him of his son; whole and vigorous once more.

I consented, and that night just Tatiana, the Tsar and I repaired to the gardens for a stroll after dinner; Tatiana having told her sisters not to intrude.

The Tsar was a happy man as we walked, his arm around his daughter's waist. If it were not for his wife's illness, there was nothing he would want for. Sir Michael had once told us that while, of course, he could not divulge the allowance nor specific arrangements made for the Imperial Family, the Prime Minister was seeing to it that they were treated in reminiscent manner of the style they had become accustomed.

"Papa, there is something I must speak with you about, and Dr. Watson has been good enough to be with us."

"Ah, a conspiracy. But since it is from two of my more favourite people in the world, I see this is one conspiracy from which I have nothing to fear." He laughed.

"Oh, no, Papa. This is something that shall make me the most happy woman on earth, and I hope you will be happy for me, as well."

The Tsar stopped and looked at his daughter. He sensed the serious nature of what was now to come.

"What is it, child?"

"Father, I know you were aware of the very tender affections I held for Colonel Relinsky," until now, I had no idea she had not told her father who Reilly was, "and I believe that because of our circumstances, you understood and approved."

"You are wise, Tatiana and sensitive as a flower." He kissed her on the forehead.

"Father, the colonel and I had fallen in love. Truly in love. Not knowing, literally, what tomorrow held for our family, my time with the colonel became even more precious. And intimate. And though there was no clergy to bind us, we believed that we were wed in the eyes of God."

I thought I saw the Tsar's eyes show recognition of what his daughter had not yet told him.

"Papa, today, this morning, Dr. Watson was good enough to confirm what I have suspected for a few days now. Papa, I am going to have a baby." She looked deep into his eyes for his true answer, but she needn't have worried.

"Tatiana, Tatiana. Yes, I knew. I have tried to understand. And since your mother has left us and would not know, this becomes easier. Your baby will be my first grandchild. That is important. And you have a man who loves you. That is also important. It is interesting how one can change when he does not know if he or his family is to live or die. And what becomes truly important. I have learned."

He then began talking tenderly to Tatiana in Russian, and I left the two there in the yellow moonlight.

The joy I felt for Tatiana and the Tsar, indeed the entire family now, was tempered the next morning when Tatiana again came to call. She asked me to accompany her to the main house once more. This time it was her father who wanted to speak with me.

When we arrived on the terrace, the Tsar wished me good day and bade me sit opposite him. Tatiana sat between us.

"This is some news, is it not, Dr. Watson?"

"Wonderful news, Your Imperial Majesty."

The Tsar took Tatiana's hand in his own.

"The other Grand Duchesses and Alexei are as excited as we, and I cannot thank you enough for your help in this matter."

"I assure you, Your Imperial Majesty, I had nothing at all to do with it." It came out not the way I had wanted, and the Tsar and Tatiana looked at each other and began laughing full steam. I did then, myself.

"Dr. Watson," continued the Tsar, the laugh abating, "there is something, though, I must ask of you."

"If I am able to provide what you need, it shall be done."

"Dr. Watson," he hesitated, then said, "Tatiana, as do my entire family, wish you would stay here and tend to Tatiana during this most important time of her life."

I was hit as hard as if I were struck in the face with a cannon ball. I quickly saw my homeward journey delayed at least another eight months, and my family began slipping away into the distance without me being able to hold onto them.

"But, Your Imperial Majesty, Your Imperial Highness, surely you know of my wife and son in England. It has been months since I have seen them. And until Holmes speaks with them, they know not if I am alive or dead.

"There are other doctors, specialists, who could tend to Her Imperial Highness much better than I. You do not need me here, but my family does need me there. Please, Your Imperial Majesty, Your Imperial Highness, do not ask me to do this. Anything else I would gladly grant, but I want desperately to be home."

"Dr. Watson," said the Tsar, "we fully understand and you know how we sympathize with your desires. You have meant much to us all, especially Alexei and Tatiana. But this is something we feel should be left to the privacy of our family, for reasons you yourself know only too well. And, quite truly, we have come to regard you as such; a lost, loving cousin we were fortunate enough to discover.

"But it is not rational. There are those better..." he cut me off.

"Dr. Watson, you yourself went through the miracle of your wife giving birth. Tell me, doctor, was there anything rational in her actions for months previous? Or has anything rational come from our shared circumstances?

"No, doctor, you are right; there is nothing rational in our request. And while it may be selfish, you are truly wanted, needed, and loved. I shall implore our new friend, when he arrives, to have you be in contact with your family."

"Please, Dr. Watson," said Tatiana, "I cannot even comprehend another doctor with me now at this time."

I was beaten. And since the Tsar did promise to put me in direct contact with Elizabeth, I consented.

The Tsar and Tatiana thanked me so enthusiastically I cannot even begin to convey the overwhelming feelings of warmth I received from them. The Tsar then asked Lawrence to go immediately and fetch their new liaison to him so he could forcefully put in his request about my familial communications.

The Imperial Family's new liaison arrived presently and I went out to speak with him before the Tsar did so. After all, it was not as if we were strangers.

For the man sent to replace Sir Michael was none other than our ally in Ekaterinburg, Arthur Thomas.

Arthur filled in all the gaps, answering all our questions about what happened after we escaped. The most humorous tale being his description of the Bolshies' arguments pro and con on following Holmes' advice about the Romanovs' execution. But before that, let me recount what happened to our comrades left behind.

First and foremost, Father Storozhev: as Holmes foresaw, directly after finding the basement empty, a large detachment of guards from the Impatiev House made a hasty attack on the church. Upon finding the poor old man beaten and tied so, and listening to his cries of anguish and tale of sorrow, many of the guards who had come for blood, were softened and vied with each other in helping the Father. Some brought him water while others made him comfortable on his bed. They completely believed him.

As for Yurovsky, after he had been freed, which happened when his sleeping men heard the battle at the train station, he led his men to that destination. We had all fled, but Gablinev and his men fought on. Eventually they were surrounded by the combined forces of Impatiev House guards, Cheka, and some of the provisional troops in the area. Arthur said Yurovsky told him Gablinev was the last man alive, and rather than fall into the Cheka's hands, he took his own life.

When Yurovsky was told the Imperial Family had escaped, he went back to the church, had his men drag Father Storozhev from his bed, and was only stopped from torturing the poor man by Preston and Thomas who so vigorously protested that Yurovsky released him into their charge. He much later confided to Preston that though he could not prove it, he knew the Father was involved, and he should kill the man just as a lesson to any other White sympathizers. But he never moved against Father Storozhev.

The nuns, as anticipated, were not missed, and the two men left to guard and guide them did as planned and took the nuns back to their convent in the dark of the next night.

As for Preston, when Thomas had been recalled, about one week after we fled, Preston was still there and still very much involved in playing the game. Each day he would demand to see the Imperial

Family, and each day Yurovsky proved as much of an actor when he refused to permit such a visit.

After Yurovksy's gamble had failed at Perm, he and Beleborodov and Yermakov struggled with the decision on what to do. Thomas had heard the bickering from the simple expedient of bending down as if to tie his shoes while the three men screamed back and forth in the open air, right outside Hotel America.

The day was finally won by Yurovsky who convinced the others to go along by literally acting out what it would feel like to first have their testes severed, he made a grab at Beleborodov's and pantomimed a quick slice, then to have them stuffed in their mouths, here he puffed out his cheeks and held his breath until he had turned borscht red, then to be hung, and here he pulled on a mock rope, stood on his tip-toes, thrust out his tongue, and held his breath until he was purple. He won his point. They would "execute" the Romanovs.

Thomas said this 'Bolshie Ballet,' as he called it, was hysterically funny, and he had Preston in stitches with its retelling.

So our friend Arthur Thomas was back, and when the Imperial Family learned of his importance to their escape, they could not thank him enough, or show him enough courtesy.

That is what happened to those we left in Russia. Only Thomas Preston's whereabouts now remained a mystery.

November 11, 1918 The War Is Over!

It was on this magnificent day, that Lawrence came running to the main house holding a paper in his hands. He had just been given it by one of the wireless men who was, quite literally, jumping for joy.

It was handed to the Tsar who stood bolt upright, slapped his knee and exclaimed, "It is over, thank the Lord! The war is over!"

I too jumped up, quite forgot myself and virtually ripped the paper from the Tsar's hands. But everyone was now screaming for joy and everyone kissed everyone else. The Tsar ran in to tell the Tsarina. I then saw Thomas coming up the hill.

Even though he was still too far distant for me to hear, I could tell he was shouting the news at us.

"What a glorious day, Dr. Watson." He bowed at the Imperial Family and offered his congratulations.

"Oh, no," said Anastasia, "we should be offering you the congratulations. It was your country that won the war. You, the Americans and the French.

Thomas went on to tell us the Kaiser had been toppled, and that was all the word he had. While this news was being given, Alexei was strutting around in imitation of his cousin, the Kaiser, using his fingers to indicate the Kaiser's upturned, stiletto moustaches and singing,

"Silly Billy,
Silly Billy,
What will happen
To Cousin Willy?"

And as he said that, he stopped still and his sisters quickly stopped laughing. For it had suddenly dawned on these members of the Imperial Family that their cousin, even though the enemy, was a blood relative; and what, indeed, would happen to him and his throne? Would he be carted off as had they? Or would he not be so lucky? It gave them good for thought, and again it was Olga who spoke.

"No matter what, no sovereign should have to go through what we did."

Thomas and I said nothing, this mood putting a severe damper on our spirits, since we were English and did not give one fig for the Kaiser or his blasted throne. But to see these people that we cared so much about so saddened, Thomas and I decided to just go off by ourselves and perhaps celebrate a little less strongly, and with more homage to introspection.

December 14, 1918

The months were coming and going quickly now. Tatiana was happy and healthy, the baby seemed to be coming along nicely, but I was not happy.

No matter how hard Thomas tried to get permission for me to communicate with Elizabeth, every request was turned down. Even when London knew this was at the direct request of 'Augustus', we received a forceful 'no'.

"Don't be so glum, Dr. Watson," Tatiana would say, "I'm sure Mr. Holmes, in his unique way, has discerned what has happened and is in constant contact with your wife." Of course, I knew she was right, but something still nagged at me. And I spoke of it with Thomas.

"Arthur, you said that when you were ordered to come over by Balfour, no mention was made of a replacement doctor for me?"

"Absolutely not one syllable."

I had not told Thomas of everything that had happened with us since our escape from Russia, only what he needed to know; because even though he appeared to be my friend, and had proved that back in Ekaterinburg, Holmes had left me thoroughly sceptical of all but our immediate group. And I was not about to let Holmes, nor the Imperial Family, let alone myself, down in any manner.

I will say this for Thomas, though, he was a diplomat all right. Because anyone seeing Tatiana growing larger day by day without saying one word, was either a true man of diplomacy or a blind dolt. I tended to think the former of Arthur Thomas.

More months passed, and we learned of the Kaiser's banishment, of King George's grief over the death of his dear Romanov relatives; although, this last, I knew was not more than official obfuscation.

March 2, 1919

This is my first notation in this new year. Tatiana was due and I would be leaving this blessed and cursed island in a month or so. I literally began counting the days; and before I knew it, as the sun jumped up, as morning suns do in the Caribbean, I was awakened by Sarah. It was time. The baby was coming.

The Tsar was already waiting for me at the doorway to Tatiana's room.

"She will be all right, won't she, Dr. Watson?"

"Your Imperial Majesty, she and the baby are more than healthy. Now please, she needs me more than you do this moment." And with that, Sarah and I went in and closed the door.

Sarah was my nurse and companion during the delivery and when a boy emerged, all bloody and strong and howling wildly, Sarah called this boy a gift of the gods.

Tatiana had not suffered much during the delivery, and only the heat of the island caused her discomfort during the time she carried. She immediately demanded to hold her baby and Sarah happily complied with a smile.

Tatiana was crying, the baby was screaming, and I went out to the Tsar. The whole family was there, except the Tsarina, of course.

"Your Imperial Majesty, Your Imperial Highnesses, it is a boy."

The screaming from this group was now louder than that from the baby.

"Can we go in?" asked Alexei.

"Yes, but I suggest one at a time. Your Imperial Majesty, you shall be the first." Before I could finish, he was in the room at Tatiana's bedside.

"Look, look at my grandson. Look how big and strong he is. Doctor, look, look here. I bet he grows to be as tall as my father was." At that, he broke down and wept, his hand holding one hand of the baby, Tatiana's hand on that of her father.

When he had regained his composure, the Tsar asked if it would be all right if he brought the baby in to the Tsarina. At first I was going to ask him to wait, but when I saw the look in his eyes, I could not refuse. But for safety, I asked if I might go with them. He readily agreed.

So, after showing the throng outside their new nephew, and they, en masse, running in to Tatiana, the Tsar, the new Prince and I, went in to the Tsarina.

The Tsarina was seated in one of those wicker peacock chairs, the windows wide open, she just staring out at the sea. The Tsar came up to her and turned her face to us.

"Sonny. Sonny. Look, my dearest. This is your grandson. Tatiana has just become a mother. And you and I are now rickety, old grandparents. How does that sound, 'Grandmama, Granpapa?' Here, Sonny, hold your grandson. He is a piece of your blessed goodness."

He took the Tsarina's hands and put the baby, who now was crying again, into them carefully, still holding the baby with his own hands.

And as the baby cried, the Tsarina's head tilted down at him ever so slowly; but with still no expression on her face. It was then I saw it at the same time as did the Tsar. A tear was falling from the Tsarina's eye, slowly making a brook on her cheek. There was no other recognition. No smile, no movement of her eyes of any sort, no physical manifestation at all; just that one tear.

"You see, you see," said the Tsar weeping as did the baby in his wife's hands, "she *does* know, she does know."

That one tear falling so delicately, so comprehendingly, if you will, from the eye of the Tsarina, was even more touching to me than the birth of her first grandchild.

Of course, Tatiana named the baby after his father, and I again chastised her about having two Sidney Reillys in this world. But the deed was done, and the baby could certainly not return from whence he had come.

My work here was now truly nearing its end.

The baby and Tatiana progressed better than well. The bond between the two was that between every mother and babe, pure and loving and hopeful of the future. The Tsar was now spending more time with little Sidney, almost, than he was with the Tsarina; and as often as possible, he combined the two. Amazingly, the Tsarina seemed to be responding. I do not mean that she recognized her surroundings, nor the people who loved her, but she seemed to be holding the baby, now, with her own hands whenever he was placed into them. There seemed to be something beginning to stir within her.

We all saw this, and Olga, who was now spending more time with the Tsarina, mentioned that once when the Tsar tried to take Sidney away, it seemed that the Tsarina actually tried to hold on to the baby. The Tsar was overjoyed at this, and he also claimed that once when the baby was crying in the nursery, the Tsarina did move her head in that direction; as if she understood.

Alexei, though, perhaps, was the proudest of all the Imperial Family. He would spend hours having Sidney hold onto his fingers, and could be heard telling the baby, "You will run and climb and wrestle and play and you never will have to worry about hurting yourself. I promise you that. I will look after you, Sidney."

At those times, as Sarah sat nearby, she would look at these new adopted members of her blood and laugh and cry at the same time. She would tell me, "Dr. Watson, those children will do something special when they grow. They are meant for big things. I know it. I feel it. I promise it."

April 4, 1919

Another month passed, and I, through Thomas, had finally been given permission to come home because I simply threatened to book passage myself to Grand Bahama Island, and from there take a ship home. There was absolutely nothing now here to hold me.

June 20, 1919

It was more than a year since I had bid good-bye to Elizabeth. But now I was going home. Home. What a simple yet deep word that is. I pray to God you are never forced to contemplate fully its true meanings under any like circumstances.

A ship would be here in another two weeks or so, and on it would be my replacement. Thomas said it would most likely be naval doctor, under strict secrecy orders. He would be proved correct.

The Imperial Family now knew I would be leaving, and though they tried to keep me on the island, knowing my duty to them was more than fulfilled, they accepted my impending departure with imperial grace.

July 4, 1919

My 'rescue ship' arrived on July 4, a fitting independence date for me as well as the Americans, and as Thomas had supposed, a naval doctor under heavy orders was to be my replacement. We spent suitable time in the give and take of questions, answers, procedures, foibles, habits, preferences, etc., and I knew that this young physician, a Commander Bernard Harrow, was more than capable to discharge the duties now assigned him. I could leave with no guilt on that score.

The night before I left, much as had happened on the night before my friends' departure last year, the Imperial Family gave me a send-off dinner with Thomas as guest.

There were toasts and tears and times recalled, but emotion was kept to a minimum. The true outpourings would come on the morrow.

But that night, since Olga would be staying behind with her mother at the house in the morning, I gave her my goodbyes, and then went in to say likewise to the Tsarina. The Tsar was with me.

The Tsarina was sitting up in bed, seemingly not comprehending as I bid farewell. I then took her hand to kiss it, and was surprised when I felt her fingers grip my hand as if she did not want to let me go. I was so taken aback at this reaction that I called the Tsar closer to witness it for himself. Of course this made him further convinced that his wife was returning, albeit slowly. From the Tsarina's actions since the birth of Sidney, I too was becoming a subscriber to this way of thinking. I promised to do all I could to have a specialist sent to her.

July 5, 1919 Going Home

On my final morning, I said my personal good-byes to Lawrence, and had a special, quiet time of talking with Sarah who gave me an amulet for John, 'to ward off the big evils of big white devils', and a hug and kiss to me until I was safe with my wife. The Imperial Family, accompanied by Thomas, came down to the slip to say their proper goodbyes.

I received warm hugs and kisses from Anastasia and Marie, who admonished me to 'box Captain Yardley about the ears' because he had never communicated with her all these months, and an especially long and strong hug from Alexei who said, "You have been one of my truest friends in all my life, Dr. Watson. I shall miss you terribly, but I shall never, never forget you. And I pray you return to us when you are able."

Tatiana then came up to me, she was holding little Sidney who she placed into my hands.

"You are his true godfather, Dr. Watson. You always shall be so. I pray and promise you this: that for all you have done for me and my family and my baby, some day my baby shall find a way to return even a portion of your deeds. I love you, Dr. Watson, and I hope you find the means and the power to return to us someday. If, by some miracle, my big Sidney should arrive, I shall tell him of all you have done, and take him deep into the forest and show him your so very many spots of north moss." She kissed me, I kissed Sidney, and gave the baby back to her.

The Tsar was the last of the family to say good-bye. There were already tears in his eyes. And though he tried to speak, he could not bring forth the words, so filled was he with emotion. He seemed to be desperately trying to say something or do something to show what he could not say, and then his face suddenly brightened and he raised both his hands to his chest level and slowly pulled from his finger perhaps his most precious possession of all, his wedding ring.

This he put into my hands.

When I tried to decline, he closed my fist around the ring and I could see the joy in his eyes that he had found a gift he felt worthy of his esteem and thanks. Now *I* could not speak. I turned to the launch as Thomas helped me in, shook my hand, told me not to worry about anything, and that he would see me in London when he got back.

As the launch distanced itself from the slip and drew closer to my vessel of passage, the figures so near for so long, were now so far in so short a time.

July 9, 1919 Home

I was back in London in five days, my 'rescue vessel' being an old, light cruiser whose captain and crew seemed to be as lethargic as the ship. This was merely an errand ship, plying special passengers and packets back and forth to places as diverse as was the Empire.

To those aboard I was a Mr. Wilson, and the captain knew not Captain Yardley nor much news of any import to me.

There was no one but a sailor to meet me back at Harwich, and as he drove me back down to London, my adrenalin coursed quicker with every mile.

It was 8:00 P.M. when the sailor dropped me and my bags in front of my house, my knees and legs literally shaking from anticipation and fear. I went up to my front door and was petrified to ring my own bell. Then quickly, I did. I heard the familiar voice from inside.

"Yes? Who is it?"

My throat suddenly went as dry as the Sahara. I croaked out an answer.

"Who is it?"

"Elizabeth, Elizabeth!"

For the tiniest second the door remained shut against me, and then, with a mighty burst inward, it was open and Elizabeth had flung herself into my arms.

"John, John, John," was all she could say between tears. I moved us inside as one, so tightly was she clinging to my neck. After innumerable kisses and tears and screams of delight, we finally let go of each other and fell laughing, onto our parlour sofa.

She had so many questions, so many questions, but my first question now, after seeing that Elizabeth was as perfect as ever, was about John. He was asleep in his room and up we went so I could see him. He lay there, his sheet wrapped tightly around him like a sari. My, he had grown. I looked down at my son and began sobbing uncontrollably. Elizabeth led me back downstairs so I did not disturb John.

She took me back to the sofa, where she held me as all the

tears, frustrations, hardship and anguish of the last year erupted to the surface. There was nothing I could do to stop, and Elizabeth, as always, understood; and let these emotions run their course.

Finally, when I stopped weeping due to the exhaustion that took hold, I was able to ask Elizabeth about Holmes. I noticed a very confused and concerned look in her eyes.

"Elizabeth, what is it? What about Holmes? How is he?"

She continued to look at me, her eyes filled with pity and question, and she now began to cry.

"Elizabeth, what is it? What's the matter?"

"Oh, John..."

"Elizabeth, what is it? What about Holmes? How is he?"

"John, Mr. Holmes is dead. He has been dead these many months now."

I sat there as if someone had just kicked me in the solar plexus. All the wind was knocked out of me.

I was still in shock as Elizabeth led me to our room and helped me change from my clothes. Finally, I was able to begin asking rational questions.

"How? Where?"

"The papers said only that Holmes was on a ship in the Atlantic somewhere, on a return trip from a highly secret mission to help shorten the war. They said his ship was sunk by German U-boats. All hands were lost. I saved the papers so you could read them for yourself."

"Elizabeth, please tell me, no one from the government contacted you about this?"

"Yes, they did, John. On the night before the stories came out, I was visited by a man who said he was from the government, but could not tell me who he was or what branch he was from. He claimed war security and the like. But he was a very nice man, John; he was truly concerned. His first words to me, to calm my initial fears that ill had befallen you and Mr. Holmes, was that you were completely safe.

Then he told me about Mr. Holmes. He said the papers would have stories in the morning, but they would be vague and not completely true. He told me that war security still was tight and the true story would probably never be told.

"He said he was here on his own; that he wasn't sent by anyone. He personally wanted to allay my fears and to let me know that you were perfectly all right. He told me you were not with Mr. Holmes, that you had to remain behind, wherever you were, he would not tell me, to tend to a particular medical matter.

"When I asked him if he knew when you would be home, he said that information he did not yet have and he doubted if he would be able to contact me again. But three months later I received this in the post." Elizabeth fetched a letter she had kept locked in my desk. It said only this: HOME IN ABOUT SIX MONTHS. Nothing more.

"Elizabeth, did this man give you his name, or any indication of why he took this personal interest?"

"No, John. From what you've told me of all your dealings with Mr. Holmes, I simply believed this to part of the fabric past. And I believe, after all of my years, that I have become fairly adept at feeling who is a good man, or a bad man. This was a good man."

All this was too much. I had not even been home thirty minutes when this black news was given me. I had not even begun to contemplate on the fates of Yardley and Preston and what Yardley's father had done upon hearing this news. And coming hard upon my reunion with Elizabeth and John, it literally pushed me over the edge of tension and exhaustion, and I fell asleep still holding the letter the man had sent to Elizabeth, and wondering who, in heaven's name, could this man be?

July 10, 1919

I awakened in very late morning to the sight of John, standing over my bed and staring down intently at me. When I turned and opened my eyes and saw him, a huge smile came to his face and with a matured sense of humour he said, in a surprisingly deep voice:

"Well, well, father. You're home." And the next few minutes were spent in hugging and kissing and telling my son how big he had grown, which he truly had, and in commending him on the way in which he had watched over his mother while I was away.

"I'm very sorry about Mr. Holmes," he said later; then

immediately followed that sensitivity with, "did you and Mr. Holmes kill many Germans before they got him?" He had read the papers and expected some fabulous war-torn tale.

Elizabeth entered the room at this moment.

"Now, John, don't ask such questions. Your father is quite upset about Mr. Holmes and doesn't need such foolishness."

"No, Elizabeth, it is quite all right. John is just asking the normal sort of thing." I took the time to explain that Mr. Holmes had died a hero. I said he had died helping England with the war. That simple explanation seemed to satisfy John, for now, and he gave me another welcome hug.

Later that day, Elizabeth and I discussed what had become of Holmes' effects and his home near Eastboune. Even though Mycroft had taken charge of everything, he had been in touch with Elizabeth, and had made her promise to have me contact him immediately upon my return.

Elizabeth said Mycroft had disposed of most of the property, had kept some things for himself, and, in time, would sell others to the growing throng of insatiable collectors who now seemed to hound him. Before this, he needed to know which items were of special value to me as he wished me to have them.

My main concern was to now find the truth about what had really happened to Holmes, Yardley and Preston. Mycroft could wait. I felt my first stop must be to where this terrible adventure had begun.

I wanted to go to 10 Downing Street. I needed answers. But I then thought better of it and went to the Admiralty. I needed to speak with Admiral Yardley before I spoke with anyone else. I was sure it would be the thing Holmes would do.

The officer on duty at first felt he could not divulge the admiral's whereabouts, but upon finding out who I was, "*The* Dr. Watson?" he asked, he told me the admiral was not on sea duty, and that he was, again, up at Scapa Flow. I could ring him there.

Then, although Elizabeth had said the newspapers claimed all hands were lost when Holmes' ship was sunk, I inquired about Captain

Yardley. After checking through his files, he simply said, "Deceased."

Deceased. Young Yardley, as well. I couldn't absorb it. I needed to obtain more substantial information, and rather quickly. I realized I might know where.

Before going home to call the admiral, I decided to make a stab at checking on Preston. I went to the Foreign Office and was told by a clerk who had known Sir Michael that "he had been killed on that ship with Mr. Holmes."

Since this clerk had known Sir Michael, I asked if she had known Sir Michael's son.

"Oh, Thomas Preston. Well, I don't know him personally, but from what I remember, he was in Russia when they shot the Tsar and his family, I think. Yes, I recall that."

"Well, could you please tell me where he is now?"

"Now? You mean at this very minute?"

"I suppose so," I said testily.

"Why, upstairs," she said.

"What?" I said it so loudly I believe the ceiling shook from the reverberation. "What do you mean upstairs?"

She was looking at me as if I was a lunatic.

"Exactly what I said. Sir Thomas is probably up in his office. It's Room 2407."

I believe I was up the stairs before the 'thank you' was completely free of my mouth.

I opened the door, told his secretary who I was and after she went in to check, she returned and held open the door to his inner office. I walked in to find a man standing there I had never before seen in my life; a total stranger who came forward to greet me.

"Hello, Dr. Watson; this is quite an honour, sir. But to what do I owe the pleasure? Why have you come to see me?"

"I'm sorry, sir, I don’t understand. I am here to see Sir Thomas Preston."

"I am he."

After he had sat me down, and I regained my composure, he assured me that he was, in fact, who he claimed to be, and even showed me a picture of himself with Sir Michael and his mother. When I said that picture could be of friends together, he said he now understood how my mind had been influenced by Holmes and how I must have been of significant help to the great man.

I was in no mood for chit-chat and I told him as much. But since I did not know what he knew, I could not tell him why I had such a bizarre reaction. So I asked him to bear with me as I asked a few questions.

"Sir Thomas, did you know where your father had been or on what purpose, when he was killed?"

"No, Dr. Watson; not at all. I only know it was important. When my father was killed along with Mr. Holmes, I was told by the Ministry that he had been on secret war business, and that I could be proud of what he had done for his country."

"Who told you this, Sir Thomas?"

"Why, the Foreign Secretary, Mr. Balfour."

"One more thing, please, how come you never got to Ekaterinburg?"

"But how did you know that? No one was supposed to know that."

"Please, trust me, what happened? Who or what detained you?"

"Dr. Watson, I'm not sure I should be talking to you about my whereabouts in Russia. At the time, it was most secret."

"Sir Thomas, I was an intimate of your father during the last weeks of his life. I myself cannot tell you where he was or what he was doing for the same secrets of State, but you know from the newspapers and Mr. Balfour that he was doing something very special for the nation. You also know that since Mr. Holmes died with your father, they were working together. Had it not been for a turn of fate, I too, would have been killed along with them.

"Please, Sir Thomas, why did you never get through to

Ekaterinburg?"

He thought heavily for a few more minutes while pacing about, then sat opposite me.

"Dr. Watson, it is obvious you know a great deal more than you or anyone not directly involved is supposed to. Furthermore, you are the only person who has claimed to have direct knowledge of my father before he died. Yes, I'll trust you. But I require one guarantee."

"Ask it."

"That as soon as you are able, you shall tell me everything about this business; everything about my father."

"Done.

"Good. Dr. Watson, I had been sent into Russia in early June, into Petrograd. I was waiting for transportation to Vologda, and from there to Ekaterinburg, when I was kidnapped."

"Kidnapped, you say? By whom? For what?"

"The 'whom' I know: Whites. The 'for what', I still don't know."

"This makes absolutely no sense whatsoever," I said. Then it struck me. "Sir Thomas, why were you being sent into Russia?"

"Another good question, Dr. Watson. I was told I would be informed once there. But I never met Sir George Buchanan, he was already in Vologda, and the only person I had direct contact with was a Cheka Colonel..."

"By the name of Relinsky. I know."

"But, my God, how do you know that?"

"That is all part of what I cannot, as yet, tell you. But please, how did you finally succeed in being released?"

"They just let me go. I was released about a week later with the admonition to say nothing to anyone or they would find me wherever I was and see to it that I was killed.

"I don't mind telling you, Dr. Watson, that this whole experience was like nothing I had ever encountered before. It was what I would expect from some clandestine operation thick with spies; or something like you and Mr. Holmes were involved in, I suppose.

"I'm a diplomat. I never had training or classes in kidnapping behaviour."

"But you said these abductors were Whites. How did you know that?"

"They, themselves, basically told me so. They said they were working against the Bolshevik Revolution, and that since I was British, I was a tool of the Reds.

"When I explained the British were practically funding the counter-revolution single-handedly, they would just laugh and demand to see the millions in pounds sterling that I had for them. They would personally turn it over to Admiral Kolchak, they laughed.

"Anyway, I got the impression the whole thing was a sham of some kind. That maybe they weren't really Whites. I don't know anymore. I was treated all right and released, and upon my return to our consulate in Petrograd, I was told to use the name 'Stanley', and I would be taken back to England shortly on a British ship of the line."

"Now, don't tell me," I said, "Let me really play the mind reader here. You were taken back aboard a wounded cruiser, the *Attentive*, correct?"

I have never seen such a look of pure disbelief and astonishment on anyone's face. Had I told him sand would become the most precious commodity in the world on the morrow, I am absolutely convinced he would not have been more stunned. He slowly regained his composure and responded.

Also, Admiral Yardley had been his host on the return trip, and neither knew of the other's connection to Sir Michael. What a pity that was.

"When I returned, I was kept in seclusion for 'debriefing' and rest, I was told, and was permitted my freedom again towards the latter part of July. In August I was made a knight for my services to the crown. I thought it a bit odd, but who am I to look a gift horse in the mouth, as they say."

There was no more he could tell me, and there was no more I could tell him. I said to him I would be speaking with him in the very near future, and I headed home; it now being late in the afternoon.

By the time I arrived, I was exhausted from the day's labours, and was thrilled to see Elizabeth racing towards me as I took a step in through the door. However, this joy turned to concern when I noticed

Elizabeth's face.

"John, there is someone here to see you. Knowing how tired you'd be, I tried, but I really couldn't keep him out. I didn't know what to do, so I just let him in."

"What? Elizabeth, you and John are all right, then?"

"Oh, quite, quite. He has been a perfect gentleman."

"Who, Elizabeth? Who is here to see me?"

"John, it is a Mr. John Clay."

John Clay? Here in my own house? I had not actually seen the criminal since 1890, when Holmes solved the mystery of "The Red-Headed League". But he had troubled us much after his escape. Especially after Moriarty died and he had become one of England's most sinister criminals. I rushed into the parlour.

There sat the spider. I could almost see the strands of web emitting from his person, a criminal and crime at the end of each sticky string.

"How dare you come to my home?" I shouted.

"Why, Dr. Watson, I have always known you to be such a civil and courteous man. I would not expect this from you."

"What else could you expect from me?"

"My, my, Dr. Watson, such venom from one usually so pacific. To have listened to Mr. Holmes and yourself over the years, it should be *I* spitting forth venom."

"I do not find you amusing, and I have no wish to find you again. Anywhere. Now what is it that you want? Why are you here?"

"May I sit, again, Dr. Watson?"

"You may not. Just state your business and get out!"

He looked at me through almost closed eyes. I knew I was not the intellectual equal of this man, yet I felt I had the upper hand in my own home.

"Dr. Watson, what I am here to say, you will probably not believe, but I shall say it anyway."

He reminded me of nothing more than a doppelganger of his former mentor as he stood there with dark suit and cloak, even though the weather was mild and agreeable. His head shook from side to side in imitation of the late professor. Holmes regarded Moriarty as a cold-blooded reptile and Clay now appeared to be no different.

"Dr. Watson, whatever you and Mr. Holmes thought of me is of no consequence now, as are you of no consequence now that Mr. Holmes is no longer with us. But whatever you and he made of me, whatever mould you cast me in, however dangerous you portrayed me to the world, remember that I am of royal blood and the one epithet neither of you ever darkened my reputation with was that of 'traitor'."

"Traitor? What are you talking about?"

"I am talking about this, Dr. Watson: that for the many years before Mr. Holmes retired, he had proved my one constant. He was the one man in England, in the entire Empire, who I could count on to be a proper intellectual challenge. While you thought Holmes to be keeping his bees serenely down in Sussex, without your knowledge, we had challenged each other on a semi-regular basis. Now that challenge is gone. I shall miss the parry and thrust, the superlative anticipation of turning a shadowed corner to wonder if Holmes had already divined my thoughts and would be there waiting.

"Dr. Watson, I am trying to say that whatever I may be, I do love England."

"This is absurd, Clay. You suddenly claim patriotism."

"I do so because it is true. I am an Englishman. My grandfather, as you will recall, was a royal duke. I, too, in my own way, aided our war effort. Have you not stopped to think why there were never any significant amounts of German sabotage at our shipyards? Have you never wondered why our rail systems and communications networks never experienced major turmoil? Have you never prognosticated on why even the Royal Family slept serenely in their beds unencumbered by the various enemy threats made upon their persons?

"Of course you haven't, nor has anyone else. The only time anyone would have thought on these things was if disaster had struck. If our ships had been blown up like firecrackers in their berths; if our trains ran off the tracks; if our telephones and telegraphs came to a silent halt; if shots had been fired at the King, or Queen, or their offspring.

"It is because of me and my underlings that these things did not happen."

"What are you implying, Clay?"

"Holmes himself said countless times how after Moriarty died I had donned his mantle. I sat at the epicentre of a giant web; and each strand was connected to some nefarious deed or group of criminals. He accused me of power at the shipyards, power at the stations and depots, and he assumed that every pickpocket in the city of London was tied in to me stronger than had been the Artful Dodger with Fagin.

"Well, he was absolutely correct, Dr. Watson. My men were, and are, virtually everywhere. They watch the shipyards and docks; by the way, how do you think I knew you were back the moment your foot touched British soil? They survey the railway stations and railway lines thus preventing any evil act before it can occur. Around Buckingham Palace, the very cutthroat pickpockets your Mr. Holmes railed to heaven about, those very same criminals were the ones whose eyes watched the palace day and night to spot anyone suspicious.

"And when they did, whoever it was they saw, saw no more. We do not have to abide by the rules of trial by jury. It is better to step on a bug before it can produce its filth."

"Are you saying that you and your criminals have guarded England during the Great War?"

"Yes, Dr. Watson. By no means alone; but, yes. There was even a tacit compact between certain government agencies and myself to that effect. Since my men would not do well in the army or navy, they did their best to aid our victory in the only way they knew how.

"I have merely come to pay my respects to a fallen hero; for I know that antagonist that he was, Sherlock Holmes was a patriotic Englishman through and through, and much more likely than I to be called upon to do his part for his King and Country."

At those words, a bell rang in my mind. My tone suddenly changed and Clay noticed immediately.

"Please forgive me. I thought you came on some heinous mission to threaten my wife and son and very home."

"Dr. Watson, I am not a monster. I do not harass women and

children." He said this warily, like he was expecting something new to arise form our conversation; and he was quite correct.

"Clay, you are right about Holmes. He and I were on very important business to aid the war effort. That is why he met his end."

"I understood it to be those cowardly German U-boats."

"Perhaps." As I said that, he gave an audible grunt. He knew instantly something was amiss.

"What do you mean, 'Perhaps'?"

"Clay, what I am now going to ask you is beyond even my belief. Even one year ago, should anyone have told me I would be asking this of you, I would have thought them quite mad. But if I ever came to you and asked for your help in discovering the full truth behind the murder of Holmes, would you grant it?"

Now it was Clay who was taken aback. He eyed me as would a beggar whose hand held out was greeted by someone dangling a twenty pound note at his palm. He could not believe it, but he did not wish to chase the fortune away.

"Dr. Watson, are you saying that Holmes was not killed by a U-boat?"

"I am not. I am saying that in service to his country, he was killed. As yet, however, I am not sure I believe how."

"This is bordering on absurd, doctor. I am now being asked by the compatriot of my late, great adversary, to help unravel the mystery of his demise." He stopped for a moment and turned coy. "Should I grant you this favour, Dr. Watson, what recompense could I expect?"

"My tone was harsh, I am sorry. But you have come to pay your respects, you say, to a fallen hero of the Empire, even though the man was your sworn enemy. That shows a special chivalry. Something I never thought you possessed. Yet now you want to know how aiding me would benefit you? How quickly we lose our altruism."

"That is not so, Dr. Watson. I would grant you a request to help in such manner. But this is so bizarre, so unexpected, I would not feel comfortable without some small token of your chivalry in return."

"Very well, though I cannot tell you how I shall repay this kindness, will you accept my word of honour as a physician?"

"There are no words of honour from physicians. But I shall

accept your word as Englishman."

"Consider it given, Mr. Clay."

"Very well."

And then, though I never thought this could ever happen, and I prayed to the spirit of Holmes to forgive me, I shook hands with the Devil.

I rang Scapa Flow after Clay had gone. I was told Admiral Yardley had left for London the previous day and no, they did not know his destination.

I need not have worried; for at a few minutes past ten, Yardley appeared at our front door. After a very hardy handshake, I introduced him to Elizabeth, who with a knowing look, excused herself for the evening.

"Admiral, how did you know I was back?"

"I may not be in naval intelligence, but we old sea dogs have our own methods." I offered him a drink but he settled for some cool tea, the night being so warm. After discussing some trivia, we came to our business.

"Admiral, please tell me all you know about the deaths of your son and friend, and my friend; for on that island we knew nothing."

"You mean you just learned about the tragedy when you got back home?"

"That is precisely what I mean."

"Damn! Close to a year and you didn't even know what happened. I learned about it patrolling the North Atlantic. They said a U-boat had torpedoed the ship and Holmes, Michael, Peters and the rest, were all drowned or killed in the explosion.

"But I did some checking. They said it happened at a certain place and time; I did some calculations and found that travelling at the *Salvator*'s usual rate of speed, and taking into account the time which they left Eleuthera, they could not have been anywhere near their supposed site of sinking.

"My calculations put them closer to Bermuda."

"Bermuda?"

"Yes, and listen to this, doctor. A captain friend of mine who was on duty in those waters, remembers some natives who claimed there was an explosion on the water one night, not too far from the island, at the time my calculations would have the *Salvator* there. It was around one in the morning.

"Which means that the *Salvator* was not sunk when it was supposed to have been, nor where it was supposed to have been. It means the reports were false and I wanted to know where the reports originated."

"Let me guess, with intelligence?"

"Correct. I went to Newsome to see why. He told me that his radio people had picked up the Germans, in their code, talking about this spy ship coming from the Bahamas."

"Spy ship? Where the devil would the Germans have gotten that from?"

"Newsome said the Germans thought the ship to be carrying important British agents and that it had been identified as previously being part of the British invasion force of Archangel. The U-Boat had orders to sink it immediately. Since this ship was nowhere in the logs, remember, it was a most secret mission, the intelligence people had absolutely no idea of what the Germans were jabbering about, and the matter was dropped. They thought it to be just so much misinformation."

"So you are satisfied that the Germans sunk the *Salvator*?"

"That I am, but I am positive it was not sunk where our reports claimed it to be."

"Then do you have any idea then what we should do?"

"No, absolutely none. I only know that my son is gone, along with Mr. Holmes and Michael."

"My God, I have quite forgotten to tell you." And I recounted my meeting with the real Sir Thomas Preston that day. The admiral just sat there more confused and disheartened than ever.

"My God, Michael's boy with me on my very ship; and me in complete ignorance. Dr. Watson, this is too diabolical for me. I lack both the subtle mind of Mr. Holmes and the diplomatic mien of Michael. I am a bluff sailor trained for battle and I believe that tomorrow, I shall go full speed into Newsome."

He left after about an hour later and I bid him farewell.

I had put out all the downstairs lights and was about to retire when the bell rang again. At first I thought it was Yardley returning for something but when I opened the door, I found two large men standing there, not too dissimilar to the ones Holmes had been 'abducted' by at the beginning of this nightmare.

"Dr. Watson," said the first man, with the thick, red beard and anvil body, "excuse us, we know the hour, but we must speak with you." They pushed past me and went into the parlour. They knew where to go and this gave me a chill.

"Who are you?" I asked as I restored light to the room.

"That is unimportant right now. But we are from those who sent you and Mr. Holmes on your task. We have a special request to make of you based upon some information we know you'll find most invaluable."

"What request? What information?"

"First, the information. Dr. Watson, Sherlock Holmes is not dead."

I sat there like a fool, not knowing what to say or even what to feel, anymore. My body and mind were as limp as rag dolls and I felt like I was falling into a bottomless void. Would these shocks never end?

"Dr. Watson, did you hear me? Mr. Holmes is alive. We have him."

"We? Who is 'we'? Where do you have him?"

"Doctor, as I have said, we are from those that first sent you and Mr. Holmes on your task. We have Mr. Holmes, in protective custody, shall we say?"

"What are you talking about? Why would Holmes be in your protective custody? The whole world thinks he is dead."

"Ah, yes. And that is precisely the point. But tomorrow morning, the world shall know that you are alive. That you slipped back into England quietly. Every reporter and newspaper in the world will be camping outside your door for a story."

"But I had nothing to do with Holmes' death."

"Of course you didn't, doctor. But where have you been all this time? Where were you when Holmes was killed? Why were you not with him? What sort of mission were you both engaged upon? These are just some of the questions they will be hurling at you quicker than hand grenades; each one potentially as deadly as the last."

"I still do not understand. Why do you have Holmes? Why have you let the world think him dead?"

"I'm coming to that, Dr. Watson." The man had the manners of a jackal. He was too polite and consequently I was left with the feeling that he would bite at any moment; which was precisely what he was about to do. Compared to this creature, I can honestly say I preferred the company of Clay.

"You see, doctor, the world will expect from you a chronicle of Holmes' last adventure. Everyone will want to know everything about it. The Hun villains: the secrets stolen and retrieved; all the gore. That's where you come in. We want you to write it."

"What do you mean, 'write it'? Write what? You yourself say Holmes is alive. Why should I write such lies?"

"Because, Dr. Watson, if you do not, Mr. Holmes will not be alive for very long."

"What? You threaten to kill Sherlock Holmes?!"

"Dr. Watson, I can assure you of this: If you do not write what we want of you, Mr. Holmes shall disappear like a coin in the hand of a cheap magician."

I was trying to think quickly while I could think at all.

"How do I know you are not lying? How do I know Holmes is not already dead as the world suspects and the British government has stated? How do I know if these things are false?"

"You do not, Dr. Watson; you do not. Furthermore, once the reporters descend upon your house tomorrow, you shall also not have the time or wherewithal to continue that little investigation of yours. Yes, we've been watching you. We know who you've spoken with and we can guess what about."

"Are you threatening them, too?"

"Dr. Watson, may I remind you that you are talking to representatives of your legally elected government? Would we threaten the lives of such important men as Admiral Richard Yardley and Sir Thomas Preston? Come, now, Dr. Watson, do you think we are monsters like your Mr. Clay?"

He was right; with Clay, you always knew he opposed you. Here, you did not know whom to trust. I thought about what Reilly had said: in his line of work, the criminals were the vanguards of society.

I knew that if these two individuals were sent to me in the middle of the night, their master needed something important of me. They would not dare harm one hair on my head. For the time being at least, I decided to play for time and shook my head.

"You will regret your decision doctor and you will change it before long. If not, I promise that your Mr. Holmes will die an agonizing death." With that, the two turned tail and left.

I fell into a chair and just sat there trying to puzzle this out in the semi-consciousness of my mind. In just a few hours the reporters would be hammering at our door and my family would be frightened for me all over again. I had no time to lose. Time and lack of timidity were the key.

I went upstairs and woke Elizabeth. I told her not to fear and to get John ready for a quick journey. I told her I was going out and that I would be back as soon as possible. When she begged to know where I was going, I said to sup with the Devil.

July 11, 1919

It was just after midnight when I stepped outside my front door and saw a man whom I knew to be of Clay's minions. As I had suspected, Clay had my house under observation. I hastened to the man; although, he tried to deny his connection. I explained my urgent circumstance, and he said I should follow him. As we walked, I wondered if were we being followed by those in league with the two blackguards who had so recently left me.

We eventually reached an alleyway some two miles from my home where I was to wait until sent for. Right enough, forty minutes later, a coach stopped in front of me. The door opened and I heard a now-familiar voice say, "Get in, Dr. Watson."

I obeyed and we were off.

"I did not expect your call this quickly" said Clay.

"Nor did I expect to make the call. But I now know for a certainty that you are one of the few people in England I can trust at this moment."

A look of incredulity came over Clay's face.

"I still find our alliance uncomfortable doctor. Yet you appear sincere. Tell me exactly what has happened."

"Those who are sworn to defend all Englishmen and uphold our laws may be at the bottom of deeds more base than you ever laid at Holmes' feet. I am watched, my family is threatened by these people, and I now know what I can give you in return for your succour."

His eyes widened. He still unnerved me, but I knew he would want what I could give; and even the Devil held to his bargains.

"What? What can you give me?"

"Death!" I said.

He grunted. "Death?"

"Yes, and a welcome one at that. Think of how free you shall be if Scotland Yard and the whole of England believe you to be dead. All suspicions of you shall cease. All trails that might have led to you shall now be thought false and the hunt called of. You shall be free, Clay, free to follow your desires without the encumbrance of existence."

"Exactly how do you plan to achieve this?"

"I shall be shortly called upon by the world to give a final account of the death of Sherlock Holmes. To honour his memory I shall write how he foiled insidious espionage plots stretching all the way to the Caribbean and gave his life in doing so. I shall also write that his last adventure in London before he began the service to his country which claimed his life, had claimed yours. I shall detail how your own men had mutinied against you and drowned you in the Channel, weighing you down so your body would never be found.

"Once you are thought dead, the world shall believe it and be thankful for it," I thought I saw an expression of remorse in his eyes at those words. "You shall be set free to spread your black wings. But should you be apprehended because of your mistakes or those of your underlings, you shall attach no blame to me or my family. Is that understood?"

"It is, Dr. Watson." He looked at me, literally from head to toe. "Are you sure you are not Sherlock Holmes in a Dr. Watson disguise? I would have never thought you capable of such subtle brilliance."

"Nor would I. Now, this is what I need of you..."

The government men who were left to watch my house were 'relieved' of their duties by those in the employ of Clay. Then, with John and Elizabeth safely with others of his choosing, on the way to her parents in Yorkshire, the second part of my plan was put into motion.

I was taken by carriage to where Admiral Yardley had been followed by another of Clay's men and I roused him from his slumber. I begged him put his trust in me and get dressed. In a few moments, we were hurtling through the London night to the home of Sir Randolph Newsome.

As our carriage lurched violently and pitched us, it seemed, contrary to the laws of gravity, I told Yardley about my nocturnal callers, and told him the time had come to force Newsome's hand.

Before the carriage even came to a complete halt, Yardley was pounding on Newsome's door. In a few moments, we were let inside.

"Richard. What are you doing here at this hour? Who is this with you?"

"Hurry, Newsome, there isn't time. Is anyone here with you?" We followed Newsome into his study and he sat at his desk.

"No, not tonight. I'm quite alone. What is this all about, Richard?"

It was at that point that Yardley pulled out a revolver and placed it tightly against the skull of Randolph Newsome.

"Newsome, you may have cost my son his life. Now sit down. I'm going to count back from ten. And if you haven't told me everything you know, your brains are going to be all over your stylish, new wallpaper. Ten!"

"I don't know anything." He calmly lit a cigarette.

"Nine!"

"You must be mad, Richard; I don't even know what you're talking about." It was as if he was sitting on a block of ice.

"Eight!"

"I know nothing. Are you going to shoot an innocent man?" He blew a smoke ring.

"Seven!"

"Innocent of what?" I interjected.

"Six!"

"Innocent of anything. I was only following orders."

"Five!"

"What orders?" I asked.

"Just orders: I was doing my duty!" He jammed the cigarette into the ashtray.

"Four!"

"Speak now, man," said I, "or the admiral will do as he says!"

"Three!"

"What do you want to know?"

"Why was the *Salvator* sunk and who gave the order to sink her?"

"I don't know." I thought I detected a qualm in his voice. "No one gave orders. It just happened."

"Two!"

"Look, Richard, I know you're still upset about William's death, but this is too much."

"But I'm the one with the gun now! One!"

"All right, all right. I'll tell you everything. Just put that infernal toy away." He was more peeved than frightened.

Yardley pulled the revolver directly from touching Newsome's head, but kept it only one inch away.

"It was Balfour. Balfour gave me the order to have Reilly insure the failure of the rescue attempt."

"But what about William?" screamed the admiral.

"I don't know. I don't know what happened there."

Yardley pushed the revolver hard against Newsome's skull

again.

"Listen you piece of wretched filth, I stopped at number one." He cocked the trigger. "Now I'll ask you one more time: What about William?"

"It wasn't just William. It was Holmes and Preston, as well. He wanted them all dead." He reached for another cigarette.

“Who wanted them all dead? Who?” he screamed.

"I don’t know, but someone had signals sent that led the Germans to believe the ship was a spy ship. They torpedoed it. I had nothing to do with any of it, Richard. You do believe me, don't you?"

Yardley then stepped a few feet away, but with the pistol still aimed right at Newsome’s forehead, and said, "The only thing I believe is how much I shall enjoy pulling this trigger!"

Then, before I could stop him, he did.

We ran to the waiting carriage as one of Clay's men asked what happened. I said there was a man dead. He smiled and with the greatest air of nonchalance said, "Don' worry. The place’ll be clean and the body'll vanish. It 'appens awl the time."

July 12, 1919

It was now about two A.M. By killing Newsome, Yardley had killed our chances of possibly discovering if Holmes was, in fact, still alive, and the other answers we sought; the most important of which was who was really behind all this. But I understood fully his emotions at that moment.

We still had much to do before the morning's light, based upon what Newsome had told us. But my plan had ended prematurely with his death. I had only wanted the information. Now that we had it, I had no further idea of what to do with it.

The admiral had, however and I concurred completely. We would go to 10 Downing Street. Lloyd George would be told all and he could then move against Balfour immediately. I agreed and when I told the driver our destination, he looked at me with terror in his eyes.

"Don't worry," I said. "The Prime Minister is on our side."

"I 'ope so; he sure ain't on mine!" and he drove on.

We were there no more than twenty minutes later. There were so few motor cars about at this hour that I was thrown back to the days of Queen Victoria; when Holmes and I had been truly young, and he was just beginning his career. I suddenly felt him beside me there in that carriage, as if he was patting me on the back and saying, "That's it, Watson. Now you have it. We shall prevail yet!"

The admiral spoke with the constable on duty at the door, and the officer went in for a few minutes. When he came out, the admiral motioned me to join him.

We were shown to what I imagined was the same room in which Holmes and Lloyd George had met that fateful, first night, and after a few moments, Lloyd George appeared in a dressing gown. He was not happy about being disturbed at this hour.

"This had better be as extremely urgent as you have claimed, Admiral Yardley; I don't think you'd like going up and down the Thames on the bridge of a garbage scow." It was a jest, but the point had been made. "Who is this?"

"Sir, I have the honour to introduce you to none other than Dr. John H. Watson."

"Eh?" For the briefest measure of time, I thought the Prime Minister looked like a rat that had just had a light shined on him; but this grotesque impression quickly evaporated. He stuck out his hand.

"Dr. Watson, this is one of the very few, singular honours I have had during these past years. I congratulate you, sir, and offer my condolences and apologies at the same time. You have been a true hero."

I was so embarrassed I knew not what to say, so I simply thanked him and indicated to Yardley that he had better get on with it.

"Prime Minister, I believe you'd better sit down."

"Sit down? Why should I sit down?

"Well, for starters," said the admiral, "I've just killed Randy Newsome."

"You have what!?!"

The admiral was being so blithe about the thing, I believe he may have been in a mild state of shock, his actions only now beginning to register. I took up the cudgel.

"Prime Minister, if you will permit me, the admiral and I have just discovered that there was an infamous plot afoot in your very own government: a plot to thwart the wishes of yourself and a certain person of royalty who shall remain nameless. This plot called for the death of a particular family which Holmes prevented, but tangentially led to his death and that of the admiral's son, William, and Sir Michael Preston on that ship."

"What are you saying, Dr. Watson? The Germans torpedoed that ship."

"That is true, sir. But it was a member of your own cabinet that supplied the information to the Germans secretly, and who was behind all the evil I have now recounted. Not only that, but this very night I was visited by thugs claiming to be sent by those who had sent Holmes and me into Russia. They claimed that Holmes was alive, and that if I did not comply with their wishes, Holmes would, this time perish for certain."

Lloyd George was enraged. He ran around to me and grabbed me by my shoulders.

"Who is this traitor? I shall have him hanged!"

"Sir, it is Arthur Balfour," said Yardley.

The Prime Minister's head snapped back as if he were slapped in the face. His hands dropped from me. In a whisper, he said, "What? Balfour?"

"Yes, Prime Minister," I said, "and if you pray grant us the time now, you shall have all of it."

He was like a wounded deer, the way he dragged himself back behind his desk and fell into his chair.

"Gentlemen, I cannot believe this. It is too dark and too malevolent. Why should Balfour, of all men, seek to do this? He is no traitor. He was once Prime Minister. He is part of the very fabric of my government. You shall have to be specific and I shall have to fully believe you before I confront such a man."

For the next hour and a half, the admiral and I recounted the entire story directly up to Newsome's demise, with only the fewest of questions from The Prime Minister. Then he finally spoke.

"I cannot even begin to digest all you have just told me. There are layers upon layers here. There may be more behind this 'Black Faction' of yours, Dr. Watson, or others who are the true masterminds."

"There is much here to chew over and if you are correct about your theory, there is no slender problem facing me. England has never had a Prime Minister who was a traitor. We have never had a high member in serving government as such. Even if this were true, I am not sure how I would move against Balfour.

"There is more here than even England itself. There is the very fibre binding the Empire, and our commercial ties with the world to consider. I must think about this and shall have to speak with you again when I have decided how to proceed.

"As for Newsome, of course I cannot condone what has happened, but speaking realistically, you have simplified matters by having him vacate his premises, shall we say.

"Even if he were innocent of all you have claimed and I wanted prosecutions, Admiral Yardley, in all honesty, the scandal of what you have this night told me and your subsequent testimony in court would most certainly bring down my government. Under no circumstances will I permit that. I must, then, perforce, become your umbrella and shield you from any downpour."

He stood, as indication we now were to leave and as we moved towards the door he asked, "You have told no one else about this? You are the only two who know?"

"Yes," I said.

"Good, please let it remain so" said Lloyd George. Then he stopped as he shook my hand one more time and said, "Dr. Watson, when Mr. Holmes and I met on your task, I must say, it was one of the more pleasant duties I had during the entire war. He was so open and honest and willing to serve his King and Country. I shall miss the man greatly."

As the admiral and I left the office, I thought: was the Prime Minister just trying to reinforce fond memories for me, or was there something very wrong here? It seemed too easy.

I told Yardley my feelings on the matter and although he did not concur, he said it would not be ill to heed any hunch at this phase of the game.

By the time my new chauffeur, Clay's man, Bendix, had brought the admiral back to his quarters, and me home, it was after five in the morning. I virtually staggered up my stairs, turned the key in the lock, and the instant I stepped in, I knew there was someone inside. I had no weapon, and even if I had, I was so exhausted I would not have been able to use it properly. So I simply went in to the parlour, and before I could even turn on the light, I heard a vaguely familiar voice say, "Finally, you have returned. I have been waiting hours for you, Dr. Watson."

I turned on the light, and sitting on my sofa was none other than Holmes' and my smaller nanny, the one who had wished us well when he deposited us at Harwich.

"You! What are you doing here?"

"Forgive me, doctor, but there are those of my colleagues who would not take kindly to my presence here. They might be made quite angry."

"I am sorry, but I have not the glimmer of an idea of what you are saying. Just who are you?" And what do you want of me at this hour?"

"Dr. Watson, I am the man who visited your wife and sent her that note."

"You?" I sat in my arm chair.

"Yes, me."

"But why? Why should you do such kindness to my family?"

"Because you and Mr. Holmes had done such kindness for mine."

"I do not understand., we had not met before the trip to Harwich."

"That is true enough. But you and Mr. Holmes did my family a good turn. And I vowed to repay that favour if ever I could."

"But who are you?" How did we help?"

"Eight years ago, you and Mr. Holmes came upon circumstances so distressing and strange that you chose to keep the incident silent rather than throw it open to the throng. Do you remember the identical twin sisters in Wales, the young, English ladies named Lauren and Lisa Larkin?"

I thought hard and then remembered.

"Oh, yes, the twins who had been impregnated by the same man."

"Right you are, Dr. Watson. This fellow then trumpeted his victories to the baser characters of the town. The twins, pushed over the edge by the scandal and grief of finding out what he had done to them both, executed him. You were going to call the case, 'Twin Black Widows', but you let the matter drop. Do you remember why?"

"Let me see now, I have been through much since that time; oh, yes, the girls' mother begged Holmes to permit her to have them committed to St. Eustace Hospital for the Insane, rather than have them put on trial.

"There was the mental condition of the twins to consider and then the problem of the babies they were carrying. I remember the mother pleading that the family's lot had been ill enough. The father had been with Kitchener at Omdurman, and had been killed. There was a brother who had vanished, and now this tragedy."

"Right, again. The elderly woman was so moving in her tears that Mr. Holmes went against all his own rules and let the woman have her way because the girls would be, and were, committed. You saw to that yourself."

"But what have you to do with them?"

"I am the vanished brother."

"You? But where have you been? How came you to be so intricately involved with the unsavoury business of what happened to Holmes and me?"

"I almost don't even know where to begin, Dr. Watson."

"Try the beginning."

"Very well. You see, in a way, I don't even exist. The man who accompanied me that night to fetch Mr. Holmes, he doesn't exist either."

"My good man, I have not the faintest idea of what you mean. You do not exist; you are alive and you are talking to me."

"In *that* sense, correct. But to the government, or certain parts of the government, I do not. They ensure I do not. In other words, there is absolutely no record of my life. I am a non-person. I *never* existed.

"Yes, I told you who I really am, but should anything ever go awry where I am concerned, any investigative body, such as the local constabularies or the press, or another government, would find no trace of me anywhere. My identity changes from day to day, or week to week, depending on where I am and what task it is I must perform."

"And you say the government permits this?"

"You still don't comprehend fully, do you, Dr. Watson?"

"I suppose I do not."

"Dr. Watson, it is the government that has created me or rather, uncreated me. It is they, or a particular branch, I should say, that employs me in this manner. I do things which most people would not. I go places where most people would not. I see things most people will never have to see."

"You mean you are a spy?"

"No, doctor, not really; it's difficult to explain. You know what a task force is, I presume?"

"Yes, of course."

"Then consider me a task force. I, and others like me, get specific and extremely delicate tasks to perform. We perform them and go on to the next task."

"All right, I think I understand now. In essence, then, you are also saying that you are above the law; am I correct?"

"You are, doctor; because how can the law extract retribution from one who doesn't exist?"

"I see. But what have you to do with what happened in Russia?"

"Nothing, really, Dr. Watson. My only involvement came at the beginning when my associate and I escorted Mr. Holmes to the Prime Minister, and then you and Mr. Holmes to Harwich. That's when I wished you good luck, if you remember."

"I do. In fact, Holmes and I remarked on your good wishes, coming as they did from one who seemed not overly friendly, shall we say."

He laughed, a little. "Well, I was with the other man, you see. But when I was free of his presence, I was able to express my personal sentiments."

"If all this be true, then you are the only one, it seems, who is willing, and able, to tell the truth behind all that has happened. Do this, and I shall forever be in your debt."

"No, Dr. Watson, I'm repaying a debt to you and Mr. Holmes with my information. The slate will then be clean. And as far as you will be concerned, I shan't exist, either. Now perhaps you should have a stiff brandy. In fact, I wouldn't mind one myself, if it's at all possible."

I brought us both large brandies, and left the decanter between us. After a few large sips, 'Mr. Smith' began.

"Take a sip, Dr. Watson. For what I have to tell you, you may not believe. You may call me liar, scoundrel, or worse. But as God is my witness, and on the souls of my dear sisters and mother you have already saved, every word I will speak is truth."

"Then, tell me quickly," I said, "we know it was Lloyd George trying to help us. But who was it trying to kill us?"

'Mr. Smith' took another large sip, and while looking into the glass he answered: "Lloyd George."

"There are many things a government does to keep itself in power," said 'Mr. Smith'. "Of course, I am only talking about our government, mind you. We have laws. We are free. Without our freedoms, we would be no better than the Kaiser and Krauts we were fighting.

"But, after all, we didn't get the largest empire the world has ever seen by playing pretty with our enemies and turning the other cheek. That's for the Kingdom of Heaven, not the British Empire here on earth.

"Now, this war had confused things. Old enemies had become allies and vice versa. And until the Americans came in, we didn't even know if we could win.

"We were fighting for home and hearth, but we were also fighting to keep the Empire together because without the Empire, there would not be an England. Not the way we know it.

"With the Russians pulling out of the war like they did, the French and the Yanks and Lloyd George and some of his crew saw the blood on the wall. Not only could the Krauts free up a hundred divisions or more for the Western Front, and that's bad enough, mind you; but what's going to happen to all our investments in Russia?

"Now, we're not talking small change, Dr. Watson. We're talking billions of pounds in bullion, and francs and dollars. What's going to happen to all that? Whose blood kin in England, whose fat cat corporate heads in the States, whose French franc millionaires are going to bleed red ink? Although we didn't really give a rat's tail about the French anyway.

"Now, as I said, Lloyd George had a double problem that soon became a triple problem. One, he's got to worry about those new Kraut divisions hitting the Western Front. Two, he's got to worry about all those Lords and Ladies and people so high up you wouldn't believe, who might be losing the money they invested in Russia. Then along comes number three, the King wants him to save his relatives, the Tsar and bleeding Tsarina.

"If I was Lloyd George, I probably would've shoved a pistol in my mouth about that time. But Lloyd George is too cool and cunning a character for that sort of thing. So David, the bleeding Lloyd George, starts thinking. How the bloody hell can he satisfy everyone, with different groups needing different imperatives, and without getting caught at it, without making enemies, or at least as few as possible, and still win the war?"

Mr. Smith was taking his third brandy by this time, but his speech patterns and words were at an even keel and what he was saying was absolutely riveting.

"First things first, Dr. Watson. There are those that are *in* government, and those that *are* government, if you understand what I'm trying to say. Believe me, Lloyd George is not going to confide in those merely *in* government.

"The old school ties, the old blood, that's who he contacted when he figured out what he was going to do. And it was a true, monumental piece of brainwork, it was. You have to give the old sod, that, you do." He lifted his glass in salute.

"So he brings in poor Balfour. Why? Because even though Balfour is the bloody Foreign Secretary, Lloyd George kept him out of his War Cabinet. And for someone like Balfour, he'd do anything to get back in to where the people who really matter settle all matters.

"Now, their first problem, above all others, is to win the war. Win the war! They figure the only way they can do that is if Russia gets back into it. And Lloyd George knows he wouldn't stay Prime Minister for a second if our English boys were getting killed like flies because of all those Germans running around loose.

"So he says to himself, 'Now what will Comrade Lenin want to jump back into this thing? Obviously the blighter needs money. The Americans have plenty of that. Let the Yanks pay the bills. Or give them credit. Without American and British money there isn't going to be any new, bloody, Bolshevik utopia anyway.

"'Acceptability'. The Bolshies need that. The whole goddamned world is heaving its guts at what's going on in Russia from that bloody revolution. But the Bolshies want to be accepted by the world for what they think they are: saviours of the bleeding masses.

"They also have another little problem; it's called the

Romanovs. If they let the Romanovs go, the Allies and the Whites will join forces to put them back into power and the Reds can kiss their rumps good-bye. If the Romanovs remain captive, the Allies and Whites continue harassing the Bolshies until they let them go. At which time, the Allies and Whites will join forces and the Reds can kiss their rumps good-bye. If they kill the Romanovs, the whole world will tell them to kiss off. The English, and the Americans especially with Mr. Woodrow 'Morality' Wilson, would be so sickened by a Romanov bloodbath that the Reds would never get another cent and they could kiss their rumps good-bye.

"Whichever way they turned, the Bolshies had a hell of a lot of rumps to kiss or rumps to lose.

"So Davey says to himself, what if I make a deal with Lenin that'll solve both our problems?

"'Lenin,' Davey says, 'listen to this proposition I have for you. The King is breathing down my neck to get his damned cousins out of your country: so I'll arrange to have them rescued and we'll keep the whole thing a big secret. The King'll be happy because his cousins are alive. The Romanovs'll be happy because they're alive. And you'll be happy because you'll get them out of your hair.

"Then Lenin says, 'But I have no hair.' 'Good point,' says Davey." Number four and five brandies had come and gone.

"'How am I to explain their disappearance to my people?' asks Lenin, 'My people want them dead. That's why we made our revolution.'

"'All right, calm down, Len,' says Lloyd George, 'no skin off my nose. We'll kill 'em. What's a few Romanovs, more or less?'

"'But what about your King, he wants them alive?' asks Lenny.

"'Oh, yeah, right,' says Davey, 'Okay, I got it. I'll tell Georgie I'm going to rescue his cousins, I'll send in some poor fools to try, then we'll have their boat capsize and they all drown trying to escape, or some such thing. That sort of thing happens all the time. Not your fault, not nobody's fault. And you can claim you were about to turn them over to the British when this horrible thing happened."

"'Yes, Davey,' says Len, 'but you have to be sure we Bolshies don't get blamed. Because if we get blamed, everybody will say we're monsters and nobody will give us any money. And I can't stay in power without any money and I certainly won't come back into the war.'

"'Don't worry, Len,' says Davey, "Deal?'

"'Deal.'"

I was beginning to feel violently ill.

"Wait, there's more, doctor. So the deal, again, is this: Lloyd George tells the King he really can't help because of the law, but he and certain parties will help. Wink, wink."

"The invisible others," I interrupted.

"What?"

"Oh, nothing. Though you are leading me into such quicksand as I would never have believed, please, go on."

"Correct and certain parties will help, but it's got to be a big, fat, juicy secret. Now he tells Lenin that he'll have the Romanovs killed and no blame will lay at his door. But he also tells Lenin that the Brits have got to make the rescue attempt look real in order to save face with the King, and to make it look good so the world will buy the story. Lenin says, 'Great.'

"Now Davey tells Balfour exactly what he wants, and Balfour is to make sure everything goes according to plan.

"'But, Artie,' says Lloyd George, 'I do not want to know who or how. And no matter what happens, I shall know nothing.'

"So Balfour goes to people he knows before birth. Blood ties. Money ties. People who have a lot to gain by not losing Russia.

"The fools were easy. You and Mr. Holmes. What naturals. Lloyd George took care of that himself because that was the part he was supposed to control. The whole bloody world knows the two of you are bloody goody-two-shoes. They'd believe it if you were killed trying to enter hell and baptize the bleeding Devil. Yes, that was easy.

"Balfour now passes word of the rescue to Buchanan, and Buchanan buys the fairy tale because it comes from his boss.

"But Buchanan doesn't know what's really going on, so he gets Kolchak involved. If Kolchak helps, the Brits will see to it that Kolchak becomes King Dung in Russia.

"'Yeah,' says Kolchak, 'that's for me, chaps.' So another fool joins the fool's club.

"But Kolchak begins thinking, and he says to himself, 'These British can't really be trusted. I go and help them and then they'll just turn around and put Nicky back on the throne. No, I think I better just kill them off and make sure I'm the only one the British can push. After all, I'm the guy that's leading all these White armies. The Americans love me for that. And the Americans have all the money.'

"So that, Dr. Watson, is why Kolchak attacked you when you weren't expecting it. Neither was Lloyd George. Neither was Buchanan or Balfour. This was one case where we were the double-cross-*ees* instead of the double-cross-*ers*."

"Of course," I said.

"I'll continue. The fools upset the applecart. Well, one fool really, Mr. Holmes. He brought the rescue off. You were all supposed to die, and he works it so you all live.

"Well, that ended the game for Lloyd Georgie boy. All of a sudden Lenin finds out that some local pinheads pulled the plug on the Romanovs and he's left with egg on his face and nothing in his pockets. He thinks that Davey played him for a fool; that the whole phoney rescue story was really not phoney. Now Lenin and his mob are going to hear about the executions good and loud.

"Lenny figures the whole world is going to come screaming at him like banshees, which it did, and he and his bleeding Bolshies are going to be pariahs to the decent folk of the world, which they are.

"Now Davey tries to talk his way out of this one to Lenny, but Lenny won't play the fool twice. 'You can't fool Lenny, Comrade Lloyd George; well, not twice, anyway.'

"So Lenny says to Davey, 'If you think we're coming back into this war, you're off your bloody noodle. You're bloody lucky that we don't come in on Germany's side. You lied to me. You cheated me. You made me look bad to the whole friggin' world. You can kiss my Bolshie behind in Harrods' window.' End of conversation.

"So there goes Russia down the tubes for good as far as the war goes. And there goes Russia down the tubes as far as all those lovely pounds and dollars and francs go.

"But Davey is the one that comes out smelling like a rose

anyway. Remember, you and Mr. Holmes succeeded. You got the Romanovs out. You saved their bloody hides.

"So Davey takes a secret bow from the King and is secretly rewarded. Balfour is the one who did all the black work and he has to keep his mouth shut which is hard for him since he likes the limelight and hates to lose. He's got our hooks into Palestine and he isn't going to let go. It's part of the British Bleeding Empire now.

"But back over here, he's got people who think they've done what they were supposed to do. Like Buchanan. So Buchanan takes a bow from Balfour."

"Yes," I said, "these other people you speak of, the ones who thought they were doing what they were supposed to. If I give you names, can you give me stories?"

"If you pour another brandy, I'll give you the moon."

I did, and he did.

"What about Sidney Reilly?"

Mr. Smith laughed. "Oh, Reilly. He had more important things going on in Russia."

"Yes, he told me. What happened to Reilly? Is he safe? Do you know?"

"Well, yes and no. If Reilly told you what he was about in Petrograd, you know how dangerous it was. Just before he and his men were set to move against the top Bolshies, and we still don't know by whom or how, they were tipped off. Reilly, true to being Reilly, managed to get out and make his way to Finland.

"That's where he got new orders from his mates at SIS to go back into Russia for some other business. He would be met by men he had worked with before."

"What happened?"

"He went back in, all right, but no one has heard one word from him since. And it's been about a year, now."

"My Lord. Is he dead? What do you make of it?"

"Dr. Watson, knowing the kind of people Reilly and I work for, my guess is that Lloyd George put the kibosh on him. He was set up. He went back in expecting to meet men he trusted, and he was disposed of. Lloyd George had to cover all his tracks. No loose ends could be left."

"Is that what happened to Holmes and young Yardley and Preston?"

"Exactly. Sir Michael happened to be at the wrong place at the wrong time and was disposable anyway. He had also found out some things Newsome didn't like and Newsome told Balfour. I am very sorry about Mr. Holmes. It was Lloyd George. But…" and he shrugged.

I sat there stunned. It was true. It was Lloyd George all the time. He was the true head of the 'Black Faction'. The swine was all the time playing both ends of the game. And that is what Holmes had finally divined.

I just could not believe that my own government could have been playing so low. Every moral precept I believed England stood for was made mockery in mere minutes. But I still had questions, and though wrung of every last ounce of strength and feeling, they had to be asked.

"Please, what about Thomas Preston?"

"Which one? The real one or the fake one?"

"Both, if you could."

"The fake one was SIS. He had been sent in at the direct request of Reilly because Reilly was a man who usually covered every foreseeable eventuality, and he couldn't take a chance on a novice gumming up the rescue attempt. It had to succeed so you all could be killed. If the real Preston was in charge, God knows what would've happened. So Reilly had some of his men kidnap the fool and hold him until he could get home on the ship that brought you all in."

"What about Arthur Thomas?"

"Another true one. He didn't know Preston, so when he got to Ekaterinburg, of course he believed Preston to be Preston. No, Thomas was on the square. Same goes for Admiral Yardley. Newsome played him for a fool as well and didn't even blink an eye when Yardley's son wound up dead. That Newsome should be shot, as well." I looked at him warily.

"Do you know anything about that German, Von Mirbach?"

"Of course, I do. That was Kolchak. He figured that by killing

Von Mirbach, the Kaiser would really put the squeeze on the front, and it would make Kolchak even more important to the Allies. Kolchak was going to come back into the war if he was made Supreme Ruler, or whatever the hell he wanted to be.

"Oh, I tell you, Dr. Watson, Lloyd George had this thing figured out a million ways to Monday; or is it Sunday?"

"Another question, if you please?"

"Another brandy, if you please?"

"General Poole, was he in on any of this?"

"Nope, just following orders. Solid army man - thick."

"And please, this is the most important of all, is Holmes alive?"

"What are you talking about? He was killed on that ship, wasn't he?"

"You are asking *me*?" I then told him about my previous visitors, and I described them to Mr. Smith.

"Yes, I think I know who they are. They are like me. They only work for one person in the end: the Prime Minister. But until this moment, Dr. Watson, I hadn't heard anything of the like you've conveyed."

"Is there no way of finding out?"

"Sure there is. I can kill one of the bastards if they don't talk. But they're like me. They won't."

"All this information you have given me this night, how have you come by it?"

"That's a funny question, doctor. You see, men such as I are always around for the men who employ us. They soon begin to think of us more as pets than people. But the very things we're needed for keeps our eyes sharp and our ears open and there is much to be learned as we stand in the shadows.

"Have you ever noticed that Dr. Watson? How if you stand in the light and look into a shadow, you can't see a thing? But if you are placed in a shadow, you can see all that goes on in the light?

"And," he paused here for a moment, "if you are able to supply succour to certain tastes, at certain levels, there is much to be learned of that which is hidden; if you know what I mean."

That was all; I had run dry. There was nothing left inside me. I looked at my inebriated friend and felt inordinately close to him. Probably because I knew that here was at least one man who held some of the values I held; although, in a twisted sort of way. He was literally risking his life to repay what he felt was a personal debt. A debt Holmes and I knew nothing about. As into his cups as he was, though, I just had to ask him this one last question.

"Please, pray tell me, in your heart of hearts, then, do you think there is absolutely any chance that Reilly or Holmes may still be alive?"

'Mr. Smith' put his glass down, used the arms of his chair to aid him in his quaking attempt at setting himself erect, pulled down the sides and rear of his jacket, looked down at me and said, "I really don't know. If either of the two were me or you or most of the men in England, I would say 'no'. But look at who you're asking me about. I just can't say.

"And based upon all else you've told me, Dr. Watson, I should write the trash they want and have done with them. Consider it insurance. If they do have Mr. Holmes, maybe he'll be spared. And if they don't, what have you lost?

"Give them what they want and to hell with them. Somehow, some way, I am absolutely certain you'll think of something to set the record straight without putting you and yours in jeopardy."

July 13, 1919

I then guided him to the door and he zigzagged into the street as the first touch of light competed for dominance with London's lampposts. I wonder if I shall ever see 'Mr. Smith' again. I hope I do not, though, for it would be as he said: his debt will have been paid. And he shall no longer exist for me.

Sleep, now, would be foolish and futile. I walked upstairs as if both my legs were tethered to balls and chains; bathed, which brought some vigour to me, then dressed and went back onto the streets.

The idea of reporters at this time was unconscionable, and I needed time to ponder all that had happened in two sparse days; days that for me had taken on the aspect of epochs.

I knew now that I would give Lloyd George what he wanted. I would write a truly fitting end to Holmes' career. It would satisfy the darkness from above, and with Clay, the darkness below. Although I now began to have my doubts about this man's true character.

After all my years with Holmes, it suddenly occurred to me I had let his every action colour my own. His triumphs and defeats became mine, his prejudices and likes became mine, his fears and exuberances became mine. I had, in an inextricable way, become an appendage of Sherlock Holmes; but had never truly grasped that fact until I sought to come to grips with the true, complex nature of Clay, of all people.

He could not be all bad because he was, at the moment, engaged in aiding one of his life's enemies. Either that required an inordinate amount of forgiveness, or the intellectual intensity to make such a gigantic philosophical adjustment. I suspected the latter, wished for the former, and hoped for a combination of the two. And though I do not know what will happen in the future, as I write this journal, Clay has proved a friend in shielding my Elizabeth and John, and in aiding me further in the way I shall now describe and end the detailed accounting of these past year's events.

As I walked and thought, with absolutely no idea of the direction I was going, and for how long this aimless odyssey continued I am not sure, I was finally accosted by an urchin, not unlike Billy, one of Holmes' 'Baker Street Irregulars', and asked to follow him.

I anticipated my destination, but only in general, as it seemed I was being led through every filth-strewn alleyway in London. Finally, as I had surmised, Clay's carriage awaited me in the pits of one of these alleys, and I climbed into it with antique familiarity.

"Well, Dr. Watson, this has been a busy night for you."

"I have had more tranquil."

"I hope matters have resolved themselves."

"Resolved? Yes. But only in the most perverted of ways."

"You know your family is completely safe?"

"I did not even have to ask it, did I?"

I believe those words brought what amounted to as close to a smile form those lips as one could expect. "No, no, you did not, did you? Doctor, since you have not asked my aid concerning Holmes, should I interpret it to mean you have discovered the truth?"

"I am not sure. But I caution even you to keep your distance from those I have dealt with last night. The air they breathe is noxious and it is of their creation. The alleyways your boy has taken me through this morning are infinitely more fragrant."

"I see that you wrestle with weighty troubles, Dr. Watson. I wish I could be of further assistance, now that the time of my death draws near."

I would not believe it. Humour from Clay. This was indeed incredible. I nearly chuckled.

"The one last act of assistance you could provide is to determine if Sherlock Holmes is alive or dead. I now believe you are the only one to whom I can turn with sufficient means to discover the truth."

"Are you serious about this request, doctor?"

I was now drifting off as we spoke, and I believe I answered in the affirmative.

"Then for now, sleep, Dr. Watson. My carriage may be one of the last sanctuaries in London for you. Sleep and I shall give you in unconsciousness a tour of those parts of the city you would never have fathomed in a state of wakefulness."

And with those words, spoken in such a strangely calming tone, I fell into a much-needed slumber as the carriage rocked like a cradle.

When I awoke, some three hours later, Clay was gone. I was told by the driver he had departed long ago; then he handed me a note from Clay:

Dr. Watson,

Since the removal of my only challenge from my immediate environs, I have felt too listless and uncomfortable. I demand a steady diet of comparable confrontation. Without Holmes, I am not sure where I shall find this again.

To this end, I have decided to honour your last request and am now making arrangements to personally travel to Bermuda to see what I can uncover. Of course, my people here shall do what they can to learn anything that may also help solve our mystery.

Until I contact you again, you have nothing to fear. Should you need anything, you have only to speak with a Mr. Paul Frank of Denholm Street, a solicitor. He shall know who best can serve your needs. I will leave full instructions with him about you.

I anticipate this new challenge with a greater joy than I have known in many a year, doctor, and I thank you for it. Please give my warmest regards to Mrs. Watson, and to your son.

Good fortune, Dr. Watson, to us all.

It was signed, simply, 'Clay'.

I just stared down at his note, completely disbelieving, yet joyful that perhaps I should learn of Holmes' fate; although, I knew it would not be for some time.

I then thought of the odd circumstance if Clay were successful and found Holmes alive. I might make them allies in some way I had no way yet of knowing. What a boon to mankind that would be: Holmes and Clay working together.

I put the note into my pocket and asked to be taken back to my house; but as we came around and I finally saw the boisterous crowds of news hounds at my stoop, I lost heart and asked to be taken to the Diogenes Club, where I knew I would find Mycroft Holmes.

After explaining that I could not, as yet, give him full information about his only brother because the government had requested me not to, he said he would wait, and then asked which of Holmes' possessions I wanted.

I asked for one of his deerstalkers and a few of his pipes. And then I asked for the one item he had always used to destroy my serenity: his infernal fiddle. Why that item, I still do not know. Yet perhaps because of all his possessions, that was the one that married all aspects of his complex character. And discordantly at that, I might add.

Mycroft reminded me that the fiddle was a Stradivarius, understood my choice was not for the monetary value of the item, and said he'd have them sent 'round presently. We shook hands, and I decided to go home, face the madness that engulfed my street and was sure to make me quite unpopular with my neighbours.

August 12, 1919

It has taken me the better part of a month, now, to complete this journal, and as of yet, I have had absolutely no word from Clay about Holmes. Although I have been in contact with Mr. Frank, there is nothing to report as even Mr. Frank, himself, has had no word about anything. Or so he claims; though I believe him to be telling the truth.

Reilly has not shown himself to be alive, if he is; and, as yet, there is no way I can communicate with the Imperial Family.

Admiral Yardley is on sea duty again, but he and I and Sir Thomas have spent quite a good amount of time together since I introduced them. It is as if the father without a son and the son without a father have replaced the loss with each other. They are such good men.

As for me, Elizabeth and John, we are all well, and the publication of my account of the demise of Clay, entitled "Feet of Clay", has met with success. In fact, the public is now clamouring for more of Holmes' cases as yet not chronicled. Including the account of his secret war effort which, I claim, is still secret. These stories are the only way I have of keeping my friend alive.

Oh, yes, between the last page of this journal and the rear cover, you shall find an envelope sealed by Holmes at the beginning of the Great War and given me for safekeeping. It contains his detailed deductions of what he felt would be the course of the war and, he claimed, its eventual outcome. I would open it myself, but the sight of his fowl-like scratching will only serve to upset me needlessly. And knowing Holmes, it will only be another matter in which, of course, he was correct.

I know not what the world will be like seventy-five years hence, nor even seventy-five days hence, but I pray with all my heart for my son John's sake, and for little Sidney's sake, and for all the world's children, that there is no repeat of the insanity of the Great War.

Use the information I have just given you, wisely. I know that you will.

I wish you health, happiness, prosperity and peace.

Farewell.

The New Day

As I finished my grandfather's journal, I didn't notice how night had, in its stealth, become day. I'd begun the journal at Chris Wyatt's desk and there I still sat, as if Chris had bolted me down while I read.

I closed the journal and fell back against the high, soft leather behind me. I held the envelope up to the light, a mere reflex action, I suppose, because I was afraid to open the thing. Here was a sealed envelope, written by Sherlock Holmes himself, over seventy-five years before. I would now read something lost to the world for all of that time; something even my grandfather knew nothing about.

As I opened the envelope and took out the precisely folded pages, my heart was beating as quickly as it had when I first opened the journal. And there, in Holmes' own hand, was a letter as incredible as my grandfather's words:

"My Dear Watson,

If you are reading this letter, it means I am no longer at your side. Forgive a friendly subterfuge, but as you go to speak with Mrs. Watson, right before you and I are to leave on our journey to Russia, I shall go to where you have secreted my original letter, and I will substitute this.

Upon leaving the Prime Minister's office this night, I am gripped by a feeling I cannot explain. I should like to think it is based upon my judgment of my fellow man's character, and if it is, then I hope I am woefully incorrect in this instance. However, I believe I am not.

My Friend, I believe that I shall not be permitted to live much longer than the successful completion of our task, if, in fact, it shall be successful. I have feelings of dread I have never before experienced, and I do not like the sensation. I am not referring to this ominous oppression as much as I am to the idea that I am writing about a 'feeling' rather than a piece of evidence.

However, I make myself more cheery by using my interview this night with Lloyd George as all the evidence I might need. Whatever this man's true motives may be, I firmly believe he cannot permit those salient to this task's completion to remain as testimony to its very existence; although, I have no such feeling where you are concerned. Indeed, he has done all in his power to convince me not to make you part of this thing. I believe our Prime Minister's animus, at this time, to be directed solely at me. But I cannot resist what I perceive as an ultimate test.

Since I have no idea of knowing when you will be reading this, whether we shall still be at war with Germany or we shall have won it by this time, I do not want you to think I have deprived you of my original prognostications on the war; so rather than the in-detail papers I had first left, I shall make a brief outline for you:

1. The war shall be won by England and France, but only with the help of the United States, which, as of the time I had first written at the outbreak of war, was as far from becoming a belligerent as I was of sprouting wings.
2. It shall last, unfortunately, until 1918 or 1919, because the United States shall not come into the war until a late date, and then only because of overt actions by Germany.
3. By the time the United States enters the war, England and France shall have been virtually exhausted of men and money. Again, it shall be the United States that will supply both.
4. The old order in Europe, and I by no means am referring to England, will probably be changed irredeemably. I have no true idea of what shall replace monarchy in certain nations, but am hopeful England shall serve as an example.
5. The United States shall increasingly, after the war, play a major role in world dynamics, for it is a nation now almost free of puberty.

So there you have, albeit in abbreviated form, what I had first left in your care. If I am incorrect about any of the points, I would not mind if you keep it to yourself. Which, I know, you will.

Watson, you have a wife and child and abundant home life most men are not fortunate enough to acquire; although, my life certainly precludes such happiness. Yet I pray you cherish what you possess dearly, and though circumstances may alter what I believe will happen, I shall take this time to say my good-bye to one who has been my true friend and brother."

At the bottom was Holmes' singular scrawl.

This, coming as it did right on top of what I'd just read, left me as exhausted as my grandfather had been that second night back in London. There was too much to digest. Too much of such unbelievable nature that my mind just could not, or would not, take it all in. As my grandfather had warned, it went against everything I'd been taught; against everything everyone has been taught.

I remembered his admonition about the wrath of the world coming down on England's head; but as 'Mr. Smith' ventured, he was sure my grandfather would find some way of getting back at those responsible for the evil they had inaugurated. And now he would, even though it was so many years later. But my grandfather knew that. He didn't mind the world waiting, as long as the world finally knew. And now it does.

There were still so many questions left unanswered. So many trails left unexplored at the time my grandfather completed his journal. Those trails were left for me to explore. With the publication of this information, new facts shall have to be taught to new generations.

Now, I'd like to give you the information on some of the lesser-known figures that were central to my grandfather's journal.

Admiral Yardley continued to serve his King and Country, retired, remained a lifelong friend of my grandfather, and died right after World War II; even having offered his services again at the outset of that war.

Sir Randolph Newsome was reported drowned in an accident on a holiday in Greece. He was declared a hero and given a state funeral.

Sir Thomas Preston and Sir Arthur Thomas served their country well in long and distinguished careers.

A special place must remain for Mr. John Clay for what he did for my grandmother and father. If I was a religious man, I would find my way to a church and say a prayer for his soul. I truly believe that what he did to help my grandfather went a long way in expunging many of his former sins. There is no further record, even by the police, of any subsequent activity by Clay. He, like Holmes, vanished. But of course, my grandfather's story, "Feet of Clay" told of his death.

So the four main mysteries have not been answered by time, and as I finally left Chris' offices that morning, those four questions kept rushing around my mind like race cars out of control.

First, history says that Sidney Reilly did disappear in Russia and that he was never heard from again. But what if that was just the way he wanted it? What if he got out of Russia, found out where Tatiana and the Imperial Family had been brought, and made his way to Eleuthera? What if he contacted my grandfather and they agreed to keep his whereabouts secret?

Secondly, what happened to the Imperial Family? Did they stay on Eleuthera and live out their lives there? Did Alexei and the Grand Duchesses depart after the eventual death of their parents? What happened to Tatiana and Baby Sidney? For all I know, they might have come back to London and lived near my grandfather.

Thirdly, what became of John Clay? Did he succeed in discovering if Holmes was dead or alive? And if he did, why would he not inform my grandfather? And if Clay had returned to his former way of life, why was there no further evidence of it; even as some other entity since my grandfather had told of his death?

And most important of all, what really happened to Sherlock Holmes? From everything my grandfather ever wrote about his best friend, from everything history has taught us about him, we know that his intellect was at the pinnacle of minds joining the last century to this. So, somehow, might not have Holmes, being Holmes, survived? And if he had, what happened to him? Why would he not have contacted by grandfather to make him aware that he still lived?

Judging from the note my grandfather never read, Holmes was more prescient than supposed, and perhaps he knew that his 'resurrection' might bring real death to himself and my grandfather. My ken of Sherlock Holmes is that knowing these things, he let himself be buried by the world so my grandfather could continue to live.

After all the thinking I'd done, one thing was absolutely clear: my grandfather's words had given birth to even more mysteries than the ones they had answered. I was getting a headache from it all. So I closed the journal tight with Holmes' letter back where it had rested those many years, put everything back into its paper wrapping and tucked it under my arm. I had had enough for one night.

As I left Chris' private office, I'd completely forgotten that he'd stayed there with me. He was sound asleep on the sofa in his anteroom, and I left him there. There'd be plenty of time to tell him about the journal when he was fully rested. A dulled mind couldn't even begin to grasp everything to which I'd just been made privy.

So I left my friend's office quietly, and as I stepped out into the blessing of a glorious London summer's day, I happened to notice a magnificent old Rolls Royce parked to the right of the street. I remember thinking what a beautiful old car it was.

As I passed it, though, its rear door opened and an elegant old gentleman, I guess him to be in his seventies, got out as he called my name.

I turned to him. "Yes, I'm Dr. John Watson."

The man came close. "Forgive me, doctor, I didn't mean to startle you so early in the morning and right after all you've just learned."

Now that certainly did give me a start. According to my grandfather, no one knew about what he'd written. No one. Yet here was this elderly man saying otherwise.

"What do you mean, all I've just learned?" I asked.

"Well, if you're anything like your grandfather was supposed to be, by now you should've asked yourself questions for which you have no answers.

"But not only do I know all you've just learned, I have the answers to all the questions you've now just asked."

"But how could you? No one is supposed to know about this. No one! Just who are you?"

"Oh, please forgive the lapse of a weary old man, Dr. Watson. Permit me to properly introduce myself. My name is Sidney. I'm the son of Tatiana and Reilly."

The journal almost fell from my hand, and if I weren't a physician, someone trained to know better, I would swear that my heart ceased beating and my lungs ceased breathing at the impact of those words. All I could manage was a stammer, a stutter, an incoherent attempt at verbal communication. I utterly failed. Sidney helped. He laughed.

"You heard me, doctor. I'm the baby your grandfather delivered on Eleuthera. As you see, I've long since outgrown the nappy stage." He laughed again. I followed suit, but I believe my mouth continued to hang in "O" formation like an open jam jar.

"My boy, my boy. Come, come." For a moment, it seemed as if my grandfather was standing there, comforting me and taking my arm.

"John, if I may call you that, please get into my car. I'll bring you home."

I did as I was told, and still not uttering a decipherable syllable, virtually crawled into Sidney's palace on rubber. He got in after me, bade the chauffeur drive on, shook himself comfortably into his usual seat, turned to me and sweetly said, "I'd prefer not to tell you everything now for a number of reasons. The first, we shan't have the time. The second, you've just been up all night trying to come to grips with the contents of that package you're clutching tighter than a boy would his teddy bear. You're in no state to receive the rest of the information."

I began to protest, but Sidney cut me short.

"John, please calm yourself. I'm simply going to drop you off at your home and let you sleep."

"As if that's possible now," I interjected.

"Quite. Look, I'll ring you later on in the late afternoon and we can meet again. John, while it's true there's much I can impart to you, after you've slept and regained your power of speech, I suspect, there's much that you can impart to me."

"I could run on adrenaline, but you're right," I finally said. As much as I needed to know the answers, I needed to sleep on all this.

"Just tell me this, then: did Holmes live? And if he did, did he ever come in contact with my grandfather again?" I asked.

"All right, then, the answers to those questions only. Yes, Holmes lived. And yes, he did come in contact with your grandfather again; only your grandfather didn't know it. And it was better that he did not."

As he said that, Sidney seemed to give a slight shudder as if he were recalling something horribly painful or frightening. And though I desperately wanted the answers to everything, I kept to my part of our little bargain and I didn't ask any more.

I was also quickly losing energy, and was thankful as we stopped in front of my home. I shakily emerged from the Rolls with the journal still in my hands. And as I turned to say goodbye, Sidney said with a sly smile:

"Until later my boy. As they say in the nightclubs, have I got a story for you."

The Revenge Of Sherlock Holmes

AUTHOR'S NOTE

Many of the characters in this book are historical personages. In this narrative, as well as in history, all were as described herein. However, I've taken certain license with timeframe and characters' ages.

A note about particular Americans, however, is needed. While most of the world may not be familiar with Lucky Luciano, Meyer Lansky, Bugsy Siegel or Arnold Rothstein, these men, founders of what would become organized crime in America, have, through books, movies and time, achieved the mythos akin to Britain's Robin Hood.

But these men robbed from rich and poor alike, killed and organized crime on a global scale.

A further word, though this about their unique speech patterns. These men were children of recent European immigrants, or immigrants themselves. They spoke the English of the New York City streets; more harsh and hurried than we might wish.

In their speech, they frequently dropped the "g" at the end of any verb, and seemed to forget that the word "to" had an "o" attached; so that the words would flow as in "I'm goin' t' the bar."; and is written as such.

One advantage of their speech was that more educated individuals might mistake their guttural utterances as a sign of lower intelligence; which, in many instances, was a fatal mistake.

It was not a foreign language they were speaking; just lower East Side Manhattan English, circa 1920. And the ethnic slurs they slung at members of any group other than their own, were the norm of the streets at that time. Bullets and bigotry.

Finally, a certain event, herein, may prove evocative of the motion picture, *The Godfather*. In this narrative, however, the event and the people involved are portrayed as it actually happened.

HISTORICAL CARACTERS

BRITISH
Sidney Reilly, SIS (Secret Intelligence Service), Master Spy.
David Lloyd George, Former Prime Minister of England.
Winston Churchill, former First Lord of the Admiralty.

RUSSIAN
The Romanovs, The Imperial Russian Family.
Vladmir Illyich Lenin, Leader of the Bolsheviks.
Leon Trostky, Commander of the Bolshevik Red Army.
Stalin, Enemy of Trotsky and a rising Bolshevik.

AMERICAN
Charles "Lucky" Luciano and Meyer Lansky, The men who organized crime in the United States.
Benjamin "Bugsy" Siegel, The closest mobster associate of Luciano and Lansky.
Al Capone, The gangland boss of Chicago.
Salvatore Maranzano and Guiseppe Masseria, the bosses who started the Castellammarese War in New York City.
Legs Diamond, Dutch Schultz, Kid Twsit Reles, Lepke Buchhalter, young mobsters who helped Luciano, Lansky and Siegel.
Mary Pickford and Douglas Fairbanks, Hollywood royalty.

Preface

Although I introduced myself when *The Secret Journal of Dr. Watson*, was first published, I thought it best to do it again.

I'm Dr. John Watson, the grandson of the more illustrious bearer of that name; the man who not only chronicled the adventures of Sherlock Holmes, but was his invaluable colleague and dearest friend.

It's been about a year since *The Secret Journal of Dr. Watson* was published, back in September of 1994; a year that's not only changed my and my family's lives, but has changed history with a venal velocity I wasn't prepared for.

None of us privy to the contents of that journal, except for my grandfather, its author, were prepared. His warnings to me are right there in that journal.

Unless you've been living in a cave or under a rock or out in the outback, I'm not sure that you still wouldn't have heard the outcry. And if you haven't read or heard about my grandfather's secret journal, here's a very brief synopsis; although it might be wise if you read *The Secret Journal of Dr. Watson* before beginning this:

In June of 1918, as WWI dragged on and the Russian Revolution wasn't even one year past, King George V and the serving Prime Minster, David Lloyd George, asked Sherlock Holmes to go into Russia and rescue the Romanovs, the Russian Royal family; close cousins to the King and under orders of execution by the Bolsheviks. This request was made in the most confidential manner, of course.

My grandfather had to accompany Holmes because the Tsarevich Alexi was a hemophiliac and would need constant medical attention. Holmes was told he would be met by special people in Russia, already in place, who would help him with the rescue. The most of important of these special people was Sidney Reilly, SIS, master spy.

But as Holmes and my grandfather soon learned, they were not sure who to trust with their lives, much less that of the Romanovs. All this led to the subsequent death of Holmes by the Germans and the chronicle my grandfather wrote describing Holmes' heroic last adventure, in service to his King and country.

All epic deceit.

Because of world veneration of Sherlock Holmes and my grandfather, and my grandfather's revelations in his secret journal about the truth of Holmes' death and the rescue of the Imperial Romanovs, the British government came under intense global, political attack.

And who could blame the world? Certainly I wouldn't. I'm the one who gave the journal over for publication, positive that it did not offend The Official Secrets Act of1911. I'm the one who was the first to be so shocked and outraged.

But this is now and that was then and therein lays the continuing problem. Because what happened then, if it's all true, and which, of course, I believe it wholeheartedly to be, may shape current world events in ways we can't even imagine.

For instance: if there are legitimate direct royal Romanov claimants to the throne of Russia, given that deflated behemoth's ongoing internal problems, couldn't this further destabilize the delicate political and social fabric there, so precarious already?

Then what would happen should Russia fragment further? But I'd rather not dwell on that here. In fact, I shiver at the thought. Funny, it seems that we need a stable Russia now, just as we did back then. The more things change, etc.

But I have a different story to tell. A continuation of the bizarre events of my grandfather's secret journal; answers to the questions I put forward at the end of that journal, and that the whole world has been asking me to answer ever since.

My word, is there any among you who have not seen me on the pages of your daily newspapers, or in the magazines, or on the TV chat shows, or heard me on the radio?

I've been interviewed and written about by so many people with such varied agendas that I've virtually given up my practice and devoted this past year to speaking about my grandfather's journal.

The monies or stipends received, except for expenses, have all been donated to various recognised charities; as has been attested to by the various and sundry media. If you ask how my wife, Joan, and our sons were to live, I already had money saved as a successful physician and from a comfortable inheritance from Joan's father's business;

which had been sold upon his death in 1980.

And I most certainly have not uttered one syllable about the answers to the questions the journal raised.

Until now.

Also, for the past year the whole world has also been trying to discover the incognito identity of Sidney Romanov-Reilly. But to no avail. Only I know who he is, although I don't know where he is, nor how to contact him. He's always contacted me and I've not heard from him since a few days after our first meeting.

In fact, one of the conditions of me learning about what happened to Holmes and the Romanovs and Clay and the others, was that I wouldn't disclose this information until one year had passed after the journal's publication. One year for the world to digest the material, acquire acute dyspepsia from it, recover, and then, when things had sorted themselves out, sort of, the final revelations were to be divulged; which would probably start the process all over again.

And this time, with new people added to the mystery; as seemingly disparate and disconnected as Winston Churchill, Babe Ruth, Al Capone and Lenin.

Sidney, Again

I'll begin on the afternoon of August 11, 1993; after Sidney and I first met early that morning and when he said he would come round to pick me up and to give me all the answers to all the questions.

At precisely two p.m.,Joan told me there was a rather large man at the door. He was dressed as a chauffeur and she wanted to know who he was and what he wanted with me.

Please remember that Joan knew nothing of the incredible events of the previous night, when I first read my grandfather's secret journal, and therefore was only asking a concerned and logical question. I did what any other long-married husband would do with earth-shaking secrets to hide: I played for time and tore the truth.

"Oh, didn't I tell you? One of my patients has sent him around to fetch me to him because he's too ill to come in to see me." I'm sure I was trying to be so matter-of-fact that I didn't convince her one jot.

"Really? Which patient?"

"Why, uh, Mr. Smith, yes, Mr. Smith." God, couldn't I have come up with something a tad more inventive?

"I've never heard you mention a Mr. Smith before," she said, with her right eyebrow arched so high it met her hairline.

Joan had that wife's intuition about a husband when she perceives there's a fib floating about. She's far more intelligent than I and a few years older, which seems to have given her the wisdom of the ages.

"Well, uh, he's a new patient, a new patient. Very ill, very ill." I realized I was repeating everything I said and perspiring at an alarming rate, soaking my clothing for all to see. I raced towards the door.

"What's wrong with him, John?"

"Uh, Fraggums's Disease, terrible, terrible. Bye." I slammed the door behind me, breathed hard and let the chauffeur lead the way.

This time, there was no Rolls, as in the morning. This time, the chauffeur held open the door to a large brown Mercedes limo. There sat Sidney, who gestured me in.

"How many of these things do you own?" I asked as I sat.

"Not important. Merely a conveyance."

Only on much later reflection did I realize that Sidney's words were not a direct answer to my question, but rather a mere statement. However, once in and with Sidney greeting me warmly, the car began moving with no instruction from him.

"So how did you sleep?" he asked.

"How do you think?"

He laughed.

"Well, my friend, I'm afraid you're going to have many more nights akin to the last one. We'll simply drive, and oh, yes…"

With that, he reached into his right suit jacket pocket and pulled out a black cloth.

"John, you'll indulge if you don't mind, but please…"

He gestured for me to put on the blindfold.

"You're serious?"

"I'm afraid so, John. You see, we're going to my home and while you may know who I am, but not really, there are few others who do. Therefore I don't want you to know where I live or how to get there. Perhaps one day."

"Well why can't we just go sit at a pub or club and you can continue where you left off."

"Ah, if it were only that easy. Though these kinds of things never are…"

I wondered what he meant by that.

"John, there's something I must show you to help move things along. But it's at my home and much too precious for me to carry with me."

"Ah," I thought, "he's going to show me the Romanov crown jewels." He held the cloth towards me again. This time, however, his face showed an expression that removed all doubt as to what I must do. So, I did.

"Good, good. No peeking now." He laughed, again.

"We'll be there in no time, and if you don't mind, I'd rather we just keep still until we arrive." Which we did, but I don't know how long the ride was because he also removed my watch as I sat there, so I couldn't get a judge on time. Oh, he was clever all right. The old

Sidney Reilly DNA was very alive and well with this Sidney, his son.

In good time our car stopped and, I believe, I was led into the house by the chauffeur or another domestic; but it was Sidney's voice I heard saying, "There's a step coming up, be careful, that's it. Good."

Then I heard him say, "You may remove the blindfold now;"which I did instantaneously.

The first thing I saw when I removed the cloth was Sidney standing in front of me, smiling. It was the first time I'd actually seen him full length, so-to-speak, and I hadn't thought about his height before. But he was tall, about six-feet, I'd say, and very trim. And very erect. Well, he was a Romanov. Watered down, perhaps, but nonetheless.

The next thing I noticed was the room in which we stood. It was something out of one of those *War and Peace* type palaces, but smack in the middle of London. Ornate was an understatement. Gold leaf was everywhere; on the cherubs adorning the crown molding, on the edges of the richly decorated ebony furniture, on the Nubian lamps.

The floors were the most beautifully polished woods I'd ever seen, with intricate geometric inlays. And though I didn't look up, I saw, from a gilded mirror, that I was standing under the most gigantic gold and crystal chandelier one could imagine. I'd never been to Buckingham Palace, but I'd easily wager this room would not go begging in comparison to any room there.

As we stood and Sidney waited and watched my reactions, he finally spoke.

"Now, it may be difficult, John, but please try to follow me."

"All right."

"Good. What you're about to learn may be even more unbelievable than what you read in your grandfather's journal last night."

Were I not a doctor I would've sworn that my heart stopped beating, albeit only momentarily.

"What you will now learn was also told to me by my father, who was told by Sherlock Holmes; although both my father and

Holmes' stories intertwined at various times and each needed the other to fill out the complete facts of each other's stories; but without your grandfather knowing anything about either; except when he and your grandmother were directly involved."

He must've seen the look of utter bewilderment on my face, because what he just said made as much sense as someone speaking colloquial Saturnian.

He laughed.

"Yes, yes; I can see how that might sound confusing, but I assure you, it'll all make sense shortly."

"And how is that to happen when I didn't understand one thing you just said?"

"Very easily. I'll let your grandfather tell you."

At that, I'm positive my face must've born such an expression of utter astonishment that I literally had to force my mouth shut for fear of trapping flies.

"Yes, quite. Just follow me," he said.

He was still laughing gently to himself, enjoying his joke immensely, as I followed him to an adjoining room. He opened a double door revealing a magnificent, ancient-oak-lined study. And there, on the most ornately carved mahogany desk you could imagine, sat an exquisitely bound, deep burgundy leather volume, with gold tooling around the edges.

His hand made a circular motion gesturing for me to go round and see what the volume was. This I did immediately while my peripheral vision picked up what I perceived to be Romanov family photos in various silver frames on floor-to-ceiling, overstuffed bookshelves and on bric-a-brac jammed tables throughout the study.

I gazed down on the cover of the volume and stopped where I stood. It had the familiar three letters: JHW.

And then I heard Sidney's words.

"Prepare yourself, John. What you see before you is your grandfather's retelling of all he learned subsequent to his penning of his secret journal, based upon what I was trying to explain to you just now. I simply had his pages encased in something beautiful, as they deserved to be. Of course I've already read everything; just in case I felt particular events should be excised. One must preserve family secrets; even from you."

He pulled out the chair tucked tightly in the desk and I quite literally fell into it, sitting there transfixed as I stared at the initials.

"You can open it, John. It won't bite you. And then again, it most certainly might. I'll leave you two alone. I have a suspicion that I won't be seeing you again for quite some time.

"Oh, yes, I've also had the clocks removed from this room as a further precaution of what time it is right now. When you've finished, I'll return your watch. Though you might want a better one." Then that Sidney laugh again as he left the room, closing the door behind him.

I was too dazed to answer, to speak, to make any kind of utterance whatsoever. My heart was racing so fast that I took my own pulse and forced myself to calm down.

If what Sidney had said was true, and in my heart I knew that it was, I also knew that I was now going to become privy to events known only to a very few people.

Then I reached for the cover, opened it, and began to read words handwritten by grandfather so very long ago. However, the chapter titles were not his. I've added them to make his disclosures easier to follow in his labyrinthine tale.

But not, necessarily, easier to fathom.

My Grandfather Begins

What I am about to divulge, I almost cannot believe myself; although my wife, Elizabeth, and I, actually took part in some of the unfortunate events recounted herein.

After all that I had lived through with the Romanovs and Reilly and Holmes, and detailed in my journal, these events were even more fantastic and unbelievable; if that were at all possible.

Unlike my journal, the events will not be told in chronological order, because many of these disparate events were happening concurrently. So please forgive the occasional leap from one tale focused on one individual or event to another. I hope you understand and will not find it too jarring.

I must admit, as a literary device, I find it rather intriguing.

I also caution you that this is most certainly not one of my usual Holmes tales, where he uses his prodigious powers of intellect and deduction to solve a grave mystery; although there are enough layers upon layers of historical intertwining and involvement of many famous, and infamous, historical personages to give one a migraine trying to weave this twine into a logical fabric.

Except for what Elizabeth and I personally experienced, all that I now commit to these pages were conveyed to me by Sidney Reilly himself, in my home in London, on four separate occasions; and in one final letter and package, well subsequent to our final meeting.

After all that he and I had been through together, I had absolutely no reason to doubt one word of what he told me.

Yet, as Holmes had made me so astutely aware, how much of what Reilly said was truth, and how much was fecund fabrication?

Though Reilly would much later tell me of what happened to Holmes, told to him by Holmes himself when they met much later in the history of these events, in our first meeting at my home in London, he knew nothing of Holmes' fate. Therefore, he spoke only of what happened to himself, subsequent to his taking leave of us in Russia; in itself an absolutely incredible accumulation of astounding adventures.

It would not be until our second meeting at my home that Reilly told of Holmes' fate. But since this narrative may prove beyond intricate, I've taken the liberty of melding what Reilly told me of Holmes directly into the chronology; as though he had told of the events during our first meeting.

This only sounds confusing, but as you continue, my account will become easier to comprehend.

What you will now read, for the most part, is a retelling of a tale previously told by someone to someone else expert in tailoring tales to his taste; which, in itself, is a sentence needing elucidation by Holmes.

But I trust my own elucidation should suffice: I will be telling you what Reilly told me that Holmes told him. Who, then, can you believe?

In these pages, I have decided to believe Reilly; perhaps because I need to believe Reilly. It will be up to you to decide what you choose to believe.

In that regard, much of these pages deal with Holmes in America, or, to be more precise, in New York City. For there, as hard as it will be to fathom, Holmes became an important part of America's nascent organized crime world. In fact, he became one of its founding fathers, if I may adopt that familiar Yankee term.

You will now learn what happened to Reilly, to the Romanovs collectively and individually, to young Yardley and all the others whose acquaintances you met in my secret journal. But most of all, you will learn what happened to Holmes.

Therefore, I will begin with what Reilly told me about Holmes' rescue.

"Sharks. Sharks."

These were the words Holmes was muttering over and over, his rescuers said. But of course, they didn't know the man they'd saved was Holmes. They didn't know who he was, or what he was, he just was; and that was good enough for them for the moment.

By the look of him, he had been out there for days. He was dehydrated, sunburned badly and delirious. But that was because of the all of the above, plus a surfeit of swallowed seawater.

It was lucky that he was found adrift in that lifeboat. But from which ship? There was no ship's name on the lifeboat. Another mystery.

In Port Royal, South Carolina, the United States, where he now was, he would be nursed back to health by the family who found him. Then the questions would be answered.

When he first opened his eyes, two days after Hank, Lou, and Martin Curtis found him, he wanted to know where he was and when it was.

He was told it was August 18, 1918, and that he'd been picked up two days previously. But they didn't know how long he'd been out there. They were on their usual fishing run when they happened to see him. Then Hank told him what he'd been repeating when he was hauled aboard their little scow, "Laughing Abby", after Hank's wife, and Martin and Lou's mother, Abigail.

Hank later remarked, when Holmes was well enough to be human again, that when Homes heard the words he'd been repeating in his delirium, Holmes' eyes flashed open so violently Hank thought both would go popping out and rolling about the floor like the marbles Lou and Martin had played with as young boys.

Holmes remembered: he had been with Captain Yardley, having a comforting nightcap and the next thing he knew, he was here. It was as if a child had suddenly realized his father had just tried to kill him.

Holmes knew what this meant. He had been the victim of

attempted murder; and he suspected who was behind it. But if that were so, what of Watson? Was he safe? Had he met with some similar perfidy? And the Romanovs? What of them?

In that instant, Holmes realized that to survive, he must cease being Sherlock Holmes and become one of the pseudo-selves he'd established decades ago; for Holmes always suspected the need to take shelter out of his own identity would come one day.

This was the day.

He surveyed the man who saved him. He looked to be about fifty or so, tall and lithe and giving off the feeling of a tremendous tensile strength. He had a benign face with an easy smile. But it was his eyes that Holmes realized were surveying him as intently as he surveyed Curtis.

"Thank you for saving me."

"Well, you can thank the Almighty and my son Martin's eagle eye. He saw ya first and his kid brother, Lou, grabbed ya first. I just cut the engine and let the boys haul ya aboard. You're in Lou's bed right now. He figured ya needed it more than him.

"And if ya have a mind to know where that bed happens to be, it happens to be in Port Royal, South Carolina. I hope we're not too far from where you were headed. Which I gotta ask about because ya been laid up here for two days. We did some checkin' and we couldn't find no note of no vessel goin' down nowhere. Nowhere.

"And we all know ya weren't dropped down from heaven, and now that I listened to ya I know you ain't American. So how the hell didya get where ya were? Where'd ya come from? Where were ya goin'? And who the hell are ya? If you don't mind me askin' and if you have the strength to be answerin'?"

Holmes had only the strength to smile at the outburst of fact and questions shot at him and marveled at how true it was about Americans: they will tell you their whole life story fifteen seconds after they've met you and expect the same from you immediately thereafter.

Since this particular American and his sons had been good enough to save his life, answers were the least he could supply in return; even if they weren't the truth.

In addition, what puzzled and concerned him was that he was

in South Carolina. Why would a simple fishing scow be so far from its home waters? But since he seemed to be in caring hands, he continued with his own masquerade.

"What, what day is it, pray tell?"

"August seventeenth by the calendar on that wall."

"Thank you. My name is Hamilton. James Hamilton."

"How ya doin', Jim ?"

"Jim? Oh, yes. Fine, thanks to you, I believe; and your sons."

"No, Abby's been the one really carin' for ya. She's been the one feedin' ya and wipin' yer head and all. We kinda know how t' take care of ourselves. And each other."

"I must thank her, then."

"Abby's in town. She'll be back later. The boys went back to their real job. But you were goin' to answer those questions I asked; and here ya are askin' me more questions than I'm askin' you. We're all as curious as Pandora about you."

"I'm originally from London."

"I thought you were a Limey, uh, sorry, British, when ya opened yer mouth."

"No offense taken. I was a professor at the Royal Oceanographic Institute on Bermuda. Ichthyology. I must let them know I'm safe."

Holmes was testing Curtis. After all, Curtis had just made mention of Pandora, and, usually, simple fishermen have little need or knowledge of Greek mythology. Not even if they're Greek. And his speech pattern was almost as if he was trying to speak English improperly; to give the impression of a coastal yokel. It seemed they were not merely indigenous to England, after all.

"Ichthyologist? So you're a fisherman, too?" Curtis had to laugh at his own joke. He had also just passed, or failed, the test. Holmes was not, as yet, sure which.

"Yes, I suppose so. Very droll, indeed."

"But how'd ya come to be floatin' out there?"

"I was on a day outing and I hate to admit it, being a son of a seafaring nation and an ichthyologist to boot, but I couldn't handle my little boat very well and somehow I was pitched overboard.

"I must have hit my head on the boat, swallowed enough seawater to quench the thirst of Thetis, then somehow found the strength of drag myself back on the boat, where I surmise, I passed out." Holmes noticed that Curtis made no inquiry as to the identity of Thethis.

"And ya weren't with nobody?"

"Just myself. Foolish, what?"

"If you weren't so fragile, friend, stupid is what I'd call it. But I guess you've learned your lesson."

"Yes, ironic. As a teacher I'm still learning." Curtis saw that Holmes was still in need of sleep. His energy was waning.

"Yeah, well. I'll leave ya alone now to rest some more. Abby and I will check in on ya later. And if ya need anythin', of course just holler."

"Thank you, again."

"Don't mention it." Curtis closed the door behind him.

Alone in these strange, yet seemingly safe, surroundings, Holmes worried about the fate of Watson, Reilly, the Romanovs and the rest. If he had been the target of assassination, what had happened to them? Were they alive, dead, what did this all mean? But he was still too feeble to give full force to the mystery.

Holmes then heard muffled speech on the other side of that door. One voice was Curtis. The other sounded like a woman. But Abigail was supposed to be in town; and since Holmes' strength was still small, he drifted back to sleep wondering.

But he had noticed that the wrist chain given him by the Tsar as a token of thanks was still on his wrist.

When Holmes awoke, his blurred eyes beheld what appeared to be a hermaphroditic, two-headed chimera. But as his eyes cleared and the two heads moved, he saw it was Curtis, and, he guessed, Abby.

"I'm Abby." That confirmed that. "How are you?" Not "ya." Holmes thought to himself.

"Fine, thanks to you. Thank you."

"Oh, that's all right. I had nothing better to do anyway. Do you think you're fit enough to sit up and take some real nourishment?"

As he propped himself up, with the proffered aid of both, Holmes readily agreed, ate heartily, then prepared himself for the American inquisition sure to come.

"Hank tells me you're an Englishman." She laughed as she continued. "We threw you all out over a hundred years ago, and you keep coming back, anyway."

Holmes laughed. "Well, this time I had no choice. But had I known the royal treatment I would receive, I would have gladly washed up on your shores years ago." They all laughed.

"Really, I must repay you all for your kindness to me. I'm not without funds. Once I can correspond with my bank in London, I will repay you for all you've done."

"Hank, this gentleman is obviously still out of his head. He doesn't seem to understand that what we've done is simple American courtesy."

"No, no," Holmes said," I don't wish to offend you nor your courtesy, but this is really too much. I must be able to make this up to you."

"Well, then, James, get well quickly and get out!" She laughed.

"And she means it, Jim. Abby means it."

"I shall do everything within my power to retrieve my health and strength and be on my way as soon as possible." Then his jovial mood changed radically. "There is much that I must do. There is much that I must do."

At that, Hank and Abby looked at each other and turned to leave Holmes alone once more. That's when Holmes noticed the handle of a revolver Abby had in her basket.

Reilly and Lenin and Trotsky and Stalin

When Reilly left us all in Russia, he said it was at his government's behest; Secret Intelligence Service, to be exact. He was Cheka Colonel Relinsky, and had become so firmly entrenched within the Cheka hierarchy, the Bolsheviks' dreaded secret police, that SIS had instructed him to launch a counter-revolution.

Had it succeeded, with Reilly at the head of a new pro-Western government with strings pulled at Whitehall, perhaps even ready to re-enter the war, the turn in human events could have proved to be nothing short of astounding.

Reilly had become a trusted political pet of Lenin, who referred to him as his bulldog. He had been a huge fan of my accounts of Holmes' and my adventures, which he read when exiled in Switzerland; and he had never forgotten the favor Reilly had done by introducing him to Holmes and me in Petrograd and his boyish joy when we gave him our autographs.

Leon Trotsky, the founder and commander of the Red Army, had an even greater affinity for Reilly. He was wise enough to see how useful Reilly could be. If the Red Army and the Cheka were allied, nothing could stand in the way of Trotsky achieving supreme power.

He had often said, "Not believing in force is the same as not believing in gravity." Wielding the Red Army as your hammer turned everyone else into nails.

However, there was a significant new actor upon that bewildering Bolshevik stage; an important member of the Bolshevik Party's Central Committee, and already a deadly enemy of Trotsky and a malevolent genius of the first order. His name was Iosif Dzhugashvili.

He was a rather small, repugnant Georgian with an already marked ability to remain in the underbrush, sniffing and waiting for the perfect moment to pounce on his prey. A man with no scruples, no morals, no wish for anything other than to make himself the undisputed master of the nascent Soviet Union. He would kill, or have killed, anyone who stood in his way; including Lenin; and, most certainly, Trotsky.

History would come to know this man as Stalin.

Knowing these things about Stalin, Trotksy drew Reilly even closer. He knew that in the inevitable and ultimate confrontation with Stalin, anyone as brilliant and ruthless at obfuscation as Reilly would be an indispensable ally.

In addition, Trotsky already knew Reilly was SIS. With Reilly at his side, perhaps England might be persuaded to come to his aid at his inevitable and crucial clash with Stalin.

The exposing of Reilly's true identity was the doing of the evil head of the Cheka, Felix Dzerzhinsky, also known as "Bloody Felix"; so subtle and serpentine, that he was playing everyone against everyone else without anyone seemingly knowing it.

Dzerzhinsky sniffed the acrid air and decided the wind was blowing in Stalin's direction; so he allied firmly with Stalin.

Reilly was then forced to flee, aided in his escape back to Finland by Trotsky; Trotsky thereby incurring further enmity from Stalin. Stalin, too, would have had use for Reilly. After all, as Stalin said, "Traitors are only traitors if they're not on your side."

What amazed me in his telling of all this, was that Reilly was actually enjoying the memory. He was laughing as he remembered all these titans of history that to him were mere comrades or enemies. Men who either tried to kill him or help him, but in the end, Reilly survived.

At this time, Reilly still did not know that he had become a father; although he was still in love with Tatiana and now, more than ever, wanted to rejoin her. But where?

With papers of safe passage supplied by Trotsky, he was off to find out.

Holmes Leaves For New York

In the space of seven days, Holmes was himself again. Or rather, he was James Hamilton. But whoever he was, he needed to leave as soon as possible and do all that needed to be done. And to have answered all the questions demanding answers.

Hank was kind enough, one morning, to bring his wagon about and drive Holmes the few miles into Port Royal so that he could contact his bank in London and have funds wired to James Hamilton, of course.

To continue the fiction, Holmes said he was notifying Bermuda of his safety, telling them that he would be returning to London and asking to please ship his belongings to his home there.

This was done quickly enough, but while waiting for the transfer, Holmes could not but wonder at the profusion of U.S. Marines and sailors in town.

"Hank, is there a naval base about?"

"Naval base? Bite your tongue, friend. Ain't ya never heard of Parris Island?"

"You mean the United States Marine installation?"

"That's the one, Jim. Yeah, we're still trainin' 'em and sendin' 'em off to help you Brits beat the Krauts. The sailors are just around to row the Marines to Europe and clean up their slop."

At that, Hank's smiling expression changed, and, looking directly into Holmes' eyes, he said, "Ya know, Jim, I suspect there just might be more to you and what happened to you then you're lettin' on."

"I don't understand," Holmes said.

"Well, ya seem like such a smart fella an' all, bein' a fish doctor, that I just can't imagine you gettin' yourself into the predicament you were in when we fished ya outa the water."

"Well, Hank, even scientists can be fools from time to time."

"Yup, I guess you went and proved that." They both laughed.

Presently, Holmes received his funds and he offered compensation to Hank.

"My, oh my, it seems yer memory is still quite on the fizzle",

Hank said.

"How do you mean?" asked Holmes.

"Well I seem to remember Abby tellin' ya that what we did was simple courtesy. From one human bein' to another. Or don't they have that in England no more?"

"Yes, of course we do. And it is very much appreciated. But I would like to repay you and your family in some tangible way."

"Well, I'll tell ya what," Hank said as they walked back to the wagon, "once ya get back t' yer institute, or London, just stay there and be safe. We don't wanna be fishin' ya outa the water again."

"A simple request that can be granted with simple alacrity," Holmes said.

"If not sooner," Hank said.

Now let's get back to home and you can get the things we gave ya, say goodbye to everybody and get out!" They both laughed again. But Holmes took note once more that Hank was more than the simple vocabulary-deprived man he appeared to be. He knew the meaning of the word 'alacrity'.

After some hasty stops at local stores for Holmes to purchase a travel valise, some clothing and necessities, and booking passage on a mail carrier due to leave for New York that very afternoon, they went back to the Curtis home.

Holmes gathered the clothes they had given him, packed his new valise with them and the new purchases he'd just made, and went to say goodbye to Abby.

"I can't thank you all enough for what you've done for me."

"Then don't. Just get going to where you're going and don't worry about us, we won't miss you," Abby said.

"And now I suppose I have to bring ya back t' town so ya can get on that ship to New York to take ya back to London. And not a minute too soon, too," Hank said.

Abby gave Holmes a long, warm hug.

"Okay, stop huggin' my wife. Get in so I can get ya to the boat in time."

With that, Holmes and Hank were off to Port Royal again.

It didn't take long to get to the dock where a small ship was being readied to cast off. The *Mercury* was a small mail carrier plying the east coast of the United States. She took parcels as well as passengers, and Holmes was to be one of those passengers.

Hank helped Holmes aboard with his belongings and Holmes reached out his hand to him.

"Once again, Hank, I will never forget you or your family and what you've done for me. And please thank Lou and Martin for their excellent eyesight and strong arms. I wish them well."

Suddenly Hank's speech pattern changed. It seemed that now he wanted to confide in Holmes.

"No worries, Jim. My family and I know you mean what you say. And I trust that you know we never bought that tale you told about how you got where you were. No, Jim, it was better you take us for the simple folk you expected. And as for those young Marines you noted, my oldest son, Don, is over there fighting in France. He was at Bealleau Wood.

"That was one hell of a fight, the papers said. I know you probably didn't hear, but after that battle, the Krauts called the Marines, Tuefel Hunden, Devil Dogs. Not a bad appellation, at that.

"Yes, Don's a Marine and a Curtis, and he came out all right. And by the way, Lou and Martin are back at Parris Island. But they're going to remain Stateside. For now, anyway."

"That's very good to hear, Hank. But just so you know, when I saw a revolver handle in Abby's basket, and your casual understanding of words like alacrity, ichthyologist and Pandora, I suspected there was more there than met the eye, as well. Is there?"

"Well, Jim, let's just say you've got secrets to keep and my family and I may want to keep some secrets, as well."

"Fair enough," Holmes said.

With that, Hank turned and just before he walked across the plank to the deck, he turned, stood ramrod straight, gave a perfect and precise Marines salute to Holmes, said, "Semper Fi, friend, Semper Fi," and walked back to his wagon.

"So," Holmes thought to himself, "much more there, as I suspected. But what?"

On the *Mercury,* Holmes was alone to ponder during the two

days it took to get to Manhattan Harbour. His fear for my fate gnawed at him constantly. Once in Manhattan he could, anonymously, learn more of me through an associate in London, but how was he to learn of the fate of Reilly, the Romanovs and the rest? He certainly could not approach those who knew of the secret events because any of them could have been the architect of the assassination attempt. But who? And why?

He would lay the groundwork for his return to London in New York. Then, once returned to London, he would learn of the man, or men, upon whom he would take terrible revenge.

Reilly Finds a Finnish Friend

Hurriedly leaving Petrograd with his papers of safe transport from Trotsky, and wishing to keep ahead of what always seemed to be a brutal Finnish winter, it was early October, 1918,Reilly made his way across the Isthmus of Karelia to Viipuri, on the border of Russia and Finland; only about seventy-five miles from Petrograd and about one hundred and fifty miles from Helsinki.

Today, because of the Russo-Finnish Winter War, Viipuri is known as Vyborg and in Soviet territory. The spoils of a bully.

There, he was able to contact someone who would be able to help him further. They met at a little café, "Pieni Kahvila", which literally translates from Finnish as Little Café.

Yrjö, pronounced "Oor-yuh" - George, in English, was a Finnish double-agent; who, like Reilly, was working for both SIS and the Bolsheviks. However, Yrjö's loyalty, as it would turn out, was more to honour and to Finland, than to his two seeming masters.

"So, I am to see you safely to Helsinki," Yrjö said as he and Reilly sat down. To Reilly's practiced eye, Yrjö was quite young, in his early twenties; tall, firmly built and as appealing as the birch trees so prevalent throughout Finland. And for someone in their profession, he had an anomalous aura of authentic, innate goodness.

"If it's not too much trouble," Reilly said.

"No trouble, at all, comrade," Yrjö said with a smile. Reilly detected a distinct British accent in Yrjö's speech.

"Oxford?" Reilly asked.

"Very good. Yes. For a time. But please, we're not here to discuss my pitiful personal history, we're here to get you to Helsinki as quickly as possible, then on a ship back to London. If that's all right with you, of course?"

"That suits me perfectly, thank you," Reilly said.

He warmed to Yrjö's sense of humor; but there were many, in the past, who knew when the time was ripe for a joke or a bullet. For some reason, though, Reilly immediately trusted Yrjö. Of course, in his business, that could be a fatal flaw. But not with this man, he felt. Not with this man.

“Here are your papers, Roland,” Yrjö said as he took them from inside his jacket pocket.

“Roland?” As Reilly opened the passport, he saw that someone else in SIS had his perverse sense of humor, because he was now Roland Windsor.

“Roland Windsor?” Reilly ruminated, “Yes, indeed; why not?”

As hot black coffee was placed before them, Yrjö said, “Here’s to a very safe journey, Roland.”

“Here’s to a very safe journey, George.” They knocked cups, eyes smiled, and sipped slowly.

However, what Reilly and Yrjö did not know, was that they were only a few steps ahead of a secret group called The Patriots, tethered to Stalin. These men, one step above mere murderers, were led by Nicholai Enelkin, a particularly unpleasant butcher; and as cunning as a famished fox.

Enelkin had been trained so thoroughly by Dzerzhinsky, that he could follow a person through the Amazon or the Artic with just a button as a clue. It was Enelkin’s job to find Reilly and bring him back. Or if that was not possible, to be sure he would not be going anywhere again; and to eliminate anyone who stood in his way.

Enelkin and three of these Patriots had followed Reilly from Russia through Karelia to Helsinki, always just a bit behind. Enelkin and his men arrived at the café a few minutes after Reilly and Yrjö had left. The waiter pointed to the direction they had gone. To Enelkin, that was a good beginning.

After three days of uneventful travel via train, cart and foot, Reilly and Yrjö reached Helsinki. They had raced, or jolted, depending on the mode of transport, through towns like Hamina, Loviisa, and Porvoo, each sporting the ever-present stands of birch trees and to Reilly’s mind, seemingly stoic, unsmiling and unfriendly Finns.

At one point, as if reading Reilly’s mind, Yrjö said, “We’re not unfriendly, at all, Roland. It just takes us awhile to warm up.

“Here, imagine a frigid Finnish winter; harsh and very uninviting. Then the spring thaw, the blooming of flowers and the welcome warmth of the sun. That’s us Finns. Once we thaw out and warm to you, we’re the best friends you could have. We’d give you the shirts off our back; especially if we're going to the sauna. Then we'd give up all our clothing." Both laughed.

Yrjö took Reilly to a safe location on Kalevalankatu, Kalevalan Street in English, in a residential district not far from a small harbour and an open-air market on the Gulf of Finland.

Yrjö then went off to book transit for Reilly to London. As it happened, The *Merenneito*, Finnish for "The Mermaid", was due to leave for London the very next day. None too soon for Reilly or Yrjö; because as soon as Reilly was on that ship and off to London, Yrjö could breathe easily again. But he most certainly would not be able to do so until then.

Late that night, as an inordinately hard rain strafed Reilly and Yrjö as they neared their safe location after a fine Finnish restaurant dinner of meat, potatoes and a surfeit of vodka, they didn't notice the two men following, nor the other man who quietly and suddenly appeared in front of them, coming from behind some of the stalls in the darkened market, already closed.

The man in front called out to Reilly in Russian, from a distance of no more than ten feet, "Good evening, Comrade Colonel. Perhaps you might like to come with us and get out of this horrid rain?"

Though Reilly had to keep rubbing his eyes because of the incessant downpour, as did the man in front, he saw the man had a revolver in his hand. Now, hearing the men behind, Yrjö instinctively turned towards them, his back touching Reilly's; and he saw that they, too, had pistols in their hands. The two advancing men stopped; but they held their pistols pointing directly at Yrjö's head.

Reilly answered in Russian, aware that Yrjö understood the conversation, "Oh, come now, comrade. You and your little friends didn't come all this way just for a few nocturnal pleasantries?" As he said this, his right hand moved almost imperceptibly in the rain and dark, until he found his pistol behind his back.

"Thank you for making them angry," Yrjö said, beneath his breath.

The man in front took one step closer. He continued to speak in Russian, "Of course not, comrade. We are here to take you on a little journey, you and your Finnish friend."

"You see, Reilly, even this Russian dog knows that we Finns do make friends," Yrjö said very quietly.

"Well, comrade, my Finnish friend and I are quite exhausted after our last journey, and I truly can't see beginning another one. But I can see you taking one."

With that, Reilly pulled out his pistol with lightning speed and fired, sending the man face downwards into the water-soaked street.

Yrjö then fired instantaneously, felling one man. The other was about to take his shot at Yrjö when Reilly, seeing what was about to happen, pushed Yrjö aside and shot him. However one of the Patriots' bullets connected with Yrjö's right arm. As Yrjö felt the bullet shatter the bone, he fell to one knee.

"I told you not to make them angry," he said.

Reilly saw that while Yrjö was wounded, it was not serious, so he went to the man he shot, as Yrjö did the same to his two targets.

Reilly prodded him with his pistol. He was alive, but badly wounded in his stomach, perhaps fatally.

"There, there, comrade," Reilly said, making sure the man had no more weapons. He held his head in his hands, the rain still raging in torrents.

"Tell me, who are you? Who sent you? If you tell me, I can get a doctor for you and promise that you'll live. If you don't tell me, I can make another promise. You'll die." Reilly placed his pistol against the man's temple. Then he pressed it even more tightly.

"Comrade, comrade, you're a smart man. Surely you want to live," Reilly said.

"Da, da," the man stammered, "I want to live."

"Good, good. So, now tell me, who sent you and who are you?"

"Enelkin, Nickolai Enelkin."

"Good, very good. Now is that your name or the name of the man who sent you?"

The man was spitting up blood now, "My…my name."

"All right, then who sent you?" This time Reilly put the pistol into the man's ear and cocked it.

"Stalin. Stalin. He wants you…back… to question you…to learn things."

"Oh, to learn things, I see. Well, I have something for you to learn; I lied about helping you live." And with that, Reilly pulled the trigger.

"It's good the rain is covering the gunshots," Yrjö said as he came next to Reilly, looking down at Enelkin. Reilly motioned with his head in the direction of the other two. "They, too are taking that journey," Yrjö said, then asked, "Did he give you any information?" He was holding his right arm with his left for support.

"He said Stalin sent him. His name was Enelkin."

"Enelkin? I know that name. He led a special group for Stalin. They did the work too difficult, or distasteful, for others. It's good he's dead. He was not human."

"We have to get out of here and tend to that arm. But first I'm going to drag them over to the harbour and dump them into the Gulf. Will you be all right?"

"Yes; the current should take them far away, especially with the wind and rain," Yrjö said. "It will give our police something more to do than investigate peddlers of rotten fish."

Reilly returned about ten minutes later, and though further drained from the extra exertion, he said, "Here, let me help," as he put his arm around Yrjö to bolster his walking.

"Not needed. We Finns have 'sisu'."

"Oh," said Reilly, not knowing what he meant, making a mental note to ask him later, but not wanting Yrjö to expend any more energy than necessary as they slowly walked back to their haven on Kalevalankatu.

"Reilly, I owe you one."

"Only one? I thought you Finns had nine lives," Reilly joked.

"Only our wives," Yrjö joked back.

What neither noticed because of the dark and rain, was a fourth man. A man who had silently watched and remained hidden.

Once in New York and in contact with that associate in London, Holmes was able to set his mind at ease as to my well-being and also that of his brother, Mycroft. But of Reilly, the Romanovs and the rest, his mind still churned. But he was absolutely astonished to learn of his own death and that he was a national war hero.

He knew stories like that are spread throughout the Empire and the world from such heights as blizzards fall. So he began to postulate, and shiver. But if I had been left in peace, perhaps the others had, as well. Then why had he, alone, been a mortal target?

For a little more than a year after arriving in New York, it was now late October, 1919, Holmes examined every possibility, every nuance, every microscopic bit of information that he could extract from his prodigious memory to discover who had been responsible for the attempt on his life; though he, as yet, had not come to a definitive conclusion. As he had so frequently reminded me, "When you have eliminated the impossible, whatever remains, however improbable, must be the truth." This didn't seem to help him now.

His plan was simple, and, based upon subsequent events, so malevolently coincidental, that I believe there were forces of nature at play that I will not even begin to divine. The fear for me, even at this late passage of time, is still palpable. You will learn why, presently.

Holmes' reasoning was thus: he would remain deceased so that he had no fear of any further attempts at assassination. Then, free of that fear, he could begin to lay plans to safely return to London, discover the true identities of those responsible for this death, and wreak his revenge.

But, perhaps, the most disquieting part of his plan was to assume the identity of his complete opposite, John Clay. Yes, John Clay.

Having almost been assassinated at the hands of those who should have been his shield, I don't know if Holmes had become unhinged. He was always fragile, that fine line between genius and madness on which we ruminate.

It had become his firm belief that since he could no longer trust those he thought he could previously trust, he would turn to those who opposed them; strong criminal elements whose affiliations might merge with those of Clay. He was following the dictum, "the enemy of my enemy is my friend."

Of course, he had no idea that Clay was searching for him.

He would find strong allies he absolutely knew had nothing to do with his government's perfidy; allies he may need to call upon for what lay ahead. Quite frankly, allies more ruthless and seemingly unconcerned by their ruthlessness, than anyone in Holmes' memory; the emerging American gangsters.

Since Holmes considered himself to be the intellectual pinnacle of whichever world he chose to inhabit at any particular moment, he would aim for the top man. His circumspect inquiries led him to the man they called "The Brain", "Mr. Big", "The Big Bankroll" and "The Fixer". In fact, the man who had recently fixed the largest sporting event in America, the 1919 World Series, generating the infamous "Black Sox" scandal.

This was the man who controlled much of the burgeoning underworld; especially illegal gambling. This was the man who Holmes learned was a distant business associate of Clay's, but who had never met him personally. Indeed, he was the man who Holmes regarded as the American Clay. This was the man who Holmes chose to become his ally.

His name was Arnold Rothstein.

Holmes learned that because of the coming of Prohibition in America, of which I will speak more of later in this narrative, Rothstein and Clay had been formulating a deal for his Scottish distilleries to supply spirits to Rothstein.

Holmes grudgingly admired their international business influence. He thought it would have been sporting to thwart them had not his "death" forced him in a decidedly divergent direction.

Holmes believed no one in New York knew what Clay looked like so he would impersonate Clay to the hilt; and though some may have known of Holmes, a simple disguise would solve that problem. It had to be real, though, so he grew a mustache, full beard and colored all his hair a cross between russet and brown.

But as Reilly relayed, it was more than a disguise, for when they met for the first time, Holmes seemed to have changed physically. Not just with age, but his whole persona seemed to have darkened. Those were Reilly's words precisely, „His whole persona seemed to have darkened." Chilling words. Chilling.

From what Reilly recounted further, Holmes, though further on in age, had now become enmeshed in the social and literary nightlife of New York. As Clay, a supposed master British criminal with a rapier intellect, he lent an air of danger to pampered literati and feted Broadway celebrities.

Of course he would do nothing to overtly draw attention from the authorities, but it was his belief that any new acquaintance made at this level of public fascination, might be of future help in his overarching search for retribution.

He became a regular of Manhattan's famed Algonquin Roundtable and could be seen in battles of verbal barbs with the intellectually glittering likes of Alexander Woollcott, George S. Kaufman, Robert Benchley and Dorothy Parker. They called themselves "The Vicious Circle" and all would defer to Holmes for a mortal, terminating retort.

Yet it was not only these titans of the literary set who would attend the festivities. Holmes struck up friendships with the great American baseball behemoth Babe Ruth, the legendary thespian Tallulah Bankhead, and the World's Heavyweight Boxing Champion, Jack Dempsey. To all, Holmes was Clay. And to Holmes, all were pieces of a puzzle that were to fall into a particular place when needed.

Holmes gleefully reported tweaking Ruth's nose, only to find that Ruth "hit one out of the park" at him:

"Mr. Ruth, I understand that you are the king of your sport; something akin to cricket."

"Hey, 'keed'," to Ruth everyone was 'keed',"I swing a bat, not bugs."

That garnered an incredible laugh from all around the table, not the least of whom was Holmes who rarely was bested verbally or otherwise.

Holmes spoke of Dempsey and he playfully jabbing at each

other while members of The Vicious Circle, and joyful onlookers, rooted uproariously for one or the other to connect with a decisive punch. After all, Holmes reminded Reilly, he had been a singular amateur boxer in his youth.

Above all, there was the American underworld. The men who were part of that sinister brotherhood were already organizing to take advantage of the passage of the Eighteenth Amendment to the American Constitution, better known as Prohibition.

This bizarre law which would ban the creation, sale and distribution of alcoholic beverages had been ratified by the American congress on January 16, 1919. It was to go into formal effect quite soon, on January 17, 1920.

Through particular intermediaries, pieces of the puzzle now used, a meeting was set with Holmes to meet Rothstein at his office suite at Manhattan's Park Central Hotel, on Seventh Avenue and 55th Street, slightly north of the Great White Way.

What happened at that meeting harkens back to my previous mention of a malevolent coincidence.

As Holmes approached the Park Central Hotel, he noticed three young men by the entranceway. By their dress, these men were not hotel employees. They wore camel-hair or mohair overcoats against the November chill. Their wide-brimmed fedoras were expensive and color-matched to their overcoats. Holmes noticed razor-creases in the trousers showing below the elongated overcoats and exquisitely polished lizard-clad shoes below the trousers.

Holmes wondered how three such young men would have the funds to expend on such finery. His answer came swiftly.

The men noticed this stranger approaching and, in unison, turned towards Holmes, all thrusting their hands into their overcoats, and taking one step towards him. But one took two.

"Who you?" Curt question asked, this man's hand stayed firmly in his overcoat and his body rocked to-and-fro ominously towards Holmes; as would a king cobra in front of its charmer.

This man was the youngest of the group, looking no more than in his late teens, muscular and tall. But it was his ice-blue eyes that truly caught Holmes' attention. They were, perhaps, the eyes of a nascent psychopath. They were held menacingly wide open and even without the "Who you?" were demanding an answer.

"My name is John Clay. I have an appointment with Mr. Rothstein at ten."

"Ya talk funny, Johnny. Where ya from, Philly?"

"Why, no, London."

"Ya mean like in England?"

"Yes, as in England."

With his head tilted slightly backward towards the other men, "Hey, we got a guy here from England. He says he got an appointment with Mr. Rothstein." The men said nothing and stood with their hands as before, inside their overcoats and apparently clutching pistols.

"You know the King?" this man asked.

"No, we've never met," Holmes answered.

"Well, I ain't met the president, neither, so I guess we're even. Here, lift yer arms, I gotta frisk ya." With that, Holmes raised his arms, the young man patted him from armpit to foot, then stood upright again.

"He's clean," he said to the men in back, with that same head-tilt, never taking those iceberg eyes off Holmes.

"Let him by. Mr. Rothstein is expecting him, remember?" This came from the man in the longest camel-hair overcoat. The one Holmes now knew to be the leader of this curious Yankee troika. And he now knew from where these young men drew their funds.

"Oh, yeah," said ice-eyes. "Damn, Johnny boy, I thought I could dust ya, now I gotta make nice to ya. Screwy world, huh?"

"Yes, quite."

"Ya still talk funny."

"Here, come up here". The long camel hair overcoat gestured Holmes to follow him. The third man followed in back of Holmes. This man was quite short, only about five-foot-four, but when Holmes had a quick look at his face, he saw steel.

As Holmes followed the leader, ice-eyes called out, "Yeah, and give my love to the King and Queen if you see 'em, okay?"

"Of course."

The leader took the group through the hotel lobby, nothing fancy, then to the elevator. As they walked, Holmes noticed the way in which others in the lobby would part to facilitate the trio's progress.

"Mr. Rothstein told me you'd be here. We're goin' up to his suite. You just follow me and Meyer will just follow you. Benny's staying down here."

"Of course. Whatever procedure might be best."

"Yeah." This man looked to be in his mid-twenties, but carried himself as the leader he already knew he was. The short one, the one now in back of Holmes, looked to be a bit younger.

As they got into the elevator, they both faced Holmes and he was able to finally a good luck at both of the men, who had now doffed their fedoras.

The leader was about five-foot-ten, lean, with a hard, pock-marked face and wavy black hair. His dark eyes stared straight at Holmes with neither menace nor contempt, nor with any discernable expression, for that matter. Holmes realized that to this man, he was nothing. Just a parcel to be delivered, un-damaged, to his master, Arnold Rothstein.

The small man was a different story. His eyes kept studying Homes from head to toe and back again, never stopping in the few scant minutes it took to arrive on the ninth floor, where Rothstein had his suite. But to Holmes, those few minutes told insightful tales.

When the elevator doors opened, they turned right and right again around a corner and there Holmes saw another young man, also in his twenties, about the same height as the leader, a bit corpulent, and with a rather nasty scar along the left side of his face. He noticed us and became rigid.

"Relax, Al. This guy's here to see Mr. Rothstein."

"Okay." He opened the door but stayed outside as Holmes and his two escorts went in.

They all stood in the middle of what appeared to be a sparse foyer. Then the only door leading further inside opened. Arnold Rothstein walked out. He was of medium height, slight of build, slicked back black hair, much younger than Holmes had imagined, in this late thirties, and dressed in what Americans might consider a gentleman's attire; an artfully tailored suit, complete with waistcoat.

"Mr. Rothstein, Benny said this guy's here to see you."

“Mr. Rothstein,” Holmes said.

“Mr. Clay. Please come in. It’s nice to finally meet you after our transatlantic courtship. I hope we can make this ‘shittach’ happen.”

“Pardon me?”

“Sorry, John, That was Yiddish for ‘marriage’. Sometimes I forget that not everyone speaks Yiddish.”

Though Rothstein was being charming, Holmes was well aware of Rothstein’s nefarious acumen, and now, able to look into Rothstein’s eyes, he was finally able to gauge the wheels upon wheels and tumbling gears behind them. Perhaps Rothstein was more calculator than corporeal being.

“Please call me Arnold,” Rothstein said.

“Very well, then, Arnold.”

A big smile crossed Rothstein’s face, as if he had just completed his first move of successful seduction.

“So I guess I can call you John?”

“I don’t surmise it would hurt.”

Another smile from Rothstein.

As Holmes followed Rothstein into his office, he was surprised at the minimum of extrannea; essentials and nothing more. Which mirrored Rothstein, himself.

“So, John, what’s on your mind? What do we have to do to shake hands?”

“I believe you’re already aware of that. Someone with your intellect, interest and incisive disposition has already decided that this meeting would, indeed, bring our hoped-for endeavor to a mutually beneficial conclusion or there would have been no meeting.”

Rothstein laughed again. Louder, this time, with an inflection intimating his appreciation of the kindred intelligence of the man before him.

“Right-O, John. You hit the nail on the head. You have the distilleries in Scotland and I have a whole damn country filled with yokels who want to drink the stuff. You have supply, I have demand, we have a deal?” He extended his hand.

Now it was Holmes’ turn to laugh. Not only at the presumption of Rothstein but at his witty encapsulation of the state of the United

States.

"I've appreciate how quickly you Americans come to the point, but, I believe, you may be putting the cart before the horse?"

"How come?" His hand was withdrawn with a slight frown.

"Well before one can agree on a deal, one must have a clear appreciation of what, precisely, that deal might be."

That laugh again.

"Yeah, yeah,'course, 'course. You were supposed to come up with a price per crate of the scotch, delivered by your ships offshore to where I tell you and if it sounded good, we shake hands, have a drink on it and we have a deal."

"And if we cannot agree on a price?"

At this, his facial disposition hardened.

"Well then, John, if you're not selling to me, you might decide to sell to one my, shall we say 'competitors', and that just wouldn't do."

"Oh, I see."

"I certainly hope so."

The presumption, once again, on Rothstein's part, that the hint of a threat might unnerve him, gave Holmes further insight into Rothstein's egomania or complete and matter-of-fact acceptance of his power.

"John, you met some of my boys outside."

"Oh, yes, interesting young men."

"Well, those interesting young men are more interesting than you could know. Let me clue you in.

"Charlie Luciano, the one you can spot as the leader of those guys, is a Sicilian, but he thinks like us.

"Benny Siegel, the guy you left in front of the hotel, may be just a kid, but he's already killed three guys. That we know of.

"And Meyer Lansky, the little man. Imagine me at his age and that's Meyer. Yeah, he's short, but let me tell ya, he and Benny were runnin' a real tough gang before they came to work for me. It was called 'the Bugs and Meyer Mob'."

"Bugs?" Holmes asked.

"Yeah. Benny is a little, shall we say, nuts. So some guys

started in calling him Bugsy, a nickname. He didn't like it. They didn't call him that anymore. So never, ever, call him Bugsy. His name is Ben or Benny or Benjamin; but never Bugsy."

"Thank you. Benjamin will suit. As in Disraeli."

Rothstein continued. "Disraeli. Very good. And that's just the tip. I got guys all over the country. I got that kid outside the door, from Brooklyn, Al Capone, going up to Chicago to work for a friend of mine, Johnny Torrio. Johnny runs Chicago. Like Browning said: 'Ah, but a man's reach should exceed his grasp, or what's a heaven for?' Right?"

"In that case…" But before Holmes could speak, Rothstein cut him short. He was tiring of his cat and mouse.

"Nah, don't waste your time. The game has gone on long enough. John Clay, I very much would like you to meet someone."

"And whom might that be?" asked Holmes.

"John Clay."

Reilly Leaves For London

After tending to Yrjö's wound and satisfied there would be no lasting ill effect, Reilly and Yrjö finally fell into a fitful sleep.

There would be no more intrusion to mar that night, nor any the next day as Reilly was ready to board The *Merenneito.*

"Well, my Finnish friend, we seemed to have had a bit of an adventure."

"My arm says so," Yrjö said. "But, Roland, you are now on your own. I won't be there to take any more bullets for you."

"Now that's a comforting thought."

"I wish you luck with what you must do, and to find the peace you deserve once you have done it," Yrjö said.

"That's practically poetic," Reilly said.

"I guess you never read *Kalevala.*" Yrjö said.

"Yrjö, before I leave, I want to ask a question. Personal courtesy. Do you know who I am?"

"Personal courtesy?" Yrjö made a show of rubbing his chin as one does when in deep thought. "Roland, we have no such thing as personal courtesy in what we do."

Reilly shrugged, and after a gentle handshake so as not to disturb Yrjö's wounded arm, he went up onto the deck. He turned to see Yrjö with a very broad smile and waving slowly, with his good arm, of course.

"You see, Sidney, what good friends we Finns can be?" he shouted as *Merenneito* carefully left the dock.

So Yrjö knew his name, after all. Of course, he'd know.

"I do know now, I most certainly do," Reilly shouted back. And in short order, the ship pulled out of Yrjö's sight.

Also out of sight of both Yrjö and Reilly, hidden from view, near the far right bow, stood the man who stood hidden in the dark and the rain the night before.

Another door opened, towards the right in Rothstein's office and through it walked John Clay. A very startled John Clay.

"Holmes!"

"Clay."

Clay went quickly to Holmes and began shaking his hand, which, of course, completely startled Holmes, not knowing that Clay had come to America in search of him.

As Holmes fought to gain composure, Clay said, "Well, I should think the least I should expect from you is something akin to 'What on earth are you doing here?', or some such drollery."

Rothstein watched the two men as a Roman emperor had watched two gladiators in the ring. Clay noticed Rothstein's Cheshire-cat-grin and decided to show this American that perhaps he was not as omniscient as he thought. He looked at Rothstein and said, "Mr. Arnold Rothstein, I have the rapturous pleasure of presenting to you, Mr. Sherlock Holmes."

Clay received the reaction he had hoped from Rothstein; total and complete incredulity.

"Holmes? The limey dick?"

Holmes gave Rothstein a raised eyebrow.

"Oh, come, come, Arnold; surely you mean the great British consulting detective," said Clay, taking deep delight in Rothstein's continued discomfort. "Arnold, say 'hello' to Mr. Holmes; he's really a quite interesting fellow."

Rothstein was angry. "You think this is funny, Clay? You think this is one big joke?"His voice was so loud now that Luciano and Lansky came running in with pistols drawn.

Rothstein waved them away. "Nah, nah, put the gats down, boys, but keep 'em ready. These two Brits just tried to put one over on me, but it didn't work."

It was Lansky who spoke. "We know who this guy is, Mr. Rothstein," nodding his head towards Holmes, believing him to be Clay, "but who's that guy?" He was pointing at Clay.

"Not important now. But hang around outside while they

explain to me just what the hell is so funny and what the hell is going on."

He turned back to Holmes and Clay once Lansky and Luciano had left the room and closed the door."Okay, talk. And I don't care which of you opens his trap first." Clay did.

"It's quite simple, really. Arnold, you and I have done business for quite some time through trans-Atlantic cables and trusted intermediaries, but we'd never met. With your Prohibition rapidly approaching and our cables about supplying scotch to you and your friends, I thought the time quite ripe for us to finally meet, raise a glass or two, and consummate our arrangement."

"Yeah. so? So what the hell is this Holmes guy doing going around town telling people he's you?" Rothstein asked.

Then he turned to Holmes. "You may be some wise guy dick in London, but I run this town and when somebody goes around saying they're somebody I do business with, but who ain't, I know somethin's screwy. Get me?"

"I can't shed any light on that," Clay said, "but I'm sure Mr. Holmes can." Both Clay and Rothstein were looking at Holmes.

"Yes, well, it's rather elementary, really. But Arnold, before I explain my charade, would it be possible for me to speak with Mr. Clay alone for a brief moment?"

"Why, so you can cook up another scheme?" asked Rothstein.

"No, no scheme, I can assure you. But there are certain matters I need to discuss with Mr. Clay which would impact any arrangement the two of you might conclude; and I promise, Arnold, this will only be to your ultimate benefit."

Clay looked at him suspiciously, but was shrewd enough to know whatever Holmes had in mind would ultimately benefit only Holmes. However, since he was still coming to grips with the fact that this was actually a living, breathing Sherlock Holmes and that his quest to find him was over, he said nothing and nodded assent to Rothstein.

"Okay, okay. Two minutes. But when I come back, you better have some nice big news for me with big green dollars in the headline. Get me?"

"Oh, most assuredly," said Holmes. Clay nodded again in

assent.

"I'll leave you two lovebirds alone for two minutes. Then Meyer and Charlie and me'll be back." And with that, he walked out of the room.

"Holmes, you have no idea how happy I am to see you."

Holmes could see, but could not believe, that Clay seemed utterly sincere. "Clay, I have no idea what you mean."

With that, Clay began to divulge what had happened since Holmes had disappeared. Holmes' seeming death at the hands of the Germans, Watson's safe and happy return, and Clay's own quest and promise to Watson to find Holmes.

"As I told Watson, without someone of your caliber to joust with, much of the fun of my crimes was slipping away. I needed my wits constantly sharpened and only your wits served as sharpener."

At first, Holmes maintained his suspicion of Clay, but as he slowly came to believe him and was about to inquire further about what he had learned about his death in London, he and Clay heard shots in the other room. Their first reaction was to stoop for cover, but then, in unison, both bolted for the door.

There, on the floor, lay Rothstein, wounded and bleeding profusely. Luciano and Lansky had already run after those who had fired the shots, but leaving one of them dead already.

Just as Holmes bent down to tend to Rothstein, another gunman suddenly appeared at the doorway and took a shot at the prone body of Rothstein. It would have surely hit Holmes had not Clay dropped in front of Holmes. The bullet hit Clay.

Holmes examined Clay, trying to determine where he had been wounded,

"Why did you do that, Clay?" asked Holmes.

"Ponder it." He gave a faint laugh-cough. "Funny, now you truly must be me," Clay whispered. And with that, the remaining air in lungs slowly slid out and he died.

Luciano and Lansky came running back into the room to see the dead gunman, the dead Clay, the now-dead Rothstein, but a much alive Holmes.

Lansky knelt by Rothstein. "I shoulda protected him better. I shoulda shot those guys first.”

Luciano just stood there, pistol still in hand, giving a rational, cold-blooded summation, “Nah, we just got surprised, that’s all. It happens. Now what Mr. Rothstein had, maybe we can have. We gotta talk about this with Benny and Al. And you,” he was gesturing with his pistol towards Holmes, “we gotta talk to you, too. About the booze. But not now.

“Now we gotta get outta here. The cops’ll take care of the bodies. Al got winged at the door, he’s downstairs with Benny. Meyer, you go down there with Clay here,” he was nodding towards Holmes, “and you,” still looking at Holmes, “you go with Meyer to Benny and Al downstairs. You mean too much dough to us now for anything to happen to you, too.”

It was obvious to Holmes that Luciano and Lansky believed him to be Clay, since Rothstein had accepted him as such in front of them. Therefore, with Luciano as the new leader, all of Rothstein’s underlings would accept him as Clay.

This made it now even more imperative that his original plan move forward. It struck him as cosmically ironic that he, Sherlock Holmes, would have to subsume his identity and henceforth become John Clay, in reality. Then, upon his return to England, with Clay’s rule of the London underworld now his, how much easier and vicious would be his vendetta?

Safely escorted by Lansky away from the bloody scene and down to the entrance of the hotel, Holmes was virtually pushed into a mammoth Packard, an American automobile so large that he felt a Rolls Royce could fit comfortably within its interior. Already inside were Siegelat the wheel and Capone in the passenger seat, who, though wounded, turned to Holmes, motioned nonchalantly with his thumb to his face and said, “I had worse.”

“We gotta get ‘em. We gotta kill ‘em all,” Siegel was yelling.

“We will,” Lansky said, but keep yer mind on yer drivin’, Benny.”

“Just who is ‘them’?” Holmes asked.

“Numbers Malone and his gang,” Lansky said. “Damn micks.”

“Another example of the American love of apropos

nicknames," thought Holmes.

"That Numbers is completely nuts," Siegel yelled. Holmes just listened. "They been comin' down from the Bronx, shakin' down our guys at our joints, wantin' more of the numbers, wantin' more of this, wantin' more of that. I'll give 'em more of my gun in their heads."

"Calm down, Benny. I don't wanna be in no traffic accident," Lansky said.

Siegel drove them to a toney area of Manhattan known as Central Park West, and, as its name implied, bordered the extreme western part of Central Park. They stopped in front of a tall, new Art Deco residential building at 72 Central Park West.

"This is Al's place," said Lansky to Holmes. "Get out." This they all did. Capone in some discomfort. The doorman took the car.

Holmes noted that the entranceway, or lobby, to this building was quite opulent and that not many would be able to afford such luxury. From there, they took the lift to the penthouse. Lansky knocked and the door was opened by someone who appeared to be a cohort of these men, rather than a domestic. Holmes was greeted by even more luxury and a commanding view of Central Park and, it seemed, the entirety of Manhattan.

"Sit," said Lansky, which Holmes proceeded to do, while the men went to a bathroom to tend to dress Capone's wound. All except for Lansky, who sat down opposite Holmes and continued his study of Holmes as assiduously as Holmes studied Lansky.

This Lansky, whose eyes and behavior betrayed an intelligence that eerily reminded Holmes of his own, was the one man of all these men who would never be arrested for anything major and who would, with Charlie Luciano, become the true "inventors", if that is the proper word for anything so improper, of organized crime in America.

"He'll live, the schmuck," Siegel said as he came back and, to use an American colloquialism, plopped himself into a chair next to Lansky. "Dago putz," joked Siegel about Capone.

Benjamin Siegel, with a menacing, misdirected kinetic energy, better known to history as "Bugsy" Siegel, was a true seductive sociopath who could smile and kill with simultaneous ease.

The "Al" to whom he was referring, was Al Capone, a man

who, I surmise, needs no detailed introduction. He emerged from the bathroom shortly, arm bandaged, hanging out of his sleeve and held with a makeshift sling of silk.

"I'm definitely gonna go out to Chicago, like Mr. Rothstein wanted," Capone said, lifting his arm and puffing his cheeks in a gesture of 'I don't need this grief anymore'.

"But first, we get Malone and his guys. I ain't goin' nowhere till they're so dead even rats won't eat 'em."

` "Watch yourself, Al," Siegel warned, "I hear Chicago is a very scary town. You can get real hurt in Chicago."

"Very funny, very funny," said Capone, swatting at Siegel's head with his good arm. He and Siegel laughed. Lansky was still looking at Holmes.

Presently, Luciano returned. I should introduce him properly. This was, at the moment, the man known to the New York constabulary as Salvatore Lucania; though he was Charlie Luciano. But within a short space of time, he would be known to the world as "Lucky" Luciano. As previously stated, the man, who, along with Lansky, organized crime in America. But more of that later.

"Hey, Mr. Clay, who the hell was that other guy; none of us saw him go up to Mr. Rothstein?" Luciano asked.

"His name was Glover. He and I were having a business disagreement when Mr. Rothstein intervened. He won't be missed and I removed any identification before we left."

"Smart," Luciano said, admiringly. He sat next to Lansky.

"Maybe he was Houdini and he just appeared in that room. Houdini is Jewish, ya know," Siegel said to Holmes.

"No, I wasn't aware."

"Yeah, his real name is Erich Weiss. Somethin', huh?"

"Most assuredly," agreed Holmes, hoping that Siegel would stop.

Luciano interrupted and Siegel stopped.

"Okay, forget that crap. We should be takin' over from Mr. Rothstein, not Malone and his mob. All the stuff that was Mr. Rothstein's, is now ours." He made a sweeping, circular gesture with his outstretched arms, indicating all the men in the room.

“I’ll go up there myself and kill ‘em all,” Siegel said.

“I appreciate you volunteerin’, Ben, but it’s gonna take some plannin’,” Luciano said.

It was now Holmes turn to interrupt and surprised himself at what he now said.

“Gentlemen, you cannot wait and plan. Right now, this Numbers Malone and his men are up in that Bronx place, probably laughing and drinking and congratulating themselves on killing Mr. Rothstein.

“He probably thinks that you’re too young and too disorganized to seek immediate retribution.”

“Huh?” Siegel asked.

“Clay is sayin’ we go up to the Bronx and take care of ‘em now,” said Lansky.

“Yes, in any successful military operation, surprise is always a key element. If you wait any longer, they’ll just come back down and pick you all off one by one.

“He’s right,” Capone said.

“I agree,” Lansky said.

“So what you’re sayin’ is that we get some more of our guys and go up there now and end this right away?” Luciano stated, more than asked.

“Precisely,” Holmes answered.

Seeing that he was not only being accepted into this unfortunate fold, but had just become an architect of a major crime, he called upon what he knew to be the surface loyalty of felons and took the next step in their business relationship.

“Gentlemen, before we settle the details of how best to eliminate Mr. Malone and his minions, and while this might not be the most propitious of times, would it be improper to conclude the agreement Mr. Rothstein and I were finalizing?” Holmes asked.

“Nah, it’s okay,” explained Lansky, “Mr. Rothstein was the smartest of the smart. And he could always choose a winner. If he chose you, he already played it from every angle. So you and Charlie and me’ll fill in the details later.”

“Yeah, first we fill Malone with bullets,” Siegel said. Lansky just shrugged.

What would happen over the next few months, while setting Holmes' timetable for retribution behind, in the long run, would only strengthen his ties to these hoodlums and permit him to inflict his very particular brand of retribution on those who had tried to kill him.

Reilly's boat trip to London was happily uneventful; a short respite used to reflect, to suppose and to hope.

Without stopping to report to SIS that he was there, or alive, and to be debriefed, he first came to me. He knew that Yrjö would have alerted London as to his whereabouts.

It was early on the evening of August 2, 1919, when he knocked on my door. He heard me addressing Elizabeth, "Don't mind, Elizabeth, I'll tend to this."

Pause for a moment and, if possible, picture from my point of view, opening the door to find Reilly standing before you. Exactly.

"Wha…wha…Rei..," all I could do was stammer.

Reilly let out a laugh, grabbed me in an all-encompassing bear hug, and stood there silently rocking us for a brief moment.

When he freed me he asked, "Well, am I not to be invited in?"

"Why…why… of course," I was still stammering as if I had just seen the spirit of Christmas past. And in a way, I had.

"Reilly, Reilly, please, in there, in there," I said pointing Reilly to my study. "How, Reilly, how? Pray, tell me everything, I'm so speechless at your sudden appearance."

"Under the circumstances, quite understandable. Watson, might you have a libation to offer a poor traveler?"

"Most assuredly, most assuredly," and I gingerly removed a bottle of aged scotch and two glasses from my desk.

"Ah, that's good scotch, Watson. You're more discerning that I had imagined."

Playing the wounded individual, "Why, Reilly, in all the time we spent together and with your supreme level of intelligence, I am abashed to learn of your failure to discern that." We laughed.

"But, please, Reilly, you left us in July of last year. I cannot even begin to think of the correct questions to ask and in what order."

"No, Watson, wait. Before I tell you, I have one all-important question."

"Yes, yes, of course. But I believe I know what it is. Tatiana is well, at least I believe so. As are all the Romanovs."

Reilly must have let out all the air in his lungs with relief. "Thank heaven for that."

"But, Reilly, there is more. Are you seated securely?"

"Pardon me?"

"Reilly, it gives me the greatest of pleasure to report to you, that you are a father."

For perhaps the first time in his life, Reilly was speechless. And, it seemed, paralyzed, as well.

"It is a boy, Reilly, a boy. He was born on March 2. He is now six months old. And Tatiana named him after you. His name is Sidney."

With that, again perhaps for the first time in his life, Reilly lowered his head and wept.

Luciano, Lansky, Siegel and Capone were in one car. Other men with interesting nicknames were in a second: Legs Diamond, Dutch Schultz, Kid Twist Reles and Lepke Buchalter. This last man would go on to found "Murder, Inc."; literally contract killers with no allegiance to anyone or any group.

"It's good we're gonna get those guys now. By tomorrow, we'll have to attend Mr. Rothstein's funeral, if they let him be buried like he's supposed to be," Lansky said. "Ain't no use in any of us stayin' away as the cops know we all worked for him."

All in the first car agreed.

It was early afternoon when the cars pulled up in front of Rusty's, a bar on West Farms Square in the Bronx that was Malone's headquarters. It flourished because it sat on a terminus of trolley cars, buses, an American equivalent to our underground called a subway, and only a few minute walk to one of the world's truly great nature attractions, the Bronx Zoo. The lithe Bronx River ran along the exterior rear of Rusty's.

The men in both cars had either pistols or "Tommy Guns"; so called because they were Thompson submachine guns from WWI. Neither car had any tags or plates of identification.

As Holmes had predicted, Malone and his men were inside drinking, celebrating their killing of Rothstein. They were sloppy and left no guards on the outside.

With almost military precision, all doors swung open and the men from both cars ran into Rusty's. Malone, his seven men and the bartender were completely surprised and held their hands up in surrender.

"Now nobody is gonnna do nothin' stupid," Luciano said. "Guns out, barrel first, and throw 'em on the floor! Now!"

When one of the men looked as if he was going to do something stupid, Siegel shot him in the head and said, "See what happens when you do something stupid?"

Schultz, Diamond and Reles waved all the men except Malone to the far end of the long, oak bar and stood there with their Tommy

Guns on the remaining six, including the bartender. Malone remained at mid-bar. Buchalter remained at the front doors, watching.

Luciano walked slowly over to Malone with Siegel, Lansky and Capone right behind.

Malone was the same age and height and had the same ferocity as Luciano, but he didn't have one tenth the brains. Luciano could see the fear in Malone. But Malone didn't think he was showing it.

"So whaddaya gonna do now, Charlie? That Jew ya worked for is dead. Why not join up with me and the guys and we can own this town?" Malone asked.

"I'm Jewish, too," yelled Siegel and he shot Malone in the knee. Malone crumpled. His men made a slight move but Schultz, Diamond and Reles just waved their Tommy Guns and the men moved back.

As Malone lay on the floor howling in pain, Capone kicked him in the wound and said, "We ain't even yet."

Luciano then walked over to the men at the end of the bar.

"T' hell with ya, ya dago piece of garbage," said one of the men.

"See what I mean about doin' stupid' stuff. Now, how the hell stupid do ya have t' be t'curse me out with me and my guys havin' guns on ya and you got your brains up your ass?" Luciano asked.

Capone had come over. "Dago piece a crap, did ya say?" Capone shot him in the testicles. The other men recoiled and grabbed their own in reflex. Capone then gave a nod of the head to Schultz, Diamond and Reles who, with their Tommy Guns, dispatched the other men quickly, professionally, and with no wasted bullets. Diamond stood far enough back so that no blood would spatter his spats. He was unsuccessful.

This left only Malone, still on the floor and still howling in pain.

"Oh gee whiz, Numbers; you're bleedin' all over the nice floor and screechin' like one of your freakin' banshees. You'll wake up the whole damn neighbourhood.

"I know, you need to cool off. How about I take ya for a swim? Would you like that, Numbers?"

With that, Siegel dragged Malone by the neck of his jacket to the back of Rusty's, opened the back door and then dragged Malone down the rocky, little hill to the Bronx River.

"See, Numbers? You're gonna cool off. Forever."

Siegel turned Malone upside down so his head was in the water and he held his head down until Malone had, indeed, cooled off forever.

Siegel then joined the others and they went back to Manhattan.

In Capone's apartment, Holmes had no idea of the savagery he had unwittingly unleashed. He would learn more, however, with time and become more inurned to it; drifting farther into a persona from which it might be impossible to disengage.

Upon their return, Luciano, Lansky and Siegel began to formalize their new partnership with Holmes; Capone would be leaving for Chicago in a few days and whatever his three colleagues decided was fine with him. He knew he'd get what he was due.

"Hey, Meyer, count good," Capone said as a fond goodbye when he finally left for Chicago.

With Capone gone and many of his men with him, Luciano, Lansky and Siegel had to come to grips with the power vacuum left by Rothstein's death; and if not handled properly, would most certainly lead to their own. There were much larger fish than Numbers Malone befouling the filthy waters of the Hudson and the East River.

Salvatore Maranzano and Giuseppe Masseria were the biggest of these fish. While these names remain unknown to most outside of the United States, to New Yorkers of this period, the names literally were equated with evil and death.

With Rothstein gone, the old "Mustache Petes", as they were referred to by Luciano and other young gangsters on the rise, would soon begin a war to divide Rothstein's territory and to enlist his young mobsters into their ranks.

After all, they reasoned, more territory needed more soldiers to protect it. Then you needed more soldiers to conquer more territory and to hold that territory. Ad nauseum. The Roman emperors had taught these men too well.

It was called the Castellammarese War because both Masseria

and Maranzano had emigrated from that region in Sicily. And it was fought brutally and with no quarter. Right on the streets of New York.

Luciano, Lansky and Sigel, though very smart and very tough, did not have the numbers to overtly challenge either Maranzano or Masseria; even with Diamond, Schultz Buchalter and Reles. So they began to quietly gather other young mobsters who wanted no part of the Mustache Petes and who would gladly ally to eliminate Masseria and Maranzano.

The young Sicilian immigrants who fell in with Luciano would all to go on to criminal infamy: Carlo Gambino, Albert Anastasia, Frank Costello, Vito Genovese, and Joe Adonis, to name a few.

Yet in the midst of the war, Holmes continued the planning with his new business partners and tried not to become directly involved.

It was at an intense planning session between Luciano, Lansky, Siegel and Holmes, on how the spirits were to be delivered from Scotland to America that Lansky suddenly changed the topic.

Lansky said, "John, over the last few months, getting to know you and see how you think, and how you helped us with Malone, we agree that you think like Mr. Rothstein and not too many people could do that." Luciano and Siegel nodded assent.

Luciano spoke next. "What Meyer is saying, is that with what we have going on, and which could hurt our business arrangement with you, we want you to be our consigliere."

"I beg your pardon," Holmes said.

Siegel said, "You know, our counselor. Like Meyer said, you got brains. You're like Mr. Rothstein was, may he rest in peace."

Lansky continued, "We need someone to trust as we go to war with them guys. Someone we can plan strategy with and bounce ideas off of, if you know what I mean."

"A consigliere is a very special person in our thing. He's the one who can see all the angles and help us play the right one," Luciano said.

"I see," said Holmes. And knowing that he could not refuse such an important request without fear of suspicion and then, perhaps, worse, he said, "Gentlemen, I am truly honoured that you hold me in such high regard and I solemnly accept your offer."

"Good, it's settled," Luciano said and all three men rose from the table to shake hands with Holmes.

"Imagine that, a limey consigliere. It's like a Hebe Pope," said Siegel.

"Crude, but true. Welcome," Meyer said.

"C'ent anni," Luciano said. "To a hundred years, John."

"Yeah, right. We should live so long," said Siegel.

And with what was to happen to Luciano in the midst of the Castellammarese War, that statement proved preternaturally prescient.

After Reilly had regained his composure, and with assistance of some brandy, he looked at me and said, "A son. I never imagined that I'd be a father. Not with my life. Never. And tell me again, Tatiana, she's completely all right?"

"Yes, yes. As a doctor and as a friend, when I left her and the family she was fine."

"My God, where are they? Are they in London? Where are they?" He was practically shaking me.

"Calm down, Reilly, calm down. No, they're not here. They're in the Bahamas. On the island of Eleuthera."

"I haven't heard of it."

"Don't worry, it's a beautiful place. I was with them for about a year. And, I must tell you, I'm the one you have to thank for spanking your namesake into the world."

"You, you were the doctor for Tatiana?"

"Well, of course. Who the dickens did you think? The bloody head of the Royal Medical Society?"

"No, no, I meant that I couldn't be happier that Tatiana and the baby were in your hands. They couldn't have been safer."

"Quite true, quite true. Now compose yourself further because Elizabeth will most certainly be here shortly to see just what has become of me. I'll simply introduce you as an old and dear friend from the army, a comrade I haven't seen in years."

"Perhaps you can choose a word other than 'comrade', doctor."

"Yes, yes. Of course." And they both laughed just as Elizabeth knocked at my study door.

After Elizabeth satisfied herself as to my safety and saw how sincerely happy Reilly and I were, she left us in peace once again with a twinkling, "Please don't get too rowdy. We wouldn't want to disturb our nice neighbours, now, would we?"

I then began to relate all that happened to me and Holmes and the Romanovs after Reilly had taken leave of us in Russia.

I told him of our voyage to the island, of our becoming settled and happy, of the hurricane, of the birth of baby Sidney, and of everyone's health when I departed on the fifth of July. It seemed so long ago, but had only been less than a month since I left Eleuthera.

Then, after a very deep breath, I told him of the supposed death of Holmes and Yardley and Preston, their homeward-bound ship supposedly sunk by the Germans. I told him of the visit of the man with the red beard and what he had told me: that "they" whoever "they" are, had Holmes in their captivity and if I wrote of his last great adventure serving his King and country in the Great War, Holmes would remain alive. If not, he would disappear "like coins the hands of a cheap magician."

I told him of the killing of Newsome, of my direct meeting with Lloyd George. I told of my meeting with Clay who had gone off to discover if Holmes was still alive, and of my promise to dramatize Clay's own death at the hands of disgruntled henchmen, which I did in "Feet of Clay", so that he could adopt another identity and be free.

"So Holmes may still be alive somewhere?" he asked.

"I most fervently hope so."

I then took from one of my desk drawers a sheaf of newspaper clippings I had saved about Holmes' heroic death and then my own deceitful tale of his death.

Finally, I told of the visit of my smaller nanny who had come to repay a favour Holmes and I had done for his family, by unspooling the web woven by Lloyd George and what I had dubbed "the Black Faction". But Reilly knew nothing of a red-bearded man and his tale of Holmes still being alive.

Now, spent myself, I said to Reilly, "I've told you everything, I believe. But I've not the mind to decipher the puzzles that you and Holmes find so elementary. Other than Holmes, I cannot think of another, but you, who I would expect to untangle this Gordian's knot."

He said not one word, at first, but sat immobile looking into my eyes. But I saw wheels turning behind them, as I had so often in Russia.

Finally, he spoke. "Watson, while I appreciate my equation with Holmes, our minds work in a very different manner. Holmes' mind divines the mystery, my mind devises it. I've listened very carefully to all you've just said, but until I have the time to ponder this at length, I have no answer or assurance of Holmes' fate to give you."

“However, our government has separate divisions, which, ironically, remain divided in every respect. One will work against the good of the other so that it may be more successful even though it may cost England most dear.

“As you may suspect, I have my resources both within and without, government which I will use to the utmost. But, Watson, as much as I truly wish to aid you about Holmes, I wish to see my wife and baby even more. I’m going to see them first, before anything else.”

And though he immediately saw my desperate disappointment, he heard me quietly say, “I understand. I do.” I then gave him the secret and detailed information he would need to find Tatiana, baby Sidney and the Romanovs at the compound on Winding Bay.

As Reilly left me, with one hand holding hard my right and his other on my shoulder, he said, "John, for the good of your family, if only the loyal, loving hound could but turn into a jackal."

With that he was gone. And I could not have known at that moment that the faint words of hope he had given me about Holmes were nothing more than gossamer comfort.

I was not to hear from him until he appeared once again at my door, more than two years later.

"To paraphrase Machiavelli, 'Hold your friends close and your enemies closer'," said Holmes.

"I ain't holdin' nobody close but dollies," smirked Siegel.

"Will you shuddup and listen to the man," said Lansky as he playfully hit Siegel in the back of his head.

"Charlie," Holmes said, "you must meet with Masseria and offer him fealty."

"Huh?" Siegel asked.

"It means, Benny," Luciano said, "that I gotta go to Masseria and tell him that we're all gonna be workin' for him. We're gonna be soldiers for him."

"No way, no way I'm gonna work for that fat, greaseball, dago bag of crap."

"Calm down, Benny and listen," Lansky cautioned again.

"Ben," said Holmes as calmly a parent would when trying to teach a child to obey, "you're not really going to be working for him. You must make him believe that you and Meyer and Charlie can be trusted. Then, when he's lulled into false security, he can be dealt with."

"Dealt with? What's dealt with?" asked Siegel, only a bit more calmly.

"We can kill him," Luciano said.

"Now, that I understand. Yeah, I'll deal with him, all right," and Siegel pulled out the pistol he had in his pants.

"Put it away, putz," said Lansky.

"And just how do I convince him that Ben and Meyer and me and the rest of the guys with us are gonna be working for him?"

"Quite simple, really. Bring him a bag full of money. A very large bag filled with money. In ancient times it was called an offering. One gave a valuable gift to prove one's oath of fealty."

"Money's no problem," said Lansky. "How much do you think we should give?"

"Large enough to wet his appetite and that by working for him, you'll be able to bring him much more. Now be sure to have your pistols with you. You'll be searched anyway and if you came without your weapons, they would think something is awry. And don't become alarmed when they rummage through the money in your bag. They'll just to be sure there are no weapons hidden inside."

"Can't you talk English," said a frustrated Siegel.

"Yes, I can. Can you?" answered Holmes in jest.

But though both Lansky and Luciano expected some usually demented outburst by Siegel, he just reared his head back, slapped his knee and said, "Good one, Johnny, good one."

"Anything else?" asked Luciano.

"Yes. No matter what he demands of you, agree. Most assuredly he's going to demand too much. That will be a test. Hesitate, negotiate. If you give in immediately to his demands he'll know you're lying; and all three of you might as well dig your graves right there."

"And Ben, though you and Meyer will be separated from Charlie by Masseria's men, please don't become worried. They'll do no harm to him unless Masseria doesn't believe him. But, of course, Charlie will make him believe him."

"Done," said Luciano.

The very next day, Luciano, along with Lansky and Siegel, went to meet Masseria at one of his favorite restaurants, Nuova Villa Tammaro in Coney Island, Brooklyn. Outside the front door, and after all three men were frisked, as the Americans say, by one of Masseria's guards, Luciano was told to follow him inside to Masseria's table, but Lansky and Siegel were detained by other guards.

Remembering Holmes' injunction, Siegel's only outward sign of discontent was his incessant smoking and an almost involuntary walking in circles. This, however, because of Siegel's reputation, was looked upon with humor by Masseria's guards, one of whom muttered under his breath, "Crazy, kike."

Though both Siegel and Lansky heard the remark, before Siegel erupted, Lansky had grabbed his arm, looked straight into his eyes, as he had hundreds of times before in their young lives, and willed Siegel to calm down and continue walking in his ceaseless circles.

Luciano was walked through what appeared to be the normal

Italian restaurant of the day in lower New York. A large dark, oak bar was to the right, with a few small tables with red and white checkered tablecloths to the left. Then they walked through two frosted-glass doors to a private room. There were guards seated at tables to the right and left rear, with a large center table where sat Giuseppe, "Joe the Boss", Masseria.

"Sit," said Masseria.

Masseria was much overweight and slovenly. His tie and shirt were already soiled by some sauce earlier spilled. To Luciano's polished esthetic, learned from Rothstein, Masseria resembled nothing more than a particularly repulsive pig.

As Luciano sat, he handed over the satchel with the money.

Masseria wiped his mouth with his right hand, then onto the table cloth.

"I see you brought me a present and it ain't even my boithday?" With this he laughed uproariously, as did the guards.

"I bring this for you, Don Masseria, as a gesture of good will from me and my men."

"And why should you bring me such a present?" Masseria leaned over the table, as far as he could to be as close to Luciano as possible. Luciano knew that the next few words out of his mouth might be the most important he had ever spoken. Or might be his last.

"Because, Don Masseria, with Mr. Rothstein gone, you or Don Maranzano will take over everything. And me and boys are bettin' on you."

Masseria's eyes betrayed a mild glint of acceptance of those words, but still bore into Luciano.

"And why do you and your boys think that?"

"Because of the way you took over Don Rasata's territory; and we think you got bigger guns than Maranzano. You both want each other dead and we can help you make him dead. If you know anything about me and my boys you know plenty about what happened to Numbers Malone and his guys. And you know about Benny Siegel."

"That Bugsy of yours. Yeah, I know about that crazy Jew."

"Don Masseria, with all due respect, that crazy Jew is gonna kill Maranzano and keep you living. Nobody will know we're working for you. So Ben and Meyer and them other Jew guys we got, will kill Maranzano and it will be the Jewish gang that did it. The heat'll be off you. Then the whole thing will be yours."

"Yeah, how come you work with Jews? Our thing is Sicilian. I don't like it that you work with Jews."

"Again, with all due respect, Don Masseria. You like money, right? What do you care where it comes from? Or who gets it for you?

Masseria leaned back in his chair.

Luciano then told him a story he knew Masseria would totally understand.

"Don Masseria, I know you know of the Roman Emperor Vespasian," and he paused.

Masseria made a face as if to say, "Of course, I do."

Luciano continued, "Well, he gets in a bind for dough and he comes up with a real good idea. He puts a tax on the public toilets and the dough starts comin' in.

"Well, his advisors don't like that. It ain't proper t'collect money like that. So Vespasian, he calls over his top advisor guy, holds a coin under his nose and asks him if he smells anything?"

It took Masseria a few moments to finally understand, but even though he's smiling, he says, "I still don't like it; but as long as nobody is gonna know they're working for me, okay." What he said next, however, really took Luciano aback.

"Now the first thing I want you to do is go to Maranzano and tell him the same exact thing you just told me?

"Say that again, Don Masseria?" asked Luciano.

"You heard me. You ain't deaf. Now move. And I don't want to see you again until Maranzano is dead. Dead!" Masseria stood up now, shouting, "Dead! I want him dead!"

Luciano stood, bowed his head crisply to Masseria, and walked out of the room. He still heard him shouting as he got to the front door of the restaurant where Lansky and Siegel were waiting. Siegel abruptly stopped walking in circles.

All were given back their weapons, got into their auto and drove off.

"So what was all that yelling about?" Lansky asked.

"Nothing much. He just wants me to tell Maranzano what I just told him."

"Wait till Johnny hears about this," Siegel said, laughing.

In Liverpool one day later, Reilly, still traveling as Roland Windsor, booked passage on RMS *Olympic*, the queen of the White Star Line and, at the time, the largest ocean liner in the world. She would leave the next day.

Olympic had served nobly in the Great War as a troop ship, but was recently reconverted to her passenger grandeur; she was the swiftest way in which to reach New York, a leisurely five days. From there, Reilly had already booked passage on a ship to take him to the Bahamas, *SS Brookland*, an American cargo ship accepting a significant number of passengers, as well.

As promised, a few hours passed five days, Reilly was in New York on August 9. Though he had been all over the world, he was not quite prepared for the sheer electric air of Manhattan.

While London was the center of the Empire and the world, New York seemed to be the veritable center of dynamic energy. While London could boast historic architecture, nothing there could compare with the new "skyscrapers", as they were being called. The Woolworth Building, the tallest of all, built in 1913, stood an incredible fifty-seven stories. At that time, one could get a nose bleed just thinking about the height.

Reilly had two days to pass while he waited for the final stage of his journey to begin to the Bahamas. And it was early on his second day in Manhattan, while his head stretched upward, straining to look at the top of the Woolworth Building, as all tourists did, that he thought he heard a familiar voice speaking his name, but in a question, "Reilly?"

Upon turning to see who would be addressing him so, he saw a tall, elderly man standing directly before him. The man was dressed in the mode of the day, expensively, too, Reilly noted. But immediately suspicious, Reilly reverted to SIS mode.

"Are you addressing me, sir?"

"I surmise my disguise has once again gotten the best of you. Just something I'm toying with at the moment."

Holmes was dressed in the usual gentleman's apparel, but with his new facial hair and color it would have been quite impossible to recognise him at hurried glance.

"I'm sure I don't know what you mean. Now good day, sir." But as Reilly turned to leave, the man gently, but firmly, grabbed his arm, turning Reilly back to face him.

"Oh, come, come Colonel Relinsky, don't you recognise me?" And Holmes winked at Reilly.

One closer look and, "What the devil? Holmes?"

"Your hearing is, at least, as good as ever," said Holmes. "But come with me where we can sit and quietly speak without this incessant New York noise."

Reilly said nothing, but continued to examine Holmes as he led them into a corner café directly opposite the Woolworth Building. Holmes chose a table towards the rear and they sat.

Though each shared the exceptional privilege of an incalculably keen mind, it seemed that neither could entirely digest the simple circumstance of the other's existence at that particular moment.

"This is unbelievable, Holmes. Quite unbelievable. The world thinks you're dead at the hands of the Huns. At least, most of the world."

"And so I shall remain, Reilly, so I shall remain. But you're wrong about this being unbelievable. The odds that you and I should meet like this here, now, are nothing short of astronomical."

"No, Holmes, you don't understand. I saw Dr. Watson at his home before I left for New York. What he told me was so incredible that I'm still sorting through it. But it concerned information of life and death for you. Perhaps you'll understand and be able to make sense of it."

He then told Holmes everything I had told him. And now Holmes knew, or thought he knew, who was responsible for his attempted murder; Lloyd George. Holmes would now be able to devise an appropriate revenge.

Reilly continued.

"Holmes, Watson is sick with worry about you.

"Poor Watson."

"I've got to let him know you're alive."

Holmes cut him short with a stringent command, "No. Under no circumstances must he know that."

"But Holmes, that's inhuman. The man loves you like a brother and should be told."

"Surely, Reilly, I don't have to explain why he cannot be made aware."

Reilly understood after a moment's thought and nodded acquiescence.

"Agreed," Reilly said, "though I'll feel that I've betrayed the trust of a man who deserves better."

"Well, I am equally sure that this is an experience not unknown to you." The remark was biting and cut to Reilly's very being.

For a long moment Reilly stared hard into the impassive face of the Holmes that sat before him, but realized the words were true.

"Yes," he said quietly, then abruptly changed the subject to an immediate matter.

"Holmes, what did happen to you and why this disguise?"

"I will explain presently, but what about you?" Holmes' demeanor now shifted to the guise of old friend, though Reilly saw through it to its harsh marrow.

"My word, it is so good to see you alive, as well. What happened to you after you left us? What devilish plot had SIS devised for you back then?"

"I propose a truce," said Reilly. "I'll tell you my tale once you've told me yours."

Large pots of tea and pastry were ordered, and with much tea downed between them, each told of all that had happened subsequent to their last time together; with Holmes' account of his hopes for a criminal alliance disturbing Reilly greatly. Since Reilly was fully aware of Holmes' penchant for disguise in certain circumstances, Holmes did not need to explain further.

"How," asked Reilly, "do you propose Watson chronicle what we've just told each other? If ever he's able."

"Precisely," said Holmes. "For the tale to be truly told, I must succeed in what I must do."

Reilly leaned in closer. "Holmes, this criminal business of

yours; I don't quite understand why you've not only allied with these murderers, but are giving them the blessing of your intellect."

"I will need them when I return to London. Clay's men there are hard, but there is a steel-hard malignancy among these American thugs that cannot be duplicated. I will need that.

"And besides, if one group of criminals do away with another group of criminals, so much less the tasks for the police here and in England. And I shall always be many steps ahead of them all, wherever they may be."

The words and Holmes' demeanor unsettled Reilly greatly. Holmes' whole being had darkened, even without his latest disguise.

"Holmes, you don't need those men. I can help you. Men I know and trust can help you. But you must wait till after I've returned."

"Reilly, I don't know when you'll return, of if you'll return and my business here will be concluded shortly. I most probably will be back in London while you're still in Eleuthera. I will need these men." He said this emphatically and with finality.

"I cannot steer you from this course?"

"Not Jove, himself."

"Then I can only wish you luck and my hand. You know that if our paths cross again, and I hope they do, I'll aid in any way I'm able."

"I trust that you will. Good luck to you. Please give my regards to Tatiana and her family. As to your baby, I wish him a long, happy life."

But to Reilly, these words seemed nothing more than perfunctory. Any sincerity to be detected in the eyes of someone saying those words was not there. All that showed was a cold, blank stare.

With that, Reilly left Holmes sitting at the table and walked out of the cafe. Once outside, he stopped as if to return, then stopped himself from doing so. As much as he would have wanted to aid Holmes, he wanted to see his wife and baby even more. He also had the unsettling feeling that the man inside did not seem to be Holmes anymore. So he continued his tour of Manhattan.

In his unaccustomed role as tourist, Reilly failed to notice a man looking at him while he was looking at the buildings. It was the same man who had been watching him since that night in Helsinki.

Luciano Gets The Once Over Twice

Luciano's meeting with Maranzano went according to plan. Maranzano seemed more polished than Masseria, but only barely. He certainly dressed better, in Luciano's keen sartorial eye, but he had a perpetual look of disdain that just further raised Luciano's ire.

Maranzano seemed happy to have Luciano and his men come under his thumb. It would make it that much easier to do away with Masseria and become the capo di tutti capi, the boss of all bosses.

But two days after that meeting, as Luciano strolled long his familiar streets of the lower east side of Manhattan alone, a large black motor car stopped at the curb beside him. Two men jumped out of the car and pushed Luciano into the rear, at pistol point; one on either side of him.

"What's with the gats, guys? I was just takin' a walk."

The man to the right of Luciano had already removed Luciano's revolver from his jacket and then quickly searched him for any other weapons that may have been hidden; but found none. He nodded to the other man that Luciano was "clean".

The man to the left, answered Luciano. "Nope, Charlie. We're takin' ya for a ride." This, in American gangster slang meant they were going to kill him.

What happened next was nothing less than inhuman. The men blindfolded Luciano and tied his hands. Though it seemed that they were driving for a long period of time, Luciano could not tell just how long. He further felt that the auto was on the water and thought, "Holy crap, they're gonna kill me in Jersey and dump me out there somewhere."

Then he felt they were back on a road and when the auto stopped, he was pulled out of the auto and he heard what sounded like a warehouse door sliding open. He was walked inside, pushed down into a chair and tied to that chair.

When the blindfold was removed, Luciano could see that he was, indeed, inside what looked like a bare warehouse. There were three big and beefy men looking at him as they removed their suit jackets. Luciano suspected what would happen next.

The biggest of the men spoke first.

"So, Charlie, how ya doin'?"

Luciano gave a laugh-grunt. "Okay, guys, what do ya wanna know?"

"I don't wanna know nothin'. You guys wanna know anythin'?" The two other men shook their heads.

"Ya see, Charlie, we already know everythin' we need t' know. What we want you t' know is this." And with that, he punched Luciano hard in his right eye, which began to bleed profusely.

The second man stepped forward. He had a knife in his hand. "And this." He stabbed Luciano numerous times in the chest; but not deeply.

The third man stepped forward. He had a tyre chain in his hand. "Oh, yeah, and this." He hit Luciano across his shins. But Luciano was already unconscious.

He regained his senses as water lapped at his battered head and body. He found himself on a beach. He was in excruciating pain and blind in his right eye. His bonds had been untied and all he could do was crawl a few inches.

"Hey, mister, you okay?" Of all people, a police officer had found him.

"Help me," said Luciano. He could barely make the sound, but enough for the officer to hear and then to summon an ambulance to take him to the nearest hospital.

Luciano was in Staten Island, the least populated borough of New York City, mostly still undeveloped and considered another planet by most other New Yorkers. So out of the way was its location, in fact, that the only way to reach Staten Island at this time was by ferry boat from the foot of Manhattan or by train.

The police questioned him thoroughly, but for once, what he told the police was the absolute truth: he didn't know who the men were who beat him, where he had been taken, what they wanted, nor how he wound up on that beach in Staten Island. And since it was difficult for Luciano to speak, the police ceased their interrogation at the order of the physicians.

Though professionally skeptical of any criminal's statements, there wasn't much they could do. There was no need to leave officers outside Luciano's room, because if those men had wanted him dead, he would already be so. So the police left. It wasn't long after the police had departed before Lansky, Siegel and a few of their men arrived. Luciano had asked the nurses to ring Lansky.

When Lansky and Siegel entered Luciano's room, the other men were posted outside, they couldn't believe what lay before them. Most of Luciano was encased in bandages. But he was awake and aware. Lansky held back tears. Even Siegel was sickened at what he saw. Yet he still quipped, "Jesus Christ, Charlie, who turned you into a mummy?"

Though it was difficult to speak, Luciano said, "Very funny, Ben."

It was Lansky who spoke next. "Enough. No more talkin' for Charlie. He gotta get strong and rest. Charlie, we're gonna take you home as soon as you're okay, but I gotta ask, who did this. Don't talk, just nod or somethin'." Luciano shrugged his shoulders.

"You really don't know?" asked Lansky. Luciano very slowly shook his head "no".

It was Siegel's turn. "One thing, the minute I find out who did this, they're dead."

"We know that, Benny. Charlie, we had to come to see you just to be sure you're okay. We'll leave a couple of the guys outside just in case, but we'd never of heard from you again if those guys wanted you dead." Luciano nodded assent.

"Take it easy, Charlie. You look good," laughed Siegel as they walked out.

"Don't worry about anything, Charlie. We got you covered. We'll talk with Clay about this, too. Gey shluffin," Lansky said as he walked out. Those last words were Yiddish for "go to sleep."

On the ride back to Manhattan, Lansky turned to Siegel seated next to him in the rear. "I didn't want Charlie t' know, but this can really spell trouble. When we're back we'll get a hold of Clay. I got some ideas of what happened and I wanna go over them with you and him."

"Good," Siegel said. "But I just wanna make somebody dead."

Even though Reilly had been exquisitely trained to bury feelings and emotions when on assignment, he was not on assignment now. He had just boarded the *Brookland* and he actually believed he felt the proverbial butterflies in his stomach. And, he thought, if he felt this way now, just how would he feel gazing upon Tatiana once again, and little Sidney, for the first time?

Normally, it would take about two days from New York to Nassau, but with its stops along the way to deliver and pick up cargo, it would take *Brookland* four. Then a few more hours by local boat or ferry to Eleuthera. To Reilly, the incongruity of a mere four days equating with the eternity of four days caused him to smile to himself.

At last, he was in Nassau and he wasted no time in securing a small, private boat to bring him to Eleuthera, which would take only two to three hours. Once docked, with the instructions and directions I had given him, Reilly knew it best for him to walk to the Romanov compound on Winding Bay, and not to hire a conveyance to bring him there. He arrived in another hour's time.

He skirted the main path of the house and slowly walked up the gentle incline to the right, eyes fixed on the house for any sign of the Romanovs and trusting his peripheral vision to alert him of anyone else.

There were busy workers who seemed to pay him no mind. But there was one who watched from the shade of a banana tree as Reilly passed by. The man followed quietly from some distance without Reilly knowing, so intent was Reilly on seeing Tatiana and Sidney.

Then, as he passed the main house and could see around to the rear, he let out an audible gasp. There, not fifty feet away, were Tatiana, baby Sidney, and the Grand Duchesses. Marie was tickling Sidney on a large white blanket while Tatiana and the others were watching and laughing as baby Sidney, only six months old, laughed.

It was Anastasia who spied Reilly first, and as had just happened with Reilly, she let out a gasp. Tatiana, Marie and Olga looked at Anastasia, then looked in the direction that she was looking and all gave out loud gasps.

Tatiana seemed frozen as she stood staring at Reilly; as frozen as was he. Then they ran at each other with ecstatic velocity. That was the precise term used by Reilly when he told me about their reunion.

The man watching Reilly simply turned and went back to his spot under the banana tree.

The Grand Duchesses were all now crying, as were Tatiana and Reilly. All, but baby Sidney who may have sensed his father's presence and was laughing loudly as Reilly lifted him in his arms, high against the azure Eleutheran sky and quietly said, "My son, my son. If only you knew how much I love you."

Tatiana took hold of Reilly's shoulders as he held baby Sidney and laughed and cried as she repeated, "Your father is home, your father is home." Then, to herself, "You are home, you're here."

Marie went to take baby Sidney from Reilly so that he and Tatiana could further embrace and kiss, but Tatiana pushed her away gently. "No, Marie, let the father and son be together. Let them feel each other. Let them love."

It was at this point that the Tsar and the Tsarevich, Alexei, now quite a young man of fifteen, came out of the main house and were also taken aback at what they saw.

Alexei, once again not thinking as he should to protect himself, went running to the happy group. Luckily, there was no incident. As Tatiana scooped up baby Sidney from Reilly, Alexei held Reilly in the tightest hug he could muster as he proudly whispered, "Reilly. Pretty strong now, huh?"

"And who is this man holding my grandson so?" asked the Tsar with an immense grin and dressed as a peasant of the fields; which he had loved to do in the gardens of the Livadia Palace at Yalta.

"It's Reilly, Papa; don't you recognise him?" Alexei asked, in a now more mature and masculine voice.

"Of course, I do, of course, I do," the Tsar said as he gently patted Alexei's back."My word, Colonel, how did you get here? Are you all right?" asked the Tsar as he gave Reilly the two kiss greeting.

"Father," said Tatiana, "please, not now. I'm sure there will be plenty of time for Sidney to tell us everything. But for now, I just want to be alone with him and our son. And that means you, too Alexei.

Don't bother him now."

With that, Tatiana put her arm around Reilly's waist and they walked away from the house, away from the Tsar, away from the Tsarevich, away from the Grand Duchesses, across the beautiful lawn and sat on a bench facing the sea. Away from the entire world.

Alexei joined the Grand Duchesses who had stopped their happy crying and were now just smiling at the reunited family. The Tsar returned to the house.

In a beautiful, white and lavender solarium, facing that same serene sea, the sun illuminating the room till it glowed as if in a fairy tale, the Tsar went to sit with the Tsarina. He took her hands in his as she sat staring blankly out the window, her once-thick chestnut hair now almost completely gray.

"Sonny. Sonny," the Tsar gently said, calling her by his loving nickname for her. "Reilly is here. He's come back. He's with Tatiana and baby Sidney."

The Tsarina turned her face to him, but her expression was still blank. She was sinking father into her own, deep dimension.

Once back on home territory, Lansky and Siegel sat down with Holmes at a table in Lansky's trucking company office. Lansky reported on the state of Luciano's health and what had happened to him.

"From what you've described," said Holmes, "Charlie is lucky to be alive."

"Hey, that's good. That's real good," said Siegel laughing. "From now on Charlie is gonna be 'Lucky'. Lucky Luciano. I bet he's really gonna like that."

"I think he's gonna like it better if you call him Charlie, like always," reasoned Lansky.

"So, John, I got some ideas on what happened, but I'd like to hear what you think," Lansky said to Holmes.

"Yes, well, from what you've related, we have a number of possible scenarios and one overarching question which may provide an answer: why was Charlie left alive?"

"Yeah, that's the big question. Like I said, I have my ideas but I wanna hear yours."

"Me, too," said Siegel.

"All right, then, these are my thoughts. If Maranzano suspected Charlie of duplicity, what happened was a message delivered that he could be killed whenever Maranzano chose. But he was left alive because Maranzano wasn't entirely sure; and if Charlie were telling the truth about serving him, then he was certainly worth more alive than dead. And now he would truly fear Maranzano.

"If it was Masseria who had this done, the same holds true. Which leaves us with a rather profound conundrum."

"What's this conderbum crap?" Siegel asked.

"It's a puzzle, a riddle. And right now, it looks like none of us can solve it," Lansky said.

"Unfortunately," said Holmes.

Upon that, it seemed as if stilted silence had taken sway. Lansky and Holmes could do nothing but look at each other, as if by that simple act one of them might deduce why what happened,

happened.

"One thing's definite, though," Siegel said, "since we can't be sure who did that to Charlie, they both gotta die. And the sooner the better because I don't wanna end up like Charlie or worse and I don't think that either of you do, too."

"I believe that Ben has grasped the central point quite nicely," Holmes said.

"Yeah, I agree. We'll start planning this now, but we don't do nothin' till Charlie's back," Lansky said.

"That would be most efficacious," agreed Holmes.

"Goddammit, Johnny, can't you just talk English?" asked Siegel with some exasperation.

"Hey, I don't even know that word," said Lansky with a smile and a shrug, easing the tension.

"It means that you are one hundred percent correct, Meyer. Your idea is the most efficient for our purposes."

"Great. I can't wait for Charlie to get back," said Siegel.

Holmes then got up from his chair, went to a large cabinet he knew was used to house Meyer's alcohol, retrieved some glasses and some scotch and returned to the table, setting the glasses carefully down in front of Lansky and Siegel, with one where he would be sitting. He then proceeded slowly to pour the scotch into each glass, never taking his eyes off the scotch as it fell, circled the table and sat, head down, looking at his glass of scotch.

At first, Lansky thought Holmes' actions odd, but then realized he was in the grip of a plan and that he needed those simple movements to help him formulate that plan. Holmes then lifted his head, looked at Lansky, then Siegel.

"Now, I don't want you gentlemen to think I have lost my sanity, but this is how I believe we should proceed," Holmes said.

Neither Lansky nor Siegel said a word, so intent to hear what Holmes had next to say.

"You are going to dispense with them both at the same time. I don't mean precisely at the same time, but one right after the other. Within a very few hours." Siegel and Lansky looked at each other.

Siegel spoke first. "Johnny, you know I think you got brains like Meyer, but how we gonna kill those guys on the same day with all the muscle they got?"

"Yeah, John," said Lansky, "it seems like we might be bitin' off more than we can chew."

Holmes smiled and said, "That depends on where you bite."

After convalescing for two weeks, Luciano was discharged. He was met by Lansky and Siegel in his room and a half dozen of their men at the entrance. Now that the bandages were completely removed, they noticed a nasty scar on his right cheek and that his right eyelid was drooping badly. But they said nothing.

As Luciano left the hospital, the men greeted him heartily with:

"Hey, Lucky; glad you're back!"

"Good t' see ya, Lucky!"

"Ya never looked better, Lucky!"

Luciano turned to Lansky, "What's with all this 'Lucky' crap?" Siegel gave a big laugh. Lansky said, "Get in the car, Charlie, and I'll tell you what's up."

By the time they were safe in Luciano's sumptuous apartment in the Waldorf Towers a few hours later, one of Manhattan's most posh residences, in fact one in which one of America's ex-presidents, Herbert Hoover, would call home later, Luciano had been completely briefed by Lansky in such detail that even napkin colors were mentioned, so thorough were the preparations. All venues had been scouted and every contingency planned for.

Charlie agreed that according to Holmes' plan, they would move ahead the very next day. Holmes came to pay his respects a few hours after their return.

"I must say that it's truly good to see you again, Charlie. I hope that eye isn't causing you any trouble."

"Nah. Just makes me look half sleepy; but both eyes are always open. It's good t' see you, too. Please sit. Johnny, I like your plan; Meyer filled me in."

"With even a modicum of luck, you should succeed," Holmes said, reassuringly.

"Yeah, that's exactly what I think," said Luciano.

"But I've added a twist, Charlie," Holmes said, as all now gave full attention to Holmes. "I expanded on the plan, and I'd like to discuss it now with all of you."

"We're all ears," Siegel said, flapping both of his with his hands.

Holmes then laid out his expanded plan as all sat and listened.

When Holmes had finished, all Siegel could do was give out with an elongated whistle. Lansky just sat, the permutations going through his mind as quickly as a roulette ball spinning in the wheel.

Of them all, it was Luciano who grasped the true significance of the plan's audacity, and what it would mean for him and his closest allies.

"John, obviously you know what this will do for me and Meyer and Ben and our guys ?" Luciano asked, but was really making a statement.

"Of course I do. But no matter what should happen today, I believe it imperative you move as soon as you make the arrangements. Hopefully within a week," Holmes said.

"I can't wait," Siegel said, exhibiting that eccentric back-and-forth rocking motion of his.

"Most assuredly," Holmes said.

"Ben, get us some glasses and booze, huh?" Luciano asked.

"No problem. I could use a belt right now, anyway," Siegel said.

When their glasses had been filled, the four of them stood in a circle and Luciano toasted.

"Domani, guys, Domani!"

"Domani!"

"Domani!"

Domani came. It was November 5, 1919.

Masseria greeted Luciano at the same table of the same restaurant in which they'd first met; and as at that first meeting, Masseria was eating lustily. Luciano sat down opposite Masseria when gestured to do so.

"Too bad that, Charlie," said Masseria, as he made a motion with his knife across his cheek. Luciano wasn't sure if it was a mocking gesture or simply an imitative one. "So tell me, what happened? I hear they're calling you 'Lucky' now. I like that. Lucky Luciano. So tell me, what happened?"

Luciano began to unfold the tale, but after a few minutes, he looked uncomfortable and said to Masseria, "Don Masseria, you must forgive me, but after this happened, I gotta go t' the bathroom a lot. Do you mind?"

"What do I care? I certainly don't want you to piss all over the floor right here." He laughed, expecting the bodyguards who were usually there to laugh with him. But they weren't there. And he didn't notice, or seem to care, as he dug his fork deep into a dish of spaghetti and meatballs.

It took only a minute or two after Luciano entered the bathroom before he heard the pistols discharging. Many pistols discharging. When they stopped, he slowly walked back to where Masseria had been sitting. He was now splayed out on the floor with the table on top of him, meatballs and blood everywhere. But he still held a fork in his hand.

The first part of Lansky's plan had been carried out perfectly by Siegel, Reles and Buchalter.

Three hours later, in midtown Manhattan, on the ninth floor of the Helmsley Building, an office door burst open and three police officers charged in with pistols drawn. The two guards in the outer office wouldn't stop the police and handed over their weapons as soon as directed to do so.

The other two policemen went into the inner office, that of Salvatore Maranzano. He rose immediately from his desk, went around and addressed them in a calm manner.

"Officers, officers, I'm sure this must be a misunderstanding. You know your captain and me are friends and that..." He didn't finish the sentence as one of the police officers stabbed him. The other officer shot him three times.

When the guards outside heard the pistol shots, they rushed the first officer but he shot them dead before they could reach him.

The officers were, in reality, the same cast as in Coney Island; Siegel, Reles and Buchalter.

That night, across the United States, many of the old Mustache Petes met similar fates; as they were shot, stabbed, garroted, or made to disappear through other means of local disposal. The American tabloids, looking for one all-encompassing sensational phrase, called it "The Night of the Sicilian Vespers".

In one horrific night, a new group of young gangsters had emerged to take command of the American underworld; and Charlie "Lucky" Luciano emerged as the most powerful gangster in the country.

The plan that Holmes had devised and to which Lansky and Luciano had given their blessing, had been accomplished purely, perfectly and with clinical precision. Holmes smiled to himself. He had chosen these allies most wisely, indeed.

The plan to organize the disparate criminal groups was presented by Luciano and Lansky at a meeting of all the bosses, after Holmes had returned to London; but taken from a simple idea that he had proposed: conduct your business as would any American corporation.

The men who led various gangs in the cities across the country were now heads of "families;" the capo, or boss. And each capo of each family sat at the corporate table and had an equal vote.

Luciano would act as a kind of chairman of the board and ultimate arbiter of disagreements between these families if they could not be resolved peacefully among themselves. Gang warfare was bad for business. Too much heat from the press, the politicians and the police. Better to buy them all off and have them in your pocket.

Luciano was the capo di tutti capi. The boss of all bosses.

Lansky, however, was more of a member emeritus because he was Jewish; and only Italians, preferably Sicilians, were members of this syndicate. To Italians, it was La Cosa Nostra, literally "our thing".

Yet, these men who disdained him as a Jew, listened when Lansky spoke and almost universally heeded his advice. This was not because Luciano and Lansky were so close, but for the simple reason that Lansky was usually right. And he could always be trusted.

Siegel was just a feared and powerful underling. He answered to Luciano, Lansky and the syndicate. He was nothing more than an angry bee who could sting, but who could also be swatted.

All was now at the ready. It was the fourteenth of November and Holmes was taking leave of his rather unsavory associates in New York.

He had booked first class passage on RMS *Aquitania* and Luciano, Lansky and Siegel had personally brought Holmes down to *Aquitania* for his voyage back to London. Upon their arrival, all were amused to literally encounter not one, but two brass bands and a multitude of people so densely packed together on the dock that Holmes' sardonic thought was that of sardines.

"What the hell?"Siegel asked. "This for us?"

Lansky, Luciano and Holmes had no idea why such an enraptured throng should be dockside until Holmes spied numerous signs with various sayings, such as "WE LOVE YOU MARY!", "WE LOVE YOU DOUG!", "CONGRATULATIONS!", "HAPPY HONEYMOON!", "COME BACK SOON!"

It seems that Holmes had booked passage on the very liner carrying the international motion picture stars from Hollywood, Mary Pickford and Douglas Fairbanks, on their honeymoon voyage to Europe.

As Pickford and Fairbanks made royal progress up the gangway, Siegel said, "Holy mackerel, wouldya get a load of those two. Holy cow! Hey, Johnny, that's our royalty," he laughed.

It was now time for Luciano, Lansky and Siegel to each give Holmes a personal goodbye.

Siegel said, "Take care, Johnny. We got a lot ridin' on ya. I forgot to ask all this time, they got Jews in England?"

"Yes, Ben, quite a few."

"Good. Hey, I just thought a somethin' funny, now get this: Eng-lish, Jew-ish. We're related by ishes." He laughed as he shook Holmes' hand and gave him a hug. "And don't hit no icebergs. Greenbergs, okay, though." He continued to laugh.

Lansky was next. "It was real interesting thinking with you, Johnny. I know you'll be keepin' tabs. And I know that you know that we'll be keepin' tabs, too. Gay mit mazel." Yiddish for "good luck."

He, too, shook Holmes' hand and gave him a hug.

Luciano was last. "You done good helpin' us here. Now the big help comes. You gotta keep that booze comin', Johnny. We know you been makin' those arrangements with your guys in England. A couple more months and Prohibition kicks in. We're countin' on ya."

"No fear, Charlie. I need you as much as you need me. The first shipment of scotch will be delivered as planned to your boats off Long Island and then I'll wait for further instructions on when and where the next shall go."

"Right," Luciano paused, then leaned close to Holmes' ear and said, "Johnny, all that happened since Mr. Rothstein got bumped off, we owe it t' you. You planned everythin'. I don't know if we ever coulda done it without you.

"Buona fortuna, Johnny. I hope we can meet again." Then he took Holmes hand.

"I, as well, Charlie, I, as well." With that, Holmes turned and went up the gangway, turning one last time to wave down to the three men who were waving up.

Once settled into his stateroom, Holmes grasped that with Pickford and Fairbanks aboard, and with such lavish attention surely to be paid such Hollywood royalty, he could remain even more incognito. And so he would have been if not for an unfortunate event on the first night out.

It seems that while Holmes patrolled the deck in the silent morning hours, when all to attend one's ears were the sounds of the sea being pushed aside by the liner lithely slicing the waves, unable to sleep and pondering his actions when back in London, a door suddenly thrust open and a very inebriated, tiny woman came rushing out, quite unsteadily; and had not Holmes been there to come between her and the railing, the woman would have most certainly gone overboard.

As she tangled in Holmes' overcoat, a man came running out and instantly uncoupled her from Holmes, while trying to hold her up. It was Fairbanks and Pickford.

"I am so sorry to cause you this trouble," said Fairbanks, "unfortunately, Mary likes her spirits perhaps a bit too much for her own good." He hadn't even looked up at Holmes, just speaking while he tried to hold his wife upright as she went limp.

"No trouble, at all, I can assure you. It's a good thing I was here, however, or your wife would've become one with Neptune."

Fairbanks laughed. "Yes, that's a good one. Listen, pal, I know you've already done me a great favor just saving my wife's life, but do you think I could ask for another one?"

"What is it?" asked Holmes.

"I'd really appreciate it if you kept this under your hat. There's no need for anyone other than us to know what just happened; you get it? If the papers ever got wind of this, boy, oh, boy would they go haywire."

"Yes, I can easily see that. Of course, I'll keep silent. There's no reason for me tell anyone. "

"Hey, that's really great of you. I'll owe you big time." He was still holding Pickford in his arms as if she were nothing more than a doll, so small was she and so strong was he. "Say, pal, what's your name, anyway?" All this as he inched his way back to the door from which Ms. Pickford had so recently burst.

"Clay, John Clay."

"Well, John, I'll ask the captain to seat you at our table. It's the least I can do."

"Oh, please no; that's totally unnecessary."

"That may be," as he opened the door to go back inside, "but I always pay a debt. I just hope I don't bump into anyone on the way back to our stateroom. Our table isn't that big." With that, he laughed, the door closed and they were gone.

Holmes shrugged and continued his patrol of the deck.

The very next day as promised, a brief, personal invitation was slipped under his stateroom door.

"The captain requests the pleasure of your company for dinner tonight at this personal table. Dinner will be at eight precisely. Formal dress required."

"Oh, blast," thought Holmes, "I should have let her go over the side."

However, he attended and pretended.

He and the loving couple were the only guests of the captain on this particular night. Miss Pickford continued her unrelenting quest to quench her thirst, and Mr. Fairbanks made jokes, performed some sleight of hand to make playing cards disappear, and Holmes thought that Fairbanks would much rather have done the trick using his wife.

The captain was effusive in his praise and his toasts to his celebrated guests and Pickford seemed especially pleased with each toast. Not the words, but the implied invitation to raise one's glass again.

Fairbanks, having obviously seen this act before, and before Pickford could spoil the act, graciously suggested that they retire to their stateroom because he felt a tad under the weather.

"You go, Dougie," she said to her grimacing husband, literally pushing him at his chest, "I'm gonna stay here with the captain and Mr. Clay." She was slurring her words and sloshing her drink. The captain had now also realized the situation and very cleverly stated, "Oh, I hate to be one to stifle a party, but I've just received word that I'm urgently needed on the bridge."

"You got a bridge on this thing?" she asked. "Any trolls underneath?" It was now vibrantly evident that she was seriously snookered.

"Unfortunately, yes. You will excuse me." With that the captain left us as Fairbanks looked at me and shrugged his shoulders as if to say, "Now what?"

"Ah, well," Holmes said, winking to Fairbanks, "I believe I heard that there's an amazing party being held in stateroom number 180 and from what I hear, the champagne is flowing free and cold like the Atlantic outside."

"That's good enough for me," she said; and though she rose unsteadily and even with Fairbanks' aid walked awkwardly, they made it out of the dining hall, and Holmes supposed, back to their stateroom where, no doubt, Pickford would pass out and, hopefully, would remain in that state until morning.

As they left the table, Fairbanks held up his fingers indicated the number "two", as in "That makes two I owe you." However, Holmes felt he needed no more debts be repaid. He therefore devised a simple stratagem to avoid such repayment: as Fairbanks had been trying to do with the playing cards, he would disappear.

What this meant was that he would no longer appear for meals in the first-class dining room, he would, instead, frequent the second-class dining room and accommodations and keep to their deck, as well.

He would have succeeded in this newest transformation from Holmes to Clay to invisible man, except for the fact that on the fourth day, returning to his cabin after another brisk walk on the second-class deck, he found Fairbanks waiting for him.

"Hey, John, there you are!"

"Yes, indeed. Here I am."

"Where have you been, pal? I've been looking for you for days. I finally had to get the purser to give me your stateroom number so I could find you. Funny, I just got here and then you showed up. Talk about perfect timing."

"Or imperfect."

"Huh? Well, look. I owe you and I owe you big. So don't worry." He took out a paper and handed it to Holmes.

"I was gonna leave this for you when you showed up. It's very hush-hush, but I know you can keep a secret. It's where Mary and I will be in London. We're staying at the swankiest place in town, the Savoy. That musical fella, built it. You know, whatshizname, Coylie Dart or something like that?"

"You mean D'Oyly Carte?"

"Yeah, that's it! It's supposed to be the bees' knees! We have the bridal suite, of course, and I can't wait to see the joint."

"I'm sure you'll be suitably impressed. As will they."

"Yeah, and our ambassador is trying to get us in to see the King. He said the King's a big fan of ours. But then ain't everyone?"

"I have certainly not missed one of your epics."

"Yeah? Which one did you like the best?"

"The one where you rescued the girl." Of course, Holmes, to my knowledge, had never seen one of Fairbanks' motion pictures; but to Holmes, probably all had the swashbuckler rescuing some damsel devilishly imperiled.

"Yeah, that's swell. And here's our private phone number at

Pickfair in Hollywood if you ever come over. You don't need an address, just jump in a cab. Everyone knows where Pickfair is. Hey, we might bump into Rudy if he's there, or Charlie. He's a Brit, too, so you two should have a lot to talk about."

He was speaking of Rudolph Valentino and Charlie Chaplin, of course. But to Fairbanks, though those two men were at the summit of international stardom and anyone other than Holmes would have immediately made arrangements to show up at the Pickfair doorstep, to Fairbanks, the names were toss-aways; simply friends and business associates.

"Thank you. I promise to contact you should I find myself in Hollywood," Holmes said.

"Great, great! And don't forget that we'll be in London for a few weeks before we head off to Paris, then we're off to do one of those Grand Tours all over Europe and we won't be back in London till after the New Year some time. But keep that to yourself, too, okay?"

"Most assuredly."

"Great, great. Maybe we can even get together in London. Okay, hope to see you soon." And he was gone with that peripatetic pace for which Fairbanks was universally known and admired.

Once inside his stateroom, Holmes put the paper aside, sank into a chair and began to gather his thoughts, for he would be docking in London the next day. And his life as John Clay was about to begin in earnest.

Idyll In Eleuthera

After all the turmoil of Russia, the mayhem in Helsinki, the visit with Watson and hearing his disturbing story, this idyll in Eleuthera seemed so fragile, so ephemeral, as mere vapor which would dissipate in an instant.

Reilly had known no true surcease in his lifetime, and now he was truly sampling its mythic, unrelenting joy. His wife was more beautiful and loving than he even remembered and his son was the sun, itself.

Baby Sidney, at seven months, had the black hair of his mother, the silly disposition of his Aunt Anastasia, the playfulness of his Uncle Alexei, and the strength and stubbornness of his father.

There was the simple joy of experiencing family; though the Tsarina was still living in her own secluded world and growing more detached with each day.

Other than that one ever-expanding shadow, Reilly could not want for more. Every day he felt ancient tensions released from not only his body, but his mind. A life of duplicity and deceit and mistrust and murder was evaporating at his baby's tiny touch.

Tatiana knew better than to ask what had happened when he left them in Russia; at least for the moment. And the rest of the family was cautioned by her to just enjoy his presence and, as yet, not to seek answers to all the questions they so anxiously wanted to ask.

Finally, after two weeks of seamless tranquility, Reilly turned to Tatiana as they sat with baby Sidney on that big, beautiful white blanket in the soothing Eleutheran sun.

"Tatiana, thank you."

"For what?"

"For letting me just be and not poking and prodding and pestering me about where I was, who I was with, what happened; the usual answers a wife would demand from a gallivanting husband gone for over a year."

Rather than laughing, Tatiana took his face in her hands.

"I know how deeply you mean that, Sidney; though even now you must wrap your truest emotions in a jest. Someday I'll ask you about all that, but not now, not now. It's not important. What's important is that you're here with our son, with me. That we have each other to love again in every sense of the word. That the time flown between us didn't matter. It didn't lessen our love or keep us from each other's thoughts every moment of every day. "

Reilly simply reached over to pull Tatiana to him and they embraced as baby Sidney lay at their feet, happily asleep.

But Reilly knew that the time had come to give permission to the family to ask those certain questions. Tatiana had told him of the relationship that had blossomed between Marie and Yardley before he left with Holmes and that it might be best if he spoke to her privately before dinner that night; which he did.

He told Marie that as far as he knew, William Yardley had perished with Holmes. He felt it more beneficial for her to believe him dead than to recount what Holmes had told him in New York, that Yardley might have tried to murder Holmes.

At dinner that night, Reilly suddenly put down his knife and fork loudly, which interrupted a lively conversation between Anastasia and Alexei, turned his head slowly around the table and said, "Well, what are you waiting for?"

Alexei immediately knew what he meant, gave out with a yelp and then the Grand Duchesses and the Tsar understood, too. It was Alexei who spoke first, or, rather, let loose such a torrent of interrogation which would make magistrates of Her Majesty's High Court of Justice blush in admiration.

"So what happened when you left us? Did you kill any Bolshies? How did you kill them? How did you get here? Did King George send you on a big battleship?"

Reilly, laughing, and everyone else by now, as well, held up both his hands in abject surrender.

"I give up. Please, Alexei, no more. You overpower me with your questions."

"But you said I could ask."

"That's not precisely accurate. I simply indicated that I was ready to recount my grisly adventures." He stressed the word "grisly" with a menacing glee that had everyone laughing.

"You see. I was right. So tell us. How grisly?" Alexei asked.

"Oh, monstrously grisly. Tremendously grisly." Reilly was rising up from his chair and making threatening motions with his arms, waving them around wildly. Then he summarily slumped back into his chair and whispered to all, "Hideously grisly."

The Romanovs were all laughing but Reilly knew he would now have to invent a story to make them all happy. Grisly and not so grisly. So he began his fanciful fiction.

But one serious note before he began, he cautioned them all to never repeat one word of what he was about to divulge. This would make it seem that the fairy tale he was about to spin would be taken as gospel fact.

Outside, concealed in the lush vegetation and by the night, a man watched the standing Reilly gesticulating madly and saw a group of people he recognised, but could not believe he was actually seeing.

Holmes' feet touched English soil for the first time since June 1918.It was now November 19, 1919.

Involuntarily, he stood transfixed for a moment, akin to Antaeus in Greek mythology, who maintained his prodigious power by keeping his feet on the Earth; because Gaia, the mother of Earth was also his mother.

There were more brass bands and banners there to greet the honeymoon couple, but Holmes skirted them all. His belongings followed closely in two large steamer trunks, hauled by two specially engaged deckhands, and were deposited into the boot of a cab.

"I wish to go to the corner of Vallance Road and Lomas Street." Holmes said.

The driver turned around, looked Holmes up and down and said, "But that's in Shoreditch, in Whitechapel. It's full o' Fagins."

"I know where it is. I did not ask for a geography lesson. I asked to be taken there. Now."

"All right, guv', you're the boss, all right," and off they went.

As you are most certainly aware, this particular destination was not in the most desirable area of London. In fact, Whitechapel had spawned Jack the Ripper. And even at this time, few of proper means or personage would desire to dwell or do commerce within its environs.

The corner building, 13 Lomas Street, was a bestial building surrounded by other bestial buildings, in turn surrounded by more.

Clay had used this as a meeting place with his villains, believing that no one would think anyone as highborn as he to be at such a setting; and Holmes was now Clay.

He settled in.

The new year of 1920 arrived, but it was the sixteenth of January which meant the most to Holmes and his new-found friends in New York; for Prohibition had gone into effect in America.

Holmes, as Clay, had completed his criminal suzerainty before that date. All that had been Clay's was now Holmes' as Clay. No one knew that Clay no longer existed. All of Holmes' instructions would be delivered by underlings to other underlings.

These were not men of superior intellect; a certain criminal cunning, perhaps, but none who could complete a Sunday Times crossword puzzle. Or begin one. Or know what one was.

The sea-going, alcohol pipeline from Scotland to Long Island, New York had been the first order of business for Holmes and it had gone as smoothly and efficiently as one would expect of any endeavor which Holmes had wrought.

He would deal with Lloyd George in time, but he must find Yardley, if he were still alive, and discover the truth of what had occurred.

When Holmes went about personally examining various and sundry nefarious projects, he always went in the particular disguise of the fictional person he created, Clay's trusted lieutenant, a soullessly efficient Mr. Stash; a rather appropriate name, obviously chosen to evoke, eponymously, exactly that.

To his minions, Clay was still on his journey and no one knew when he would return.

The disguise of Holmes' now ever-increasingly deluded faculties was the same as in New York, but with some additional flourishes. Mr. Stash was a man with full facial hair, russet-brown, a threatening black eye patch over his right eye, and always dressed in a variety of unkempt clothing. He also wielded an oak walking stick, with the head of a werewolf at its tip; which he waved menacingly at any recalcitrant clod.

But Stash had the power and peril of Clay to back him up. So everyone took orders and obeyed without question.

Mr. Stash, indeed.

It was quite late into the night and Reilly and Tatiana had long ago put baby Sidney to bed.

As usual, they had stood for a long period, just looking down at him. This night, Reilly had said, "He should be lying in a crib fit for a member of the Romanov Royal Family. A rather large crib made of exquisitely carved ebony and inlaid with mother-of-pearl and trimmed at the edges in gold."

"Oh, dear, much too gaudy. And we can't have that now, can we?" said Tatiana playfully. "But Sidney lies asleep every night in a beautiful crib carved from one of the trees that fell during that hurricane. The head gardener, Funny Oscar, my favorite, actually, made it for him. He was here before we even arrived."

"Oh?"

They went into their bedroom, adjoining the nursery and Tatiana continued.

"Yes. Gardeners and house help were here when we arrived. We just assumed they were all from the island, some white, some Negro, and they've taken care of us in a most wonderful way. Especially Funny Oscar. I think he said he was originally from Kent.

"Sidney, sometimes I truly do feel that I'm back at Livadia."

"Funny Oscar... oh, yes. The man who's always smiling, always there to help; and he sleeps in that hammock just outside from time to time, like a guard dog. But I see nothing particularly funny about him. What is it that makes him so funny?" asked Reilly.

"Nothing that we can see, either. That's just his name. Funny Oscar."

"Well, it's a funny name to have, if you ask me."

"I don't suppose you were asked, were you?" And she impishly tapped him on the nose with her index finger.

"No, I don't suppose I was." With that, Tatiana closed their bedroom door leading to the hall and they retired for the night.

All the bedrooms were on the second floor. As you came up the stairs, Reilly's and Tatiana's was the first on the right, with baby Sidney's nursery adjoining through a door to the left.

Alexei's room came next on the right with Anastasia's next on the right after that.

Marie's was the first on the left with Olga's next on the left.

The Tsar and Tsarina were at the end of the hallway, straight ahead.

It was about midnight when the door to the solarium, where the Tsarina usually sat, slowly opened. The man who had been watching from outside entered with the silence of a cat. He held a knife in his right hand. Though most lights had been extinguished, night lights had been left on throughout the house, as was usual practice.

He slowly made his way from the solarium to the next room, which was a large open room, with three corridors leading to other rooms, a hallway directly in front to the front doors, and a graceful staircase to the right, leading upstairs. This he proceeded to negotiate with supreme stealth.

It was on the third step that he heard footsteps above, but could not see who was making them. Then, suddenly, a young man's voice yelled out, "Bandit! Thief! Help! Help!"

In an instant, Alexei, totally ignoring the mortal injury he could cause himself, ran down the stairs and threw himself on top of the intruder.

Within only a few moments Reilly was rushing down the stairs, as well. He knew he had to separate Alexei from the intruder and what would happen if he handled Alexei too roughly; but Alexei was already being pummeled. He pulled Alexei away from the man, almost throwing him aside.

Reilly struggled with the man as Funny Oscar, who had heard Alexei screaming from his hammock, hurried to Reilly's aid. In another moment, it was done. The man was overcome and left on the floor; bound and gagged with large, dirty cloths from Funny Oscar's back pockets. He was then subjected to some severe kicks to the solar plexus and head by Reilly.

Breathing heavily, Reilly managed, "Funny Oscar, thank you."

It was then that the Romanovs came running down the stairs and the Grand Duchesses started screaming. Reilly turned his head to see Alexei bleeding badly. He had been stabbed when he threw himself upon the intruder.

Olga told Funny Oscar to run to the doctor who lived on the grounds; this was the young Royal Navy physician, Ensign Lasker, sent after I had sailed home. He knew nothing of the Romanov's true identity.

Reilly was trying to staunch the blood flowing so violently, giving way to the Tsar attempts, while the rest of those gathered could do nothing but stand about helplessly. All the women were weeping horribly and the Tsar fought tears as he pressed and pressed on the wound, trying to hold Alexei's skin together with his fingers.

"Alexei, Alexei. Don't leave me, Alexei," the Tsar kept saying over and over.

By the time Lasker arrived, it was apparent that Alexei had perished.

I cannot imagine the horror and grief in that house at that instant. But while the Romanovs wept and the physician tried to soothe them, Reilly had other dark matters with which to contend.

With the help of Funny Oscar, Reilly brought the intruder down to the lower level of the house, to a type of storage cellar. This was done out of sight of the physician, so busy was he with Alexei and the family.

The man was sat upright in a wooden straight-backed chair, his arms tied to the back, his feet to the front.

Then Reilly asked Funny Oscar to go back upstairs and help the family in any way possible. He most certainly did not want any witnesses, either.

Reilly took hold of Funny Oscar's arm, looked directly into his eyes and once again said, "Thank you." This was not only a genuine expression of gratitude, but a silent command to never speak of these terrible events. Funny Oscar understood and nodded.

More than anything, Reilly wanted to torture this man, but he wanted answers even more. So Reilly held the knife that had just slain Alexei close to the man's right eye, turned the knife this way then that, and whispered, "You may be of more use to me alive."

The man was nodding "yes" so fast Reilly thought he might

haemorrhage.

"I need questions answered. You will give me those answers, yes?"

The man's head continued its radical movement.

"But if you don't answer truthfully, I can assure you that I will cut out your eyes, your balls, slit your throat, shove them all into the hole in your throat, and throw you to the sharks when I'm done."

The man's eyes were as wide as was humanly possible and he had soiled himself, as well.

"I even have a physician upstairs who I'll ask to help you with your wounds. Now, you won't make a sound when I remove the gag. Yes?"

The man was sweating, crying, but the head nods continued unabated.

"All right. We'll try this. But if you utter one sound other than answering the questions I'm about to ask, you know what will happen. Are we understood?"

A single nod this time.

Reilly slowly removed the gag.

"Who are you?"

The man could hardly speak but spat out, in Russian, "Nicholai Enelkin."

"Enelkin, I killed him in Helsinki. How can you be Enelkin?."

Though Reilly spoke in English, the man responded in Russian.

"No, no, you… killed Anatoly Gersikov."

"I don't understand," Reilly said holding the knife to the man's right eye.

"All my men were under orders that if captured or tortured they were to give my name."

"Why?"

"So the others would think I was dead. They would think the head had been cut off, the body would die. I could then go on. If my men didn't do this, their families will be killed. I have been following you since you left Russia. I watched you kill my men. You and the Finn."

"Who sent you?"

"Stalin. He wants you to work for him. He wants to know what you know. He wants to do away with Trotsky. We were to bring you back. If that did not work we were to kill you.

"I never heard of you. The Finn did, though."

"The Patriots. We are the Patriots. We work for Stalin. We do what he wants."

"But you had plenty of chances to kill me. In Finland, England, on the boats. Why didn't you?"

"Once I saw you with the Finn, who I know is SIS, I thought there was more than we knew. I decided to follow you to see where you would lead. And am I crazy, are those people the Romanovs? Lenin said they are dead."

"No, you're not crazy. But you are dead."

With that, Reilly took the dirty cloth that had been used as the gag, wrapped it around Enelkin's throat and proceeded to strangle him, using the knife as a lever to slowly and continuously tighten the cloth. There would be no blood for evidence.

He stood directly in front of Enelkinas he tightened that cloth and said, "I'm standing here as I squeeze the life out of your despicable carcass so I can watch you die the death you deserve. Then I'll feed you to the sharks.

"Oh, look at you; your face is turning as red as the Bolshevik flag."

Yardley

With the funds flowing in to Holmes as the scotch flowed out to Luciano, Holmes was ready to embark on the next phase of his plan to exact his revenge.

However, there had to be an adjustment made. Lloyd George had been ousted as P.M. earlier in the year, so Holmes would not have the personal pleasure of having him toppled and causing his demise, seemingly at his own hand. But he would still have his revenge by making Lloyd George's name anathema to any Englishman. Simultaneously, he would bring about his death. This will be elaborated upon in good order.

He had also, in the time intervening, found that Captain Yardley was not only alive, but at the Admiralty in London. He had men follow him closely and report his routine.

One night, as Yardley stood outside the Admiralty, bidding some of his naval mates goodnight and about to walk home, an old, black limousine stopped at the curb in front of him. Two men jumped from the auto and forced a startled Yardley into the rear. There sat Holmes, but as Mr. Stash.

The men ran to the front, closed the partition tightly and the limousine drove on.

Yardley's first reaction was to scream at this man, demanding to know who he was and what he wanted. But as Yardley examined the man next to him, he thought he knew him. Then, when he thought he recognised him, he was completely befuddled.

"Holmes?"

"Your powers of recognition have not diminished."

Yardley was elated. "Holmes, you have no idea how often I've wondered about you. If you lived or died or where you might be."

Holmes cut him short. "I'm touched by your concern. Now, perhaps, you will tell me what happened to me?"

"Thank heaven you're alive. I gambled and you won."

"I will not ask politely again," and he pointed to the men in the front seat, "what happened to me?"

Yardley was still in the grip of the entwined emotions of shock and elation.

"Holmes, we had orders on that ship that you were not to survive. Under any circumstances you were not be left alive to return to England."

"By whose orders?"

"That I don't know. But right after we boarded, I was handed an encoded wire that said either I, or someone else on the ship, not named, was to dispense with you. I knew I had to protect you. Do you remember the drinks we had together?" Holmes nodded.

"I put a drug in there to make you sleep. I figured that whoever the other person on board was, he had no history with you and he would most certainly do away with you. So I thought the only chance you had was if I drugged you and put inside that lifeboat.

"It was night; I knew where the watch was and how to avoid them. We were close enough to the American coast and the currents being friendly, I figured they should carry you to shore and you'd survive."

"Go on."

"In the morning I reported a man overboard. We put out some boats to search, but gave up after a few hours and continued on to England."

"You mentioned the lifeboats. Didn't anyone report one missing?"

"Of course. I'm the one who reported it. I had everything figured out.

"The afternoon previous, I reported trouble with the cables holding No. 3 lifeboat and that I would take care of it. When I reported you gone, I also reported that my seamanship had been lacking and that we had lost the lifeboat. I had also expunged the name of our ship from the lifeboat as an added precaution.

"The captain just laughed, said the King could afford another one, but that in retribution, he expected a bottle of the finest brandy in his cabin before his next voyage. I happily complied with the request."

Holmes had been studying Yardley as if Yardley had been on a slide under his microscope. He concluded that this specimen was benign.

"What you're saying, Captain, is that you saved my life."

"Yes! Exactly! And I am so damn happy that I did."

"No more than I, Captain. No more than I."

Holmes knew that Yardley would keep the secret, so there would be no need of caution. Indeed, Holmes now had found someone he could trust completely with his life; as he already had, without even knowing it. And someone who might be called upon if needed again. Holmes also decided to share with Yardley what Reilly had shared with him.

"Lloyd George? The Prime Minister? I just can't believe it," Yardley said, clearly unsettled.

"William," Holmes said, "you have no idea of the duplicity reigning supreme throughout the world. You have your ship, your oath, God Save the King and you're off."

Yardley sat there quietly thinking, then, "If I may ask, why are you in this disguise?"

"You may not."

Holmes dropped him in Piccadilly, held the door open from the inside for one lingering moment, smiled, then closed the door and the auto went on its way as Yardley stood there just shaking his head and waving goodbye.

Holmes knew he would find a way to repay young Yardley. Perhaps it would flow from the immense funds he was accumulating through the sale of spirits to the Americans; and funds from his other, more local, enterprises.

In any event, his financial power would now be used to acquire equivalent political power.

Holmes And Dougie And Mary And Winnie

In our constitutional monarchy, as in any democratic form of government, our elected representatives are not always the altruistic models of rectitude they portray themselves to be. Some are nothing more than hogs at troughs.

It was those particular individuals that Holmes, as Stash, began to cultivate. Some paltry pounds here, some shiny shillings there, and before you knew it, you might have built yourself a very tidy base of politicians who would not only dance to your tune, but would play the music, as well; discordant as it might be.

As Holmes easily learned, it was not just in the House of Commons; indeed no. There were those in the House of Lords who needed substantial financial support even more. Whether to help keep up their large estates, or to continue indulging their tastes of notorious variety; it made no matter.

It was one of those men in the House of Lords who offered to introduce Holmes to another in the House of Lords who might be able to help Holmes further his agenda.

Because he was to meet this high-born personage near Parliament, Holmes felt that Mr. Stash should attire himself appropriately; which he did. He had one of his men drop him off in very close proximity to his destination.

As he walked passed Parliament a bit after noon, thinking about the damage he would do to some inside, he heard a commotion behind and turned to see a huge crowd following two people out of the visitors' entrance by Cromwell Green; two people he knew all too well.

He tried to speed his pace but it was too late as he heard, "Hey, Johnny! John! How the hell are ya?"

Holmes turned to see Fairbanks coming at him full bore with outstretched hand and the other pulling Pickford along like a toy on a string. The crowd ran after them.

"Here, quick, get into our limo," Fairbanks said as a gigantic Rolls-Royce stopped and he pushed Pickford in first, then Holmes, then jumped in and closed the door as he yelled to the driver, "Gun it, pal!"

Holmes had only heard about the ability of a Rolls-Royce of

this size to attain such high velocity so quickly; and had it not been for the unfortunate fact of being inside one with Fairbanks and Pickford, the experience would have seemed much more agreeable.

"Hiya, Johnny," slurred Pickford as she kissed Holmes' cheek than reached for the flask inside her purse. "How the hell you been?"

"Boy, oh, boy am I happy to see you," Fairbanks said. "It's been, what, two years? Now I'll be able to show you how I repay a debt. Driver, take us back to our hotel."

"Really, there's no reason for any debt repayment. I was happy to help."

"Nonsense, Johnny, you're gonna have the biggest steak and a bottle of the best champagne in the world with Mary and me."

"No, really, that's totally unnecessary. And I have only recently eaten lunch."

"But we haven't. I'm starved."

"Me, too," Pickford said as she took another sip from a flask that now seemed alarmingly empty. She turned it upside down, shook it and asked, "Who the hell's been drinking my booze?"

"You have, Mary. Only you," Fairbanks said with great frustration; but it seemed to calm her down and she sat quietly till they reached the Savoy; where they had honeymooned.

As usual, Fairbanks helped Pickford from the auto, and Holmes once again tried to free himself from this ridiculous bondage, but to no avail. Fairbanks grabbed Pickford by one elbow, Holmes the other, and pushed them through the doors and then to the sumptuous dining hall; where they were greeted as royalty and shown to their special table.

"Bring us a bottle of your best bubbly," Pickford said, literally licking her lips. Fairbanks ordered "the biggest steaks in England and pronto."

The champagne appeared almost instantaneously; perhaps because they had already anticipated Pickford's penchant for champagne; or any alcohol, for that matter. The sommelier filled their glasses with most a choice champagne, Veuve Cliquot.

"I propose a toast," Fairbanks said, raising his glass, "to friendship."

"Bravo," said Pickford as she downed her first glass before

Fairbanks and Holmes had taken their first sip.

“So, John, I guess you’re wondering what the hell we’re doing back here, huh?”

“The question hadn’t crossed my mind.”

“Well, we’re here for the premiere of my latest picture.”

“Doug is just great in it; aren’t you, Dougie?” Pickford asked, tousling his hair with her left hand as she sipped her second glass of champagne with her right.

“You bet! And you’re never gonna guess who I’m playing,” Fairbanks said. “Go ahead, guess, Johnny.”

“Marie Antoinette,” said Holmes.

After an appropriate double-take from Fairbanks and Pickford spitting her champagne all over the table, Fairbanks started laughing uproariously while Pickford seemed piqued at the waste of a perfectly good glass of champagne. The sommelier refilled her glass.

When Fairbanks stopped laughing and slapping the table, he said, “No, no. I’ll give you a hint: the name of the movie is *The Mystery of the Leaping Fish*.”

“You’re playing Moby Dick,” Holmes said.

Another spray of Veuve Cliquot across the table. The same reaction from Fairbanks and Pickford; but this time, she grabbed Holmes’ arm and said, “Johnny, would you please not answer again until I’ve finished drinking my champagne?” The sommelier repeated his task.

“No, John. I play that famous detective of yours over here, that Holmes fella.”

This time it was Holmes who gasped, a touch of champagne escaping his mouth and falling on the table.

“Hey, it must be catching,” said Pickford, feeling her forehead with the back of her hand to see if she had a fever.

“But how is that possible, Douglas? Did you receive Mr. Holmes’ permission?” Holmes asked.

“Didn’t need to because we don’t use his name. Patent infringement laws. The guy’s name in the movie is Coke Ennyday, get it? And let me tell you, the guy’s a real coke addict, poor slob. But the movie is a rip-roaring comedy. You’ll piss your pants, it’s so funny.”

Holmes just sat there in silence. His seven percent solution had, of course, been chronicled by me, but he was sensitive to his use of the drug and here Fairbanks was telling him that he would be made mockery of the world over. He stood.

"You'll forgive me, but I must really be off."

"What's the matter, John? The steaks aren't even here yet."

"I understand that, but when you kidnapped me, I was on my way to meet with a gentleman who was to give me an introduction to another gentleman I need to speak with about a certain business matter."

"C'mon, sit down. I know everybody who's anybody anyplace. I can introduce you to anyone you want."

Holmes still stood. "Douglas, I cannot offend the man who, I believe, is waiting for me."

"Sure you can. Don't you worry," Fairbanks said as he grabbed Holmes' arm and pulled him back into his seat; just as the steaks were arriving.

"I have a great idea, John. I don't know what kind of business you're in, and I shoulda asked on the ship, but you see that guy at that table over there?" Fairbanks was pointing at a man Holmes knew had once been high in Lloyd George's government. "Is he someone you might want to meet?" Holmes nodded affirmatively.

"Then you just sit here and wait," Fairbanks said and he walked over to the man who rose to greet Fairbanks with a hearty handshake and the taps on the shoulder of friends.

Holmes watched as Fairbanks pointed to him as he spoke to the man. The man looked over, nodded to Holmes, put his cigar down, wrote something on a matchbook and gave it to Fairbanks. The man sat again and Fairbanks returned.

"Here, you're gonna meet him there later; wherever that is. I told you I could introduce you to anyone."

"Thank you, Douglas. Yes, I think your friend might do very nicely, indeed."

The man who Fairbanks had arranged to meet Holmes that evening had been the First Lord of the Admiralty in the Great War, was not in a position of any great authority at the moment; but would like to be, once again.

Holmes was to meet him at the Carlton Club, an exclusive club for members of the Conservative Party at 94 Pall Mall; so old that its establishment predated the coronation of Queen Victoria by five years.

The man was Winston Churchill.

A grandson of the 7th Duke of Marlborough; yet he had no title of nobility; a very perplexing political mixture.

Churchill was already financially comfortable, so he could not be bribed. His intellect was of the first order so he could not be duped. He loved his wife and five children so he could not be blackmailed. But as with any politician, he was not above a harmless quid pro quo. And Holmes believed he had such an exchange that Churchill would easily accept.

"Sir Winston," Holmes began, as he and Churchill raised a whiskey towards each other, "I have heard so many good things about you from our mutual acquaintances."

"Quite," said Churchill briskly as he took another puff of his ubiquitous cigar. "And I have inquired about you and have heard some interesting things, myself, Mr. Clay or Mr. Stash or whomever you may choose to call yourself."

Holmes had been forewarned that this man was not one who appreciated idle banter or casual social pleasantries; unless he was the instigator of them. And he had just proven his connections to unnamed investigative authorities.

"Then I shall get right to point," said Holmes. "I believe that you might enjoy an important post within Mr. Baldwin's government." Stanley Baldwin was our new P.M.

"That is no secret, sir. If you have anything to put to me, please do so," and he took another sip of whiskey.

"At once. You see, it seems that one of Mr. Baldwin's most trusted political allies, a man of the highest aristocracy, but of basest tastes, is about to be appointed to a rather senior position within the cabinet, the Chancellor of the Exchequer."

Holmes saw that he now had the fullest attention of Churchill. He continued.

"This man had been having certain fetishes catered to by one of his herdsman, a man who shared like interests." Churchill leaned in towards Holmes, he loved political gossip; the more vile, the better.

"Mr. Baldwin would be made aware that should he not appoint you to this position instead of the aforementioned individual, well, then who's to tell how certain stories may suddenly appear in the Sunday Times..." Holmes leaned back in his chair and shrugged his shoulders.

"I see, Mr. Clay, I most certainly do see," Churchill said as he sipped his whiskey, took another puff and likewise leaned back; this time with a satisfied grin. After a meditative moment he spoke again. "And just what, Mr. Clay, might be expected from a Chancellor?"

"This is a post from which one so high can see so much going on below; if he's looking in the right direction. Or not see something if he might be looking in another."

"Am I to understand that the Chancellor might be given a nod in which direction to look or not, and when?"

"That might be expected, yes."

"Of course, it would have to be noted that the Chancellor would never look, or not look, in a particular direction if he thought it would, in any way, harm Great Britain, the Empire or any of its people," Churchill said firmly. "There would be no underpinnings of the underworld. That should be thoroughly understood."

"That would be most certainly noted," replied Holmes.

"Then, I believe, Mr. Baldwin should be expecting some much unexpected news shortly?" Churchill asked.

"I do believe so," Holmes replied.

The men clinked glasses. And Holmes noticed that the smoke streaming from Churchill's cigar was encircling his head like a halo.

Reilly had left Enelkin's body in the corner of that storage room and had gone back to Tatiana and the family to console them as much as possible. But also, and to him, of paramount importance, to command each to say nothing of the man who had killed Alexei. Reilly would speak with Lasker about cause of death.

The next night, thankfully, shed enough light for him to see. As the Romanovs slept, he went back downstairs, shoved the body into a burlap sack and labouriously pulled the body up, then across the lawn to the dock. He then kicked the body into a rowboat.

Funny Oscar watched silently from under a palm tree.

Large rocks were stuffed in the sack, Reilly carrying each, one by one because of their weight. He then tied the sack shut and rowed out a fair enough distance which he judged to be sufficiently far enough that the chances of discovery would be minimal.

Enelkin was then thrown overboard and Reilly rowed back, Enelkin sinking quickly.

Lasker did what he was empowered to do, and pronounced Alexei dead due to his hemophilia on February 12, 1922; two days after his actual death. He would deal with the local officials so there would be no disturbing inquiries.

He had also attended to the Romanov's understandable hysteria and administered sedatives to all, except the Tsarina, who had slept through the turmoil and did not seem aware of the sadness surrounding her, nor of anything else, for that matter.

While the family grieved inconsolably, it was Anastasia, the closest in age to Alexei who took it most severely. The fun-loving, irrepressible girl had suddenly begun to become, like her mother, withdrawn, quiet, and morose. Perhaps she was still in shock, Lasker thought, and did everything he could to bring her around; but was without success.

Since there were no Russian Orthodox clergy on the island, it was agreed that the doctor, since he represented His Majesty's government, even so tenuously, would officiate at Alexei's funeral.

It was further agreed that the burial site would be on the

compound, but would remain unmarked. It would be left to nature to provide the cover for Alexei's final resting place. Only the family would attend, and Funny Oscar; because the night before the service, it was he who dug Alexei's grave at the spot selected and wept no less than the Romanovs.

"Emerald green grass and beautiful wild flowers will keep him even warmer in the Eleutheran sun," said Anastasia, aloud.

The Tsar was inconsolable. Besides losing his only beloved son, he also knew that his direct Romanov line had just been truly extinguished. Should there be a restoration of his rule, however unlikely that may be, the throne would pass to his brother, Michael, and not to any of his issue. Even baby Sidney could not be considered because Reilly was a commoner. But those thoughts were kept to himself and only intuited by Reilly.

If the burden of Alexei's death were not enough, Lasker was grieved to report to the family that, "The Tsarina has slipped so far into her world that she has completely left ours." And within the week, the Tsarina passed, too. Perhaps into the world she had already inhabited for the longest time.

"I have lost the essence of my essence. My Sonny has gone to be with Alexei," said the Tsar. The Tsarina was laid to rest beside Alexei.

Tatiana, of course, had Reilly and baby Sidney for love and consolation, but with the other Grand Duchesses, it was a final ephemeral bond severed.

After a proper time of grieving as prescribed by their faith, Tatiana, Marie, Olga and Anastasia gathered to discuss what they would do now. They were all young women, vibrant, intelligent and now free to explore the world from which they had been so long sequestered.

Olga was twenty-five, Marie was twenty-one and Anastasia was only nineteen.

It was agreed that Tatiana would remain on Eleuthera with the Tsar so that he would have, at least, one loving daughter to look after him; and baby Sidney would be there, as well, of course. The other Grand Duchesses were to lead lives of their own.

They had long before been supplied with new identities and British passports, so there would be no trouble in their emigration from the island. There would also be no trouble in securing the finances needed to establish new lives, since the Romanovs had established healthy secret accounts in Switzerland which could now be reclaimed. These would be more than sufficient to begin their new lives anywhere in the world they would so choose.

After much introspection and debate, they decided to travel to disparate destinations. Olga would be going to the United States, to New York. Marie and Anastasia would be going to England, to London.

These were mammoth cities within which one would easily lose oneself. And because each spoke English fluently with a proper, upper-class British accent, through years of tutorials by proper British tutors, it would be quite easy for Marie and Anastasia to blend in, in London. For Olga in New York, her accent would only enhance her appeal.

It's a rather likeable trait of the Americans to believe that anyone with a British accent is more intelligent, more refined, more cultured, and, in every way, superior to them. Which, while not necessarily true in every instance, is, overall, a correct attitude for them to have.

In addition, Reilly could not stress one point more forcefully to Marie and Anastasia: while they would reside in London, no matter how strong the desire, no contact was to be made with me to insure my safety and that of my family. To this, both agreed most wholeheartedly. Neither would want to bring harm to me or my family.

To keep security to a maximum, they turned to Reilly. As difficult as this would be for them to accept, but to insure the success and safety of their new lives, he alone would make all arrangements. He would leave the island to make these arrangements in Nassau and for the time being, he alone would know where each would reside.

At the start, each would have a temporary residence in which to live and from which they would explore their new city and decide on a permanent residence; which would be purchased for them with the Romanov funds.

Then, when each of the Grand Duchesses had established their new residences and deemed it a safe interval, they would post their addresses, in a code devised by Reilly, to Tatiana, who would then send them on to the others. No one outside of the family would know anything of their new identities or destinations. No one.

Reilly also cautioned them that contact between them should only be made because of a most dire development. Their very lives depended on their complete circumspection.

Once again, Reilly called on Funny Oscar to help with the packing, indeed, for all preparations for the Grand Duchesses' departures; which he did with great sadness. The Grand Duchesses had become as family to him. He had lost Alexei, the Tsarina, and now these young ladies who had been so gracious and kind to him and those who worked with him at Winding Bay.

It was further decided that each would leave individually, at intervals of two weeks, to reduce any ambient suspicion of the ladies' departures. Olga would leave first, then Marie, then, finally, Anastasia; who at last was, if not herself, at least somewhat out of the depression in which she had been since Alexei's death.

And, as with all children leaving their parents' care to make their way in the world, they experienced the seemingly incompatible emotions of exuberant exhilaration and dreadful trepidation. But even Grand Duchesses are human, after all.

The family gathered at their small dock to say goodbye to Olga; with full knowledge that they may never see her again. All the Grand Duchesses tearfully embraced and whispered words of love and assurance, Olga taking extra time in kissing baby Sidney, then they gave way to the Tsar, who was weeping copiously because another piece of his being was being sundered.

"I shall never see you again, Olga, my first born."

"Yes, you shall, Papa, you shall."

But not wanting to prolong this tender agony, Olga turned and went into the boat, Reilly holding her hand from the deck as he helped her on board the little skiff which would take them to Nassau; and from there, she would begin her voyage to New York.

The little skiff left immediately, Olga waving a handkerchief, the remaining ladies doing likewise, and the Tsar simply waving dispiritedly. In a very few moments, the skiff was out of sight and the family returned to the main house.

This same sadness was repeated for Marie and then, finally for Anastasia. Unlike her sisters, though also terribly disheartened by the family's separation, she exhibited an unconcealed ennui at beginning her new life. And then, she, too, was gone.

When Reilly had returned to Tatiana after seeing Anastasia off safely to England from Nassau, he looked especially pensive.

"Yes," Tatiana said, "I know. This must all weigh on you so."

"Tatiana, I can't escape the unrelenting thought that had I hadn't come here, none of this would've happened."

"My darling, please, please don't blame yourself. It was only natural for you to want to be with me and Sidney. You would've been a monster not to have. We can't say what would've, or wouldn't have happened if you hadn't come."

"I know, I know, but that doesn't change what I feel."

Tatiana then embraced Reilly and held him as if all his turmoil and travail would leave him and be transferred to her.

But Reilly knew that if all I had told him were so, then Lloyd George and the others involved were responsible for these tragic events on the island. The deaths of Alexei and the Tsarina and the diaspora of the Romanovs were to be laid directly at their feet. But ultimately, Lloyd George.

He would wait a sufficient time to be sure all was secure and safe on the island for Tatiana, baby Sidney and the Tsar; but then he would return to London and exact his own vengeance.

What he could not know or imagine, was that his desire for revenge would place him on a lethal collision course with Holmes. Reilly would be intent on taking his revenge on Lloyd George; but, in a truly bizarre twist, Holmes would be even more intent on preventing that from happening.

More than two years had passed since Holmes had returned to London and he was adding and subtracting elements of his revenge like an abacus gone awry.

On the plus side, Holmes had a criminal underworld at his command. Also on the plus side, Churchill was still Chancellor of the Exchequer. However, on the minus side, Churchill was foundering as Chancellor.

Perhaps most portentous, Holmes had not discovered any enchanted elixir of youth; he was getting on.

Ultimately, however, with Lloyd George no longer Prime Minister, Holmes could take his revenge; and in a way in which Lloyd George would be discredited to the world.

To Holmes, it seemed a perfect plan. But as he himself, once said, "Any time anyone announces he has devised a perfect plan, I immediately assume him to be a perfect fool."

All that was left was his private confrontation with Lloyd George. It was time for Churchill to look in a set direction and arrange a meeting. Churchill would know nothing of its true import.

However, not even Holmes could imagine its ultimate outcome.

A New Yorker In London

It was at this time that a certain man arrived in London. A man using London as a stop on the way to a place of extreme importance to the continued success of his and his partners' business. A man who first, however, had to visit his British business partner, Clay. But Holmes had no prior knowledge that this man was coming. The man and his partners had wanted it that way. The man was Bugsy Siegel.

Holmes was immediately made aware of his presence by those he paid to inform him of such consequential matters. Siegel had checked into one of the newest and poshest hotels in London, an Art Deco delight, the Cumberland. So innovatively modern was this hotel, that it was the first in London to offer direct dial telephones and to have bathrooms in each suite.

The morning after arriving in London, Siegel tried to have breakfast in the Centre Court. I will explain the "why" in a moment, then had the front man hail a cab for him and got in.

"Yeah, buddy, I wanna go to Varrance Road and Lomas Street. You know where this place is?"

The driver turned to look at Siegel. "I should certainly hope so," said the driver. It was Holmes. But his disguise as Mr. Stash was the same he had used as John Clay, but without the eye patch, so nothing seemed strange to Siegel.

Siegel laughed heartily and said, "Ya know, Meyer told me that even though we didn't tell you I was coming, I wouldn't find you first; that you'd find me. Damn Meyer, he's always right." And he continued to laugh as Holmes began to drive to his headquarters.

"Hey, Johnny, you people here in England don't speak English."

"Why is that, Ben?"

"Okay, so I go down to have breakfast at that Centre Court; real fancy. The waiter brings over a menu and right away I know I'm in trouble."

"I don't understand," Holmes said.

"You don't understand? It was like they handed me a menu in Greek.

“I take a gander at the menu; the first thing I see is crumpets. I look up at the waiter and ask him ‘what the hell is a crumpet?’ He says it’s like an English muffin. So I say ‘why the hell don’t you say so?’

“Then I take a look and there’s bangers and mash. Now I’m really gettin’ frustrated. To me it sounds like a gat and a club you smash someone over the head with. So I say, ‘What the hell is this? Some kinda weapon or somethin’?’ He explains they’re sausage and mashed potatoes.

“Now, here’s the topper. I take a look at the menu again and I think somebody spelled this thing wrong. It says kippers; and I’m thinkin’ zippers. So I ask the guy again, ‘What the hell is a kipper?’ And he says it’s a fish. And I get excited.

“You got gefilte fish? I ask the guy. He looks at me like I’m nuts.

“He says, ‘I beg your pardon.’

“Don’t go beggin’ my pardon, buddy; ya go to the governor for that. Just bring me some eggs, bacon and one of them crumpets. I coulda starved before I got any food.”

“Well I’m sure you didn’t come for our gastronomical delights or sightseeing, Ben. Why don’t you tell me why London is graced with your splendid, sartorial presence?”

“Sure thing, Johnny. Not that Lucky and Meyer and me don’t trust you…”

“Perish the thought.”

“Yeah, well things are gettin’ tight back in New York. We got guys tryin’ to muscle in on our territory and they’re spreading word around that they’re buyin’ their booze from you. I’m here to see if it’s true.”

“And if it is,” Holmes asked, “you’re to ‘rub me out’, correct?”

“Yeah, that’s about it,” Siegel said as he examined his manicure.

Now it was Holmes who laughed. Slightly.

Holmes had seen Siegel’s savagery first hand during the Castellammarese War. He had a very unsavory taste of why Siegel was called Bugsy; but never called that to his face. And now Holmes knew how completely mad Siegel must have been to come three thousand miles into Holmes' territory without an ally, to try to kill him and still come out alive.

But of course, that was it: Siegel never thought otherwise. To Siegel, the thought of his own mortality never entered what there was of his mind. He never even gave the thought of failure a thought.

Holmes assured Siegel that he and Lansky and Luciano had nothing to worry about. If it's one virtue he held above all others, it was loyalty.

"Yeah," Siegel said, "that's what Benedict Arnold told George Washington." Now Holmes really laughed. And they drove on.

Reilly Leaves Eleuthera

It was time for Reilly to return to London. It was now May, all was safe and secure on Eleuthera and as much as he wanted to remain, he felt he could leave, accomplish this one last mission, and return to the love of his family for good.

Tatiana was, of course, distraught.

"But why must you go, Sidney? What wrenches you from us? What is so important?"

"Tatiana, you know me. You know me better than any living being. And because you know me, you know that there's something I must do or betray all in me you love. Please don't ask me not to go because I can't deny you anything. But I promise you that I'll return as soon as possible. I wouldn't want to waste one moment."

Tatiana paused, holding back tears.

"Then I won't ask you to stay, but how long do you think you'll be gone?"

"Months, I think."

"Months? Oh, Sidney…"

Reilly took her in his arms. He knew he had just won this gentle battle; but the one to come would not be so easy. He made ready.

The next day, the Tsar accompanied Reilly, who held little Sidney, and Tatiana to the dock. Funny Oscar was there, as he always was when family was leaving. Little Sidney was crying.

"No, no, don't cry, Sidney. Daddy is just going on an adventure and will be back very soon," Reilly said, kissing him as he spoke.

"No, daddy, no daddy. Don't go, daddy."

It was breaking all their hearts and Tatiana, always so sensitive to these things, took little Sidney from Reilly, held him in her arms close to her bosom and rocked comfortingly back and forth, consoling him.

Reilly gave Tatiana one last kiss, and as he stepped into the skiff, Funny Oscar came forward to shake hands. As they did so, Reilly felt a small slip of paper being placed surreptitiously in his hand. He didn't react but saw Funny Oscar smiling warmly and giving him a knowing wink. Reilly thought to himself, "Now, what was that all about?"

In a few minutes the skiff was out of sight and Reilly, done waving at his family, turned to unfold and examine the paper that Funny Oscar had given him.

He smiled and had the answer to the question he had just asked.

Reilly kept that paper, carrying it as a good luck talisman for his entire life, I believe. The last time he visited me, he showed me that little scrap of paper. I shall now try to duplicate, in my meager manner, the three simple letters that were on it: **S I S**

So, Funny Oscar was SIS.

All Reilly could do was wonder what had brought Funny Oscar to Eleuthera and how he had gotten that name. As Funny Oscar told him much later, this is what brought him there.

At the beginning of the Great War, the Germans began trying to foment trouble in as many of the British Caribbean islands as possible. They had sent agents to incite the local Negro populations against the white colonials. However, the Germans had not met with any success.

The Admiralty had sent a handful of SIS operatives to combat the Germans and Funny Oscar wound up in Eleuthera where, it was reported, a German U-boat had been frequently seen and its sailors and officers had come ashore to stir up the locals.

In a way, that was absolutely true. And in another, perhaps not.

It was the U-24. It had surfaced three times at the southernmost tip of Eleuthera near Bannerman Town. On each of those times, a contingent of officers and sailors had stolen ashore. However, the contingent was comprised of different men each time.

The officers and sailors of the U-24, it seemed, just couldn't take the claustrophobic feeling of their vessel anymore, needed some female companionship and were more than willing to seek it with the native women; who, in turn, were happy for the silver coins they received.

What happened next gave Funny Oscar his name.

Oscar and the local constabulary had already learned of the Germans' tete-a-tetes from one of the women who walked into their station and said "I am loyal to King George and those Germans smell bad."

So Oscar planned a little surprise for the Germans.

First, all the women being visited were brought into the police station. Oscar, backed up by some constables, spoke to the women and reminded them that they were subjects of the Crown and that what they were doing was collaborating with the enemy. They could be taken out and shot for that.

Well, you can imagine the commotion, the crying, and the piteous beseeching to spare them.

"Of course," Oscar said, calming them down. "Not only will you be spared, but I'll give you all the chance to become national heroes."

At this, the commotion and crying and piteous beseeching ceased and the women started happy yells and dancing around. Finally, one of them asked, "How?"

"It's quite simple," Oscar said. "This is what I want you to do."

They knew that the Germans were due to return the next night. So as the officers and sailors of U-24 were busily engaged in visiting these women, their uniforms were being whisked away by other women who were not visiting.

When the Germans were through, they discovered that their uniforms had vanished.

Well, you can imagine the commotion, the screaming the searching for their uniforms as they ran about as natural as the day they were born.

It was at this precise moment that Oscar and the constables arrested all of the Germans who were then forced to march through Bannerman Town as the locals laughed and jeered and mocked them and threw fruits and vegetables, as well.

The sergeant in command of the constables kept repeating, as he laughed, "That is so funny, Oscar. That is so funny, Oscar."

And so, to the locals and everyone else, Oscar became Funny Oscar ever after.

Upon her arrival in England, Marie, now Mary Hampton, moved into a home already purchased by the Romanovs in the late nineteenth century, but held in trust through well-retained solicitors in Zurich.

The home was at 23 Chester Square in Belgravia, one of London's most prestigious addresses; and directly next to where Mary Shelley, the author of "Frankenstein", once lived. Odd coincidence, that.

Marie fell in love with the house and decided to make that her permanent residence.

Anastasia, now Anna Anders, chose to live in a community more alive with the artistic and intellectual life blossoming in London right after the war; best likened to Greenwich Village in New York City. She chose to live in Bloomsbury, at No. 2, Theobald's Road.

It had a lovely garden and was quite private. She had once remarked to Marie that when she tended to her garden, her garden tended to her. A sentiment anyone in England could easily embrace.

Though each lived not far from each other, they infrequently met and Marie saw how deeply Anastasia still grieved for her lost brother, retreating further into her own secluded world.

On a more happy note, while Marie was strolling through Grosvenor Squareonly a few months after arriving, a hand fell gently on her shoulder and startled her. As she turned to see who it was, she gasped. It was William Yardley. Had he not held her upright, she would have fainted onto the pavement. William led her to a bench where he sat her down and held her hands, assuring her that he was not a mirage.

"William, I thought you were dead. I heard your ship had been sunk." She was about to tell all that Reilly had told her and her on Eleuthera when she remembered his directive to not disclose any of what he had told them. She thought it best to ask him questions.

"What happened to you? What about your ship sinking? And what about Mr. Holmes?"

William, happy though uncomfortable, said, "Well, you can see that I'm here, holding your beautiful hands, so I guess I'm still alive."

"Now stop that," she said, playfully admonishing him, "you've given me quite a shock, you know. I might have had a heart attack, and then where would you be?"

It was his turn to play act. "I would have perished right alongside you for causing the death of the woman I love." As those words danced out, he suddenly realized he had spoken the truth and once again became serious and silent. Marie, too, became silent as she looked into his eyes.

"It's still true, William?"

"Yes…yes."

"Then why didn't you contact me to let me know you were alive? Why let me think you were dead all this time?"

"Marie, I couldn't. There's much I can't discuss, but as you see from my uniform, I'm still a serving officer in the Royal Navy and I'm bound by honour to follow orders."

"And those orders included not telling me anything? Letting me grieve for you?"

"Those orders forbade me from telling anyone what we all had been through. I have not uttered your name once since leaving you. No, that's a lie. I've spoken your name countless times; but only to myself.

"I reported back to my superiors upon my return, reunited with my father, who had also believed me dead, and resumed by duties. And now, here we are. Please, please forgive me, but any attempt of mine to contact you in any way, shape or form may have endangered you and your family. And though it'll sound trite, I put your safety above my desire to be with you."

"But what of your ship being sunk and what happened to Mr. Holmes?"

"Again, I can't discuss any of that. But please, Marie, just accept that we're together again and make me this promise: that you'll never ask me about these things again."

After a long moment, and with her head downwards, Marie said, "Done."

She then told William of the secrets she could share safely at this time; of her new identity and that Anastasia was there in London, as well. But when pressed for further news of her family, she answered him as he had her.

"As with you, William, there are certain matters I can't speak about; at least not at this time. Therefore, please, as you've asked me, please don't ask me of these matters again. But from now on, please call me, Mary. I know you'll do as I ask because it is important. My name now is Mary Hampton."

As with her answer to him, William replied, "Done."

They continued to sit on that bench, taking simple pleasure in the other's mere presence.

"Nice place ya got here, Johnny," Siegel said as he stepped from the cab, looking up at the building housing Holmes' headquarters and glancing around at the neighbouring structures. "Nice neighbourhood, too."

"It suffices. Please, follow me upstairs."

Inside the doorway were a number of the most menacing-looking of Holmes' men. Siegel immediately reached for the pistol in his overcoat pocket. The men recoiled.

"Ben, Ben, there's no need for that. These are my men and they carry no firearms. No need. In England there's an unwritten agreement between the constabulary and the criminals: we don't carry weapons and they don't carry weapons."

"What kind a nutty country is this, anyway? Who ever heard of goin' around without a gun?"

"Puzzling, isn't it?." Holmes continued up the stairs as Siegel followed, still intermittently glancing back at the cluster of thugs remaining below.

"A libation?" asked Holmes.

"I thought you'd never ask," Siegel said, looking around, walking around, and before seating at a table, dusting the chair and the table with a very expensive silk handkerchief which he removed from his breast pocket with an outrageously ostentatious gesture.

"Like I said downstairs, nice place ya got here. Johnny, I know you can afford better."

"Yes, but I like it here. It's quiet. Out of the way of prying eyes. With only my eyes allowed to pry."

"L'chaim, Johnny," Siegel said as he raised his glass to Holmes, who wasn't partaking. "Hey, was I nuts or did I see synagogues on the way here?"

"Quite discerning. Yes, at one point, this area was home to a very large portion of members of your faith, mostly from Poland and Eastern Europe."

"Holy mackerel. Just like New York."

"Yes; in fact, most precisely like New York. Funny, I had not made the analogy previously," Holmes said, pondering his omission.

"Well, everyone forgets from time to time. Now lemme see the books," Siegel said with a mild touch of menace.

"Of course. And I presume you will trust my scribbling?" asked Holmes.

Siegel shrugged, "Who the hell knows?"

From a large, locked wooden chest, something that looked like a pirate's chest to Siegel, Holmes proceeded to disgorge large, brown accountancy ledgers; each with its own private lock. These he placed before Siegel who was laughing loudly.

"Ben, if I might inquire, just why are you laughing?"

"Johnny, I'm not sure if you'll get it, but I can tell Meyer and Charlie that you served me locks. Get it?"

Holmes stared blankly.

"Johnny, in New York, remember we used to eat bagels and cream cheese and lox?"

Then it came to Holmes; Siegel had just made a pun based upon an ethnic delicacy.

"Very good, Ben, very good. Perhaps you'd like to peruse the numbers now?"

Siegel finally stopped laughing and began his inspection.

After long and close examination of the ledgers presented and placated, after incisive questioning of Holmes that there were no other records being hidden from his perusal, Siegel was satisfied that Holmes was "on the up and up".

Holmes had watched Siegel intently as he examined the records and was surprised to observe a man of high intelligence and subtle financial acumen; not just the wisecracking mobster he appeared to be.

"Benjamin, you've impressed me."

"Yeah? How come?"

"You appear to be quite well versed with income and expenditure columns and the veiled intricacies of creative accounting. I'm pleased."

"Yeah, well ya should be. I'd have had t' bump you off if you were finagling the books."

"Yes, you already informed me."

"But I'm nothin' compared to Meyer. He's the real brain. Ever since we were little kids; and I mean little. He was already figurin' the odds on craps in back alleys on the lower east side when he was eight. The guy's a real genius."

"I suspected as much from our dealings in New York. And what about Charlie?"

"Charlie leaves the money stuff to Meyer. Not that Charlie don't got it in him. He does. Real good. And trust me, Johnny, Charlie will know if you're tryin' t' pull a fast one. But Charlie's more like the head of the company. Like the dagos call it, capo di tutto capi; the boss of all bosses. Yeah, Charlie gives the final okays. But he don't do nothin' without Meyer and him talkin' and agreein'."

"They're like brothers, from what I could gather."

"Tighter. Let me tell you somethin'. Meyer is like my older brother. I love that guy like my own flesh and blood. I would do anythin' for Meyer. But him and Charlie got somethin' special. I don't know how t' put it exactly but they're so close that Charlie could begin talkin' and Meyer could finish what he was gonna say. And vice versa."

"Truly exceptional. But can you answer something that I should have asked in New York?"

"Depends on what it is," Siegel said.

"This alliance you have, the Jews and Italians. We have nothing like that here. I would have expected that you would have been at each other's throats."

"Yeah, we were once. We all came over about the same time and moved into the same streets in downtown Manhattan and in Brooklyn. So we started fighting for territory and we had the mick gangs to fight, too.

"Funny, you would think the Catliks would fight together against the Jews, but maybe it's because of tight family, I don't know, but it seemed like the Jews and dagos were fightin' the micks together."

"Extraordinary."

"Yeah, but the clincher was when Meyer saved Charlie's life when they was kids."

"Please tell me what happened."

"Well, it goes back to when Meyer was maybe eight and

Charlie was twelve and Charlie already had a gang he was leadin'. So late on Friday afternoon, here comes this little runt Jewish kid. And the kid has his challah money, a nickel."

Holmes interrupted, "I beg your pardon?"

"Challah money," Siegel said, as though everyone in the world with half a brain knew what it meant. "Jews can't cook or bake or do anythin' on Saturday because that's our day of rest the Bible said, or somethin' like that. So the moms would give the kids money to go to the baker on Friday and bring back the challah, the bread, because the moms couldn't bake on Saturday."

"Oh, I see. But why didn't the mothers just bake the bread on Friday themselves and save the money?"

"How the hell do I know? Do I look like a Jewish mother?"

"No, most certainly not," Holmes said.

"So anyway, Charlie tells his gang to stop this little kike and get the money. So they stop Meyer and tell him to hand over the dough. So what does Meyer do? He's holdin' that nickel tight in his skinny little hand and he tells the dagos to go screw 'emselves. But he didn't use such a nice word. Well, they start beatin' on Meyer but as small and skinny as Meyer was, he's givin' as good as he's gettin'.

"Now, Charlie is watchin' all this and he sees that this kid is somethin' else, so he calls off his gang and goes over to Meyer who's bleedin' and banged up, but he's still holdin' on t' that nickel.

"Charlie looks Meyer up and down and kind of smiles and tells him to beat it and not to come through his street again. Meyer gives Charlie the same look up and down and tells him to go screw himself and walks away. But Meyer is smart enough to know that this dago kid just did him a solid and he won't forget.

"Now a couple a weeks go by and Charlie is without his gang and he's swimmin' in the East River. Some mick guys swimmin' there see Charlie and they swim over and are tryin' to drown him when like outta nowhere Charlie feels the micks lettin' go and he fights his way to the top and sees that Meyer is fightin' off the micks.

"So now it's Charlie and Meyer givin' the micks the business. So the micks swim off, Charlie and Meyer are kickin' water in the East River and Meyer is smilin' back at Charlie like 'Were even, pal.' And that's how the whole thing got started."

"Ben, if it came from anyone else but you, I simply would not believe it."

"Yeah, well you can take that to the races. Now I gotta send a wire to let Charlie and Meyer to let them know that I ain't killed ya and the booze is gonna keep comin' t' nobody but us. Then I'm gonna take a few days before I go back t' New York and see if I can meet the King, and see where those dames got their heads cut off. Real culture stuff."

"Yes, you really must."

"And I gotta get me some girls. This town is swimmin' in babes and all are willin' to go dancin', if ya know what I mean."

"Yes, there is a surfeit of young and willing women. The result of the loss of so many of our young and willing men in the Great War."

"Oh, yeah, I got ya. Sorry about that, Johnny. Anyway, I'm scrammin' Don't take any wooden nickels."

As Siegel walked down those stairs, he stopped at the bottom, where those same men were still standing. He looked up at Holmes.

"Hey, how am I gettin' back t' the hotel."

"No worries; one of my men will bring you back in that same cab."

"Ya think he can take me t' where you limeys did all that head cuttin' off stuff?"

"I'm sure it can be arranged." Holmes looked down at one of his men, "Andrew, drive Mr. Siegel to the Tower of London."

The man tipped his right index finger to his cap to indicate "okay" and Siegel followed Andrew out to the cab. As he got in the back with Andrew at the wheel in front, Siegel said, "Hey, pal; how the hell do you guys drive cockeyed like that?"

Andrew shrugged, didn't answer and began the drive to the Tower.

The forces of fate were converging. Churchill had set up the clandestine meeting for Holmes at an absent friend's magnificent home in Belgravia, right on Belgrave Square. There, Holmes would surprise Lloyd George.

Holmes had no disguise this night, other than his real facial hair and a hat pulled down as low as possible with the collar of a great overcoat pulled up as high as possible. Only his eyes showed through. He had also removed the patch. Andrew had dropped Holmes off a few houses down and waited for Holmes to return.

Holmes was greeted by the butler who showed him into a lavish library where Lloyd George stood facing a bookcase in the opposite direction of the door. The butler closed the door behind him.

"Prime Minister," Holmes said with a hiss more than a voice.

As Lloyd George turned to face the voice, Holmes was slowly removing his hat and overcoat, tossing them onto a chair.

At first, Lloyd George was frozen, not recognizing the man before him.

"Come, come Prime Minister. After all we've been to each other?"

Then, "Holmes! But you're dead."

"I think not. But you shall soon be."

"This is impossible. I was assured of your death."

"Which proves, I surmise, that we cannot trust anyone. Isn't that true Prime Minister?"

"This is preposterous," Lloyd George said, in a state of disbelief, outrage and vulnerability.

"Preposterous that I live or preposterous that you are caught, trapped. But have no fear, I shan't harm you now. What I have planned for you is much more subtle and fitting."

Lloyd George was trying to move towards the door but Holmes stood blocking it.

"What do you mean?" Lloyd George asked.

Holmes then slowly and maliciously told him about his plan to release the proof of his perfidy and the logical assumption of the events which would follow, subsequently.

"You're mad, Holmes, completely mad. I had nothing to do with ordering your death. Nothing. The orders given were not given by me."

"Not that I would believe you in any manner, but by who then?"

"If you recall that night at 10 Downing, the man you met secretly in a private room?"

"The King?"

"The same. Shortly after you left, I knocked and went into that room. He stood there at that fireplace and bade me sit. The King was not known for his intimacy with those beneath him, even with his P.M.s., so I was gratified, yet mystified, at what further he wished to discuss.

"What concerned me almost immediately was a phrase he used, saying it to himself as I sat."

"Which was?" Holmes asked.

"He said, 'The comedy has begun'. But it was said cryptically; as if it had layered meaning. And based upon subsequent information I received towards the end of the war, I understood that meaning."

"Which was?" Holmes asked again.

"That he expected the rescue to fail."

Holmes stood up straight in disbelief. "What fiendish lie is this?"

"It is no lie, Holmes. Remember, when I mentioned invisible others to you at our meeting? Well, that is precisely what the King wished to impart; however he did not use that term.

"He was not so blind that he did not see that others of very high noble rank or immense wealth had agendas that differed violently from his and my government's. Yet those agendas remained obscure to him, as well as to me.

"To this moment, I still do not know who ordered your death. And I also have no idea who was responsible for the false news to be released about that death. My own quiet inquiries within my special branches produced nothing to refute the verity of your death.

"Holmes, I don't know what you think you are going to do to

me, but mark this and mark this carefully: if anything lethal should happen to me, if I took my life by my own hand, or was bitten to death by the Archbishop of Canterbury, Watson would summarily be dispensed with. This was an order I was forced to give to keep secret all I have just recounted.

"And that order is still in force even though I'm no longer Prime Minister. I could give an arcane order at any time to have the deed done; and that would certainly follow any attempt by you at blackmail.

"So, yes, Mr. Holmes, even though I would be disgraced, Watson would be dead."

In essence, I had become Lloyd George's insurance policy.

Holmes had now been forced to become the guarantor of my and Lloyd George's life. And, for the first time, Holmes felt outdone. Not only because he could not move against Lloyd George as he wished, but because based upon what Holmes and the others had experienced in Russia, he could not tell if what Lloyd George had just told him was more fiction or truth.

In any event, Holmes' next utterance was chillingly blasphemous and, to Lloyd George, bordering on the mad.

Holmes said, "I shall shred this table of lies to learn the truth. God, as devil incarnate, has devised more than one way to blot out the sun."

With that, Lloyd George removed a revolver from his case and pointed it at Holmes, gesturing for him to move away from the door. Holmes moved, but only slightly.

Lloyd George then called out to the butler. He called out again. But the butler didn't come.

Once back in London, it was simple for Reilly to re-establish contact with those at SIS he knew he could trust, and from them, learn Lloyd George's routine. It was public knowledge where he lived, and after that, anyone with a modicum of intelligence could follow his movements. This, Reilly did assiduously. And that is precisely how Reilly followed Lloyd George to that house in Belgravia.

He was willing to wait for Lloyd George to re-emerge from that house and continue to follow. Then he saw an auto stop a few houses away, he watched a man walk to that house and go in; a man bundled so as not to be recognised.

Reilly thought there something familiar about the man's gait, but could not place it. But, he felt, if he might know this person, perhaps he was in league with Lloyd George and Reilly wanted to discover the meaning of this summit.

He waited a sufficient time and then went to the front door. Reilly knocked and quietly subdued the butler when he opened it. He then followed the voices. With the door closed, he couldn't make out who was in that room nor what was being said. But he removed his pistol from his overcoat and held it at the ready.

After a moment, the door opened very slowly as Lloyd George backed out of the room, still calling for the butler. As Lloyd George emerged fully, but with the door not completely ajar, Reilly put his pistol to the back of Lloyd George's head and would have pulled the trigger had he not heard a familiar voice shouting, "My God, Reilly, no! No!"

Reilly looked into the room to see that it was, indeed, Holmes. He kept the pistol close to Lloyd George's head, cocking the trigger and pushing Lloyd George back into the room. However, the pistol in Lloyd George's hand was still aimed at Holmes.

Even through Holmes' entreaties, Reilly would not lower his pistol. Nor would Lloyd George lower his.

Then, suddenly, Reilly felt the cold barrel of a pistol stuck into the back of his own head. The other pistol was in the hand of Bugsy Siegel.

Siegel looked at Holmes and said, "Hey, Johhny! I been followin' ya since this mornin'. When all these other mugs showed up I figured I better get inside and protect my investment, right?"

In retrospect, the vision of Siegel holding a gun on Reilly holding a gun on Lloyd George holding a gun on Holmes is quite amusing. And it would become even more so because Siegel had just called Holmes 'Johnny'. You can imagine the confusion as pistols continued to be pointed:

Reilly: 'Johnny?'

Lloyd George: 'Who?'

Siegel: 'Johnny.'

Reilly: "He's Holmes!'

Siegel: "Who?'

Lloyd George: "Holmes.'

Reilly: "Holmes."

Holmes, resignedly: "Holmes."

Siegel: 'Holmes? I thought you were Clay. Who the hell is Holmes and then who the hell are these guys? What the…?'

To be sure, they could have gone around like that for hours, but there were three pistols being wielded, one of which was aimed at Holmes. He finally ended this stalemate by imploring everyone to put their pistols down and to sit down so he could explain. They did, and he did. But with the three still holding their pistols at ready; though not at their chosen target.

Holmes explained that against his strongest impulses and those of Reilly, Lloyd George must be set free for Watson's sake. Holmes, must, of course, keep silent because he cannot do otherwise. To have Holmes suddenly reappear in the midst of London, too much would have to be explained and there was no telling how much might be exposed.

Reilly was all for killing Lloyd George anyway and spiriting the entire Watson family to safety afterwards. And Siegel was for killing him on general principle though he hadn't the faintest idea of what was going on.

However, Holmes' cooler head prevailed. All warily arose and put their pistols away.

Lloyd George left immediately and went straight to his home because he had to be sure that his plan for Watson was still in place.

With Lloyd George gone, and the butler still unconscious, but beginning to regain his senses, Holmes suggested that they all take a brief walk to a quiet pub where they could have a beverage and Ben and Reilly could become better acquainted. Especially later, when Siegel found out that Reilly was really Jewish.

Holmes' auto followed behind.

Holmes And Reilly And Bugsy

They repaired to *The Bulldog's Rump*, Holmes explaining, when they were comfortably seated, that this had once figured prominently in one of his cases when he was a consulting detective. However, I had not written about this particular mystery, which is why *The Bulldog's Rump* has not achieved, until now, any prominence.

"Yeah, but you're workin' with us now, Johnny," Siegel said after his first sip of ale which he almost spit all over the table.

"Horse piss! What the hell's with this horse piss?"

"Ben, its ale. In England we drink it at room temperature."

"Hey buddy," Siegel called to the bartender, "you got any cold American beer?"

"Sure 'nuff, mate. Comin' up."

"How the hell dya drink that stuff? You drive on the wrong side of the road and ya drink horse piss. You limeys are nuts."

"After what happened tonight, Ben, I won't argue the point," Reilly said.

The barkeep brought Siegel a cold beer which he immediately sipped with obvious relief.

"Yeah, now let me get this straight," Siegel asked Reilly, "just how the hell did a Jew get a mick name?"

"That, my new-found friend is a story in itself," Reilly answered. "Would you care to hear about my forebears?"

"You got four bears? What the hell you doin' with four bears?"

"No, Ben, my mother and father."

"They got four bears?"

“Precisely,” Reilly finally said, not wishing this to continue.

“Yeah, well how about tellin’ me how you and Johnny hooked up while I drink my beer.”

“Whatever you’d like, Ben. Holmes, or rather, Johnny, here, and I met when we went to save the Tsar and his family from being executed by the Bolsheviks. And we succeeded, too. And Johnny, here, along with the Royal Navy, brought them to a beautiful island in the Caribbean and they all lived happily ever after.”

“You crappin’ me, right?”

“Ben, it’s the absolute truth, so help me, Adonai,” Reilly said.

Siegel just looked at him, then Holmes, who shook his head that this was, in fact true.

“You’re both nuts. You expect me to believe crap like that? Like I believe in Santa Claus and the tooth fairy and the Easter bunny and I got a nice bridge in Brooklyn I can sell you two.”

Siegel and Reilly laughed, but Holmes just watched. He knew that Reilly would not have returned to London without a very compelling reason, and he was anxious to find out what it was. But he wanted Siegel and Reilly to become better acquainted. He had an idea that had come to him while the three sat there in *The Bulldog’s Rump*, and he wanted to see how these men got on.

Two hours passed, personal histories were exchanged, but who could tell what was truth or tall tale while cold beer and warm ale continued to arrive with merry regularity.

“Now, this is the god’s honest truth,” Siegel said as he unfolded, very proudly, how he had dispatched two men with one bullet. It demonstrated perfectly how he acquired his nickname and just how dangerous an adversary he could be.

“When Meyer and me had our gang, before Meyer decided it was best to hook up with Charlie and his gang, we had some dagos who was cuttin’ in on our gamblin’ activities. This was way before Numbers Malone and his boys tried the same thing.

“Now, Meyer may be short, but he’s as tough as they come. There ain’t nothin’ that scares Meyer. Not even Charlie. So Meyer figures that we wait for these guys at one of the bookie joints what takes the bets and gives us our cuts.

"So in comes Rico Abato and Marco Pavese and they tell the bookie t' fork over the dough. The bookie is dumpin' bricks because he's between two tough dagos with guns and two tough Jews with guns.

"Meyer comes walkin' in from the back with a bottle of beer, all calm like and asks the dagos what they want. Well right away, they tell Meyer t' get the hell out or they'll kill him; and they call him a mockey midget.

"Meyer slams the bottle against the face of Rico, who falls back into Marco and they both fall on the floor and Rico is screaming and Marco is tryin' t' get out from under Rico.

"Then I come out from the back, push Rico back so his head is right in front of Marco's and I put one bullet through both their heads at the same time. Like Buffalo Bill. Pretty nice, huh?"

Reilly and Holmes marveled at Siegel's unbridled pride in murder; but for quite different reasons. While Holmes had spent a good portion of his life helping the police capture such homicidal maniacs, and was ill at ease with the sheer brutality of Siegel's act, Reilly, with a professional view, admired it. And he, more than Holmes, understood completely.

Perhaps it was because of his darker persona that so closely mirrored Sigel's, but Reilly felt compelled to tell his own story.

"Gentlemen, "Reilly said, savoring the moment, "what I'm about to disclose, no one has ever heard of before. No one."

"Holy crap, this must really be somethin'," Siegel said, sipping his beer excitedly. Holmes already knew Reilly's capabilities in divergent directions, but was still taken aback at what he was about to hear.

"Who I was working for at the time doesn't matter. What matters is that the person I was assigned to dispatch was a high clergyman of a religion I need not name.

"It seems that this paradigm of virtue was selling, yes, I said 'selling', young boys and girls to the Ottomans to do with as they pleased. Even had the authorities been alerted, with such an exalted personage, it seemed nothing would've been done.

"But there was no error. I was shown proof and I believed what I saw. So one night, as our paradigm slept, I gained access to his room, my feet and shoes in Wellingtons, my hands in rubber gloves, I put one extra thin blanket over him and dispatched him with one dagger thrust deep into his heart. I then sliced open his chest at that point.

"I next severed his male appendage and put it where his heart was and left as I had come; first putting the Wellingtons and the gloves into a sack, then tossing them into a safe disposal point far from where I had been."

Silence. Even from Siegel who just stared. Holmes' head was down.

"Damn, even I ain't never done nothin' like that," Siegel said, with a mixture of awe and revulsion.

"That was then, Ben. We all do things when we're young we may regret when we're older. Isn't that right, Holmes?"

Holmes lifted his head, shaking it slightly. "Most assuredly."

It was the perfect time for Siegel to call it a night.

"After what you just said, and nobody lettin' me bump off that Lloyd George guy, I've come to the conclusion that you guys are all crazy here. Nobody kills nobody even when they need to get dead. Meyer and Lucky are never gonna believe all this crap!

"I'm gonna go back to New York and give the guys one hell of a laugh about what's goin' on over here. Especially when they find out that Clay is really Holmes and I got a Jewish pal named Reilly. They'll think I'm nuts; but then, everyone does anyway.

"But don't worry, Johnny, I'll tell 'em all the books are square and the booze is comin' to nobody but Charlie and Meyer and me and we'll all make a toast t' you over here. Or maybe an English muffin instead o' toast. Pretty good, huh? Toast, English muffin, get it?"

He then extended his hand to Reilly.

"From now on, your name is Moo."

"I don't get it," Reilly said, completely baffled as Siegel laughed.

"It's what ya get when ya cross a mick with a Jew. Ya get a Moo. You're Moo."

Reilly laughed, too, and said, "Ben, if it makes you happy, I'm

Moo," and they shook hands.

With that, Siegel left the pub, hailed a cab, went back to the Cumberland, and had a good night's sleep before preparing for his departure to New York. But he still shook his head at the seeming insanity of no one killing anyone else.

Holmes sat with Reilly, still unsettled at his story. Reilly saw this and said, “Holmes, did you actually believe that tale I just told?”

“Yes.”

“Well, as Ben said, I’ve got a bridge in Brooklyn I’d like to sell you.” And he laughed.

Holmes was now left to wondering which was true; and to him, that was even more unsettling. But he and Reilly still had much to discuss and that could continue the next day.

They walked to the curb, Holmes signaled and his auto pulled up, driven by Andrew. As Reilly and Holmes got into the rear and Holmes closed the glass partition, Andrews’s eyes, looking in his rear-view mirror, suddenly opened wide.

“Well, Holmes, I hadn’t expected to see you again.”

“Nor I, you. At least, so soon.

“It may be the ale talking, but just think, Holmes, of all I’ve been through since I left you in Russia.” He began counting them off in a most cavalierly manner.

“I spent some leisurely time trying to foment a counter-revolution, becoming an ally of Trotsky, an enemy of a pig you never heard of, Stalin, being chased out of Russia and across Finland, back to London, then to Eleuthera, then back to this very spot.”

“I am sure there are details you have omitted since we spoke in New York.”

“Yes. Very unhappy details.” He told of the almost simultaneous deaths of Alexei and the Tsarina, which was the reason for his return for revenge against Lloyd George. However he thought it best to reveal nothing about the Grand Duchesses’ whereabouts and current identities.

He then turned his body as much as possible to face Holmes. “Holmes, I know we spoke of this in New York, but what about Watson?”

“Reilly, let me tell you what Lloyd George and I were discussing when you and he met, shall we say.” He then disclosed all.

“If I made myself manifest by even the most meager method to

Watson, what further danger might befall Watson?" Holmes asked.

"With Lloyd George as Prime Minister, with all the power he had, and the "Black Faction" and the "invisible others" who so plagued our endeavors in Russia and thereafter, it is even too much for me to try to unravel. Especially on the heels of what he just disclosed. No, it is best that all is left as Watson believes."

Reilly sat pensively. "Yes, you're right, I suppose. But Holmes, you're a national hero. Sunk by the Huns. Did you swim back to London?"

"There was no ship sunk. Captain Yardley saved my life. But I'll retain that for another telling."

Holmes then related the events of his rescue by the Curtis family.

"Curtis? Did you say Curtis?"

Holmes was startled at the reaction. "Yes, the three men who rescued me."

"By any chance, would two of those men be named Louis and Martin?"

"Now how could you possibly know that?"

Reilly was laughing. "As I believe you've said from time to time, 'elementary'." And he laughed more loudly.

Holmes was becoming annoyed at Reilly laughing at his expense. "All right, all right, how did you know?"

"Holmes, remember that little town you were brought to when you were rescued?"

"Port Royal."

"Then you know that Port Royal is the closest town to Parris Island, the east coast training ground for the United States Marine Corps. Many of the senior Marine Corps. officers live there. Some still on active duty, some retired."

"Yes, but how did you know about Lou and Martin Curtis?"

"Lou and Martin were captains in the Corps. and were serving in G-2, their military intelligence.

"Before the States got into the war, President Wilson and their top brass wanted to see how we might integrate our forces if they got into the war; so Lou and Martin were sent over with others to London surreptitiously.

"I met them, oddly enough, at a cocktail party being hosted by Kitchener as War Minister. It wasn't too long after the party that his cruiser hit a German mine and he drowned when the ship sank."

"Did you have dealings with them?"

"All I can say is 'yes', I had dealings with them. But I can't disclose them. What I can disclose is that you couldn't want for two more steadfast friends or implacable foes. They're best of the Yankee breed."

"But what of their father, Hank?"

"I don't know anything about him. But I wouldn't be surprised that he had some special assignment during the war, too."

They had arrived at Holmes lair and Reilly had the usual astonishment at the building and the decay surrounding.

"Welcome to my domain," Holmes said, making a sweeping gesture with his arms indicating the area around. "Come with me." Holmes pointed up, to where his office was.

Reilly now felt that he had been correct in New York. This was not the Sherlock Holmes who had proved so brilliant in Russia. This was another man entirely. But he felt that he had no choice. He needed to learn all and so he followed Holmes up those stairs.

Once in Holmes' office and long on into the night, Holmes told Reilly of his involvement with Siegel, Luciano, and Lansky and his international criminal network. But Reilly couldn't understand why he was being told these things.

And hours before, neither Holmes nor Reilly had noticed Andrew glancing back at them as he had driven them to Whitechapel.

Olga, now Katherine Kasey, had purchased a cooperative on the wealthy and thriving upper west side of Manhattan, right on Central Park West, at number 55, a classic Art Deco residential tower. Not too distant from the flat once owned by Capone.

Olga was in love with New York as a whole, but with Manhattan, in particular. No city, to her mind, could possibly be more vibrant and alive than this. She was throwing off every inhibition and moral manacle, choosing a more merry and exuberant existence than she could have dreamed of in her former cloistered world.

Manhattan was the epicenter of The Roaring Twenties; and please forgive the play on words, but Olga was in her twenties and roaring like a young lioness.

Nightlife was utmost. And nightlife during Prohibition meant speakeasies. And speakeasies, at least the best ones, meant the underworld. And that meant that any beautiful and apparently rich young woman, such as Olga, would attract certain eyes. Certain big blue eyes. Big blue eyes that belonged to Bugsy Siegel.

Reilly Says "Hello" And "Goodbye"

It was the night after the Holmes-Lloyd George-Reilly-Siegel incident, that Reilly knocked on my door for the third time.

It had been two years or so since last I saw him and he had much to tell; and, I surmised, much not to tell. But what he chose to tell was, he believed, that which would set my mind at rest.

He told me that Holmes had indeed perished; not by the perfidious hand of his own government, but as a true hero of England. His ship, had, in fact, been sunk by the Germans. Reilly felt that this would give me surcease, which it did, and I thanked him for the information; at that time not knowing the true volume of this most magnanimous deception.

After that, he told me of the tragic events on Eleuthera, of the health and beauty of little Sidney, but not of the whereabouts of the Grand Duchesses. I was to learn of their subsequent histories only much later; but which I have already put forth for more facile chronology.

Finally, it was time for Reilly to depart once more. And this time, we both thought we would never see each other again.

How tragically wrong we were.

Marie Meets The Admiral

Marie and William were to be married. Though she, as a Romanov Grand Duchess, was brought up in the strictest of Russian Orthodoxy, she consented, for love of William, to become Anglican.

That obstacle overcome, William, as with a little boy pleading with his mother for more time to play before dinner, begged Marie to have a wedding in the Royal Navy manner. This would be performed by a Royal Navy chaplain; with William's closest fellow officers in attendance to provide the swords-crossed arch under which they would pass for good luck. Marie consented, but only if she was to be a June bride. And so the date was set: Saturday, June 24, 1923.

However, there was one small formality that had not, as yet, been attended. Admiral Yardley had not met Marie; or, rather, Mary. As far as he knew, William was marrying a quite wealthy young woman named Mary Hampton, and that her sister, Anna, was to be her Maid of Honour. Mary's parents had long ago passed on.

William introduced Marie to his father over dinner at one of London's most fashionable restaurants at the time, Frascati's, on Oxford Street. Admiral Yardley, of course, approved and was especially taken with Marie's bearing, composure and intelligence.

"So, Mary, William tells me you met in Grosvenor Square." This was true, of course, but not chronologically.

"Why, yes. William was so dashing in his naval uniform that when he touched the bill of his cap in gentlemanly salute, how could I not respond with a smile and a nod of my head?" William looked at her with eyebrows raised and an askew smile in appreciation of her happy fib.

"And then one thing led to another." They all laughed.

"I certainly see," Admiral Yardley said.

"And I'm very happy for that," William said, as he bent towards Marie and kissed her cheek.

"Admiral," said Marie, "there's a question I would like to put to you, one that even William doesn't know of."

William and his father exchanged glances indicating curiosity and the Admiral replied, "Of, course, Mary, anything you would like."

"As you know, my parents have passed on," she was trying to present this in a formal manner as if she were still acting as a Grand Duchess, "it would mean the world to me if you would take the place of my father, and give me away. Would that be possible?"

The smiles on the faces of the Admiral and William instantly changed to those of serious surprise. Tears fell from the Admiral's eyes as he took Marie's hand and said, "Mary, I can't possibly take the place of your beloved father, but I'll be honoured to not only give you away, but to take you into our family at the same time."

Marie was now crying and even William, seeing Marie and his father so tearfully joyous, felt his cheeks growing moist. So he stopped this moment of sentimentality with a jocular, "Now isn't that nice? The Lord giveth and taketh away!" They all began laughing as Marie and the Admiral dried their tears.

It was a truly happy evening and for once, it appeared that nothing could mar the occasion.

Outside Frascati's, waiting in his auto, was a man who had learned of the presence in London of Marie and Anastasia. But he had done so in the following Holmesian manner; direct and circuitous in unison.

Based upon what Reilly had divulged, he surmised that two of the Grand Duchesses had come to London. By carefully examining the passenger lists of all the ocean liners which had docked in England at not-too distant dates preceding Reilly's arrival, then examining the lists of which ships disembarked from the Bahamas in like interval to New York, then examining those lists for synonymous names of women on both, it was a small matter to discover their new names and then their current addresses.

The man in the auto was, of course, Holmes. And if Reilly had not said anything to him about the Grand Duchesses' presence in London, he understood why. He further understood that Marie and Anastasia might need some looking after; which he had certain men assigned to do. They knew nothing other than to keep a watchful on two special friends of Mr. Stash.

But this night, the first night that he had come to see Marie personally, he was astonished to see William Yardley with her. Then he remembered what happened on Eleuthera and he was pleased.

He now had an even more felicitous reason to repay young Yardley. And
in a way that would have very special meaning for both Yardley and Marie.

While all the above was unfolding not too distant from my front door, Elizabeth, John and I were going about with our own quiet lives. Nothing out of the ordinary had interrupted our routine: me with patients seeking succor from maladies true and false; Elizabeth with duties as mother and keeper of the Watson residence; and John studying diligently, not unlike his father in that respect.

He was hoping to become a physician, too, and nothing could have given his mother and me greater joy. It was assumed that he, as had I, would seek his medical training at the University of London when of proper enrollment age.

Though my income as a physician alone would have given us all a quite comfortable life, I had unwittingly carved out another profession for myself as the chronicler of all things Sherlock Holmes.

Holmes had already, through my accounts of his adventures, become an important public figure in England. But with his selfless death in service of King and country, he had become a national hero.

He had become something of a fad. There were other Holmes books by unauthorized authors, of course, but there were Holmes postcards, tea cups, beer mugs, umbrellas, a line of clothing imitating his inimitable fashion statements, or lack thereof, in my opinion; even pet accoutrements.

Anything that could bear a visage of Holmes or large enough to bear his name, was sure to carry one, the other, or both. There were even Sherlock Holmes motion pictures, for heaven's sake; but from which I also received a small royalty.

It was the stipends I received from my endeavors regarding Holmes that formed the basis of our financial security.

I was feted and celebrated as the man closest to Holmes, almost discounting entirely the existence of his true brother, Mycroft. But Mycroft didn't seem to mind, at all. In fact, over a long and pleasant dinner heavy with spirits and good will, he said, "Not for me this colossal hoopla, over my brother, Watson. No, better you than me."

Besides my accounts of the mysteries Holmes had solved, I was retained to give in-depth lectures about Holmes, as if I were an Etonian professor discoursing on various and sundry members of the Ancient Greek pantheon of mythological beings. Then, I was signed to a contract by one of the nation's most prominent speaker agencies, the Herbert A. Miles Agency.

At first, my lectures were limited to London. Then throughout the United Kingdom. Soon enough, I was traveling through a still re-building Europe. But as my ventures into the world became longer, Elizabeth and I decided that with John away at school, it would be happiest for us both if she would travel with me should my speaking schedule demand my absence from home for any great length of time. This we did, though we never did reach the Orient or India; which I longed to revisit.

Shortly, I was asked by Herbert if I would consider a lengthy lecture series in Canada and the United States. Dare I say that Elizabeth had the bags packed before I could agree?

The lecture itinerary would be thus: Montreal, Toronto, Winnipeg, Vancouver, San Francisco, Los Angeles, Chicago, Washington D.C. Boston, New York, then back home. We would be gone two whole months and we would be traveling first class via ocean liner, railway and motorcar all the way; as always part of my fee negotiated by Herbert.

But the pace would be grueling and had Elizabeth not been by my side for counsel and care, I'm not sure how well I would have held up.

We set sail on the fabulous RMS *Olympic* on Saturday, the twenty-fourth of June, 1923. And had we an atom of knowledge of the infamous event we would witness in New York, we never would have gone.

A Royal Wedding

The wedding of Marie and William went as happily as anyone would want. The twenty-fourth of June was sunnier than usual, but a bit cooler, too; William's shipmates provided the drawn-swords arch, Anastasia served as Maid of Honour, rice was thrown, cheers were loud, lusty and long and anyone could see that the couple loved each other deeply. The Admiral could take solace knowing that this would be a truly happy union.

The only unmelodic note came from Anastasia. Of late, Marie had noticed that her sister seemed to be even more subdued than usual; more introspective and dour. She couldn't focus on her duties as Maid of Honour and wasn't present for the wedding rehearsal. But she apologised when she reappeared and begged forgiveness because of a minor illness.

Marie was concerned, of course, but with wedding arrangement to be attended, and honeymoon plans to be made, she believed Anastasia was still grieving for Alexei, understood and hoped that Anastasia would soon become her former happy self.

But during the wedding, when the chaplain asked if anyone there objected to the union, Anastasia had muttered quietly but audibly enough for those close to hear, "Yurovsky"; the name of the commandant of the Ipatiev House in Ekaterinburg, where the Romanovs had been held for execution, until rescued by Holmes, Reilly and me.

Marie, whose hand was holding William's, tightened so firmly that he winced in pain. Then Anastasia coughed, which gave verity that the utterance previous was only a cough.

The ceremony now completed with no further incident, the couple hurried into a celebratory hansom cab and were swiftly trotted off to Marie's home, which was now William's, as well. From there, all packed and pleased and plucky, they left for their honeymoon; which would be only one week because William, still on duty, could not take much leave. But it did not matter, so completely happy were the two.

As they were driven out of sight of their home by a pre-engaged cab, and the domestics had ceased their congratulatory waving of handkerchiefs and returned inside, a man quietly opened the front door so the domestics would not hear, and went no further in than two paces. There, he left a small, exquisitely wrapped box on the table which would normally receive gloves and such.

He then withdrew as quietly as he had come.

On Eleuthera, the family was very happy.

The Tsar found great solace in little Sidney, and with Reilly having returned the May previous, there was a further feeling of safety.

Adding to the great joy of everyone, on February 7, 1923, a sister was provided for little Sidney, named Alix; a combination of both departed loved ones' names: Alexandra and Alexei. Olga, Marie and Anastasia were notified in code.

While Reilly had wanted, at first, to keep the sisters from communicating at all, that had been proved impractical. So with the special communication shack at the compound attended sporadically by still-serving sergeants, Olga and Marie had been able to keep in touch with the family, but not directly with each other; all in code only the family would understand.

It was in that context that they received a disturbing wire from Marie in July: Anastasia had vanished.

In Paris, there was quite a stir amidst the intellectual and arts community. It seemed that a beautiful young woman had surfaced. Of course, beautiful young women were always surfacing in Paris. But this one was different. This one claimed to be the Grand Duchess Anastasia Nicolayevna Romanova, the youngest daughter of the last Tsar.

Parisians, as had the world, presumed her to have been killed, along with her entire family, by the Bolsheviks at the Ipatiev House in Ekaterinburg

Anastasia had Paris jumping through preposterous hoops. The city was divided between pro and anti-Anastasia factions. Street fights were fought. Death oaths were taken. Émigré whites and rabid reds were ready to tear Paris to tatters. Anastasia was having the best time of her life. But in reality, the poor thing had finally and entirely unraveled.

However, she had, at least, enough common sense to retain funds with which to live; albeit modestly. She rented a small studio at 16Place-du-Tertre, tucked away to the west of Sacre Coeur, in Montmartre. The area was filled with artists and intellectuals who could argue any side of an argument and would do so just for the intellectual and emotional exercise.

Anastasia provided many such exercises.

The city was filled with Russian émigrés, refugees of the revolution. There were true nobles and others claiming to have been so. It seemed they all had stories to prove they were high-born aristocrats, but only a few had the funds to live as such. Particularly in Arrondissement de Passy; one of the most expensive and beautiful areas of Paris in which to dwell.

The ones who claimed that their fortunes had been confiscated by the Bolsheviks, or never had any fortunes to begin with, lived in the more impoverished areas of Paris to the northeast, like Sevran.

Those of the émigrés who had an artistic bent, flowed to the right bank and Montmartre, right where Anastasia was living.

It seemed as if all the whites were trying to claim her as their own. They would arrive at her tiny studio either in chauffeur-driven

Bugatti Royales, by tram, or foot and invariably it would be the same: "Anastasia! You remember me, don't you?" Then some event would be named that, of course, should have rung the bell in Anastasia's mind.

But no bells rang. In fact, she rarely spoke. She seemed to prefer to listen to the people prattle on, accepting whatever gift they offered, with a vacuous smile; be it valuable or otherwise.

Then there were the bon vivants and the boulevardiers who came calling on the supposedly beautiful twenty-four-year-old Romanov Grand Duchess. Vultures circling, nothing more. Although, to this day, no romance has ever been attached to Anastasia.

And though all manner of cognoscenti tried, no one could quite get precise information on just how she had escaped the firing squad nor if any of her family had survived, as well.

The reds did nothing, really, other than argue with the whites that the Romanovs were dead and buried, that this girl was obviously an escapee from some insane asylum and that bolshevism or communism, or whichever "ism" they chose, would soon conquer the world.

Yes, Anastasia was a mystery; and in a city like Paris, or any city, for that matter, who does not enjoy a good mystery.

Until her return from their honeymoon, Marie had tried to banish any thought of Anastasia and what she had said at the wedding. To a degree, because of her happiness with William, she had succeeded.

But she also vowed that once back from Brighton, where they were spending their honeymoon, she would confront Anastasia and discover what truly troubled her and to see if she could help.

Upon their arrival home and receipt of more smiles and congratulations from the domestics and as their luggage were being taken to be unpacked, Marie noticed that little box on the entry table.

"William, there's a beautiful little box here for you; look. It has a card with your name on it."

William took the box. It was wrapped in a most expensive paper, with intricately painted designs adorning. It was tied with fine silk ribbon. He looked at his name and asked Marie if the writing looked familiar. She said "no".

"Well, then. It's not big enough for a bomb, so I guess I'll just have to open it." But before he pulled the silk ribbon, he looked at Marie, "Are you sure this isn't from you?"

"No, really, William. I just saw it here this second." She asked a domestic walking down the hallway if she or anyone knew who the box was from.

"No, ma'am. Funny, after you and the Captain had just left for your honeymoon, we saw the box there, but none of us knew how it got there. So we just left it there since it has the Captain's name on it. We figured it was a wedding present. Perhaps a surprise from you for him when you returned."

"May I open it now," William asked, anxiously.

"Yes, yes, go ahead," Marie said, playfully pushing him.

Upon doing so, he untied the ribbon, carefully unfolded the paper, which revealed a small, solid mahogany box with gold leaf around the edges. Then he opened the box and when he removed the delicate contents, Marie fainted.

In New York, Olga had fallen in love with Benjamin Siegel, and, it seemed, he with her.

"Ya can't find a nice Jewish girl?" Lansky asked, hitting Siegel in the head when Siegel told about his feelings.

"Hey, Meyer. I can't have kosher all the time, ya know," Siegel replied.

"How about a nice Italian girl? What's wrong with Italian girls?" Luciano needled.

"They cook so good I'll blow up like a balloon and look like Masseria. No thank you, Charlie."

He knew he was in love with his "shiksa British broad". She even calmed him down. But only slightly.

There was no need of Olga to ask questions of Benjamin. She already knew about who he was, what he did, and that added to the thrill. As for Siegel, since he didn't like questions asked about him or his friends, he didn't ask anything of Katherine.

She had already told him that her parents were deceased and that she had no siblings. And as far as Siegel could determine, even with some of his lawyers trying to glean information on her, nothing untoward surfaced. They reported that she was wealthy, British, and, "Ben, have a good time."

It looked like Katherine Kasey would soon become Katherine Siegel.

In that regard, Tatiana received a wire from Olga, which she read to Reilly after decoding.

"Tatiana. I have finally met and fallen in love with someone. I assure you, though, I have told him nothing of us.

"This is a man of mystery. A powerful man. A feared man. A man who will protect me and care for me and love me."

Reilly, smiling at the happy news, and holding both Sidney and Alix, asked innocently, "And who is this American paragon?"

Tatiana said, "She says his name is Siegel. Benjamin Siegel."

Reilly put the children down, told Tatiana that he would explain presently, ran to find Funny Oscar and then went to make arrangements, as soon as possible, to go to New York.

Not wanting to worry Tatiana, nor the Tsar, he told them that his reason for leaving so precipitously was that he knew this Benjamin Siegel and that while a fine, upstanding man, there had been some unfortunate history with his family and he felt it best to speak with Olga as soon as possible to personally try to dissuade her from this relationship.

The Tsar seemed to accept the explanation without question, but Tatiana knew her husband too well.

"Sidney, there's more to this than you're telling us, isn't there?"

"Tatiana, please believe me, I think only I can prevent a marriage and it needs to be prevented."

"Is it that bad?" Tatiana asked.

Still trying to mitigate her fear, he said, "Well, not that bad, but enough to cause us all a headache we most certainly don't need."

Tatiana finally accepted that and the next day, once more stood on the dock waving off her husband. This time with Alix accompanying little Sidney in bawling their unhappiness.

The Meaning Of The Gift

When Marie regained her senses through smelling salts immediately administered by William, he asked, "Mary, what happened? Are you all right?"

He had carried her into the drawing room and sat beside her on a comfortable divan. Now that she was revived, he gestured for the concerned domestics to leave them alone and close the door; which they did.

"William, the gift to you…"

"What of it? Did this little gold wrist chain cause you to faint?"

"Yes, William. Don't you know what that is?"

"I haven't the faintest clue in the world."

She spoke haltingly, frightened.

"William, just before Holmes left us on Eleuthera and joined you on the ship, my father took that off his wrist and gave it to Holmes in thanks. It had been given to my father by his mother and it was the last thing of any personal value he had to give."

William looked confused.

"It means, William, that Holmes is alive and he's given you that gift in the same spirit as my father had."

William then understood. But he couldn't say anything to her about Holmes. So he asked Marie, still sobbing softly, to put the delicate gold chain on his right wrist.

She did this gently, happily, and felt that her father was now with her, as well.

Revenge

Holmes' psyche had been slowly gnawed at in his incarnation as Clay. It had always razor-thin and fragile, even in the best of times, but now it had reached a level of danger.

Since he could not, as yet, exact revenge on Lloyd George and had to let him live, he was feeling claustrophobic. Even his criminal kingdom stretching from the United Kingdom to the United States and beyond, was now too small of a palette on which his mind could paint.

If Lloyd George must live, Holmes needed one magnificent, grandiose offence against him that would, simultaneously, give Holmes the identities of the men tasked to do me harm and cause Lloyd George such horrific embarrassment and shame from which he might never recover.

But that was not all. Holmes wanted this crime committed so that no one would even know that a crime had been committed. Only that could placate his mind and soul and psyche; and his revenge would be sadistically satisfied.

His statement to Lloyd George, "God, as devil incarnate, has devised more than one way to blot out the sun," gave him the answer; and he devised his plan.

He would blot out the sun by becoming the sun. Using his disguise skills nonpareil, he would become Lloyd George.

Holmes had long studied his routines, his personal matters, he knew of his club, his solicitor, his bank, his accountant; in short, everything he would need to exact a revenge different than originally sought. But one, perhaps, much more mollifying.

On the night of August 29, 1923, Lloyd George stepped to the curb outside his home and signaled for his auto, got in, then realized something was wrong. His driver was not his driver. It was a stranger; in reality, one of Holmes' men. Others jumped in and blindfolded him. He was then driven to an abandoned house not far from Holmes' headquarters in Whitechapel. They then dragged him out, brought him into a room and left.

Inside this hovel, in a room with two wooden chairs and one table with a glass of water on it, Holmes sat on one of the chairs; but with a grotesque Renaissance mask covering his features as Mr. Stash, since Lloyd George had already seen him.

At first, Lloyd George was screaming and indignant. He demanded of this bizarre apparition before him if he knew who he was. Holmes said nothing.

Then he demanded to know what was wanted of him. Holmes said nothing.

Finally, after pacing and puffing and pulling at the locked door, and screaming and demanding, his energy waned and he sat in the other chair and sipped the water.

Finally, Holmes spoke; but with a non-descript accent.

"I know who you are, Prime Minister. But I've been retained by an anonymous gentleman to take care of this needlessly messy business."

"Who is this so-called gentleman?" Lloyd George demanded.

Mr. Stash flashed anger.

"It is not for you to be asking a question of me. It is for you to answer a question from me. And it is a simple one.

"I have been asked to give you a choice. You may choose a swift and painless death if you give me the information I want, or so thoroughly a disagreeable one that I shiver to think of it, should you not."

"Who are you?" demanded Lloyd George, again.

Mr. Stash became enraged.

"I said you do not ask any questions. You anger me and it causes me grief."

By now, Lloyd George did not know what to make of this mad man but decided it might be best to give him the information he wanted as long as it was not most secret.

"All right. What information do you want?"

Mr. Stash immediately became more tranquil and even the tone of his voice became soothing.

"Just this: who is the person, or persons, you have told to kill Dr. John H. Watson should any harm befall you?"

"Holmes! I knew it! That blackguard!"

Mr. Stash now kicked the chair violently; but not Lloyd

George.

“Are you deaf? Do you not understand? I shall not ask you again. Who is the person, or persons, you have given that special command to?”

With great reluctance, Lloyd George gave Holmes the code names of two men in a special branch; one which caused Holmes to cry out, “Fool! Damned fool that I am.”

His men ran in in alarm thinking Mr. Stash had gone mad but Holmes made gestures to bring these events to a swift conclusion. Holmes took possession of Lloyd George’s identification papers and he and his men left the room. Lloyd George remained locked in that room overnight. But unharmed.

The first code name he gave Holmes was Andrew.

The other was Yrjö.

Holmes then sent two of his men to bring Andrew to him. In short order, they had done so. Andrew was calm, having no idea what Holmes wanted.

“So, Andrew,” said Holmes, mask removed and again Mr. Stash, “you’ve been keeping secrets from me.”

“I don’ know wha’ ya mean, Mr. Stash,” Andrew said in his guttural rasp.

“I see, well perhaps this might refresh your retrograde memory.” Holmes showed him an identification paper of Lloyd George’s. Andrew knew he was trapped but sought to bargain his way out of death.

“All right, Mr. Stash, you’ve found me out.” He was speaking perfectly now.

“But what have I found out exactly, Andrew.”

“Mr. Stash, I’ve work for a special branch of intelligence since Lloyd George was Prime Minister. I was assigned special tasks by him then which would carry over even after he left office. That’s the way special orders work in special branches.”

“Yes, but what brings you to my employ?” Holmes asked wanting more answers more quickly.

“Well, that’s easy enough. The Yanks asked us to help stop the flow of alcohol to them because of their Prohibition. I was assigned to help do that. We knew that Clay was behind the shipments, but since nobody sees him anymore, it devolved upon you as the focal point of my investigation."

"And what have you learned, Andrew?"

"Everything you're doing, Mr. Stash. I can't hide that fact. But the funny thing is, no matter what I reported, nobody ever gave the order to bring down the hammer on you. Pretty curious."

"Not so, when one may have special friends in the special branch."

Andrew's eyes grew wide in sudden understanding. He fumbled as other words came out.

"Uh, uh, Mr. Stash, one other thing. That night that I drove you away from that house with that other man. I think I know who he is. I worked with him once, but I thought he was dead. I could tell you all about him."

Holmes stopped this immediately by asking one all-important question.

"Tell me, Andrew, those special orders you had, one about eliminating a certain Dr. Watson, was there anyone else under such orders?"

"Now, how the hell did you know about that?" Andrew asked.

"Special friends…"

"Yes, I see. No, I don't know of anyone else under that order. I really don't." "Andrew, you will be permitted to live, but that is all."

He gave a signal to the men who had brought him in and as they took hold of him, Holmes said "You know where to bring him. Do it, but don't harm him. Just bind him and leave him there." This they did.

As they left him alone, Holmes wondered if he truly was now more Clay than Holmes; and shuddered. But he still had much to do that night. The best part of his plan was about to unfold.

First, he shaved all his facial hair and disguised himself as Lloyd George. He knew that if Lloyd George did not return home or spend the night at his club, the National Liberal Club, his domestics would become alarmed and suspicious. Therefore, he checked into the club and had word sent to his home that he would be spending the night there and would return the next day.

As Mr. Stash, Holmes knew many members of the club from surreptitious and unsavory business arrangements; but he was now Lloyd George.

Having whiskeys with these fellow club members individually, he let it be known very quietly to those he thought would be most amenable, that he might be able to arrange knighthoods, and, in some instances, even a peerage or two, for a proper consideration.

Some of these gullibles immediately gave cheques to Holmes while others pledged funds to be deposited in his accounts by the morrow. But he had also made overtures to men he knew to be above reproach and who would, when the time was right, make these offers publicly known.

In the morning, once Lloyd George's bank was open, Holmes left the club, went to the bank and had the bank manager deposit the collected cheques in Lloyd George's account; taking special care to engage him in a lively conversation which the manager would must certainly remember and recount to investigative authorities.

Holmes also knew that the other men who had promised monies to Lloyd George would also be round to deposit those funds with the aid of the bank manager.

Then, still disguised as Lloyd George, he walked into the room where they had placed Andrew the night before.

Andrew jumped up at the sight of his old P.M.

"What are you doing here, sir?" Andrew asked as he offered "Lloyd George" his chair.

"Andrew, though I am no longer Prime Minister, I am not without special assignments from Mr. Baldwin. In this instance, it may have to do with a certain investigation concerning illegal shipments of alcohol."

"Of course, sir; I understand fully."

"And that's the point, Andrew. The investigation is over and you shan't speak of it again."

"I understand, sir. I was wondering why nothing had happened after my reports were filed."

"Let's just say that this particular group of men have a

particular use for us. And we do not want that use disturbed."

"I understand, sir."

"Oh, and one other thing before I leave and you're set free. That order I had given a few years ago concerning Dr. Watson…"

"Yes?"

"That order is rescinded. He is not to be harmed in any manner. Understood?"

"Of course, sir, of course."

"Good, good. You're free to leave now, Andrew. And Andrew, I promise to put in a very good word to your direct superior. Good luck."

With that, Andrew left, never to return. But what intrigued Holmes was how easily Andrew accepted the fact that David Lloyd George had even visited him in that room.

In preparation for this encounter, Holmes, as Mr. Stash, had sent word to Andrew's superior to be sure Andrew would be assigned something farther away from London; perhaps somewhere in the Punjab. The superior was just another in a long line of civil servants with whom Mr. Stash had become, shall we say, friendly.

Holmes now doffed Lloyd George, carefully replaced false facial hair to match what he had shaved, and as Mr. Stashonce again, returned to Lloyd George.

"You will forgive me, sir, for any discomfort. But you are now free to go. However, while no physical harm has come to you because you cooperated, I cannot guarantee what might happen if you discuss last night. Although as you are aware, it is best that you remain healthy and safe. Do we have an understanding?"

"Yes, yes, we have an understanding. Now how will I leave?

"I'm terribly sorry, but you must be blindfolded again. You'll be driven safely to within a very short distance of your home. I wish you good luck."

Lloyd George was home presently and still safe in the knowledge that no harm would come to him, thereby insuring my safety. But totally unaware of what would soon befall him.

But Holmes, as yet, did not know who Yrjö was.

On the morning of August 29, 1923, Bugsy Siegel walked alone out of Lindy's on Broadway in Manhattan, one of the most popular meeting places for anyone who was anyone, no matter how you got to be anyone, and he stopped short. There, in front of him, leaning against a cab, was Reilly.

"What the…? Jesus you got some way of poppin' up. What the hell you doin' here, Moo?" Moo was that nickname Siegel had given Reilly in London. "How the hell did ya find me?"

"Why, Ben. Who in New York doesn't know about Mr. Benjamin Siegel? And that he visits Lindy's every morning for breakfast?"

Siegel extended his hand, "Yeah, you're right on the money."

Reilly opened the cab door and gestured for Siegel to get in.

"Ya tryin' t' take me for a ride?" Siegel laughed, as he got into the cab.

Once seated in the rear, Reilly spoke.

"Exactly, Ben, but not in the way you mean. What I have to discuss with you could very well cost Katherine and her family their lives."

"What family? She told me they were croaked."

"To a degree, that's correct. Ben, where can we go where it's private and we can talk. Just tell the driver."

"Take us to 725 Seventh, it's only a few blocks down," Siegel said to the driver. "I got an office up there," he said to Reilly.

It took only five minutes to arrive at the building and Siegel and Reilly rode up to the seventh floor where Siegel proudly showed Reilly the front door of his office, which was nothing more than frosted glass on the top, wood on the bottom. But there were gold letters on the frosted glass. The first line read: "Mr. Benjamin J. Siegel". Directly underneath: "Proprietor".

Siegel stood there with Reilly for a moment, just looking at the gold letters, as Reilly saw the pride in Siegel's face.

"Very, very nice, Ben. But proprietor of what, precisely?"

"Whatever the hell I want," Siegel answered as the unlocked the door and the men went in.

The room was completely bare except for one small desk, one chair in front, one in back, a table to the rear of the desk, on which various forms of alcohol were placed, with glasses to the side. There was also a Murphy bed.

Siegel saw the puzzled look on Reilly's face as he looked around and said, "Yeah, it ain't much, but I call it home. That Murphy bed gets a hell of a lot a use.

"This ain't got nothin' t' do with Meyer or Charlie or any of the guys. Sometimes I need to be alone. And sometimes I need to be alone with a dame. So siddown and tell me what the hell is so secret, Moo," Siegel said as he sat behind the desk with Reilly in front. They both leaned towards each other.

"Ben, if you love Katherine, no one must know what I'm about to tell you. You may not believe it, but no one is to know. Not Meyer, not Charlie, no one. As I said, it can cost Katherine her life."

"Jesus, what the hell are you gonna tell me?"

With that, Reilly proceeded to tell the truth about Olga and her family. But nothing of Holmes or Watson's involvement, at all. Most importantly, if Siegel were to marry Olga, the scrutiny about the new Mrs. Siegel could lead to the disclosure of who she is, where the remaining Romanovs were, and more attempted murders by the Bolsheviks.

Siegel sat there with his mouth open and his blue eyes so wide that they resembled two large circular swimming pools.

"Olga? Her real name is Olga? Hey, I love Katherine, Olga or whatever she calls herself. But her father, that anti-semitic idiot, I oughta kill him myself."

Reilly was now speaking to Siegel the way Lansky spoke to him. Very calmly.

"Ben, that wouldn't be a good idea. Remember, I'm a Russian Jew and I married Olga's sister. She knows who you are and what you do; it would be easy for you to tell her that you're not going to marry her because it's too dangerous. That she could wind up dead in another one of your gang wars.

"She could understand that, Ben. Sure it would hurt her, maybe for a long time, but getting murdered and having your family murdered will hurt a lot more. After all she's been through, she just doesn't deserve anymore anguish."

Siegel was quite for a very long time as he sat with his head down, in his hands, shaking from side to side. Then he said, "But I could protect her. I got enough guys to be with her every minute of every day. She would be safe."

"Ben, not to be flip about this, but your Presidents Lincoln and Garfield were protected, too; and they were assassinated. If two presidents could be killed like that, you have no guarantee for Olga. Ben, for once, really do the right thing."

Finally and reluctantly, Siegel agreed. But he would tell her tomorrow. Tonight, they had plans to have fun up at the Cotton Club with Meyer and his wife, Anne, and Charlie and one of his girls. He would have one last happy night with her and tell her in the morning.

Reilly, relieved, suggested they both have a drink. Siegel agreed and did the honours.

"What's the Cotton Club?" Reilly asked.

Siegel shrugged and shook his head at this tourist.

"Only the hottest jazz joint in the country. It's up in Harlem. Run by one of our guys, Owney Madden. In fact, the guy's a limey, like you. Say, why don't you come up with me tonight. Owney would love meetin' another limey."

"I don't think that's a very good idea, Ben. What if Olga sees me? She might suspect something."

"It's a very good idea and she won't see ya. I'll have Owney put ya at a table with Meyer and Charlie way across the room from me and Katherine. Meyer and Charlie know about ya' already from what I told them when I got back. Katherine will never see ya."

"You told your friends about what happened in London?" Reilly asked.

"I tell Meyer and Charlie everythin'," Siegel said, then saw the consternation in Reilly's eyes.

"Don't worry, Moo. I know this is one thing I can't tell 'em, for Katherine's sake. But, hey, they laughed like crazy when I told 'em about me holdin' a gat on you while you was holdin' a gat on that Georgie guy who was holdin' a gat on Johnny. They almost pissed their pants they thought it was so funny. And they loved what you did to that other guy."

"I don't know, Ben, about joining you tonight."

"I do. And ya know me; I don't take 'no' for an answer from nobody. Especially from somebody I almost killed once." He laughed.

Reilly realized it was senseless to argue.

"In fact," Siegel continued, "since you're in town, you might be able to help Meyer and Charlie and me with a little problem."

"Which is?" Reilly asked.

"We got a problem with two tinhorn punks tryin' t' muscle in on our operation. We been planning to rub 'em out. We got the guys and the guns and Meyer and Charlie worked out a pretty good way t' do it, too.

"But since you was good with a gat yourself and I know what you did with Clay or Holmes or whoever the hell that guy was, I'm thinkin' maybe ya might want in when we make our move."

"Ben, not to be ungrateful for such an astounding opportunity, but remember, I'm a guest in your country and I can't run the risk of anything like littering, or crossing the street in an incorrect manner, or partaking in a mass murder. You understand, of course?"

"Listen, those guys are bums. They already tried to bump off Meyer and me but no dice, we're still breathin'. It's those damned Romano brothers, Carlo and Roberto. Like I said we got it all mapped out."

"But as I said, I believe I'll have to pass on this one," Reilly replied.

"Okay, whatever," said Reilly, leaning back in his chair and giving Reilly a decidedly dyspeptic look, "but just so ya don't pull no disappearin' act on me, I'm takin' ya downstairs to some guys that'll fit ya for a tux."

"A tuxedo; why would I want a tuxedo?"

"Because nobody gets into the Cotton Club without a tux. Except the dames. And even some of them wear 'em, too; if you get my drift."

Siegel and Reilly began the ride down the elevator and Reilly wondered just how far downhill this night might go.

The Cotton Club, I

It was the twenty-ninth of August and having finished my last lecture in New York at about eight P.M, and before we embarked home the next day, I had planned a little surprise for Elizabeth.

I had read in the Times, the New York Times, that is, about a sensational new hot jazz club in Harlem called The Cotton Club. Not that Elizabeth and I were, at all, jazz aficionados; but the article had mentioned that famous entertainers and sports figures and politicians would attend every night, and you just never knew who might suddenly be seated at the table next to yours.

When I told Elizabeth my surprise, she thought it a wonderful idea. We changed into formal attire and had a cab at the front of the hotel take us up to Harlem about ten.

When the driver asked "where to?" and I said "I believe 142nd Street and Lenox Avenue, he brightened and said, "Oh, you're going up to The Cotton Club. Ha-cha-cha-cha!" and he took off at a rather alarming rate of speed, providing a running commentary as he careened through the still busy streets of Manhattan.

"Hey, I hear everyone has a hot time up there. Yeah, you got gangsters mixin' wit' movie stars, mixin' wit' baseball players and Owney Madden keeps everyone in line."

"I'm sorry, just who is this Owney Madden?"

"Ya kiddin' me? You ain't never heard of Owney Madden?"

"I'm sorry, but we're not from around here. We're from England."

"No kiddin'. Then you must know Madden."

"I'm sorry, but I don't understand."

"Madden's a limey, too, so I figure you gotta know him."

"No, my friend, the United Kingdom is quite large and I'm sure that I don't know Mr. Madden."

That seemed to disappoint the driver to such an extent that for the balance of the ride he remained gruffly silent, shoulders hunched, hands tight upon the wheel and eyes fixed firmly upon the road flying beneath us.

Presently we were there and from where I sat in the cab, it

appeared as though everything I had read was going to prove true; such were the lights and the crush of people outside.

It seemed as though all of Harlem was lit by the capital letters spelling out COTTON CLUB, each letter as high as our cab.

I got out of the cab first and saw that there were lines stretching for what seemed blocks and my first inclination was to tell Elizabeth not to get out and that we should return to the hotel. But the look on her face had such a childish happiness and anticipation about the lights and the excitement and the sheer electricity of the environment that I hadn't the heart to suggest it.

Instead, I helped her out of the cab and as we began walking to find the end of that limitless line, I casually remarked, "Perhaps we should have worn our hiking shoes. I fear this line may stretch back to Piccadilly."

Elizabeth laughed, but then we heard a man with a Liverpudlian accent say, "Did I hear someone just mention Piccadilly?"

Elizabeth and I turned to see a fireplug of a man who appeared to be in his early thirties, smiling broadly before us.

"Why, yes. I was trying to make jest of this interminable line."

"What line? I don't see no line? Follow me."

Elizabeth and I looked at each other, shrugged as we smiled and followed the man to the club's entrance. Once there the Art Deco style brass double doors were opened by two large and threatening gatekeepers and we heard, "Good evening, Mr. Madden", "How are you tonight, Mr. Madden." It seemed that Owney Madden, himself, was our escort.

As we walked into the interior, we couldn't, as yet, see the stage, but we could hear the music, smell cigarette and rich cigar smoke mingled with other indulgent aromas and we marveled at the accumulation of glittering jewelry and impeccably dressed men and women, all in formal attire.

"So how d'ya like my place?" asked Madden.

"Why, it's nothing short of marvelous," Elizabeth said with an admiring chuckle.

"Yeah, I think so, too," Madden said, smiling.

At that, he crooked his finger at a maître d' and told him,

"These people here are special friends of mine. Take 'em to the best table in the house and if any of the guys come by and want that table, you just tell 'em that Owney wants these friends there, got it? And anything they want is one the house? Ya got that, too?"

"Yes, Mr. Madden. Of course, Mr. Madden."

"Why, Mr. Madden, we couldn't," said Elizabeth, but Madden cut her off.

"Please, lady. It's my pleasure just to hear the two of you talk. Say, I must be so rude; what are your names and where are you from?"

I said, "This is my wife, Elizabeth, and I'm Dr. John Watson. We're from London?"

As soon as I completed my sentence I thought he was going mad.

"Dr. Watson? Dr. Watson? The Sherlock Holmes Dr. Watson?"

Sheepishly, I concurred.

"Well, goddamn it, I read every one of them stories of yours. I figure if I could pick up some thinkin' tips from that Holmes guy it might help me in what I do."

"Mr. Madden, from the looks of this magnificent club of yours, I don't believe you need any help from my chronicles."

"Hey, don't knock yourself, doctor. And I'm real sorry about the Krauts killing your friend. He was a true Englishman, doing what he was doing for his country, and all."

"Yes, well, he's sorely missed," I said.

"Okay, so just follow that guy waiting for you and he'll take you to your table. But Dr. Watson, later, I want you to sign one of your stories that I got up in my office; okay?" It seemed a command as well as a request and I, of course said I'd be happy to repay his kindness in any way I could.

With that, the maître d' showed us to our table which was right in the centre of the room, directly in front of the raised stage. As we sat, the band was playing some very rapid piece, and people on either side craned their necks to see who we were to receive such regal seating.

Elizabeth and I quietly smiled at each other as we saw the heads being put together and tongues wagging, obviously asking the other tongues if they could identify us.

Then Elizabeth nudged me, and put her head next to mine."Don't look now, but at the table to the right, I think, it's Al Jolson." And so it was.

I had craned my own neck so spectacularly to see him that the girl he was with nudged him in my direction. Jolson turned, saw me staring at him as if he were a baboon in a tuxedo and said, "Hey, pal, you're getting to look at my pretty kisser for nothing. You oughta come up to the Wintergarden and pay for the privilege."

I straightened my neck back to its natural position as Elizabeth laughed at my discomfort and a magnum of champagne was brought to the table and served. This really seemed to pique Jolson's interest.

He yelled over to us, "Hey, just who are you two? Owney don't even treat me that well."

I don't know from where it came, but I looked squarely at Mr. Jolson and said in the most snooty tone you could imagine, "Sir, I am the Duke of Walsingham and the third in line to the British throne."

"Well holy mackerel, Dukiepoo. Your cousin is about to begin."

As he said that, the lights went down and none other than Duke Ellington and his orchestra began to play. He was to later gain world fame because of the Cotton Club, but Elizabeth and I were nothing short of mesmorised. We had never known such kinetic rhythms and melodic orchestrations. Even at our age, we found ourselves tapping our feet and swaying in our seats.

Jolson yelled over again, "Now ya got it Dukiepoo! Now ya got it!"

This was most certainly not Gilbert and Sullivan.

It was about almost eleven when Siegel and Reilly arrived at the Cotton Club. Olga had been escorted to the club earlier by Lansky and Anne. Siegel took Reilly in through a special side entrance where the guards greeted the two with, "Hello, Mr. Siegel," "Have a great time, Mr. Siegel," but looked very carefully at Reilly.

"Relax, guys; he's with me," Siegel said.

Which drew the additional, "Of course, Mr. Siegel," "No problem, Mr. Siegel."

Reilly and Siegel continued down a hallway till a guard opened another door and suddenly they were in the main entrance room. People were greeting Siegel left and right, but Reilly, though nervous about his meeting with Olga, was taking a moment to just drink in the atmosphere, as Elizabeth and I had done.

Siegel then nudged him and pointed to the table where Olga was sitting with the awaiting party.

"I'll be over in a minute; I gotta talk to Owney upstairs in his office. You go and introduce yourself."

"But, Ben, you said I wouldn't have to see Olga. I think I'd better leave."

Siegel hardened.

"You ain't goin' nowhere, Moo. Just go over there. Meyer and Charlie know you're comin'. But Katherine doesn't, so don't give her a heart attack."

There was no reasoning with someone like Siegel. He hadn't earned his nickname, Bugsy, for nothing. And if he didn't do what Siegel wanted, there was no telling what Siegel would, in fact, do. So Reilly decided to do as instructed and rely on his wit to bring resolve to this new problem.

As Reilly made his way through the teeming tables packed so tightly together, trying not to bump into anyone, he stopped dead; for now he literally faced a another new problem: me. I was coming straight toward him on my way to use the loo.

Then I spied him, as well, and likewise stood frozen. If one such shock were not enough to my system, Reilly first nodded to say nothing, which I was not capable of doing in any event, then moved his head to the left, in the direction of a certain table.

My second great shock came as I followed his nod and saw Olga seated there. I do not believe that even in all my years as Holmes' confidant and compatriot in all I had chronicled, had I ever been so utterly dumbfounded and at a loss of what to do next. It was Reilly who gave me direction.

He moved his head backwards indicating that I should continue on without any recognition, and since I was, at the moment, in need of the loo to an imperative degree, that is precisely what I did.

Reilly then walked over to the table where Olga sat with the Lanskys and Luciano and his girl. They looked cautiously up at Reilly, and Olga looked up to see him, as well. She gave a gasp as Reilly signaled by slightly shaking his head not to recognise him, as he had just done with me.

But Olga was a Romanov Grand Duchess, and had the training and bearing to conduct herself properly under any circumstances; as she had so nobly demonstrated in Russia.

"Gentlemen, I believe you're expecting me?" Reilly asked gallantly as he bowed his head slightly in gentlemanly gesture to the women.

It was Meyer who spoke first. "Hey, yeah. You're that Reilly guy. That English friend of Benny's. With the gats and all."

"I admit it."

"Siddown, siddown," Luciano said. We got chairs saved for you and Ben. Where is he?"

"He'll be along in a minute. I believe he was speaking with Mr. Madden in his office."

"Oh, yeah," Lansky said. As Reilly still stood, Meyer introduced him to his wife, to Charlie, and Charlie's girl for the night, Lucille. Charlie's girls never had last names.

"And last but not least, Katherine Kasey, Benny's girl. She's English, too. Like Charlie said, siddown. Here next to Katherine. Katherine Kasey meet Reilly, uh, what is your first name, anyway?"

"Sidney, its Sidney."

As Reilly sat next to Olga and she extended her hand for him to shake, she kept a steady, yet inquisitive gaze at him and betrayed nothing.

Reilly thought it best if he cued Olga.

"It's a pleasure to meet you, Katherine. Ben has told me so much about you."

"I should hope so, Mr. Reilly, though Ben hasn't mentioned you to me, at all."

"I guess I'm just not very important."

What happened in the next few minutes happened while I was still otherwise occupied.

I heard rapid arms fire, like machine guns; then tables overturning, women screaming, the sound of people running; in short, collective chaos. All I could think of was Elizabeth and that I had to get to her.

I ran outside to be greeted with the sour scent of gunpowder and the sight of men and women, wounded and dead. I fought my way, as best I could, against the mass of people trying to push passed me on their flight to the exits, then I saw Elizabeth in the midst of that mass.

Somehow, she fought her way free, ran into my arms and I shielded her against the bodies slamming into us both. I managed to steer us to an enclave protected by a thin wall. I held her there and we watched the frenzied surge to the outside. Then I felt someone tap me. It was Reilly. I had completely forgotten about him in my worry for Elizabeth.

"Dr. Watson, please, come with me. I need you."

Elizabeth looked at him, then me with puzzlement, faintly remembering him from his visit to our home; but I whispered to her, "It's all right Elizabeth. This man is a great friend. Come with me, I don't want to leave you here alone."

Reilly took us to the table he had indicated earlier. The table was overturned. The men and two of the women seemed to be unwounded, but then I looked down and saw that Olga lay there. I kneeled immediately and though I examined her as thoroughly as possible, I almost immediately knew she was dead.

I began to cry and Elizabeth put her arms on my shoulders and lifted me up, her eyes questioning why I was crying. But there was no time to answer.

Suddenly Siegel and Madden and some of his men were by our side. It was Siegel's turn to kneel by Olga; whom he took in his arms and began rocking back and forth; weeping like a little boy. I had no idea who he was, of course, but understood immediately the delicate connection there.

Lansky stood holding Anne, Luciano the same with Lucille. Presently they let them go and walked over to Madden, who asked, "Who?"

"The Romanos," Charlie said.

"The crazy dagos. Everyone knows this club is off-limits," Madden said. Then he continued, "Charlie, Meyer, the cops'll be here soon. Best to get out the private way. You better go now."

Siegel, still weeping, looked up at the only other person he truly loved, Lansky, and Lansky looked down at the man he loved as a little brother.

"Benny, we'll get 'em for this. We'll get 'em," Lansky said softly. Luciano was nodding in assurance.

Siegel, still holding Olga then heard Reilly say softly, as well, "Ben, the problem you mentioned before. This is now mine as well as yours. We're doing this together."

Only Siegel knew what he meant and why.

"Okay, Moo," he said, "just me and you."

Lansky and Luciano looked at each other not understanding but wisely remaining mute.

"Benny, we have to leave. Some of Owney's men will help with Katherine if you want. We'll take care of her proper," Lansky said.

Siegel nodded agreement, stood, but took Olga in his arms and carried her out as Madden's men cleared the way; Lansky, Anne, Luciano, Lucille, Reilly, Elizabeth and I following.

I was holding Elizabeth again as we followed, she looking at me for any form of explanation, as she, too, wept at the death of the beautiful young woman. I calmed her as much as I was able, but I knew that I since I could tell her nothing of the facts behind my relationship with Reilly, I would have to invent something she might believe.

When we got outside, Reilly gestured for me and Elizabeth to get into one of the waiting autos, which we did; and which took us to our hotel. Then, halfway back, I realized that I hadn't told Reilly where Elizabeth and I were staying, but further realized that since we'd be leaving for England later in the day, it didn't much matter. He knew where we lived in London.

All I could do was silently pray for his safety.

While aboard *Olympic* once again, sailing for home, Elizabeth and I spent the next few days trying to forget the heartbreaking events of which we had been part; and which, of course, was not humanly possible. We reached home on the fourth of September.

The tale I concocted as explanation of my relationship with Reilly was thin, to say the least, and Elizabeth saw through it immediately.

"Reilly was with you in Afghanistan? He saved your life when a crazed Afghani tribesman was about to cut your head off? John, puh-lease. That man called you Dr. Watson; not John, as he would've if you two had served together and he had saved your life."

I thought it plausible; though. Elizabeth knew of my service there, so why not have me saved by Reilly? But then again, I could not change the fact of how Reilly had addressed me and, by heavens, Elizabeth was thinking like Holmes.

From this I learned one great lesson, which is never too late to learn: one can never fool a wife who is thinking like Holmes. Or simply thinking as a wife.

While Elizabeth and I voyaged homeward, Reilly and Siegel had begun planning how to exact revenge. But there were more delicate matters to be settled immediately.

First, Siegel paid a Russian Orthodox priest a hefty sum, combined with an ominous warning, not to not ask any questions and perform the proper burial ceremony for Olga.

She was buried in the Holy Trinity Russian Orthodox Cemetery directly north of New York City, in a small town called Yonkers. Lansky and Luciano were there at the burial alongside Siegel and Reilly.

The headstone Siegel ordered to be placed there bore this name: Katherine Siegel.

Later, when Lansky and Luciano asked Siegel what was going on with him and Reilly and why he wanted only Reilly along to tend to the Romanos, Siegel simply said, "Meyer, Charlie, you just gotta trust me on this. This guy, Reilly, played a very special part in Katherine's life, kinda like an uncle, and this is something we gotta do together. We can do it and we gotta do it."

Lansky and Luciano, knowing Siegel so well, simply shrugged.

"Go do what ya gotta do," Lansky said. "Gay mit mazel, boychik." Yiddish for "good luck, little boy."

"Ditto," Luciano said. But if you need anything, anything, you know we got your back."

By the time Elizabeth and I were safely back in our home, Siegel and Reilly had done what they had to do.

In Olga's and Ben's flat, it was Reilly who devised the specifics of the plan, to which Siegel agreed. The night before it was put into action, as they went over every contingency and believed all unforeseen occurrences had been considered, they rested over some brandy. The only outside help Reilly needed was a driver who knew the streets of Manhattan and Brooklyn. Reles would drive.

"Ben, you know that once we meet with Meyer and Charlie to confirm that everything went well, I'll be gone. I'll be going back to the island. We'll never see each other again."

"Yeah, I know the game. I woulda loved for ya to hang around here and join Meyer and Charlie and me, but I got ya." Then he added, "Reilly, I wanna thank you, too. You were a true friend to Katherine. And you were doing the right thing. Thank God I never got the chance to break up with her, because to tell ya the truth, I don't think I woulda been able t' do it."

"Charlie always says domani," Siegel said. "But with me and you, it's 'morgn'." This is the Yiddish equivalent of domani; tomorrow.

They clinked glasses.

Carlo Romano lived on Ryder Street in an Italian section of Brooklyn. It was a row house and the fathers of the families that lived on either side were part of his gang. By living in the middle of these men, Romano felt he had added protection. And he was correct in that assumption. Which is why Reilly planned to execute him when he was not guarded in that manner.

It was the third of September, about seven a.m. Romano was being driven to his garlic import company office in downtown Brooklyn, on Nevins Street. As his auto pulled up to his office, he saw a delivery truck from the Giovanni Garlic Company parked outside and a delivery man in company coveralls leaning leisurely against the truck. There was another behind the wheel.

As Romano got out of his auto he said, "Hey, youse guys are here real early. You got some good garlic for me?"

"Great stuff," Reilly said as went closer to Romano, pulled a revolver from his coverall pocket and put a bullet directly into

Romano's head. Then, as Romano's driver got out, he too, was shot by Reilly.

Reilly looked down at Romano, put two more rounds into his head and spit on his body. He then went around to check the driver, and though he saw he was dead, put a round into the man's head for good measure. Then he got back into the truck and Reles drove them away.

At the same time, in Little Italy in downtown Manhattan, Roberto Romano lay asleep in his flat. Siegel stood over him with a can of petrol. The guard at the door had already been dispatched.

Romano was awakened by the petrol being poured all over his body. Then Reilly whispered, "This is for Olga," dropped a match and ran from the room.

Two hours later, Siegel calmly walked into a private office where Lansky, Luciano and Reilly were waiting and drinking.

"Fachtik?" Lansky asked. Yiddish for "finished?"

"In spades," Siegel replied. Then he looked at Reilly who gave a simple nod.

Siegel sat between Lansky and Luciano as Lansky poured him a drink.

"Ya know, Moo, I been talkin' with Meyer and Charlie and we'd really like ya to hang around here. You're like one of us."

"Yeah," Luciano said, "we could use a guy like you." Lansky nodded affirmatively.

"Gentlemen, I'm afraid that just wouldn't do. Ben understands and I hope you will, too. Now that everything is done, I have to leave. There's a boat waiting," Reilly said. "But I'm sorry that I'm leaving you to face the music."

"What music?" Lansky asked. Nobody saw nothin' and we're used to takin' the heat anyways."

Lansky and Luciano both wished him well and hugged him goodbye, still expressing regret at his decision.

Siegel hugged him and whispered in his ear, "Thanks, again, Moo. I'll never forget you."

As Reilly was closing the door behind him, he saw Lansky and Luciano patting Siegel reassuringly on the shoulders, and he heard them talking about what to do next with their growing criminal network.

Reilly Returns To Tatiana

Reilly had planned it so that he'd be able to board a boat to the Bahamas in a very few hours after the Romano matter had been settled. He would, hopefully, be gone before the tabloids had even reported the latest gangland outrage.

That was the easy part. The most difficult part would be telling Tatiana and the Tsar what had happened to Olga. And then Marie and Anastasia, if she could be located. From Nassau, he notified Tatiana when he'd be returning and dreaded his reunion.

As it transpired, he would be back in Eleuthera one day after Elizabeth and I had arrived back in London.

As the skiff hit the little dock at the compound, Tatiana was there to greet him, holding Alix, with little Sidney, at her side. The Tsar was there, as well, standing next to Funny Oscar, who had come to help Reilly with his luggage.

From the false smile on his face, Tatiana knew immediately something was terribly wrong, but said nothing until they were back at the house and alone in their room, her father below, playing with the children.

"Tell me, Sidney. Be honest. Olga?"

"Tatiana, there is no way for me soften this, Olga is dead."

Tatiana didn't cry, she simply said, "I already knew it, I felt it. Before you even left I knew that this would be one problem you wouldn't be able to bring to a happy solution. How? Tell me everything."

Not wanting to have Tatiana or the Tsar haunted by the truth of Olga's death, he simply said that she had become ill, pneumonia, and had perished with him at her side. He also assured her of Olga's strict Orthodox burial, which, he knew, would ease her mind, however marginally.

He told her that the young man who loved Olga and who she loved, had been devastated by the tragedy and had been with Reilly at her bedside and at the burial.

Tatiana resolved that it would be she alone to give the news to her father.

"Sidney, go to the children, they've missed you so frightfully since you've been gone. Take them outside, I don't want them to see their grandfather so distraught."

With that, Reilly gathered the children and Tatiana went to speak with her father.

Outside with Sidney and Alix, Reilly saw Funny Oscar and called him over.

"Funny Oscar, I know I've said this to you many times, but thank you for everything you've done for my family. I was able to do what I had to do knowing they'd be safe because of you."

"They've become my family, too," Funny Oscar said.

"They most assuredly have, haven't they? But Funny Oscar, what about your own family? Do you have one? I should have asked you about this long ago."

"Don't worry yourself about it. I have no family anymore, other than yours. Mine have long ago since passed on. Sickness. Accidents. The war. I don't dwell on it."

"Then you're still SIS?"

Funny Oscar shrugged coyly, then said, "I was here already. I like it here. It's warmer than Kent. As you know, mates at SIS will always report in from time to time."

"Yes, I'm only too aware of that," Reilly said.

It was Yrjö who was to prove that statement so true.

When Tatiana came to Reilly after speaking with her father, she was doubly spent. Reilly left the children with Funny Oscar as he took Tatiana to that same bench on which they sat when he first arrived at Winding Bay.

"Tatiana….:

"She cut him off. I know, I know. But please just stay and rest for a little while. The children need you, I need you, and you need us. Just rest a little and then go and finish this business.

"I know you'll let Marie know what's happened. And Sidney, if there's any way for you to find Anastasia; I know you'll find it."

He simply nodded, put his arm around her, and they sat quietly, looking out at the cobalt Caribbean.

Reilly In London, II

After heeding Tatiana and taking that little while to rest and be with his family, Reilly was back in London on October 31, All Hallows Eve. How fitting. His passport still showed him as Roland Windsor.

His first task was to contact Marie. He accomplished this by the simple expediency of waiting outside her home the next day and then walking behind her as she made her way for errands of the day.

He walked up to her right side, but not so close to give her pause, took a few steps past her at a faster pace, then turned to his left so she could see who he was. Of course, she stopped dead.

"Just continue walking and don't say anything." This she did, but only haltingly, trying to catch her breath.

"No one is following us. But I must speak to you. Come closer so it'll just look like two mates strolling and talking. We'll sit on that bench over there, in that park." He indicated a bench not far away. Once seated, he began to speak.

"Marie, I'm happy to see you're well. And I trust William is?"

"Reilly, yes, yes, we're both very well."

"Marie your father, Tatiana and the children are all well, too." Marie saw the hesitancy in Reilly and asked, "Reilly, I know there's something wrong. What is it?"

"Marie, Olga has passed on."

She didn't cry but could not understand.

"But how? She was young and healthy; how did it happen?"

As with Tatiana, there was no need to have Marie learn the true nature of Olga's death, so he had to dissemble once again.

"I was there with her, Marie, if that's any consolation. She just became ill. Very ill with pneumonia. The doctors tried, but she slipped away." He then told her about the Russian Orthodox burial, as well.

"That is good, then. My big sister, the one who was always looking out for me. I still remember when I was such a little girl, how she would chase away my lady servant who was trying to dress my hair, so that she could do it instead.

"She would take the brush and so slowly and lovingly just brush out my hair and go over and over and say in her own little girl voice, 'See, Marie. See how beautiful you are and your hair is? And I'll always be here. I'll always be here.' It's funny what you remember."

Reilly said nothing; just listened. But for a long while, Marie remained silent. Then, as if she were weighing the good and the bad of things, she turned to Reilly and asked, "Now tell me, and tell me truly, how are my niece and nephew? For I suspect I'll never see them."

Suddenly, he realized he had never been asked about his children before and he had the new sensation of the beaming father bragging about his offspring; a sensation he thoroughly enjoyed.

Then he remembered. He stood and pulled a tiny photo of the children from his wallet and put it into Marie's hands as if he was presenting her a crown jewel. Which, in a way, he was.

"Alix and Sidney," Reilly said.

"Oh, they're so beautiful," Marie said. Then she began to cry.

Reilly tried to jest, "Of course, they look like their mother; thank heavens. They both have her beautiful, slightly Asiatic eyes.

"Marie, Marie, I wish you could hold them. Sidney is rambunctious and obstinate and playful and smart and…"

Marie was now laughing as she said, "Reilly, there's no need to recite every happy adjective in the English language. I understand."

"And Alix, she's just the sweetest little package you can imagine," Reilly added.

Marie sat back a bit from Reilly, as if examining a transformation and said, "Look at you, just look at you."

"Must I?" Reilly asked.

"You are a totally different man than the one who shepherded us through Russia. You're happy."

He grew pensive, then said quietly, "Yes, I am happy. For the first time in my life I am truly happy. But I'm not a changed man. Leopards cannot lose their spots. It's the nature of the beast.

"I'm sorry that I couldn't bring a photo of Tatiana or the Tsar; but you know why."

"Reilly, what about William? Can I tell him you're here?"

"Not right now; there's no need for that and it may only confuse things."

"What things?"

"You know better than to ask that of me?"

"You're right. But there's something I must ask of you." Reilly nodded to proceed.

"Anastasia. You know she's disappeared and I've tried, but I can't find out what's happened. I'm very, very worried. I don't want to lose another sister; my baby sister."

"Tatiana asked me, too. I'll try to find her; but I have some other business which I must attend to first."

"I understand. Will I see you again before you leave England?"

"Who can say? I've always felt like a leaf in the wind. Right now, I'm not sure which way the wind is blowing."

Now, it was Marie who grew pensive.

"What is it?" Reilly asked.

"I don't know if this means anything, but I've had the funniest feeling, from time to time, that I've been followed. I mentioned this to William and he even took to hiding about to see if I was being followed, but he couldn't find anyone."

"I see. And how long did you have this feeling?"

"Oddly enough, from just about the time I arrived in London. Silly, I suppose."

"And when did you stop feeling as if you were being followed?"

"After our return from our honeymoon."

Suddenly, Reilly's demeanor changed radically and he smiled.

"Marie, I may be able to find out where Anastasia is much easier than I had supposed."

"But how? How could that be possible from the few words I've just said?"

"I can't divulge that now. We must leave it at that."

Reilly thought to himself, "Holmes."

It was an easy enough thread for Reilly to tie together.

Marie had felt followed from when she arrived in London, when she was most vulnerable, then no longer after her marriage to William.

Believing that however bizarre Holmes may have become, he may still have felt an overweening responsibility for the safety of Marie and Anastasia; so he had them followed to prevent anything untoward.

And if he knew where Marie lived, it was only natural that he would also know where Anastasia had gotten to. So Reilly made his way to that corner of Varrance and Lomas the next morning.

He was, of course, stopped at the front door by the same men he had met on his previous visit. One man went up to Mr. Stash to see what should be done.

When the man returned, he motioned for Reilly to follow him. This Reilly did and entered Holmes' office.

Holmes, as Mr. Stash, facial hair now regrown, sat in his chair, his body tilted towards Reilly as if poised to strike and motioned Reilly to sit opposite him.

"Why have you come to see me this time?" Holmes asked.

"Holmes, I need your help."

"Why?"

"Because I believe you're the only man who can help me. Holmes, I need to find Anastasia."

"Why?"

"Because the family is worried sick. She's disappeared. And there's another reason, as well."

Holmes indicated, again with a gesture of his head, for Reilly to continue.

"Holmes, Olga is dead."

Holmes recoiled as if slapped in the face. It appeared he had not received the news from his American colleagues.

"How? When?"

Reilly told him everything that happened in New York and he could see it pained Holmes deeply; even as Mr. Stash. But Reilly wondered why the men in New York hadn't told him. Then he remembered they knew nothing about the connection between Olga and Holmes.

"Holmes, I know you followed Marie…"

Holmes cut him off. "How did you know that?"

Reilly explained, then continued, "I thought you might have had Anastasia followed for protection, as well. And if that was true, you'd know where she is. But I have no idea of how you could've discovered that they were here."

Holmes seemed pleased at that and told Reilly of how he tracked them. Then he wrote something on a piece of paper and passed it across the desk to Reilly.

"Paris? Anastasia is in Paris?"

"Obviously. What will you do once you've found her?"

"I promised the Tsar and Tatiana that I'd try to bring her back to Eleuthera where she can be cared for. Barring that, I'm just not sure and will cross that bridge when I come to it."

"Then go cross your bridge."

Reilly decided to ask a question, though he suspected it would bring ire.

"Holmes, please forgive me, but for all that you mean to my family, to Watson, and to me, as well, why do you persist with this masquerade?"

"Because it is easier," Holmes said quietly.

"I don't understand. All you have to do is cast off this disguise and re-emerge as yourself."

"You think I have not considered that, Reilly?" What about Watson? I have not been able to discover who the other special branch agent is that can take his life if I resurface. And are there more I have not been made aware of?

"There is also a certain pleasure I've discovered in donning an opponent's mantle. It is perverse, but it is also gratifying." As Holmes said this, he was rubbing his hands along the sides of his unkempt suit; his fingers fondling the fabric as he did so.

Reilly watched these actions and could not reconcile the image of the Holmes he knew in Russia and the man who sat across the desk.

He thought it best not to press the matter.

Then Holmes asked a question that took Reilly aback.

"Reilly, haven't you, who has spent your life donning and doffing various personas, ever thought of becoming someone like me?"

"I don't understand," Reilly answered, quite truthfully.

"What I am suggesting is that since you are intimately acquainted with our friends in New York and what I have accomplished since becoming Clay, perhaps you might like to step into my shoes as I step down."

Reilly thought Holmes totally mad, at this point. Holmes saw the look on Reilly's face and continued.

"Reilly, think of what you would be able to offer Tatiana and the children in material wealth. You would be returning to Tatiana all the luxury so sadistically snatched from her by the Bolsheviks. You would simply be returning what was rightfully hers."

Reilly, at first, could not speak; so bizarre were Holmes' words.

"You can't mean any of that," Reilly finally said.

"I most certainly do. You are the only person I know, other than Meyer, who can combine brains with brutality. I am not getting any younger, Reilly, and I would like to pass on what I've built to someone I can trust. Someone who will be able to take what I've built and build it even larger. Someone who can also act as guardian for Watson and his family. And the remaining Romanovs."

"Holmes, that is all too fantastic. I can't even absorb the concept. But for now, I'll take your advice and leave for Paris as soon as possible."

As he was about to leave the office, he turned and asked, "Holmes, is there anything I might be able to do for you, other than what you've just proposed."

Holmes said simply, "You know what that is."

He most certainly did.

The next day, Reilly made it known to the two reaming SIS operatives he felt he could trust, that I was about to break my silence and reveal to the world what I knew. His idea for this latest subterfuge was that my story might be circulated and heard by that unknown agent, causing him to visit me as a warning to remain silent.

Then Reilly would know who he was and how to deal with him. Of course, I knew nothing of this plan nor that Reilly was in London.

Reilly kept a night vigil outside of my home, positive that this person would do as Reilly believed. On the second night, at about eight, Reilly saw a man knock on my door, me open it and let him in.

Since Elizabeth and I usually didn't have callers at this time, Reilly suspected it was time. He came to my front door, opened it, and heard me speaking with a man who sounded strangely familiar. The door to my study was closed, so Reilly could not be sure that he truly recognised the man's voice.

As Reilly had thought, the man was warning me to remain silent or there would be no accounting for what would happen to Holmes.

"But I assure you," I said, "I have no intention of saying anything now or in the future. If my friend is still alive, I cannot risk his safety. But why are you asking me about this after all this time? Is Holmes well? Have you seen him?"

"We heard that you were about to reveal what you knew."

"Now where could you have heard such lies?" I asked.

"From me."

I turned to see Reilly, pistol in hand, standing at the now-opened door.

The man who had a moment before been wondering from where the lies had come, seeing Reilly, simply smiled and said, "Of course."

"Good to see you, Yrjö," Reilly said.

"Likewise," Yrjö, said, "but do you really need to point that pistol?"

"I don't know; do I?"

"Sidney, after all we've meant to each other?" Yrjö seemed to be playfully mocking Reilly.

"You two know each other?" What a foolish question; but it was out of my mouth before I could stop it.

"Yes, yes, Dr. Watson. Sidney and I are old comrades."

"I thought I asked you not to call me that," said Reilly, smiling, as he put his pistol back into his overcoat.

"A mere slip of the tongue."

"Somehow, Yrjö, I don't think anything slips from you," Reilly said.

"How kind of you," Yrjö said.

It was obvious these two men had history, but good or ill?

"Reilly, who is this man? It's obvious you know him."

"Quite well, doctor. But I have no time to waste with our story." I decided to ask no more and to just watch and listen carefully.

So," said Reilly, still smiling at the man, but with a touch of menace in his voice, "it seems you and I have a problem, Yrjö."

"I hadn't noticed."

Now, Reilly's tone grew serious and the smile was gone.

"Enough. We both know why you've come and I'm here to tell you that whatever order you had received from Lloyd George during the war, it's over, done, rescinded, invalid, called off, stopped, cancelled; must I go on?"

"Sidney, I'm very impressed with your knowledge of synonyms, but on whose authority should I cease, desist, etc.?" Yrjö asked, nonchalantly.

"On mine," answered Reilly, smiling again.

"Well, in that case…" Yrjö paused and it was his turn to become serious.

"I'm afraid I'm going to need a better reason."

"How about this: being a Finnish friend."

Yrjö's eyes narrowed. "So you're going to use that now, are you?"

"Anything at my disposal, Yrjö."

Since Reilly had his pistol, the double meaning was quite clear.

"Dr. Watson, I know this is presumptuous of me, but may I ask you to leave your own study so that my friend, here, and I can speak in private?" Reilly asked.

"Under the circumstances, I cannot think of a better alternative," I answered. I left the room, with Yrjö's eyes watching me carefully.

"John, John, who's there," Elizabeth called from upstairs.

"Oh, a slight surprise reunion, you might say/"

"At this hour?"

"Well, I said it was a surprise. I'll be up presently. We're just talking and they'll soon be off."

"Some sort of a reunion that is," she said in brusque finality. I waited outside and then, after about five or so minutes, the door opened and Reilly motioned me back in.

"All is resolved?" I asked.

"Yes, yes," Yrjö said resignedly. "I just wish we Finns weren't such good friends."

With that, he and Reilly hugged, and the man gave me a civilian salute. However, he paused in my study doorway, turned to Reilly and said, "You can best translate it as internal strength; or as you Brits might say, bulldog determination; or as the Yanks might say, not taking crap from anyone."

"Pardon me," Reilly said.

"Sisu," Yrjö said.

"Ah, yes; sisu. Thank you."

"Don't mention it," Yrjö said, as he closed the door and left.

"Sisu?" I asked.

"No matter. Let's just say he owed me one. But you and I have a lot to discuss."

"Yes, why are you here?"

"Dr. Watson, I can trust you because of all we've been through together," Reilly said; not able to tell him of his meeting with Holmes.

"We received some other upsetting news on the island recently, Anastasia has gone missing."

I was confused. I still didn't know how Olga had come to be in New York on that horrid night and now this. Reilly saw my confusion.

"John, I believe I can call you that; there's much I can't explain. But I believe she's in Paris. I'm going to leave as soon as possible. Tatiana has asked, if possible, to bring her back to Eleuthera.

"But I didn't want to be in London without me seeing you again and speaking of what happened in New York."

"Yes, terrible, terrible," I said."Elizabeth still talks about that poor, beautiful young woman but, of course, she knows nothing of her real identity."

"What happened with Olga was tragic, but it'll serve no purpose for me to elaborate any further; only to let you know she was given a proper burial and I was there.

"What's done is done and all on Eleuthera are well and healthy; Tatiana, the Tsar, Marie. And oh, yes, by the way, there are now two little Reillys on that island."

"Another child?" I asked in total happiness.

"Yes, little Alix. She was born on the seventh of February." With that, Reilly pulled a photo from his wallet to show to me. It was of Alix and little Sidney.

"Oh, Reilly, they are beautiful. Takes after their mother, of course." I laughed.

"I can't argue with you on that point. And now, John, I've got to go. I'm not sure if I'll be able to see you, again, or if I'll be going back directly from France, but in any event, you know you hold the gratitude of all of us."

"I know. Good luck, Reilly. I hope you find her. And if I can help in any way, you know you can depend on me."

"Of course," Reilly said.

With that, he left.

When Reilly stepped out of his hotel about seven the next morning, there was Mr. Stash; albeit one more presentable for public transport.

"What the devil are you doing here?" Reilly asked.

"If you want an answer, then ask him directly," Holmes replied.

Reilly just shrugged. They proceeded by cab to Victoria Station, then on to Paris byte usual method: rail to Dover Piory, then ferry to Calais, then rail, again, to Paris.

Reilly assumed that perhaps not all of Holmes had dissolved into Clay or this Mr. Stash and that there may still be hope of Holmes becoming Holmes again. After all, Holmes was sitting next to him on an errand of mercy. Though Holmes had remained silent for most of the journey.

However, on the train from Calais to Paris, Holmes, at last, broke his silence.

"Reilly, hopefully our presence will not unduly disturb Anaṣtasia. All we must do is determine that she is well, well cared for and we can then leave knowing the best; which you can then report to Marie and the family on the island.

"I agree."

However, other than the few disturbing words describing Anastasia from Marie, they had no forewarning of the true extent of her mental state.

They were in Paris by mid-afternoon of the third of November and went immediately by Paris taxi to the address that Holmes said was hers.

They ascended the stairs and Reilly knocked on her door. When she opened it and saw Reilly, she screamed in joy and threw her arms around his neck and pulled him in, kissing his cheeks as she did so. Holmes watched warily, followed them in, then closed the door.

"Reilly, Reilly," she kept repeating and kissing his cheeks as he struggled gently to extricate himself from this surprising onslaught of affection. When finally he had done so, still holding her arms tenderly as precaution against another burst of regard, they sat on a little sofa she had placed to catch the northern light.

"You've found me, you've found me. But how?"

Reilly pointed to Holmes.

Anastasia looked confusedly at Holmes, who, as Mr. Stash, slowly removed his eye patch and stood until Anastasia shot upright at her recognition and now Holmes was under her attack of affection.

"Enough, enough, Anastasia. I am happy to see you, too," said Holmes, now trying to disengage as Reilly had just moments before. Reilly sat and laughed.

Suddenly, there was an alarming shift in her personality. She had now become quite perfunctory. The laughter had turned to robotic courtesy.

"Would either of you gentlemen like some tea?"

Reilly and Holmes looked at each other. She was one moment flowing water, the next, solid ice.

"Why yes, if you would be so kind," said Holmes in a most measured and reassuring tone.

"Just do as she says," Holmes said."She seems to be suffering from a psychosis. I hadn't prepared for this and all is quite delicate at the moment. I think it best we do as she asks and handle her most gingerly."

"We have to get her back to London. If she's gone bonkers there's no telling what she'll say about her family," Reilly whispered.

"I concur. We must bring her to Watson. As a physician, he will have the legal ability to arrange the care she will need."

Reilly nodded in agreement as Anastasia served the tea in a most delicate manner, then sat opposite them.

"Please don't think I'm still not pleased to see you, but one should not be too effusive with one's emotions, should one?"

"I couldn't concur more…effusively" Holmes joked, stressing the word 'effusively' in trying to make her laugh again. It didn't work.

"Sirs," Anastasia said, turning her head from one to the other then back again, "have you come to rescue me?"

"I'm sure you don't need rescuing, Anastasia," Holmes said.

"Yes, I am Anastasia. I am the youngest daughter of Tsar Nicholas II. I am a Grand Duchess."

"Why do you think we've come to rescue you?" Reilly asked.

"Well, you've already done it once. Why not again?"

"Do you feel as though you need to be rescued?" Holmes asked.

"No. Do you?" Anastasia replied.

"Anastasia, we've come from your sisters. We're going to take you to see Marie and Tatiana and Olga," Reilly said.

Suddenly she was joyful again, clapping her hands as she twirled about the studio.

"Oh wonderful, wonderful. What should I wear?" She ran to a bureau and began rummaging through the drawers, tossing garments this way and that.

Holmes intervened to stop this hurricane of clothing.

"Anastasia, we will take care of that. Do you have a valise?" Holmes asked.

"There," Anastasia pointed to a corner cluttered with bric-a-brac and other unimportant objects.

As Anastasia continued her sartorial search, digging like an archaeologist about to uncover an undiscovered Egyptian tomb, Holmes and Reilly agreed that they would take only what would be necessary for the journey back to London.

They managed to have her select that which she wanted to take on her journey to see her sisters and while Holmes helped her put her choices into her valise, Reilly left to fetch a taxi.

In the midst of these simultaneous exertions, Anastasia was singing what sounded like lullabies in Russian, and skipping in excitement around her studio.

Done with the packing, more like pushing and prodding articles into her valise, Holmes gently escorted Anastasia down to the street where Reilly awaited with the taxi.

"Oh, sir, what a beautiful coach. And magical, too, because there are no horses."

"Yes, Anastasia, your footman is holding the coach door open for you."

Reilly gave him Holmes an irritated look but took Anastasia's hand, helping her in, then Holmes and he got in, and he directed the driver to get them to the train station.

It was now a little past five. With luck, they might be able to make the next train back to Calais, then the return ferry to Dover, and finally a late connection back to London. Anastasia still had her British passport as Anna Anders, and so she became Anna Anders once again.

Their luck did, indeed hold, but the journey was fraught with Anastasia's frequent change of demeanor.

On the train from Paris to Calais, she wondered at the scenery and was gratified at all the people bowing to her as she passed. In reality, she was viewing trees swaying in the wind.

On the ferry to Dover, she became a bit seasick and Holmes had to hold her head in his lap and hum to her to calm her jittery stomach. Reilly made a face at Holmes indicating what a lovely picture that made. Holmes, like Queen Victoria, was not amused.

On the train back to London, she would sleep for a moment, awake, yawn, stretch marvel that the moon was out instead of the sun, thinking this midday. She would then nap again and the process would repeat.

It was also on the last part of the journey that Holmes became Mr. Stash once more. All he needed to do was replace the eye patch.

At last, back at Victoria Station, Holmes, holding onto Anastasia's valise, hailed a cab. Reilly was carrying Anastasia in his arms as she slept, and though he received some inquisitive stares at this late hour, his response was, "Drank too much," which seemed to suffice quite nicely.

Holmes helped them in to the cab then closed the door.

"You know I can accompany you no further. You must go to Watson and tend to your charge."

"I know," Reilly said, "I'll report to you as soon as arrangements are made."

"That won't be necessary," Holmes said, "I will know. He then tapped the roof of the cab and at just past midnight, once more Elizabeth and I were awakened by a knocking on my front door.

"Who could that possibly be, at this hour?" Elizabeth asked, quite rightly.

"I'll soon find out," I said as I slipped on my robe and slippers and made my way to the front door.

"Who is there?" I demanded.

"It's me, Reilly. Open the door." He was speaking in loud whispers and until I opened the door I couldn't understand why.

"Good lord, Reilly, what has happened?"

"Who is that, John? Are you all right?" Elizabeth called down from above.

"Yes, Elizabeth, nothing is wrong. Just a slight emergency which I will attend to in my study."

As Elizabeth and I were speaking, Reilly carried Anastasia into my study and set her down on the divan. I closed the door and then I saw Anastasia. True, she was four years older now and not as groomed as before, but I recognised her immediately. I also believe that Reilly had to hold me up, for my knees buckled at the surprise.

"Anastasia! Here? What has happened?"

"John, it is very late and since I saw you last I have been to Paris and back to fetch her. May I please have a drink? A rather large drink."

"Of course, of course," I said. "But you must explain."

His large scotch in hand, he proceeded to tell me what, at the time, he was able.

"From what you've said, I must concur that she's mad. But I'm a medical doctor, not a psychiatrist." I said.

"She claims to be exactly who she is," Reilly said, "but since she's supposed to be dead, some people think she's balmy and others think she's genuine. And that's where the danger lies, as you so well know."

"Is that all?" I asked.

"There's more. She drifts from being regal in bearing to acting like the playful Anastasia we knew in Russia and in Eleuthera. But since the death of Alexei, she had been retreating into another world; much like the Tsarina had."

"Not to mean this in jest, but it could quite easily run in the family.

"Reilly, I'm going to need your help. Stay here while I dress. We're going to take her to Maudsley, it's a brand new psychiatric facility in South London. I'm affiliated there, I can admit her, secure a room and then see how she responds in the morning."

"Yes, please, whatever you think best. I'll just sip your scotch, wait and if you could bring me a bite to eat, it would be appreciated. I haven't had the chance to eat much of anything today."

Elizabeth demanded to know why I was going to Maudsley, or anywhere, for that matter, at so advanced an hour. All I could do was tell her the truth, this time. That a very dear friend had brought his "niece" to me for immediate attention and that I felt I had to bring her to Maudsley for proper care. Being a physician's wife, she understood, kissed me on the cheek and reminded me not to awaken her upon my return.

I bought some buttered bread with jam to Reilly, which he consumed eagerly, entirely, and quickly. And then we both carried Anastasia, still asleep, to a cab I flagged.

We arrived at Maudsley at a bit after one a.m., Anastasia still asleep, and I had her admitted immediately as a medical case, not psychiatric.

Seeing that she would be cared for in the best possible manner, Reilly and I stepped outside her room.

"Reilly, let me speak with the attending nurses one more time to be assured all is correct, and then we can leave."

All was most certainly correct and we climbed into a cab which took me to my home.

"John, I'm staying at the Cumberland," Reilly said. "I'll be there until you reach me and let me know about Anastasia. And thank you."

"For what? For helping a young woman in distress and a not-so-young man, as well?"I said this in jest, of course.

"I'll remember that." He patted me on the shoulder and I got out. The cab drove away. It was now almost four in the morning.

Upon waking at about ten, Reilly sent a coded message to Tatiana that he had found Anastasia, that they were back in London, that she was well, and being cared for; that he had seen Marie, that she was well, too, and that he would send more information when he could.

At about noon, Reilly rang Marie and asked her to meet him at that same bench in about an hour, if possible. It was and she did and she appeared most anxious to learn of her sister.

"Marie, Anastasia is here. She's safe."

"Oh, thank heaven. And thank you, Reilly." She gave him a hug.

"Stop that, Marie, people will report this to William." She laughed then saw he had something else to say.

"Yes, there is more. Marie, that odd state that you'd described to me, about Anastasia, well it may be that she has a sort of psychosis."

"What's that?"

"She may be mentally unbalanced."

"My god, where is she?"

"I can't tell you, as yet. I, myself am waiting to hear how she's doing. But I can assure you that she's in the best of medical hands. There's no one outside of our family who could care for her more."

"Dr. Watson. She's with Dr. Watson."

"Yes. He has her at a facility where they'll be able to study her for a few days and determine what she may be suffering from. But once again, Dr. Watson is at her side and she's safe."

"All right. At least I have that. I'll wait to hear from you again. Oh, I should've asked before, is it all right for me to call you Reilly or do you have another name now?"

He told her.

"Windsor? Roland Windsor?"

"Don't ask."

Reilly And I Meet For The Last Time?

In three days, I was able to leave word for Reilly and we met in the bar at the Cumberland.

"It's rather interesting news, Reilly. She's been examined by a group of excellent psychiatrists and their diagnoses concur.

"On the positive side, she's suffering under a benign delusion and can function rather normally. However, on the negative side, she's reverted to a semi-childlike condition and as one of the psychiatrists put it rather colloquially, she might be "an easy mark".

"There's also a prognosis that as she ages, she'll do as Merlin did and "youthen"; that is she'll become intellectually younger and younger."

"So what do they say can be done?"

"Nothing right now. She's an English citizen, physically quite healthy, as I attested, and she should be permitted to live her life as she chooses."

"So she's to be set free?"

"Yes, in two days, in fact. Yesterday I was able to lease a very nice flat for her. I'll see that she's moved in and settled. Don't worry about that.

"I just wish I had a way of looking after her on a daily basis."

"Don't worry. I may have an answer for that," Reilly said.

"I know better than to ask what; but I also know it will be done."

"Now, how many times in these last few years have I said that we'll probably never see each other again; and each time been proved so terribly wrong?" Reilly asked.

"Too many." We both gave a knowing chuckle and he extended his hand.

"I won't say it this time," Reilly said.

We stood, shook hands, and I returned home.

A little while later, in a quite different part of London, Reilly had another reunion.

"Again? You're here again?" Holmes asked as Reilly came through his office door, guided up the steps by one of the usual.

"I promised I'd let you know about Anastasia and that's what I'm here for."

Holmes listened carefully and then said, "Yes. As before, I can have someone watch her. It will be done."

"Holmes, will you ever become yourself again?"

"I'm exploring new and unconquered worlds here. And Watson must always be safe."

"But Holmes, the danger is passed. The men will never trouble Watson or his family."

"But we cannot be sure, can we?"

After a moment's pause, "No, we cannot." But he knew that Holmes was using this as an excuse.

"So come and join me. Become me. Holmes became Clay. Reilly can become Clay."

"No, Holmes, no."

Holmes said no more. He simply shrugged in his chair then stood and shook hands with Reilly; who then went back down those stairs.

And as I write this, I never saw Reilly again. He was correct this time.

However, I did hear from someone, or rather, two, who had heard from Reilly. Two American Marine majors, Lou and Martin Curtis.

In January of 1942, right after Pearl Harbor, they showed up at my home and were very happy to meet “the celebrated Dr. John Watson;” of course, a very good way of beginning a conversation with me.

It seemed their father, Hank, had given them a package from a close friend of his, to deliver to me and to one else but me. In their American military G-2 parlance, it was an “eyes only” package. And quite a thick one, at that.

I asked who this friend was, and they said they didn’t know. “Remember,” Martin said, “its eyes only; your eyes.”

“Yeah,” Lou said, “we’re just the feet.”

They then explained they needed to leave since there was a meeting to attend at the Admiralty. I thanked them both for their trouble; not knowing who they were until I read what was inside. They gave me a proper U.S. Marine salute and were on their way.

I prayed for their safety as I did daily for my son, John, the newest Dr. Watson, serving in North Africa; and for all the boys and men from all the countries fighting with us against the Nazis.

What I found when I looked inside quite gave me a start. It was a note from Reilly and a packet of papers detailing the very brief summary in the note. I had not heard one word from him since that day in November of 1924.

This is what his note said:

January 14, 1942
Dear Dr. Watson, John,

It’s been a very long time. About twenty years. And now we’re in another war with the same enemy. Isn’t this where we came in?

I'm writing now because you should know more about what happened with Holmes.

The pages included in this package, will explain all, and I trust that our government have more to worry about than something that happened during the last war.

I'm sorry I couldn't have been more forthcoming when we were together in London, but after reading, I think you'll understand.

At this time in our nation's history, the truth should be told; which I know you'll do because you're incapable of doing otherwise.

All is well here, and all send their love.
R

Then after reading the pages he had sent, and which you've just read woven into his verbal narrative with me, what was I to believe; what Reilly was telling me now, or what he had told me before?

My greatest sorrow, however, was never to truly know if Holmes was dead or alive; no matter what Reilly had told me.

I suspected that if Holmes were alive, he would have devised some secure way in which to inform me. But had I known the truth, would I have let the truth out in error? Had Holmes been alive, might that have endangered him further?

But as I said at the very beginning of this, "this is a retelling of a tale previously told by someone to someone else expert in tailoring tales to his taste. Which, in itself, is a sentence needing elucidation by Holmes."

I shall leave it to him.

John H. Watson, M.D.
February 2, 1942

Having finished, I glanced at my watch, but then remembered Sidney had taken it. I had no idea what time it was or how long I'd been reading.

I sat for a few moments, once more looking at my grandfather's words and running my fingers over his handwriting so I could feel as if I were actually touching him. How I missed him.

But as always, other questions arose and once again, I knew that only Sidney could answer them.

I slowly pushed the chair away from the desk, stood and stretched. I then went looking for Sidney, and found him in the room next door, sitting and sipping a brandy.

"Well, John. Once again it seems I've brought you and your grandfather together. Come sit, have a brandy with me."

This I did immediately and then began firing questions at Sidney as quickly as they would come out of my mouth. The first was, "Where's my watch and what time is it?"

"Here's your watch," he said as he handed it to me and you tell the time yourself."

It was a tad passed midnight.

"Now you can begin your inquisition in earnest," Sidney laughed.

"Okay. Did Holmes live or was the whole thing a something your father invented?"

"I'm afraid you'd have to ask him; but since he's deceased, that might pose a problem. But yes, it seems that Holmes did live. But as you've just read, Holmes never contacted your grandfather to protect him.

"John, if what was written is true, then Holmes had become what he and your grandfather had fought against all those years before; and, I believe, was Holmes was so shamed by it that he would not sully your grandfather's presence with his own."

"So he never saw my grandfather again?"

"I didn't say that. Though this is only based on idle innuendo from people who might have known, it seems that Holmes saw your grandfather rather frequently, but not in a reciprocal manner.

"It's said that Holmes spent many a night as guardian angel in shadow view of your grandfather's home. It's even said that one night, when a thief tried to enter the home, he was done in by Holmes who had his men drag the man away. He looked once more at the house, turned back into the fog and the night, never to see his dearest friend again.

"Mind you, it's only mere blather.

"As to your grandparents, as far as I knew, my father never saw them again, nor did he ever contact your grandfather again once he had returned to Eleuthera. Except for that letter and package of papers.

"As to what happened to the rest of my family, that in itself is quite a tale."

"Please, Sidney, That's something I really need to know," I said.

"My grandfather, the Tsar, perhaps overburdened with the fact that his beloved Russia was once again being viciously attacked by the Germans, passed away quietly on Eleuthera at the outset of WWII. He's buried between Alexandra and Alexei, according to his wishes.

"My father and mother lived happily there until their own death by natural causes in the early 1960s; although my father had to return to London quite frequently. They're buried in the same area as the others.

"Anastasia, having drifted into madness, spent the rest of her life trying to convince the world she was truly who she said she was; although for whatever reason, she never mentioned our family.

"Later on, after WWII, although she didn't realize it, she was tended to by Dr. Lasker, the doctor on Eleuthera after your father left. She died in London, living as late as 1979. I had anonymously supplied the funds for her care in her later life at Maudsley, in South London. I'm sure you know it."

"Of course, I do. My grandfather was affiliated there and would, on a regular…" I stopped speaking because a bright light had just turned on in my memory and literally gave me goose bumps.

"Now that makes sense," I said. "My grandfather would visit a woman he said was an old friend and he was just looking in on her, checking up on her well-being. He did this on a fairly regular basis.

Being affiliated there, he was able to converse with the other doctors and he continued to visit for as long as he was physically able."

"I know," Sidney said.

"You know? How?"

"Because I saw him there, from time to time. Of course, he never saw me, or if he did he wouldn't have known who I was. But every so often as I was leaving Aunt Anastasia, or just arriving, I'd see your grandfather either exiting her room or, if they were conversing in a lounge, I'd wait for him to leave before visiting her."

I just shook my head at how fate kept its chessboard pieces moving about.

"If my deepest memory serves, Sidney, I seem to have a very slight memory of my grandfather once taking me to visit this very special friend of his.

"I think I was about five and, wait, now that I remember; it was my father who took me, not my grandfather. He had already passed. My father held my hand. I'm remembering now. We went to a lounge there and my father sat next to a small old woman…"

Sidney interrupted. "Yes, she was small, but she was only about fifty-eight when you saw her. But then again, any woman with white hair would seem like an old woman to a boy of only five."

"Yes, she had white hair and I remember my father saying, "John, I'd like you meet a very special friend of mine. A real-life princess. Her name is Anna.'"

"Well to a boy of five, princesses were young and beautiful and had long blonde hair and they most certainly did not look like this Anna person. But I remember that I bowed to her, which made her laugh.

"She extended her hand to me and I kissed it. That really made her laugh. Then she withdrew her hand and rubbed it on her dress to rub off the moisture from my kiss.

"I think that's it, I don't seem to remember any more."

"Well, let's see if this refreshes your memory. Do you remember a man giving you a treat and saying, 'All boys who are nice to princesses get treats?'"

It took a second and then a bigger light went off.

"It was you?"

“Yes. That was me. I had been watching from across the lounge that day, and couldn’t resist making contact with two generations of Watsons, when your grandfather meant so much to the Romanovs.”

I felt myself tearing up; it was such a beautiful story. Then I remembered that he hadn’t told me about his little sister.

“Sidney, what about Alix?”

“My younger sister Alix moved to Los Angeles when she turned eighteen, just before the war started for the Americans. Incredibly, she became a famous Hollywood movie star of the 1950s and 1960s, but I won’t say who she was.”

Though I didn’t say anything to Sidney, I thought to myself, “I hope she didn’t meet Bugsy Siegel out there. It would’ve been too tragically ironic.”

Sidney continued.

”Of course, no one knew who she really was. Or is. She still lives there. I even escorted her once to one of those big Hollywood premieres. You know the ones; with those gigantic searchlights crisscrossing the sky and screaming fans shredding their larynxes.

“Alix loved the idolatry but I found it disconcerting.”

I desperately tried to pry the secret out of Sidney of who Alix really was but got nowhere. We both laughed when I said that she’s probably the only movie queen who could’ve been a real one, as well.

As for Sidney himself, he told me he’d been educated in England and chose to reside in London for his entire life, only occasionally returning to visit his family. And upon their passing, never went back to Eleuthera. He would only tell me that his family name was most certainly not Reilly.

“And what of your grandparents, John?” Sidney asked. “While I heard about them, from time to time, and I had that little moment with the two Watson men at Maudsley, I never introduced myself. I felt it might be too jarring and certainly didn’t want to call attention to who I was.

I told Sidney of my grandmother’s passing during WWII, and of my grandfather following when I was about six. He told me that he had read about the death of both, and had quietly attended my grandfather’s funeral.

I told him of my father's bedtime stories about Holmes and my grandfather, and of how my grandfather never let a day pass without this tiny prayer, "Safe home, Holmes. Wherever you are."

Then shifting my train of thought, I said, "My Lord, Sidney, I wonder what really did happen to Holmes?"

"Well, to be perfectly frank, I'm not sure. It seems Holmes got his ultimate, twisted wish as your grandfather recounted. He became Clay and disappeared."

"That's it? No one ever hear from him again?" I asked.

"Well..."

"Sidney, you're holding something back. You know what happened."

"John, you're like family to me, so I'll share one other secret with you. Are you sure you want to hear this; because it might be very unsettling."

"Go on, Sidney." I leaned forward eager to hear what he had to say.

"John, remember when Holmes wanted my father to step into his shoes?"

I nodded.

"Unfortunately, the Romanov fortune ran out when the Depression ran in; for my family on Eleuthera as well as Marie in London, although Marie was taken care of by William, at first.

"My father, being an ultimate realist, knew something had to be done so he went to see Holmes again."

"No!"

"Oh, yes," Sidney said and laughed. "By that time, Prohibition was over and the pipeline established by the men in New York and Holmes continued to flow, but legally. And the monies that those men made during Prohibition were then put to use in legitimate businesses. Of course there were still other illegitimate ones, as well.

"By this time, with advanced age, Holmes had no desire to continue as Clay, or Mr. Stash, or whomever. He wanted to be whomever he wanted to be whenever he wanted to be whoever he wanted to be."

I thought of my grandfather's words I'd just read, about

someone telling someone else about something or other, or whatever he said. My head had been swimming from my grandfather's ledger, and now what Sidney was telling me made my head feel like Mt. Etna.

"Sidney, as Siegel said, please speak English." Sidney laughed again.

"It's really quite simple. When Holmes had had enough, it coincided perfectly with our family not having enough; so my father became Holmes-Clay-Stash and took over the international network, continuing to work with Lansky and Luciano and Siegel.

"And when my father had had enough, I became Reilly-Holmes-Clay-Stash. It was only recently that I relinquished my reins to the son of one of my father's closest and most trusted friends. Someone whose father met with a fatal accident in Helsinki."

"No..."

"Yes. Yrjö's son, Timo.

"On his first trip back to London to take over from Holmes, my father made it a point of finding Yrjö. As it turned out, he was living in London, this was now 1948, I believe, so on my father's frequent trips there, he and Yrjö would always meet to talk about old times and to hoist a few.

"Of course my father would brag about me and Yrjö would brag about Timo.

"For whatever reason, Yrjö would return to Helsinki on a regular basis. I suspect he might still have been SIS and had a hand in all that Cold War spy stuff.

"It was on one such trip that he died, in 1952. Timo was only four at the time. His mother had died giving birth, which was common at that time after the war.

"Poor Timo. From that point on, my father paid for his education, his clothing, everything; and he came to regard my father as his own, and me, as an uncle.

"When he was old enough, I trained him to be my successor, just as my father had trained me."

I just sat there dumbfounded.

"John, you've seen my cars, you've seen parts of this one particular home, do you think luxury such as I possess came from…where, the tooth fairy?"

"But that's incredible!"

"To say the least."

"I just thought you had invested wisely over the years."

"My father invested globally, yes; if that's the term you'd like to use.

"He invested in distilleries, in trucking companies which were legitimate but also were able to transport illicit substances; in garbage and waste disposal; in the burgeoning businesses being developed after the war; and in controlling the unions that controlled almost everything, at that time.

"He also invested in Hollywood motion picture studios; and, yes, that opened doors for Alix,

"But most of all, in gambling casinos all over the world. Especially in Havana and a little town you may have heard of, Las Vegas."

"Las Vegas?"

"Brace yourself. I'm not sure if you're aware of this, but it was Bugsy Siegel who invented Las Vegas."

"I've heard about that but never paid it any mind."

"Well you should've, John, you should've; because that is one true-life fairy tale.

"Siegel had gone out to Hollywood in the Thirties, sent there by Luciano and Lansky to watch over the gambling and the motion picture companies that they were moving into. He already had an old friend out there from New York who had become a movie star, George Raft.

"Funny, Raft was not a gangster in New York; just a hoofer and a man who had grown up with Siegel; but he was the one who played tough gangsters in the movies.

"Anyway, Siegel was driving through the desert of Nevada back to Hollywood when he stopped in a little nothing called Las Vegas. He needed gas, food, and then he saw the cheap casinos. As they say, the proverbial light bulb went off brighter than an exploding nova.

"He built the first true luxury hotel and casino out there, the

Flamingo, financed by the usual group. But the costs kept going up and up and the partners back in New York smelled something, shall we say, not kosher.

"Lansky went out there personally to reason with Siegel, to warn him that if the hotel didn't make back the millions they poured into it, and very soon, he might be poured into the cornerstone of the next hotel.

"Siegel assured him all was okay and that the opening would be the greatest opening in the history of openings. It was a dud.

"To this day, nobody knows who did it and the case has never been solved, but Siegel was shot through those big blue eyes of his one night at his home."

"Sidney, how do you know about all this?"

"I was twenty-eight. I was there. My father had suggested I learn the business from the bottom up when I was still in my teens and I had always been a crack shot when I was in the Royal Marines."

"Are you saying…?" He cut me off.

"John, I don't know what you may be assuming, but I assume it's incorrect. "However, if one's younger sister is deflowered by a psychopathic killer, one must take appropriate action."

It added up. Alix had met Siegel out in Hollywood and the unthinkable happened. If the men back in New York wanted a certain action taken on a partner who had been stealing from the men who steal, who better to take that action than a family member; both literally and figuratively.

"However," Sidney continued, "my father stayed partners with Meyer and Charlie until he passed. And when he did in 1961 they asked me to take over the family business, so-to-speak.

"Which I did, of course and stayed partners with Meyer and Charlie until they died of natural causes; Charlie by a heart attack in Naples in 1962 and Meyer in Miami Beach, in 1983."

I sat there very quietly, seeing Sidney in an entirely altered plane. The dear, sweet old man with all the secrets, appeared now a cold, cunning old killer with even greater secrets.

"But you have nothing to fear, John. As I've said, you're family. I've told you these secrets because you are family. Do you understand?" He said this calmly, quietly, with a modicum of menace.

"I believe so, Sidney."

"Good. I'll pour some more brandy."

"Sidney, what about you? Didn't you ever marry?"

As soon as I asked, I could see memories carrying him away from our room and into his past. His face reflected such a radiant happiness, and then he was back.

"Yes, yes. I was married. Once. But she died tragically and I wish not to discuss it."

I felt terrible about the question and paused for a moment. Then I remembered that some people had not been accounted for and felt it might brighten him again.

"Sidney, what about Marie and William? You left out Marie and William."

"Oh, my Aunt Marie and Uncle William led a very happy life until WWII. "Unfortunately, William, who'd risen to flag rank, was commanding the heavy cruiser *Norfolk* during the battle to sink the Bismarck in May of '41, and was killed during that battle.

"Marie was, of course, devastated; but luckily and happily, remarried a few years later; a very nice man, Ethan Cooper. He owned a profitable group of electronics shops across the U.K.

"And although it was later in life and quite dangerous at that time, Marie gave birth to a healthy, little girl. Marie passed away peacefully here in England in October of 1976, Ethan in 1980.

"From what I understand, the girl was never informed of who her mother really was; of course, for her own protection. And the financial comfort she enjoyed came from the income from her father's business. As I mentioned before, Marie's original funds had long ago run out.

"And what about her? What happened to Marie's daughter?" I asked.

"Oh, her?" Sidney asked, as he pointed to a silver-framed photo on the table next to me.

I looked at the photo carefully and then had to look again, uncomprehending.

I stammered, "But this is a picture of my wife, Joan."

About the Author

Phil Growick has been a Sherlock Holmes fan since he watched a black and white Basil Rathbone and Nigel Bruce on his grandparents' TV.

Now that he's a grandfather, he finds that the Holmes magic has only magnified with the years.

In that regard, these two Holmes novels are the precursors to a third now in the works.

While he's formerly retired, he still maintains his friendships and contacts with some of the world's great advertising creatives and is currently the Chairman of Art In Public Places in West Palm Beach.

Also from MX Publishing

MX Publishing is the world's largest specialist Sherlock Holmes publisher, with over a hundred titles and fifty authors creating the latest in Sherlock Holmes fiction and non-fiction.

From traditional short stories and novels to travel guides and quiz books, MX Publishing cater for all Holmes fans.

The collection includes leading titles such as *Benedict Cumberbatch In Transition* and *The Norwood Author* which won the 2011 Howlett Award (Sherlock Holmes Book of the Year).

MX Publishing also has one of the largest communities of Holmes fans on Facebook with regular contributions from dozens of authors.

www.mxpublishing.com

Also from MX Publishing

Our bestselling books are our short story collections;

'Lost Stories of Sherlock Holmes' , 'The Outstanding Mysteries of Sherlock Holmes', The Papers of Sherlock Holmes Volume 1 and 2, 'Untold Adventures of Sherlock Holmes' (and the sequel 'Studies in Legacy) and 'Sherlock Holmes in Pursuit', 'The Cotswold Werewolf and Other Stories of Sherlock Holmes' – and many more……

Also from MX Publishing

"Phil Growick's, 'The Secret Journal of Dr Watson', is an adventure which takes place in the latter part of Holmes and Watson's lives. They are entrusted by HM Government (although not officially) and the King no less to undertake a rescue mission to save the Romanovs, Russia's Royal family from a grisly end at the hand of the Bolsheviks. There is a wealth of detail in the story but not so much as would detract us from the enjoyment of the story. Espionage, counter-espionage, the ace of spies himself, double-agents, double-crossers...all these flit across the pages in a realistic and exciting way. All the characters are extremely well-drawn and Mr Growick, most importantly, does not falter with a very good ear for Holmesian dialogue indeed. Highly recommended. A five-star effort."
The Baker Street Society

www.mxpublishing.com

Also from MX Publishing

The Missing Authors Series

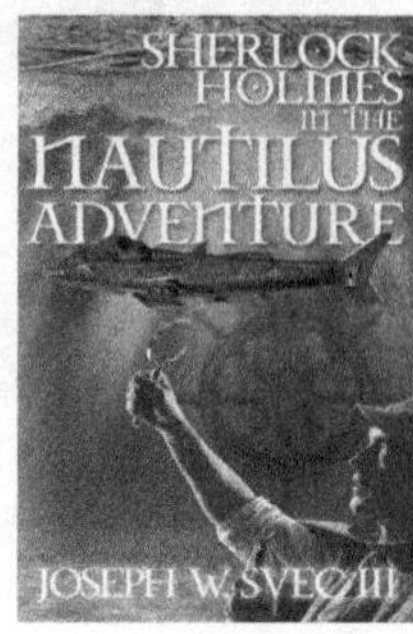

Sherlock Holmes and The Adventure of The Grinning Cat
Sherlock Holmes and The Nautilus Adventure
Sherlock Holmes and The Round Table Adventure

"Joseph Svec, III is brilliant in entwining two endearing and enduring classics of literature, blending the factual with the fantastical; the playful with the pensive; and the mischievous with the mysterious. We shall, all of us young and old, benefit with a cup of tea, a tranquil afternoon, and a copy of Sherlock Holmes, The Adventure of the Grinning Cat."
Amador County Holmes Hounds Sherlockian Society

Also from MX Publishing

The American Literati Series

The Final Page of Baker Street
The Baron of Brede Place
Seventeen Minutes To Baker Street

"The really amazing thing about this book is the author's ability to call up the 'essence' of both the Baker Street 'digs' of Holmes and Watson as well as that of the 'mean streets' of Marlowe's Los Angeles. Although none of the action takes place in either place, Holmes and Watson share a sense of camaraderie and self-confidence in facing threats and problems that also pervades many of the later tales in the Canon. Following their conversations and banter is a return to Edwardian England and its certainties and hope for the future. This is definitely the world before The Great War."
Philip K Jones

www.mxpublishing.com

Also from MX Publishing

The Detective and The Woman Series

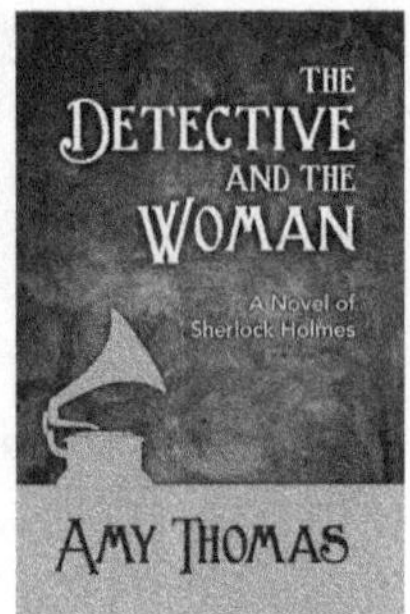

The Detective and The Woman
The Detective, The Woman and The Winking Tree
The Detective, The Woman and The Silent Hive

"The book is entertaining, puzzling and a lot of fun. I believe the author has hit on the only type of long-term relationship possible for Sherlock Holmes and Irene Adler. The details of the narrative only add force to the romantic defects we expect in both of them and their growth and development are truly marvelous to watch. This is not a love story. Instead, it is a coming-of-age tale starring two of our favorite characters."
Philip K Jones

Also from MX Publishing

The Sherlock Holmes and Enoch Hale Series

The Amateur Executioner
The Poisoned Penman
The Egyptian Curse

"The Amateur Executioner: Enoch Hale Meets Sherlock Holmes", the first collaboration between Dan Andriacco and Kieran McMullen, concerns the possibility of a Fenian attack in London. Hale, a native Bostonian, is a reporter for London's Central News Syndicate - where, in 1920, Horace Harker is still a familiar figure, though far from revered. "The Amateur Executioner" takes us into an ambiguous and murky world where right and wrong aren't always distinguishable. I look forward to reading more about Enoch Hale."
Sherlock Holmes Society of London

www.mxpublishing.com

Also from MX Publishing

Sherlock Holmes novellas in verse

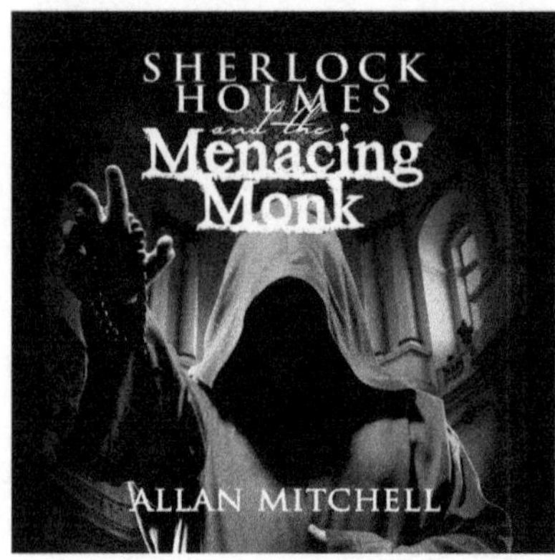

All four novellas have been released also in audio format with narration by Steve White

Sherlock Holmes and The Menacing Moors
Sherlock Holmes and The Menacing Metropolis
Sherlock Holmes and The Menacing Melbournian
Sherlock Holmes and The Menacing Monk

"The story is really good and the Herculean effort it must have been to write it all in verse—well, my hat is off to you, Mr. Allan Mitchell! I wouldn't dream of seeing such work get less than five plus stars from me..." **The Raven**

Also from MX Publishing

When the papal apartments are burgled in 1901, Sherlock Holmes is summoned to Rome by Pope Leo XII. After learning from the pontiff that several priceless cameos that could prove compromising to the church, and perhaps determine the future of the newly unified Italy, have been stolen, Holmes is asked to recover them. In a parallel story, Michelangelo, the toast of Rome in 1501 after the unveiling of his Pieta, is commissioned by Pope Alexander VI, the last of the Borgia pontiffs, with creating the cameos that will bedevil Holmes and the papacy four centuries later. For fans of Conan Doyle's immortal detective, the game is always afoot. However, the great detective has never encountered an adversary quite like the one with whom he crosses swords in "The Vatican Cameos.."

"An extravagantly imagined and beautifully written Holmes story"
(Lee Child, NY Times Bestselling author, Jack Reacher series)